テクストたちの交響詩

トマス・ハーディ14の長編小説

森松　健介　著

中央大学出版部

装幀　道吉　剛

端書き

二一世紀になってハーディの小説論を世に出す輩は、この二〇年間に大きく変化したハーディ批評の動向をどのように受け止めたかを、議論の全体に反映させせつつ書かなければならない義務を負っているように思われる。ところで私は、この二〇年間には主としてハーディの詩の翻訳と解釈にとり組んできた。過去の私のハーディ小説論は、いずれも一九七〇年代以前の文化風土のなかで書かれた。当然、多少なりとも書き直しが求められよう。したがって本書は、二、三の例外を除いて、ほぼ全てが書き下ろしである。著者七〇歳の定年退職に間に合わせたいという気持から、時間の制約を受けての作業となった。従来からハーディの小説については、いずれ書くつもりで想を練ってはいたものの、二年程度で新たに一二編余の作品論を書こうとしたのであるから、多くの点で不備は免れまい。だが退職時期を無視しても、人生自体の定年が迫っている。残された時間の、ある段階で、自分が特に愛読した作家の小説をどう読んだかを世に示すのは英文学徒の義務だと思った。読者からご叱正をいただくつもりで敢えて世に送ることにした（ただ、改訂版を出すことは、不可能ではあろうが）。

ここで上記の、最近の「ハーディ批評の動向」について一言。ハーディ小説論に対しては、新しい批評は主としてフェミニスト＋マルキスト文芸批評として現れた。その代表的な評者は、七〇年代以前からハーディ論を手がけていたヒリス・ミラー（Miller）、デイヴィッド・ロッジ（Lodge）を別格とすれば、ローズマリー・モーガン（Morgan）、ペニー・ブーメラ（Boumelha）、ジョージ・ウォットン（Wotton）、ロジャー・エバトソン（Ebbatson）、ジョン・グッド（Goode）、パトリシア・インガム（Ingham）、ピーター・ウィドゥスン（Widdowson）、ジョー・フィッシャー（Fisher）、クリスティン・ブラディ（Brady）、ジェーン・トマス（Thomas）その他である。学生諸君のために書いておくとすれば、これらの批評では、女性の社会的劣等性が、その時代の社会の捏造によるものとの指摘に始まり、女性の性的抑圧、男女に対する道徳の二重基準、性行為の示唆的表現などをハーディ小説に読みとり、結婚制度批判、階級制度批判を初めとする体制転覆的な（subversive）傾向をハーディ文学の特質として捉えた。またこれはポスト構造主義文芸理論を基盤としているものが多く、当時の小説読者に受容されるための表面テクストの隙間や表皮下に、下位テクストや対立テクストの露出を読みとってゆく。こうした批評の結果として現れた今日のハーディ像は、ピーター・ウィドゥスンの言葉で言えば「〈諸断層に分裂したテクスト性〉というテラーン（異なる地史を有する地層の集合体＝森松）である。この地層集合体の主要ランドマークは、文化上の政治観念、階級、性問題（sexuality）、社会的性差（gender）などの深部諸層（substrata）を露出させる地層線」だということになる（Widdowson 1999: 87-8）。また同じウィドゥスンは、人間の固定概念としての椅子像（四脚ある、坐るための椅子の姿）を打ち壊すような、全角度から見られた奇っ怪な椅子像のいろいろを例に挙げて、ハーディにおける、リアリズム（イギリス小説における固定概念的リアリティ像〉に対立して、彼の小説内で矛盾しつつ存在する反リアリズム要素の関係を解き明かす。ハーディに見られる小説技法としての「異化」、すなわち日常的固定概念を打ち破るものの見方の多様な存在は、他の評者によってもたびたび指摘されるところだが、この「異化」作用、ピカソが用いた反リアリズムと同種の発想、こちら側の顔が見えつつ反対側の顔も見えているモダニズム性に気づかせてくれる点でも、これらの批評はハーディ理解に貢献している。私は、これらの批評のこうした貢献・長所を受け容れてこの書物を書いた。

しかし、全面的にこうした批評に依拠することは当然できなかった。第一、これによって従前のヒューマニスト的・価値観重視の批評が葬り去られるのであれば、何のための新批評かと思われるからである。とりわけ学生諸君に対する場合、今日の文学離れの傾向のなかでは、教師が指導すべき第一番目の目標は、何らの文学セオリーの介在もなく、文学テクストそのものを自己の人間性に照らして受け容れ、自己の価値観の形成に資するように促すことである。

これとはちょうど正反対の文学の読みが、現代の批評に現れるのは、著者としては残念でならない。上記のような優れた洞察を、みごとな比喩を用いて書き連ねているウィドゥスンではあるが、『テス』再評価に当たっての結論はこうである――ヒロイン・テスがエンジェルには理想化され、アレックには単なる性的対象にされ、社会からは放蕩女と見られ、小説テクストによって〈純粋な女〉（この言葉自体にも衝突する複数の意味がある）とされることを指摘したあと、「しかしテスはまったく人格を有してはいない。彼女は他者（とりわけ作者）が作り上げたものにすぎない。だから彼女自身が、単なる一連の〈外見〉ないしは〈印象〉の集積にすぎない。（中略）…してみるとハーディの小説は、時代に大きく先駆けて、統一ある一元化された人間主体などというブルジョア・ヒューマニスト的（男性中心的・リアリスト的）概念を解体していると思われる。またハーディ小説は、表現に関してこれほど自己再帰的で異化的である言説――これほど不安定で異種対話的な言説――を用いて、概念というもの自体を解体しているので、創作される傍らから、自らを脱構築してしまう。だからこそ、『ダーバーヴィル家のテス』のなかに私たちは現代のポストモダン・テクストを見出して当然だと私は信じるのである」（Widdowson 1999: 133, 傍点原著斜体）と述べる。

〈異化〉による固定概念の解体、〈異種対話〉によるテクストの複雑化を私も積極的にハーディ作品に読みとる。ハーディの先見性についても同感である。しかし文学が読者の人間性と価値観から遊離してしまうのを恐れる。むしろ私は、複数の価値観のテクスト内共存を認識し、〈異種対話〉が打ち消し合いと無意味化ではなく、弁証法的協奏と発展をもたらす姿を読みとって、より高度な交響詩としての作品のかたちを指摘したい。そのような気持で書いたのがこの書物である。

この書物についても、中央大学出版部の平山勝基編集長、栗山博樹課長、大森印刷社長大森實氏のご厚意に深謝したい。

二〇〇五年　著者七〇歳の誕生日

森松健介

目次

〔作品論〕 町長と対照されるエリザベス・ジェイン 249
第一一章 『森林地の人びと』（*The Woodlanders*, 1887）…… 262
〔作品論〕 ダーウィニズム的牧歌『森林地の人びと』 269
第一二章 『ダーバーヴィル家のテス』（*Tess of the d'Urbervilles*, 1891）…… 288
〔作品論〕 『テス』に見る〈自然〉と〈人間の意識〉 295
〔作品論〕 『テス』における反牧歌 311
第一三章 『恋の霊』（*The Well-Beloved*, 雑誌連載 1892；単行本 1897）…… 331
〔作品論〕 非リアリズムの異空間――小説『恋の霊』 336
第一四章 『日陰者ジュード』（*Jude the Obscure*, 1895）…… 358
〔作品論〕 聖金曜日に値する男女への鎮魂歌――『日陰者ジュード』 366
後　書　き
索　　引
参考文献表（Select Bibliography）

文中の注の見方

後注を避けるために，本文内に括弧を設けて注を入れました。
その見方は，次のとおりです。

（**234**）とか（**xii**）のように，括弧のなかに数字だけがある場合には，その数字が，その章で主に扱っているハーディの小説の，***The New Wessex Edition*** **ハード・カバー版（1974-5年刊）のページ数を示しています。**

（Squires : **37**）とある場合は「Squires 氏の著作の37ページからの引用または37ページを見よ」の意味です。巻末の「参考文献表」（Select Bibliography．著者名のアルファベット順に，書名が並んでいます）を見て，著者名 Squires を選び出し，その書名を見て下さい。

同じ著者の複数の書物が「参考文献表」（Select Bibliography）にある場合には，書物の発行年を注の著者名のあとに記します。（Gibson 1976 : **24**）は，Gibson 氏の1976年発行の著書24ページを指します。また（Page 2000）は Page 氏の2000年の著書の意味です。

例外的に，次の略符号を使います。

（Life）は，Florence Emily Hardy 著（実際には自伝）の *The Life of Thomas Hardy : 1840-1928.* Macmillan, 1962 を指し，

（L&W）は，Michael Millgate 編の *The Life and Work of Thomas Hardy : By Thomas Hardy.* Macmillan, 1984 を指します。

（CH）は，R. G. Cox 編の *Thomas Hardy : The Critical Heritage.* RKP, 1970. を指します。

（CL）は，R. L. Purdy & M. Millgate 共編の *The Collected Letters of Thomas Hardy.* 7vols. Oxford, 1978-88 を指します。（CL I）はその第１巻です。

（LN）は，Lennart A. Björk 編の The Literary Notes of Thomas Hardy. Göteborg, 1974 を指します。

テクストたちの交響詩——トマス・ハーディ 14の長編小説

原典としては，小説は *The New Wessex* (Hardcover) *Editions* (Macmillan, 1974-5) を，詩は James Gibson (ed.) *The Complete Poems of Thomas Hardy* (Macmillan, 1976) を用いた。

本論に先立って

1　トマス・ハーディの生涯と作品

2　一九世紀イギリスにおける階級
——ハーディの小説との関連

1　トマス・ハーディの生涯と作品

トマス・ハーディ（Thomas Hardy）は一八四〇年六月二日にイギリス・ドーセット州ハイヤー・ボッカンプトン村に生まれた。なだらかに起伏する丘を背景にした美しい田園地帯で、州都ドーチェスターまでは歩いて五〇分ほどの距離。曾祖父から三代の終生土地保有権（lifehold）による借地人一家で、父親は石工頭だった。下層階級のなかでは確かに上層部ではあったが、支配階級の一端を占めさえしない、肉体労働によって生計を維持する階級だった。しかし息子をこの階級から脱出させたいと願う母親は、資力の許す限りの教育をトマスに与えた。当時、宗教のセクトによって色彩の異なっていた教育の無意味な争いには無頓着に、一八四八年、母親は八歳のトマスをまず英国国教会系のナショナル・スクールへ、一年あまり後にはドーチェスターの非英国国教会系の学校に通わせた（また一三歳から三年余、彼はラテン語、仏語、数学など、中等教育も受けている）。

一八五六年に学校を終えたハーディは、ドーチェスターの建築家ジョン・ヒックスのもとで年季奉公に入った。六二年にはロンドンへ出て、教会修復・設計を得意とした建築家ブロムフィールド卿の建築事務所で働いた。この時期には毎日のようにナショナル・ギャラリーで名画を見、数多くの詩を読んだ。ロンドン生活の終わりごろには、自ら詩を書き、六五年には自作の詩を雑誌に投稿した（しかし採用には至らなかった）。またこのころ、二〇代前半には、やがて聖職者として身を立てたいと思っていた。だが同時に彼は、ダーウィンの『種の起源』（一八五九年）の「最も早い時期から歓呼の声をあげて迎えた者たちの一人」(Life : 153)でもあった。またその翌年に出て、その後一〇年、イギリス国内に非難を巻き起こした「キリストに刃向かう七名」（六人の英国国教会の聖職者を含む）による、奇跡を否定し教会を批判する『エッセイズ・アンド・レヴューズ』（一八六〇年）について も、尊敬する友人ホラス・モウルと野道を散歩するときにこの書を教えられ、自らも読んだらしい(Life : 33)。一八六五年には、スウィンバーンの『キャリドンのアタランタ』（神を罵る言葉がたびたび現れる長詩）を早々と称賛し、翌六六年に同じスウィンバーンの『詩と民謡 第一集』(神離れの傾向が顕著な詩集)に大感激した(Gittings. *Young* : 122)。

自ら詩作を始めるようになると、崇敬する先輩詩人たちを、英詩の伝統のなかで受け継ぎたいと彼は考えた。彼はシェリーを特に愛読した。その無神論の影響も受けたであろうが、何よりもシェリーの詩人観、その『詩の擁護』の結論部分に表明された考えに感銘を受けたらしいことは、詩人としての彼の作風を検討すれば容易に推測されることである。シェリーによれば、詩人は人の心が捉えきれなかった霊感の解説者であり、未来が現在の上に投げかけている巨大な影を映し出す鏡であり、「非公式ながら人の世の法の制定者である（Poets are the unacknowledged legislators of the World.）」。つまり詩は常に世界と人間界のありようについて、共同社会の公的最高機関になり代わって、善悪・正邪・美醜の判断を下すのだ、しかも常に未来を見据えてそれを行う――この考え方を、彼はやがて一八九八年以降の八詩集で実践することになる。当然、この若いころに得た文学観は、ハーディの小説作法にも影響を与えたと思われる。そしてこのころハーディが交際したらしいH・Aという頭文字を持つ女性が、『日陰者ジュード』の女主人公シュー・ブライドヘッドのような存在としてハーディの周囲に現れ、彼女の影響下に決定的な神離れが（ジュードに生じたように）ハーディにも生じたとする説もある（Gittings, *Young*: 135 ff.）。七〇年代に入ると「もともと自分は信仰を持っていなかったから、自分には〈信仰の喪失〉は生じ得なかった」と豪語したレズリー・スティーヴンの知遇を得て、その無神論の影響を深く被る（Jedrzejewski: 18）。そしてそれ以前の一八六六年にはすでに、ハーディの神の消失を歌う詩は書かれていた（「偶然なる運命」詩番号4など）。

　このようなロンドン生活を経て、一八六七年には再びドーチェスターのヒックスのもとへ帰り、教会修復の仕事を続ける傍ら、小説にも手を染めた。処女作『貧乏人と貴婦人』はしかし、どの出版社からも出版を拒まれた。六九年にヒックスが世を去り、ウエイマスのクリックメイ建築事務所に移ったハーディは、七〇年にそこからコーンウォールの寒村セント・ジュリオットの教会修復のために派遣された。ここで将来の妻、エマ・ラヴィニア・ギッフォードと出会い、恋におちる（エマとは七四年に結婚する）。七〇年に公刊第一作となる『窮余の策』を書いていたハーディは、エマの励ましもあって、文学に生きる決意をする。このあと小説家として、計一四編の長編を書いた。その内容は本論に譲り、単行本としての発刊年の順にそれを並べる。

一八七一　『窮余の策』（*Desperate Remedies*）
一八七二　『緑樹の陰で』（*Under the Greenwood Tree*）
一八七三　『青い瞳』（*A Pair of Blue Eyes*）
一八七四　『狂乱の群れをはなれて』（*Far from the Madding Crowd*）
一八七六　『エセルバータの手』（*The Hand of Ethelberta*）
一八七八　『帰郷』（*The Return of the Native*）
一八八〇　『ラッパ隊長』（*The Trumpet-Major*）
一八八一　『微温の人』（*A Laodicean*）
一八八二　『塔上のふたり』（*Two on a Tower*）
一八八六　『カースタブリッジの町長』（*The Mayor of Casterbridge*）
一八八七　『森林地の人びと』（*The Woodlanders*）
一八九一　『ダーバーヴィル家のテス』（*Tess of the d'Urbervilles*）
一八九五　『日陰者ジュード』（*Jude the Obscure*）
一八九七　『恋の霊』（*The Well-Beloved*）雑誌連載は『ジュード』に先立つ一八九二年。本書では『ジュード』を最後に扱う。

以上はハーディの長編小説のみを並べたもので、彼はこのほかに五巻に及ぶ以下の短編小説集を世に送っている。

一八八八　『ウェセックス物語』（*Wessex Tales*）

一八九一　『貴婦人たちの物語』（*A Group of Noble Dames*）

一八九四　『人生の小さな皮肉』（*Life's Little Ironies*）

一九一三　『変わり果てた男とほかの物語』（*A Changed Man and Other Tales*）

一九七七　『チャンドル婆さんとほかの物語』（*Old Mrs Chundle and Other Tales*）未収録短編を後年一巻にまとめたもの。小説にはこのほかに中編「女相続人の生涯における無分別」（*An Indiscretion in the Life of an Heiress*）があるが、これは未刊の処女作『貧乏人と貴婦人』の一部を復元して一八七八年にアメリカで出版されたものである。

一方ハーディは一八九八年以降、詩人として大活躍を遂げる（詳細は森松 2003）。ここには詩劇も含めて出版年と題名のみを掲げる。

一八九八　『ウェセックス詩集』（*Wessex Poems and Other Verses*）

一九〇一　『過去と現在の詩』（*Poems of the Past and the Present*）

一九〇四、〇六、〇八　詩劇『諸王の賦』全三部（*The Dynasts*）

一九〇九　『時の笑い草』（*Time's Laughingstocks and Other Verses*）

一九一四　『人間状況の風刺』（*Satires of Circumstance*）

一九一七　『映像の見えるとき』（*Moments of Vision and Miscellaneous Verses*）

一九二二　『近作・旧作抒情詩』（*Late Lyrics and Earlier*）

一九二三　詩劇『コーンウォール王妃の高名な悲劇』（*The Famous Tragedy of the Queen of Cornwall*）

一九二五　『人間の見世物』（*Human Shows, Far Phantasies, Songs, and Trifles*）

一九二八　『冬の言葉』（*Winter Words in Various Moods and Metres*）没後出版。

ハーディが詩人として活躍中の一九一二年一一月一七日、それまでに不仲となっていた前妻エマは、ハーディに看取られることなく二階で息を引き取った。不和の原因は、エマがハーディ一家を下層階級と見たこと、ハーディの母のエマへの嫌悪、ハーディの複数の精神的な浮気とエマの嫉妬、孤立したエマの狂信的な宗教への傾倒と過激に厳格な道徳主義、『日陰者ジュード』への彼女の拒否反応などと想像されている。だがエマが亡くなったその朝からハーディのエマへの愛情が蘇る。妻を精神的に虐待したという悔恨、エマとの婚約時代の幸せや文学志望実現へのエマの激励に対する新たな感謝などに駆りたてられて、彼は翌一九一三年三月、エマとのなれそめの頃に共に訪れたコーンウォールを再訪、エマへの哀悼の連作詩を歌った（詩としては、この連作が最も有名である）。そして八七歳にして死の床に伏してなお、詩作を続けた。彼の詩は、人生における過去の様々な瞬間を捉え、それが人にどんな意味合いを持っていたかを探る。自己の経験を題材としながら、万人の経験を語っていると思わせるような一般性を打ち出すのが、彼の詩の賞賛すべき特徴となっている。彼の詩を扱った拙著の文章を改めて用いて、その特徴をもう一度確認したい。

> エズラ・パウンドは一九三八年に、ハーディの詩ひとつひとつの完結性（entirety）と明快さ（clarity）は、批評家が解説者として口を挟む余地を全く残さないと述べたすぐあとで「・・・詩歌についても尺度を示したい。ハーディの全詩集を読んだ読者なら誰しも、自分自身の生涯とそのなかの忘れられない諸瞬間が、こちらでは火花のように、またあちらでは一時間ぶんたっぷり、自分にも甦ったと思わずにはいられない。真の詩歌の試金石として、これ以上の基準を皆様思いつきますか？」(Pound: 219) と述べている。パウンドがこれを書いたとき、彼はハーディの第六詩集までしか念頭に置いていないのだが（この引用の少し前でパウンドはハーディ全詩集を六百頁と言い、その年代を一八九八年から一九二二年としている。八詩集を収めて九百頁以下のものはない。一九二二年は第六詩集の出版年で、この年にそこまでの『全詩集』が出た）、この言葉ほどハーディの詩の特質をよく言い当てているものはない。そしてパウンドが知らなかったらしい第七、第八詩集の最大の特徴も、他の六詩集にも増してこの言葉で要約できる。（森松 2003: 221）

　ハーディは、エマを失ったあと、フロレンス・ダグデイル（Florence Emily Dugdale）と再婚した。この後妻には、彼女の名で、自分の伝記（実質上は自伝）を書かせている。本書のところどころに（Life）という注が見えようが、これはこの自伝を指している。

　一九二八年一月一一日にドーチェスターの自宅マックス・ゲイトで死去するまでに、一時は「田舎っぺの無神論者」（village atheist）と呼ばれ、下層の出身を生涯気にしていたハーディは、英文学史上に大きな名を残す大作家になっていた。小説家としては、上掲一四編の長編と四九編の短編を、詩人としては九一九編を納める八詩集と未収録詩約三〇編のほかに、長・中編詩劇を各一作、世に出した。

　ハーディのこの生涯の間に、歴史はかつてなく大きな変動を見せた。彼の生まれる一〇年前にリヴァプール＝マンチェスター間の鉄道が開通。彼の作品でも鉄道は新たな時代の象徴として用いられる——特に『微温の人』のポーラ一家が、ヨーロッパの鉄道王としての財力によって、貴族の古城を買収したところが、当代の「イギリスの状況」をよく表している。また『日陰者ジュード』では、多くの登場人物が列車とともに描かれる。鉄道によって発達した都市部への選挙権拡大から始まった選挙法改正（一八三二年）は、六七年、八四年の改正が続いて労働者・農民にも選挙権が拡大し、諸階級間に人間本来の差異はないという認識が広まっていった。こうした時代の進展を先取りして、価値観・人間観を刷新したかたちで示すという作業をハーディは受け持つことになった。この仕事の成果は、彼の詩作品のなかでは明快に示されている。しかし詩の場合より大衆的な読者との折り合いのなかで成立する小説というジャンルでは、この努力はストーリーという表層の下に隠然としたかたちで示されている。そこには彼の詩人としての声も隠されている。本書はこうして隠された潜伏テキストが、表層のテキストと互いに反応し合う様子に特に眼を注ぐことになる。

2　一九世紀イギリスにおける階級
――ハーディの小説との関連

トマス・ハーディ一家と社会階級

ハーディ一家は下層の上端

本書ではしばしば、登場人物がどの階級に属していたかを述べることになる（またこの「**2**」の最後に、階級についての［特に学生諸君の］理解の一助となるように、一九世紀イギリスにおける階級の上下を示す一覧表とその解説を掲げる）。しかしここでハーディ自身の属していた階級について一言触れるならば、階級の上下によって人間の上等下等を判断するのが当たり前だったこの時代にあって、それは逃れようもなく下層階級であった。父トマス（Thomas）は石工（小建築業者）であり、一九世紀半ばの建築ブームに乗って何人かの人を使う立場に昇ったから、下層階級のなかではおそらく中産階級に近いところにまで浮かび上がったけれども、厳密には下位中産階級（次ページ以下の「一九世紀イギリスにおける階級」のなかでは、⑥番）にさえ分類され得ない位置に留まったと見るのが正しい（この文の終わりがけに⑦番として掲げてある下層階級のなかの最上端）。一方、母ジェマイマ（Jemima）は、伯爵の叔父に当たる人物が当主である名家（同じく④番）の、しかしそのなかで働く下層の料理女。貧困層（同じく⑦番のなかの最下端）に落ちた母子家庭のなかから（もちろん下層階級の内部で）浮上して、同じ被使用人のなかでは少し位の高い、貴族を一族に持つ一家の料理女である。これも下層ながら、そのやや上端に到達した女である。

母方には中産階級的教養の血統

しかしジェマイマの母（ハーディの祖母）エリザベス・スエットマン（Elizabeth Swetman）は、既成中流階級の一端と言うべき小土地所有者の娘であり、英文学の標準的名作はもちろん、一八世紀の知的論述者アディソン（Addison）やスティール（Steele）から医学書に至るまで読みあさった女性であったとハーディ自身は書いている。この祖母は、父親が決して認めなかった男性、すなわち飲んだくれでキリスト教に敵意を持つハンド（George Hand）と（おそらくは一度駆け落ちに失敗したあと）一八〇四年、第一子の生まれる八日前に父を裏切って結婚した。祖母は、一八二二年に死んだ父から遺産も貰えず、同じ年に、しがない雑役と農事に従事していたらしいこの夫ハンドとも死別した。七人の子供を抱えて貧困のどん底に落ちたのである。その子供の一人で、知性と文学趣味を持った上記ジェマイマ（Jemima Hand）は、推定で（Seymour-Smith: **9**）一三歳から女中奉公に入り、料理女として生きるうちに、教会でバイオリンを弾いていたハーディの父と結ばれたのである（結婚は〈できちゃった婚〉で、ハーディ誕生の四ヶ月前）。当時、下層階級の女性の職業として典型的なものはこのジェマイマが従事したような女中、料理女、乳母等被使用人としての奉公（domestic service）であるが、同時に田園地帯では、テスのように、農業労働者として搾乳婦（dairymaid）になったり、蕪掘り（turnip hoeing）等の農作業に従事したりするのも典型的な働き方であった（Thompson：26）。

ハーディを中流に上昇させる母の努力

おそらくは母親エリザベス（ハーディの祖母）の影響で、中流階級的な知的興味を有していたジェマイマは、ほとんど当然のこととして、賢い我が子トマスの教育に賭けた。建築ブームで得た多少の経済力を、彼女はトマスの学費に充て、地元の大邸宅令夫人マーティン（Julia Augusta Piney Martin）が村に開設した学校にさっそく一年間息子を通わせ、この令夫人にトマスが偏愛されるとこれを嫌って、さらに彼を遠くのドーチェスターの学校に通わせた。とはいってもこれは、中流階級以上の子弟が享受する教育とは異なった、変則的で計八年で終了する教育、いわば初等・中等教育に相当する公教育であった。しかしこの間にハーディは仏語、ラテン語、数学を良く身につけた。読書も広範囲に及んだ。教養という点では、彼はれっきとした中流階級の子弟に勝るとも決して劣るところのない知的能力を身につけたのである。母親はトマスが建築家になることを望んでいた。建築労働者は下層に属するが、建築家はその知的能力によって中流階級に分類される。実際、トマスはまず建築助手となり、建築家への道を着々と歩んだ。

中流の女との結婚

一八七〇年三月七日に彼が初めて、のちの妻エマ（Emma Lavinia Gifford）に会ったとき、彼はロンドンでも学んだ建築家として彼女の姉が嫁いでいた牧師の邸宅にやってきたのである。『青い瞳』のヒロイン・エルフリードは建築家であるスティーヴンの生い立ちが下層階級であると知っても、自分の愛情に変わりがないと言い「ロンドンの建築家なら、あくまでロンドンの建築家よ」（『青い瞳』58、ページ・ナンバーは新ウェセックス・ハードカバー版、以下本書全てについて同様）と彼を力づける。中流階級の女が結婚して家族や親戚から咎められない相手の階級は、以下に示す分類で⑤番とされている階級から上のみであった。エマは自ら中流階級であり、親と住んでいた邸宅や親戚の社会的地位から見れば以下の分類で④番に近かったけれども、結婚に憧れていた当時二九歳のエマもまた、エルフリードと同じ考えを抱いたことであろう。ハーディの第四長編『狂乱の群れをはなれて』が成功を収め、彼の作家としての地歩が固まると、そこで彼らは結婚する。ハーディはこうして、職業的にも結婚相手という点でも、中流階級の一員となった。しかし上の階級の一員だったエマと、下層出身のハーディでは、様々な不和の要因を抱えることになった。結婚式には、エマの叔父と兄だけしか出席しなかった。エマはハーディの家族を蔑み、生涯ハーディの家族に親しく近づくことはなかった。

一九世紀イギリスにおける社会階級

社会階級への理解は必須

このようにハーディ自身の生涯についてもそうであるように、彼の小説に限らず、一九世紀イギリスの文学作品を読む場合、社会階級についての理解を欠かすわけにはいかない。階級の分化がどのように行われていたかについて、著者の理解を掲げておくのは義務と思われる。ハーディ自身が、当時の小説の読者層よりも社会階層の点で低位の、下層階級の上端の出であったために、彼の小説内での階級の扱いは、従来の一九世紀小説におけるよりも遙かに下層の人びとへの共感が強い。どのように階級分化が行われていたかについては、詳細にはJ・P・ブラウン（Brown）著、松村昌家訳『十九世紀イギリスの小説と社会事情』（英宝社）やマックマーティ（Jo McMurty）の『ヴィクトリア時代の生活と小説』（翻訳はない）に譲るとして、主としてこの二著を参考に、著者が文学作品から得た理解を通じてその概略を示したい。その合間に、ハーディの長編小説に登場する人物たちについて、その社会階層上の位置を示してみたい。

上流階級　イギリスで言う上流階級とは、正確には①に王族、②に貴族・準貴族のことである（ただし次に述べる地方の領主とも言うべき大地主もまた、実質的には上流）。王族（Royalty）が国王・女王、王妃やプリンス・コンソート、王子、王女、皇太后など、王室の家族を指すことは言うまでもない。次に来る②番は爵位貴族（Peerage）で、これは上位から順に公爵（Duke）、侯爵（Marquess）、伯爵（Earl）、子爵（Viscount）、男爵（Baron）。彼らは世襲貴族で、英国上院に議席権を持つ。上流階級の次のランク③番は「下級称号（Lower Titles）」と呼ばれる準貴族である。準貴族には二種類あって、世襲ではあるが上院に議席権を持たない準男爵（Baronet）、それに世襲でもなく上院に議席権も持たない一代限りのナイト（Knight　女性の場合の称号はデイム Dame。ただしテスの父親がナイトの末裔だという場合のナイトは、中世以来世襲であったころのナイトである）。ハーディの小説のなかに出るこれら上流階級としては、『ラッパ隊長』のアンが直接会って話した国王は別格として、『狂乱の群れをはなれて』のバスシバの夫トロイの父と噂されているのは伯爵であり、『エセルバータの手』でヒロインが最後に結婚する相手は子爵である。『青い瞳』のエルフリードが最後に結婚させられる相手は男爵。『塔上のふたり』のヴィヴィエットがやむなく結婚した司教は男爵と同格とされる上流階級の一員である。次にハーディ小説に登場する〈下級称号〉だが、『微温の人』のポーラへの求愛者の一人は、零落した準男爵ドゥ・スタンシィ。ヴィヴィエットを捨てておいてアフリカへ行った夫も準男爵。エセルバータが最初に結婚した相手はナイトの子息。

貴紳階級　イギリス小説は、一八世紀にジャンルとして確立されて以来、大地主や中地主、小地主たちをしばしば作品の中央に据えてきた。彼らを土地所有紳士階級（Landed Gentry）ないしは貴紳階級（上記松村昌家氏の訳語）、地主階級などと言う。これを④番としよう。土地家屋による莫大な収入を得、地区牧師の任免権を持ち、自分の不動産を賃借させる権利を権力の源として、領主然として振舞った貴族的地主はもとより、召使いや女中、料理番や御者など多くの使用人を自己の家屋内に住まわせたこれら大小の地主たちは、貴族の称号こそ持たないけれども、準貴族はもとより爵位貴族とも社交界で交流し、結婚に関しても彼らとほぼ同列と見なされてきた。また彼らの子息のなかで、それほど多くの遺産相続を受けられなかった連中は、以下に述べる〈ミドル〉の階級として、英国国教会の牧師を初めとする知的専門職に就いて、依然として支配階級の一員であり続けた。貴紳のどら息子たちは、ときには女性の誘惑者として登場する。一八世紀ではフィールディングのトム・ジョーンズ、リチャードソンの『パミラ』のX氏（パミラを誘惑する意図だったが、彼女と結婚）、ゴールドスミスの『ウエークフィールドの牧師』で牧師の長女を誘惑したソーンヒル、一九世紀では『分別と感性』でブランドン大佐の養女を妊娠させて捨てたウィロウビーなどがその典型である。しかしまじめな恋愛や結婚の対象となるのも彼らやその子女であり、ジェーン・オースティンの読者は、その作品のなかに、直ちにきわめて多くの男女を思い出すであろう。ブロンテ姉妹やギャスケルにおいても『ジェーン・エア』のロチェスター、『嵐が丘』のエドガー・リントン、『妻たち、娘たち』の地主ハムリー、その息子オズボーン、ロジャーなど、いずれもこの階級の男性である。

ハーディ小説に登場の貴紳階級

ハーディではこの階級に属する人びとの多くは、多少なりとも作者に批判される存在である。『窮余の策』のシセリア・オールドクリフは、元は退役軍人（あとに示す〈ミドル〉の階級）の娘にすぎないが、のちには、母親の家系から相続した大邸宅に住む女領主としてこの階級の一員となる。『緑樹の陰で』のシャイナーは小地主でしかないが、派手やかな当世風の馬車を乗りまわす点で、この階級に近い。『青い瞳』でエルフリードの父が再婚する相手シャーロット・トロイトンは、この階級の未亡人。『狂乱の群れをはなれて』のボールドウッドはジェントルマン・ファーマー、つまり一般には次の〈ミドル〉の上位とされる趣味的農場経営者だが、作品全体から感じられる印象から言えば彼はこの地主階級の下位に位置する。『エセルバータの手』のネイは成り上がり者だが、この階級の一員になって社交界に出入りしている。『ラッパ隊長』のフェスタス・デリマンは、（亡妻の金でたまたま購入した不動産のおかげで成り上がった）小地主ベンジャミン・デリマンの甥であり、自らも多少の土地を所有し、かつこの叔父の財産をねらっている。『微温の人』のポーラは、鉄道王だった父の代に成り上がった一家の娘だが、この階級の華麗な女性となっている。ポーラの誠実な友人シャーロットをはじめ、ドゥ・スタンシィ家の人びとは落ちぶれた準男爵家の人びとだが、地主階級的である（ただし息子は爵位を相続）。『森林地の人びと』のチャーモンド夫人は典型的なこの階級の未亡人。『テス』のアレックは、金力でこの階級に成り上がった一家の御曹司。このうち両シャーロットと特にポーラを除けば、彼ら彼女らは何か暗い欲望を有する人物として登場している。

〈ミドル〉の階級

〈ミドル〉という名で一般の紳士階級を呼ぶのは、かならずしも一般的ではないかも知れない。しかし経済上の必要から、知的な或いはエリート的な職業に就いて自ら働いている紳士階級をここでは⑤番の〈ミドル〉の階級と呼ぶことにする。英国国教会の聖職者たち、医師、法廷弁護士、また世に認められた作家、画家、音楽家、教師など知的専門職の人びと、上級軍人や貿易大商人、大事業家、後には、事務弁護士、会計士、技師、上級公務員などがこの階級に属する者とされた。④番として示した、働かなくても土地家屋から生じる利益によって、多くの下僕を雇いつつ生活が成りたつ貴紳たちとは違って、彼ら〈ミドル〉の人びとは、多少の遺産相続を受けている場合が多いとはいえ（ブロンテ姉妹の父牧師はこの階級に属するが、彼には相続した財産はなかった）、またごく僅かの下男下女を雇うとはいえ、自己の労働によらなくては生活が成りたたない。しかも一旦この階級に分類されたり、生まれついたりした者は、生涯、支配階級の末端である社会的地位を意識し、それに相応しい気品ある生活を余儀なくされる。この階級に生まれて、父親に死なれた娘たちは、結婚に際して、下の階級の男性と結ばれるのは恥であると考えられてきたために、財産もないまま結婚相手を見つけるのが極端に難しかった。また生まれつきは貴紳階級ではあっても、充分な財産の相続を得られなかった男女は、この階級の人びとと考えられる。したがって、貴紳とこの階級は、財産の多寡、親戚の権勢などにおいてのみ差異があると見なされ、階級間の断絶はない——別の言葉で言えば、貴紳階級に生まれついた女たちがこの階級の男と結婚するのは、父親に勘当されることこそあれ、特に醜いこととは考えられない。アグネス・グレイの母は、貧しい牧師を愛して父親に勘当されたが、作品内では良き選択とされる。『エマ』のエルトン牧師は、この階級の男。軽率な人物ではあり貴紳の娘エマには軽蔑されるけれども、彼女に求婚することが社会通念上許されない暴挙としては描かれない。『自負と偏見』のコリンズ牧師も、地主階級の末端ベネット家の次女エリザベスに結婚を申し込む（もっとも彼の場合には、ベネット家の遺産相続人となる確率が高いので、地主の身分であると彼自身はうぬぼれている）。また貴紳階級に生まれついた男たちが結婚相手を探すのは、この階級のあいだにおいてである場合が多い。

〈ミドル〉の人物——『緑樹の陰で』まで

『窮余の策』のヒロイン、シセリア・グレイの父親は建築家。典型的なこの階級の男だが、当時はまだ同じ階級の女だったシセリア・オールドクリフと恋仲になる。家族も二人の結婚を望んだのに、彼女の〈過去〉のゆえに彼女の側から身を引く結果となる。この父親の死後、残された娘シセリア・グレイは零落した〈ミドル〉の娘として、苦しい立場に立たされる。当時こうした立場の女に可能だったほぼ唯一の気品ある職業、家庭教師を志望して新聞広告を出すが、ジェーン・エアやアグネス・グレイの場合とは違って、この職を得られない（現実には、身元を保証する社会的地位の高い人物の紹介なしには、新聞広告による家庭教師職の獲得は困難であった）。またシセリアは、結婚相手を選ぶ時にも、〈ミドル〉の娘が非難されないぎりぎりの線上に昇ろうとする建築士志望の男エドワードに恋をする（先に述べたとおり、ハーディの前妻エマは〈ミドル〉、または親戚関係からはその上の階級。ハーディ自身も、当時は下層から〈ミドル〉に昇ろうとする建築家志望の男だった）。エドワードの素性は、よくて下位中産階級の下端なのである。彼の父は農場主ではあるが、旅館経営に行き詰まって農業を兼業しているにすぎない。『緑樹の陰で』では、メイボルド牧師が典型的〈ミドル〉の人物。彼に恋されるファンシィ・デイは、下層最上位の、伯爵家所有地の筆頭狩猟番で材木係の執事を父に持つ。中流階級に等しい教育を受けた彼女は、メイボルド牧師と結婚しても何らおかしくない女である（それに、男性が社会階級的に下位にいる女と結婚するのは当然のこととして認められていた）。

『青い瞳』から『エセルバータの手』まで

『青い瞳』では、エルフリードはこの階級の牧師の娘。しかし彼女は亡くなった母親の血縁上、男爵家の遠縁に当たる上、父が再婚した義母が地主階級である。彼女が恋するスティーヴンは、先にも見たとおり、建築家としてこれから中流階級になろうとする男。二度目の恋人ヘンリー・ナイトは、れっきとした中流階級。『狂乱の群れをはなれて』のバスシバの階級は、当初は曖昧にされていて、その教養程度から、中流に係わりがあると思われるが、仕立屋の娘。彼女はそのうち、相続によって、大農場主となる。しかしこれはせいぜいで〈ミドル〉の位置と思われる。だから地主ボールドウッドと結婚すれば、当時の考えでは〈良い〉結婚なのであった。『エセルバータの手』に登場する〈ミドル〉の階級は、エセルバータの恋人クリストファー・ジュリアンとその妹フェイスである。二人は〈ミドル〉の出ではありながら、経済的に零落していて、とりわけ音楽の才能もあり、価値観もしっかりしているフェイスについては、作中に恋愛も結婚も言及されない（それほどに、零落した〈ミドル〉の娘の結婚は難事であった）。

『帰郷』から『ラッパ隊長』まで

『帰郷』では、ユーステイシァは退役した大佐の孫娘として、〈ミドル〉下方の位置にある。最初の恋人ワイルデーヴは、元は技師であったが、この〈ミドル〉に近い位置から落ちぶれて、今は旅館兼酒場を経営している。クリム一家は〈ミドル〉。下層農民ばかりが登場する『帰郷』のなかで、これらの人物は比較的上位の人びとなのである。『ラッパ隊長』では、ヒロインのアン・ガーランドとその母親は、父親が画家であったことから〈ミドル〉に分類される。母親は、身分的に下位の製粉場経営者に愛されて、喜んで再婚する。しかしアン自身は、〈ミドル〉のプライドを捨てきれない娘であり、最終的に人品の劣ったボブと結婚するとき、ボブは大尉という、中流に近い将校に昇進している。帰省中にわざわざきらびやかな大尉の軍服を着てボブが自家の庭を歩く滑稽な姿を、アンはほれぼれと見やるのだが、階級の上で上昇した彼とならば結婚してよいとアンは感じたということが、皮肉まじりに示唆されているにちがいない。

一八八一年以降の小説

一八八一年以降のハーディ小説では、階級問題はさらに大きく主題にまつわりつく。『微温の人』の主人公ジョージ・サマセットは建築家で典型的な〈ミドル〉の男性だが、一九世紀資本家の財力によって貴紳階級に上昇したヒロインに、彼の知性が必要か、それとも彼の恋敵が象徴する貴族の血が必要かが主題となる。『塔上のふたり』では主人公スウィジン・セント・クリーヴが、亡くなった牧師補の遺児であり、また知的専門職の天文学者となる〈ミドル〉の男性だが、上位の階級の女性に絡む。『カースタブリッジの町長』のマイクル・ヘンチャードは、貧民階級から〈ミドル〉の上位に成り上がる。妻のスーザンと娘エリザベス・ジェィンも、ヘンチャードとスーザンの再婚後は当然〈ミドル〉。ルセッタは亡くなった父が上級軍人で〈ミドル〉の女性。ファーフリーも作品の進展とともに、〈ミドル〉の男性に成り上がる。『森林地の人びと』のフィッツピアズ医師は、もちろん〈ミドル〉の専門職。『テス』ではエンジェル・クレアが牧師の息子で、〈ミドル〉。『日陰者ジュード』には、典型的〈ミドル〉は登場しない。シューは当初から知的で教養程度も高いし、〈ミドル〉の男性であるにちがいない大学生と、セックスレスの同棲をしていたくらいだから〈ミドル〉的ではあるが、教師になるためには師範学校を経なければならない。『恋の霊』では、ジョスリン・ピアストンが彫刻家で〈ミドル〉の男性。

下位中流階級（Lower Middle）　この⑥番目の概念は、世紀が終わりに近づいたころから現れてきたもので、自己の努力によって下層階級を抜け出し、中流階級の末端と言える位置についた男性を指すことが多い。また従来からの小農場主（自作農、農場・牧場経営者など farmers と呼ばれる小規模農事業主）もここに分類されよう。二〇世紀に近づくと、事務職員のうち、比較的知性、特技を要するもの、商工業者のうち、多くの労働者を雇っているものなどもこの階級に入った。彼らは〈ミドル〉と同じ地位であると自称して、品位を保とうとする。だが既成中産階級からは、しばしば〈成り上がり者〉として下位に見られた。二〇世紀初めの小説に登場することが多い。ハーディでは、『青い瞳』のスティーヴン・スミスがこの階級に昇ろうとしている。『エセルバータの手』のネイは、老馬を処分する商工業者で本来はこの階級だが、財力によって支配階級の仲間入りをしている。『帰郷』のディゴリ・ヴェンが元は小酪農場主。『カースタブリッジの町長』のヘンチャードやファーフリーは、下層からこの階級を通過して上に昇る。つまり二人はともに、この階級に入ったのち、さらに市長職に就いている。この階級以上の地位を得たことは確実である。『テス』のダーバーヴィル一家（本当はストーク一家）は、もとはおそらくこの階級の商工業者であったと推定されるが、財を得て、広大な土地と邸宅を我がものにし、にわかに④番の地主階級に成り上がったのである。『日陰者ジュード』のフィロットソンは、この階級の下端あたりに位置するだろう。なぜなら、彼もクライトミンスター大学には入れないからである。

落ちぶれた男、成り上がる女　もっともハーディでは、典型的なこうした小市民は描かれることが少ない。むしろ、⑤番の〈ミドル〉から落ちぶれた人びととしてこの階級を描くことのほうが多い。『窮余の策』のグレイ兄妹、『エセルバータの手』のクリストファー・ジュリアンとその妹フェイスなどがそうである。それに加えてハーディでは、下層の上位に位置する家庭から出た美女・才女が教育によって支配階級の文化・価値観を獲得し、こうして下位中産階層に匹敵する地位を確保して、上位の階級へ動くか、下位に留まるかの選択を迫られることが多い。『緑樹の陰で』のファンシィ・デイは、それまでのイギリス小説の伝統を打ち破って、下層の男性の誠実を選ぶ。『森林地の人びと』のグレイス・メルベリも下層上位の家庭から出て高度な学校教育を受けるが、これは逆に上位の医者と結婚する。多少これらとは異なるが『狂乱の群れをはなれて』のバスシバは、もともとこの⑥番の階級程度の出身と推定されるが、結局はわずかにこの階級に手が届くか届かないかの男性ゲイブリエル・オウクを夫に選ぶ。『帰郷』では、〈ミドル〉の家柄から出たトマシン・ヨーブライトが、再婚とはいえ、この階級のディゴリ・ヴェンと結婚する。

下層階級

そして⑦番目に下層階級が位置する。ハーディではこの階層の作中人物がきわめて多い。しかし、読者層でこの階級に属する者はほとんどいないのが実情であったから、主役として活躍するこの階級の男女は、早い時期の小説では、多少なりとも上方に動くかたちで描かれる。例外は『緑樹の陰で』のディックである。ディックの周辺の合唱隊の面々はいずれも下層農民である。『青い瞳』のスティーヴンは、元は紛れもない下層の出身。『狂乱の群れをはなれて』のゲイブリエル・オウクは当初、自称農場主であるが、実質は下層階級である。最後にようやく下層の上層部ないしは低位中流階級に近いところまで上昇して、バスシバの結婚相手として当時の読者にようやく認められることになる。ファニィ・ロビンは下層階級。この作品でも多数の下層農民が、大きな役割を演じる。『エセルバータの手』のティッカレル家の人びとは、エセルバータもピコティも、全て下層の出身。しかしこの二人は、階層が上昇して終わる。だが他のきょうだいは、男女とも全て下層のままに留まるのである。『帰郷』では、主役とその身内以外は、全てが下層階級。『ラッパ隊長』はジョンをはじめ、ラヴデイ一家は下層階級だが、ボブだけが最後に地位が上昇する。『カースタブリッジの町長』では、主役は全て上層部に移動するが、アンダークラスと言うべき、下層階級のなかでも底辺の人びとが詳しく描かれている。『森林地の人びと』では、ジャイルズ・ウィンターボーンとマーティ・サウスが典型的下層階級。マーティは極貧の女である。ほかにもシューク・ダムソンとその夫をはじめ、下層の民が相当に活躍する。『テス』ではテスとその一家は、下層農民のなかでも極貧に近い。テスの酪農場での友人たちも貧しい下層農民。クリック氏ですら、下層の最上端と見るほうが正しいであろう。『ジュード』ではジュードその人、アラベラとその一家、ジュードと行動をともにして以降のシューなど、下層階級が主題の周辺を取り囲む。『恋の霊』では、ピアストンが三代にわたって恋するアヴィスはいずれも下層階級。

D・H・ロレンスへ繋ぐ鎖の環

以上のように、ハーディ小説のなかでは、支配階級の人びとはほとんど主役としては登場せず、いわば憎まれ役・補佐役として現れている場合が多い。ジェーン・オースティン以来の、イギリス・リアリズム小説では、〈ミドル〉から上の人びとが主役であった。ディケンズは、この伝統を打ち破るように下層の人びとを登場させたが、読者はもとより、作者自身からも遠い存在として彼らを描いていた。ジョージ・エリオットにおいて初めて下層階級は、その心のなかまで〈知られうる世界〉のなかへ入りこんだ感がある。しかし、D・H・

ロレンスが本格的に下層階級の精神生活まで立ち入って描くに至るまでに、彼とジョージ・エリオットを繋ぐ環のようにハーディが被支配階級の喜怒哀楽を描いたと言えるであろう。

さて以上に述べたことが一目で判るように一九世紀イギリスの社会階層を短くまとめた図表を次に掲げる。上記の本文中に用いた丸囲み数字と、以下は一致する。

① Royalty（王族、皇族）［敬称：Royal Highness］
King（国王）、Queen（女王）、Prince（王子）、Princess（王女）

② Peerage（爵位貴族）［敬称：Lord, Lady］上院に議席権。
Duke, Duchess.（公爵、公爵夫人）
Marquess, Marchioness.（侯爵、侯爵夫人）
Earl, Countess.（伯爵、伯爵夫人）
Viscount, Viscountess.（子爵、子爵夫人）
Baron, Baroness.（男爵、男爵夫人）ここまでは世襲貴族。

③ Lower Titles（下級称号、いわば準貴族）［敬称はSir, Lady］
Baronet.（準男爵）［Sir～, Bart～］世襲。上院議席権なし。
Knight.（ナイト）［Sir～］一代限り。上院議席権なし。
今日では女性にもKnightに相当する位階としてDame称号がある。

――以上が本来の上流階級――

以下の④、⑤は、上記の②、③と社交界で交際、互いに結婚もした。

④ Gentry（貴紳階級）［Landed Gentry（地主階級）のことで、上流の下層部と見なしてもよいが、厳密には中流の最上層。土地や不動産による所得が多いため、自分では働かない階級。］

⑤ Middle Class（中流階級）［一般のgentlemenのこと。Clergy（聖職者）、ただし英国国教会の。Professionals（知的専門職＝医師、法廷弁護士、作家、画家、音楽家、教師など）、後には事務弁護士、会計士、技師、公務員などもProfessionalsの仲間入りした。上級軍人、貿易大商人、大事業家、趣味的農場経営者も。］

――ここから上が支配階級と言えよう――

⑥ Lower Middle Class（下位中産階級）下層の上位部とも言える。Farmers（農場主＝自作農、農場・牧場経営者）。Office Clerks（事務職員）のうち、比較的知性、特技を要するもの。一九世紀後半に下層階級から自己の才能や努力によってのし上がった新興階級。

⑦ Lower Class（下層階級）
⑦―1　比較的な上位者：Bailiff（農場管理人）、Forester（森番、狩猟番）、小事業主・店主。上・中流の家庭内に勤めを持つsteward（執事、下男頭）やhousekeeper（家政婦、女中頭）。
⑦―2　一般の、最も数の多い下層民：他人に雇われている立場の、手仕事による労働者。
(a)　召使い、馬丁、料理人、女中、乳母、御者など、中流までの人々の邸内で、特に知性を要しない労働をする人々。
(b)　Agricultural labourers（農業労働者）＝いわゆる「農民」
(c)　Industrial labourers（産業労働者）＝いわゆる「労働者」
⑦―3　The poorest of the poor（最下層の人々、極貧民）。

粗筋と作品論——トマス・ハーディの全長編小説

序章　ハーディの小説
——本論への前書きとして

新しい文芸批評の影響

「端書き」でも触れたように一九八〇年代以降の新しい文芸批評の影響を受けて、ハーディの作品論にも新しい見方が登場した。なかでもフェミニズム批評とマルキシズム批評は、これまで無視されてきたハーディの諸作品の価値を掘り起こすのに大きく貢献した。本書においても、公刊第一作『窮余の策』、第三作『青い瞳』、第五作『エセルバータの手』、第八作『微温の人』、第九作『塔上のふたり』、第一四作『恋の霊』など、従来型の批評では習作として、あるいはハーディの余技として軽くあしらわれた小説を、読む価値のある秀作として他の作品群と対等に扱うことになる。著者は従来から、これらマイナーとされた作品の与える衝撃に心を奪われていたが、ここにこれらの本来の姿を示そうとすることが可能になったのは、一つにはこれらの批評のおかげ。また従来から評価の高かった作品に関しても「見せかけの（ostensible）意味と隠された意味」（R. Morgan 1988：**xvi**）を見分けつつ、作品の真の姿に迫るよう促したのも、これらの批評の功績である。

反リアリズムの併存

これらの批評が世に示した注目すべき指摘は、当時の読書界（そしてその読書界に商品としての小説を提供していた出版社）が許容していた慣習的なものの見方をハーディが自己の小説内に採り入れて、世に受け容れられる作家となっていった軌跡を明らかにしたことである。ここからは当然、慣習的テクストを書くことを承諾したハーディの、作家となるために妥協した不本意な保守性が浮かびあがる。こうした批評のあるものはまた、彼の有名作品のブルジョア的イデオロギーを批判し、彼を単なる有名志向の成り上がり者として扱うことによって、伝統的ハーディ像を修正しようとしたネガティヴな面を見せた。しかしこの批評の優れた部分が行ったことは、こうした時代の制約のなかでハーディが、主として意識的に（しかし時には無意識に）自らの表面的保守性を覆す表現を、いかに多様に暗々裏に盛り込んだかを示すことであった。こうしてもたらされた最も大きな成果は、このような世に受け容れられたテクストの背後に見え隠れするもう一つ（または複数）の、より重要なテクストの存在の指摘であろう。特に性に関するハーディの表現を「副次テクスト」（subtext）と名づけ、〈表現の裏面〉を読むもの（R. Morgan 1988：Garson 1991）、ハーディのリアリズム依拠の表面テクストの間隙に、反リアリズム（anti-rearism）と呼ぶべき副次テクストの露出を見て取った評論も目立つ（Goode 1988）。

フィッシャーの「対立テクスト」

これらを大きく発展させ、マルキシズム・フェミニスト批評をハーディの称揚的再読へと導いたジョー・フィッシャーは、このもう一つのテクスト（彼の著書の表題に言う〈隠されていたハーディ：*The Hidden Hardy*〉）を「対立テクスト（counter-text）」と呼び、表面に見える「商品としてのテクスト（traded text）」はこれによって（少なくとも部分的には）覆されると見る。フィッシャーは、彼以前の年月において同じような見方を少しずつ提供していた上記のモーガン、ガーソン、グッドや、ロイ・モレル（Morrell）、パトリシア・インガム（Ingham）、ピーター・ウィドゥスン（Widdowson）などによる多数の新批評を丁寧に紹介する（Fisher: **8 ff.**）。その上でフィッシャーはこの動向を発展させるのである。商品を売るハーディと、語るべき実質を有するハーディとが作品内に共存することを指摘する流れのなかで、彼は特に性や男女の問題に注目し、スタリブラスとホワイト（Stallybrass & White）の説を引きつつ「ちょうど〈女らしさ〉（femininity, 女性性）」がヴィクトリア朝の〈高〉文化（high culture）の記号であったのと同様に、性衝動（sexuality, 性問題）はその〈低〉文化（low culture）の記号であった」（Fisher: **12**）と述べる。ハーディにあっては、自己の著作に潜入させた〈低〉文化標識を用いて、小説という〈高〉文化の大建築物を攻撃したとするのである。具体的には

> 性行為や女体解剖図を、隠したり半ば隠したりしたイメジこそが、語り手の反定立的対立テクストの中心をなしている。おそらくはこれらのイメジは、出版社や雑誌編集者に無事売り渡すことができた小説を変造（corrupt）してしまうのだ。（Fisher: **12-3**）

「変造」と訳した英単語（corrupt）の元の意味は「堕落させる」である。しかし堕落させているとは言っても、それは当時の出版社や雑誌編集者にとっての〈堕落〉であって、ハーディはこの戦術によって自己のテクストを変質変貌させたというのがフィッシャーの主張である。そして性問題だけではなく、キリスト教についてもハーディは「反キリスト教・前キリスト教的神話や儀式を土台として、彼のもう一つの小説テクスト、反ブルジョア的ブルジョア・ドラマを打ち立てる」（Fisher: **15**）と説く。このように、小説変質の主体として作用する「対立テクスト」は、性と結婚の慣習への批判・宗教批判・階級社会批判・男性支配批判など、攻撃的主張に満ちた体制転覆的な傾向のゆえにフィッシャーに賞賛される――体制転覆戦術を用いるハーディの「〈挑戦的言辞（dares）〉と対立テクストは、散文によるフィクションと、イデオロギー再生産とのあいだの本質的関係の根源にまで浸透する」（Fisher: **19**）というわけである。

慣習転覆傾向を認識しつつ

こうした批評の結果として現れた今日のハーディ像を、フィッシャーの論述より七年あとに上記のウィドゥスン（『ポスト・モダンのD・H・ロレンス』の著者でもある）は、（「端書き」でも触れたが）こう表現している――

> ハーディは〈諸断層に分裂したテクスト性〉というテラーン（異なる地史を有する地層の集合体＝森松注記）となった。この地層集合体の主要ランドマークは、文化上の政治観念、階級、性問題（sexuality）、社会的性差（gender）などの深部諸層（substrata）

を露出させる地層線である」(Widdowson 1999：87–8)。

これは見事な比喩である。この見方によって、上に記した〈無視されてきた作品群〉を正当に読む方法が示されたことは、まことに喜ぶべきことである。慣習的価値観への多面的な批判が、ハーディの小説の大きな特徴であり美質のひとつであると見ることに、本書著者も全面的に賛同するからである。この点では本書もまたこれらの批評に同意し、この側面からの小説家ハーディ像をも描くであろう。詩人ハーディの全作品を邦訳した経験のある本書著者、またヴィクトリア朝の諸詩人が示そうとした慣習転覆的な傾向を大きく発展させた詩人ハーディについての論評（『十九世紀英詩人とトマス・ハーディ』）を先に世に問うた本書著者は、ハーディがいかに大きな気概をこめて、ヴィクトリア時代の慣習的なものの見方に挑みかかった文人であったかを、もとより肌身にしみて感じている。彼が小説に取りかかる前から詩を書き、やがて詩人として世に立ちたいと熱望していたことを考え合わせれば、彼の小説の中核部分に、詩の場合と同じ批判の精神が息づいていることは当然であると感じられる。

体制転覆のみではない副テクスト

だが本書では、これとはいささか異なった見方もまた導入されるであろう。彼の作品の奥に〈または裏面や〈低位地層部〉に〉読みとられるべき内実が、全て体制転覆的な批判と諷刺や、〈低〉文化標識としての性的表現でできているとは、筆者には感じられない。彼の小説の「商品としてのテクスト」とされる部分にも見るべきものが大いにあるからである〈例えば『狂乱の群をはなれて』では、ゲイブリエル・オウクという、篤実でセックスに関する規範がむしろ自己抑圧的なヒーローが、当時の読者に好感を持たれるように書かれていると同時に、今日の価値観をもってしても、読者に共感を呼び起こすだろう〉。同時に、副次的、対立的テクストには、社会批判・キリスト教離れ・男性中心思想批判や性描写だけではなく、ハーディが表現を試みた他の要素——ストーリーのみを追う読者には読み飛ばされがちではあるけれども、芸術に関心の深い読者には、これこそがハーディ小説の醍醐味と感じられるたぐいの、〈世界と人間の真実〉の描出や、詩情豊かな叙景と描写、エッセンシャリスト風ではあっても、読者の経験に照らして賛同される男女の心理描写などが含まれている。

文学は異種テクストの混淆

そもそも文学そのものの成り立ちが、異種のテクストの〈綯い交ぜ〉、〈撚りあわせ〉であることを私たちは意識しなければならない。例えば叙事詩は時代時代の為政者の偉業を讃える使命を帯びていた。これは上記の「商品としてのテクスト」に相当する役目である。しかし権力者の偉業を讃えつつ、その間隙に、より人間的な感情の発露を入れ込むことによって、卑小な人物を含めた登場人物に対する共感や哀惜が叙事詩の、より意味のある実質を作ってゆくことを想起してみればよい。また例えばパストラルという、おだやかな、いつの時代にも権力者にさえ受け容れられるジャンルがある。だがすでにローマ時代にはウエルギリウスが、その牧歌的な情景の背後に、土地を収奪された農民の悲哀を〈綯い交ぜ〉にしている(Patterson：3)。シェイクスピアの『冬物語』と『テンペスト』はパストラルの伝統を大幅に採り入れてはいるが、〈自然〉と〈人為〉という二語の持つ多数の意味を駆使した文明批評が副次テクストとしてある（当然、宮廷や権力構造批判が含まれる。宮廷と文明は批判されつつその長所も描かれ、若年者の純粋が示されるとともに未熟ぶりも暴露される。森松 1968）。

写真的迫真性を排する作家

実際、異種テクストを混じり合わせる技法は、リアリズムが変貌を遂げようとしていた一九世紀末の作家としてのハーディが採用して何らおかしくない可能性の一つであった。彼が写真や商品目録めいたリアリズムを排する作家であったことは、次に示す彼自身の言葉からよく知られている。

> 芸術（Art）は現実の状況（realities）の不均整化である——リアリティを変形（distort）して、整った外形から追い出して見せること（throwing out of proportion）である。これはこうしたリアリティのなかの重要な諸特徴だけをより鮮明に提示するためなのだ。ここに言う諸特徴は、単にコピーされたり商品目録のように並べたてられたりした場合には、あるいは目にとまるかも知れないとしても、見過ごされてしまう場合のほうがずっと多いであろう。だから〈リアリズム〉は芸術ではない。（LW: **239**）

日常を〈異化〉して見せる

ハーディのこの言葉を睨みつつ、前記のウィドゥスンはこう言う——「（ハーディの書き方は）常識的なリアリティを非日常的なものと化し（“make strange”）、まさしくあの自然順応的に書く方法によって不鮮明にされていたもう一方のリアリティを見えるようにするのである」。すなわちフォルマリスト批評で言うところの、「異化」（defamiliarization）ないしは「非日常化」（denaturalization）を実現して見せる技法にほかならない（Widdowson 1999: **74**）。他の言葉で言うなら、先入観に支配された通常の眼による認識とは異なった、別の側面からの、はじめてその対象を見るときのような事物の認識をハーディは心がけ、その認識の対象となる人間現象を読者の身近に（最近の言葉で言えば〈前景化〉して）引き寄せたのである。この心がけのなかには、〈真実の認識〉という、詩人ハーディが心がけたのと同じ、文人としての最大の誠実が籠められている。詩人としての彼がいかに多くの「危険な真理を述べる作品」を書いたかは、彼の第一、第二詩集を概観するだけでも納得できよう。彼の初期の詩の題材は神の喪失、ロマン派離れをはじめ、ヴィクトリア朝に対して転覆的な傾向を持つものであった。それは新奇ではあるが危険なものとされるたぐいの、〈真実の暴露〉である。世の制裁を招きかねない真実を制裁覚悟で語るときには、当然様々な技巧が凝らされる。そのひとつが上に言う「異化」作用である。以下に示すような、詩人としての「異化」による技法を見るならば、詩人の本音を語る際に、ハーディが社会批判・男性支配批判以外にも、いかに多くの〈真実〉への接近を試みていたかが判る。小説についても同様であったと見るべきであろう。

詩における「異化」の例

「月食に際して」(詩番号79)では、月食は地球の戦乱に満ちた苦難の大陸の投影として見られる。同時にこの月面の地球像は、「英雄と美女からなる人間界」の矮小化でもあり、同時に〈お月様〉が持っていた自然現象の人間的属性を完全に捨象する描写でもある。仰ぎ見る月の、日常的リアリティはこれらの新たな眼によって珍奇なものにされて(made strange)いる。まさに「異化」である。だが人間の矮小性の強調、矮小な者が行う思い上がった行為への諷刺、過去の自然観の転覆、遠距離化による人間世界の新たな凝視など、「異化」によって眼前にもたらされる新認識の範囲は広い——つまり決して単一ではない。また「ある晴れた朝に」(同93)は、〈自然〉の最も美しい情景を、人の失望の源として描く。T・S・エリオットが、夕焼けを「手術台の上のエーテルをかけられた患者」(「プルーフロック」)に譬えるのに似た「異化」技法である。そして人の幸せは「真実を直視することからは生じない。灰色のものを金色であるかのように見る夢からのみ、幸せは生じる。私は〈虹色の弓状体〉(iris-hued embowment)を慈愛溢れる神の設計の一部のように夢見て、しあわせでいよう」と歌うのである。神と人間との契約の架橋と見なされていた虹、ロマン派詩人が愛した〈美しい〉虹を、"iris-hued embowment"という珍妙な造語で表現して、〈虹〉に集積した過去の神聖な、あるいはロマンティックな連想を払拭し、虹を即物的な物理現象に還元する。これらの詩において、日常的リアリティとしての月や虹は、完膚無きまでに「異化」され、文化的・時代的コンテキストのなかの天文現象となる。また「乳しぼりの娘」(同126)は、雛菊の咲く堤の下で乳しぼりをする娘の、慣習的な眼には牧歌的と見える情景を「異化」して、彼女の生々しい自己中心的な恋の思い、すなわち恋敵を打ち負かすドレス獲得への思いを示す——これは従来型のパストラル詩を「異化」している。

文筆家の最大の任務

そして今しがた〈誠実〉と言う語を用いたが、ハーディの場合、これはくそ真面目に従来型の道徳律に従うことではない。悲しいことをも喜ばしいと言わせるたぐいの従来型の道徳を排して、事実誤認に満ちた幻想・虚偽的楽観主義を斥け、事物を直視することこそ世の改善の道だ——これは短詩「誠実に寄す」(同233)のなかでハーディが歌ったことである。ハーディはまた、「現代の文学」が本音を語ろうとするたびごとに、せっかくの本音を打ち消すような〈脇科白(aside)〉(すなわち保守的文化風土への妥協的言辞)を挿入して、論点を曖昧にする習癖を、自伝のなかの短評で非難している——そしてその結論は「現代文学につきまとう罪は、その不誠実である」(Life: 215)という言葉である。再び短詩に戻れば、「ローザンヌ——ギボンの旧庭にて、午後十一—十二時」(詩番号72)に現れるギボンの霊は、後世の文筆家が〈真理〉を描き出すのに誠実であるかどうかを問いただす——

いまは〈真理〉の処遇はどうなっている?——虐待かね?——
文筆は　ほんのずる賢く〈真理〉をあと押ししているだけかね?
遠回しな言葉でしか〈真理の女神〉を援護できないでいるかね?
駄文家たちが今も〈喜劇〉を〈尊崇の対象〉だとほざいているかね?

賢人ミルトンは、「真理が世に生み出される様子は　私生児なみ、
　つまり真理に生命を与えた男には決って不名誉が与えられる」
　と　苦渋に満ちた言葉を　誣告者に投げつけたが
この種の手合いが　今なお地上を牛耳っているのかね？

——これもまたハーディの考える文筆家の〈誠実〉を主題にしている。さらにハーディの書いた、最も長大な詩論と言うべき、第六詩集への序文「弁明」（Apology、拙訳『全詩集Ⅰ』では「我が詩作を擁護する」）においてもまた、自己の「深刻で積極的で露骨な諸描写」を擁護しようとしている。「弁明」では、この「描写」は神不在についての叙述を指しているのは確かだが、しかし小説で言うなら、上記のような様々な批判に関しても、彼が同じ考えを抱いていたことが、この「弁明」の精神から明らかであろう。「弁明」で彼は言う——「現実を探索し、探索の過程で現実を一段階ずつ率直に認識し、可能な限り最善の成り行きを見出そうとする態度」こそが詩人・文筆家の務めであると。

妥協と本音のあいだを読む

ノースロップ・フライは、最良の文学作品は、読者・出版社との妥協の上に成り立った作品だという意味の、逆説的なコメントを述べたことがある。小説について考えてみると、これは納得のゆく発言である。小説は広範な読者に読まれてはじめて存在することができるからである。ハーディが小説よりも詩を書きたかったのは、この種の妥協に嫌気がさしていたからではあった。だが現実には、今日でも読み継がれる小説を彼は数多く世に送った。彼の妥協と本音のあいだをこそ、私たちは読みとらねばならない。そして重要なことは、一種の妥協として当時の慣習的思考を導入しているように見える文章のなかにも、その慣習とかならずしも正面衝突しない本音の部分が〈綯い交ぜ〉にされていることを認識しておくことである。今日なお大いに鑑賞に値する思考や感覚が、当時の文化的保守性と共存できた場合もあるのである。どんなに古い時代の価値観であっても、そのなかに基本的な人間的価値が、今日以上に輝いている場合がある。これは『リア王』のなかで、コーデリアとリアの再会の場面が今日なお多くの読者の心を打つのを考えてみても判る。また著者はギャスケル夫人の『妻たち、娘たち』（*Wives and Daughters*, 1866）を学生に読ませることが多い。ある意味では、これほどにヴィクトリア朝的な小説はないと言える。だがこの小説は、現代の若い男女の心を掛け値なしに感動させる。多くの学生が、この作品は良かったと感想文に書く。これにはBBCが制作した映画がある。文学作品の映画化については、現代の通俗イデオロギーの植え込みだとして批判が多いのは知っている。だがこの映画は（伯爵令嬢が水戸黄門さまのような役割を果たすところには、この基となる原作に対してと同様批判はあろうが）、全体としては、道徳教育や心理学解説などより好ましいかたちで、人の心のあるべき姿を学生諸君に伝える。以下のハーディ小説論議のなかでも、ヴィクトリア朝ふうな場面を一方的に退けつつ論じることのないよう、心してかかりたいと思う次第である。

第一章 『窮余の策』(*Desperate Remedies*, 1871)

概説

ハーディの公刊第一作。処女作と呼ばないには訳がある。彼は一八六七年に処女作『貧乏人と貴婦人』(*The Poor Man and the Lady*)を書き始め、翌六八年に完成した。これをハーディの側からの〈持ち込み〉のかたちで、六八年七月にマクミラン社に送付。だが同社の出版には不適とされた。翌六九年にハーディは、社主マクミランの紹介状を持ってチャプマン・アンド・ホール社に文字どおり原稿を持ち込み、二〇ポンドの保証金を著者が負担する条件をのめば出版できる話になったが、さらにスミス・エルダー社に持ち込んで出版を断られた。次いで彼は、出版可否の判断がやや緩やかなティンズリィ兄弟社ともかけあい、六九年の秋、おそらくは同社が提示したらしい(Millgate 1971 : **29**; cf. Life : **76**)自己負担金について、自分には手が届かないと判断した。この間に彼は、上記チャプマン・アンド・ホール社の査読担当者で当時の大作家だったジョージ・メレディスの助言を得た。すなわち『貧乏人と貴婦人』におけるように最初から上位階級攻撃の旗色を鮮明に打ち出すのは得策ではないから、純粋に芸術的な意図をもってより複雑な筋書きを考えよというのであった。そこで彼はこの作品を破棄し、この助言を、筋書きの複雑性という点では過度なばかりに採りいれて『窮余の策』を書いた。そしてこれは、七五ポンドという当時のハーディにとっては巨額の保証金を支払うかたちで、一八七一年に作者の名を伏せたまま、ティンズリー社から三巻本として刊行された。各章は「二週間の出来事」、「一日一夜の出来事」のように、その章の出来事の時間の長さによって命名され、各節の表題の代わりに「九月二一日から一一月半ばまで」のような、さらに細分化された時間が示される。推理小説の読者に要求される、出来事の厳密な時間的位置をこれは示しているかに見えるが、実際には、犯罪が行われる部分以外では、これを無視しても小説の読みには影響しない。

見失われた本質

だが下記の粗筋だけを見るなら、やはりこの作品は一種の推理小説だと感じられよう。従来から、推理小説の一種である英国センセイション小説(sensation novels)による影響が指摘されてきた。それと類似したゴシック小説(Gothic novels)の要素も持つとされている。実際、この作品はメアリ・E・ブラドン(Braddon)のセンセイション小説『オードリー令夫人の秘密』との類似が目立つ(ブラドン作品の女主人公は子供を遺棄する。またこの令夫人を男に変えたようなマンストンが、容貌の点でも同じように冷酷な種類の美貌を与えられ、この令夫人と同じく再婚のため最初の配偶者を殺害するなど残忍な行動を繰り返す)。またセンセイション小説の代表作ウィルキー・コリンズの『白衣の女』に、火事、犯罪の秘密、私生児など『窮余の策』が採用した出来事が多いことも指摘されてきた(Fisher : **26**)。だが通説に妨げられて見失われたこの作品の本質を、テクストのなかから掘り起こしたい。

［粗筋］　一八三五年。アンブロウズ・グレイ（Ambrose Graye）はシセリア（Cytherea）という名の令嬢に恋をした。両想いだったのに、彼女は別れの手紙を送ってきて二人の関係はとだえた。彼女の家族も真相を明かしてはくれなかった。彼女は少女のころ、従兄と恋仲だったという噂をあとで聞いただけ。アンブロウズは八年ののち、ようやく別の女と結婚。息子オウエン（Owen）に続いて翌年娘が生まれた。思いを籠めて娘の名をシセリアとした。

母が亡くなってオウエンが学校をやめ、建築技師だった父の見習いを始めてやっと二年。シセリアのほうは魅力に満ちた身のこなしの、才色兼備の娘に育っていた。このとき、異変が起こった。彼女が観劇中に窓の外を見ると、教会尖塔の頂で工事の指揮をとっている父の姿が見える。危ないわね、と目を離せないでいると父の姿はよろめき、一瞬ののちに墜落した。シセリアは失神。意識が戻ったときには、先刻、悲惨な姿で運び込まれた父に続いて家に運ばれていた。

父の死後、父が、他人に貸した金の回収に失敗し、それを挽回するための投機の対象だった船が沈没して、財産全てを失っていたことが判った。一八六三年から翌年にかけて父の債権者につきまとわれた兄妹は、イギリス南部に逃れて生きてゆくことにした。

兄は短期間の建築見習いの職を得、妹は家庭教師または付き添い女性としての職を求める新聞広告を出した。妹は、兄の職場に詩を書く独身の製図工がいると聞いて興味を持つ。兄妹が汽船で団体ツアーに行ったとき、兄は足を痛めて帰りの汽船に遅れ、代わりにその遅れる理由を伝えに駆けてきた男がいた。これが噂に聞いた製図工、エドワード・スプリングローヴ（Edward Springrove）。彼女も彼も相見ぬうちから噂を聞いて憧れていた仲。後日ボート遊び中に彼は逡巡しつつキスをした。その直後に彼は、してはならないキスをしてしまった、事情があり、それを今話せないのを許せと言い、以前から彼女にも告げてあったとおり、翌日ロンドンへ建築修行に去ってしまった。

シセリアの求職広告に反響がない。仕方なく家庭教師兼保育係へと条件を低下させて再度広告、さらに貴婦人付き女中へと変更した。本来は中産階級の妹が、女中にまで身を落とすのかと兄は慨嘆した。

ある貴婦人が会いたいと言ってきた。面接を受けると不採用となったが、貴婦人はシセリアの容姿に感銘を受け、直ちに思い直し、試しに雇ってみたいから自分の館へ来るようにと命じる手紙を出した。彼女はミス・オールドクリフ（Miss Aldclyffe）という名で、母が遺産相続で得た地所の、今は女領主（老衰した七〇歳の父が名目上の領主）だった。館に向かう途中、シセリアはエドワードからの恋文を胸に抱いて浮き浮きしていた。館に着いてミス・オールドクリフと話すうちに、窓外の羊の群れがエドワードの実家のものであると知れた。

ミス・オールドクリフは肌身離さず似顔絵のロケットを首から吊している。秘密のはずのこの似顔絵をシセリアに見せて「美男子だろう」と自慢する。それが何と自分の父の若い姿であることを見てシセリアは衝撃を受けた。それにこの独身の女の名もシセリアだった。

だが鈴を鳴らして呼びつけられる女中奉公に屈辱を感じた上、女主人が、素性の知れない女を雇うのは騙されたも同然と嘆くのにあきれて、彼女は翌日ここを去る決心をし、夜はこの邸に泊まった。だが真夜中に呼び出され、父親のことを詳しく聞かれた。ミス・オールドクリフはそれが自分の忘れられぬ恋人であると確信した様子だった。午前二時、眠れないでいるシセリアの部屋に彼女は入ってきて、シセリアのボート遊びを目撃したと語り、交際相手は不実者だ、わたしこそあなたを愛しているのにと言ってシセリアを固く抱擁し、同じベッドで彼女と抱き合って眠ってしまった。翌日彼女は、シセリアの恋人がエドワード・スプリングローヴであろうと名指しし、彼が自分の借地人の息子であり、婚約者のいる男だと語った。シセリアは驚いたがこれを信じ、書いてあったエドワード宛の恋文を破り捨てた。同じ日、老領主が他界した。ミス・オールドクリフはシセリアが女中ではなく対等の付き人として館に留まることを懇望し、シセリアも応じた。

葬儀のあと女領主は館の土地管理人を公募の形で選んだ。エドワードが応募し、顧問弁護士から最適任と推挙されたが、彼女は弁護士の反対を押し切ってイニーアス・マンストン（Æneas Manston）を雇い入れた。シセリアはある団体への寄付金集めの仕事のとき、女主人からマンストンを訪ねるよう指示された。彼が留守だったので、アドレイド・ヒントン（Adelaide Hinton）という二九歳ほどの女を先に訪ねて、彼女が九年もエドワードと婚約しているのを察知。次の訪問先で、エドワードの父農場主の何気ない言葉から、この婚約が事実であることを知った。帰りにマンストンの住処の前を通ったとき、彼に声をかけられ、ちょうど雷が鳴り始めたので彼の部屋で雷雨の過ぎるのを待つ。彼は雷光を裸眼で見つめる。雷鳴の轟く間もオルガンを弾き続ける。シセリアは彼に少し惹かれ、翌日会う約束をし、帰宅後直ちに約束撤回の手紙を出す。またエドワードには不実を咎める別れの手紙を出した。他方マンストンの心には、彼女への強い恋が生まれた。村人は、最初は彼と女領主の、今は彼とシセリアの、仲を噂した。

兄オウエンが訪ねてきた。マンストンは彼を、噂に聞くシセリアの恋人かと思って嫉妬した。だが一泊したオウエンが一番列車に乗るため、早朝の闇の中で妹と話していたとき、マンストンの住居から一人の女が出てきた。駅で下り列車を待つオウエンは、見知らぬ女がロンドン行きの切符を買って上り列車に乗り込むのを見た。またこの朝、マンストンのベッド・メイキングをしていた女中代わりの女性が、ベッドに濃褐色の髪の毛を見つけ、彼に妻がいると結論づけた。

実際ミス・オールドクリフのもとへ、マンストン夫人を名乗る女が、夫が自分を引き取らないなら〈貴女の秘密〉をばらすと手紙で脅迫してきた。ミス・オールドクリフは動揺し、尽力する旨の返信を出し、マンストンを問いただし、彼には三流女優の妻ユーニス（Eunice）がいること、結婚一週間で妻を嫌いになったことなどを聞き出した。彼は、体面を保てという彼女の要求に従い、妻を引き取ることにした。六四年一一月二八日。マンストンは妻の駅到着時間を間違え、出張先から出迎えに回るのが遅れた。ユーニスは駅の荷物係に付き添われて夫の住居に着いたが、錠が下りていた。憤慨した彼女は村の宿屋に泊まることにした。宿はエドワードの父農場主の経営だった。

この宿の庭の、肥料にする枯れ草の山は、三日前に点火され今夜もくすぶっている。これまで二晩も、無事燃え続けていた。マンストン夫人が自室に入ってから、経営者スプリングローヴは今夜も草山の無事を確信して、帰省の息子のために鍵はかけないまま一〇時半に床についた。一一時二五分までは、風に飛ばされた燃えさしはそのつど何事も引き起こさずに消えた。だがそのとき、豚小屋に火がついた。宿にも火が回った。誰もかも命からがら逃げ出した。老スプリングローヴも戸外に逃れたが、しばらくしていなくなり、三人の村人が家屋に飛び込んで、廊下に倒れていた彼を救出した。彼は「宿泊客のマンストン夫人を助け出そうとしてわしは倒れたんだ」と言う。

マンストンは一一時四五分に駅に着いた。列車から降りてきた恋敵エドワードを見て、妻をさらに疎ましく思った。駅員は、到着した夫人が宿に泊まったと告げた。彼は馬車で火事場まで来て、女房が火事の最中、落下した屋根の下敷きになって死んだと知らされた。マンストンは自室に帰って妻の死を、火災と神とに感謝した。そのあとで女房の遺体引き取りに火事場に戻った。しかし明朝でなければそれは無理と判った。近くの一連の家屋も全焼した。それはスプリングローヴ家がオールドクリフ家から借用して経営していた貸家で、借用期限終了後はオールドクリフ家に返却する契約。保険もかけてなかった。

翌朝ミス・オールドクリフはマンストンに弔意を述べた。すると彼は彼女の秘密（彼が彼女の婚外交渉による子で、この子を遺棄したこと＝シセリアの父を彼女があきらめた原因）を知っているぞと脅し、シセリアとの結婚のために実母らしく手を貸せ、そのためまずスプリングローヴ家に一連の焼失家屋の再建を要求し、次いで婚約者とエドワードの結婚を条件にその要求を撤回し、この手順によってエドワードにシセリアをあきらめる旨の手紙を書かせよと脅迫まじりに頼み込んだ。卑劣はご免だと言っていた母親も、最後には受け容れた。

マンストン自ら指揮して、一昼夜以上に及ぶ遺体探しが行われた。彼女の時計と鍵束、黒こげの骨二点が発見された。検死に際して外科医は、骨が人骨であることを証言し、陪審は彼女の死を評決した。

エドワードは父に代わって家屋再建等についての話し合いに行った。交渉中彼は、ミス・オールドクリフが他人の恋愛に口出しすることに抗議した。彼女は借地人の息子が教養を得て、社会を見る能力を得ていることを理解せず、話し合いは決裂。だが住処を失い、エドワードの従妹で婚約者であるアドレードの家に身を寄せる父親は、家屋再建は困難と見て絶望状態。また女領主がエドワードに、シセリアがマンストンに恋をした証拠だとして、彼女が彼に出した（実際には会う約束撤回の）手紙を送ってきた。これらを勘案してエドワードは、ミス・オールドクリフに嘆願しに行く父を通じて、明年末にアドレイドと結婚する意志を伝えた。するとこれによってエドワードの予想どおり、父は家屋再建の義務を免れた。彼はシセリアに絶縁状を出し、胸中なお彼に愛されることを願っていた彼女を悲しませた。

翌年五月まで、マンストンはシセリアの良き友らしく振舞い、出過ぎたことはしなかった。しかし、ミス・オールドクリフは二人を近づけようとした。マンストン自身も飾りの多い言葉で愛の表現をした。シセリアは冷淡に受け答えし、これが彼の情熱に火をつけた。

兄オウエンから手紙が来た。脚の痛みが続くという。手紙が来るたびに病状は悪化した。兄は骨の手術を受けたが、全治までに長い月日を要するので職も失いかけ、妹に是非来てくれと書いてきた。ミス・

オールドクリフは彼女が見舞いに行くことを快く認め、ついでにマンストンとの結婚はあなたの幸せに繫がりますよと説き、もし結婚するならお兄さんに格別の援助をしますよと言う。マンストン自身も親切に兄を見舞ったり、兄の借金を払ってくれたりして、すっかり兄の信頼を得た。兄は二度目の手術をすれば回復が早まることも判ったが、誰かに頼らねば医療費が工面できない。また兄はマンストンから妹への思いを告げられ、妹に、マンストンとの結婚を考えよと手紙で伝えてきた。彼を拒否し続けたシセリアも兄には同情、翌日、兄を自邸内に引き取ると言ってくれたマンストンに、結婚の約束をした。

婚礼の日が凶日金曜日に当たるので、シセリアは前日に変えてもらった。だがこれは計算違いで、式当日が実は金曜。前夜から寒気と暴風。木の枝先に雨滴が凍り付いて家の壁を打ち、氷は砕けて気味の悪い音を立てた。そして挙式の朝、アドレイドが金持ちの別の男性と結婚した噂が村人の間に流れたがシセリアの耳には届かずじまい。婚礼終了直後に彼女はエドワードの姿を見た。婚約が相手の都合で解消された彼は、シセリアの式に駆けつけたが、噂に聞いたより式が一日早まって終了していたのを知ったのだ。彼女の胸には彼への愛情が瞬時に再燃。新婚旅行に旅立つ前彼女は偶然、小川を中に挟むところでエドワードに逢い、父が仕組んだ不本意な婚約から解放された彼が、今も彼女を熱愛しているのを知り、越えられぬ小川を挟んで握手した。

だがもう手遅れ。新婚夫婦は旅行に出発した。すると駅でこの花嫁を見かけた駅員が牧師を訪れ、マンストン元夫人の目撃を告白した。あの火事が鎮まりかけたころ、先に彼が同道したあの夫人が再び駅へ来て列車の時間を尋ねた、そして彼女を見かけたことを決して口外しないよう、聖書に手を置かせて誓わせたのだという。連絡を受けた兄とエドワードは、事実が確認されるまで新婚の二人を離しておくため直ちに追いかけ、オウエンはマンストンが妻の生存を知らないことを信じて礼儀正しく彼を説得、彼女を彼から引き離すのに成功した。

焼死した筈の女の生存説を、聖書の誓いに反して漏らした駅員は、苦悩の末行方不明になった。マンストンは牧師の勧めによって、妻を捜す尋ね人広告を新聞に載せた。何の反響もなかったが、二度、いや牧師の勧めで三度試みた。ある日、前夜から招いてあった友人と二人でいるところへ、妻からの手紙が来た。あの夜、駅員に会ったのち、彼女は別の駅まで歩き、そこで一番列車に乗ってロンドンに向かい、今はロンドン住まいだという。友人にこれを読んで聞かせると、友人は妻が宿を出るときに時計と鍵束を忘れたり落としたりしたのは不自然だと言った。しかしやがて人びとは、彼の妻が実際に彼の許へやってきたのを目にした。どんな男にも色目を使うタイプの女だ。

再手術したオウエンは健康を回復し、収入も得られるようになり、妹シセリアとともに農園の一隅で暮らし始めた。エドワードが訪ねてきてシセリアに求婚したが、彼女は悪意ある村の噂を気にして、受けることはできなかった。だが彼をいつまでも愛していることだけは明言した。兄はマンストンが意図的重婚者であることを証明できさえすれば妹の世間体も回復すると思ったので、弁護士を雇う経済的余裕こそないが、徹底的に調べることにした。シセリアは古新聞からユーニスの以前の住所を見つけ、オウエンが在ロンドンのエドワードに手紙を書き、エドワードはその住所を訪ね、ユーニスの針箱から彼女とマンストンの写真、彼が彼女に捧げた詩などを入手、これを次々とオウエンに送った。写真のほうは、マンストンが郵便夫を酒に酔わせて別の写真にすり替えたが、二通目の手紙の詩に歌われた紺碧色の目は、今マンストンの妻とされている女の真っ黒な目とは大違いだった。オウエンは彼女の髪も、かつらか染めた髪と見抜いた。エドワードは彼女がユーニスではなくアン（Anne Seaway）という別人と確信した。

エドワードと牧師は、ミス・オールドクリフにこれを告げた。彼女はその夜、見知らぬ男に牧師が何かを依頼しているのを察知した。

ある日、贋マンストン夫人アンは夫が銀行で大金を引き出してきたのを見た。その夜、ミス・オールドクリフが訪ねてくると、夫は妻に座をはずすように求めた。アンは不審に思って立ち聞きをする――夫は何事かが自分の命にかかわると言い、ミス・オールドクリフに何かを耳打ちする。するとミス・オールドクリフが顔色を変えた。

彼女が帰ったあと、アンは夫に壁掛時計のねじを巻かされたが、壁に映る夫の影は、彼女のワインに何かを混入していた。アンはワインをハンカチにこぼし、そのあと熟睡したふりをした。夫は鍵をかけて外出。アンは窓を破って追跡。屋外に別棟がある。見ていると夫は別棟の中の食器棚を移動させた。その背後の壁を夫は壊す。すると壁のうしろに大きなかまどがあった。夫はそのなかから大きな南京袋を抱え出す。時間をかけて彼は部屋を元通りにし、かまどを隠す。アンは一人の男がこれを監視しているのを見た。やがて夫は袋を背に、永年の枯葉の堆積した窪地を目指す。例の男がマンストンを追跡する。一人の女がそのあとを追っている。アンも続く。窪地で彼は穴を掘り、袋を投げ入れてこれを土で覆う。追跡していた女、つまりミス・オールドクリフがマンストンに駆け寄って耳打ちする。マンストンは監視していた男に気づき、持っていた鍬で彼の頭部を一撃。男は倒れ、マンストンとその母は、左右に散って逃げ失せた。アンは倒れた男を助け上げる。刑事だった。二人で穴を掘り起こし、刑事は袋の中から女の遺体を取り出した。かつてベッド・メイキングを手伝った女性から刑事が得ていた先妻の頭髪と、遺体の頭髪が長さまで一致した。

貧しい農民に変装したマンストンは、シセリアの部屋の窓から侵入して彼女を捕まえた。エドワードも窓から入って彼と格闘。マンストンは戸口で警察に逮捕され、海外逃亡の夢は破れた。エドワードは失神していたシセリアを看護し、恢復した彼女が彼に抱きつく……。

マンストンは刑務所で自殺した。遺書のなかで彼は、火事のあと出逢ったユーニスに罵倒され、殴って不本意に死なせたこと、彼女の時計と鍵束を奪い、墓地で入手した人骨とともに現場へ投げ入れたこと、ミス・オールドクリフにはこの致死行為を耳打ちしたが、死体遺棄は知らせなかったことを書いていた。彼女は罪を免れた。彼は彼女が一七歳の時、素行不良の従兄に騙されて生み、一時は捨てた子。彼女は事の漏洩を恐れていたが、息子に職を与え、最愛の恋人の遺児と結婚させようとしたのだ。息子の自殺を聞いて病臥した彼女は見舞いに訪れたシセリアに今後ずっとそばにいてと懇願したが、翌未明他界。

彼女の大邸宅は、やがて結婚したシセリアとエドワードの子の所有と決められた。兄オウエンは賞を得て、建築家として世に出た。

［作品論］

『窮余の策』——愛の神に刃向かう慣習の力

ハーディの〈センセイション小説〉論

『窮余の策』は、推理小説の細部としては意味を持たない描写、しかし他の意味では良き機能を備えた細部描写に満ちている。ハーディ自身はメレディスの助言を彼なりに解釈して、〈センセイション小説〉の外部構造を採り入れながら、同時に、処女作『貧乏人と貴婦人』で描こうとした階級差別・性差別の問題と、他方でまた詩人や画家から大きな感銘を受けていた自己の芸術観に忠実な実質を作品内に持ち込もうとしている。〈センセイション小説〉であるという通説があまりに繰り返して述べられてきたために、この作品の本質が永らく見失われてきたのが実情である（また〈センセイション小説〉が、文化史的に大きな意味を付与されるようになった二一世紀の今日では、この通説を用いてこの作品を一蹴することができなくなっている）。ストーリーの合間に展開されて読み飛ばされがちな、含蓄に富んだ文章を精読するなら、「〈センセイション小説〉のなかなら場違いに見えるはずの瞬間」(Bullen 1986: 32)、しかも社会諷刺の瞬間や詩的な瞬間が数多く存在することが判るだろう。後年彼は自ら〈センセイション小説〉（扇情小説ならぬ感覚小説）論を書く。この論議に沿って『窮余の策』を再読してみると、ハーディはこの初期の作品においてすらすでに、〈センセイション小説〉のなかでも、より本質的な文学の関心事を表現しようとしていたことが推察できる。

> センセイショナリズム（感覚主義）が一時的偶発ではなく進化であるような〈センセイション小説〉、物理的・肉体的なものではなく心理的なものである〈センセイション小説〉——こうした小説が可能である…この種の小説と物理的〈センセイション小説〉（つまり、身体の冒険的遍歴等々）との違いはこうだ——物理的小説においては冒険そのものが興味の対象であり、心理的結果は〈ありふれたこと〉としてやり過ごされるのに対して、心理的小説においては偶発事や冒険的遍歴は本質的関心事ではないとされ、精神器官へのその影響こそが描かれるべき重要事項と考えられるのである。
> (Life: 204)

これは後年（一八八八年）の発言ではある。しかしこれは自分の第一小説を弁護するためというよりは、自分は実際にその作品を、社会心理をも含めた心理小説として書いたという述懐として語られているように思われる。なぜなら『窮余の策』は、よく読めばまさしく上記のような心理小説（かつ心理描写が深く社会問題と関わった小説）だと感じられるからである。そしてこの自伝からの一節は、ジリアン・ビアにも引用される(Beer: 237)。ビアはハーディの言う「センセイション」を、人生への適応を遂げるための恐れ・憂慮の根源としての感覚と解している。実際ハーディはここで、〈生きるための感覚作用〉という意味でこの言葉を使っている可能性がある。当作『窮余の策』では特に、ハーディはこの時代の社会状況下に置かれた女性の心の動きと、生きていく努力に、作品制作の意義を見出している。この小論では、この点に焦点を当てて書きたいと思う。先に触れた「詩的な瞬間」は、列挙する紙幅がないから最後に多少まとめておくにとどめることになろう。

表面的テクストに対立する隠されたテクスト

二〇年前からフェミニスト＋マルキスト文芸批評がハーディにも及んで以来、この小説についても当時の社会慣習に従って書かれた表面のテクストと、これに対立する体制転覆的なテクストが絡み合った構造を認めるようになった。小説内の二重構造の指摘は、これらの批評が述べているとおりである（ジョー・フィッシャーは表面のテクストを〈商品化されたテクスト〉と言い、もう一方を〈隠されたハーディ〉と名づける＝Fisher: 8）。しかし二つ目のテクスト（カウンター・テクスト）が体制転覆的だと言うだけではハーディの本質を全て捉えたとは言えない（またフィッシャーは、マンストンのイーニアスという名を手がかりに、この小説のプロットとローマ建国の叙事詩『アイネーイス』のそれとの類同もカウンター・テクストの一つだとして具体的指摘を重ねているが、これは興味深い珍説。ここで触れることはしない）。カウンター・テクストのことは「本論への前書き」で詳しく述べたけれども、小説に二重、三重の構造を認める場合でも、表面のテクストもまた作品の実態を構成していることを私たちは忘れてはならない（例えば、なるほどディケンズの「クリスマス・キャロル」のような作品にも、貧者の生活実態を描く裏面構造があると言えるだろう。しかし盛時ヴィクトリア朝の正邪の概念に従った表面構造を無視して、このディケンズ小説から何が得られるだろうか？　今日の学生に「クリスマス・キャロル」を紹介してみればよい。彼らが、素朴に、まるでヴィクトリア朝の若い読者さながらに、いかにこの作品に惹きつけられるかを見るがいい）。本章はもとより、以下の諸章でも、〈対立テクスト〉、〈副次テクスト〉の概念は多用しながら、〈商品化されたテクスト〉もまた決して拒否されるべきではないという考え方で、論議を進めたい。

先行リアリズム小説にも範を仰ぐ作品

というのもこの作品は、センセイション小説以外にも、多くの先行作品に範を仰いでいるからである。リアリズム小説からの影響も顕著である。とりわけ、ヒロインが最初に恋をした、精神内容のある男性と、幾多の苦難を経て最後には結ばれるという一九世紀イギリス小説のパターンを完全に受け継いでいる。これは〈商品化されたテクスト〉の一環として読者を惹きつけたであろうし、今日なお、この点でも（この作品の推理小説的〈商品テクスト〉に対してと同様）一般読者は満足するであろう。だがさらに個別的な作品との繋がりの例を挙げれば、例えばジェーン・オースティンの『感性と分別』とは特に多くの共通点を持つ。まず、ヒロインの恋人（双方とも名はエドワード）が、彼女との相思相愛を確認した直後に、事情があるとほのめかす程度の曖昧を残したまま、実質上ヒロインから別れていってしまう。また『感性と分別』のウイロビーがロンドンに旅立って、次女マリアンヌと実質上別れる成りゆきも、上記『窮余の策』のエドワードの上京と似ている。『感性と分別』ではこれ以前に、一七歳の女性（ブランドン大佐の養女）がウイロビーによって妊娠させられたうえ捨てられているが、これはミス・オールドクリフが一七歳のときに従兄によって陥れられた境遇である。次いでまた、エドワードの不本意に婚約していた女が別の（好ましくないと読者には感じられる）男と結婚して、彼が自由の身となることも、『感性と分別』のエドワードがルーシー・スティールから解放されるのと同じ筋立てであることが挙げられる。しかし『感性と分別』との相違もある。『窮余の策』のエドワードが自己の若気の過ちからではなく、父親の経済的事情によって婚約させられていたことである。このことが、支配階層以外の人びととの経済事情を描くのも、ハーディの意図の一つだったと感じさせるのである。父親の事情はまた、シャーロット・ブロンテの『ジェーン・エア』のエドワードの小型版でもある。

ブロンテ作品との類似

そう言えば『ジェーン・エア』と『窮余の策』の類似点はこれだけにとどまらない。結婚式のあと、初夜を過ごす前に、ヒロインが結婚した相手に妻がいることが知れることと、火災による妻の死（または死の誤認）である。ここでもまた『窮余の策』は、ヒロインの経済的事情がこの事情に介入するという点で『ジェーン・エア』と異なる。このマンストンとの結婚そのものが、ヒロインにとって不本意なもので、そこに追い込まれたのは兄の病気を救うために妹が経済的援助をマンストンに頼らねばならないからである。さらにアン・ブロンテの『アグネス・グレイ』との共通点を挙げるなら、ヒロインのグレイという名前（ただし Grey と Graye）、父の無思慮な他人への金銭の融通、その返済不能を挽回するための父の投機、投資の対象だった船の沈没、それによる家族の経済的困窮、父の無思慮に対するヒロインの暖かい寛恕、困窮からの脱出のためのヒロインの家庭教師の求職広告、女中と同じ扱いを受けての屈辱感、大邸宅内でのヒロインの孤立と苦労などである。アグネスの母は大地主の令嬢だったが、一介の牧師と結婚したので、いっさいの遺産相続を受けることができなかった。ミス・オールドクリフの母もまた、大地主の令嬢だったが、一介の軍人との結婚によって、遺産相続から疎外された（後述のとおり、その娘ミス・オールドクリフがのちにこの地所家屋を相続する）。相違は『窮余の策』では、ヒロインが家庭教師の職にありつくことができずに、経済的逼迫感から、女中奉公さえ求めることである（『アグネス・グレイ』では、母の知己による推薦が最初の家庭教師先を決める）。

恋そのものを意味する名の二人の女

このようなわけだからこの小説は、ミルゲイトが言うように「感情表現豊かに、シセリアという中心人物を描くことによって、扇情主義にリアリズムを融合させた作品」(Millgate 1971: 35)として、基本的には理解されるべきであろう。しかしどの部分をどう理解して行くかについては、ミルゲイトは触れていない。それ以上に、とかく加害者側の一翼としてのみ読まれてしまう二人目のシセリア（女領主ミス・オールドクリフ）もまた、この作品の女性問題と心理描写に大きく関わっていることにも、私たちは目を向けなければならない。実際には、のちにその分析を示すとおり、この小説は、同じ名を持つ二人のシセリアがどのように恋をし、どのように当時の社会事情により、恋する女として社会のなかで疎外されていったか、あるいは疎外されそうになるかの検証の物語なのである。これがきわめて重要な〈カウンター・テクスト〉をなす。すなわち女の恋をめぐる心理描写が、社会の成り立ちと深い関わりのなかで展開される。そして二人の名前は、恋そのものを意味する女神キュテレイア（ギリシャ名。英語のシセリアと同語源）、すなわち愛と恋の女神アフロディテ（ローマ神話のヴィーナス）から採られている。近年では、次節に見るとおり、ハーディが二人の主要女性に愛と恋の強い連想を与えているという指摘がなされていることを意識しておきたい。すなわち二人のシセリアは、恋愛の神の名を戴いているのだ。

シセリアの名の出典

まずシセリア・グレイという名前について。その出典を詩人トマス・グレイとその詩「詩歌の進歩」に求めたのは、新ウエセクス版の当作品に序文を書いたC・J・P・ビーティ（Beatty: **xiv**）である。『窮余の策』の第三章二節で、シセリアがはじめてエドワードのキスを受けた場面に「それは二人の経験の上できわめて幸せな瞬間だった。二人ともその面立ちすべてに、あの〈華やぎ〉と〈深紅の光〉を鮮明に浮かべていた」という一文があり、この〈華やぎ〉と〈深紅の光〉という二つの句が、上記グレイの詩に見えることをビーティは指摘する。ハーディ小説のヒロインの名シセリアは、この詩が主題としているシセリア女神の祭日、すなわちこれらの句〈華やぎ〉と〈深紅の光〉）を交えて作品自体が寿ぐシセリア女神の祭日に由来するとするのである。また、彼女のグレイ（Graye）という姓は詩人グレイ（Gray）から来たとビーティは推定する（ハーディがグレイの詩を愛好したこと、画家エッテイの裸婦像を見て、このグレイの詩句〈華やぎ〉と〈深紅の光〉を連想したこと——これは別途ギッティングズも記すことである＝Gittings *Young*: **118**）。このビーティの、グレイの詩を直接の出典とする推定がなくても、シセリアという名自体がヴィーナスを意味し、愛の遍歴を示唆するのであるから、ビーティの指摘はこのことをさらに補強する傍証として読めばよいだろう。そしてシセリア一世、すなわちミス・オールドクリフの洗礼名もまた恋の行く末を意味し、その姓オールドクリフ（Aldclyffe、古い崖）は彼女を取り巻く旧来の侵しがたい慣習を意味するであろう。実際恋に生きる道を断たれた彼女は、女領主となってからは慣習の押しつけ役にまわる。ハーディは多くの小説において、この一七、八世紀の演劇が用いた人物の命名法、すなわちその人物の姿を推定できるような名前を人物に与える方法を用いていることは、彼の多くの小説をみれば自ずと明らかになる。また私たちは、シセリアという名は、まれにしか実際には使われていない名だったこと、つまりハーディはわざわざ深い意図を持ってこの名を選んでいることも、知っておく必要がある。

恋の船出の連想

さて繰り返しておくなら、シセリアはギリシャ名ではキュテレイア、すなわちアフロディテの異名である。この女神（ローマ神話で言うヴィーナス）が誕生した海と住み着いた土地は、キテラ島（キューテラ島）の近辺とされるため、女神は島の名にちなんで命名された。キテラ島にはこの伝説に従ってこの女神の神殿があり、恋人や婚約者たちは神殿に詣でて二人の愛の永遠なることを祈願する。ワトーの「キテラ島への船出」は、美術に詳しかったハーディにも知られていたと思われる。キテラ島はこうして恋の出発点や、恋の成就への祈願を連想させる言葉でもある（そしてワトーの有名な絵は、こんにち「キテラ島からの船出」と解釈されるべきだという卓説[Levey：212]によって見直されてもいる）。ハーディは、二人のシセリアがどんな願望を抱いて恋の船出、ひいては人生の航海へ乗り出したのかという話をこの小説で展開しますという含意をこの名前に籠めている可能性が高い。またシセリア一世の息子の名前がイーニアス（ギリシャ神話ではアィネィアース）であるから、この神話上の「アィネィアース（アエネーイス）」の母がアフロディテ（シセリア）であることを承知の上でハーディはこの名づけ方を用いていることは疑い得ない。この小説執筆に先立って彼が『アエネーイス』を熟読していたこともここで想起する必要がある。

恋の勝利者となる資質

さてシセリア二世はきわめて魅力的な顔立ちの美女としてお目見えする。だが躯のプロポーションはそれに増して完璧だったとされる(5)。しかし身のこなし（たとえば瞼の上げ下ろし、指先の曲げ方）は、その抜群のスタイルよりもさらに素晴らしかったと描かれる。しかもこれは意識的に修得した技巧でも模倣でもなく、生来備わった美点だったという（同）。そしてさらに一頁を費やして、彼女の精神の高貴を示唆する物腰が描写される。つまり、漸層法（climax）という修辞によって彼女は、恋の勝利者となっておかしくない資質の全てを与えられて物語に初登場する。そして人格の上でも優れた資質の持ち主であることが、具体的な場面場面から推察されるようにハーディは描いてゆく（非の打ち所がない伝統的ヒロインを嫌ったハーディの造形として例外的である）。すなわちシセリアは父の死後、父の恐るべき経済的破綻を知った――しかし兄との会話のなかで、暖かい言葉で死んだ父を許す娘である。このとき父が青年期に愛した女のことも話題となった。兄オウエンは、父がこんな助言を残していったと語る（その際に、素直に助言を聞き入れる彼女の美質も描かれるのである）――「オウエン、あまり盲目的な恋をしてはいかんぞ。恋をするとなれば盲目的になるだろうが、だがそれでもな、修養を積んだ心なら少しばかりの用心をすることができるんだよ」(9)。この言葉を兄から聞いたシセリアが、その後この助言に従って行動したことを私たちはのちのち読みとることができる。彼女はこの意味で、のちの『カースタブリッジの町長』の、女としての主役エリザベス・ジェィンをある程度先取りしていると言えよう。

シセリア一世

他方、年上のほうのシセリアはどうか。最初は、主人物兄妹の父が、心をこめて愛した女として、伝聞的に名前が出る。このときには、中流階級の、退役軍人の娘にすぎなかった。しかし次に登場するときには、彼女は大きな屋敷の女主人であるとともに、近隣の地域の女領主となっている。このシセリア一世（すなわち上の粗筋ではミス・オールドクリフ）の母は、一介の軍人と結婚したためオールドクリフ荘園の家族縁者から勘当された。だが縁者の全てが子孫断絶したので、母方の伯父から、オールドクリフ姓を名乗る条件でこの母親が荘園を相続した。しかしこうして実際に小説の場面に彼女が登場するまでに、センセイション小説ふうに、読者には同一人物であると推定できる書き方で、彼女が何ゆえにシセリア二世の父と、両想いの間柄になりながら突然別れたのかを想像させる場面にシセリアという名の女が言及されている——小説の第三章で、シセリアの兄が足を痛めて帰りの汽船に遅れた夜、彼は鉄道の踏切り番小屋に泊めてもらい、寝る前に妹シセリアの名を口にしたところ、踏切り番の男が、この名を聞いたのが原因で夜中に寝言を言う。話を聞くと、何十年も前のこととして彼はこう語る——ちょうど国会議事堂が火災にあった夜、ミス・ジェーン・テイラーと名乗る一七、八歳の女が、当時彼が経営していた小ホテルを訪れ、次いであらかじめ会うことにしていたらしい別の女が現れて「彼」は重病なので連れてこられなかったとミス・テイラーに告げる。するとミス・テイラーは驚愕して失神し（ここで「彼」とは彼女の隠し子だろうと読者は推定する）、意識が戻り始めたところで自分の名前がシセリアだと口にしたというのである（27-8. このエピソードのわかりにくさと不自然さ、語り方の拙劣さは、ハーディもこのときには未熟な作家だったと感じさせる）。次いでこのシセリアは、秘密を守るよう懇願し、口止め料を置いて去ったという。シセリアという名は、きわめて珍しいので、この夜まで二十年ばかり、この番人は同じ名を聞いたことがなかったのだそうだ。

そして国会議事堂の火災が一八三四年であるという史実が用いられて、兄妹の父がシセリアという女性と知り合ったのが三五年であったことから、シセリア二世は、ミス・テイラーを偽名として使っていたシセリアと父の恋人とが同一人物だろうという推定を行うことになる。つまり読者もまた二人を同一人物であると思うことになる。読者はまた、この隠し子の存在がシセリア二世の父と一世との別れの原因だったのだろうと想像することになる。作品の冒頭では、この父の友人ハントウエイ氏がシセリア一世の様子を知らせてくるが、それは次のような曖昧なものである——

シセリア一世の苦境

僕（ハントウエイ）が信ずるところでは、グレイ君がシセリアさんと出会う二、三年前に、シセリアさんは歩兵正規軍士官だった従兄となにか遊び心の恋をすでに経験していたんですがね、これもね、従兄さんが突然インドに着任、シセリアさんも健康が優れないとかで次の夏中いっぱい、ご両親といっしょの大陸旅行という具合で、突然交際が終わったのだと思います。（3）

そして小説のほぼ終わりがけになって、死の床でのシセリア一世の口から、真実が語られる——一七歳だった彼女が、放蕩な軍人だった従兄に犯され、捨てられ、やむなく人目を避けてドイツで男児を出産し、帰国後マンストンという姓の寡婦の玄関口にその子を遺棄し、しかし手紙を出し、養育費を払い続け、その一年三カ月後にシセリア二世の父と知り合い、真実の愛の喜びを経験しながら、隠し子がいずれ発覚するのを恐れて自ら身を引いたというのである（321-2）。読者はここでふたたび、小説の冒頭で、〈現在の愛〉に酔いしれていながら、結婚を申し込まれたとたんに別れなければならないことを口にしたシセリア一世の、不可解な言動を思い出す。

一世もまた美の女神のような女

そしてシセリア一世もまた、少なくともアンブロウズ・グレイにとっては、非の打ち所のない優れた女であったとして描かれている（当時、一世の姓は、父方の姓ブラッドリーだった）。

ブラッドリー夫妻の若い令嬢は、グレイから見れば、それまでに彼が目にしたすべての女の誰よりも、際立って美しく女王のように輝いて見えた。実際には彼女は、田舎住まいのそのタイプの美女とそんなに異なっていたわけではなかったが、ひとつ大きな相違点があった。彼女は立ち居振る舞いが完璧、田舎娘はそうではなかったのである。（1）

このシセリアもまた、女性美の一つの雛型として描かれる。のちにミス・オールドクリフとなってからの彼女の描写では、彼女は、実際には四五ないし四七歳くらいでありながら、三五歳くらいに見えたとされる（43）。すなわちシセリア一世もまた、二世と同じように、本来女性としての幸せを満喫すべく世に生まれた美の典型として登場している。二人が、ヴィーナス、アフロディテと同じ名を与えられているのは、ハーディがこのような意図を持っていたからと思われる。

女の船出が婚外妊娠だった一世

この二人がヴィクトリア時代の様々な困難に向けて船出をする様が、この小説のプロットとして織りなされる。ここでは小説に先に登場するシセリア一世のほうから見てゆきたい。彼女は一人前の女性になるかならないかのうちに、婚外妊娠に悩むことになる。『テス』の例を挙げるまでもなく、当時婚外妊娠は、多少なりとも慣習的秩序を守る人々のあいだでは、女性が生涯を破滅させられかねない重大な〈過誤〉であった。ハーディは小説『テス』や『塔上のふたり』においてだけではなく、これをたびたび詩の主題とした。「日曜の朝の悲劇」（詩番号155）は、妊娠したまま男に捨てられた娘をスキャンダルから救うために、母親が魔法使いと言われている住民から教えてもらって、煎じた薬草の液体を「早すぎた果物を　もぎ取るための　お薬よ」と言って飲ませる。娘はこの薬のために中毒死する。「地図の上の場所」（同263）では、女性が恋人に向かって突如「僕たちのそれまでの青空を赤い光線で射抜くようなこと」を告げる。それは「理性の領域でなら二人の心をともに喜ばせたはずのこと」だったのに、「秩序を維持するかたくなな管理」のもとでは、恋の青空を赤い悲劇の色に変えることだったと歌われる。このことで悩む男女は数多く、同じく短詩「最後の街灯を過ぎたところで」（同257）では、恋人同士らしい男女が「何かの惨めな状況を解決する術もなく」いつまでも同じ道を、うなだれて行き、うなだれて帰り続けるのが目撃される。妊娠したのに結婚できない二人の描写と想像される。このような時代のなかで、しかもシセリア一世は、恋人に捨てられ、その後始末を両親に相談したことが語り手によって示唆される。人目を避けて一家はドイツへ旅行し、そこで男児を産んで帰国する。しかも『テス』においてそうであるように、男性への非難は限定的である（『窮余の策』ではこの従兄はその後言及さえされない）。詩ではまた、死せる恋人への純愛を立派な行為と考える男が、現実の恋人に子を産ませて捨て去る行為を悪として認識しさえしない様を、この時代の風潮の一環として諷刺する物語詩「恋の後がま」（同142）が想起されよう。

養育費つきの乳児遺棄

その上、シセリア一世は、生んだ子をどうするかについて、さらに悩むことになる。こうした場合の処置としては、今日の若い読者にははなはだ非常識に見えるにちがいない方法が採られる。方法は多岐に及ぶが、いずれも世間体をつくろうための窮余の策である（小説『窮余の策』における「策（Remedies, つまり複数）」のひとつは明らかにこの乳児遺棄を指している）。小説『塔上のふたり』のヴィヴィエットは思いもかけぬ結婚の無効を知り、ちょうどその「結婚」の相手が長い船旅に出て連絡も取れないため、妊娠初期に、胎児の父親ではない別の男性と結婚し、その男性の子としてこの胎児を出産した。長詩「暁の会話」（同305）でも、病妻を抱えた男に恋して子を宿した女が、婚外妊娠の社会的制裁を逃れるため別の男とあわてて愛のない結婚をする。新婚旅行中に例の病妻の死を知った女は、夫に事実の全てをうち明けて恋人との結婚を望むが、社会的体面を優先させる夫に罵倒された上、夫の奴隷として形式上の結婚の形態を続けさせられる。短詩「大急ぎのデート」（同810）では、社会階級の低い男との恋で妊娠した令嬢が、男が結婚してもいいと言っているのに結婚を選ばず、この恥辱を世間から隠すために、母親と遠い南の国に旅をして、まだ四一歳の母親が子を産んだことにして、三人となって帰ってくることを決断する。シセリア一世の場合はこの令嬢の場合と解決法のかたちは似ているが、男に捨てられた上、この子供をどうして世間から隠し、かつ生きながらえさせるかの問題を抱えたままという点で、本質的に令嬢とは異なる。養育費を受け取ることが生活上の大きな安定になりそうな人物を選んで、その人物の玄関口に子供を遺棄し、その人物に拾われるのを目撃の上、のちに秘密裏に交渉して、養育費つきでその人物に育ててもらったのである。

権力を得ながら女性の幸せを失った女

このようにしてシセリア一世は、世間体（respectability）を保って生きる限り、すなわち最下層の民に加わらない限り（それに加われば今度は生活そのものが成り立たないか、犯罪や売春に関わることになろう）、もはや女性として望ましい生き方を断念せざるを得なくなる。愛する男と結婚するには、乳児遺棄がいずれ世に知られる恐怖を抱き続けてのことになってしまう。後年の小説『カースタブリッジの町長』のルセッタは、単なる婚前愛という前歴ですら、のちに実際命に関わってしまったほどに人に知られることを恐れた。シセリア一世は、預けた乳児が重病と聞くと気を失うほどに子を愛していながら、手許に引き取ることも、その後の恋人（シセリア二世の父）に打ち明けることもできない。こうしてもうすでに『テス』における問題が姿を見せているのである。そして小説内に彼女が登場するまでには、彼女はミス・オールドクリフという資産家となっている（名目上の領主である彼女の父は、ミス・オールドクリフ登場の直後に死亡する）。彼女は男性に代わって、村の下層の人びとの生殺与奪の権力を握っている。ヴィクトリア時代の慣習による、憐れむべき被害者が、今度はその慣習の持つ権力をいかようにも行使できる立場に立ったわけである。しかし、女性としての幸せをほしいままにする力は、奪われたままである。

レズビアン的な場面

小説に登場して間もなく、最近多くの批評家が注目したレズビアニズムまがいの場面がやってくる。紹介者もなく、女中としての経験もないシセリア二世を、一世は雇うつもりもなく追い返しかけたのだった。まもなくもう一度詳しく見るとおり、二世は、一世の若き日の恋人が自分の父であったと推定しながらも、冷たい扱いに憤慨して翌日この館を去る決心をした頃、真夜中に一世に呼び出され、父親のことを詳しく聞かれたのである。聞くうちに一世も、二世の父親が自分の忘れられぬ恋人であると確信するに至る。午前二時、眠れないでいた二世の部屋に一世が入ってきて、シセリアのボート遊びの相手スプリングローヴに嫉妬したかのように語り、わたしこそあなたを愛しているのにと言って二世を固く抱擁し、同じベッドで彼女と添い寝をする。多くの批評家が、この場面をレズビアン・シーンだと指摘し続けたあと、最近になってポール・ターナーは、

> ある場面でミス・オールドクリフは、今日の目で見ればシセリアへのレズビアン的に見える誘いかけをする。しかしこれをそのように読みとるほど、作者や出版業者の意図とはかけ離れたことはあり得ないであろう。(Turner: 24)

と、この場面にレズビアン的連想を抱くのは間違いだと指摘したのである。だが二〇〇〇年にネムズヴェアリが指摘したとおり、レズビアン説のほうに説得力があるとするのが今日の通説となった感がある。ネムズヴェアリはまず、ローズマリ・モーガンがターナーと同じ年（一九九六年）に力説したレズビアン説を、丹念な読みであるとして紹介したのち、作品の他の部分の描写がこれを支えているとしている(Nemesvari: 71)。どちらの見解を採るべきなのか、また新たな読みが必要なのかを念頭に置きつつ、以下この場面に先立つ描写に焦点を当てつつ、本書著者なりの眼で読んでみたいと思う。

女性らしい甘美な仕草に惹かれる一世

初めてこの二人の女性が会ったとき、一世の みならず、シセリア二世も「相手の外貌に衝撃的に惹かれたことを、それぞれの顔にあらわにしていた」(43)と書かれている上、二世の顔には「若さとこれまでの簡素な生活のために、通常ならまだ顔に表れることを許されないはずの官能性」(同)が、窓際のオレンジ色の光の作用によって浮かんでいたとされる。採用可否の面接を終えたミス・オールドクリフは、もっと経験豊かな年配の女中を求めているのだと二世の採用を断りながら、同時に「あなたの姿かたちは好きだけれど

ね」と口を滑らせそうになる。この表現が、女中じみた女どころか、上品きわまりない目の前の娘に対して失礼な言葉だと思った彼女は、これを「あなたという人はとても好きだけれどね」と言い換えつつ、彼女を去るにまかせる(44)。だが、辞去を告げてドアに向かうシセリア二世は、彼女の美しい物腰のなかでも特に絶品と言うべき見事な仕草（one of her masterpieces）を見せた。これはあまりにも美しかった。そのうえ彼女は、立ち去り際にちらりと咎めの気持を覗かせた視線で一世を振り返る。胸部はすでに立ち去らせながらの、両目だけを後に残す、女の甘美な別れ姿である（ハーディのこの描写は非凡というほかはない）。ミス・オールドクリフはこの姿に決定的に惹きつけられる。

性愛に近接する惹かれ方

だから、これは性愛にほとんど近接すると言っていい感情であろう。直ちにミス・オールドクリフは二世を下男に呼び戻させることを決意。彼女の胸の内には、次のような思いが去来する――

> あの子に女中教育を施すのに面倒な思いをしたって、しがいのあることだと言っていいくらいだわ。だってそれは、あんな仕草でわたしの享楽的な無為徒食のこのからだのそばを撫でるように動き回り、あんな眼でわたしを見る――そんなことをしてくれる人を手に入れるためなんだから。きっと、あの子の指がどんなに軽やかにわたしの顔（head）やうなじに触れてくれることかしら。(45)

二世を雇うことにするのは、この理由以外にない。まだこの段階では二世がアンブロウズ・グレイの遺児であることは、一世に知られていないのである。呼び戻された二世は、身許をある弁護士に照会して、きわめて満足な回答を得た場合にのみ採用されると言い渡される。だがこれは、一世が形式を踏んだにすぎない。自己の内心を隠すためには、人はもっともらしい、世間的慣習に従って見せる場合があり、ミス・オールドクリフが身許の確認という形式を踏んで採否を再考するとシセリアに告げた行為は、このような自己隠蔽の一例である。なぜなら彼女は、もし弁護士が思わしくないという回答を寄せた場合には、シセリアを雇えなくなることに気づいた瞬間に、照会依頼の手紙を書くのをやめたからである。そのあとの彼女の独り言は「わたしはあの子の顔が気に入ったのさ」(同)である。

異性愛に生きる女だったのに

このように読んでくると、ミス・オールドクリフにはレズビアン傾向があると見るほうが正しいと思われるであろう。しかしハーディが意識してこの傾向をここに描き出しているのだとしても、それはこの女本来の傾向ではない。なぜなら彼女は、一七歳にして従兄と肉体関係を結び、子をなし、またその数年後にはシセリアの父と熱烈な恋をしている。本来、異性愛に生きる女だったのである。だが隠し子をもうけ、かつ遺棄したことが発覚するのを、極度に恐れた。先にも少し触れたが、『青い瞳』のエルフリードの駆け落ち未遂が、あれほどの発覚への恐怖を彼女に抱かせたことを考えてみよう。また、くどいようだがもう一度考えよう――『塔上のふたり』のヴィヴィエットが、正規に結婚をしたはずだったのに、夫の死亡説が誤報だったために婚外妊娠の事態となり、その烙印から逃れるために高位の聖職者と結婚するという非常手段をとらざるをえなかったことを、そして『カースタブリッジの町長』のルセッタの婚外愛、それも元の妻の一九年後の帰還という事情で醜聞とされてしまった婚前愛の発覚をいかに恐れ、死を招いたかを、またテスが処女喪失と婚前出産のゆえにいかなる悲劇が生まれたかを。ミス・オールドクリフは、ハーディ小説におけるこれら四人の先駆者なのである。彼女は、幸か不幸か、結婚以外の運命によって金回りよく生きていくことが可能になった。その意味では（経済的な意味でも夫が必要だった多くのヴィクトリア朝女性とは違って）彼女に男性は不要となったのである。その代わりに、先の引用に見たとおり、「享楽的な無為徒食のからだ」（my luxurious indolent body: luxurious は voluptuous、すなわち官能的快楽に傾くの意味を暗示し、indolent は love of ease の意味がここでは強い——〈隠されたテクスト〉の一例であるが、訳文は隠された意味を表面化している）をもてあますことになって、代償行為的にレズビアニズムに近づいてゆくのである。それでいながら、やがて明らかになるように、アンブロウズ・グレイの絵姿の入ったロケットは肌身離さず、寝間着姿になったときにも、首から離さないロケットにしげしげと見入る。〈両刀使い〉という言葉こそあれ、これほどに男性の姿に執着するレズビアニストがいるだろうか？

心の内は孤独そのもの

すなわちハーディは、実際にはレズビアニズムを魅惑的性描写として描きたいのではなく、上記四人のヒロインたちと同種の、ヴィクトリア時代の犠牲者としてミス・オールドクリフを描こうとしているのだ。この後に展開される夜のベッドでの一世、二世同衾の場面は、レズビアニズム自体の妖気を描くのではなく、異常性行動を余儀なくされた女の悲劇的状況として描かれていると見るべきではないか。場面を遡ってこの場に至るまでを読み直せば、再度館を訪れるシセリアが、ミス・オールドクリフの計らいで上等の馬車で出迎えを受けること、道中迎えに出た御者によって、ミス・オールドクリフが一年のうちに七人の女中を雇い、いずれも雇われた翌朝にいわば逃げ出されていると知らされることが描かれている(49)。これは彼女が、やがてシセリアが経験するとおり女中に厳しすぎるからか、それともレズビアン傾向があるためなのか、曖昧に示唆的である。しかし何よりもこの御者の言葉は、代償行為の上でも嫌われてばかりで、特に美しい小間使いを得そうになって気を遣う彼女の寂しさを示している。御者に向かってシセリアが、やがて結婚なさるだろうかとミス・オールドクリフの動向について問うたのに対して、御者は「結婚だなんて！（中略）とんでもない。あの方はロビンソン・クルーソーみたいに心の内は孤独なんですよ」（同）と答えるのである。続いてその晩、前にも見たとおり、シセリアは、夜着に着替えたミス・オールドクリフからロケットのなかの美男子を見せられる(58)。自分でもなぜ女中ごときに大きな秘密を漏らしたか判らなくなった一世は不機嫌になり、髪の結い方の不都合にかこつけて二世を侮辱し、二世をすっかり怒らせてしまう。怒ったために、男親から受け継いだ特徴が浮き出た二世の顔は、一世に、あの美男子との紛れもない類似を印象づけた。二世の姓が平凡なGreyではなくGrayeであること、その父が建築家であることも知れた。つまり彼女が忘れられない恋人の遺児だと判ったのである。だが翌朝辞去することに決めた二世は、寝室へとさがった。

いつまでも母親役をやらせて欲しい

寝室の場面ではシセリアは衣服を脱ぎ、鏡に映る自分の顔と胸部の美の多様性をちらりと見やる(62)。彼女が身体の点でも美を極めていることは、読者が決して忘れないようにたびたび言及されるのである。また彼女は、女主人の孤独に思い至り、明朝の別れに気が咎め始めていた。ベッドに入ったところへミス・オールドクリフが入ってきて、シセリアに灯りを消させ、ベッドに潜りこんで彼女を抱きしめる。キスを要求し、シセリアが男性とのキスの経験がないかどうかを問う。経験有りと察すると、それを咎め、シセリアの恋人を特定しようとし、シセリアが困惑のあまり心気昂進するのを文字通り肌で感じとり、男女の恋の一過性を説き、次いでこう言う——

　わたしは男たちみたいに、ほかの誰かが欲しいからってあなたを忘れたりは絶対しないわ——絶対にね。あなたには、まさしくわたし、お母さんになりますからね。さああなた、約束してくれる？いつまでもわたしと一緒に住んで、いつまでもわたしの世話を受けて、絶対にわたしに捨てられない身になることを？(70)

そしてシセリアには、女中ではなく、女主人と対等の友人として居続けてほしいと言う。シセリアは即答を避けるが、その夜ふんだんに一世にキスする条件で、シセリアが恋人を愛することが容認される（レズの女がこれを簡単に容認するだろうか？）。また、多情な男の愛は強烈だからそれなりの良さもあると先刻の〈異性愛否定論〉を訂正し、シセリアからキスを受け、シセリアの髪束を両肩にまとい、

　そばにいてくれるこの娘が、永年自分を脅かし続けた危難から護ってくれるかのように、満足と安らぎの贅沢な感覚に身をまかせたように見えた。彼女はまもなく静かに眠っていた。(同)

永年の苦難からの救いを求めて

テクストから伝えられてくるのは、女性同性愛のエロティシズムではなく、ミス・オールドクリフを「永年脅かしてきた危難」の感覚である。上に借りた「危難（dangers）」と「安らぎ（quiet）」の訳語(増山120)は、前後関係を的確に捉えた表現であって、それまでにミス・オールドクリフの心の中が、彼女の言葉の端々によって描かれてきていたのである。寝室に入ってくるまでに、ミス・オールドクリフはアンブロウズ・グレイの実の娘がいま同じ屋根の下にいるという興奮に包まれていたにちがいない（テクストではこれはシセリアの想像として示されている：63)。ベッドで彼女を抱きしめたときの一世の言葉は「まああなたは、わたしの実の子、まさしく我が子のような気がするわ」(64)である。もちろんこれをレズビアニズム隠蔽のための言葉と解することもできよう。しかしもともと男性への愛を断念せ

ざるを得ないヴィクトリア朝状況のなかで、何らかの愛情の対象を求めるためにこそ同性愛に近接していた彼女が、その肖像を肌身離さず持ち歩く男性の実の子のなかに、またとない愛情の対象を見出して何の不思議もない。彼女が近接していた同性愛が、このとき、異性愛と母性愛を交えた愛情に変貌したと受け取るほうが自然である。つまりシセリア二世を通じて彼女は、二世を男性アンブロウズの代替物として愛する感情と、アンブロウズの子として母性的に愛する感情とを入り交えて示すことになる。性愛があるとしても、それはヘテロ的な性愛、つまり男性への愛情の変種としてあるにすぎない。彼女は「あなたなんかが考えも及ばぬ、夢にも思わぬ悲しみをわたしは経てきたの。孤独な女なのよ。あなたのような純な女性から同情が欲しいのよ」(同)と言う。これは前後関係からして、文字通りに読者に伝わってきておかしくない。長い苦難からの救済の手段として、シセリアに縋りついているという印象が最も強いのである。

より大きな代償行為の完遂

この間にミス・オールドクリフの父親が息を引き取っていたことが、翌日になって判明する。彼女はこのときシセリアに向かって「(父の死という)こんな恐ろしい転機に、わたしがすっかり独りぼっちにならないようにと、あなたがここへ送り届けられていたのも〈慈悲深き神慮〉のおかげかしら」と述懐している(79)。孤独からの脱出願望こそが、彼女のシセリアに対する度を超した愛情の根源であったと感じられる(少なくともそのようにハーディは意図しつつ書き進めている)。この孤独という共通項が決定的に(コンパニオンという願ってもない格上げも嬉しかったのだが)、シセリアにそのまま彼女のそばに仕えることを決心させる。そして一世のほうは、父の死後ほとんど時を移さず、公募のかたちを採りつつマンストンを土地支配人として呼び寄せる。もともと彼とシセリアとの縁組みを念頭に置いてのことだったことは、やがて明らかになる。またシセリアが住み着いて五週間がたち、マンストンが着任して改装された旧領主邸に独り住むようになってわずか三、四日目に、寄付金の勧誘という名目でシセリアに彼を訪問させる(下男にさせてもよい仕事である)。こうした経緯には、ミス・オールドクリフがシセリアをいわば自分の〈恋人〉として独占したいという、レズビアニズム独特の欲望が微塵も感じられない。自分の近くにシセリアを持つことを大いに喜びながら、自分の息子と彼女を結びつけるほうに遙かに大きな代償行為の完遂感を抱くのである。レズビアニズムそのものが描写の中核的意図ではなかったことは、こうした成り行きからして明らかであろう。

ヴィクトリア朝慣習の被害者

やがて彼女は、シセリアとマンストンを結婚させることに失敗し、マンストンの殺人を知って愕然とし、死体遺棄の現実を目撃し、彼に逃げるように声をかけた。しかし彼の逮捕と投獄、獄中自殺を次々と知る——そもそもこの子の出生と生育に関する罪の意識にさいなまれ続けていた上、母親にとって堪えられない成り行きがこの最後の自殺の報に凝縮され、血管が破れて病の床に伏す。シセリアに会いたいと病床で繰り返す。シセリアがこれを知って見舞いに駆けつけたときにはじめて、ミス・オールドクリフは自己の過去を洗いざらいシセリアに語るのである。赤子を捨て、拾ってくれたマンストン未亡人に変名で手紙を出し、ときどき赤子に会わせて貰い、養育費を払ったことを明かしたあと、その一五カ月後に、

悲しみの娘は、自分の父親の家でグレイさんという名の男性に出会ったのよ――まだ独身だったあなたのお父様ね、シセリアさん。ああ、何というすばらしい方！　心の底から真実込めて愛されるとはどういうことか、経験のなかった彼女にもそのとき初めて判ったのよ！　でも手遅れだった。彼女の秘密を知ったなら、お父様は彼女を振り捨てていただろうからね。だからこそ死ぬ思いして身を引いて、お父様に思い焦がれるだけの身になったのよ。（中略）おお、わたしを可哀相だと思って！　誰にも愛されずに死んでゆくなんて、耐えられないわ。だってわたしお父様を愛していたんですもの、それにいまも愛してるんですもの。（322）

この彼女の言葉に、シセリアとその父とをほとんど同一視している彼女の心理が表されている。以下にその場面を見るように、女領主になってからはヴィクトリア朝の慣習のなかの、しかも男性と同様な権力者の立場に立って、シセリアの結婚問題に関しては加害者として振舞った彼女が、突き詰めれば典型的なヴィクトリア朝の被害女性であったことが描かれてきたのである。しかもシセリアという、女性として申し分のない恋の可能性を示唆された名前の彼女が、である。レズビアン場面と言われる箇所に始まるシセリア二世の描写は、セクシュアリティだけではなく、ジェンダー、階級など多くの問題を巻き込んで探求しているという評言（Ebbatson：20）が適切であると思われる。

そして彼女が、上記のような加害者として振舞う

被害者が同じ加害装置を用いる状況

場面そのものが、彼女の精神的零落を印象づける。スプリングローヴ家の家屋消失による困窮につけこんで、マンストンの差し金どおり、階級的に上位に立つものの意識を丸出しにして、借地借家人の息子エドワードにシセリアとの恋を清算するように迫る。だがエドワードは、理路整然と彼女の要求を拒絶する――

ミス・オールドクリフは、彼女と同等の社会的地位にある数多くの人びとと同様、自分の借地借家人の息子、つまり社会的下位にある者の息子が、教育を受けた人物となり、自己の個人の尊厳を識るに至り、このキャリフォード教区農民の水準より遙かに優れた、慣習に拘束されない見地から社会を見る術を得ているなどとは、明らかに悟りえていなかった。この術によって彼が、階級間の上下について、知性教養の発達した男が考えうる限りの非正統的な見解を持つに至っていることを、彼女は理解できていなかった。（164）

被害者が同じ加害装置を用いて、今度は加害者となる――この状況を描いてハーディは、ヴィクトリア朝階級制度の欠陥に、さらに強度な光を当てようとしている。

さてもう一人のシセリアについてもまたハーディは、ヴィクトリア朝慣習の被害者となる瀬戸際まで追い詰められる姿を描いている。第一に、この時代の中産階級に生まれついた女性は、落ちぶれてしまったあとも中産階級の一員として生きてゆかねばならない。だからこそ、職業の選択幅が少ない。紹介状もないまま、新聞広告だけで家庭教師の口を求めたが得られない。やむなく、下層階級と同じ職業、つまり女中の口を求めて、そこでも屈辱的な思いをする。シセリア二世は、レズビアニズムを好んだわけでもないのに、それまでの女中と違ってミス・オールドクリフのもとに留まったのは——最大の理由としては先に見た二人の孤独という共通項だが、コンパニオンという中産階級の女としての扱いが得られる機会がおそらく又と訪れないだろうと感じられたことも一つの理由だったと、作者はほのめかしている。また、彼女が中産階級の女であるがゆえに、結婚相手として選べる男性の範囲も限定される（シャーロットとアン・ブロンテが問題にしたことの継承である）。中産階級の女でありながら、遺産相続の見込みも、現在の財産も皆無であるからには、自己の社会的状況にそぐい、かつ自分の知性や感性に合致した男性を求めなくてはならない。シセリアがエドワード・スプリングローヴに、会ってもいないうちから恋をしてしまうのは、彼が建築家志望者（つまりやや低めの階層から中産専門職へのし上がる可能性が高い男）だからであり、詩を書く知性と感性を持っていることが知れているからである。この未知の男が、二週間後にロンドンへ去ってしまうことを兄に聞かされた彼女は、不思議な寂しさに満たされる——

言葉では言い表せない悲しみの感情が、シセリアの心を射抜いた。わたしの精神は、したたかな打撃を受けたあとでも、まるでそんなことをほとんど感じもしなかったように、深刻で現実的な苦難から立ち上がるだけの弾力性を持っているというのに、なぜ一度も会ったこともない男に関して兄にそうした話を聞かされただけで、こうも悲しいのか——彼女はこう思った。(19)

賢明なシセリアは自分の置かれた状況をよく理解していて、経済的逼迫には対処する気概を持っている。だが結婚、いや恋と性に関する孤独については、気概だけで処理できないことも心底理解している。詩も書く建築家の卵——彼が高い階級の出ではなさそうであり、シセリア自身が中産階級からの零落を気にしなくていいから、なおのこと愛し合う可能性ありと彼女は肌で感じていたのである。

マンストンとの衣服の触れ合い

だがエドワードに婚約者がいることを女主人から聞かされたあと間もなく、マンストンが着任する。そのわずか数日後、ミス・オールドクリフは寄付金集めにかこつけて、シセリアが彼を訪問するように仕向ける。この仕事の際、先に訪ねたアドレイド・ヒントンの話から、アドレイドの婚約者はエドワードだと気づき、次に訪問したエドワードの父スプリングローヴ農場主の漏らした言葉から、この婚約が事実であると確信せざるをえなくなる。衝撃を心に懐いたまま、次にマンストンと会ったのである。雷が鳴り始め、彼の部屋に待避する。だがエドワードの婚約を知らなければ、老女中が家屋の裏口に居るとは言え、マンストンと二人きりで同じ部屋に入ることを彼女は避けていただろう。雷鳴の場面を最初から見てみよう。まだ二人が家の外のポーチにいるあいだ、そこは狭かったので「その瞬間に、二人の衣服が触れあった、そして触れあったままでいた」(110)。このあと作者の声がこう続ける——

全ての男性にとって、衣服は外的なものにすぎない。だが女にとっては衣裳は自己の肉体の一部である。衣裳の動きは、女の目には見えなくても、心には細大漏らさず察知されている。男は誰も自分の上着の裾がどう揺れているかを知らない。ごくわずかに誇張しただけでも、女の衣裳は感覚を持っていると言えるのである。裾飾りや裾ひだの、まさに最先端を皺にしてみるがいい。それは女に、抓られたのも同然の痛みを与えるだろう。外周のフリル全ての上に、鋭敏なアンテナないしは触覚が剛毛のように屹立しているのだ。(同)

それなのに先に見たとおり(出版社の査読者も読み過ごしたと思われるが)、この直前の文では「二人の衣服は、触れ合ったままでいた」のである。無意識にシセリアは、この美男子の近接を許している。彼女は全身に鋭い感覚(thrill)が走るのを自覚した。眼は嵐のほうへ向けたが、なお「彼女は彼を感じていた(felt him)」(同)。

女性の性的覚醒を暗示か?

このように描かれるだけの間をおいてから、ようやく彼女は雨中へと身を遠ざける。しかも次のマンストンのオルガン演奏の描写は、さらに彼女の性的覚醒を暗示する(ジョー・フィッシャーは、マンストンがわざわざピアノならぬオルガン[オーガンでもある]を撫でまわす様子と、それに伴っている嵐の勢いから、ここは性的愛撫を示唆していると読みさえする。Fisher: 27-8)。すなわち——

多彩な旋律——今は大きく、今は優しく、簡潔かと思えば複雑、不気味、感動的、壮麗、手荒いかと思えば抑制が利き、おのおのは明瞭ながら、次の一節へは優美に自然な流れとなって変化してゆく多彩な旋律——は、彼女を揺すり、旋律のほうへ身を曲げさせた。それは急流となって流れる小川が、その水面に投げかけられる物影を揺すり、曲げて行くのに似ていた。(113)

そしてその音楽の力は「彼女の行為と意図を、彼女の判断力の手から逸脱させ、自己の力のなかに捕らえ込むのであった」(同)と書かれ、また「新たな和音を聞くたびに、新たな思考の衝動がいくつも彼女の身のなかへ、浸食するような戦慄となって入り込んだ」(同)とされる。ついに彼女は、彼のそばに小さくうずくまり、口を開けたまま彼の顔を見上げる。

彼は目を向けて女の感情を読みとった。この感情が彼女の表情豊かな顔面の理想的な美しさを大いに高めていた。隠そうという女の本能が、顕わにしたいという女の衝動の力によって打ち負かされる状態に、シセリアはあった。これを彼は見て取った。(同)

当時の女の本質的孤独

ここで注目すべきなのは、この場のエロティシズムではなく、エドワードという彼女にとって滅多にない好もしい相手を失った落胆のなかに、マンストンの男性性が侵入を果たす様である。言い換えれば、前述のような立場からして、わずかにしかない恋と結婚のチャンスを感じて、彼女がこのチャンスに縋ろうとする心理の動きのなかに、ハーディは零落した中産階級の女の本質的孤独を描いている点である。そしてこのあとシセリアの周辺に描き出されるのは、紛れもない彼女の孤独である。彼女が、なおエドワードへの希望を捨てきれずに、いったんは応じかけたマンストンとの近づきを断ったあと、話はいったん推理小説として展開する。次にシセリアが小説の中心部に登場するのは、マンストンの結婚相手としてである。マンストンは妻が死んだと主張し、ミス・オールドクリフに、自分の出生の秘密を知っていることを明かし、願いを聞き入れなければその秘密を暴露するとこの母親を脅迫し、シセリアとの結婚実現のために尽力せよとの願いを打ち明け、まず手始めにエドワードの父に一連の焼失家屋の再建を要求せよと迫る。次の手だてはエドワードと婚約者との結婚を条件に、この家屋再建を免除し、こうしてエドワードとシセリアの縁を完全に切るという方策である。経済的に追いつめられた店子《たなご》に対して、ヴィクトリア時代の地主の権力を卑劣なかたちで用いて、シセリアの一縷の希望を断とうというわけである。マンストンはどのみち卑劣漢として紋切り型に作られているから、彼は当然陋劣な行動をとる。私たちが読みとるべきことは、この陰険さよりも、ヴィクトリア時代の権力構造と慣習的思考様態（ミス・オールドクリフもまた、前述の〈秘密〉をネタに、我が子にさえ脅迫される慣習の被害者）、またそれらによって生じる女や貧民の苦しみである。このゆえに、この権力構造から逃れようのないシセリアのような女の孤独が、特に強調される。つまり、こうしたことへの抗議が、つまり反体制的姿勢が、ハーディの〈副次テクスト〉を成しているのである。シセリアを意に染まない結婚へと追い込む小説上の装置は、このあとにも当時の経済的権力関係によって織りなされている。先の、母親への脅迫の手順のなかにも、経済力による個人の恋愛の自由の圧殺が現れていたが、再びマンストンは母を説得し、兄の病気の回復はシセリアの結婚承諾によってのみなされることを彼女に納得させ、「マンストンとの結婚はあなたの幸せに繋がりますよ」と彼女を説き伏せてもらう。「もしマンストンと結婚するなら、お兄さんに格別の援助をしますよ」とも母に言わせる。マンストン自身も親切に兄を見舞ったり、兄の借金を払ってくれたりして、兄をシセリアの説得役に用いる。しかしここでも、マンストンの卑劣を描くのはむしろ〈商品としてのテクスト〉の一部であって、より重要なハーディの意図は、個人の恋愛の自由に立ち勝る経済構造の強制力の優勢を読者に印象づけて、〈副次テクスト〉の主張をいつのまにか読者に手渡すことである。これはこの拙論の結論でもある。

個人の本質的孤立

だがこの作品は、シセリアの孤独のみならず、さらに進んで人間個人の孤独についても、詩人的な洞察を見せる（〈詩的瞬間〉には触れる紙幅無しと書いたが、孤独の問題はこの作品の主題であるから、このことのみを〈詩的〉なものを打ち出そうとするもう一つの〈副次テクスト〉の例として取り上げたい）。犯罪が明るみに出ることを怖れているマンストンが、ぼんやりと「心のなかの離れ部屋」でロンドン・ストランドでの群衆を観察し、個々の男女がそれぞれの悲哀や満足感を顔に浮かべる様子（例えば幸せとされている人妻が悩みを抱え、売春婦が幸せそうであるなど）を見る場面（258）は、個人の本質的孤立を描写していると言えよう。ハーディは「バレエ」（詩番号438）と題する短詩のなかでも、同じ主題を扱っている。集団をなすバレリーナたちは均一性を持っているかに見える――コール・ド・バレエの踊り手たちが足並みそろえて集合し一体となる。個人の差異は見えない。だが彼女らは様々に特殊な心と悩みを抱いて、異った個々の生を生きている――「令嬢、人妻、情婦たち。大きな違いを持ちながら、一体の鎖となる人の環たちよ」――この人間の孤独は一つの時代のみの人間状況ではない。詩人の認識と言えよう。しかし二〇世紀以降になって特に文学の主題とされるようになったことも事実である。自分自身が群衆の均一性の一角を担いながら、個として極端に特殊な（殺人者としての）苦悩を抱えているこの場のマンストンの孤立について「しばしばモダニストの作品の特徴となっているあの分裂、〈実存的主観性〉と〈具体状況へと客観化された（objectified）社会的領域〉とのあいだの分裂が、すでにこの小説のなかに見えている」（Ebbatson：37）とする見方にも目を向けて当然であろう。この場面より遙か前にも類似の描写が見られるからである。例のベッドでの両シセリア同衾のシーンで、ミス・オールドクリフは、客観化された人間状況としての男性の恋の一過性を説く。同時に他方で、その恋の永続性を信じて止まない女性の主観性と矛盾を、からかいまじりにハーディは喝破しているのである（69）。

個々人の孤立

だがこの、いつの世にも存在する個人の孤立の問題は、これまでに詳説してきたとおり、ヒロイン・シセリアを通じてより大きく描き出されているのである。最も典型的な箇所は、シセリアがマンストンとの結婚式の直前に愛するエドワードの姿を目撃し、彼への強い愛情を兄オウエンに打ち明ける場面である。ここでは彼女は兄から叱責され、「社会への義務」（203）としてのみ、結婚を承諾した相手マンストンを夫として愛するように努めると言う。しかし、とハーディは書く――〈社会〉の他者たちは、彼女の心のなかをどの程度考え、判ってくれるのか？　そして彼女が死んだ後で、むかし彼女を軽率に非難したことを後悔して少しだけ心を痛め「可哀想な女だった！」（203）と思い、こう思うことで彼女の霊に対して、大変に正当な扱いをしてやったと思うだろう。だが「可哀想な女」というたった二語で易々と表現できる彼らの思い、こんなひとつの軽い思いにすぎないことが、彼女にとっては全生涯だったとは彼らは感じもしないだろう。「私の生は、彼らの生と同じだけの希望と怖れ、微笑とささやき、そして涙でできた・・特別の分秒であったことなど、理解しないでしょう」（203）。他者が決して人の心と思いを正当に理解しないものだという詩的真実を描き出すのである。この想いはたびたびハーディの小説に現れる。『テス』が久しぶりに農作業に復帰したときにも、世間が彼女の過去を忘れることに言及して「テス以外の全ての人間にとって、テスは一過性の想いにすぎなかった」(106)という一文があったことが思い出されよう。

同趣旨の詩

実際ハーディはこのとおりの思いを短詩「女から彼への愁訴：その二」(詩番号15)に歌っている（この小説に先立つ一八六六年に書かれた）。語り手の女の見るところでは、現時点では相手の男にとって、自分という女がこの男の胸中の全てを支配する思いである。しかし遠い未来、女が先に死んだ場合、男が女を思い出してしばらく思いにふけり「可哀想な女だった！」と言って溜息を漏らすかも知れないが

溜息ひとつで充分だとあなたは思うでしょう、その溜息が
全てをあなたに捧げるつもりでいる　私という女に支払うべき
未返済の負債のひとつだとは　あなたは考え及ばないでしょう

そしてこの「可哀想な・女」という二語で表された薄情な思いこそが、この女が主役を演じていた人生劇そのものだったということを〈あなた〉は理解さえできないだろう、と歌われる。当時発表できなかった詩の思いをハーディはこの小説のなかに盛り込んだことが判る。

労働階級の孤独

上記は状況如何にかかわらず、他者には人は軽薄な〈思い〉でしかないという普遍的主題だが、しかし大都会が個としての労働者に強いる人格の摩滅もまたハーディが描き出そうとする〈真実〉のひとつであることも疑い得ない。ここではまずハーディの他の小説のなかの、より明瞭に表現された例から見てゆきたい。第三小説『青い瞳』では、主人公スティーヴンの父親が、都会の悪影響に晒されていない旧来の石工であることを描きつつ、新たな労働者像を海岸の小石同士の摩滅に晒される階級として述べたあと、こう表現する――「この摩滅は個人（Self）という単位を階級（Class）という単位の一断片へと変貌させる」(68)。この引用からも感じ取られるとおり、都会のなかでの孤立という問題以上に、当人にとって屈辱的な、下位階級のなかに埋没を余儀なくされ、個人としての意識を他者に全く尊重されない状態での孤立が問題にされる。これは、ハーディが小説家として最後まで追求した問題である。『テス』のなかでは、これはさらに大きな主題の一部になった。これについては、本書第一二章で詳しく検証するので、ここでは後期作品からの例として『ジュード』の一節を挙げよう。クライトミンスターの大学町での場面である。

毎日、毎時間のようにジュードは、仕事探しに出かける途中で、学生たちもまた左右に行き交うのを見た。（中略）なのにまるで地球の裏側の対蹠点にいるかのように、彼らとは遠く隔たっていた。（中略）彼らは彼とすれ違うときに、彼を見さえせず、聞きもせず、むしろ窓ガラスを透かし見るように彼の背後の同輩たちを見るのだった。彼らが彼にとって何であったにせよ、彼らにとっては、彼は

全くその場に存在しなかったのである。(69)

小説家経歴の最終場面まで忘れることのなかった一つの主題を、ハーディはこのように、第一作でも展開しようとしていたのである。

心惹かれる描写の例示

本章冒頭に「〈センセイション小説〉のなかなら場違いに見えるはずの瞬間」というブリンの批評からの引用を用いたが、最後にそうした瞬間と感じられる場面、心惹かれる描写を少し引き出してみたい。シセリアは「あとわずか数日の寿命しかない、年老いた月」(70)を見て、同じ月が満ちていたころの、恋人スプリングローヴとの短い至福の時間を思い出す。『狂乱の群れをはなれて』のなかで主人公オウクが羊を失ったあと、池に映った同じ年老いた月に絶望の相似物を見出すのと好一対の描写である。しかしここでは時間の推移を描き出している点が、さらに印象的である。また第一二章二節では、優美に「無意思的に」水の上を滑ると見える白鳥が、よく見れば水面下で懸命に水を掻いているという描写は、シセリアが表面は何事もないように優美に振舞いながら、様々の苦しみを抱いて懸命に生きていることの象徴になるとともに、より一般的に、人間全てに当てはまることとしての意味を帯びている。また結婚式を終えたばかりのシセリアが川を隔てたところでスプリングローブが逆さになった水影を川面に見て、彼と話す機会を得、彼が婚約を破棄されて自由の身になっていることを知る場面――川のなかでは、小魚の群れが浮遊しているが「小川は狭かったのに、底深く、橋も架かっていなかった」(207)ので、二人は手を伸ばしても指さえなかなか触れ合わない場面も象徴的である。ヴィクトリア朝の自由を阻む社会の仕組みによって隔てられた二人を川が象徴するとともに、個々人の悲哀とはまったく別個に、他者たちが小魚のように浮遊していることもこの場面は象徴している――二人の別れのあと、「川は以前と同じく静かに鈍《にぶ》やかに流れ続け、小魚は何事もなかったかのように、再び好みの場所へと集まっていた」(208)と書かれるのである。これらの〈瞬間〉も個々人の孤独を深化して示す。

火事もまた象徴

最後に、〈瞬間〉ではなく第一〇章の二節、三節を通じて詳しく描かれる火事の場面。孤独とは無関係だが、これにも触れておきたい。老スプリングローヴ氏は、荒地とされていた土地の一角を開墾し、抜き去ったカモジグサを家の近くに積み上げた。例年通り、枯れたカモジグサに火をつける。くすぶるように燃えるだけである。しかしこの枯草の積み山は、家屋にあまりに近いので、隣人が危険視して注意を促す。スプリングローヴ氏はそれを認めつつ、しかし遠くの野面で燃やして灰を持ち帰る苦労を口にする。隣人は納得して去り、火はそのままになる。一日目、風向きが変わらない限り安全だという判断のとおり、何事もなかった。二日目、まったく変わりなく、積み山はくすぶっていたので、その夜は前夜ほど注意深くは見なかった。三日目、前二日が無事だったから、当然今夜も安全と思われた。夜中に風が募り、火の粉が遠くまで飛んだ。家の近くまでそれは飛んだが、やがてまたあたりは暗闇に戻った。しかし、そのあと、火は豚小屋の藁屋根に燃え移る。人間の犯す過ちの象徴として、この火事は綿密に描かれている(139–42)。

第二章『緑樹の陰で』(*Under the Greenwood Tree*, 1872)

概説

ハーディの公刊第二長編『緑樹の陰で』は、一八七一年に書き始められ、八月七日には完成した。当時流行していた移動図書館(貸本業)のための三巻本にするには短すぎるのでマクミラン社が躊躇しているあいだに、『窮余の策』を刊行したティンズリー社が他の作品を求めてきた。こうしてこれは翌七二年六月初めにティンズリー社より、当初から(雑誌の連載小説としてではなく)二冊本として刊行された。作者名は伏せたままだった。第二長編とはいえ、この小説に出てくる運送屋のクリスマス・パーティの場面は、廃棄された処女作『貧乏人と貴婦人』の挿話として用いられていたものを転用したものである(この処女作のなかで、マクミラン社の査読担当者ジョン・モーリィが賞賛した場面である)。ここでは田園を背景に素朴な人物を描くハーディの得意技が、処女作らしい清冽な筆致で打ち出されている。この場面の特徴を作品全体にわたって描き出したのが『緑樹の陰で』である。先行した『窮余の策』が、意図的に筋書きの複雑な展開のほうに力を注がれたのとは対照的に、簡素な筋書きのまわりに滋味深い自然描写と田園叙景を濃厚に配置した、ハーディらしい作品である。批評界はあまり取り上げなかったが、出た批評は好意的だった。

作家運を切り開いた作品

しかし匿名だった上に、当時としては短めの小説だったため、わずか五百部の出版であるのに売れ行きは悪く、製本前のシートがそのまま残った。ティンズリー社はこれにめげず、翌一八七三年には一冊本を試みるかたちで再版した。他方、日本で言えば「文藝春秋」のような知的な総合雑誌「コーンヒル・マガジン」の編集長で思想史家であったレズリー・スティーヴンが、この作品の田園描写に着目し、作者が誰であるかを確かめて、この雑誌に掲載する小説を書いてみないかという手紙を出した。これがきっかけで、ハーディはこの有力誌に連載小説『狂乱の群れをはなれて』を寄稿し、一躍新進作家の地位を獲得することになる。これを考えれば、『緑樹の陰で』は、ハーディの作家運を切り開いた作品であったと言える。

またこの小説でハーディは、その情景の多くを、生家のあるハイヤー・ボッカムトン村や、その近くのスティンスフォード教会をモデルにして描き出している。また村のヴァイオリニストだった自分の父親を初めとする村人を原型にして、メルストック合唱隊を作り上げた。また合唱隊がクリスマス・イヴに、付近一帯を巡回してキャロルを歌う習わしも、ハーディの郷里の習慣を映したものである。木々を渡る風の音、林檎酒の香り、ドングリでいっぱいの林、蜜蜂の羽音など、田園の雰囲気で満ちた小説である。そしてヒロインのファンシィ・デイは、わずかに虚栄心を覗かせる場面こそあれ、この田園の庶民の持つよき文化を、可愛らしく受け継いでゆく。

［粗筋］

冬。メルストック村のクリスマス聖歌隊は、今年も村はずれに住む人びとに聖歌を届けるために隊伍を組む。森を通って集まってくる男たちは暗闇の中でも、口笛のような風音を聞いて柊《ひいらぎ》を聞き分け、うめき声を聞いて樅の木と知ることができた。梢の上には、鳥が羽をはばたくように星空が明滅する。教会の鐘の音が風に漂う。隊員たちは若いディック・デューイ（Dick [=Richard] Dewy）に導かれて彼の家にやってきた。家族ぐるみで不定期運送業をしているディックの父リューベン（Reuben Dewy）は林檎酒を用意して待っていた。母親（Ann Dewy）も一行を喜んで迎える。骨と皮だけのやせた男トマス・リーフ君（Thomas Leaf）にも「こちらの長いすに！」と彼女から声がかかる。歓迎されたリーフ君は、笑みを見せ終わったつもりなのに顔を引き締めることができない生まれつき。「へぇ、へぇ、はあい」という挨拶をして、彼も林檎酒をご馳走になることにした。

やがて酒盛りが始まる。靴職人ペニィ（Robert Penny）は「しまった、今晩のうちに靴を届けなければならなかったのに」と言い出し、明日の朝一番でもよかろうと訂正し、その靴の持ち主のことを話し始めた。遠くに勉強に行っていたファンシィ・デイ（Fancy Day）という美しい娘が村の学校に着任し、牧師さんに明日の教会行事の手伝いを頼まれている、そのための靴だと言う。ディックの祖父ウィリアム（William）は、今夜はファンシィにも聖歌を歌ってやろうと言う。

夜十時過ぎにやってきた合唱を受け持つ少年たちと合流して、弦楽器を鳴らす大人たちは、聖歌隊巡回の仕事に取りかかる。全ての家に聖歌を届けるには数時間かかる。やがて彼らは、あの女教師が住む学校まで来て、合唱を繰り返した。反応は遅かったが、やがて二階の窓を額縁にして、ろうそくで我知らず自分の顔に白々と照明を施しつつ、女教師ファンシィが覗いた。真っ白な夜着、夜だけしか見られないはずの解きはなった豊かな髪。そして軽やかな優しい声で、

「ありがと、歌い手さんたち！　ありがと」顔はすぐに引っ込んだ。

「なんて可愛いんだ！」ディック・デューイが叫んだ。

「あんなん、わいも、見たこともねえ」リーフ君の言葉も熱っぽい。

次に一行は富裕な農場主シャイナ（Shiner）の家の前で歌った。突然「黙れ！」という罵声。教会補佐役のシャイナに侮辱された聖歌隊は、意地を見せて聖歌を最後まで演奏。皆の憤慨を抑えてリューベンは彼を明日パーティに招くと言う。誰にも悪意は無用というわけ。

やがて、いつのまにかディックがいなくなって大騒ぎになった。一四人が長途を引き返して探すうち、ファンシィの窓明かりがかすかに漏れる下で、黒い影のような彼が、木にもたれて窓を見ていた。

音楽隊は、次には牧師館に来て演奏したが、最近着任したばかりの独身牧師メイボルドは、ベッドに潜ったままありがとうと言った。

翌クリスマス当日、教会にあの美人教師が入場すると、ディックは新鮮な風が教会に満ちたように感じた。牧師も彼女を注視していた。

夕方にはデューイ家でパーティが開かれる。ファンシィと初めに踊る権利は、折り目正しいディックに与えられた。金持ち自慢のシャイナは、自信過剰が嫌われ、彼女に選ばれなかったが、ようやく途中で、ダンスのきまりどおり彼女と踊る番が回ってくると、今度はきまりを

破って彼女を離さない。だがディックは再び彼女を抱きしめて踊り、食事の席も彼女の隣になる幸運を得た（彼女の膝にいた猫が自分の膝に来て彼は喜んだ）。だが帰りがけには彼女は気取った女に変身し、シャイナの夜道の同道の申し出を快く受け入れて二人で帰った。

彼女はハンカチを忘れていった。それを口実に、ディックは彼女の学校の前を何度も訪れ、やっとそれを返したが、せっかくの状況をそれ以上に発展させることはできなかった。来る前に、これから彼女を訪ねるのだという喜びを、もっと嚙みしめておくべきだった…。

春。彼は学校の近くばかりを通った。やがて彼女と道で出逢うことが繰り返され、彼女も喜んでいる様子だが、それが彼への感情によるのか、自分の魅力が男に感動を与える喜びなのか彼には判らない。

デューイ夫人は、新牧師メイボルドがファンシィを色目で見ると指摘し、聖歌隊員の一人は、彼こそ聖歌隊の敵だと言った。そのうち牧師が教会にオルガンを入れて、ファンシィに弾かせるという噂が流れた。すると無用の存在になる聖歌隊は教会から追放される。隊員たちは牧師との談判を計画。愚かなリーフを連れて行くのはまずいと危ぶむ声があったが、気の毒な境遇だから連れて行こうと決まった。

談判とは言っても、クリスマスまでは聖歌隊を追い出さないでという願いを言いに来ただけ。最初これに応じた牧師は、最後には九月二九日の聖ミカエル祭までと変更した。教会補佐役の一人シャイナが、オルガンを備えてファンシィに弾かせるよう要請しているのだ。聖歌隊員は慎ましい要求の一部が認められただけで満足して帰った。

ファンシィの生家は森の奥にある。父ジェフリィ・デイ（Geoffrey Day）は、伯爵家所有地の筆頭狩猟番で材木係の執事。ディックは、ここへファンシィを馬車で迎えに行き、身の回り品も学校まで運ぶ仕事にありつき、ジェフリィに昼食に呼ばれた。父親は「ファンシィ、おまえはシャイナさんをよう知っとるのう」と意味ありげに言う。ファンシィは「パンを少し取って」と話題をそらした。ディックは彼女を学校まで届け、部屋に入ってこの小さな引越しの手伝いをした。そこへ引越しのことを知っているメイボルド牧師がやってくるのが見えた。「ディックさん、あなたはいない方がいいんだけど」と言うファンシィに、ディックはむっとして別れを告げた。裏口から外へ出て振り返ると、彼女は牧師にカナリアの籠を吊して貰っていた。

この間に、ディックはファンシィに自分をどう思っているかと尋ねていた。彼女はずっと黙ったまま。彼は父に恋の悩みを打ち明けて助言を得ようとした。父は、メイボルドだけではなくシャイナも彼女に関心があることや、財力の点でデューイ家が劣ることを語った。ディックはファンシィに恋文を出した。そのまま返事は来なかった。

夏。ディックは隣町で彼女を見かけ、自分の馬車に彼女を乗せた。初めは冷ややかな態度だった彼女が、やがて彼のことを「少し好き」と認め、姓ではなくファンシィと呼ぶことを許した。シャイナの新型の馬車が追い越していったが、彼女は彼が好きではないと言う。茶室に入ると話は一気に婚約の話になり、ファンシィは父さえ賛成ならディックと結婚すると約束した。この時、もしファンシィの唇が本当に桜ん坊であったなら、茶室から出た彼の唇は赤く染まっていたろう。

三ヶ月経った。ディックはあるパーティに、ファンシィが参加しないことを知らずに出かけ仕方なくある娘と踊った。ディックの妹スーザン（Susan Dewy）から、その娘が髪をカールさせていたと聞くと、ファンシィは、教師を辞めさせられてもいいから自分も髪をカールさせると断言。あとで彼女はディックに、シャイナと親しいかのような作り話をして嫉妬させる。また彼女はまじめな話として、父親がシャイナに、うちの娘に結婚を申し込んでいいよと言ったことを告げた。

父親は娘とディックのあいだがあやしいぞと一度は人に指摘され、そんな関係は許さんぞ、と身構えたが、いつしか忘れた。二人が秘密を保つよう心がけたからだった。ディックはすぐにも父親に会おうとしたが、ファンシィの入れ知恵で、蜂蜜の収穫手伝いで父親の気を惹いてから結婚問題を持ち出そうということになった。

秋の土曜日。馬の怪我で午後は暇になったディックは、ファンシィを木の実採りに誘った。彼女は明日日曜に着るドレスの手直しに余念がなく、長時間待ったのに裁縫をやめない。怒った彼は森のなかで見つかる限りの木の実を大袋に集めまわった。気がついたファンシィは森を探し、ようやく彼を見つけて詫びると、彼はたちどころに怒りを忘れて抱擁。頭文字の縫い取りから袋は母親の手に戻ったが、母にはなぜ自分の大袋が森に落ちていたのか、首を捻れど不明のまま。

蜂蜜の収穫を手伝うため、その夕べディックはファンシィの父の家に赴いた。これより前にシャイナがそこに来ていた。収穫時には何千匹もの蜜蜂を殺すことになる。ファンシィもその場に来て「蜜なんか要らないのに」と蜂に同情を示す。蜂に刺されて平気な父親だったが、二匹が背中に入って刺すので、着替えのため家に戻り、彼女とシャイナが二人きりになった。様子を見ていたディックがここで闖入。

ファンシィが蜂の巣をなめて、蜂が口に入って刺されたとき、男二人は競って薬を取りに邸に入った。ここで出逢った父親に、ディックはファンシィと結婚したい旨を告げる。森で梟に殺される小鳥の悲鳴だけが静寂を乱していた。父親はあきれて、娘の亡くなった母は知的な家庭教師であったこと、娘は学校でも一番の成績であり、その学校は娘の伯母の経営で、その伯母は弁護士と結婚したこと、ファンシィを紳士と結婚させるように準備していることなど語り、これでも君は娘に相応しいかねと問うた。ディックはノーと答え、釣り合うはずもない相手を求めた自分は何と図々しかったのかと思い退散した。

ファンシィにとっても父の反対は予想以上に強かった。反対されたために、より愛が強まったのは確かだ。しかし真の幸せのためには、一段上の目的＝結婚が達せられなければならない。二人はこの見込みを今ははっきりと拒まれていた。状況の打開のため、ファンシィは、太い樹の幹さえ震える暴風雨を衝いて、村はずれの一軒家に、神通力を持つ魔女だと噂されるエンドフィールド（Endorfield）を訪ねた。教会へも行かないこの女に、ファンシィは父の反対を抑える方法を尋ねにきたのだ。エンドフィールドは何かを彼女の耳にささやいた。やってみます、と恋する女は静まった風雨のなかを帰途についた。

父ジェフリの許へ、娘さんの具合が悪いのではないかという村人の知らせが届いた。食欲不振だというのである。学校に娘を訪ねてみると、食事時にパンを透明になるほどの薄さに切って、ほとんど食べない。原因について娘は何一言、言わない。父は仕方なく帰った。娘からは、父が贈ることにしていた兎肉の断り状が舞い込む。狼狽して再び学校を訪ねると、晴れた日の午後に娘はベッドで寝ていた。娘は不平も漏らさず、話もしないので、父は自分のほうから
「あいつ無しじゃ生きてゆけんとなら、結婚せい」と言った。

「お父さんに逆らってまで！　親不孝はしたくないの」

「〈逆らって〉ではないぞ！　すこし考えてからなら、許すぞ」

「父さん、いつ考え終わるの？　いつディックは結婚できるの？」

「来年の夏至じゃ」と父親。急転してディックは翌日、ジェフリ家での食事に招かれた。滝のそばで、ファンシィと語らう自由も得た。

メルストック教会にオルガンが登場する日が来た。婚約者のいわば初舞台をディックは見られない運命にあった。隣村の友人が死んだのだ。柩はきっと俺が担いでやると約束しておいたディックは、約束を破るわけにはいかないと言って聞かない。ファンシィは、残念がったけれども、当日の朝は派手やかに盛装して学校から現れた。一目見に来たディックがそこにいた。盛装を咎める彼に彼女は、美しいと思われるのが女の生き甲斐よと反論した。逆に教会では、メイボルド牧師は華美を喜んでいるようだった。聖歌隊の人びとは、自分たちのほうがオルガンより優れていたのにと思いながら彼女を見ていた。

夜、ファンシィは机に足をついて高窓に座り、雨になった外を見ていた。友人の葬儀を終えたディックが、遠い隣村から、さらに遠回りをしてファンシィに会える学校の下を通った。水浸しの彼の上着は、棺桶の塗料で汚れていたが、ディックは友達のためだ、満足だと言う。びしょぬれの男なんて魅力ないわねと心に思うファンシィは、キスを求める彼にただ手だけ差し出してすませた。入れ替わりに、もう一つの人影がやってくる。優雅な最上等の絹傘。ファンシィは見とれた。メイボルドだった。牧師は、私と結婚してくれと切り出した。ファンシィは断った。しかし整然とした知的な言葉で牧師の求愛は続き、ピアノを買い、社交界に出入りしましょうと誘いかける。ファンシィは思わず、彼の再度の申し込みにイエスと答えた。その場で彼女を抱いて喜びを表そうとするこの牧師をふりほどくのがやっとだった。

翌朝偶然ディックから、彼とファンシィの婚約を聞き知ったメイボルドは落胆して彼女に手紙を書いた「依然愛しています、だがあなたはこの状況では、誠実に振舞う限り、デューイ君を捨て去ることはできないのではないか」——この手紙が彼女に届く前に、彼女からの手紙が来た「昨夜の私の言葉は言ってはならないものでした…」。

結局、ディックには誰もこのことを漏らさなかった。こうして二人は結婚式を迎えた。式に出かける朝、ディックがなかなか現れない。ファンシィは心配した。彼はちょうどこの日、蜜蜂が巣別れをしたので、その処理をしてから駆けつけたのだ。「結婚ならいつだってできるけど、蜂の方はそうはいかねえ」と祖父。式が済んだら、しきたりに従って、新郎新婦も誰もかも、男女手を組んで村中をまわることになる。ファンシィは「今じゃ上品な人たちはやらないけど、母が昔やったのならわたしもそうするわ」と言った。式場へは、ファンシィの父が認めたリーフ君も同道。「僕らは今も未来も秘密なしにしようね」と言うディックに、ファンシィは「今日からね」と答えた。

［作品論］

擬似パストラルとしての『緑樹の陰で』

ハーディ小説の導入書

ジェイムズ・ギブソンはこの小説を「ハーディ小説についての、考えられる限り最善の導入書、そして魅力に満ちて軽やかな序曲」（Gibson 1996: xxix）と呼ぶ。そのあとにやってくる諸作品をオペラの本体になぞらえ、この作品のことを、本体の性格を示唆するとともにより重苦しい本体へ導入する好個の序曲だというのである。ハーディを読みなれた読者なら、まったくそのとおりだと感じるだろう。なぜなら、とギブソンは続ける——なぜならこの小説には、

> 後年の諸小説のなかでより深刻なかたちで扱われることになるテーマ——男女の愛とそこから生じる争奪、階級差別とそれが生み出す男女の結びつきの障害、共同体の変化、新しいものが古いものへ与え、また〈外部者〉が閉ざされた共同体へ与える衝撃、人間と〈自然〉との緊密な関係——のほぼ全てが見られるからである。（同）

本書著者がさらにつけ加えるなら、後年のいくつかの大作と同様この小説にも、当時の中産階級的読者に好まれたパストラルの要素を巧妙に用いた読者の誘引術も見られる——しかもパストラルの本質を大きく超えた作品を、ハーディは目指した。パストラルを、小説という商品の外装として、より意味のある内容を盛り込んだ作品を書こうとしたのである。

パストラル小説？

しかしこの作品を評するときには、かならず〈パストラル〉や〈牧歌的〉という言葉が、従来の慣習的な意味で用いられる。二一世紀になって刊行された書物（両著ともきわめて有益な辞書・入門書だが）を覗いてみても、セアラ・バード・ライト（Wright: 330）、ジェフリィ・ハーヴィ（Harvey: 58）はともに（多少条件付ながら）この作品については従来どおり、パストラル小説としての面を強調している。そしてパストラルと言えば、マイクル・スクワイアズの著作が引用されるのがこれまで通例となっていた。そのスクワイアズの見解を要約するなら——彼は、ジョージ・エリオット、ハーディ、ロレンスなどの近代小説を論じた今世紀六〇年代までの文芸批評のなかにパストラルという語が頻出することを理由に「パストラル小説」と呼ぶべき小説のサブ・ジャンルが存在すると主張し、ハーディの小説については『緑樹の陰で』、『狂乱の群れをはなれて』、『森林地の人びと』の三編を「パストラル小説」と呼んだ。この論理には問題があるが、これとは別個に彼は、ハーディが〈パストラル小説〉を手がけるようになった素因を三つ挙げている。一つはハーディの若いころに形成された、農村の人びとや田園的生活習慣への愛着、第二にはその後に生じた「機械的で単調な」（Life: 56）都会生活（への反発）、三番目にウェルギリウスやシェイ

クスピア・詩歌一般への熱愛(Squires : 107)。なるほどこの指摘には、妥当と感じさせるものがあることは事実である。

ハーディはノスタルジストか？

実際、ハーディがテオクリトスやウェルギリウスの古典古代牧歌を愛読し、シェイクスピアの牧歌的要素の利用に精通し、現実生活においても古い田園と新しい都会の両方を熟知していたことはよく知られている。彼が、読者が受け容れやすい〈ものの見方〉、すなわち当時安心して読める文学形式だったパストラル文学の伝統を表面上用いて小説を書いたことは疑いえない。しかしまたスクワイアズは同時に、以下のように説いている――ハーディは二つの〈美しいもの〉に強く惹きつけられていた。慈悲深い〈自然〉と、農村共同体というパストラル的理想郷である。そのため彼は、この二つを損壊する力となって当時現れてきたダーウィニズムに代表される近代思想や一九世紀社会経済上の変化に反撥し、死滅に追い込まれてゆく農村文化へのノスタルジアをますます深めていった…。しかし、ハーディがダーウィニズムに反撥するノスタルジアを有していたというのは、のちに述べるとおり、事実に反する。その上、さらに問題なのは、牧歌という言葉の意味についての検討が、スクワイアズの場合、あまりにもお粗末だということである。作品の解説のためにこの言葉を用いる場合、これは特にその定義を抜きにして理解されてしまう場合が多い。牧歌・パストラルの定義は、特に二一世紀の今日様々であり、この言葉で何を指し、文学のどのような性質について語ろうとしているのかを私たちはまずはっきりさせなくてはならない。ここでは、拙著『十九世紀英詩人とトマス・ハーディ』に述べたことと重複するけれども、いくつかの〈パストラル〉の定義をわきまえ、議論に先立って考えおくべきことを整理しておきたい。

農村リアリズムと相容れない「パストラル」

この言葉の、ハーディの小説執筆当時から今日まで理解されている主流的意味合いが成立したのは、一七世紀以降である。コングルトンによれば(Congleton : 53-83)、一八世紀イギリスにパストラルが再び盛んになったのは、フランスにおけるパストラルの進展を、新古典主義のイギリス詩壇が受け入れたからである。当時の先進国フランスでは、一七世紀半ばにすでにラパン（René Rapin）が全面的に理想化されたパストラル概念を完成し「黄金時代的理想主義」をパストラルのなかで表現した。つまりラパンは、人間界がまだ汚濁にまみれなかった黄金時代とパストラルの理想郷である羊飼いの世界を同一視したのである。世紀の終わりがけの一六八八年にはフォントネル（Bernard de Bovier de Fontenelle）がこれを受けて、パストラル世界には現実の汚れを感じさせないことが肝要であり、パストラル世界の静謐のみを描き、現実の汚れを書き示さないようにと説いた（そしてこの英訳は一六九五年になされた）。イギリスでのポウプ（Pope）の『牧歌』はこの影響下に書かれた。その序文「パストラル詩論」でポウプはこう述べている――

> パストラルとは…黄金時代のイメージである。…私たちはパストラルを快美なものにするため、何らかのイリュージョンを用いな

ければならない。そしてこれは羊飼いの生活の最も良い部分のみを明らかにして、その悲惨さを隠すことにある。（“A Discourse on Pastoral Poetry”）

つまりパストラルは、一八世紀初めに、その後強い影響力を持つことになるポウプによって、農村リアリズムとは決して相容れないものとして規定されたことになる。農民の労苦、自然の暴威、田園の野卑などは、パストラル世界からは排除されなくてはならないものとされたのである。

支配階級のイデオロギー

確かにいち早くルネッサンスの頃から、パストラル世界は黄金時代やエデンの園の堕落以前の自然と連想され、宮廷や都会の対蹠物、幼年の無垢無邪気の対立物として提示される、非現実的理想の世界であった。非現実的理想であるがゆえに、穏やかに、権力者と衝突することなく、現状批判の具として賢明に用いられた歴史を、パストラルは持っている。しかしその後の、上記のポウプ的なパストラルの発展は、こんにちアナベル・パタスンがワーズワスについて論じているような意味で（Patterson：269-84）、羊飼いや貧しい農民を風景として鑑賞する傾向を徹底させるようになり、文学作品においてパストラル的な要素を導入すること自体が支配階級のイデオロギー上の満足感を充足させることになった。作家としてのほとんど出発点にいたハーディに対して、『緑樹の陰で』の場合も『狂乱の群れをはなれて』の場合も、編集者から牧歌的な小説を彼が依頼されたのは、当時の読者層が何を求めているか、読者に何を提供するのが無難かを熟知した、雑誌編集（および営業）という立場からの判断によるものであった。ハーディは、こうした要望にある程度応じることによってしか、小説家として世に出ることはできなかった。すなわち、序章や第一章で述べた〈商品としてのテクスト〉としては、パストラル色を交えることは成功の一条件だった。

架空の、臨時的な価値観に基づく美意識

これら上記の事情に対する意識なしには、ハーディの小説をパストラルという言葉を使って論じることはできない。例えば、ダーウィニズムとは決して両立しない、安易で机上のみでなされる自然界の美化が、上記のような「パストラル」には不可欠なのである。つまり慣習的「パストラル」は上位階級のイデオロギーによる、空想上の下層牧人や農民の呈示がその本質なのである。「牧歌的」という形容詞を『緑樹の陰で』に用いれば（先にも言及したアナベル・パタソンの汎時代的パストラル論がまだ「パストラル」という語のニュアンスを変更せしめていない現状では）、この作品のある側面（田園を舞台にし、田園の人びとの価値観を現代的、支配階級的価値観より優れたものとして示している点など）を表してくれると同時に、作品の全体像を、当時の支配階級だけに奉仕する娯楽として私たちに伝えてしまう。

保守的ハーディ像

上記スクワイアズの考え方の一つの源流には、今見たとおり、ポウプによって打ち立てられたパストラル観がある（その後、これは支配階級にとっての心安

まる文学ジャンルとなった)。だが第二の源流には、前世紀半ばのハーディ批評のうち、とりわけて説得力のあったダグラス・ブラウンの論旨がある。彼はハーディの諸小説の内部力学を支配する影響力として「一八七〇年から一九〇二年までに及ぶ、イギリス農業上の悲劇」(D. Brown : 31) を挙げる。この時代のイギリス南部における農民の貧困、農村生活の前途の暗さなどに対するハーディの驚愕が、彼の作品のパターンを決定していったと見るのである。この作品パターンとは、農業的様式と都会的様式の衝突を描き出し、農業的様式を高位に置く作者の姿勢とされる。『緑樹の陰で』を序曲とし『日陰者ジュード』を終曲とする七編(あと五編は『狂乱の群れ』、『帰郷』、『カースタ町長』、『森林地…』、『テス』)の慣習的に大作とされる小説では、時代を追うごとにこの衝突は深刻さを増し、農業的なものが敗退していったさまをハーディは近代の悲劇的発展と見たとするのである(D. Brown : 30 ff)。スクワイアズの解釈はこのブラウンの見解が述べ尽くせなかった作品の審美的側面へ、同種のハーディ解釈から迫ろうとした試みであったと見ることができる。ブラウンのように社会経済上の問題を強調するにせよ、スクワイアズのように文学的伝統を重視するにせよ、愛すべき農村の変貌を憂え、驚愕している保守的ハーディ像がそこからは浮かび上がってくる。しかし、先の言葉を使えば、この「社会経済上の変化に反撥」するノスタルジスト・ハーディ像は、本書の全体がより明らかにするとおり、実情に反する。

彼の全体像との不整合——〈自然〉に関して

結論を先に言うなら、スクワイアズの論旨は、〈自然〉に関してはまったくの謬見であり、農村共同体を否定する社会経済上の変化とパストラルの関係についても、検討を要するものである。まず〈自然〉に関して。ハーディは作家活動の当初から、一九世紀半ばとしてはきわめて新しい自然観を抱いていた。このことは彼が小説を手がける数年も前に書いた幾編もの詩の内容が証明している。彼の処女詩集『ウェセックス詩集』には五一編の作品が収録されているが、そのなかで、一七編は一八六〇年代の制作年を掲げ、しかもこれらの詩が、本詩集の主張の中核をなす新しい自然観を表明しているのである。一八六六年の作とされる「偶然なる運命」(詩番号4)は、世界も自然界も、冷酷な神によってさえ支配されてはいず、「愚劣な偶然」と「さいころを振る〈時〉」によって、つまり神格を与えるにはあまりに愚劣な偶発性によって、牛耳られていることを嘆いている。「目の霞んだこの二人の〈運命の司〉」と表現される〈偶然〉と〈時〉は、人間の希求にはまったく無関心に、人間界に介入してくる。科学の法則が必然として引き起こす遺伝的形質、病気、事故、事件、様々な苦しみと死など全ては、人間が自然界に求める倫理性・論理性と照合してみるとき、人間的立場からは悪運に見えるのである。悪人に悪運を配分する〈神〉さえ不在である。人の苦悩を喜ぶ一貫した論理性を示す凶悪な絶対者さえ居ない…。

孤立と非連帯の〈自然〉

また「中立的色調」(同9)は、上記の詩より一年あと、一八六七年の日付を持つが、上に見た自然観が、より具体的な例を連ねて示された秀作である。自然の情景はロマン派以降の一九世紀的伝統とはうらはらに、美や永遠性や救いを示唆するのではなく、醜さと刹那性、孤立と非連帯性を象徴するために描かれる。恋人に別れを告げる日、池の端に立ってふと見れば、日輪は神に咎められているかのように青ざめている。地に落ちたとねりこの木の葉をはじめ、〈自然〉は慈愛を発揮するどころか、枯死寸前の様相。恋人の口元の皮相な微笑は、死ぬためだけの生命しか持たない弱々しい小鳥さながら。不吉な猛禽が舞い降りるように、相手の、辛辣な嘲笑がそれに対抗する。ロマン派が力の源とした自然界の風景は、こうしてハーディでは愛の脆弱性と残酷性の視覚化として示される。「母を失った娘に」(同42)では、これとは別種の科学的認識から、〈自然〉は〈二一世紀の科学技術をもってさえ、少なくとも〈人為〉を介在させなければ〉、同一の美女を二人と作り出してはくれず、半分だけしか似ていないその女性の娘しか、後世に残すことができないとして〈自然〉の不完全性を歌う。

ダーウィン思想を受容

〈慈愛に満ちた自然〉の対極をなす〈自然〉こそ、自分が受け容れている考え方であることを示すこれらの作品は、処女詩集に含まれた後年の作品群、「兆しを求める者」(同30)や「私の外部の〈自然〉に」(同37)など、〈自然〉が何ら人間に意味のある永遠性を持たず、ロマン派が歌った〈自然〉の慈愛や恒久性は幻想だったことを主題とする詩群と共通し、主題の上で本質的な同一性を有する。また「〈自然〉の質問」(同43)では、多くの自然物が、自分たちは「我らの苦しみを理解できない／自動機械から生まれたのか」、それとも「もう脳と眼が死滅してしまった／上から順に死んでゆく神の頭(Godhead)の　いまだ死なずにいる残骸なのか？」と問うている〈Godheadが〈三位一体の神格〉の意から〈神の頭部〉の意へと墜落していることをはじめ、この作品について詳しくは拙著『十九世紀英詩人とトマス・ハーディ』四一頁参照〉。また「森の中で」(同40)は、森の木々もまた都会の人間と同じく互いに傷つけあう様を描いて、ダーウィン思想を反映した自然の生存競争を語る。小説家ハーディも、処女作のころから一貫して、このとおりの自然観を持っていたと考えて当然であろう。

不整合――農村共同体に関して

次に農村共同体の消滅とハーディのパストラル伝統愛好の関係について。彼には、下層民は、支配階層にはない一種の文化〈素朴なしかし人間性溢れる価値体系〉を有しているという実感があった。彼の家族は紛れもなく下層に身を置いてはいた〈彼の一家が、下層階級の上層部にいたことについては、本書上掲「一九世紀イギリスにおける階級――ハーディの小説との関連」6ページ以下参照〉。しかし、愛情深く昔語りをしてくれた祖母、音楽に深い理解を持っていた父、学歴は皆無だが知性を感じさせずにはおかなかった母、感性豊かで教師への道を苦もなく自己のものとした妹メアリ――確かにこれら身内の者たちは支配階級の文化の美点をも吸収した庶民の知を持っていた。また近隣の農民もまた、広い意味での庶民の〈文化〉〈素朴な信仰や迷信、悪事を遠ざける正義感〉の担い手。ロンドンで経験した価値観の乱れは、近隣の善男善女には見られないと彼は思っていた。前章の公刊第一長編だけではなく、これに先立つ、破棄された処女長編『貧しい男と貴婦人』においても主題に絡めて、下層階級への社会の不当な扱いへの風刺がなされた。これに対抗するものとして、庶民の文化を持ち出すのは、ハーディにとっては当然のことであった。しかし、これがパストラル文学と呼ばれてよいかどうかは、パストラルの本質に照らして疑問である。また、農村が疲弊したから、その元凶である歴史の進展に抗議して彼がパストラルというノスタルジア文学を選んだのかどうかも、以下に検証する必要がある。

読者との折り合い

一方、本書のあちこちに言及されるとおり、ハーディの小説家としての戦略は（他の多くの作家・詩人・芸術家が経験するとおり）、読者・鑑賞者との折り合いをどのようにつけてゆくかであった。また文学のなかでも特に小説は、読者の好みに投じる要素を巧みに用いなければ、決して成功することのないジャンルである。前のパラグラフで述べた庶民文化を打ち出すために、読者におなじみの牧歌的情景を用いるのは、作家戦略として当然のことであった。具体的に見ていこう――マクミランの査読者ジョン・モーリィ（John Morley）は、階級的偏見を攻撃したハーディの処女長編『貧しい男と貴婦人』の田園描写を賞賛していた。職業的作家として身を立てていくために、ハーディはこれを手がかりにして成功への今ひとつの道を探り始めたというのが実情である。『緑樹の陰で』はこうした道に沿って書かれた。モーリィの言葉はパストラル手法を直接ほめたものではなかったが、結果としてハーディは、自分でも〈牧歌〉（"idyll." Life: 86）と呼んだ作品が誕生した。少なくともその書き出しでは農村的人物が、そのモデルになったハーディの隣人というよりは、遙かに遠隔化され、喜劇化されたかたちで登場する。どんな読者層を想定しているかと言えば、これら登場人物を自己の文化圏外の風変わりな下層民と考える階層である。そして彼らの単純さと珍奇さとを味わい、その純朴と世間知らずをおもしろがる階層である。

ハーディの反省の弁

四〇年ののち、一九一二年になってハーディ自身がこの作品の前書きに加筆した文章がある。自らの過去の姿勢を批判するのである。

> 長い年月の後にこの物語を読み返してみると、次のような反省が心に浮かぶのを避けることができない。この物語を紡ぎ出すときに使った素材としての諸現実は、このように軽薄に、いや時にはこのように笑劇的に、また上っ調子に以下の諸章に描かれるべきではなかった。それらは、もっと異なった筆致で、こうした教会音楽隊小群像を描き出す物語の素材とされるべきだった。しかし、これの執筆当時の諸事情からみれば、より深くて本質的な、慣習をより超越した書き方を試みるのは得策ではなかっただろうと思われる。
> （28-9）

ここで「慣習を超越した（transcendent）書き方」とは、当時の、まだ文壇に駆けのぼろうとしていたにすぎないハーディの限界、つまり読書界の慣習への隷従を超越した作風を指すとみて当然であろう。ハーディは後年、後悔のあまり、自分はあの作品のなかであの合唱隊を「むしろバーレスク化してしまった」と嘆き続けたことも伝えられている（Life: 12）。

パストラルの伝統を〈利用〉

前世紀七〇年代までの最も正統的な批評家たちからは、あの合唱隊の扱いは英文学の伝統に沿った、あるいはシェイクスピア的な、優れたユーモアとして絶賛されていた。これらの批評家たちの属する文化の中心部から見れば、これら農村の人びとの扱いは、良き意味において喜劇的であると思われたのだ。しかし、ハーディその人が、上記のように、これを意に染まないものと感じていたことは興味深い。なるほどこの作品がパストラル的な印象を与えることは確かである。スクワイアズがこの作品から取り出して見せる数々の、パストラルのものとされる要素がこの小説の雰囲気を作り出していることは疑いえない――新しいものと古いもの、洗練と素朴、〈人為〉と〈自然〉の対立などは確かにパストラルの筋立てに常に用いられてきたものである。登場人物のなかの牧師と小地主――精神面を見れば肉体労働や農民には理解が浅く、優雅・社交界・野心などを連想させるメイボルド牧師と、富裕者の持つ権力意識や野卑など支配階級が陥りやすい欠点を持つ小地主シャイナーは、パストラル諸作品のなかで伝統的に批判されてきた人物像である。他方主人公ディック・デューイは、彼の家族の全てや周りの農民たちとともに、謙虚・正直・忠実・自己主張の抑制など、パストラル世界の住人に求められる性質を豊富に有している。しかし、上の引用に見えるハーディの〈反省〉を読むと、このようなパストラルの伝統の利用は、当時の「諸事情」に彼が戦略的に順応しながら、他方で自己にとってより重要な〈真実〉を打ち出すためにこれを利用したのではなかったかと感じられる。言い換えれば、謙虚・正直等々の性質は、パストラルにおいては非現実の雰囲気に包まれた理想化を感じさせるが、この作品のそれは、現実感を漂わせてくると感じられるということである。

パストラルの枠組みのなかで書く決意

つまり社会のほぼ底辺から身を起こした男の志す小説家稼業は、編集者の意向に従ってこそ初めて成りたった。まるで個人的判断のように聞こえるこの編集方針は、実際には当時の慣習と読書界の考え方を煮詰めたものだった。のちにハーディは、この『緑樹の陰で』を読んでこれなら商品になると感じた編集者レズリー・スティーヴンから、彼が主宰する「コーンヒル」誌に『緑樹の陰で』のような小説（これはのちに『狂乱の群れをはなれて』となって実現する）を書くように依頼される。スティーヴンはこのとき、「そのような作品は、私に喜びを与えたと同様、コーンヒル誌の読者にも喜びを与えるだろう」（Life: 95）旨を述べている。スティーヴンは実際には反世俗、反慣習の、優れた思想家である。しかし雑誌の編集者という立場では、問題を引き起こすことなく、読者に好まれる作品を作家に書かせる道を選んだのである。ハーディはこれに対して、まだ執筆の態勢も整っていないうちに、その作品を「パストラル物語にする」と返事している（同）。こうして書き始められた新作『狂乱の群れをはなれて』でもまたハーディは、まず商品としてのテクストを成功裏に仕上げる責務を自分に課したのだった。

パストラルの本質

ルネサンス以降のパストラルは、発達した文化の構成員が、自己の文化の、その発達のゆえに生じた様々な欠陥や汚れを認識する（または認識させる）手段として、対照的な未発達文化のなかに、自己の文化内にはない諸価値を見出そうとするものだと見ることができる。宮廷、都会、上位階級、成年、現代、現実そのものなどが上記の「発達した文化」の例であり、牧場、森林地、荒野、貧民、幼年、過去（黄金時代など）、非現実などが「未発達文化」の例である。この場合、パストラル作者は「発達した文化」から脱出しないかできないかの、いずれかである。「未発達文化」は「発達した文化」の批判の具とされるけれども、後者を危うくしはしない。さらに古い時代からのパストラルの発達史をアナベル・パタソンに従って辿るなら、パストラルは自らの外見を踏み越えて、牧歌的田園への言及とはまったく異質な意味合いを間接的・示唆的に表現する文学形式であることが判る。彼女はウェルギリウスの第九エクローグを分析し、牧人が自分の意志によって父祖の地を離れたのではなく、不正義の担い手である軍事力によって土地を追い出された事情が田園賛歌の裏に表現されていることを、以下のように語り始める——

パタソンのパストラル再定義

ウェルギリウス第九エクローグ七〇行以下である。

不信心な軍人に、見事に耕されたこの土地を与えてよいのか？
蛮人に収穫物を与えるのか？　戦《いくさ》が民を悲惨に追いやった様を見よ
誰のために畑に種を蒔いたのか！

これに対するパタソンのコメントはこうである…「これらの行のなかで、とりわけ第九エクローグでこの三行の意味合いが展開されてゆくにつれて、ウェルギリウスのパストラルはそれ自体とは異なった何かに関したものだという認識がはやばやとなされる根拠が示された」(Patterson : 3)。パタソンは、パストラルとは何であるかを言うのは難しいが、ウェルギリウス以降のパストラルに何ができたか、何をしてきたかは語ることができるとする。パストラルはウェルギリウスのエクローグが初めて明言した多様な諸機能・諸目的のために用いられてきたというのである(Patterson : 7)。こうして見ると、後年の型にはまったパストラルのほうが〈牧歌の一変種〉だったと言える。逆にこのほうを標準と考えるならば、牧歌の変種はいかなるかたちにも生まれかわりうる。例えば自然描写のない作品であっても、現実社会が認めないキリスト的人物、人間性ある犯罪者、社会構造ゆえに苦しむ無産者などを描きながら、最終的には作者が現実世界の価値体系をパストラル世界より上位にあるものと認める作品に仕上げれば、牧歌の変種となる。一方「未発達文化」のほうに真にコミットメントを与えて、現実世界への攻撃があらわとなった場合は、パタソンの見解を導入しない限りは、これはパストラルとは呼び得ず、その極端な変種または擬似物ということになろう。

ハーディの擬似パストラルの両方向性

ハーディは、〈自然界や田園世界に自己の文化とは異質な価値を見出したのち、再び自己の上位文化に復帰するパストラリスト〉と同じ文化のなかから生まれてきた人ではなかった。生家は、先に見たとおり下層階級の上層部（あるじは石工の親方）。石工の仕事は人口増大とともに発展し、本作品の主人公たちの場合も鉄道の発達とともに陸路の馬車による輸送も増えた(Thompson : 47)。これらは次第に発展する職業ではあった。しかし石工等のまま中流階級に移行することはあり得ないのである。生家の周りにはイギリスでも最も美しい自然界があった。だが彼は中流階級の一角である建築家（当作品執筆当時には作家）を志した。また、すでにロンドンで都会生活と支配階級の文化を味わっていた。彼がパストラルを扱うときには、したがって一般の牧歌作者には見られない両方向性を持つことになった。自分も参画している既成文化に片足を降ろして自分が脱出してしまった過去の、遠方の田園世界を郷愁籠めて描く〈方向〉と、逆に、田園世界や下位階級の諸価値を依然として自分の世界と感じ、ちょうど慣習的牧歌作者が牧人たちを非現実的理想像としたのとは正反対に、都会的あるいは支配階級的な反理想像をアレゴリカルな、抽象的な非現実として作品内に持ち込む〈方向〉とが綱引きをした。〈自然〉と〈人為〉の綱引きはパストラルにおけると同様に行わせる。しかし、〈自然〉と田園世界のほうが現実である場合が、たびたび生じるのである。スクアイアズは前者の〈方向〉についてのみ、分析したのである。

現実に存在する農村を描出

読者と同じ支配階級の文化を自分も持っているかのように見せて、遠方の農村世界への郷愁を誘い出す〈方向〉を、ハーディは執筆当初は選択した。だが先の序文への加筆引用から見ても、ハーディの真意はより現実的な〈メルストック村〉の記述、現実に存在するスティンズフォード村と上下ボッカムトン村の描出にあったと考えられる。この作品はシェイクスピアの『お気に召すまま』のパストラル的小唄に原点を持つとされてきた『緑樹の陰で』という本題のほかに、『メルストックの合唱隊』という別題を付されている。ハーディは一八九六年の序文で、この別題（現実のスティンズフォード教会合唱隊を意味する）のほうを「より適切だったのに」と述懐している(28)。また誰しもが『お気に召すまま』やパストラルと連想づける『緑樹の陰で』という題名そのものも、近年の説では、同じ題名の〈行商人民謡（broadside ballad）〉から採られたものと考えられている(Grigson : 20)。この民謡では庶民の男女が田舎の戸外を楽しむのである。農村人自身が歌う土俗臭のあるこの歌を念頭に置けば、本題と別題のあいだにはもちろん、本題そのもののなかにも上記の両方向性が現れていることになる。

〈自然〉と〈人為〉の対立を確実に導入

これは今日の批評で、商品としてのテクストと本音としてのテクストを対照させる見方とも合致する。しかし商品テクストを軽蔑して本作品のメッセージの外に置くのではなく、両者の融合から生じる当作品の魅力を語りたい。まずプロットの面から見てゆきたい。森番（下層階級の最上端）の娘ファンシィ・デイは、親の余剰経済力によって中流階級的教育を与えられた。彼女はそれぞれ別個の階層に属する三人の男に恋される――親の雑役的運送業（下層階級）を継ぐことになっている村の若者ディック、小地主（農場経営者）で村の有力者シャイナー（中流階級）、外部からやってきた牧師のメイボルド（中流階級）である。彼女は結局、最も貧しく社会的地位も最も低いディックと結婚する。ディックは庶民的農民の文化とモラル（野心のなさ・人為的虚飾のなさ・自然界との親和・勤勉・誠実・正直）を持った男であるから、ヒロインの結婚相手選びというハーディの小説に繰り返し現れるパターンのなかで、パストラル的な状況がディックの周囲に作られることになる。シャイナーの富裕を鼻にかけた野卑、メイボルドの自然界と農村への無関心、村の伝統への無理解がこれに対置され、パストラルにおける〈自然〉と〈人為〉の対立が確かに導入されている。当時の読者層には、ディックは遠方の理想化された人物にすぎないと感じられたかも知れない。その意味では商品としてのテクストが勝利したと言える。新進作家としてハーディは、これをトロイの木馬として用いて、〈売れる作家〉のサークル内に侵入したことになる。

慣習的牧歌における虚構の田園から現実への復帰

しかしこの小説には、作者が遠方の田園へ読者を一時お連れして、田園を楽しんでもらってまた元の現実に帰還するという、ルネサンス以降たびたび用いられてきた慣習的パストラルの常套が用いられていない。ここでエリザベス朝文学におけるパストラル的筋書きを見てみよう。『お気に召すまま』はこの点で最も典型的である。簒奪者によって我欲の場と化した宮廷を出てアーデンの森へやってきた人びとは、自然的生活の幸福と艱難辛苦の双方を経験したのち、また宮廷へ復帰する。この遠方での経験が宮廷を健全化するのである。『冬物語』でも、四幕二場のパストラル・シーンののち、一時は羊飼いの娘とされていたパーディタがフロリゼル王子とともに最後に宮廷に帰り着き、これがポリクサニーズの宮廷を蘇生させる（森松 1968）。〈自然〉と〈人為〉の対比が上記二編以上に顕著な『テンペスト』でもパストラル的な〈自然〉のアレゴリーのようなミランダが、宮廷人として生きる結末を迎える（森松 1980）。『妖精の女王』のパストレルラも、実は羊飼いの子ではないことが判って、父母の城塞へと帰着する。ここに例として引いた〈形式においても人物が上位文化に復帰する作品群〉に限らず、慣習的パストラル作品には、実質においてこれと同質の心理が作用している。パストラル世界の持つ美質が、現実的上位文化の欠点に対し、アンチテーゼまたは解毒剤として作用する。しかしそれは最大限に虚構的な世界から持ち込まれるのである。

作者の現実意識は農村に

『緑樹の陰で』の場合には、先にも書いたように「上位文化への復帰」などということは起こらない。プロットを思い出せばこのことは納得される。上位文化の汚濁に対する強烈な現実的認識も欠落している。シャイナーは野卑だと言っても、悪を感じさせない（ダンスの際にきまりを破って彼女を放さないが、金持の特権としてそうするのではない。恋において彼はディックと同じく、彼女を独占したがるだけである)。メイボルドはこの村には異質な、上位階級らしい考え方をするが、悪徳というほどそれは汚らしくはない。作者の現実意識は明らかにメルストック村のほうにあり、メイボルド牧師の日常生活は遠いもののように、漠然としか呈示されていない。それはちょうど正統的パストラルにおいて、牧歌郷の人物の日常が示されないのと同様である（非現実性の置き場所が逆転しているという意味で、すでに慣習的パストラルは脱構築されている)。メイボルドの属する中産階級的文化は、メルストックを遠く離れた遠方に、神秘に包まれて存在する。ファンシィに結婚を申し込むときのメイボルドの言葉が、この文化について知りうるすべてであると言ってよい――

もちろん、ふたりでこんな村に住み続けるのではありませんよ。ヨークシャの友だちが、もうずっと前から、牧師の任地を交換しようと言ってきているのです…ふたりでそこへ行きましょう。あなたの音楽の才能をさらにいっそう、立派なものに伸ばしてお見せしますよ。お好みどおりのピアノだって…小馬の牽く馬車、花、鳥、楽しい社交界、みなあなたのものです。いや実際、数ヶ月私と旅をすれば、そのあとではどんな社交界に出てもおかしくないほどのものを、あなたはお持ちです。(171)

上位階級世界は外部の知られざる世界

従来型の小説、例えばジェーン・オースティンの『エマ』のなかで、下層の民が外部のものとして、つまり上位者の目にしばらく映ずるだけのものとして登場したのとはほとんど逆に、この小説では、上位階級の人物は外部のものとして描かれ、その詳しい日常は下位者の目にちらりと映ずるだけのものとしてしか現れない。小説内の世界である〈知りうる世界〉の境界づけが、パストラル文学のそれと正反対であるだけではなく、オースティンのそれとも正反対に近い。地主階級の居間やそこでの会話、その息子の、牧師としての収入の多寡や、その令嬢の、ピアノと歌の上手下手は登場しない。リアルに描かれるのは、木々を渡る風の音、木の実取り、蜂蜜の収穫、祖先から伝わった結婚式の古めかしい形式など、いずれも田園と庶民の生活に関するものばかりである。それでいながらこの作品は、先に示した両方向性のうち、従来型のパストラルとしての方向のみを読みとって安心できるように作られている。少なくとも、しばらく前までの批評家たちは、そう読んで心を乱されず、この作品を穏やかな佳作とした。当時の読者もまた、そう読んだと思われる。まだ作家として生きていけるかどうかさえ判っていなかったハーディが、この点を最大に気遣ったとしても何の不思議もない。しかし、文学作品は、いくつもの細部描写のなかに籠められた、慣習的建前とは別の要素を、そのつど読者に手渡してゆく。慣習的パストラルとは異なった印象を抱いた読者も、当時からいたにちがいない。

庶民の登場人物は田舎っぺの抜け作？

すなわちこの作品には上述の両方向性の、残りの片半分がある。ジェフリー・グリグソンはこの作品が農村リアリズムから逸脱していることを嘆き、ハーディが当時の読書界の機構や自己の下層の生い立ちの犠牲となったことに同情しつつ、彼がシェイクスピアやジョージ・エリオットの流儀に倣って庶民階級を喜劇化したことについて、次のように述べている——

> ハーディがその貧農階級の人物というか貧農の類型というか、とにかく（中略）労働者たちや村の小商人たちを描くやり方は（中略）現代の読者を困惑させる。彼らは恩着せがましい筆致で描かれる。彼らはブリューゲルが描いた貧農たち（世に名も知れぬ住人たち）というよりはむしろ、好意まじりの皮肉な眼で観察される下層民ないしは最下層民である。彼らは田舎っぺ、その描かれ方からして〈石頭ども stunpoles〉つまり抜け作どもであり、かりにそのなかのひとりが他のものより人間的であったりましであったりしたところで、その人物が抜け作どもの集団のなかで暮らしていることには変わりがない。(Grigson: 19–20)

一方の足を現実としての田園に置いて

慣習的パストラルを全面受容して読まない限り、つまり現代の読者として、上に言う〈残りの片半分〉との整合性を求めて読む限り、このような評言が現れるのもやむをえないであろう。一方の足を読者層の中産階級文化に置いてパストラルという架空の田園を描きつつ、もう一方の足は現実としての田園に置いたこの作品の構造そのものが、こうした違和感を評者に与えるのである（逆の見方をすれば、これはこの作品が慣習的パストラルだけに終わってはいず、〈残りの片半分〉との整合性を意識させる作品であることを証しているとも言える）。しかしこれらの登場人物は、本当に〈抜け作ども〉として描かれているだろうか？　本章冒頭の「粗筋」では、彼らが〈抜け作ども〉として描かれてはいない様子を打ち出そうと努めてみた。なぜならハーディは、中産階級文化にそぐうようにパストラルの枠を意識して書いてはいるものの、その意識から生じた農民の戯画化のなかに、自己の隣人たちを現に農村に生きる人びととして描く意図を籠めている。〈抜け作ども〉として描く意図はないと断定できるのではないか？　読者は例外なくディックやその隣人たちに好意を抱き、トマス・リーフが軽度の知的障害をもちながら村に受け容れられていることに安堵すると思われるからである。

農村描写の清澄な真摯さ

この読者の反応は、この作品における〈自然描写、田園風物の叙景、農民生活の描出〉の具体性・清澄な真摯さへの反応と整合する。有名な箇所ではあるが、作品冒頭の樹木の描写をもう一度ここで読むなら——

> 森の住人にとっては、ほとんどすべての種類の樹木が、それぞれ特有の姿かたちと、その上、それぞれ特有の声を持っている。風が通りすぎるとき、樅の木は揺れかたが独特であるばかりでなく、そのすすり泣き呻く声もまた独特である。柊はおのれと格闘しつつ口笛を吹く。奏皮《とねりこ》はわななきながらシューと鳴り、山毛欅《ぶな》は平らな大枝を上下させつつ、衣擦れの音をたてる。そして冬は、葉の落ちる

木々の音色を変えはするものの、その音色の個性を失わせはしない。(32)

様式化された慣習的パストラルには決して現れない具体描写である(ポウプの『牧歌』と読みくらべてみればいい)。これは森林地で農民と生活をともにしたことのない読者をも、メルストック村の現実へと誘い出す。そして空には「白い星々がはげしくきらめいていたので、その明滅は鳥の翼の羽ばたきのように感じられた」(同)。また農民たちが辿る道は夜目にも白々と見えるが、それは両方の縁がギザギザになったリボンのようで「この不規則なギザギザは、道の両側にある溝にたまった落ち葉が、道までせり出ていることから生じていた」(33)。

迫真性とパストラルの混淆

慣習としてのパストラル的手法に、このような迫真性が綯《な》い交ぜにされる。他方ではパストラル的雰囲気は巧みに維持される――

薔薇の花と　百合の花
それにらっぱ水仙の花(32)

民謡から採られたこの歌は、シェイクスピア『冬物語』四幕四場の雰囲気を持っている。歌っているディック自身が、この民謡のなかから現れたように感じられる。このあと次々に現れる人物たちに施される戯画化は、読者をいったんは慣習的描写という一種の次の間に案内する。ここで一息つくうちに、またディックの牧歌が聞こえてくる――「若者と娘が　毛刈りの祭りに　花もってゆく」(34)。だが第二章に入ると、読者は足場を農村に置いた本格的な農村描写という主室に導き入れられる。迫真性が目立つ。それもそのはず、ここで詳しく描写されるディックの家のモデルは、ハーディの生まれ育った家そのものなのである。小説内の「知られうる世界」の外部にある、見慣れない庶民の家を、架空のものを想像するように瞬時覗いてみるというのではなく、庶民が熟知する情景を描出する。厩舎から聞こえる馬の食物を摂る音がこの描写を締めくくる――パストラルの雰囲気と真実の農村描写が巧みに混淆されている。

戯画であるとともに現実の描写

このあとには確かに、シェイクスピア以来伝統となっていた庶民への戯画化が見られる。しかしそれは

「上等の林檎酒がこんなにこぼれてしまう！　お前の親指を貸せ！　親指を貸しとくれ、マイクル！　この穴のなかに親指をつっこんでくれ、俺の指よりもっとでかい栓を貸してくれ、みんな！」(39)

というように、戯画であるとともに現実の描写でもある。また石工のジェームズ老人の上着ポケットは巨大で、空っぽのときにも張り出して見える。仕事の合間に彼は食事をするのだが「この二つのポケットのなかにバターの小さなブリキ缶、砂糖の小缶、お茶の小缶、紙に包

んだ塩、同じく胡椒《こしょう》を携えていた」(42)し、パンとチーズと肉は、金槌、鑿《のみ》のたぐいと一緒に背中の籠に入れてあったと描かれる。これも笑いを誘いつつ、きわめて現実的な活写である。第四章に入ると、合唱隊の老人たちの、クリスマスのころの寒さを防ぐ出で立ち――

分厚い上着、硬い直立したカラー。首に巻いた色物のハンカチ――その末端は手許に垂れ下がっていた。だから塀の向こうから覗いている人のように、老人たちはこれらの衣装全ての上に、やっとこさ目と鼻を覗かせていた。(47)

だがこの戯画のあとに、靴のなかに入りこみかねない雪片を防ぐ手段についてのリアルな描写が続くのである――

宵も早いうちから、薄い羊毛のような雪が降っていたので、脚絆《きゃはん》のない人びとは厩舎に行って、一房の干し草を踵のまわりに巻きつけて、油断のならない雪片が長靴のなかに入るのを防いだ。(同)

また第六章では教会に礼拝に来た男女が、「ピラムスとシスベという大先輩」に倣って、座席に開いている節穴を用いて指と指を絡み合わせているさまが、このようなシェイクスピア『真夏の夜の夢』への言及とともになされる。シェイクスピア同様の、庶民の扱いは確かになされているが、その前後に示される、かならずしも宗教的ではない村の教会礼拝のリアルな風俗描写と対になっている。

農民の実生活の描写

そしてハーディの庶民像が、滑稽な田舎者としてのみ捉えられているのではないことを私たちは見て取らねばならない。牧歌的なフィクションであるかのように呈示されていながら、彼らの生活はいつのまにかノン・フィクションとして読者の内部へ入りこむ。第三章にはまだ登場していないファンシィの靴とその祖父の靴型とをめぐる滑稽がある。靴屋のペニィは祖父の靴型を修正してその息子、つまりファンシィの父親の靴型を作ったという。この父親の病気や怪我に従って靴型がどう変化したかを語り、父親と娘の靴型の共通性を解説する。さらに村の男ジョンの弟が不慮の死を遂げたとき、初めにその靴だけを見てその男がジョンの弟だと自分が断言したエピソードを語る。この間にディックは、まだ本人に会いもしないのに、ファンシィ・デイのその靴に恋情を抱くお笑いが入る。しかしこの長い場面を通じて、〈滑稽な田舎者〉を描いているというよりは、農村の人びととの実生活の描写という性格を強めてゆく。このようにして第一部が終わるころまでには、庶民の生活の様子が読者の目に見えてくる。しかし読者が参画することになるのは、農民の外面的な生活だけではない。

人物の内面世界を庶民まで拡大

第一部の中ほどから、読者はディックという若い農村人の心の内面に引き入れられ始める。それまでのイギリス小説内で〈知られうる内面世界〉は、ミドルと呼ばれる支配階級以上の階層の心だけだった。『緑樹の陰で』では、それが庶民階級の精神生活にまで拡大されるのである。これまでは下層の人びととの心のなかは単純で、教養や礼法や処世のための様々な行動という複雑な網の目を欠いているからという理由から、小説内部での詳しい描写に値しないと考えられていたのである。もちろんこれは一九世紀を通じて次第に改められ、庶民の心情への接近は、ディケンズやジョージ・エリオットによって繰り返し試みられてはいた。また一九世紀初頭にはワーズワスが「羊飼いこそは第一に私の心を喜ばした人びとだった」(*Prelude* Bk 8: 182行)と歌い、意識的にシェイクスピアやスペンサーのパストラルからの離脱を語った(同:183-204行)。けれども彼が歌い、妹ドロシーが日記に記した貧しい人びとは、なお外部から観察され、外部者の目で同情されるに留まっていた。ワーズワス兄妹には「この貧者に較べて、自分は何と恵まれているのだろう」という感想を抱かせるのだった(妹の日記一八〇二年二月八日、二月一二日)。もちろんこれは兄妹の大きな功績である。だが未だ庶民の内面は外部から推量のみされるべき、神秘的なものとして描かれている。世紀の半ばを過ぎても、ジョージ・エリオットがサイラスの胸中をことこまかに綴ったときにさえ、作者は読者とともに上位の階級のなかにいて、作中の有産者たちが時として見せる〈優越感をもった優しさ condescension〉から、それほど隔たってはいない態度でサイラスを描いているという印象は避けがたい。

個性を持った同胞となった下層民

ハーディのディックも、ある意味ではこうした伝統との折りあいのなかから生まれてきた人物ではある。彼はその牧歌的な単純と素朴によって、当時の文学慣習のなかにいた読者にも、すんなりと受け容れられたと思われる。だが彼は純情と素朴を保ちつつ、現実を生きる。『テス』のエンジェルが庶民たちについてやがて感じたように、当時の『緑樹の陰で』の読者もまたディックやメルストック村民が「類型的・没個性的な〈田吾作〉ではなくなって…個性を持った同胞となる」(*Tess*: 156)のを感じたであろう。私たち二一世紀の読者は、庶民の心が小説内で呈示されるのはあまりに当然だと感じている。しかしここにこそハーディにおけるパストラルの変容の重要な意味がある。現実味のある(心の内面まで具体的に描かれる)パストラル・ヒーローの登場によって、従来からのパストラルの浄化作用を維持しつつ、ハーディは新たな文学を創始している。

新たなパストラル・ヒーローの一例

例えばファンシィが落としたハンカチを届けに行くディックが、せっかくの彼女との近づきの機会を発展させることができない場面では、ディックの心のなかが透視されると同時に、素朴と純情が醸すパストラル的浄化作用も保たれている——

「まあ、届けてくださってほんとにありがとう。どこで落としたのか判らなかったの」

するとディックは、恋の経験を豊かに持った男ではなかったので(中略)この状況を利用することはできなかった。そしてこのあとそのために何ヶ月も苦しい思いをし、一晩は一睡もできなかった大失態を演じてしまったのだ——

「さよなら、デイさん」

「さよなら、デューイさん」
門は閉ざされた。彼女は去った。ディックは外に立っていた。(79)

幼いがゆえに清潔な恋

次の例としては、第四部第一章全体が清冽な牧歌的メルヘンとなりえていることを指摘したい。ファンシィは洋服作りに夢中で、木の実採りに行こうというディックの誘いを適当にあしらって腰をあげない。気を悪くしたディックは一人で森へ行き、猛烈な勢いで木の実を集める。置き去りにされたファンシィが心を痛めてディックを探しまわる。彼女の姿を認めたその瞬間彼の不満は全て解消し、二人は森のなかで接吻。

なぜ三日のちに至るまで木の実の入った袋が完全に忘れられて森に転がっていたのか、また三日のちになって袋が茂みのなかで発見され空にされて、デューイ夫人（ディックの母）の頭文字が赤い綿糸で縫いとってあったので袋が夫人の手許にどのように返されたか、また自分の穀物袋が〈郭公道〉に入りこんだのはどうしたわけかと夫人がいかに頭痛のするほど考えあぐねたか――こうした経緯についても書き連ねる必要はあるまい。(146, 丸括弧内は本書著者)

赤い綿糸の縫いとり、返されてきた空の袋などが現実感を醸成する。ファンシィもまたパストラル・ヒロインとなったこの場面は、パストラル発生以来繰り返し用いられてきた幼いがゆえに清潔な恋を、現実の農村描写のなかに位置づけている。

慣習的パストラルの脱構築

さていかなる時代の読者も自らの〈現実〉からは逃れられない。〈現実〉の悪しき部分と対比される、あるべき状況への希求は、いつの世にもユートピア思想、原始信奉、そしてパストラルを文学形式として生み出す。このことを考えれば、かつて慣習的パストラルの醸成基盤であった宮廷、貴族社会、庶民から遠く隔たった支配階級の世界などが消滅したとしても、なおパストラル的な文学は存続しておかしくない。ハーディは、支配階級の世界に強く反撥していたほかに、新しい物質的価値中心の世界の到来を実感し、反撥していた。『緑樹の陰で』では明らかにこのような〈現実〉へのアンチテーゼとして、パストラルの枠組みを利用している。しかも通常のパストラルをちょうど倒立させている。すなわち悪しき〈現実〉から出発して遠方に虚構としての田園や庶民文化を臨時的に設定するのではなく、〈現実〉としてはメルストック村を基盤に据え、悪しき現代社会を遠方に想定するという構造を持ち込んでいるわけである。慣習的パストラルをいわば脱構築しているのである。慣習パストラルにおいて〈現実〉の対極に置かれるエデンの園、黄金時代、未開人の文化、ルソー的自然状態等々は、数学における負の数や複素数のように、架空のまま〈現実〉理解に一役買うのであるが、『緑樹の陰で』の擬似パストラル価値は架空のものではない。〈現代〉の進行によって滅びるにちがいない善なるものとしての当時の庶民文化が、現実存在として呈示されるのである。

尊厳ある靴屋と異端的牧師

第二部第二章は、靴屋のペニィの店の様子の具体描写で始まる。店のドアには看板がない――

どのようなかたちの広告を掲げることも、ここでは軽蔑されていた。実際――古い銀行や商会の場合と同様に――個人的な尊敬の念に基づいた人間的結びつきのみによって存立している店舗の名前を、外来者の便宜のために彩りも鮮やかに大書しておくことは、ペニィの品位が許さぬことと感じられたであろう。(83)

朝から晩まで開け放たれた窓の向こうでペニィは働く。すると窓枠のなかで彼の姿はモローニの描く靴工の肖像画に見えると書かれている(同)。ペニィの「品位」、顧客の「尊敬の念」、そして(モローニの描く庶民の働き手の全てが感じさせるような)この威厳など、先に見た〈抜け作〉どころか、懸命に働く靴工を可能な限り尊厳ある人物として描くのである。他方、このような庶民文化に適応できた上位者として、先代牧師の故グリナムが農民たちに噂される。彼は支配階級の常識から見れば異端者と言っていい、地方臭の強い牧師であった。彼は義務的な〈牧師の職務 ministration〉はいっさい行わなかった。信徒の家を訪問しない。訪問するときには「あなたはもう年取って、教会から遠いところにいるんだから、礼拝には来んでいい」(86)と言いに来たときだった。こうした牧師を尊敬する〈もう一つの文化〉を、それを異質と感じるはずの読者層に向かってハーディは最初は戯画化をもって対処した。そうすれば喜んで読まれるからである。だが、次第に〈本音としてのテクスト〉が表面近くに現れる。この文化の現実性は徐々に拡大され、第二部では戯画性より写実性が目立つようになる。

弱者を切り捨てない庶民の文化

第一部ではコミカルに描かれたトマス・リーフは、第二部では、この文化のなかにどのように受け容れられ、役割を与えられているかという視点から描かれる。彼は合唱隊のなかで最高音部を歌うことができる。自分が頭の悪いことを自覚していて、それを言葉として表現する。すると、

その場の皆がリーフの言葉に同意した。それは、隠しだてのない自認のあとでリーフを貶め辱めようという気持からでは決してなくて、リーフ自身が頭の悪いことを少しも気にしていないことを皆が受け容れていたからだった。というのも、彼のような欠陥は、教区の歴史のなかでは平凡な出来事だったからである。(90)

こんな村に、格式張った(つまりこの村の文化から見れば異質な)新牧師がやってきて、合唱隊に換えてオルガンを入れると言う。無用の存在になる合唱隊員は牧師との交渉に臨む。彼らは体裁を気にしながらも、リーフを同行させるのである。そして牧師の書斎で合唱隊の隊員がしゃべる姿をまだ見たことがないと言うリーフが、代表者に混じって書斎に入りたがるので、そこへもまた彼を同行する。かなりの紙幅を割いてなされるリーフの描写は、読みようによっては戯画化と感じられよう。しかし多くの読者は、これを弱者を決して切り捨てない庶民の文化として読みとるであろう。ここでもまた、先に述べた両方

向性が見られるのである。

〈現代〉とその変化の持ち込み

メイボルドの悪は、わずかに一点、ファンシィへの思慕を、彼女のオルガニストへの登用という公共の行事にすりかえたことだけである。その場合にも彼は、この登用がシャイナーの意向であると述べたあと、自分の不正直を恥じて、自分の意向でもある旨、訂正している。第四部での彼の彼女への求婚に関しても、倫理的に非難さるべき点は彼にはない（ハーディは、牧師職にあるこの若い男を、非難の余地のほとんどない人物とすることによって、当時の編集者や読者に受け容れてもらっている）。しかし、彼は悪役の位置に置かれていることは明らかである。どの点で彼は悪なのか？　それは彼が代表し象徴している上位文化が、このメルストック教会とこの村に、〈現代〉とその変化を持ち込むからであり、また彼の文化がこの村の下位文化と相容れないからである。そしてファンシィが中産階級の文化を教育によって与えられているから、この〈現代〉の持ち込みによって最も大きな影響を受けやすいことが描かれ続ける。つまりファンシィ・デイは、〈社会的階級移動 social mobility〉が大幅に可能になった時代の女であり、この先さらにこの傾向が強まることを先取りして、ハーディが小説に持ち込んだ女である。

森に生き森に死んだ実母を忠実に踏襲

しかしハーディは、この美女を次のように仕立てる。一方ではパストラル・ヒロインらしい単純さを与える。そして自分に思いを寄せる牧師と小地主と庶民の三者のなかから、それまでのイギリス小説の幸せな結末を逆転させるかのように、よりによって庶民を選びとった女にしている。さらに、自分が過ちを犯した瞬間から、直ちに自己の欠点と闘って復元を果たす女としている。そしてこれらは全て、下位文化への忠誠を示す選択である。そして一編の終わりに当たって、結婚式での戸外の歩き方——男女が手を組むという、中産文化とは逆のやり方について、森に生き森に死んだ彼女の実母のやり方を忠実に踏襲しようと彼女は決心する——

> 決定はファンシィに任された。
> 「そうね、お母さんがしたとおりに、わたしもしたほうがいいんじゃないかな」彼女がそう言うので、男と女がそれぞれ組になって、木々の下を歩いていった。(186)

ハーディはパストラルというかたちを取って、パストラルという文学ジャンルを生んだ上位文化読者のなかに入りこんだ。だがいつの間にか、パストラルのヒーローとヒロインだったはずのディックとファンシィに、下位文化をしっかりと受け継がせて小説を締めくくった。そして下位文化に大きな現実性を与えている。とりわけ最も地位も富裕度も低い結婚相手を選んでのハッピー・エンディングという点で、みごとに従来の小説パターンを打ち破っている。第一長編に続いて、この作品でもまた、本音としてのテクストが、商品的テクストよりも次第にトーンを高め、知らぬ間に読者に受け容れられたわけである。

第三章　『青い瞳』（*A Pair of Blue Eyes*, 1873）

概説

『青い瞳』は、ハーディの公刊第三小説である。「ティンズリー・マガジン」誌に、一八七二年九月から翌年七月まで一一回に分けて挿絵入りで連載され、七三年には少しばかり連載版の文章を削除して、ティンズリー社から三巻本として発刊された（アメリカでも七三年に「週二回刊ニューヨーク・トリビューン」誌に連載され、単行本はそれ以前に出た）。彼が初めて手がけた雑誌連載小説でもあり、タイトル・ページに自己の名前を付した最初の小説でもあった。彼はやがてこの小説を「ロマンスとファンタジー」のなかに分類した（一九一二年のウェセックス版への総序」）。しかしハーディ自身が一九一二年版後記のなかで、この作品には「後年の作品においてさらに展開されることになる主題（idea）」が用いられていると語っている。だから上記のような分類をしたのは、これをロマンスふうに書いたというほどの意味だったと思われる。と言うのはここに見える「後年の作品」は、明らかに『テス』を指しており、エルフリードとナイトの関係はテスとエンジェルの関係、つまりすでに他の男と何らかの関係を経験した女とそれを嫌悪する男との関係にほかならないからである。これはこの小説が、〈ファンタジー〉という言葉が示唆するような軽やかな作品では決してないことを意味している。

詩的感覚に溢れる小説

詩人のコヴェントリ・パットモアは、一八七五年になって、会ったこともない新進作家ハーディに手紙を送り、そのなかで彼の小説類を賞賛し、とりわけ『青い瞳』は本質的には着想が詩的であり、詩の形式で書かれなかったことは残念だと述べた。また一八八〇年には、アルフレッド・テニスンが口ずから、ハーディの小説で好きな作品として『青い瞳』を挙げた。ハーディはのちにこの作品のことを当時の「高名な二人の詩人が愛読した小説」（L&W：93）と誇らしげに述べている。この二人は最も保守的なヴィクトリア朝文人であるから、作品の斬新性とこれは矛盾する感じがするかもしれない。しかし詩的な感覚が溢れるという意味でこの二人が注目したのだと考えれば、これは理解できる。つまりこの小説は、人間を襲うかもしれない異常な状況の連続的呈示によって、読者の精神活動を増大させるという、詩のような特性を持つ。逡巡しながらヒロインが応じて最初の恋人とともに腰掛けた墓石の下に、彼女への片思いの鬱屈の中に死んだ別の男が〈居た〉り、その祟りのようにこの男の母親の手紙が彼女の悲劇を導いたりする。耳飾りの紛失が彼女の〈過去〉の暴露に繋がりそうになったり、船から双眼鏡で彼女を探す最初の恋人とそれを望遠鏡で見る次の恋人が、彼女を挟んで遠距離の三角形をなしたりする。この〈次の恋人〉と彼女が、互いに相手の人命救助をする。さらに救助の場面の三葉虫の死と人間の命との対峙、地下納骨堂のなかの彼女と新旧恋人の、そして列車内の彼女の遺体と新旧恋人の、鉢合わせなど、宇宙、時間、偶然など詩的感覚を刺激する要素に満ちている。

［粗筋］

エルフリード・スウォンコート（Elfride Swancourt）は、都会の一五歳の少女ほどに無邪気な二〇歳の令嬢。母を失ったこの娘は、父の牧師が痛風で寝ていたとき、教会修復に訪れた建築技師を出迎えた。それは絶海の孤島で若い男性を見る機会もなく育ったミランダ（シェイクスピア『テンペスト』の無垢なヒロイン）が、初めて男性をもてなすのに似ていた。

技師の名はスティーヴン・スミス（Stephen Smith）。まだひげも蓄えていない二〇歳の美青年。この地のエンドルストウ教会を修復するため、実地に塔や側廊を調べ、設計図を作るよう設計事務所から派遣された。早朝ロンドンを発ち夜の七時に牧師館に到着。初対面のとき、牧師は紳士録を手に、君の出身地と名前からして由緒ある紳士の家系だろうと言うので、スティーヴンは高貴の出ではないと答えた。

そのあとエルフリードは彼をピアノと歌でもてなした。「ああ愛よ、この世の全てがはかないと嘆くお前が、どうして自分の揺りかご、家庭、棺台として、最大にはかないものを選ぶのか！」――シェリーの詩に亡母が作曲した歌だった。彼が後年、彼女を思い出すとき、決まって目に浮かぶのはこの歌を歌ってくれたときのその姿だった。

翌日、牧師はスティーヴンを教会へ案内し、彼の仕事が始まった。付属墓地は、喜びが墓場までついて来るものなら埋葬されるのが喜びとなるような場所。安息より幽閉を連想させる並の墓地とは大違い。昼にはスティーヴンの願いで、エルフリードが教会にやってきた。彼女は、説教するのはどんな気持か想像するために、もう百回もやったと言うが、説教壇に登ってみる。内緒よ、と念を押して「私、パパの説教を何度も書いてあげたわ」そして説教のこしらえ方をゲームもどきに説明してみせる。彼があとで牧師と二人きりになったときには「娘がわしの説教を書いてくれる、だが娘にも内緒だぞ」と牧師。

そのあと地元の貴族ラクセリアン卿付きの石工ジョン・スミスが来て、壁の状態を調べた。スティーヴンは、塔の頂上からエルフリードにハンカチを振る約束をしたが、石工に会ってから塔に登るのが遅れた上、三〇分後塔上に現れた彼は、彼女に何の合図もしなかった。

翌朝ロンドンの同僚から手紙が来た。仕事が遅いと所長が怒っているから、月曜朝までに設計事務所に帰るようにとのこと。彼が帰ることを聞いたエルフリードの顔色が変わった。牧師はこれを見逃さず、この次は八月に個人的に訪ねて来なさいと彼に告げた。同時に牧師宛に在ロンドンのラクセリアン卿から鍵入りの封書が来て、忘れた書類を邸から捜して送ってくれという。牧師は娘とスティーヴンを連れ、入江の向こうの卿の大邸宅へ行った。道中、エルフリードはこのところ『アーサー王の宮廷』という物語を、馬に乗ったときにメモ書きしていることが判った。大邸宅内では、卿の幼い二人の令嬢がエルフリードを母親のように慕って寄ってきた。またエルフリードは邸内の窓に影絵として、スティーヴンの姿ともう一人、確かに女性と思われる姿が映り、キスをしたのかと思わせるほど親しげなのを見た。

彼は八月の再訪を勧められているのを悩んでいる様子。エルフリードは大邸宅での女性との出逢いが私への関心と衝突するのですかと尋ねたが、誠実そのものの眼差しで彼はこれを否定し、辞去した。

夏には約束どおり彼はやって来た。二人はチェスをした。父がそばに来て、ラテン語の引用で問いかけると、スティーヴンは即座にラテン語で答えた。しかし、発音はおかしかった。チェスではエルフリードは最初の二回はわざと負け、三回目はわずか十二手で勝利した。彼はチェスもラテン語も、彼が尊敬してやまない人物ヘンリー・ナイト（Henry Knight）に習った、ラテン語は通信教育だったと言う。父が座をはずしたあと、彼はいきなり立ち上がって愛を告白しつつ彼女を抱きしめキスを求めた。彼女はすぐさま離れて彼をたしなめたが、恋の奥義を知る男なら、彼女の声と眼の表情から、こうした場合の女の節操の氷がいかに脆いかが読みとれたろうに。翌日二人は入江まで遠出をした。彼は乗馬ができないので、騎乗したエルフリードの傍らを徒歩で従った。だが断崖で初めてのキス。このときに彼女がなくしたイヤリングを、帰宅後彼は捜しに出向いた。見つからない。彼は近隣の小さな家に入った。実はそれが、貧しげな彼の生家だった。

彼女の許に帰ってきた彼は、父牧師にぜひ話すことがあると言う。父は庭に出ていていなかった。彼は彼女に秘密を打ち明けたいと言い、二人で教会まで歩き、付属墓地の新しい平らな墓石に腰掛けた。彼は自分の父が石工であること、大邸宅で彼女が見たのはそこで女中をしている自分の母の影絵だったこと、大邸宅のほんの隣に一家は住んでいること、ナイト氏のおかげで通信教育を受け建築士見習いとなって間もないということを一気に話した。彼女は、ロンドンの建築士はロンドンの建築士だ、ロンドンなら誰も素性を詮索しないから、私の愛情は変わらないと言う。あなたを愛した人はいなかったの？　と彼が訊くと、富農の息子ジェスウェイ（Jethway）が片思いを寄せたと言う。その人は今どこに？　と問うと、彼女は無邪気に「ここに」、つまりその墓石の下に埋葬されていると話した。

二人が牧師にことを打ち明けようと牧師館に帰ると、石工のジョン・スミスが怪我をした知らせが入っていた。「それは私の父です」とスティーヴンは言い、見舞いに駆けつけた。牧師は啞然とし、そんな労働階級の息子が、ラクセリアン家にも縁続きの我が家の娘と結ばれようなんて図々しいと怒った。娘は、今すぐに結婚ということではない、彼が立派になってからだと抗弁したが、父は許さなかった。

実家から戻ったスティーヴンは、夜半二時までエルフリードと密談。「長く別れる前に、結婚してしまおう」彼の言い出したこの計画を内密に仕上げた後、翌朝は顔を会わさない約束で二人は別れた。

スティーヴンは翌早朝牧師館をあとにした。途中、旅に出るらしい年配の貴婦人が乗った馬車に出逢った。その貴婦人が出立した大邸宅から、スウォンコート牧師らしい人が家路につくのが見えた。

エルフリードは、恋人からの手紙を自宅から離れたところで郵便夫を捕まえて受け取り、他の手紙はそのまま自宅に配達するよう頼んだ。すると郵便夫は、牧師もまた同じことをここしばらく続けていたと言う。彼女はプリマスまで日帰りで行かせてほしいと父に求めた。結婚への反対以来、他の点では娘に甘くなっていた父はこれを許可し、同じ木曜日に自分も旅に出ていると言う。その目的は帰ってから話すと言う父に、自分も帰ってから話すと娘も言った。プリマスで落ちあったスティーヴンと、その町で結婚式を挙げる計画だった。彼女はその日馬に乗って出かけた。プリマスで彼と落ちあったが、結婚許可証がロンドンでのみ有効だと判ったので、二人で列車に乗った。

長旅にエルフリードの心が変化し、列車がロンドンに着くなり彼女はこのまま家に帰ると言い出した。スティーヴンは結婚を果たさずに帰るのは、名誉に傷がつくだけだと慰留したが、これを貫く男の意志に欠けた。彼も付き添い、夜行に乗り継ぎ、元の地方駅に帰着した翌朝、彼女は、かつて片思いされたジェスウェイの母親に姿を見られた。母は息子が失恋で死んだと思い、エルフリードを恨んでいた。

牧師館に帰ってみると、帰りが夕方になるという父の置手紙があった。やがて父が帰宅し、実は結婚のために家を空けたのだと話す。相手は大金持ちの未亡人で、義理の娘となるエルフリードが社交上有利になるから結婚したという。彼女はこの義母と話した。例の『アーサー王の宮廷』を出版してあげようという。彼女は少し嬉しかった。

二ヶ月後スティーヴンは、尊敬する文芸評論家ヘンリー・ナイトを訪ね、恋人と結婚するため、三年間インドで高給の仕事をしたいと打ち明け、ナイトの意見を求めた。彼は、女が三年待つことはなかろうという意見だったが、スティーヴンは彼女の誠実を疑わない。そしてナイトの手許に、アーネスト・フィールドという筆名を使ったエルフリードの『アーサー王の宮廷』が批評の対象として置かれているのを見て評価を尋ねると、ぜひ批評に取り上げたいくらい酷いと言う。

九ヶ月後の初夏。エルフリードは継母が建てたロンドンの別宅にいた。上流の人びとが社交シーズンに集うハイドパーク一角のロトン・ロウに馬車を走らせ、多くの男性の目を惹いた。ラクセリアン卿一家の馬車にも出逢い、彼女は二人の幼い令嬢に求められてその馬車に移動した。継母の許へ男性が声をかけた。遠縁に当たるヘンリー・ナイトだった。彼は八月にスウォンコート家を訪ねることになった。

エルフリードはインドの彼が未来の妻へと書いてきた手紙に心和んだが、それ以上に自分の小説の酷評に接して大きな刺激を受けた。抗議の気持から雑誌社に宛てて手紙を出す。すると返事が来た。同じ筆跡で継母にも手紙。批評家はヘンリー・ナイトだと判った。

ナイトがやってきた。彼が知己に対しても自己の批評家としての意見を和らげないので、最初彼女はたじろいだが、やがて彼の知性に圧倒された。スティーヴンの求愛はこのところ遠い過去のことに縮小されていたが、その夜は初めて彼のことを思うことなく就寝した。

エンドルストウ教会の旧塔が取り壊され、工事が始まる。その前に頂上からの眺めを楽しもうと牧師夫妻、エルフリードとナイトが塔に登った。だが雷雲が空を暗くしたので夫妻は塔を去った。ナイトが自分を注目していないと思っていたエルフリードは突然、六〇センチ幅の欄干の上を歩き始めた。外に墜ちれば死が待っている。そして雑草に足をとられた。運良く内側に落ちた。驚いて駆けつけたナイトに「こんな馬鹿な女、見たこともない」と罵倒された。色を失っていた彼女は、この言葉に威圧され、彼に抱かれたまま失神。帰宅後彼とチェスをした。三回連続、彼に負けた。翌日、再び挑戦。彼がわざと負けてくれそうなのを知って、怒って真剣にやらせた。彼女はまた負けて、自分の部屋に帰って泣いた。継母が脈を取ると、早鐘のよう。医者まで呼んだ。翌朝ナイトの許可を得て彼の雑記帳を覗くと、塔での愚行を材料に女の心理分析が記されている。また彼にどんな髪の色が好きかと尋ねると、答は彼女の髪とは正反対。彼女が最も自信のある眼の色でさえ、青は好きでないとの答。ナイトへの尊敬の念が募った。

ナイトは会話の仕方も優秀。宝石より詩集を選ぶ女のほうが優れていると知的に話す彼に、彼女はつい、なくしたイヤリングのことを口にした（なくしたのはスティーヴンがキスをしたときだった）。そのあとナイトは次の旅先へ向かう。離れてみるとエルフリードが恋しくなった。彼は彼女の一二歳年上。だが女に愛される最初の男でなくては嫌だという生来の心的傾向の持ち主。彼女が世慣れていないので、恋についても初心《うぶ》だと確信し、それが彼女に魅力を添えた。ダブリンで彼は、品定めに長大な時間をかけて高価なイヤリングを買った。

旅の帰途再度エルフリードを訪ね、ロマンティックな入江の見える場所を選んでイヤリングを渡そうとした。彼女は受け取ろうとしなかった。夜、彼女が自室に入ってみると、イヤリングの箱が置いてある。取り出して耳にかざして鏡で見ると、その美しさに圧倒された。翌日、スティーヴンから手紙が来た。必死で貯めた二百ポンドを彼女に贈るという。銀行からも入金通知が来た。高価な宝石と慎ましやかな入金票とが並んだ。そして数日後、彼が一時帰国する知らせが舞い込む。乗った船の通る時間は、やがて船会社から知らせて来るという。手紙に書いてあったとおり、帰国して父牧師に、婚約の許しを得に来る予定らしい。船会社の電報と彼の二度目の手紙が続く。彼女はやはり彼と結婚すべきだと思い、彼の実家へ、会う時間を知らせておいた。

その日未来の夫の帰国を見るため、彼女は海岸へ出かけた。途中でナイトに出逢う。彼女が携えていた大きな望遠鏡を見て、彼が運んでくれた。二人は小川を隔てて歩いたり、身を寄せて歩いたりした。やがて小川は崖の上で滝となって消えた。彼女には望遠鏡は重すぎたので、代わってナイトが見てくれた。小さな船から一人の男が双眼鏡でこちらを見ているという。彼女は青ざめた。このあと二人は高い断崖の上まで登る。帽子が風に吸い取られたナイトは、土手を越えて帽子を追う。帰ってこない。見ると雨で滑りやすくなった斜面から、登ってこられないのだった。彼女は考えもなく手を伸べた。彼が摑まると彼女が崖下へ引き降ろされ、望遠鏡が奈落へ落ちただけだった。ナイトは彼女に摑まったときに失った活力を取り戻そうとしばし間をおき、その間に方策を考えた。まずエルフリードを自分の手に乗せ、灌木の根に摑まらせて辛うじて脱出させた。彼女が飛び上がった反動で彼の足場は崩れ、両手で宙づりの状態。彼女は助けを求めて駆け出そうとした。だが彼はあと一〇分しか手の力は保たないと言う。ナイトの眼には、彼女が土手の向こうに沈み、突然いなくなったように見えた。目の前の岩には数億年前の三葉虫の化石、つまりそこで死に至った古生物の遺骸が見えた。雨と風も強い。あと少しで自分も三葉虫の運命かと思ったとき、エルフリードの頭部が見えた。彼女はもはや船の姿を追わなかった。脱いだ下着をいくつにも裂き、彼の沈着な指示に従って強い結び目で繋ぎ、長いロープを作り、自分の腰に一端を巻き、土手の陸側に這いつくばり、ロープを三度引いて合図をし、彼を救出した。狂喜した彼女は彼と抱きあった。劣った男の女王となるより優れた男の奴隷のほうがよい――彼女の考えが激変した。

スティーヴンが帰省する。母から、エルフリードが断崖へ出かける前に届けた手紙が渡される。今夜九時に教会で待ちますとある。

彼は教会で待った。彼女は現れない。ジェスウェイの墓石が白々と見える。彼女の屋敷へ行ってみると、話し声で彼女が在宅と知れる。大きな心の痛手だった。自宅へ帰ると別便が来ていたが、それは彼女に贈った金を小切手にして返却したものだ。何かが起こったに違いない。だが気質上彼は彼女を直接詰問せず、時を待つことにした。

仕事によって彼女を忘れようとした。海路仕事から帰ったとき、ボート遊びをしていた男女がナイトとエルフリードと判った。真相が知れたのである。このあとジェスウェイの母が彼女の裏切りを罵る場面に出くわしたが、彼自身も彼女に裏切られたわけだ。道中、弔いの鐘が響き、常になく地下納骨堂が開いているので地下へ降りてみた。ラクセリアン令夫人が亡くなったのである。彼の父や墓掘りたちが話している。当家二代前のエルフリード令嬢が歌手と駆落ちした話。この女性が死んだとき、悲しみのあまり夫もその日に死んだ話。残された赤子があとでスウォンコート牧師と駆落ちした話。その子エルフリードが初代エルフリード令嬢とそっくりという話。駆落ちはこの一家の伝統だという話。彼は自分の気分と合致するこの墓場に居続けた。

エルフリードは、父の判断が正しかった、今度は父に従うのだと考えることによって、移り気の罪悪感から逃れた。ナイトと外出の際、地下納骨堂の前でスティーヴンの父に逢った。ナイトは旧友スティーヴンが納骨堂のなかにいると聞いて、入ろうと言う。彼の意向に逆らえず、彼女も入った。スティーヴンは師とも仰ぐ友と、なお愛している彼女を苦しめないよう気をつかい、ナイトとも翌日以降会うことを断った。ナイトは彼女を彼に紹介し、二人は婚約しているのだと告げた。彼は祝いの言葉を口にした。「君の恋人はどうかね？」と問われた彼は、破談になったと答えた。エルフリードは彼と目があって激しい苦しみを感じ、帰宅後ナイトに、明朝話すことがあると言った。

翌朝、しかし彼女は前の恋のことは言えなかった。年齢を一歳若く思わせていたと言うにとどめた。彼は、自分が女性に求めるのはそのような天国的な純潔だ、と言う。散歩中、あの高価なイヤリングを初めて受け取ることにした。ナイトは小川を水鏡として二つ目をつけるときにキスをした。二度目のキスのとき「気をつけて。前にもこうしてイヤリングをなくしたの」と口を滑らせたが、何とかごまかした。

一家がロンドンに行った帰りに、ナイトも合流して船で帰った。途中、最近も彼女に嫌がらせをしたジェスウェイ未亡人が乗り込んできて、彼女は肝を冷やした。彼も自分と同じような無分別をしたことがあれば自分も許されるだろうと思い、甲板で訊ねてみた。彼は、自分は純潔だ、キスもあなたが初めてだ、だから自分同様性的に未経験な人以外には嫌悪を感じると言うので、彼女には心配だけが残った。

彼女のナイトへの愛は募った。庭仕事をしながら、自分を思い出してもらうための贈物をしたいと言うと、彼は、彼女が大事に世話している銀梅花（愛の象徴）の鉢植えを所望。だがそれはスティーヴンからの贈り物だったので、別の銀梅花を贈った。すると翌日彼は、君が船上で訊ねたことを僕も訊ねる、僕以前に恋人はいた？　と問う。最初は否定しつつ次第に彼女は、〈一種の恋人〉がいたことを認めた。彼は失望したが、後に、それは単なる崇拝者かもしれないと思い返し、あなたは少しでもその男性を愛したかと尋ねた。彼女は愛したと思う、でもあなたを愛したようには愛しはしなかったと答えた。彼女は心が乱れ、ジェスウェイ未亡人が危険だと感じた。未亡人を訪ねたが不在だったので、秘密を漏らさないでと懇願する置手紙をした。

ある日二人は断崖まで遠出をした。そこはスティーヴンが初めてキスをした断崖だった。海の向こうの夕日がちょうど岩の裂け目を照らし、失ったイヤリングを照らした。ナイトが気づかぬうちに回収しようとして見とがめられ、彼がイヤリングを取り出した。別の男にキスされ婚約したときここにいたことを、正直に語った。帰途、ちょうど古い教会の塔が引き倒されるのを二人は見た。二人は夜、外出し、例の墓石の前で、彼女はもう一人の男にもキスされたことも認めた。

ナイトは教会に行き、倒された塔の残骸の上へ登ろうとして、暖かいものに触った。それが塔の崩落による地崩れで埋まったジェスウェイ未亡人の遺体であることが判った。たまたま協力してくれたラクセリアン卿とともに遺体を未亡人の家まで運ぶと、机の上に書き損じの手紙を三通発見。三通とも、誰かに警告を発する文面だった。

翌日、ナイトは手紙を受け取った。筆跡からジェスウェイのものと知れ、彼はいそいで開封する。エルフリードが、かつて男と落ちあい、ロンドンまで行って結婚せずに帰宅し、その後その男を夫とまで呼んだことが記されていた。同時に、秘密を守るよう懇願したエルフリードの筆跡の置手紙が添えられていた。窓から彼の姿を見た彼女が、仲直りの希望に満ちた表情でやってきた。だが彼は、検事のように鋭く、次々と質問を浴びせ、駆け落ちの詳細を彼女に語らせた。

「出かけたその日に帰ってきたのかね？」正直にしかものを言えない彼女は「いいえ」と答える。彼は稲妻に打たれたようになった。「君はぼくを忘れなけりゃいかん。結婚はしないことになるから」

彼が牧師館を立ち去った夕方、ロンドンのナイトの事務所にノックの音がした。エルフリードが来たのだ。あなたの女中でもいいから、一緒に置いてくれと言う。ナイトは、追い返すことはできないと言った。そのとき彼女の父親が入ってきた。娘がナイトに誘い出されたと信じて、彼女を無理やりに連れて帰ろうとする。ナイトは一瞬、彼女の守護者になろうかと思うけれども、無鉄砲にも世間体さえ考えない女はやめようと考えて放置した。やがて彼は大陸旅行に出た。

翌春、スミス一家は知人の祝福に包まれた。スティーヴンがインドで建築家として大成功し、ありとある大建築物の設計を担当するという。両親は息子に二度とエルフリードの名を出さないことにした。

一年三ヶ月後スティーヴンはロンドンでナイトに出逢い、ナイトが彼女と結婚しなかったことを知った。彼女との仲がもとに戻ることをスティーヴンは夢見た。ある日彼は彼女との婚約の詳細をナイトに話した。ナイトは君が今まで話さなかったのは不正直だと責めた。彼は彼女が実際にはごく小さな無鉄砲をしたにすぎないことも知った。

翌朝、二人の男は知らずに同じ列車に乗ってエルフリードの町に向かった。車中で出会った彼らは、互いに彼女を求めての旅であることを知った。列車に連結された霊柩車にはしかし、エルフリードの遺体が乗っていた。二人はこれを知った。父の勧めたラクセリアン卿と不本意なまま結婚した彼女が、流産して命を落としたのだった。

［作品論］

『青い瞳』――恋と性の生物力学

結婚による大団円を否定した小説

公刊第一作『窮余の策』では、一九世紀に女性が置かれていた恋愛と結婚の状況が主題となっていた。この小説『青い瞳』は、それを受け継ぐかたちで、さらにこの主題を精緻に発展させた作品である。もっとも『窮余の策』と、この小説の前年に出た『緑樹の陰で』においては、ストーリーの構造は、ヒロインが複数の結婚の選択肢に遭遇したあげく、読者の願望と一致するかたちで〈好もしい〉男性と結ばれる姿を結末として用いていた。これはジェーン・オースティンが六編の長編小説全てに対して用いた、一九世紀イギリス小説の人気のある型となった結末である。ところがこの『青い瞳』では、〈複数の結婚の選択肢〉のなかで読者の願望と一致すると思われる素朴な男も、その男に代わってヒロインに愛された知的な男も彼女と結婚することはなく、絶望した彼女がやむなく家族に尽くすことのみを目的として男爵の後妻となり、最後には産褥の果てにはやばやと世を去る。この成りゆきを、フェミニズム批評が前世紀末（一九九九）に煮詰めた言葉で言えば「拘束を受けない行動、言動、著作を通じて自己を表現する願望」を抱く主体性を持ったヒロインが「女性の平静、受動性、沈黙のみを評価する社会秩序によって、その秩序の内部で認知されねばならない義務とのあいだに捉えられ」（Thomas：71）てしまった姿ということになる。実際エルフリードは「女性性を〈成功裏に〉達成したことによって、皮肉にも木製の柩に刻まれた一つの名と一組の日付に還元された」（同）わけである。後者の引用に注釈をつければ、当時の社会が求めた成功者としての〈女性性〉は、すなわち一時代の社会が規範として女に要求した女らしさの極致は、父や義母が賛同する貴族の後妻となることだったという意味である。したがってこれは、社会階層上の上位者とのヒロインの結婚が、めでたい完結性を作品に付与するジェーン・オースティン的伝統の正反対を意図する作品であり、フェミニズム批評が着目したとおり、この作品もまたハーディが、起伏に富んだ、読者をはらはらさせる商品としての物語の裏に、慣習を転覆させる今一つのテクストを大胆に織り込んだ小説と言えよう。

恋愛では全ての行動が許される

だが社会慣習の犠牲となって終わる女性を読みとるだけで結論づけてしまうことのできない要素を、この小説は持ち合わせている。対立テクストは社会階層上の上位者との結婚が不幸として扱われることだけではないのである（このいわば第一の対立テクストは、社会階層の問題としても、またそれに密接にかかわるフェミニスト的主題からしても、すでにローズマリー・モーガンや我が国の土屋倭子、ごく最近では上記ジェーン・トマスなどによって分析され尽くした感がある。また、上記のような見地が知られれば、この主題は作品中に明白に読みとれるから、ここでは特に扱うことはしないことにする）。さて第九章でスティーヴンは、怪我をしたと伝えられた石工が自分の父であることを明かし、エルフリードの父からの激しい軽蔑に晒されるが、エルフリードに対しては、今まで一家の下層階級性を隠しておいたことを詫びつつも、どんな男も恋をしているときは公明正大には振る舞わない（"No man is fair in love." 63）ことを言い訳として用いる。エルフリードは、そのあと父の激怒から彼を弁護しようとして、恋においては全ての行動が許される（"All is fair in love." 64）と言う。この二つの引用は、表現こそ違え、同じことを言っているに等しい。そしてここでは、恋愛の当事者二人がこのように口にした恋愛におけるこの強引な自己中心性とその不可避性を、この作品全体を通じて語り手自身も真理として認めつつ、これを当時の慣習的恋愛作法はもとより、より通時的な倫理性より上位に置いているという印象を与える。

もちろんここからは、スタンダールの『赤と黒』におけるジュリアン・ソレルのレナール夫人とマチルドへの〈恋〉や、プーシキンの『スペードの女王』でのゲルマンの〈恋〉のような、不純な動機からの似而非恋愛は除外されている。このためハーディは、スティーヴンのエルフリードに対する愛情に、社会的地位の上昇や財産の取得願望などの不純物がないことを強調するように、彼を素朴で野心のない男に描いてゆく。だが同時に〈恋においては全ての行動が許される〉という原則は、スティーヴンに対して心変わりしたエルフリードについても適用される。エルフリードは自ら自己の浮気っぽさに悩む――「スティーヴンの眼のなかに見えた強烈な譴責まじりの苦悶は、どんな言葉も表現できない劫罰でもって彼女の心を刺し通す釘となった」（214）。けれども、この引用の前後に、語り手が彼女を詰る語調はまったく聞こえてこないのである。

恋愛と性における生物学

すなわち一九世紀イギリス小説のなかで倫理性と組み合わせて用いられてきた恋愛と結婚の展開――倫理的に優れている人物が、愛する相手と最後に結ばれる展開――は、この小説では倫理から切り離されてしまう。確かに語り手は二七章のほぼ冒頭で「あるいは彼女の性質には移り気に向かう傾向があったかもしれない」（203）と述べてはいる。しかしその直後に語り手は、この〈性質〉についてこう言う――「だがその移り気の影響の及ばない立場の人びとから見れば、その性質は、人の性質全てのなかで、その柔軟性と他者との容易な共感性という点で最も称賛に値する性質だった」（同）と好意的な注釈をつけるのである。そして次のような女性の心理分析が続く――

> その上、一つには、スティーヴンが彼女の心を永久に捉えておくことができなかった原因は、彼女の前であまりにも気弱に自分を卑下して見せる癖だった。・・・（中略）世界中で最も賢明な女性でも、避けられないこととして、こんな癖を実際に示す男性を過小評価してしまうのだ。（同）

今日「女性とは・・・なものだ」という考え方（エッセンシャリズム）が嫌悪の対象とされていることは、フェミニズム批評を覗いた者なら誰でも知っている。上掲引用も、女性への悪意を含むとして非難されることもある。しかしハーディの小説は、この種の概括論を女性蔑視の観点から打ち出しているのではない。この小説でハーディは、男女が、ほとんど生物学的に不可避的に持っている恋愛や性における自然的行動を、具体描写においても、またこのようなアフォリズムにおいても、情け容赦なく描き出そうとするのである。

ロマンティックな恋愛観の解体

ハーディの詩人としての書き物のなかでは、性愛はしばしば生物学的観点から歌われている。第一三小説と同じ原題名の短詩「恋の精髄」(The Well-Beloved. 詩番号96)では、語り手がヴィーナスの神殿の近くで、自分の恋人とよく似た人影に出逢う。大昔からある牧場から湧いて出たようなこの女人は、彼の恋人ではないと明言しつつも、

あなたが誰よりも好きな女性は　今ここに寄り添っています、
だってあなたは　わたしを愛しているに過ぎないのだもの。

と言って語り手をからかう。さらに、

あなたは　ただあのお嬢さんの
つまらない姿にしばらくのあいだだけ
わたしの美しさと名声、好意と言葉、しぐさと笑みを
乗り移らせて　見ているだけよ

ヴィクトリア朝においてさえ、ロマン派の伝統では、スウィンバーンにおけるように、恋愛は〈地上に天国をもたらすもの〉(「ライオネスのトリストラム：序詩」)と歌われた。ハーディでは、恋は上の引用のように、ヴィーナスのなせる業にすぎないとされる。ヴィーナスはヴィクトリア朝や一九世紀ヨーロッパ文学では、女性の肉体と性的快楽の象徴として用いられた(「タンホイザー」伝説のなかだけではなく、ハーディの多くの短詩のなかでもそのように用いられている)。ハーディはロマンティックな恋愛観を解体し、性愛という、今や高貴さを失った衝動を、上記のように、異性の性的魅力になら見境なく反応する動物的衝動として見るのである。そしてワーグナーのタンホイザーが歌較べの場面で歌い、「ラウス・ヴェネリス」のスウィンバーンが打ち出した肉体派的恋愛観が、キリスト教的恋愛観・結婚観を転覆させるものとして扱われていたことを想起するなら、『青い瞳』に見られる生物学的恋愛観はそれをさえ転覆させるテクスト、この小説の、階級問題に関するそれとあい並ぶ、さらにもう一つのカウンター・テクストと呼ぶに相応しいことが納得されよう。

〈性〉愛〉についての悲観論

また短詩「私は〈愛〉にこう言った」(詩番号77)では、従来の伝統のなかで人間は恋愛のことを讃え、〈愛〉の神を妖精のような天使童子として絵に描くなどしたが、こんにちでは〈愛〉の実体はよりよく知られるに至った——つまり〈愛〉の属性は、残酷な顔立ちと苦しみの短剣だけだと歌われている。さらに「性急な結婚式にて」(同107)

は、もし数時間が数年なら、そしてもし東の星が西に向かって動かないのなら、そして炎の後に灰が生じないのなら（その場合に限って）、速やかに欲望を満足させる新婚の二人は幸せ者だと歌って、理不尽な恋の衝動による結婚式を風刺する。生物学的恋愛観に加えて、恋や結婚がかならずしも人の幸福には結びつかず、恐ろしい鉄製の短剣でもって人を苦しめることもあり得るという〈(性)愛〉についての悲観論（「私は〈愛〉にこう言った」）を詩人ハーディは歌ったわけである。そしてこの小説の裏側にも、この認識を忍ばせている。そして短詩「起き抜けに」(同174)では、語り手がこの世での唯一の宝と大切にしていた恋人の姿が、突然色香の失せた姿に見える――「自分の引き当てたこの宝ものが、実際にはハズレ籤だったなんて！」。こう思った語り手は、世紀末に神に代わって精神の支柱となったはずの〈(性)愛〉もまた、信じるに足るものでなかったとして、その移ろいやすさを嘆く。「エピソードの終わり」(同178)での語り手は〈(性)愛〉を〈甘く苦しい娯楽〉と定義し、恋の道を「耐え難い荒地」と表現して、恋人に、〈愛〉という代物の一時性を納得させようとする。「ダンスのあとの夜明け」(同182)でも、〈(性)愛〉にはいずれ終止符が打たれるものであること、男女の絆は無節操に紡ぎ上げられるものにすぎないこと――これら恋の悲観論を男が女に納得させる。極めつけは「彼は恋断ちをする」(同192)である。〈(性)愛〉がいかに人の認識力を狂わせるものであるかに絶望して、語り手は恋を断つ決心をする。恋を理想化する従来の傾向は、詩人ハーディ（小説における以上に本音を語る彼）によって、このように解体される。

恋の理不尽を詰る当事者が恋の理不尽の経験者

詩人として表現した恋愛観がこのようであってみれば、ハーディが小説において、読者を楽しませる波乱万丈の表面テクストに、その一部が地表に露出する地下岩盤のように、〈(性)愛〉の非恒常性と不合理性を、もう一つのテクストとして混在させていてもまったく驚くに値しない。この小説においては「〈女性〉の問題は進化論の科学的言説と、それに関連した人間諸科学、とりわけ性科学の内部で、これらの科学によって明快化されている」(Thomas：69)という最近の女性批評家の言葉は、上記の事情を適切に表現している。しかも彼には、このような恋愛の実態のほうが、それを受け容れない社会規範に較べれば、まだしも自然な、受容すべき真実であるという認識がある。ロマン派的な甘美な恋愛観と訣別しつつ、彼は恋の実態を容赦なく明らかにしようとする。それは真実認識の一環であるという自負心が、まだ彼が既成作家として世に立ち現れていない時期の当作にさえ看取できるのである。一方には、性や結婚に関してヴィクトリア朝の娘に要求された全てを、自分の娘に実際に要求する父親がいる。そしてこの父親が、娘の駆落ち未遂とまったく同じ日に、娘には内密の再婚をしたことが、未遂に終わった駆け落ちから帰宅したエルフリードに明かされるのである。またラクセリアン令夫人が亡くなったとき、地下の納骨所で失恋したスティーヴンが耳にした話として、ラクセリアン家で今より二代前の、その名もエルフリードという令嬢が、貴族の家柄でありながら、親の認めない歌手と駆落ちしたことが判明する。この先代エルフリードが死んだとき、悲しみのあまり歌手の夫もその日に死んだと話されて、この両者の愛が本物であったことがそれとなく描かれる。この二人から生まれた赤子が、あとで貧しいスウォンコート牧師と駆落ちしたことも語られる。エルフリードの父牧師は、この最初の妻とは、親の認めない駆落ち結婚をしていたのである。このように、恋に関する理不尽な振る舞いが、その理不尽性を詰る牧師とその先祖の身に生じていることが、墓を掘った男や墓石を建てる石工によって、のんびりと話されているのである。これを失恋したばかりのスティーヴンが聞き、そこへナイトが、スティーヴンとエルフリードのこれまでの関係を知らないまま、彼女を連れてやってきて、エルフリードは捨てたばかりのスティーヴンと顔を合わさざるを得なくなる。恋愛というものの非情さが劇的に描き尽くされるスリリングな場面である。

生き生きとして自然な二〇歳の娘

前節では「自然な、受容すべき真実」と感じられる恋愛の実態について述べた。実はエルフリードは、当初からきわめて自然な行動をする、万人に受け容れられて当然な娘として描かれている。牧師館に泊めてもらったスティーヴンが翌朝窓から見ていると、粗末な服を着たままのエルフリードが、逃げ出した兎を捕まえようとして、甘い優しげな声をかけ、そのあとで言葉の優しさとはあまりに不調和な激しい走りと突進を繰り返している(15)。そのあと父牧師や下男も交えて教会へ赴く場面では、エルフリードは、行列の特に定まった位置を歩くのではなく、

ありとあらゆるところに姿を見せた。時には先頭に立ち、時にはしんがりを歩む。脇を歩いていることもある。列のあちこちを、まるで胡蝶のようにひらひらと舞っていた。(18)

スティーヴンが仕事として教会のスケッチをしていると、何のためらいもなくそれを覗こうとして身を寄せてくる——「あまりに近づいたので、彼女のスカートの小さな弓形の縁が、彼の足に触れた」(19)——当時の女性行動の検閲官ならこれを見咎めたであろう。そして説教壇に登って（これで百回目だと語り手が注釈をつけるが）説教をするときの気分を味わってみる(同)。父に代わって説教の草稿を書いていることをスティーヴンに漏らすときには、説教壇に腹部を押しつけて、身を曲げかがみ込んで、下にいる彼に語りかける(同)。幼いところの残った、生き生きとして自然な二〇歳の娘の姿である。今日の欧米の批評では、この幼さは評判が悪いが、当時の読者には、そして十代の終わりならば大人びていて当然という時代感覚の到来までは、これは魅力的な女性の姿だった。この感じ方は、女性の性的未成熟を尊ぶヘンリー・ナイトと同種の感じ方であろうか？　そうではなく、ここでハーディが、当時の〈淑女の行動律〉にとらわれない、自然的な娘の行動を描いている点に私たちは注目すべきだと思われるのである。しかもこれは、自然な感情の発露、必然的な恋の成りゆきの描写へ繋がる伏線的描写なのである。

エルフリードの二つの恋——その比較照合

そしてこのあと、エルフリードがい

かにスティーヴンへの恋に目覚め、駆落ちを決意して実行し、しかし列車内でこの幼げな恋の成就から尻込みし始め、のちに長期にわたるスティーヴンの不在と、知性に優れたナイトの登場によって、スティーヴンへの忠誠が単なる義務感へと変化したかが描かれてゆく。〈スティーヴンと彼女との関係〉と〈ナイトと彼女との関係〉が、いかに対照的なものとして示されてゆくかについては、三〇年も前に、我が国の田辺宗一が、この小説の魅力の根源としての女性心理の透徹な分析とともに、克明な分析を示している（大澤 1975：113-31）。すなわちエルフリードへの賛美に終始するスティーヴンとは対照的にナイトは彼女を批判し、軽蔑し、叱責する。チェスの下手なスティーヴンに対してエルフリードは最初の二回はわざと負けてやる。のちにナイトとチェスをすると、ナイトがわざと負けてやろうとしたのを咎めた彼女が、負け続けて泣く。またスティーヴンは乗馬ができなくて、女王然として馬に乗ったエルフリードのあとを従順に歩いた。だが彼女は、ナイトに対しては「優しい娘」に早変わりし、原作からの田辺の引用をそのまま用いれば「ナイトから受ける知的で辛らつな仕打ちに比べれば、スティーヴンのいつも変わらぬ愛想のよさは水っぽいものに思えた」（同：124）という感想を抱く――このように、心理的に女が上位に立つ男女の（スティーヴンとの）恋の破綻、自己より優れた者を求める女性心理（ナイトへの憧れ）を田辺は分析したのである。またその後、これとは独立して、英米でもこの対照を指摘する論評が目立った。しかし本書においても、このあとに新たに、いくつか著者自身の発見を加えて、エルフリードの二つの恋における対照を記すのは許されるであろう。またエルフリードの非観念的・自然発生的な恋が、ナイトの観念的な恋と対比されることによって、読者の共感を得ている点にもまた、私たちは注目すべきである。こうした対照の数々を描き尽くしながら、そのなかでただ一つ、エルフリードの感情が〈他の夾雑物なしに真実であること〉への強調が、語り手によって常になされてゆく点にも、新たに目を向ける必要があろう。

自然なこととしてのヒロインの心理

上記の乗馬シーンのときにも、スティーヴンは自分が馬に乗れないだけではなく、エルフリードを馬上へ導く足台として自分の両手を組み合わせながら、彼女が足をかけるとぶざまにもよろめく。これはのちにナイトが、自分を崖から引き上げようとして却って崖下へ落ちた彼女を、自分の両手に乗せて脱出させたときの力強さと対比される。乗馬の場面を通じて、スティーヴンは彼女のイヤリングがなくならないかの（従者的）見張り役を演じるのだが、のちにナイトは、きわめて高価なイヤリングの贈り手として登場する。スティーヴンは誠実で優しいが、階級の点でも、性格の点でも、体力の点でも経験の点でも、男女の組み合わせのなかの、常に下位に位置する。ロンドンに駆落ちしようとしたとき、彼女が恋の情熱を失って引き返すのを決意した瞬間に、それまでのこれらの状況が、彼女のこの心理を自然なこととして読者に受け容れさせる。さらにこのとき、彼が強引に彼女を結婚の祭壇にまで連れて行かない力強さの欠如によって、この読者の印象は決定的に強められる。また先の乗馬後の場面で、スティーヴンは彼女に、自己の出自の低さを打ち明けようとして、教会付属墓地の新しい平らな墓石に腰掛ける。このとき彼は、すでにあなたを愛した男がいたかどうかと尋ねると、いたという返事なので、今その男はどこにいるかとさらに尋ねる。彼女は「ここに」と答え、問いただすと二人の腰掛けている墓石の下に、彼女に片思いをしたジェスウェイが眠っていることが判る。彼女はその墓石に腰掛けるのをためらい、一旦反対しながらスティーヴンの勧めにしぶしぶ従ったことが描かれてはいるが、こうした死者への心配り以外には、かつての崇拝者ジェスウェイについて、彼女が自己の恋愛歴の上でまったく気にもかけていない様子と、そのときの自然な、観念にとらわれない彼女の姿がここにも描かれる。これはのちにナイトから、次第にスティーヴンのことを探り出されるときの彼女の狼狽ぶり、自然な女であることが許されなくなる状況と対比されるのである。

慣習にそぐう言辞と、反する描写

この小説のテクストには、明確な矛盾点が多いと繰り返し言われてきた(R. Morgan 1988: 7; 170. See Kincaid.)。このことに着目し、編集者や慣習的な考え方の当時の中産階級読者向けの言辞でこの小説の成功を確保しようとした新進作家ハーディと、〈真実〉を語ろうとする芸術家ハーディとの、テクストにおける混在を指摘したのがローズマリー・モーガンである。〈作者の声〉の多いこの小説のなかで、上記のような読者向けに慣習的な概括論が述べられた前後に、その慣習性を打ち破るエルフリードの実行動が示されるというのである。モーガンは、

> エルフリード・スウォンコートは、結婚の絆、結婚による男性の姓の授与、社会的自己認知、経済的地位と身分など、男性の与えるものによる自己規定を待っている類型的ヴィクトリア朝女性ではない。(中略) もし私たちが彼女に惹かれ、彼女と一体化し、彼女に共感するとすれば、それは良き男性の愛を得ようとする抑圧された、従属させられた女性の実例であるからと言うよりは、むしろ大胆な行動によって彼女があれほどまでに自己を危険に晒し、率直そのものの姿勢であれほどに自己を暴露するからである。(中略) 彼女が全的に人間らしいから、私たちは彼女が好きになるのである。
> (R. Morgan 1988: 8)

実際そのとおり、ハーディは彼女の率直な、ヴィクトリア朝の女性の規範にむしろそぐわない行動と心理をあますことなく描く。モーガンは上の引用に続けて、

> ハーディもまた彼女が好きであるから、彼には問題が生じる。好きとは言っても、非難を招くことなくハーディが彼女と同盟を組む姿を世間様に見せられようか?(同)

と述べて、当時の主流的な考え方に従えば、エルフリードの道徳的・知的優秀性が、慣習的な女性像にそぐわないから、彼女を一方的に称揚したかたちには、ハーディが書けないさまを呈示する。このことから必然的に、慣習に従って見せるアフォリズム的言辞と、その言辞に

矛盾する実描写とが綯い交ぜにされるとする。

彼の下層の出自にひるまなかったエルフリード

モーガンの示す最も顕著な例を、本書著者の解釈も交えながら一つ見ておきたい。スティーヴンは自分が下層階級の出身であることをエルフリードに明かす。すると彼女は、彼のこの出自によって自分の愛情が変わることがないことを明言し、「ロンドンの建築家なら、あくまでロンドンの建築家よ」(58)と彼を力づける。また行動によって、この気持に偽りがなかったことが描かれている。駆落ちを未遂に終わらせたことも、階級問題とは何の関係もなかったのである。ところが第二七章になって、すでにスティーヴンから心が離れたエルフリードについては（ただしモーガンは、ここにいう〈娘たち〉のなかにエルフリードは含まれないという見解だが）、ハーディはこう書く――

スティーヴンの両親の地位を常に見聞きしていたことも、彼女のスティーヴン放棄に、もちろん少し関係があった。こうした娘たちにとっては、貧困は、より世俗的な人間大衆にとってのようには、それ自体が罪であるわけではない。だがそのような雰囲気のなかでは、優美・優雅なたしなみが滅多に存在しないがゆえに、貧困は彼女らにとって罪なのである。旧家の女性のなかで、優れた魂が野良着を着ている場合がありうることを徹底的に教え込まれるものはほとんどいない。そして誰が見ても平凡な人間で、かつ野良着を着ているものは、彼女らの目には、虫けら同然なのである。(203)

これは、ハーディの現状否認の姿勢を理解している者が見れば『窮余の策』以来彼が主張し、『テス』にまで引き継がれてゆく下層階級に対する偏見への抗議である。慣習的言辞とは言えないかもしれない。しかし読者が納得する、良家の娘たちの旧弊な見解の紹介によって、エルフリードを多少なりと変節の非難から救おうとする言葉であることに変わりはない（モーガンは上掲引用の第一文を省いて引用しているから、自説には都合良く当てはまるのだが）。そして、この作者の側からのコメント以外で、エルフリードは一体いつ、スティーヴンの両親への軽蔑を示したであろうか？　これを考えれば、モーガンの論旨に納得がゆくであろう。

品行方正な査察官ナイト

この同じモーガンは、『狂乱の群れをはなれて』のオウクを、女性行動の検閲者として規定しようとする（R. Morgan 1988：32）。『青い瞳』での慣習に倣った発言をする戦術的装置としての〈作者の声〉に変わって、品行方正な査察官がオウクという登場人物として現れるという戦術転換をハーディは『狂乱の群れをはなれて』では行ったという主張である。本書著者は、オウクをこのような役割に貶めることに反対であるが、もしそれを言うなら、すでに第三作の『青い瞳』において、戦術的な〈作者の声〉以上に、ナイトが、検閲者としての自己を誇示していることに注目すべきである。そしてナイトの発言は一見権威のある知者の言葉のように見えながら、実際にはその虚偽性を、ハーディがエルフリードの自然的な心を克明に追うことによって明らかにしている。このことが最も鮮明に顕れるのは、教会の塔の欄干上を歩いたエルフリードの〈無分別〉と、ナイトが彼女を軽蔑した文章で一杯の自分の手帳を彼女に見せた思いやりのなさの対比である。塔の、手すりも壁もない幅六〇センチの欄干を彼女が歩いたのは、父と義母が彼女とナイトを塔上に残して先に降りていったあと、二人きりなのにナイトが一言も話しかけてくれないので、彼が自分を「語りかける価値のない相手」と考えているからだと思ったからである(129)。つまり彼を振り向かせるための自然な仕草だった。直ちにナイトは言葉で咎めた。「彼の咎めが彼女の心に生み出した微かな動揺のために」(同)彼女は石積の切れ目に生えていた雑草に足を取られ、塔の内側に落ちる。ナイトは「愚か者」だの「恥ずべき行為」だのという非難の言葉を連発(同)して彼女を見下す。彼女がスティーヴンの前で説教壇に登って説教をする真似をし、手すりに腹部をつけて身をエビのようにしたとき、スティーヴンは彼女に惹かれこそすれ、まったく咎めていないことを私たちは思い出す。そして説教壇のときにも、彼女がこうするのがもう百度目だという注釈がなされ、塔上歩行もこれまで何度も彼女がしたこととして描かれている。ここでも両者の対比は意図的であり、ともにエルフリードが近くにいた男性に心惹かれるがゆえにしたこととして作者の認可を得ていることが理解されよう。さて翌日彼は、手帳の中身を見たいとエルフリードにせがまれて、見ないでおくようにと彼女に念を押したあげく、それを読ませる。そこには彼女の塔上での行為を、「虚栄」「見せびらかし」として書き記してある(139)。しかし、彼がその手帳を結局は見せたこと自体、自己の知的優位の「見せびらかし」にほかならず、彼女が自分に彼の目を向けさせようとしたのが「虚栄」であるとすれば、当然当人には見せてはならない彼女への悪口によって彼女を惹きつけようとする彼のこの行為は、より高度な「虚栄」である。塔上歩行は確かに馬鹿げてはいる。しかし同じ自己顕示としては、相手を非難して惹きつけようとする知的エリートの示威行為より、娘の（それほど熟練を要することでもない）曲芸師気取りの歩行のほうがはるかに可愛い。ナイトもまた、エルフリード同様、我知らず異性の目を惹こうとしていたのだから。

ナイトの哲学的な恋

実際、恋というものが理性の統御範囲を超えた情熱であることが、哲学的なナイトに関してもまったく変わりのないことが描かれている。第二〇章前半が、全てこの描出に充てられている。ナイトの場合には、一般的な恋の諸性質のほかに、様々な観念や慣習がいかに彼の生得の性格に影響を及ぼしているかが分析される。

今やエルフリードが、これほどにも命令的に（imperiously）彼を支配し始めたので、分析的思考に慣れている彼は、日常生活中では精密に調整適合されている諸力のなかへ、この新たな力が導入されることによって生じる結果を想って、ほとんど身震いを感じた。落ち着きが失われた。次には、彼女を想う喜びのなかに、これに伴う全ての問題を忘れた。

とはいえナイトは、ロマンティックにと言うよりは、哲学的に恋をしていたのかも知れない。(151)

上記の「精密に調整適合されている諸力」という一句では、自己の願望欲望と時代と国が求める観念や慣習との精妙なバランスが意味されている。そしていつの時代、どんな共同体においても、観念や慣習というものは、大多数の人びとの上に、時代と場所が求める一種の定型を作り出すことは事実である。しかしそれは一般には人間の本質の外皮しか構成しないことが多い。六〇年前、日本人が終戦とほとんど同時に、戦時中に強いられていた観念や慣習を脱ぎ捨てたその素早さは、想像を超えるものであった。だが、いつの世にも観念や慣習を、過激に、原理主義的に、墨守する人物が現れる。表皮だけではなく、内蔵にまで観念と慣習の力が及んでいるのである。ナイトは、恋愛に関して、この種の人物である。

ナイトの恋愛観念と現実の男女

彼は、かつて自分自身が書いた恋愛論が、初めて自己の経験する問題となって顕れたことに驚き「自分がその恋愛論を書いたとき、それらの文章が意味すると感じていたよりいかに多くのことがそこに意味されていたかを悟って…不思議な気分になった」(151)。一方に観念の硬い殻が破られずに存在し、他方に現実の自己の情熱がある――この不整合に彼はとまどうのである。彼の恋愛論そのものは文字としては示されていないが、「虚栄」や「見せびらかし」として分類されていた行動を自らも行いかねないことに彼は気づいたのであろう。厳格な行動律に反する行為を彼自身がやらかしてゆく。エルフリードの面前で、女性が装身具を好むのを徹底して蔑んで語った(145-6)直後に、彼は彼女のために高価なイヤリングを買いに出かける(152)。というのも、この段階になるとナイト自身が、恋と女をめぐる心理と真理に気づいてきたからである――

> ナイトはエルフリードが精神の啓発より装飾品を好んだことで彼女を厳しく責めたことを一度も忘れたことがなかった。また女性にとって身を飾りたいという気持がどんなに自然なことか、女性の精神の精妙で魅力的な色合いを完成させるためには、容姿についての虚栄心という穏やかな混入物がいかに必要不可欠であるかと考えて、あのとき以来、百度も彼女を許してきていた。(152)

このように観念主義者ナイトも、自分を含めた恋をする現実の男女の姿によって、ある程度の自己修正はしようとしていたのである。そしてスティーヴンに忠実であろうと努力するエルフリードが彼に恋するよりも先に、彼は彼女に恋をし始める。だが後述のように、再び彼は、観念を優先させるのである。

女性の〈性〉と〈役割〉に関する旧弊のアレゴリー

『ジェーン・エア』のブロックルハーストが、当時の男性の横暴とキリスト教の一部セクトの理不尽を象徴するアレゴリーとして造型された人物であるのと酷似して、ヘンリー・ナイトはアレゴリカルな人物である。彼はリアルな人間としての領域を超えて、一時代の過剰な性的潔癖を表す観念に肉付けを施した人物であることは、粗筋を見ただけでも明らかであろう。だが同時にまた彼は、女性の社会的役割（gender role）についても、その時代の慣習的観念のアレゴリーとなっている。しかもこの女性の〈性行動〉と〈社会的役割〉についての彼の考え方は一体となっている。第一七章で、エルフリードがロマンスの第二作を書けば少しは進歩するだろうと彼が述べたあと、彼女は二度と書かないと言う。だがこの直前に彼は「私ならあなたに、家事にのみ専念されるよう忠告したいですね」と言い、また直後には「若い女性が、著作が好きになったなんて、女性の評判としては決して最高とは言えないね」と言っている。彼女が「最高の評判は何ですか」と尋ねると、彼は言わないでおきたいと言い、彼女から再度同じ質問に答えるよう促される。その場面を詳しく見れば

「そうですね」――ナイトは明らかに言わずにおいたことの意味を変えようとしていた――「結婚なさったという噂を聞くことじゃないでしょうか」

エルフリードは逡巡した。「それじゃ、結婚してしまったあとは、何ですの?」間をおいてから彼女はようやく言った。一つにはこんな議論から自己を撤退させたかったからだ。

「もうその女性について何も噂を聞かなくなることですよ。スミートン氏（訳注：実在の建設業者）が自分が建てた灯台について語ったのと同じことです――つまり、その女性がかちうる最大の讃辞は、結婚（訳注：原文 inauguration.〈灯台〉に関しては「落成」）したことの目新しさが消えたあとで、その噂がまだ口の端にのぼるようなことが何一つ起こらないことですな」(124-5)

灯台落成後、灯台が噂にのぼれば、それは事故のときである。女が結婚後噂にならなければ万事めでたしというのである。

非リアリズムを用いて語られるリアリティ

結婚とそのあとの平穏無事――これだけを女性の生涯の幸せと断じている点で、ヴィクトリア朝女性の〈社会的役割〉について彼は典型的な保守性を発揮している。しかし引用中、「言わずにおいたことの意味」の原文は“his meaning”であり、これが具体的には何であったのかは、読者の想像にまかされている。小説のこの段階ではまだナイトはエルフリードに恋してはいない。女性の性経験有無についての単語は〈彼らしく〉用いたくないのである。これを考えれば、そして後続のストーリーと考え合わせれば、彼の本心が思っていた〈意味〉とは、女性の性経験（しかもほのかに誰かを想った程度の恋愛経験を含めての性経験）に関する、完全な〈無垢〉、絶対的な〈純潔〉であったと想定されよう。このとおり、彼における女性の〈性行動〉と〈社会的役割〉についての考え方は渾然一体化しており、この一体となった観念の、彼はアレゴリーなのである。ジェーン・エアはブロックルハーストの象徴する諸観念から脱出しようとあらがう。しかしエルフリードは、ナイトに惹きつけられるがゆえに、彼が象徴する諸観念に巻き込まれてゆく。この時代において、〈脱出〉はいささか非現実的な、むしろ先進的な夢想に近かった。彼女がこの現実に巻き込まれての悲劇の完成こそ、ハーディが目指そうとするリアリティ――様々な非リアリズムを用いて語られるリアリティなのであった。

書くための知性と人間理解を持つ女

しかし、彼と彼女の出会いの直後には、決して非リアリズムは用いられてはいない。文芸評論家の内心とはどんなものかという好奇心から交わされる第一七章における二人の会話は、読み過ごされかねない難解さを持ってはいるが、作品の主題に大きく係わる部分である。まず何よりも、この場面ではナイトが今しがた女に対して侮辱的に否定した〈書く〉という仕事、その基礎となる知性と人間理解を、エルフリード自身が豊富なかたちで持っていることが実地の描写によって示されている。彼女の彼への質問は二点からなる――〈なぜあなたは小説を書かないのか〉と〈なぜ断片的評論を書いて、まとまった書物を書かないか〉である。一番目に対してナイトは「小説で人気を得るためには、分別良く自己の真実の考えを省略しなければならないから」(125)という理由を挙げる。だがこのとき彼女は、「その技くれの経験者にふさわしい〈壇上から権威を持って〉語る風情で」(同)ナイトさんなら、訓練を積めばあっというまに、そのような技を修得して小説家になれると反論する。彼女にはナイトの言葉の意味がよく判る上に(ロマンスの習作や説教書きの経験を経ていたので)、その程度のことは簡単だという認識がある。慧眼な読者なら、ナイトがこのとき、言い逃れに近い自己の答弁を恥じたかも知れないと感じるはずだ(なぜなら彼は、「自己の真実の考えの省略」がいかに自己の信念に反するかという、ハーディ自身なら自己の文筆家としての誠実にかけて言及するはずのことをまったく語っていないからである)。また第二の質問に対しては、まったくの自由を得るよりは偶然が与えるものに全力を注ぐほうがよいからだ、つまり選択という面倒が省けるからだという意味のことを答える。エルフリードは、側面から押されるので、高さだけが増えるのね、という返事をする。これまたナイトの、実際には苦し紛れの詭弁の本質を衝いた理解を示すものである。つまり、当時の読者が納得する女性作家無用論をナイトに展開させておいた直後に、エルフリードの側にこそ作家に成長する可能性を認める描写をハーディは展開している。彼女がせっかくナイトの言辞に同意して会話を活気づけるたびごとに、ナイトは詭弁を弄して、彼女の同意を無駄にする。彼女はついに「客人として迎えはしたが、こんなたぐいの男とは何の関係ももたずにおこう」(126-7)と想ってしまう。彼が煙に巻くはずだった全ての言辞をエルフリードは理解し、彼女を馬鹿にした話しぶりの本質を理解している。実際、この場面に先立って紹介されるエルフリードの書いたロマンスの特徴を、ナイト自身が「家庭的経験に属する事柄、人物をリアルにする自然な筆遣い」の点で彼女の力を認めている(117)。このような彼女の資質を描いて、ハーディ自身が、女性の社会的役割を否定するナイトの保守的論議を打ち破っている。

観念を吹き飛ばすはずの重大事

やがて彼が再び観念の虜になると先ほど書いた。ところがその前に彼は、エルフリードとともに、いかなる観念の塊をも吹き飛ばすはずの、人の生命の基本を認識せざるを得ない経験をすることになる。言わずと知れたあの〈名無し崖〉で、九死に一生を得た経験、しかもあとで自分が残酷に傷つけることになる女によって救出される経験を経ているのである。この日エルフリードは、スティーヴンに対して忠実に、重い望遠鏡を持って海岸の崖の上まで、彼が帰ってくる船を見るために出かけた。道すがら、出逢ったナイトと小川をなかに挟んで歩いた。崖の上で小川は流れ落ちて消えた（もちろん、二人を隔てるものが消えたわけで、予示的である）。重い望遠鏡はナイトが用いる。船の甲板で一人の男が双眼鏡でこちらを見ているとナイトが報告するので、スティーヴンに男連れの異様な情景を見せたと思った彼女は青ざめた。ナイトの帽子が風に吸い取られたので、彼は土手をまたぎ、帽子を追う。そして土手の向こうから登ってこられなくなる。手を伸べた彼女に彼が摑まると、彼女も崖下へ落ち、望遠鏡も奈落へ落ちた。ナイトは自己の足場の危険を顧みず、両掌に乗せてエルフリードを救った。だが彼女が姿を消し、彼は自分が孤立したと思った――

> ナイトの眼の正面には、埋め込まれた化石が、岩から浅浮き彫りとなって見えていた。死して石と化した眼が、今もなお彼を見つめていた。三葉虫と呼ばれる太古の甲殻類の一つだ。何百万年の月日を隔てて、ナイトとこの下等生物は、同じ死に場所で出逢ったらしかった。（中略）自分は死ぬのだろうか？　愛情を注ぐべきこの自分がいなくなった世界に残されるエルフリードの面影が、鞭のように彼の心を打ちつけた。（171-2）

そのあと今度は彼女のほうが、下着の全てを脱ぎ、縄を作って彼を救う――この場面は、ハーディの書いた全ての情景のなかでもよく知られたものの一つである。救助される直前のナイトは、子供のようにあしらってきたエルフリードにこの上ない感謝を感じている。そして彼女は、救助が成功した瞬間に、彼とひしと抱きあい、ちらりと船の行方を見るけれども、スティーヴンへの忠誠心はこのときに消えた。理性、分別、義務感の支配は終わった。そしてこのとき、テクストは押し黙っているけれども、エルフリードは下着の全てを使ってロープを作ったのであるから、裸体ないしは裸体に近かったであろう。あと数分しか腕の力が残っていないと告げたナイト救出に猶予は許されない。ロープを作ったあと、上着をゆっくり着るとは読者も考えまい。自然なかたちで、読者にエルフリードの裸体が見えるようにテクストは沈黙するのである。そしてここではまったく劇的に、しかしこれと同様に自然に、彼女のスティーヴンへの思いが終わり、ナイトへの全生命を賭けての愛情がエルフリードのなかに始まる。救助を実際に始める前に、冷静でいるナイトを見て彼女は、彼のためなら百回死んでもいいと思うほどだったと語り手は述べている(174)。一方、彼のほうも、「自分と同一の生物の種から忘れられずにいたこと」を感謝する（同）。けれどもこの救出劇は、詩人的小説家の感覚からすれば一種の象徴である。つまり恋愛においては、これほど劇的ではない場合にも、これと質的に同じであるような、命を賭けて相手を愛する瞬間、理性とは無関係の契機が生じるということの象徴として、この情熱激変の場面は用いられている。善悪の問題ではない。恋愛の本質はこうだという、一般論を劇的に示した〈名無し崖〉の描写だったのである。

圧倒的な迫真性をもって〈死〉の切迫を描き、リアリティを失わずに〈死〉からの脱出を読者に見せつけたこの第二二章は、エルフリードの恋の成りゆきに関して、彼女はナイトと強い絆で結ばれる以外にはあり得ないと思わせる。それほどにまで、死を賭した彼女のいのちの燃焼と彼への愛、死神の把握を背後に振り切った彼の感謝と彼女への愛——この二つの〈真実としての愛〉がこの場面からは伝わってくるからである。このあとの読者の興味は、スティーヴンはどうなるのかという方向に向かうけれども、すでに読者にさえ、エルフリードの一種の〈心変わり〉を無意識に容認する気持が生じているであろう。すなわちハーディがこの小説で試みている恋愛の本質の探求は、善悪の問題を離れて人の世に現れてやまない一個の〈自然的現象〉としてこれを見る方向へ、大きく方向を転じたのである。エルフリード自身は、スティーヴンへの変節を悩みに悩み、内心、周囲からの助言を求めてさえいる。自分の心がナイトへと移り変わったことによって、彼女は、スティーヴンに反対だった父を喜ばしたことを自らも喜びながら、「でも私って悪い女ね。そうよ、いい人間どころじゃないわ」(206)と言うのである。この心変わりを知った父牧師は、ナイトという男を特に優れた結婚相手と考えたわけではないのに、女の心変わりについて、こう言う——

われわれ、誰だって悪いさ、残念ながらね。でもいいかい、女は心変わりしても構わない天下公認の権利を持っているんだよ。大昔から、これは詩人も気づいていたことだ。カトゥルスがこう言っている——「(原文ラテン語)恋人ニ対スル女ノ誓イハ、風ノナカ…」どうもわしの記憶力は酷いもんだ！　とにかくこの詩句はね、恋人に対する女の誓いは、当り前のこととして、風のなか、水のなかに書かれたものにすぎない、と言っているのさ。そのことで悩むんじゃないぞ。(同。丸括弧内は本書著者)

恋愛に関する真実と〈心変わり〉の容認

これはこの小説に繰り返して現れる“No man is fair in love.”(63)や“All is fair in love.”(64)という、先にも引用した考え方をこの牧師でさえ認めていることを示すものである。

詩に歌われた恋愛観念の硬直化

しかし、この考え方を決して認めないのが哲学的なナイトである。せっかく彼は、恋の自然的性質について知り始めたのだった。そして生死のかかった〈名無し崖〉での体験を経て、彼の観念の硬い殻は破れてしかるべきであった。だがこのような人間の根元的〈自然〉についてさえ、抽象観念の作用は恐ろしい否定的作用を及ぼすことがある。ハーディは、こうした愚かしい観念信奉についての短詩を書いている。一つは女が主人公である短詩「大急ぎのデート」(詩番号810)。彼女は恋人の社会的身分が自分より下位である場合に、結婚はありえないという観念にとらわれている。これはエルフリードが何のためらいもなく、スティーヴンを受け容れようとしたのと対照的である。呼び出されて、大急ぎで愛する女の大邸宅にやってきた男は、妊娠の事実を知らされる。男が、「何をすればよいかね、恋人よ」と女

に問いかけると

「あなたはもう私を〈恋人〉の名で呼ばなくっていいわ・・・（中略）
母に話したの、いい方法を見つけてくれたの、
あなたとの結婚はもうありえないことだから、
私たちは南の国へ渡航するのよ・・・（中略）
例の予定日は、南の国にいるときになるのね
うまく世間に知られないようにするための
それがただ一つの手だてだわ！」
「だってぼくと結婚することだってできるじゃないか」
彼女は首を横に振った「だめよ、それはあり得ません。
母の子として連れ帰るのよ、母はまだ四一歳だから」（後略）

ヴィクトリア朝では、実際にこのようなことが行われていたと思われる。男が結婚に応じない場合には、それは同情すべき女性の悲劇であったにちがいない（妊娠したのに捨てられそうになった女が、堕胎を試みて死ぬ物語詩「日曜の朝の悲劇」［詩番号155］もある）。しかし今引用した詩の場合は、男は結婚に応じている。また、子供をこのように処理して、女はこの恋愛に見切りをつけ、前記の観念を優先するのである。さらに滑稽な詩は「恋の後がま」（同142）。死んだ恋人の墓参に来た男が、墓地管理人宅に宿泊して、管理人の娘の誘いに乗る。翌朝男は娘を捨て去る（この墓地に埋葬された恋人への〈純愛〉を貫くためである）。管理人の娘には彼の子供が生まれたというのに、男は娘を愛することなく、死せる恋人に〈純愛〉を捧げ続ける。これは純愛という、まことに美しげに見える観念の硬直化に対する諷刺である。

過度な処女信仰を諷刺

ナイトの観念への忠誠は、これら二つの諷刺詩における観念尊重と同じく、滑稽というべきである。しかしやがて『ダーバーヴィル家のテス』においてさらに激しく追求されるとおり、ヴィクトリア朝当時の処女性信奉は狂気に近いものであった。『テス』だけでこの問題を終わらせたのではなく、晩年にもハーディは「メッセニアびとアリストデムス」（詩番号832）で、さらにこの主題を追っている。敵から国を守るために、デルファイの神託に従って、表題の王は〈汚れのない生娘〉である王女を犠牲として神に献上しようとする。するとこの王女の恋人が、彼女の命を救うための手段として、実際には妊娠してはいないのに、王女が妊娠していると王に虚言をはき、これを理由に彼女は神への捧げ物として不適切だと進言する。アリストデムス王は、結婚前に処女を失ったという恥辱から娘を救い、その潔白を証すために、娘を殺す。本来王は、国を守るために最愛の娘を犠牲に捧げるつもりだった。しかし、処女を失った恥辱から娘を守ることが、国の安全以上に彼にとっては重要であったことをここに描き出して、実際にはヴィクトリア朝の過度な処女信仰を諷刺するのである。

ナイトの場合には、〈処女信仰〉をさらに超えて、女性が自分を愛するに至るまでに、他の男を好きだと思ったかどうかまでを問題にする。スティーヴンへの恋、未遂に終わった駆落ち――エルフリードはこの秘密をナイトに知られないように、全精力を動員する。この姿は、

テスが自分の〈過去〉をエンジェルに打ち明けるか否かで悩むさまより、さらに一層哀切であり、また生々しい。すなわち、実際の当時の恋愛において、テスの場合よりも自然的な自己防衛を、エルフリードは試みるのである。自分に片思いを寄せたジェスウェイについては、スティーヴンよりも階級が上の、農場主一家の男であったのに、エルフリードはスティーヴンに恩着せがましい態度もとらず、また何らの隠しだてもせず、ありのままを語った。その彼女が、スティーヴンとの恋はナイトに対して、ひた隠しにしなければならない。父でさえ、煎じ詰めれば色事にほかならない自己の再婚について、娘に事前に何一つ漏らさず、結婚後も、エルフリードに社交界入りの機会を与えるために地主階級の女と結婚したのだと、読者には自己の欲望を隠した虚偽であると直ちに判る弁解を語り続ける。またナイト自身が、エルフリードに恋をしてからは、自己の観念どおりには行動できなくなっている。このような環境のなかで、エルフリードだけが不自然な隠しだてをいわば強要されるのである。

純情な〈邪恋〉に対して寛大なハーディ

階級の解説の章にも書いたとおり、ハーディ一家の歴史を見れば、彼の母ジェマイマの、そのまた母（ハーディの祖母）に当たるエリザベス・スエットマンは、父親が決して認めなかった嘆かわしい男性（大酒飲みでキリスト教をけなすジョージ・ハンド）と恋におち、推定では一度駆落ちに失敗したあと、一八〇四年、第一子の生まれる八日前に父を裏切って結婚している。これはハーディが特に愛した父方の祖母メアリではないけれども、エリザベス・スエットマンから文学の才能をもらっていたハーディが、彼女に愛着を感じなかったとは想像できない。彼の短詩「シャーボーンの修道院にて」（詩番号726）は、この祖母の結婚を素材としているとする説が有力である（Purdy 1954：239）。駆落ちには、当然一定の理解があったであろう。小説のなかでもフィロットソンに、シューの駆落ちに対して寛大な考えを発揮させたハーディは、詩人としても、短詩「町の住人たち」（同23）で、他の男と駆落ちする妻を許し、金品を与えようとする夫を描いている。また「夫の見解」（同208）では、結婚した女が、結婚前からすでに他の男の子を妊娠していたことを悩むのだが、これを漏れ聞いた夫が妻を許すさまを歌っている。また「人妻ともう一人」（同217）では、夫の子を宿した別の女が、貧しくまた悩み果てているのを知って、彼女を許すさまを描く。「ジュリー・ジェーン」（同205）の女ジュリー・ジェーンは、死ぬ前に、数多くの恋人のなかから自分の棺桶を担ぐ男たちを選んでいる。「柩を眺め降ろしながら」（同350）では、離婚の原因となった、死んだ夫の現在の妻を、許しておけば良かったと前妻が述懐する。「レッティの諸相」（同765）は、複数の男に尽くして来たらしい浮気女レッティの純情を描く。このように、自然的に発生した、いわば純情な〈邪恋〉については、ハーディはきわめて寛大である。

万人に愛される女だったエルフ

エルフリードに対しては、ハーディはどうだったか？　エルフリード家の女中で、ラクセリアン令夫人となった彼女の侍女もつとめたユニティに、彼はこう語らせる——

> 御主君がですか？　ええ、エルフリードさまを、そりゃ大好きでいらっしゃいました。とっても、何にも代えられないくらい、大好きでいらっしゃいましたよ。急にって言うんじゃなくて、ゆっくり、だんだん大好きになられたんですの。人びとがエルフリードさまをよく知るようになったら、もっともっと好きになっちゃうような、そんな性質の方でしたから、エルフリードさまは。(308)

エルフリードをよく知るようになるにつれて彼女を愛さなくなったナイトへの皮肉か、またはナイトが彼女をよく知るに至らなかったという意味か、とにかくユニティの言葉は、ナイトに対する諷刺として挿入されている。そして小説の最後の場面では、地下納骨堂を訪れたスティーヴンとナイトの目の前で、若い男爵ラクセリアンが薄暗い光のなかで跪いている。ユニティの言葉が、このとき、誇張のない真実であったと実感される。またこのとき、私たちは、エルフリードがこの貴族に嫁ぐことを肯んじたのは、決して地位にのぼせたからではなく、〈ちいさなママ〉として彼女に満腔の愛情を寄せていたラクセリアン家の、二人の〈お姫様〉を愛していたからにほかなかろうと想像するのである。

対立テクストの勝利

こうして、先に述べた、慣習的な考え方を全面に打ち出して小説の成功を確保しようとした新進作家ハーディ像は、〈真実〉を語ろうとする芸術家ハーディの前に、次第に影を薄くしていっていることが判る。この二つのハーディ像をそれぞれに担うテクスト〈商品テクスト〉と〈対立テクスト〉は、確かにこの作品中に混在してはいるが、ヒロインの行動への全的容認と、愛すべき女の早世への悲しみを作品の最後に掲げて、いつのまにかハーディは、読者に非慣習的な考え方のほうを手渡してしまっている。文学作品では常に建前の裏に隠された真実がものを言う。ローズマリー・モーガンのハーディ論に関しては、本書著者は次章においてやや否定的な反応を示すことになる。しかし彼女が『青い瞳』論の最後に掲げる次の見解には（エルフリードを「性的に男を煽る（sexually instigative）」と表現するのは言いすぎとは思うが）賛意を表して、ここに引用しておきたい——

> まだ不確かだった読者の反応と不確かなままの自己の評判——こうした駆出しの状況下で自己を隠そうとしたことが、ハーディにとって、深い信念に基づく諸原理と同じほど小説家としての将来に重要であったとするなら、彼がこの目的のために採用する〈語りの偽装〉と〈ヴェールを掛けた発言〉を、綿密に検討することはさらにより重要度を増す。ラディカルなハーディ——女性のセクシュアリティを罪深いものとも否認すべきものとも考えず、性的に男を煽るエルフリードを知性が劣るとも道徳的に堕落しているとも考えないハーディ——は、一つ一つの自己隠蔽工作のなかで、表面化させる前には名声と世の認知を待たなければならない因習破壊的精神を、実は擁護しているのである。(R. Morgan 1988 : 28-9)

第四章　『狂乱の群れをはなれて』（*Far from the Madding Crowd*, 1874）

概説

これはハーディの公刊第四小説である。知的中産階級の読者に支持されていた総合雑誌「コーンヒル・マガジン」の編集者レズリー・スティーヴンが『緑樹の陰で』の田園描写に惹かれ、一八七二年一一月に同誌への連載小説をハーディに依頼してきた。当時彼は『青い瞳』を執筆中だったが、七三年に再びスティーヴンから催促を受け、九月には原稿の一部を送付して連載が本決まりになった。翌七四年の一月号から一二月号まで、女流画家ヘレン・パタソンの手になる挿絵入りで、しかしハーディの名は伏せて、この小説は連載された。アメリカでもいくつかの雑誌がこれを連載小説として扱った。単行本としても七四年一一月に、スミス・エルダー社が二冊本を刊行し、同年、再版されている。ハーディはこの小説によって既成作家の地位を獲得した。一月号への掲載を見て大喜びをした恋人エマ・ラビニア・ギフォードとは、作品脱稿の翌月九月に結婚を果たしている。

連載小説の優秀な書き手

彼はこの作品においても、編集者と読者の好みを充分に念頭に置いて筆を進める。いや執筆前から「牧歌的物語」を書くとスティーヴンに確約しているほどである。そして七四年八月に原稿が渡されてから、ハーディは再び原稿を見ることがなかった。原稿と雑誌掲載版とのあいだには多様な差異があり、書き換えはスティーヴンとのやりとりのなかで、原稿提出後になされた。そしてその改稿の次第は、ローズマリー・モーガン『削除された言葉』（R. Morgan 1992）によって詳細に跡づけられている。スティーヴンはきわめて進歩的な思想史家でもあったが、編集者としては当然、読者の反撥を招く文章は自己の商品（連載小説）からは排除した。ハーディ自身が、スティーヴンへの手紙にこう書いた——

真実のところは、この小説を連載ものとして読むかたがたのお気に召すような書き方のためになら、統一ある作品として読まれる場合に望ましい要素を何なりと、喜んで、いや進んで放棄したいと思っております。いつの日か私も、おそらくはより高い志を持って、完成された作品の正しい芸術的均衡に大いにこだわることもあるでしょうが、当面は事情がありまして、連載ものの上手な書き手と考えられるだけで満足です。（Life：100）

当時、知識人ならよく知っていた詩人トマス・グレイの「墓畔の哀歌」の一句「狂乱の群れをはなれて」を表題として採用したのも、読者サービスの一環であろう。「芸術的小説家としての名声さえ二の次に霞んでしまうような」（同）と彼自身が言う「当面の事情」、つまりエマとの結婚を控えて、結末部は猛スピードで仕上げられた。トロイの失踪から殺害までの筆致は、それまでに比べて確かに平板である。

［粗筋］　若い〈農場主〉ゲイブリエル・オウク（Gabriel Oak）の目の前で荷馬車が止まった。途中で荷物を落とした御者は馬車をそのままにして駆け戻っていく。満載した引っ越し荷物の上には美女がただ一人、いすに腰掛けている。一二月にしては暖かな日射しのなかで、美女はオウクが生け垣越しに眺めているのに気がつかず、鏡を取り出し、自分の姿に向けてにっこり笑った。オウクの心がときめいた。

彼は二八歳の独身。初めは底辺の羊飼いだったが、勤勉を買われて農場管理人になったあと、ごく最近二五〇頭の羊を飼う農場経営に乗りだした。羊の代金は未払い。〈農場主〉とは名ばかり。しかし人に雇われず、人を雇わず、羊の出産に精を出す。冬至の星空が脈打つように明滅するなかで、今は眠りをむさぼる文明人の群れを遠く離れている。星々が西へ向かい、我が身は大きな地球の回転を感じつつ丘に立つ。オウクは自然と溶けあうこの生活が気に入っていた。

森の向こうに輝く星かと思われた灯に惹かれてそこまで行ってみた。数日前の若い女が、叔母とともに牛の世話に来ていること、来る途中で女が帽子を風に飛ばされたことをオウクは立ち聞きした。彼は朝までに帽子を探しだし、話しかけるきっかけを作った。

「今朝はやく、ここを通りましたね」帽子を差し出すオウクのこの言葉を聞いて、女は荒っぽく馬に乗っていたことを指摘されたと感じたらしく機嫌を悪くした。数日後羊飼いの小屋の換気を忘れて、危うく死ぬところを女に助けられた。彼女の手を取って感謝を表現したが、「キスしたいって思ってるでしょう」とからかう彼女に「いいえ、とんでもない」と答えた上でキスしようとして、また彼女を傷つけた。

女は名をバスシバ・エヴァディーン（Bathsheba Everdene）といった。オウクはやがて子羊をプレゼントとして持参し、彼女に求婚しようとした。バスシバはちょうど留守だった。彼女の叔母は、たくさんの男友達がいるはずだと言うので、オウクはあっさりあきらめて家路を辿っていると、息せき切って彼女が追いかけてくる。「ぼくと結婚してくれたら流行の温室を作って、キュウリの栽培をしてあげますよ。鳥も飼ってあげる——鶏がいいだろうな」夢を売りつつ、実用性を忘れないオウクの言葉にも、バスシバは気を悪くもせず、ただ「花嫁衣装は着たいわね。夫なんていやだけど」と言っただけだった。しかし「わたしなんかよりお金持ちの娘さんがいいんじゃない？　そうして羊をもっと増やしたら？」と言われて、オウクは根が正直だからこう言った——「いや実は、ぼく、もともとはそう思ってたんですよ」

バスシバはあきれて笑い、結婚話は無に帰した。まもなくバスシバは死んだ叔父の跡継ぎとして農場を経営するために村を去った。

ある明け方、羊の鈴の音が異様に鳴り響いた。オウクは戸外へ飛び出す。番犬の深追いがもとで二百頭の羊が、白亜採掘坑に落ちて死んでいた。坑の縁にできた池のなかに余命わずかの細い月の映像が、風に揺すられて壊れそうで壊れず、明けの明星が月に寄り添っていた。

五〇頭の羊は難を免れた。これを売って借金を返すと、あとは無一文。しかし難儀に遭ってオウクはかえって威厳のある風貌を得た。

二月。カスタブリッジの寒天下、職を探す農業労働者を雇うための顔見せ市が開かれた。オウクも参加したが、職は得られなかった。

遠くまで帰る荷車に無断便乗してウェザベリ村まで来ると、火事騒ぎに出遇った。荷車から飛び降りたオウクは、あわてふためく農民を指揮して、小麦の山を火事から護った。ここなら職を得られるかも知れない。そう思ったオウクが「羊飼いを雇わんかね」と、煤で真っ黒になった顔をあげてみると、馬上に女農場主バスシバがいた。

こうしてオウクはもとの恋人に雇われる身となった。さっそくオウクはその夕べ、麦芽製造所に集まって語らいを楽しむ農民たちと知り合いになった。製造所の主は錆びたクレーンのように首を回してオウクを迎え、六五歳の息子とともに語りかけてくる。そのまた息子が、自分の娘リディ（Liddy）に子供が生まれた話をする。つまり親子五代が生存中なのだ。暖炉の灰のなかに置かれていた徳利兼ジョッキというべき容器に、一人が人差し指を寒暖計のように突っ込んで、燗具合を見る。それでも今夜は新たな羊飼いの歓迎だからと底についた灰を払って、オウクにまず飲ませる。容器のなかには汚れが見えるが、オウクが、性の知れた汚れは平気だと言って飲み始めると、農民も賛同して彼を褒めた。額の上辺に眉毛がついた農民は、ヘンリーと名付けられたはずだったのに、出生届で親が冒した綴りの間違いを大切にして、自分の名はヘネリーだと熱心に主張する。美しい主人バスシバの顔をまともに見られない小心者のジョウゼフ・プアグラス（Joseph Poorgrass）は、あるとき森の中で梟が「フー（誰だ）？」と鳴いたのを人間の声と間違えて「ジョウゼフ・プアグラスでござんす、旦那」と答えたのだそうだ。オウクは下層の出身とはいえ『失楽園』や『天路歴程』を読む知識人だが、素朴な仲間に順応した。

バスシバは女手一つで農場経営の一切を仕切っていた。カスタブリッジの穀物市では、ただ一人男に混じる美しい女として注目を浴びたが、貴紳階級の農場主ボールドウッド（William Boldwood）だけは彼女に無関心。社会階級の高い男に無視された彼女は、ヴァレンタイン・カードで戯れの誘いをかけてみたくなった。

「この賛美歌集が閉じて落ちたらボールドウッドさんよ」

女中のリディの目の前で、こう言って聖なる歌集を放りあげると、予想とは逆に、閉じて床に落ちた。封蠟を押すと「結婚してね」というふざけた印形だった。冗談のつもりで郵送した。ボールドウッドは三八歳の独身。女に無関心という噂だったが、筆跡からバスシバが送り主と判ると、女神を崇めるように彼女に恋を始めた。

五月。彼は羊洗いを監督するバスシバのところへやってきて結婚を申し込んだ。村のどんな女も誇らしく思うはずの富裕な男からの求婚。しかしバスシバには、彼への愛があるわけではない。農場での采配に生き甲斐を感じる彼女は、結婚を考えることはできなかった。だが自分があのカードを贈ったことには責任がある。困惑したバスシバは妙案に気がついた――オウクならこの結婚に反対するだろう、その言葉に従うかたちでボールドウッドを断ろう……。

だがオウクは美女に対しても善悪の基準は変えない。話を聞いて、彼女の軽はずみを厳しく咎めた。バスシバは当てがはずれた上に、僕のあなたへの思いも昔の話と言われて激怒し、彼を解雇した。彼は農場を去って小屋住まいを始めた。だが翌日、農場の羊が五七頭、クローバを食べて腸内が異常発酵。命を救えるのはオウクだけだそうだ。バスシバは困って、帰ってくるようにと彼に人を遣わしたが「願い事には命令無用」という返事を得ただけ。バスシバはプライドを捨て、依頼文を丁寧にしたため、「ゲイブリエル、わたしを見捨てないで」と書き添えて再び人を遣わした。今度は彼はやってきた。彼女にはどの言葉が効いたかが判った。ガス抜き器を操ってオウクは手術に成功し、羊たちは救われた。

オウクは再び農場に雇われたが、美しい女農場主は彼に見せつけるようにボールドウッドの接待をする。二人の結婚の噂が流れる。ちょうど羊の毛刈りの季節。名手オウクの鋏も狂いがちだ。だが彼の働く納屋は、城塞や教会と異なって、中世における建築当初と同様に、時によって左右されない人間の働く慣行を具現する威厳ある建物である。中世以来、ウェザベリ村に恒久不変に続く労働とその報酬による肉体の救済——これは宗教の名に値する。

毛刈りを祝う宴の席で、ボールドウッドに懇願されたバスシバは、彼が農場を離れて社交界に出ている五、六週の間に結婚の決心をすると伝えた。好きでもない男を近づけた悔恨と、貴紳の奥方になれる勝利感の双方が彼女の胸にわき起こった。その日も暮れて、彼女は就寝前の、暗い敷地の見回りを一人でしていた。すると庭先で人の気配がし、誰かと遭遇して彼女の足がもつれた。相手が、彼女の持ち歩いていた角形提灯の扉を開く。扉から漏れた光は、沈黙をラッパの音が破るように、暗闇に深紅の軍服を照らし出した。この軍人の靴の拍車に、バスシバの裳裾が絡んだのだ。軍人は若い好男子。ゆっくりともつれをほぐしながら、何度もバスシバの美しさを褒め続けた。

男の名はトロイ軍曹（Sergeant Troy)。伯爵の非嫡出子。彼は現在だけを大切にし、過去も未来も考えない。男には友達らしく振る舞うが、女には不誠実。バスシバが農場主になってまもなく、農場からファニィ（Fanny Robin）が姿を消していた。この娘はトロイ軍曹の子を宿し、結婚をいそいで家出をしたのだった。トロイから一度は結婚の承諾を得たものの、ファニィは結婚式場を間違え、腹を立てた彼に捨てられた。バスシバはこれを知らなかった。

蜂蜜の収穫手伝いに来たトロイから、剣舞を見に来るように誘われた彼女は、夏至の夕べ、何かに憑かれたように約束の場所へ行った。そこは丘のかなたの窪地。側面には羊歯が群生していたが、羊歯がなくなった底部は柔らかに湿った土壌。トロイの剣舞が始まる。バスシバは、夕日のなか、自分の躯をかすめて振り回される剣に震えながら、空いっぱいに走る幾多の流星を見る思いだった。技に圧倒され、気づけば彼女はトロイにキスされていた。

バスシバは初めての恋に理性を失った。オウクの美点は深い鉱脈のように隠れ、トロイの短所は輝く外面からは見えなかった。

ボールドウッドが村へ帰ってきて彼女の恋を察知し、トロイを殺しかねない憎悪を顕わにした。バスシバはトロイの身の危険を知らせるため、恋を捨てる覚悟でトロイが滞在中の温泉町バースに向かった。

そのままバスシバは帰ってこない。オウクや農民たちが心配するなか、二週間経って彼女はトロイの妻となって帰ってきたのである。バースでの彼女からの別れ話に「いいよ、君以上の美人を見初めたから」とトロイが答えたので、彼女は嫉妬に駆られて結婚したのだ。ボールドウッドは、金銭を餌に彼をファニィと結婚させてバスシバを取り戻そうとした。トロイは金をいったんは受け取り、結婚の事実を明かし、罵声を浴びせて金を投げ返した。

今やバスシバに代わってトロイが農場主となった。嵐を孕む夜にも、農民に深酒をさせて穀物を護ろうともしない。オウクはナメクジや馬たちの行動から、風と大雨が襲うのを察知して、バスシバへの最後の思いやりだと思いつつ、暗闇のなかでまず小麦の山を防水布で覆う作業をした。月は姿を消して二度と現れない。これは戦争に先立つ大使の告別だった。雷光がやってきて、真っ黒だった田園風景が一瞬あたりに展開する。牧場で牛の群れが狂ったように走っているのが一目だけ見えた。オウクは即席の避雷針を作り、大麦の防護に取りかかる。するとバスシバが心配して見回りに来たことが判った。二人で作業を進めるうちに、突如、天空が割れた！　稲妻は死の舞踏さながらにあたりに舞う。「掴まれ！」オウクはバスシバの腕を掴んだ。稲妻が避雷針を伝って大地に吸い込まれる。無事だったバスシバは「わたしにはもったいないほど親切ね、オウクさん」と言った。二人の協働で、小麦は風雨の害を免れた。

翌朝ボールドウッドもトロイと同様、暴風雨対策を怠ったことが判った。泰然たるオウクの傍らで、彼は失恋に我を忘れていた。

だがバスシバの結婚生活は早々と潰えることになった。

トロイの以前の恋人ファニィが出産のため救貧院まで犬に縋って辿り着き、そのあと死産、そして自らも亡くなった。ファニィは出奔までの雇い主バスシバに引き取られることになり、梟に返事をしたあのプアグラスが母子の遺体を引き取りに行き、陰気な森に怯えて酒場へ寄ったため、教会に遺体を安置する時間に遅れた。そのためバスシバの館に棺が置かれた。彼女は以前から、夫が持っていた女の髪の房に疑念を抱いていたが、棺には赤子の遺体も収められていると聞いて、真夜中に、疑惑に駆られて棺桶に忍び寄り、蓋を開けた。夫が持っていたのと同じ色の髪をした女と、そのそばに命絶えた赤子！　女への憎しみが心をよぎったが、バスシバはすぐに自制し、先刻なぜかオウクが跪いて祈っていたのを思い出して、自分も跪いて祈り、遺体に花を添えた。そのときトロイが部屋に入ってきた。夫は妻には目もくれず、ファニィの遺骸にキスをした。バスシバは「わたしにも！」と夫に飛びついてキスを求めた。誇り高い妻が、これほど素朴な苦痛を示すことにトロイは驚いた。「キスは断る」彼は妻を押し戻した。

バスシバは戸外に走り出て沼地で一夜を明かした。夫婦の破局はもはや明らかだった。朝になったが、沼地からは毒が立ちのぼるように見えた。女中のリディがバスシバを捜しに来た。バスシバはリディが泥の底に沈むと思ったのに、彼女は見事に沼を横切ってきた。生涯忘れられぬ喜びを感じた。他方トロイはファニィのために墓を建て、花を植えたが、雨樋の真下の花はすぐに雨水に流された。

次の日トロイはこれを見ると、自分にも農場生活にも嫌気が差し、別天地へ行こうと思った。海岸を歩くうち、休息代わりに沖まで泳いでやろうと海に飛び込み、そのまま行方不明になった。

バスシバは彼の生存を疑わず喪服は着なかったが、生死にこだわるほどの愛は枯死していた。一方オウクはこれまでも実質上の農場管理人役を務めていたが、経営実権を取り戻したバスシバによって、正式の管理人として高給を与えられるようになった。ボールドウッドの農場についても彼は管理を依頼され、この仕事からも多額の報酬を得、彼の運勢は大きく上向いた。だが相変わらず自分で料理をし、靴下の破れをかがる生活を変えなかった。

トロイの失踪に希望を蘇らせたボールドウッドは、法律で再婚が禁じられている七年の失踪期間が過ぎたなら自分と再婚してくれとバスシバに懇願した。バスシバは今も自分への愛を抱き続ける彼に同情し、クリスマスにはお返事しますと答えた。彼は結婚の約束を取りつけて、人びとの前で披露しようと思って、クリスマス・パーティを開き、バスシバを招いた。彼女はやむなく出席した。だが招待客で混みあうこのパーティへ、トロイが闖入したのである。彼は通りかかった船に助け上げられ、そのままアメリカへ渡り、剣舞を見せる曲芸師となったあと、イギリスに舞い戻って曲芸を続け、妻バスシバの動静を探り、今ボールドウッドの敵としてやってきたのだった。

ボールドウッドはこれを見ると、脇にあった猟銃でトロイを即死させた。二発目で彼は自分を射ようとしたが下男が阻止した。

「どのみち同じことだ」こう言ってこの貴紳ボールドウッドは警察に自首して出た。しかし彼は農民たちの助命嘆願によって、死刑は免れ、終身刑となった。二人の男が去ったのである。

バスシバは長い月日のうちに、ようやく少し回復した。

しかし、彼女には新たな悩みが生じた。オウクがカリフォルニアへ渡るというのである。バスシバは不安な毎日を過ごした。彼は、彼女の農場での新年度の契約を更新しないという手紙を寄越したからだった。一生、自分に保障された特権のように思われていたゲイブリエル・オウクの愛情が、今失われる！　その上、夫の死後、農場の仕事全てを任せていた彼の尽力も失われる！　あまりの寂しさに彼女は、三日月の薄明かりだけを頼りに、オウクを尋ねて行った。「あ、ご主人様」と言うオウクに「もうすぐわたしは〈ご主人様〉ではいられなくなるのね」とバスシバは悲しげに言う。だが彼はアメリカ行きを決断したのではなく、ボールドウッドの農場を引き継ぐことになっただけだそうだ。

「僕ら二人が噂になってなければ、お手伝いできるのですがね」

「まあ、どんな噂かしら？」

「僕がこの辺をうろついて、あなたをねらっている、とね」

「そんなこと——考えるなんて馬鹿げてます…早すぎますもの」

「そうでしょうとも、馬鹿げてますとも」オウクはやり返した。

「いえ違うわ、早すぎます、って言ったのよ、早すぎますって」

バスシバから求婚したようなものだった。やがて霧雨の朝、大きな傘と小さな傘がひっそり並んで教会へ行くのが見られた。花嫁バスシバはオウクの願いを叶えて、彼が彼女を見初めたころの髪型にしていた。質素な衣裳を着た彼女は「あたかも薔薇の花が閉じて再び蕾《つぼみ》となった」(Keats) かのように若返って見えた。

散文的な日常の仕事から生まれた、実質ある愛情の結実だった。農民たちが祝いに来る。プアグラスは、旧約聖書のエフライムが偶像に結び連なったことを引用して諷刺しつつも、二人を祝福した。

［作品論］

『狂乱の群れ…』は全編が詩的有機体

重層的なテクストたちからなる小説

ジョン・ベイリーはこの作品を、ハーディの小説中最も満足感を与えてくれる作品として高く評価する（Bayley 1974: **1**）。ジョンソン博士がシェイクスピアの最大特徴とした、全ての事物を包摂するコメディが、この小説には感じられるというのである。そして人物が最もコミカルに描かれる瞬間に、それら人物が最も詩的に、また厳粛に描かれるとする（同**2**）。人間性のありのままを描出して滋味のある詩を打ち出しているという意味であろう。これは卓見である。だが詩的要素が伴っていると感じられるのは、コミカルな描写の周辺だけではなく、悲惨な、あるいは哀切な、あるいは日常的な場面の描写についても言える。こうした場面が、緊密な構成のなかで連携し合い、作品全体を詩的有機体と化している点で、この作品はハーディ小説のなかでも傑出している。しかもまた、ヴィクトリア朝にも安心して読まれた作品でありながら、同時に、当時としては〈危険な〉、別個の解釈を当然のように許容する〈対立テクスト〉を重層的に含んでいる点でも、この小説はユニークである。個人的なことを語るという脱線をまた犯すことになるが、本書著者は、今から五一年前にこの小説をはじめて読んで心を洗われ、いわばこの小説の自然描写とゲイブリエル・オウクのファンとなり、四八年前にこれについて学部卒業論文を書き、以来小説としてはこれを自己の最大の愛読書としている。そのあと雑誌論文としても、この卒論の主旨を発表したが、二二歳の時の文章を本書にそのまま収録するつもりはない。しかしそのときの読みは、本質的には今も変わっていない。

ハーディの戦術転換？

ところが比較的な最近に、ローズマリ・モーガンの批評に接して著者は大きな衝撃を受けた。回りくどくなるが順序立ててその経緯を語ろう。彼女は、本書『青い瞳』論のなかで触れたとおり、『青い瞳』におけるハーディの戦略を、次のように解き明かした——つまりハーディは〈作者の声〉というかたちで、男女問題の礼節をわきまえた語り手を登場させて、当時の編集者や読者のいわば検閲の眼をくぐり抜け、実際には、この〈性的問題をめぐる礼節（propriety）〉に反する（〈つまり作者の声〉にも反する）登場人物の実行動を、結果として容認する描写を貫くことによって、自己の文学者としての〈真実〉に満ちた小説を世に送り出すことに成功したというのである。この考え方は、その後、ジョン・グッド、ピーター・ウィドウスン、ジョー・フィッシャーなどの唱えた〈対立テクスト〉論のいわば発生源となっている重要な考え方である。本書序章にも書いた「見せかけの（ostensible）意味と隠された意味」（R. Morgan 1988: **xvi**）を読みとろうとする現代の批評の、最も良き部分を代表する見解である。しかし『狂乱の群れをはなれて』について、モーガンは、この『青い瞳』における、検閲の眼をくぐり抜けるための〈作者の声〉が、テクストの目立たぬ深部に隠されたり、人物のなかに吸収されて姿を消すとするのである。

この小説に関しては、ハーディは戦略を変更し始めた。礼節をわきまえた語り手（訳注：上記の〈作者の声〉と同一）を漸次消滅させ、一方では性の扱いのうち、分別がないとされがちな部分をテクストの深部構造のなかに埋め込み、他方では主人物たちのなかのひとりのなかに、道徳の語り手を組み込ませるという、それに替わる文学技法を開発した。（R. Morgan 1988：32）

オウクは検閲官か？

そして本書著者が困惑を感じたのは、ここに言う「主人物のひとり」がゲイブリエル・オウクであるとしている箇所である。

ちょうど『青い瞳』のなかへ、礼節をわきまえた語り手の正しい道徳的判断が教訓的ニュアンスを注入しているのと同様に、オウクがこれと同じ役割を演じる。（中略）ハーディは礼節的語り手を呼び出すのではなく、検閲官の役割をオウクに移すことによって、〈ヴィクトリア朝の茶の間のなかに、この〈慣習に従う〉ヒーローが、慣習に従わないヒロインと慣習に従わない作者を連れ込むという）離れ業をやってのけている。（同：35）

ヴィクトリア朝の家族団欒の居間に、非慣習的テクスト〈〈対立テクスト〉〉を潜入させる手だてをハーディが工夫しているという認識はまことに貴重である。なるほどオウクという人物には、モーガンの指摘するとおりの機能も、ある程度盛り込まれていると見ることができるであろう。この点は大きく評価すべき論点であろう。しかし、半世紀以上（正確には五一年間五カ月）にわたって、この愛読書を、特にオウク登場の周辺を、繰り返し読んできた本書著者のような老人は、オウクには、さらに大きな、これとは別個の機能ないしは象徴的な意味合いが具わっていると思わずにはいられない。〈検閲官の役割〉とは全く異なった意味でのモラルさえ、彼は携えていると感じられるのである。作家が人物を操りつつ、何とか世渡りをしてゆく場合、読書界への迎合と同時に自己の主張を、同じ人物のなかに盛り込むことは、容易に生じうるのである。よく読めばもちろんモーガンは、オウクに他の機能はないとは言っていないが、彼女の論調は、現代の性や恋愛の考え方に投じて、オウクは検閲官だという一面的な読みを誘発しかねないところが問題である。モーガンに限らず、シャイアズ女史がフェミニスト批評の動向を要約して述べるとおり、男の所有物になるのはいやと言っていたバスシバが、「オウクに垣間見、盗み見を重ねられ、性的攻撃者トロイに取り込まれ、最初はトロイ、ついでボールドウッド農場主のしつこさに辱められ、最後にはハーディらしいじゃじゃ馬慣らしによって、オウクと結婚させられる」（Shires：51）とこの小説を解釈するのが二〇世紀末の（また二一世紀初頭の）時流となった感がある。オウクは、小説の最終局面でも、じゃじゃ馬慣らしの調教師扱いである（ただしシャイアズは女を被害者扱いにするだけの批評を批判してはいる）。本書著者としては、オウクがそれ以外に、いかに多面的な役割を果たしつつこの作品の総合体を創るのに貢献しているかを見たい。そのために、まず作品の構成を見、次いで個々の場面を読み進めてみたい。

みごとな建築学的構成

　ハーディが連載小説の良き書き手として評価されることを優先して「芸術的均衡」を放棄したかのように語ったことについては、本章冒頭の概説に示した。確かに彼は、この段階では読書界への妥協と自ら感じる部分を残したにちがいない。しかしこの作品が、みごとな建築学的な構成を持っていることは、一九一二年のアーバークロンビー（Abercrombie 34-42）の指摘以来、数々の批評家が触れているとおりである。筆者もまた、この点を自分なりの視点を導入しつつ書くことをしないではいられない。構成の中心に据えられるのがヒロインのバスシバである。このヒロイン自身の内部に、知的で、農場経営に生き甲斐を感じる近代的女性と、重要な判断を感覚に依存してかつ無反省な、旧来型の女とが同居する。第二九章では作者自身が、彼女の性格を形作る多くの要素のなかに暗愚も混入されていると言い、さらに彼女は「女らしさに完全に支配されるには理解力が強すぎ、また理解力を最善のかたちで活用するには女らしすぎた」（173）と述べ、「自立心の強い女のみが、その自立心を放棄したときに見せる愛し方で、バスシバはトロイを愛し始めた」（173）と書いている。一九六六年という段階では、アラン・フリードマン（Friedman）が一九世紀小説の変貌を論じつつ、当時の性的礼節に反するバスシバの〈じゃじゃ馬慣らし〉としてこの小説を解釈し、当時は、バスシバを中心としてこの作品を見た斬新さもあったからか、旧世代から相当の賛同を得た。

ヒロインを基点とした構成

　この中心点バスシバの両側で、堅実だが女に夢を抱かせることのできないゲイブリエル・オウク（土着の農業労働階級出身）と、浮薄だが意識された男性的魅力でバスシバに愛の夢を与えるトロイ軍曹（フランスの伯爵と女家庭教師間の非嫡出子）が、互いの対蹠点に立つ。この当初の構成図式（Schweik: 415-28）をさらに発展させてハーディはバスシバとは対照的な、他者依存型で感性だけからなるファニィ・ロビンを配置し、さらに地位・財産の点でオウクの正反対を示すボールドウッドを導入し、このボールドウッドを、野性的で奔放な恋愛対象トロイ軍曹とちょうど対置させる。すなわち彼を〈良き結婚〉の常識に沿った、社会的地位の高い小地主として形作った。これは『嵐が丘』における野性の恋の対象（ヒースクリフ）と〈良き結婚〉の象徴（エドガー）との対置よりも複雑であり、ハーディの新しい点は、労働と庶民性を象徴するオウクが、彼女の第三の選択肢として存在していることである。またこれらバスシバ周辺の三種の男性たちには、具体的に、互いに相反する精神内容が与えられる。オウクには労働意欲・勤勉・忍耐・現実認識が、ボールドウッドには非労働・夢想傾向・性的抑圧が、トロイには遊興・刹那性・性的解放がそれぞれ与えられている。そしてさらにこれらの、女としてのバスシバの男選びを起点とする設計的展開に加えて、ゲイブリエル・オウクを座標の原点に据えての構成が、一層この作品の建築性を立体化する。

擬牧歌的ヒーローを起点とした構成

そしてオウクとの対比では、この構成には、上記の主人物のみならず、貧しい農民の大集団が、これまたその細部設計に関わっている。オウクは自然を理解している。一般農民にはその知恵はない。労働が意識的合理性をもってなされるか否かで、両者は対称点に立つ。オウクは自己の存在が小型であることを意識し、分に過ぎた期待を抑えることができる。トロイもボールドウッドも、その反対である。バスシバもファニィも、自己の欲求と世界への対処がかみ合わない点で、オウクと対照される。オウク以外の人物には、自己矛盾が感じられる。最近の、フィジカルなものを重視するフェミニスト批評家でさえ、こう言う——

（作品内の）自己矛盾を示す人物たちは全て、自己本位主義者（egotists）であり、彼らは世界を自己の欲求に従わせることができると確信している。これに反してゲイブリエルは、宇宙は人間の目的や欲求に何ら特別の優しさを有してはいないことを知ってゆく男として示されている。(Garson：29)

まことゲイブリエル・オウクは、〈自然〉と人間との断絶を知っていればこそ、その断絶を乗り越えるすべを編み出すことができるのである。この断絶の認識が、彼を〈自然〉と闘い、〈自然〉を懐柔し、〈自然〉を利用する男に仕立てる。なるほど彼が読者層に入り込むためには、一見慣習的で安心して読めると感じさせるパストラル的偽装が必要であった。けれどもそれは近世に成立した架空の田園を理想化して、労働と汗と悲惨さを田園から抜き去った（ポウプの『牧歌』序文「パストラル詩論」で理想としたような、本書第二章54頁参照）パストラル世界を標榜したものではなかった。実労働を描き、農事の進行を常に現実として捉えつつなされるという点にこそ、パストラル仕立てという入念な〈偽装〉を凝らした本作品の造型があったのだ。

農村の労働と強く関連する作品

しかし〈偽装〉はこの際、虚偽を意味しない。これも確かに小説空間内の一種の装いではあるが、パストラルの非現実性を、力強く実際の農村に近づけたのである。本書第二、第五、第一一章でも近年のパストラル論を用いて作品の実質に迫るが、本章ではこの作品の牧歌性に相応しい牧歌論を引用したい。つまり、ジョン・グッドのそれである。彼は、労働の現実を自然界と結びつける文学を牧歌（idyll）と名づけるバフティン（『対話的想像力』）の考え方を導入し、とりわけ恋愛の牧歌と労働の牧歌との併置・合体という面を強調する。そしてバフティンの、〈未来の理想像を、過去に投影して黄金時代を語ったものとしての牧歌〉という考えを援用する(Goode 1988：33)。上に述べた近年のパストラル論は、第五章『エセルバータの手』で言及するレイモンド・ウィリアムズや、第二章『緑樹の陰で』の章で触れたアナベル・パタソンの論調のように、従来の田園の楽園物語という牧歌概念を打破するものが主流である。グッドにおいてもパストラルの一変種が、農村の労働と強く関連を持つ作品として現われて当然とする考え方が打ち出される。

労働田園詩の偉大な古典テクストは、ウェルギリウスの『農事詩』（Georgics）であり、これまた労働と恋愛を同化させる。（中略）しかしこれは〈自然〉を規範として示すのではなく、むしろ〈自然〉を、人間が過酷な労働と縦横な機略によって屈従させるべき戦場として示すのである。ハーディの小説は、私の考えでは、田園詩を近代的にパストラル化するのでもなく、また一九世紀小説がそうだと自称しているような、リアリズムによる田園詩の解体を示すのでもない。（同）

パストラルを労働と結びつけるという考え方、ウェルギリウスの『農事詩』的な現実性を田園物語に認める発想に、私たちは注目する必要がある。リアリズムによっても、このかたちの変形パストラルは追放されないのである。

異空間に理想世界を展開する

グッドは、先のバフティンの、過去に投影された未来の理想像論を受けるかたちで、さらに続けてこう言う――

ハーディは私たちの家庭内に入って来ざるをえないから、本来のハーディはウェルギリウスほどには可視的ではありえない。つまり幻想（イリュージョン）を提供するという務めで満ちた、家庭雑誌というかたちで読者のなかに入り込むのである。だがこの〈幻想〉を綿密に見れば見るほど、この〈幻想〉と見えるものは、実は未来に創られねばならない世界についての幻想であることが見えてくる。ハーディは、私たち全てと同様に歴史の作り手であるが、実際の〈歴史〉に先駆けて、この世界を創って見せているのだと感じられるのだ。（同）

グッドはこの先については述べていない。小説類は突き詰めれば、全て読者に奉仕する幻想である。幻想という異空間を提供してはじめて読者が顔を向けると言っていいであろう。小説や演劇類がこのように読者との妥協ないしは合意のもとに作られるからこそ、その幻想の出来具合が芸術（アート）となるのである。本書第一三章でも触れるように『テンペスト』のあちこちでシェイクスピアは、自己の演劇が人為（アート）の一種でしかないことを語っている。ハーディも、この第四小説で、本格的に密度の高い幻想を創造した。かつ、パストラル的な外装を施し、内部にはウェルギリウス的『農事詩』と恋愛の実質を埋め込み、ゲイブリエル・オウクを中核として理想の田園を描いたと言える。作品の展開は、いくつかの重なり合う次元のテクストから成る。まずオウクを中心にした牧羊と農事の進展の次元、農民の描出（これは下層階級の現実描写でもある）。そして本書著者の見解では、ヴィクトリア朝の男性支配を示す人物として、また同時に通時的な男性の自己中心主義を示すものとして、トロイを示す。これがその被害者ファニィ（そしてバスシバ）と組み合わされて、今一つのテーマをなす。このテクストに入り組むようにして、当時まだ描くことが困難だった女性の性衝動の巧妙な描出がなされている。重要なことには、これらのテーマが、詩的情感を喚起する叙景・自然描写、詩のテーマを持ち込むような心理描写と絡み合っている。こうして〈密度の高い幻想〉が開示される。

肌理《きめ》こまかな比喩の多用

作品の構造を眺めつつ、それに併せて作品の全般的傾向を見てきた。今度は個々の場面を読みつつ、ハーディが、上述の〈密度の高い幻想〉、つまり芸術としての文学作品を仕上げた様を具体的に眺めてみたい。多数のレベルのテクストに、〈詩〉が感じられる点を指摘しつつ、話を進めることになろう。まずこの作品における牧羊・農事描写のテクストから見てゆくなら、この場合にもその最大の特性は、農村の労働背景である〈自然〉の扱い方に詩人の精神が注入されていることである。第二章では、冬至の前夜、ノーカム丘に吹きすさぶ〈風の動〉と、〈丘の静〉とが描かれ、短い人間活動が展開する自然背景が、小説のなかには異例な、長大な時間感覚とともに示される。

> 数日前オウクがあの黄色い荷馬車とそれに乗った女を陽光のなかに眺めていた丘に、今全てを吹き荒らす北風がさまよっていた。（中略）この丘は、遙かに雄大な山や、目もくらむ花崗岩の断崖も崩落する天変地異の日にも、平然として残るだろう。(31)

黄色い荷馬車と女、そしてそれを眺めた行為——人間的なものは変化してやまない。自然的状況は、異変のあとにも永続する。このようなきわめて現代的な〈人為と自然の対立〉がここには見られる。〈自然〉の相は、全編を通じて人為とは独立した存在として描かれる。これに続く風と木々の描写もまた、人間的なものから切り離されている——丘を縁取る植林が、星空を背景に馬のたてがみのように見える。冬の荒涼たる風が、植林のなかをもがくように吹きすぎる。

> この風にあおられて、溝のなかで乾ききった枯れ葉が煮えたぎり沸騰する。風の舌は時折、狐を狩り出すように枯れ葉を溝から舞い立たせ、草地をくるくる独楽《こま》のように横切らせる。(32)

今日、このような描写に感動を覚える読者は少ないかもしれない。また冬の枯れ葉が「煮えたぎり沸騰する」のは、寒さの感覚に反するという感想もあろう。確かに、キーツが「ナイティンゲールの賦」のなかで、緑葉を風が吹き、月光が風に乗って吹き降ろされるのを歌った比喩の、視覚と涼感とを合体させ、賦の主題にまで絡んで美しいのとは次元が違う。詩人の精神は持ち込むものの、ハーディは小説が早い速度で読まれることを知っている。だから視覚的にのみ適切な比喩も許される。一点の類似で情景を髣髴とさせる比喩が、矢継ぎ早に続くのである。風が一つの植林を吹きすぎて、別の植林へと渡るたびに、木々は大聖堂の左右に陣どった合唱隊のように、〈応答唱歌〉を歌い交わす。次いで風下の生垣がその風を受けて、この上なく優しいすすり泣きに変える(同)。比喩の積み重ねが小説の肌理（texture）を決定し、読者にこの自然環境を、臨場感をもって体験させる。

〈自然〉のなかの人間の矮小と偉大

そしてこの丘から見る星々への言及が始まり、まず人間の微小さが浮き彫りにされる。

> 全ての星々の瞬きが、一つからだに脈打つ鼓動であるかのように、同時に明滅しているように見えた。（中略）シリウス星の王者の輝きは、鋼のようなきらめきで眼を射抜いてきた。（中略）アルデバランとカペラは、火のように赤く輝いていた。
>
> このような晴れた真夜中に、一人で丘の上に立っていると、地球が東へ東へと回転して行くのが、ほとんど五感に感じ取られるばかりである。（同）

省略のない原文を読めば、この場面に「詩的壮麗」があると書いた五〇年前の批評（E. Hardy：189）が納得されるであろう。地球の運行という一大叙事詩を心ゆくまで味わうには、人の寝静まった時刻に丘に立ち「堂々と星々のあいだを縫って進んでゆく自分の姿」に見とれるがよい、つまり地球の自転を肌身で感じるがよいというのである。こうして人間の矮小は実感されるが、しかしこのあと「このような夜の探索のあとでは、地上に復帰するのは難しい。そしてこのような壮大なスピード感が、矮小な人間の躯から生み出されるのを信じるのも難しい」（33）と書かれるのをきっかけに、人間の意識と感覚、そして人間の諸活動が偉大な側面を持つことが主張される。しかもこの箇所は、連載小説版と現行版では大きく異なっており、星の光景を愛でるだけの一八世紀詩やロマン派的な鑑賞態度を脱して、人間と切り離された星空と、それを壮麗な美として看取する人間との対比に重点を置いた文章に書き換えられたのである。

『農事詩』的描写の始まり

このことがさらに明白となるのが、これに続く記述である。突然一連の音色が闇のなかに聞こえてくる。「音色は、風のなかにはどこにも聞こえない明澄さと、自然のなかにはどこにも見られない連続性を持っていた。それは農場主オウクのフルートの音色だった」（同）。人間の放つ音色だけが、意味のある、連続した性格を持っているのである。それは高く広く拡がる力に欠けていたとも書かれている。ここから自然のなかで労働するオウクの描写が始まり、作品は先に書いた『農事詩』的な性格を見せ始める。「風はオウクの小屋の隅々を打ち続けたが、フルートは鳴るのをやめた」（同）――またしても〈自然〉の永続性と人為の散発性の対比である。そしてオウクが人を雇わずに、一人で牧場主の労働をする姿が描かれる――とは言っても、羊飼いの仕事を自己資本で行うというだけの、下層から少しのし上がろうとする階梯の一段目に足をかけただけの生活である。多数の羊が、藁《わら》屋根をつけた檻のなかに集められている描写がある。羊の出産を手伝うのが彼の仕事だが、その生々しい様子はかならずしも描かれてはいない。また多数の雌羊から放散される糞尿の異臭や、出産時の血なまぐささは描き出されていない。こんなものがどうして労働現場かという声は、聞こえてこよう。だがそれは二一世紀の我々のないものねだりである。一八七四年の新進作家が、雑誌連載小説のかたちで、農民文学そのものへと突っ走る状況は当然まだ生じていなかった。車輪付の移動式小屋が、イギリスの子供が今二一世紀でも買い与えられる玩具としてのノアの箱舟（破風型の屋根が手で持ち上げられ、箱舟を紐で引き歩くことができるように車輪が付いている）に似ているという描写を、私たちは現実的労働描写の一環として愛でるべきである。羊の医療用に用いる消毒用アルコール、テレピン油、タール、マグネシア、ショウガ、ひまし油などの並ぶ棚、パンやチーズの備え付け、船室の窓のように二つ開いた換気窓、仮死状態だった子羊がたてる産声、予期していた声に飛び起きる羊飼いオウク（34-5）。これらは状況をまったく知らない読者たちには、充分すぎるほどの現実感を提供しているのである。

この間に、〈自然〉と密着した人物に読者の好意を惹きつける文章

〈自然〉のなかで働く主人公

が、あいついで現れる。最初は一般的記述として、

> 深夜に丘の上に立ち、自分は違うという快感——この時刻に進行している星々のこうした情景に注意を向けようともせず、夢を見て寝ている文明人の集団とは自分は別個だという快感をもってまず和み、ついで我が身が星々のあいだを堂々と進んでゆく姿を、ゆっくり静かに眺めることが、古来〈天体の音楽〉と言われてきた詩的悦楽を、叙事詩的規模で味わうためには必要である。（32-3）

と書かれる。だがオウクの登場後、この主人公こそが、そのような悦楽を知る人物なのだとして示される。オウクは時間を知りたくなると空を仰ぎ、星座の位置を確かめて「ああ、一時だ」と呟く。こうして夜の労働に従事する彼の生活感覚はこうである——

> このような自分の生活に何か魅力的なものがあるとしばしば感じなくもない人物だったので、天空を便利な時計として用いたあとも、彼はじっと立ちつくし、今度は天空を、超弩級に美しい芸術品として鑑賞する気持で眺めていた。（35）

〈自然〉を愛して生きる——これは確かにヴィクトリア朝の読者に気に入られる主人公の設定である。農作業時に〈自然〉の美しさを同時に感じるなんてありえるか？　こう考えれば、ある意味では、これは〈商品としてのテクスト〉の一環かもしれない。だがこの主人公には、〈自然〉を愛でる気持だけが——つまり〈商品テクスト〉に不可欠なこの部分だけが備わっているわけではない。彼は同時に、労働を行い、その進捗のためにこそ、時計として天空を用いるのである。それに六〇数年前、農作業や塩田作業をして飢えをしのいだ世代の知識人は、肉体労働に苦しみながら樹木の美しさに触れ、海の雄大に感じ入ったことを知っている。ゲイブリエル・オウクはそのような知識人として描かれる。彼の愛読するのはミルトンとバニヤンである。

眼前の風景を呆然と見ての心理

オウクはやがて羊を失って無一文になる。人が自分だけの労働によって生きてゆくとき、このような苦難はたびたび生じるものである。それにウェルギリウスの『農事詩』は、農民の経済的苦難を描く

場面に満ちている。本小説中で、崖の下の羊の死骸と、そのそばの、水がたまって池になった白亜坑を呆然と見ている心理も、こうした苦難による絶望の一例であろう――

池の水面には黄鉛色《クロム・イエロー》の月が、やせ細った骸骨となって映っていた。あと二、三日の命の月だった――だがその左手には明けの明星が月を追っていた。池は死人のまなこのように光っていたが、やがて夜が明け初《そ》めるとそよ風が吹いた。風は月影をゆすり、引き伸ばしたが、月影は割れなかった。明星の影は、水の上に細い一筋の燐光となった。(54-5)

これは明らかに心理描写を兼ねている。絶望と死と破滅のイメジが、おのおの描写の前半に現れ、わずかに残った希望が後半に示される。茫然自失の人間には、眼前の風景を分析する知力は失せている。だが心のどこかが、風景と連動する。これは詩人ハーディの主題の一つである。有名な恋の破局の歌「中立的色調」(詩番号9)では、風景は語り手の心を反映したものとして描かれる。「太陽は神に叱責されたように」白く、枯れそうな芝の上に灰色の落ち葉が池のほとりを取り巻く。この恋によって傷ついたのはどちらかという言い争いのあと、死ぬ力だけしか持っていない、相手の男の生気を欠いた微笑(本書著者は語り手をまず女として読みたい。ただし、次に引用する「蘭草の池にて」[同680]参照)を、不吉な鳥のように彼の顔に舞い降りる次の嘲笑が追い散らす。

それからというものは　愛は欺くもの、悪意で苦しめるもの
――この教訓を　わたしの目に焼きつけてしまったのです、
あなたの顔、神に呪われた太陽、一本だけの樹木、
そして灰色がかった落ち葉にふちどられたひとつの池が。

仕事上の絶望と恋愛上の絶望との違いはあるが、呆然とした半ば無意識の人の心に焼きつく風景という主題は、両者に共通する。

同種情景のもう一つの詩

また同じ池を描いたと思われる上掲「蘭草の池にて」は、かつて恋人を捨て去った瞬間を描く。最初の三連は、永年ののちの現在の池の描写である。水面に半月の影が浮かび、翼ある風が嗄れ声をあげる。風は月影を引き延ばし「栓抜きを突っ込むようにひねり回し、のたくる蚯蚓《みみず》と化した」ために、月は蒼ざめ疲れ果てた姿になる。地上では昔、語り手がこの池の端へ女を呼び寄せては、彼女を所有した。長い年月を経た今日、池にかき乱される半月の姿は、あの時水面に映っていた彼女の影が、つと遠ざかっていったまさにその姿を想い出させる――

この池の　悲しみの輝きにかき乱れる半円の月こそ、
彼女が水影を落としつつ　池から　つと遠ざかり、そして
僕の日々から彼女の日々が消え去った瞬間に私の眼に焼きついた
あの彼女の姿の　まさに生き霊にほかならなかった。

「栓抜きを」の場面で、語り手は彼女を性的に所有した様を思い起こしたにちがいない。これらの詩に見られるのと同じ風景に絡む人間心理が、『狂乱の群れをはなれて』にも持ち込まれているのである。

ゲイブリエル・オウクの人格造形

カースタブリッジの傭人市の場面では、零落したオウクが「以前の彼にはなかった威厳に満ちた落着きと、運命に対する無関心を持つに至っていた。この種の無関心は人間を悪党にしがちだが、そうでない場合は崇高な人格の基礎となる」(56)と書かれている。農場管理人の職を求めて得られそうもないと知ると、彼は惜しげもなく自分の背広を羊飼いの野良着と交換し、社会的に一段下とされている農業労働者になろうとする。就職口を得られなかった夕方には、ストリート・ミュージシャンに早変わりして、フルートの演奏で何ペンスかを稼ぐ(かつてはこうした場面は、読者の実生活にも、貧困をものともしない諦観を提供したものである)。そして作品は、農場の火事の場面となり、オウクは火と闘う術を知る人間として、農民を指揮して火事を消す。どのような自然力に対しても、有効に対処できる男としてのオウクの造形は図式的で通俗だという批判もあるであろう。だが今日、より安易に性格づけされた登場人物の出てくる、より通俗に書かれた作品が発掘されて注目を浴びているし、またオペラや、多くの演劇においての人物造形は、これより荒っぽく、さらに類型的である。それに比べれば、オウクの場合、防水布の使用によって火が稲叢の底を襲うのを防ぎ、稲叢の頂点に巧みに登り、両手でそれぞれ杖と木の枝を振りまわして火の粉を払いおとすなど(61–2)、具体的に何をしたかが活写されているから、のちの嵐の場面同様、読者を納得させるのである。目鼻を煤で真っ黒にし、野良着が燃えて穴だらけになったオウクは、それと知らずにここの農場の女主人バスシバと再会し、羊飼いとして彼女に雇われる。屈辱感からのプライドの主張よりも、職を得てたくましく生きることと、恋する相手の近辺にいることのほうに優先順位を与える。これまたオウクの人生観として描かれており、これは〈検察官〉の役目とは縁遠いものである。

麦芽製造場の場面での農民描写は俗悪か?

バスシバに雇われたオウクは、獣医学の本を読みこなすだけではなく、『失楽園』や『天路歴程』など、高度な文学書(81)も読む知識人でありながら、彼女の農場の底辺の農業労働者と合い協働してゆく考え方も持っている。第八章の麦芽製造場の場面では、多少はシェイクスピア的に、底辺の農業労働者への戯画化がなされているかもしれない。出生届で親が綴りの間違いを犯したのを咎めず、自分の名はヘンリーではなくヘネリーであると、額の上辺に眉毛がついた農民が主張してやまない場面(69)や、ジョウゼフ・プアグラスが森の中で、梟が「フー(誰だ)?」と鳴いたのを人間の声と間違えて「ジョウゼフ・プアグラスでござんす、旦那」(71)と答えたという部分には(そして「旦那」とまでは言わなかったとプアグラスが抗議する場面には)、その種のユーモア(それも誰もが噴き出すおかしさ)があることは確かである。しかし当時、農業労働者の実態をまったく知らなかった中産階級の読者に、それまで遠くから見る具体性のないものとしてしか文学に描かれなかったこれら農民を受け容れさせるのに、多少のサービス、つまり〈商品としてのテクスト〉を提供するのは、読者のなかへ入り込むための優れた戦略だったはずである。ハーディは少なくとも農民への蔑視をもってこの場面を描いていないことは確かである（その正反対である）。マルキスト批評には、階級問題批判で賛意を感じる部分が多いが、しかしヴィクトリア朝の農民描写が、日本的に言えばプロレタリア文学的でない場合に侮蔑の対象にするのは、耐え難い文学への不寛容である。芸術理論にも現実的寛容が必要である。マルキスト理論関連の扱う階級や経済問題中心の作品に関してだけではなく、宗教問題を扱う文学作品に関しても、私たち読者は寛容であってはじめて、文学が文学として機能する。中世日本の仏教思想を虚妄と断じて、だから私たちが中世日本文学を読まないなどということがあろうか？

農民の生活感覚を自然に描出

麦芽製造場は、ハーディには（そしてイギリス文学一般に）よくある、象徴的に用いられた建物である。これは実は〈寛容〉に接すべきなどと言うのが不適切な優秀な場面である。農民にしては一見贅沢な飲み食いがなされるが、これは火事を消し止めた慰労としての飲食物を、農民が気楽に味わえるように、ここへ届けるようバスシバに頼んだから、今夜一夜限り可能になったものである。炉の火だけが照明。粗筋の部分を思い出して貰えば、製造場の主である老人は錆びついたクレーンのようにゆっくりと顔を上げてオウクを迎える(67)。主の息子は六五歳。その倅は四〇がらみ。その娘リディには子供が生まれて間もない。六五歳が、酒の燗を見るために、自分の人差し指を寒暖計のように突っ込む(68)。野良着の裾で徳利の底の汚れを払うと、オウクは「素性の判った汚れなら平気だ」(69)と言う。「仕事がいっぱいあるのに、徳利の汚れまで取らせちゃ済まない」(同)とも言う。これが農民たちの心を捉える。農民の一人コガン（この夜、オウクを泊めてくれる男）は、死んだ女房のことばかりを話題に出すが「そうよ、可哀やシャーロット、死んでから運良く天国へ行くことができたかのう？　あれはあんまり運のいいほうじゃなかったから、ひょっとしたら結局、地獄へまっ逆さまかもね、可哀想に」(73)と語る。バスシバの父親は紳士階級と言うべき仕立屋だったが、事業に失敗したこと、自分は風采が上がらないのに美女を妻にして自慢したこと、夜中に三度蠟燭を点して美人妻の寝顔を拝んだこと、だが結婚したとなると飽きてきて浮気心が起きるから、夜は女房に結婚指輪をはずさせて、恋愛中の気分になったこと、またこの父親はキリスト教の猛烈な信者で、人を捕まえては慈善箱に金を入れさせた(74-5)ことなど、炉辺の話はとめどなく続く。そしてその間に、農民の生活感覚が、自然に描出されてしまっている。現実感溢れる場面である。だが製造場のでこぼこの床、生木でこしらえた椅子、炉の火が天井に投影する農民の影法師などがこれらの会話と協働して、善意の下層農民を象徴するに至っている。また農民たちの場面は、バスシバが給金を支払う第一〇章にも再現される。ここにも吃りのアンドルー、本人ではなく年上の女房が返事をするレーバン、母親がアベルと間違えてケイン（＝カイン。旧約聖書で弟アベルを殺害）と名づけてしまった男など(86-9)、農民の戯画化は見られるものの、農民がどんな生活感覚で、個々人がどんな仕事をするのかが、一覧表のように、次から次へと描かれる。

自然法則理解の勝利

ジョン・ベイリーはこの作品の〈詩〉が「絶え間のない喜びとなる」（Bayley：12）と言う。オウクは農事詩の伝統を受け継ぐ登場人物だから、このあと〈羊飼いの暦〉の詩形に沿って、羊の毛刈りの準備、羊の病、羊の毛刈りの場面に登場することになる。毛刈りの準備として大鋏を研いでいるとき、バスシバが来てボールドウッドと自分との結婚の噂は事実無根だと他の農民にも周知させてくれと言う。このとき、オウクは大鋏の支え方を教えるために、彼女の両手を自分の両手で覆う機会を得る。恋愛の場面に、またしても労働が重なるのである。このとき彼女の軽はずみを批判して解雇されたオウクは、羊の病のために呼び戻される。バスシバは、解雇した彼を呼び戻すために、下男を通じて命令を下したのだが、最初はオウクは応じない。次いで彼女は「わたしを見捨てないで！」（135）の言葉を付した手紙を届けて彼を口説き落とすのに成功する。オウクの周りに森が詩的に描かれる。ここでも恋愛と労働が組み合わされる。そして火の性質の熟知によって火事を消した場面におけると同じように、この場面でもオウクは、かつてロイ・モレル（Morrell：59-72）が指摘したとおり、自然法則を理解し、現実認識をもって〈自然〉に対処できる男として、〈運命論者ハーディ〉という俗説を覆す。人的努力の勝利を示すわけだ（136）。

恒久不変に続く労働の場

さらに次の羊の毛刈りの場面では、オウクと農民たちは「全ての緑が若やぎ、全ての葉の気孔が開き、全ての茎が、あい競う樹液の流れに膨らんだ」（137）時節に働く。毛刈りのための仕事場は、平面図においても、長い年月を経てきた点でも、教会とよく似ていることが言及される。「この仕事場の簡素さこそは、より多くの装飾が試みられてきた建築物には見て取ることのできない一種の荘厳さの源であった」（138）という表現は、すでにこれが教会にはない美観を備えた建物であることを匂わせているが、さらに

> この仕事場については、年代の古さや様式が似通った城塞や教会のどちらについても言えないことが言えるであろう。当初においてこれが建造されることを決定づけた目的が、今これが用いられている目的と同一だったということである。城塞と教会という、中世からのこれら二つの典型的残存物のどちらとも異なり、またそのどちらよりも優れて、この古い納屋は時の手による切断を何ら蒙っていない生活慣行を体現していた。（同）

昔この工事に当たった建築者たちと、今これを見るものとが、その精神において同一。これを見ていると長年月にわたるこの建物の機能の同一に満足感を覚え、感謝や誇りさえ感じる――

> 四世紀という時が流れたのに、この納屋が過ちの上に建てられたと考えられることもなく、建造目的に対するどんな憎しみも掻き立てたこともなく、これを取り壊す反動を生み出したこともないという事実は、心を持った往昔の人びとの、この努力の成果に、荘厳さ

と言わないにしても、一つの落着きを与えていた。（中略）日々のパンによる肉体の防衛と救済は、やはりこれも、学問であり、宗教であり、願望であるのだ。（同）

これは中世以来、ウェザベリ村に恒久不変に続く労働とその報酬を称える文章だが、同時に、言外すれすれに、戦争と宗教、意味のない学問を批判する言葉でもある。「このようにしてこの農事納屋は、毛刈り職人たちにとって自然なものであり、毛刈り職人たちも農事場と調和していた」(139)という表現が読者に納得されるのである。

空理空論たる教義や剛勇よりも

ジョン・グッドは、ジョン・ラスキンの考え、つまり個人と社会の協働の可能性があったのに、これが資本主義と自然科学の影響の下に失われたという考えを挙げたあと、前節で挙げた二つの引用場面について、これらはハーディのラスキン批判だとしてこう言う――

ラスキンは（中世の）強い宗教心と、戦争における剛勇を自己の理想世界の中心的要素と考えた。ハーディはラスキンの保守的社会学に反対するために、ラスキン的雛形を（上記引用において）用いるのである。時間を経ても存続し、人びとを互いに結びつけつつ、統一力を持った人間的・自然的リアリティとなっているのは、肉体の世界にほかならないと（ハーディは）言うのである。（Goode 1988：15．丸括弧内は本書著者）

ここで言う〈肉体の世界〉とは、空理空論としての宗教教義や戦時の剛勇の対蹠点にあるものとしての、庶民の営々とした生活上の努力そのもののことである。あの農事場が教会よりも印象的で、城塞より美しいのは、過去から現在にまで至る多数の工人や労働者の生活がそこにあるからだとハーディは上記引用において語っているという解釈である。これに心から賛意を表しておきたい。

嵐による表象

さてオウクが体現しているこうした〈人的努力〉とその〈勝利〉は、やがてバスシバが結婚したあと、嵐がやってきたのに彼女の夫によって農民の全てが酔いつぶされて、彼女の小麦が雨と風に晒されることになる場面で、より一層鮮明に呈示される。この場面は、三章二〇頁を費やして、風雨と雷のリアルな描写とともに示され、この小説を読む醍醐味を醸し出す。描写は、詩的精神で描かれるが、小説のなかでしか描けない詳しさに満ちている。五〇数年前、ダグラス・ブラウン（Brown：52-4）はこの場面を「嵐による表象」と呼び、自然と関わるオウクと自然を忘れたトロイの対照を描きつくす妙に言及したが、今もこの言葉は生きている。その晩夏の夜は、不吉な様相を呈している。オウクは暴風雨の前兆を空模様から読みとり、無防備のままのバスシバの麦山を眺める。トロイはバスシバとの結婚祝いを兼ねて、農民たちと収穫祭の酒宴を開いている。オウクが、麦を護る労働の必要を、今は自分の主人となったトロイに進言する。トロイは「雨なんか降らない」と言って、農民に飲み慣れない強い酒を勧め、女たちを酒の席から追い出している。オウクは、蟇蛙が陸上に現れ、庭のナメクジが家に入り、藁葺き屋根に巣くう蜘蛛が床を這い、羊が一匹残らず風の来る方向へ尻尾を向けるなど、自然界の全てが風雨の襲来を告げているのを見て取る(217-8)。酔いつぶれて寝てしまったトロイと農民たちをそのままにして、オウクは労働を始める。

直喩を満載した嵐の描写

大口あけて地球を鵜呑みにしようとする得体の知れない竜の唇から吐き出されるような、生暖かい風が南から彼を煽った。一方、それとは真反対の北のほうから、風にまともに逆らうように、不気味で不恰好な雲が湧き起こった。あまりに不自然にその雲は湧いたので、下方から機械装置で持ち上げられているように感じられた。その間に、かすかに小さな雲の群れは、怪物に覗き込まれた若い雛鳥さながらに大きな雲を恐れて、南東の空の一隅に逃げ帰っていた。(219)

実際には、このあと麦の山が救われるまで、このような直喩を満載した文章が続く。二一世紀の今日、こうした描写を読み飛ばさずに小説に接する読者がどれほどいるのか、本書著者には判らない。だがこの種の描写が、この小説の真髄であることだけは確かである。オウクが作業を本格化する。月が隠れる――「それは戦争に先立つ大使の別れだった」(220)。雷光が継起する。瞬時の光のなかに、生垣や立ち木が、線描版画のようにくっきりと見え、牧場の子牛たちが、狂おしく疾駆しているのも見える。彼は即席の避雷針を作りつつ、働き続ける。バスシバがやって来る。稲妻は「天国の光」、だがそのあとを追う雷鳴は「悪魔の雄たけび」(222)。雷が間近に落ちる。「そのとき、天はまさしくぱっくと開いた」(223)。天空を縦横に走る稲妻の姿はまさに「死の舞踏」(同)。雷光の一つが、オウクの作った避雷針に落ちる。彼とともに働いていたバスシバも、彼に支えられて震えるばかり。「猛り狂った宇宙のすぐそばに並べられると、恋愛も生命も、全て人間的なものは小さく、取るに足りないもののように見えた」(同)。オウクはこの長い嵐の場面で、終始一貫して「猛り狂った宇宙にも臆せず」(Brown: 55)立ち向かって労働をしている。人間が〈生きる〉ということは、古来何万年にわたって、〈自然〉に立ち向かい、〈自然〉を懐柔するのが基本であった。オウクは、この人間の姿を象徴する人物である。そしてこのことを象徴する建物たちと、彼は結び合わされている。

バスシバ登場の場面

一方この小説には、このオウクを主人物とするプロットとは別個のテクストが丹念に織り込まれてゆく。それはバスシバ・エヴァディーンという美女をめぐるそれである。描出は女性心理だけではなく、先にも書いたとおり、女性の性衝動にまで及ぶ。だから当時としては、これらは隠されたテクストとして、思いがけない織り糸となって入り込むことが多い。彼女の初登場は、上記星空の場面より前の、第一章。彼女は冬至近くの冬の日、しかし暖かげな陽光を浴びて、引越し荷物の上にいる。御者が荷馬車を離れ、オウクが生垣の向こうから見ていることに気づかぬ彼女は、手鏡のなかで顔を見、自分が赤面したのを見てさらに顔を赤くする。帽子一つ直すわけでもないのに、なぜ鏡を見たのか？「慣行によって女の所有に帰された弱点が、陽光のなかに闊歩して出てきていた」(30)と書かれてはいる。なるほどこの注記まがいの文には、〈商品テクスト〉臭がある。人目のあるところで鏡を見ない、まして笑顔を作って見てはいけない——ヴィクトリア朝ならずとも、つい最近まで日本でも女性に関して社会の合意が成り立っていた嗜みである。だからといってこれを見咎めるオウクは〈検察官〉だろうか？　彼はヴィクトリア朝当時の、習慣的反応からこれを一応は咎めるべき弱点と見ている。だがこの前後に散りばめられる他の用語は、彼が実際にはこれを悪徳と見なしていないことを確実に示している。彼が隠れていた生垣の後ろは「偵察拠点（his point of espial）」(同)と書かれているが、これは明らかにユーモアに富んだ男性への諷刺でしかない。そしてオウクは「珍しい眺め（a novelty）」(同)としてこれを眺め「珍品が持つ新鮮さ（the freshness of an originarity）」(同)をそこに感じている。そのうえ彼女のまわりの、冬には珍しい天人花《テンニンカ》などの緑が彼女にも「独特の春のような魅力」(同)を添えていたと書かれている。彼女が鏡を見ての自己愛を咎める表現は、読者の心に入り込む手段であり、ハーディが読者に手渡してしまったのは、彼女の魅力である。ついでながら、川端康成に「化粧」という短編がある。墓場の便所の手洗い場に面した窓を有する住居の住人（語り手）が見ている。すると、悲しみに泣きはらした弔問の女たちが、やがて鏡を見て笑顔を作って洗い場を出てゆく。この作品を「文学」の時間などに学生に読ませて読後感を求めると、「祖母の死に、涙が枯れるまで泣きはらしたあと、私は鏡のなかで、なお自分は笑顔を作ることができるかを試してから外出した」とか、「少女時代、母とけんかしたあと大泣きして、鏡で笑顔を作ってみてから登校した」という女子学生からの反応が多い。当然このような女性の〈慣行〉は、魅力ある彼女らの日常行為であり、ハーディも結果的にそのように読者に印象づけているのである。この第一章終結でオウクがバスシバを評する独り言「虚栄心だね（Vanity）」を文字どおりにとる読者は、もちろんのこと、いないだろう。読者にもバスシバの魅力はわかち与えられている。

喜劇と詩を交えての新しい女の提示

このあとの、乗馬の際に女性用の横座りの鞍を使わず、荒っぽく乗り回すバスシバについても、同じことが言える——「人の眼がなければ、無作法なんて存在しない」(41)と語り手自身が言っている。小説として読めば、乗馬の際のこの種の〈無作法〉は、生き生きしたバスシバの愛らしい活力を伝えてくるだけである。しかしオウクの眼は、これを見た。「バスシバは、やむを得ず見てしまったことを怒ったのではなく、見たことを彼女に伝えたことで怒ったのである」(同)——こうした筆致はこの小説が主としてコメディの手法で書かれていることを示している。また小屋の換気窓を開けずに火を用いて、窒息死寸前にバスシバに助けられたとき、オウクは小屋に腹を立てて、「このあいだももう少しで、この小屋は同じ悪ふざけをやるところだった！」と言って床をたたくと、バスシバは「悪いのは小屋だなんて言えないんじゃない？」と言う。「ちゃんと考えておくべきよ。引き窓を閉めたままにしておくなんて、馬鹿げたことだったのに」

(42)——そして語り手は、彼女が女性のなかでの新種、つまりものを言い始める前に、考えをまとめておく女だと書いている。この語りは、この作品が新たな女を描こうという意図のもとに書かれたことを示唆している。そしてこの小説にきわめて多用される彼女の口元の描写(R. Morgan 同：50 ff)もここには「たいへん感じのよい唇」という表現で見られる。女性の唇は提喩法（部分で全体を現す比喩）によって彼女の全体を表すとされる（同）。それならこの場面は、例の鏡の場面の「彼女は両の唇を開いた、そして微笑んだ」(29)と連動して、彼女の人格・感情・セクシュアリティの表現の始まりと言えよう。またこのときのオウクは、こう描かれる——

　このように頭を彼女のドレスの膝の上に置いて彼女とともにいる感覚を、彼は捉え味わおうと懸命になっていた。この出来事が過ぎ去った事柄の山のなかに、うずもれてしまう前に、という気持だった。この印象を彼女に知ってもらいたかった。だが漠然としてかたちのないこの感情を、言葉という粗い網細工で伝えようとするくらいなら、においをネットで運んだほうがましだったろう。(42)

これは喜劇のタッチであるとともに、女性を描くその合間に、詩の主題にしてもよい精妙な感情の機微が同時に表現されている。〈言葉という粗い網細工〉では描き出せないというこの時間感覚を、ハーディが言葉を使って書き表した詩作品がある。手短に見ておく。

時間の過去化を怖れる語り手

「会う前の一分」（詩番号191）と「発車のプラットフォームにて」（同170）が、その作品。前者では、恋人と会うまでの日々があまりにも長いと感じられていたのに、今、会う日が近くまで来てみると、語り手の心には、時の歩みを遅らせたいという願いが湧き起こる——

そしてはるか遠くからの期待が、ついに満たされ終わる代わりに
決して閉じられたりしない近くでの期待のなかで、生きていたい

つまり語り手は、今はまもなく会えることになった彼女との逢瀬が、あっという間に過去化されてしまうのを、今のうちから怖れるのである。大切な時間の〈過去化〉を遅らせたいという気持は、オウクが上の場面で感じている言葉に言い表しがたい感情と同じものと言えよう。しかもこの詩は一八七一年の作と記されている。『窮余の策』でもそうだったが、このころ詩人として発表したかった思いを、こうして小説のなかに応用しているのである。一方後者の「発車のプラットフォームにて」では、恋人とのデートが終わり、「命より大切な彼女」はプラットフォームの奥へ奥へと進んで見えなくなる。彼女がやがて再び訪れてくることは確実なのに、語り手は憂愁に襲われる。なぜか？　それは次の気持が心を支配するからである。

同じ優しげな純白の衣裳の彼女がまた現れるかもしれない
　でもそれは　決してあの時と同じではない！

「繰り返すことのできる喜びのことを、なぜあなたは嘆くのか？」と傍から問われて、語り手は「ああ、友よ、いかなることも再度そのようには起こりません！」と答える。〈自己の身に実際に起こったこと〉の重要性、それが起きた時間は、ただ一度だけ自己の人生に訪れるという感覚、これがオウクの表現できない感情であった。別の拙著にも引用した言葉だが「その〈瞬間〉の独自性（唯一無二であること）と、この〈瞬間〉の反復不能性を強調すること」(Pritchard：52)がこれらの詩が歌い、オウクが明言できなかった人生の真実である。

颯爽と男の役割を演じるバスシバ

さてテクストが次に女性たちを描き出すときには、バスシバは男の役割を演じる女に早変わりしていることが語られる。もともと彼女は、オウクに求婚されたときも「男性たちの所有物と思われるの、大嫌い」(48)とか「結婚式で花嫁にはなってみたいわね。夫なんて持つことにならないのなら」(49)と語った女だった。これは愚かな発言だったのだろうか？　ここからじゃじゃ馬慣らしが始まったのだろうか？　つまり女性の独立心、女性が演じる〈男の役割〉は、〈商品としてのテクスト〉の制約を受けて、この小説では敗北するのだろうか？　実はこの制約にもかかわらず、これも結果としてそうはならなかった。生き生きとしたバスシバの働きぶりが勝利し、労働における男女の差異からの脱出という〈対立テクスト〉のほうが読者に受け容れられる。彼女の弱点こそ俎上に上るが、古い言葉で言う〈男まさり〉が揶揄されることは一度もない。不正を働いた農場管理人を解雇したあと、彼女は当時まったく珍しかった女農場主として農民たちに君臨する。だが彼女が新しい女である証拠には「わたしはね、皆さんの目覚めないうちに起きて、起きないうちに畑へ出て、畑へ出ないうちに朝ご飯を済ませておくからね」(90)と農民の前で宣言する点である。彼女もまた労働の一翼を担うつもりなのだ。農民の前から颯爽と去る彼女は、〈男の役割〉を演じ続ける。女性にも、従来は男性のものとされてきた役割を成功裏に果たすことができるという、二一世紀には、国家の最高指導者レベルについてさえ自明の理となったことを、ハーディはこの小説において描き出そうとする。しかしハーディは同時に、フェミニズムの観点からは喜ばれないことだが、この気丈夫なヒロインの〈女性らしい〉弱点も描き出すのである。なるほどこれは、当時の読者に受け容れられやすかったであろう。しかしこれも〈商品テクスト〉として妥協を示したのではなく、そこには女性に関する真実を描く意図が感じられる。バスシバの内面分析として「熟慮に満ちた外見の下に隠れた衝動的性格」(127)と書き、「頭脳はエリザベス（一世）、精神はメアリ・スチュアート」(同)、つまり分析力抜群ながら感情的爆発も秘めた人格で、「彼女の思考の多くは完璧な三段論法だった。不運なことにそれらは常に思考のままに留まった。ほんの少数の考えだけが非理性的な推定だった。だが不幸なことに、それらがしばしば実行に移される部分だったのである」(同)——当作品のあちこちに見られるバスシバの、理性と感情が矛盾する両面性描出は、行動力ある女性一般についての、唾棄すべきエッセンシャリズムだろうか？　今から四、五〇年ののちには、林檎は酸くもあり甘くもあるがゆえに美味、というのと同じに、これは魅力ある実力派女性像と感じられるのではないだろうか?

讃美歌集とヴァレンタイン・カード

この種の〈女性らしさ〉の描出の一つが、匿名のヴァレンタイン・カードをボールドウッドに送ってしまう場面である。女中兼話し相手のリディが、お嬢様、聖書占いで結婚相手を占ったことがおありですかと問いかけたのに対して、バスシバは、そんなこと信じるものですかと一蹴しながら、占いに使う鍵をリディに取ってこさせる。リディは日曜(安息日)にこんなことはいけないのでないかとためらう。だがこんな考えも迷信として退け(これは合理精神に見えながら、占いに固執する非合理精神である)、占いは実行する方向に向かう。「その姿は抽象としての〈叡智〉が、具象としての〈暗愚〉にあい向かう図だった。具象としての〈暗愚〉が顔を赤らめ、意図を貫き、鍵を聖書の上に置いた」(100)。バスシバがこのとき、ボールドウッドが結婚対象になるかどうかを占っていたことが言外に示されている。これを察したかのようにリディは、その日教会の礼拝でボールドウッドが、バスシバの正面に座席を占めながら、彼女を一目も見ようとしなかったことを語るのである――「ほかの人はみんな見てましたわよ。あの人が見ないのは、変な感じ。ほら、それがあの人らしいところよ。お金もあれば、紳士だし、ほかに何が気になるものですか」(同)――このようにリディが語るので、彼女にカードを送るという考えがバスシバに思い浮かんだ。社会的地位の高い男だけが自分のほうを見ないのを、リディを代表格に、村中が噂しているように感じたからである(同)。このときもいったんは、やはりカードを少年テディに送ることに決めたのに、リディがボールドウッドに送ってみたくて「あの人なら、死ぬほど気にするでしょうにね」(101)と言い続けるので、讃美歌集を投げて、閉じて落ちた場合に限ってボールドウッドに送る約束で、それを投げた。しかもこの場合にも、一度は開いて落ちたらボールドウッドと決めながら、「止めとこう。開いて落ちそうだからね」(102)と彼女自身が閉じて落ちるほうを選びなおしてから、讃美歌集を投げたのだった。ここでも、バスシバの女性性を描写すると同時に、いかにして人間一般の心に萌す欲望が、徐々に行動へと結実してゆくかという、『マクベス』のそれに似た心理洞察と、その際、人の理性に反する状況が、人の良心とは正反対の結果を生み出す確率が、低いとは言えこの世界には存在するという、むしろ詩の主題に相応しい真理探究をストーリーに絡めている。

沈黙を破るラッパの大音声

次に彼女がトロイ軍曹にはじめて出遭う場面を見たい。トロイとの場面では、最初から女性のセクシュアリティ描出が意識されている。暗闇のなかで誰かと交差しようとしたときの「何かが彼女のスカートを力づくで地面に釘付けにした」(152)という表現自体からして、象徴的である。トロイは「俺たち、どうしてかくっついちゃったね」(同)と言う。続いての「あんたは女か」(同)という問い、そのあとの「俺は男だ」(同)という言葉は、もうこのときには二人の性別は(声によって)とっくに二人には判っているはずであるから、純粋にバスシバは性的に女であり、トロイも性的に男であることが強調されて、リアルな会話以上の象徴的効果を持つ。次には、彼女の持ち歩いていた角形提灯。「もしよかったら俺に角灯の扉を開かせてくれ、そしたら君を解放してあげる」(同)という言葉についても、灯りで縺れをほどいてあげるという意味のほかに、提灯を、バスシバのセクシュアリティを内部に秘める処女性の象徴として示している意味も看取できる。なぜなら、角灯の扉が開かれたとき「光線たちはその幽閉所から噴出した」(同)と書かれ、「暗闇は、角灯の明かりによって以上に、角灯の照らし出したものによって完全に打ち倒された」(同)と表現されるからである。照らし出されたトロイの出現は、それまでの暗闇との対比において「沈黙に対するラッパの大音声」(同)に等しかった、という。〈暗闇〉と〈沈黙〉が、バスシバの性的無経験を指すとも読めるのである。かりにこの読みを拒絶するとしても、この場面でバスシバが、初歩段階の性的覚醒に見舞われたとハーディが示唆していることだけは確かであろう。「この繋ぎあわせを解きほぐすのは、そんな生易しいものではなかった」(同)とハーディは書き、そのあとは〈商品テクスト〉らしく、バスシバが一刻も早く縺れを解かれたいと、ヴィクトリア朝の女性の行動規範に沿った考えを抱いた様を描出する。だがその縺れを解く場面の長さそのものが、いったん結び目のできた両性の繋がりを解くことの難しさを象徴する。

バスシバのセクシュアリティ

そしてトロイの剣舞の場面である。このときもバスシバはいったん丘から自邸までの半道を引き返す。だが「やわらかい、鳥の羽毛のような羊歯《しだ》の腕が、彼女の背中のところまで愛撫していた」(168)という表現で、見張り役としてのリディを連れずにトロイに会うと約束した彼女が、誰にも見えない丘の窪地へ出向くのをためらいながらも、すでにそのセクシュアリティを刺激されていたことをハーディは描いている。そもそもこの人目を避けた「丘の窪地で」ということを、前の章でトロイに囁かれたとき、バスシバはリディを連れてならと一度は口にしながら、最後には「リディを連れずに」(同)と約束したのであり、これが何を意味するか、彼女自身にも判っていた(だけではなく、読者には、さらに大きなことが生じると判っている)。約束どおりに行かなければ彼が失望するだろうということを自己に対する口実として、半道で立ち止まった彼女は、再び窪地へ向かう。呼吸はとぎれ、まなこは時として異様に輝く。「だが彼女は行かずにはいられなかった (Yet go she must.)」(169)。衝動に衝き動かされるバスシバの描出である。窪地の叙述については、あまりに多くの評者が、これは女陰の描出に他ならないと指摘した(Goode 1988: 24-5他)ので、ここではその訳文を掲げるに留める。

> 窪地の中央に立ってみると、頭上の天空は群生する羊歯でできた円形の地平線に囲まれていた。羊歯は斜面の底部近くまで密生し、それから唐突になくなっていた。この円い青草のベルトに取り囲まれて、その底部は、苔と草の混じった分厚い真綿のような敷物の床となっていた。そこは大変やわらかく、置かれた足は半ばそのなかに埋れてしまうのだった。(169)

〈対立テクスト〉の描くセクシュアリティ

この窪地のなか、女のセクシュアリティの象徴の内部で、トロイの剣舞が始まる。剣は言わずと知れた男のセクシュアリティの象徴である。だがこうした描写のなかにも、ハーディの詩心が表れてくる——

　一瞬のあいだにバスシバの目には、大気が姿を変えたように見えた。低く垂れた太陽の光線を反射する光線が、彼女の頭上、周囲、前面を囲み、大地と空をほとんど閉ざしてしまった。皆、トロイの反射光に満ちた刃の、みごとな回転から発せられる光だった。刃は一時《いっとき》に、全ての場所にあるように見え、それでいて特定の場所にはないのである。この回転する微光には、ほとんど口笛のような鋭い突風音が伴っていた。この音も、一時に彼女の全ての側から湧き起こった。手短に言えば彼女は、ほんの近くに乱れ散る空一杯の流星にも似た、光と鋭い風の音から成る天空に、囲い込まれていたのである。(170)

この「軍刀によるオーロラ」(171)に圧倒されたあと（これもまた、性的含意のある表現だった）、バスシバは用いられていた軍刀が竹光ではなく、真剣だったことを知る。抵抗と拒否の力を失った彼女にトロイが何かを仕掛ける。その行為は、出エジプトの民を救った水を得たときの「ホーレブの岩を撃つモーセ」(172)の杖のような効果——すなわち液体の流出という効果をバスシバにもたらす。〈行為〉はキスであったと、また〈液体〉は涙であったと〈商品テクスト〉は逃げを打つ。しかし副次的に〈対立テクスト〉がここに露出していることは、明らかである。

湿地を用いた心理描写

次に、長くなりそうだが、湿地の描写を眺める。夫トロイが、昔の恋人ファニィの遺骸にキスをしたにもかかわらず、その目の前にいる妻バスシバへの接吻を拒み、彼女を突き飛ばしたとき、彼女は衝動的に家を飛び出し暗闇のなかを当てもなく突っ走る。ふと気がつけば、目の前に通れそうもない藪がある。藪のなかを覗くと、以前に日光の下でこの場所を見たことを彼女は思い出す。

　人の通れない藪に見えたものは、実際には、いま急速に枯れようとしている羊歯の茂みであることがわかった。(264、引用A)

前述の場面で女性の生気をも示していた羊歯が、枯れそうになっている。そこに隠れて一夜を過ごすバスシバは、翌朝爽快な気持になってふと気づくと、頭上や周囲に、興味をそそる物音を聞く——

　それはいま起きがけの雀である。
　また別の隠れ家から《チー・ウイーズ・ウイーズ・ウイーズ》。ひわであった。
　三つ目は生垣から《ティンク・ティンク・ティンク・ティンク・ァチンク》。

駒鳥であった。

頭上から《チャック・チャック・チャック・チャック》。

栗鼠である。

こんどは道のほうから《ほれ、ラ・タ・タ、それランタンタン》。うら若い農夫であった。……（中略）バスシバはこの声を聞いて、自分の農場で働く少年に違いないと思った。（同、引用Ｂ）

バスシバの足下には窪地があり、その一部は湿地になっている。いま朝霧が、その湿地の上に懸かっていた。毒々しい外観の霧ではあるが、壮麗にも見える銀色のヴェールである。朝日の光をいっぱいに吸い込んだこの霧は半透明なので、むこうの生垣は、霧のぼんやりした光沢にすこしかすんで見えた。（265、引用Ｃ）

朝日に照らされた朝霧は伝統的にはすがすがしいもの。だがバスシバには、それが有害な、悪臭のする、不快なものに感じられるのである。

湿地のじめじめした、毒臭を発していそうな表皮からは、地中や地下水のなかの有害物質の毒気が吐き出されているように思われた。（同、引用Ｄ）

安らぎと健康のすぐ近隣にありながら、その窪地は大小さまざまの疫病の培養所のように見えた。バスシバはこんな陰気な場所のふちで一夜をすごしたのかと身震いして立ち上がった。（同、引用Ｅ）

やがて小間使いのリディが彼女を捜しにくる。バスシバの心は、自分をまだ見捨てていないでいてくれた人がいる、という感謝の気持で躍り上がる。リディは泥深そうな湿地を指さして「沈んだりしないと思うわ」と言いながら「朝の光の中を、その湿地を横切って」彼女のほうへやってくる。

小間使いが足を運ぶと、足下の、汗がにじみ出たような地面から、湿っぽい地中の気体が虹色のあぶくとなって頭をもたげ、蛇の呼気のような音をたてて破裂すると、地上の霧のかかった大気のなかへ拡散してゆく。バスシバの予想とはうらはらにリディは沈まなかった。（266、引用Ｆ）

これらはいずれも自然描写ないしは叙景に見えよう。いや実際、客観的な、ニュートラルな描写の次元でも有効である。しかし同時に、バスシバの心理描写でもある（またこれを子宮の描写、つまり原初への復帰と再出発の象徴として読む興味深い提言もなされているが、詳説する紙幅がない）。引用Ａでは、正体の知れない藪の前に立ったバスシバが、やがてこれは人の通れる羊歯の茂みにすぎないことに気づく。血の気の失せた絶望のなかへ、人間の知覚作用がほとんど無意識に働いて、いわば蒼白だった意識が血の通った認識を始める様を描き出している。引用Ｂでは、バスシバの半失神状態が、次第に回復してより人間らしい感情を伴った認識によって改善されてゆく様が、夜明けの情景のすがすがしさ、バスシバの農場で働く少年の親しみやすさによって表される。引用Cでは、絶望の翌朝に朝の光がもたらす不思議な回復感と、なお疑念に満ちた心理状態が表されている。引用Dでは、前夜の心理への反転が示される。引用Eは、平安の日常に隣接する危険と死を表象する。そして引用Fは、人間の悲観的推測がいかに根拠のないものかを示すとともに、バスシバの再生の発端を示唆する。実際ここからバスシバは立ち直り、新たな女となる。この場面については「ヒロインを定義づけるだけでなく、〈再生〉として機能する」(Shires 1993: 49)という評言が納得されるのである。

ファニィ・ロビンの家出

女性の描写としては、副人物ファニィ・ロビンのそれもこの小説の構成の一端を支えている。あの製造場の場面に先立って、バスシバの農場働き手であったファニィ（彼女は孤児だったところを、ボールドウッドに育てられた極端な弱者）が出奔する。新しい女とは正反対の考え方しか持ち得ない、底辺に生きる少女である。暗闇のなか、墓場の木《いちい》の陰に彼女は立っていた。そのときオウクはもちろんこの娘を知らなかった。貧しげな様子に、彼は街頭でフルート演奏によって稼いだ僅かな金子を与えた。のちにこれは、妊娠したファニィが、駐屯地が遠方に移った恋人トロイ軍曹を追うために家出して、彼に会いに行くところだったと判る。婚外妊娠とその処理については、本書第一章に詳しく書いたとおりである。この作品でも、このヴィクトリア朝の女の悲劇の発端が、こうして副人物のなかに描かれることになる。第一一章ではファニィは、雪の描写の真っ只中に現れる。蛇の消失、羊歯の変質、地衣類の崩壊など順序を踏んで冬が進行し、雪によってこの全てが消される——

> 混沌とした、空一杯に群れ成す雪片から、牧草地と荒野は刻一刻とさらなる着衣を受け取り、それによって刻一刻と、さらに裸体に見えてくるだけだった。上空の巨大な雲のアーチは、奇妙に低く見え、徐々に床の上に下降してくる大きな暗い洞窟の屋根となっていた。と言うのも、これを見れば人は本能的にこう思うからだ——天空の裏地となっている雪と、大地の表皮となっている雪は、まもなく、介在する空気の層をまったく無くして、合体して一つの塊となるだろう。(92)

副人物の周辺にも、これだけの描写がなされる。この作品の詩的テクスチャーを一段と濃密にする。トロイの住む兵営の窓に向かって、彼女は雪の玉を投げ、合図しようとするが、それは〈数打ちゃ当たる〉方式で、何の合理性もない投げ方。明らかにオウクの、諸事万般に関する理詰めな対処法と対照されている。彼女は、のちに結婚式場を間違えてトロイのプライドを傷つけ、捨てられて臨月の身となり、カースタブリッジの救貧院へ辿り着こうと必死で歩む。疲れ果てて道端の干草積場で眠った彼女が目覚めると、月も星もない闇夜。再びカースタブリッジの灯を目指すが、途中で二本の木の枝を拾って、Yの字の松葉杖代わりを作る。だがその便利さにも限界が来て、彼女は傾き、倒れる。朝凪さえ、吹き始める。彼女は自分の目的地点が目の前にあると意識的に自分を騙しつつ、何度もその近い地点までは辿り着く。「この女性は、何も知らないほうが先見性よりも力強く作用し、近視眼的なほうが遠望の能力より効果を挙げてくれることを」(235)何らかの直感で知っていたのである。だがついに万策尽きて進めなくなる。

　最後に残ったこの命がけの八百ヤードを、他人の目につかない人間が進み越えることのできる助け、方法、策略、機械装置など、考えられる全てが彼女のせわしない頭脳を駆け巡り、実行不能として諦められた。杖や車輪、這い這いを彼女は考えた。転がってゆくことまで考えた。(236)

犬が来て彼女の頬をなめる。ついに彼女は、犬に抱きつく。犬に自分の体重の大半を預け、小刻みに自分も足を動かしつつ救貧院へ辿り着く。中に助け入れられたとき、ファニィは「外に犬がいるんですけど。どこいったのかしら？　助けてくれたんですけど。」(238)と言う。これが彼女がこの世に残した最後の言葉である。しかし犬は石を投げて追い払われていた。この挿話は、男に捨てられた貧民階級の女という、ヴィクトリア朝の典型的受難者への哀歌のように読める。「彼女の味方（friend）」(237)と表現されているこの犬の〈友情〉は、こうした受難者の敵となって彼女を放置する社会への、痛烈な諷刺となりえている。

トロイの〈愛〉の無意味化

　ファニィの受難をさらに印象的にするのは、死後になってトロイに大切にされ、墓に花を捧げられる場面である。鬼面の雨樋から落ちる雨水が、花の全てを洗い去る。これは明らかに、トロイの〈愛情〉の本質を揶揄する描写である。そしてここに言及すべきかどうか、本書著者にはその当否を判断しかねる論評がある。すなわちファニィ（Fanny）という人物名は、一八六〇年以降、‘fanny’を普通名詞として読んだときの「お尻、あそこ、おまんこ」の意味との重なりから、男性の性的愛玩物としての女性登場人物に用いられたという説である（Fisher：42）。そしてジョン・クリーランド（Cleland）のポルノ小説『ファニィ・ヒル』（一七四九）のヒロイン名も、この意味を（恥丘を示唆する「ヒル」とともに）帯びていると見られる。だからファニィ・ロビン（Fanny Robin）は、fanny-robbing（おまんこ奪い）の意味にもなるという（同）。そうだとすると、上述の、ファニィ・ロビンの死後にトロイが建立した墓碑に刻まれた銘――「最愛のファニィ・ロビンの記憶のためにフランシス・トロイが建立（erect）せしもの」(279)には（わざわざ‘built’ではなく‘erect’が用いてられているからであろうが）ポルノ的な意味が生じるという指摘さえある（Fisher：59）。これを受け容れれば、なおのこと痛烈に、トロイの〈愛〉は無意味化されていることになる。なおバスシバという名も、当時の女性読者を赤面させかねない悪名高い旧約聖書の姦通者だという指摘もある（Fisher：42）。

ボールドウッドについて

最後に副人物のうち言及せずに済ますことのできないボールドウッドについて一言。農場主である彼は、作品全体の印象から言えば地主階級の下位（本書9頁）と言えようが、それはウェザベリ村という辺鄙な田舎が「誇りにできる、最も貴族に近い人物」（118）ということにすぎない。貴族的な生活ぶりを見せるが、貴族はおろか、本物の地主でさえない。きわめて物静かだが「それは、互いに敵対し合う巨大な諸力の完全な均衡状態、みごとな調和を見せる正の力と負の力の釣り合った姿だった可能性が高い」（119）と表現されている。これは抽象的叙述だが、このことを具体化した場面は、まもなく現れる。彼がバスシバにはじめて近づいたとき、声を掛けたけれども、それはバスシバの予期に反して、「際だって見える生気のなさと物静けさ」（123-4）を伴う話しぶりだった。これは撞着語法である。本来は何ら意思伝達の役に立たない〈生気のなさと物静けさ〉が、ここでは大きなことを語っている――

> この〈生気のなさと物静けさ〉は深い意味合いを強調したものだった。同時に、その意味合いの姿かたちは、ほとんど表現されていないのである。沈黙というものは、時には、感情母体の骸《むくろ》なしにさまよう切り離された感情の霊魂として、目覚しい自己表現を行う。その場合には、沈黙は発語より印象的である。同じようにして、言葉少なに語ることが、多弁より多くを語ることもよく生ずる。ボールドウッドは「エバディーンさん！」という言葉で、全てを語ったのだった。（124）

そして彼の恋情が強まる心理を、ハーディは次のように描く――

> 彼の状況には、恋愛における理想化を助長する大きな素因たちが存在していた。ある距離を置いて時々彼女を眺めることと、彼女との親しい交際の欠如――つまり視覚上の熟知と日常会話の欠如である。（122）

人間全てが日常的に見せる平凡な、愚劣な側面をまったく知ることなく、このようにして「彼の空想のなかでは、穏やかとはいえ、一種の神格化が生じた」（同）というのである。また彼は、バスシバは理路整然と考えることのできる女性だという理由から、「首尾一貫性のためにもまっすぐな筋道を守って、自分を受け容れてくれる」（183）と考える単純さの持ち主。だが実際にはこのとき、彼女はトロイのことしか考えられない状態になっていた。ボールドウッド描写に伴う、ハーディのこうした詩人的心理分析の例は、嵐の翌日のこの農場主の失意の様など、このほか多数見られるのである。これらは「平静が一たび乱されると、彼は極端に走った」（119）とか、「行動の根本的骨組みにおいては厳格、細部においては温和」などの一八章における彼の概論的性格づけをよく具体化している。本章は長くなったが、それぞれのレベルのテクストにおいて、複雑な主題のなかに詩の精神が浸透していることを指摘できたとしたら幸いである。

第五章 『エセルバータの手』

(*The Hand of Ethelberta*, 1876)

概説

ハーディの公刊第五長編である。表題の「手」には、結婚の承諾という意味のほかに、苦境を乗り越える手段、チェスにおけるような「手」、すなわち戦略・手練手管など、多数の意味が含まれている。さて『狂乱の群れをはなれて』の大成功を見て、レズリー・スティーヴンは一八七四年の暮に自分の編集する総合雑誌「コーンヒル・マガジン」に新たな連載小説をハーディに求めてきた。ハーディはこれに応じ、連載は七五年六月から始まった。一八七六年一月には、彼はこの小説を書き上げ、同年五月号で連載は完了。アメリカでもニューヨーク・タイムズの日曜版に、七五年六月から七六年四月まで連載された。七六年四月にはスミス・エルダー社から二巻本としての単行本出版もなされた。アメリカでも単行本として、同年五月にヘンリー・ホウルト社から出版された。一八九五年には章建てを五〇章から四八章に変更し、自分の妹と同じ名前で、性格も妹に似ていたメアリをフェイスと改名するなどの書き換えを行った。

出版が三五年早すぎた小説

そしてこのとき「前書き」を附して、「召使いたちがご主人さまたちと同等に、あるいはそれ以上に重要なドラマ、大邸宅の客間が、多くの場合召使いたちの視線から描写されるという微妙な仕事を示そうとした(xxiii)」ことが要因となって、批評界の受けがあまり良くなかったことに触れ、だが今では、こうした書き方をした作家が許されるような時勢の到来が見られているのではないかと記している。さらに一九一二年には「後書き」を附し、上記のような推測が、時代の推移とともに事実によって証明されたと書いている。一八七六年には奇矯としかされなかった下層民重視の書き方が、この一九一二年では演劇や小説のなかで当たり前になったことを指摘して、この小説は「世に出るのが三五年も早すぎた」と、誇らしげに述べている。

小説伝統のパロディ化

出版当時は、好評・酷評入り交じっていた。前作『狂乱の群れをはなれて』があまりにも好評だったので、読書界は同様の田園小説を期待していた。ハーディは意図的に、正反対の性格を持った作品を書いた。また前作がジョージ・エリオットの作と推定されたことにも反撥し、独自のものを創作した。だが上記前作で実現できなかった「芸術的均衡」を、ハーディがこの作品で実現しようとしたとは誰も思わないまま、今日に至った。確かに一九世紀イギリス小説の伝統からすれば、良き小説の型からは逸脱している。結婚が幸せな結末となる伝統に従ったかに見えて、エセルバータの結婚はこの伝統を幾重にも諷刺する。社会階層の上位者と婚姻関係を結ぶ結末自体をこの伝統のパロディとして、ハーディは新しい「芸術」を目指した可能性が高い。また貴族から下層民まで、社会階層全てにわたる経済生活の実態を活写し、〈田園の平安〉や〈大邸宅の高貴〉などの既成概念を蹴散らしてゆく。

［粗筋］　若く美しい未亡人エセルバータ（Ethelberta Petherwin）は、豪邸の召使いを父に持つ下層階級の出身。住み込みの家庭教師をしていたとき、準貴族（ナイト）の長男と駆け落ちし結婚したが、夫は新婚旅行中の病気ですぐに死亡。夫の母親（Lady Petherwin. 今は未亡人）とアングルベリ町のホテルに宿泊中、散歩に出、鷲が飛行中の野鴨を追う情景に遭遇し、この襲撃の帰趨を見届けようと遠くの池まで追いかけた。鴨は池の水のなかに逃れ、息継ぎに首を出す場所選びが巧みだったので、鷲はあきらめて去った。しかし彼女は道に迷い、募る夕闇のなかをやってきた若い男に尋ねなければならなかった。顔こそ見えないが声音から、この男が彼女の結婚前に相思相愛の仲だったクリストファー・ジュリアン（Christopher Julian）と判ったので、ホテルに帰ると彼女は、姑の目を盗むようにして、女中メンラヴ（Menlove）に、昨夜同じホテルに宿泊したらしいジュリアンの現住所を調べさせた。

ジュリアンは父が死んで経済的に零落した中産階級の一員。音楽教師だった。この小旅行から帰ってまもなく、差出人も著者も不明の一冊の詩集を受け取った。上流社会をコミカルに諷刺した詩が続いたあと、巻末に「取り消された誓言（Cancelled Words）」と題された愁いに満ちた作品があり、先の夕暮の偶然の再会をにおわせる内容だったので、ジュリアンはその作者はエセルバータだろうと思った。

発送元の郵便局で尋ねてみると、小包の送り主は毎日四時と五時のあいだに同じ道を通る娘と判った。人通りのない田舎道でこの女性を見つけるのは容易だったが、エセルバータとは対照的に素朴そうな娘だ。二度目に出会ったとき、ジュリアンは彼女に声をかけ、詩集の著者がこの娘ではないと知ったが、娘は著者の名を明かさなかった。彼はまた、この道を通る最後の日に、家庭教師先でもらった花束をこの娘にプレゼントした。もうこの道では会えなくなることは言わなかった。この頃までに彼女が見習い教員であることを彼は知った。道路に人の影が映る大雨の日、狩の途中で雨宿りしていた二人の貴紳階級の男が、小屋の小窓から外を眺めていると、若い女が道路の分岐点まで来て、急に今きた道を引き返し、また分岐点までやって来てさらにまた引き返すのが見えた。女が何度もこれを繰り返すので、覗いていた二人は、この女は男に出逢いたい一心から大雨の中で挙動不審をしでかしているのだろうと想像した。実際、あの娘がジュリアンの花束のせいで恋を意識し、再会を待ち望んでいた姿だった。

その夜ジュリアンは大地主の館での小舞踏会に音楽師として雇われた。尋ねてみると彼を指名したのはエセルバータと知れた。長年ののちに帰って来た彗星を眺める思いで、薄暗い片隅から、ハープの陰に隠れて伴奏する妹のフェイス（Faith）とともに、彼はきらきらと踊るエセルバータを眺めた。ダンスは明け方まで続き、長時間の演奏に兄妹の指も腕も痛んだ。室内には乾いた靄のような埃が立ちこめていたが、ブラインドを上げると外にはさわやかな朝日。この朝ジュリアンは、館の召使いからエセルバータが未亡人だと聞かされた。

同じ朝、エセルバータが妹（ジュリアンに恋をしているあの娘ピコティ Picotee Chickerel）に、妹が誰に恋しているかは知らないまま、恋の心得を説いていたとき、この姉は自分がジュリアンに恋心を抱いていることを漏らしてしまった。ピコティはこれを聞いて衝撃を受ける。姉は「恋をするかしないか、意志で決めることのできるきわめて短い時間というものがあるの。でも私自身は、いつも恋をしない空白から逃れたい、いや恋する苦しみから逃れたい、つまり愚かにも心が燃えたり、愚かにも心が冷めたりの繰り返しの女よ」と妹に告げた。

このころ、エセルバータの父が召使いとして働く豪邸ドンカスル邸では、有産階級の画家のレディウエル（Ladywell）、金持ちのネイ（Neigh）など、上流の社交界に出入りする男たちのあいだで例の詩集と、その著者は誰かということが話題となっていた。これを小耳に挟んだ父チッカレル（Chickerel）は急いでエセルバータに手紙を書く――わしがおまえの立場なら、名前を明かさないでおくだろう。人は秘密を知ってしまうと関心を失うものだからだ。また現状を保つには人は前進するしかない。だが出過ぎると今おまえの愛する旧階級からは忘れられ、新たに入り込む階級には冷笑される。また義母と同居の条件に、我ら家族の扶養義務など要求してはいけない…。

ジュリアンは例の詩集を努力して読み、詩の一つに作曲した。妹フェイスにピアノで弾いてみせると、いつもは控えめな妹が絶賛した。フェイスは何につけても客観的な判断のできる女だ。彼は夕刻、エセルバータが義母と滞在していると言われる館を見に行った。闇のなかで待つうちに、蛍が光り始めるように上階の窓が光った。新たな恋は輝かしいし永年の恋は偉大だ、しかし蘇った恋は高度に優しい。このとき彼は、闇のなかでもう一人の、優雅な物腰の男が、同じように窓を見上げ、紛れもないエセルバータの詩の一節を口ずさんでいるのに気づいた。彼は帰宅後、新聞記事から詩集がエセルバータの作であることを確かめると、作曲した調べを彼女に郵送した。やがて彼女は豪邸での社交の場で、自分の最も好きな調べとしてこの歌を歌って紹介し、喝采を博した。その夜彼女はジュリアンに自分は生まれが下層であることをにおわせる手紙を書きかけてこれを破棄し、二度目の手紙で彼の作曲家としての才能を誉め、しかし彼とは二度と会わない、それは男女には家族間以外には友愛はあり得ないからだと書いた。

他方義母のペサウィン夫人は、自分の息子の記憶をエセルバータがあの詩集によって汚したとして、詩集の出版差し止めを求めた。これを拒否すると義母は彼女への財産移譲を記した遺書を炉にくべ、直ちに後悔した。エセルバータも義母に従うつもりになって自室から降りてきたのだが、和解したときには遺書は燃えてしまっていた。

ジュリアンは、エセルバータからの手紙によって、音楽の上でも恋の点でも希望を抱くようになり、妹を説き伏せてロンドンに出てきた。教会のオルガン奏者の職を見つけたからだ。恋人が絶賛し、聴衆をも魅了したという自分の作曲を出版する許諾を得るという口実でエセルバータを訪問しようとしたが、彼女の住居には貸家の札がかかっていた。数ヶ月後、何かの情報を得ようともう一度彼女の元の住所を訪ねると、彼女と義母は大陸に旅立ち、その間に義母は死去して、エセルバータは再び元の田園地帯に引越したことが判った。

ジュリアンは彼女の引越し先アロウソン・ロッジ（彼は田園の大邸宅だと思った）を訪ねて行った。尋ね当てた庶民風の家のドアを開けると、あの見習い教員ピコティが出てきた。彼女がエセルバータの妹であることも判った。彼女の指示に従って森の空き地へ行ってみると、そこでエセルバータが兄や妹たちを相手に講談師のような演技をして見せている。彼女は彼に、義母とは和解し、死に際の義母は、法で定められた義母の弟への遺産を削ってエセルバータに二万ポンドを遺産として与えたい旨の書き物を残してくれたが、法的にはこれは無効で、彼女には借用期限が終了間近のロンドンのあの邸宅と家具だけが残された。そこで生活手段として、物語を創作してそれを観客の前で語るという、作家兼講談師の職を準備しているのだという（美女として社交界に名高い女にのみ可能な職業。人気絶頂の女優が同じことを始めたら今の日本でも人気を呼ぼう＝森松）。ジュリアンは初めてエセルバータが貧しい下層の出身であること、また画家レィディウエルが自作のスケッチ帳を彼女に贈ったことを知った。彼は彼女の二人の兄、大工のソル（Sol）とペンキ屋ダン（Dan）の見送りを受けた。

エセルバータは病弱の母、きょうだい八人を連れてロンドンへ移り住み、邸宅の一部を独仏からの短期下宿人に貸し、姉たちに料理人など自分の召使い役をやらせて、自分は貴婦人として振舞うという案を実行に移すことにした。ピコティは教師としての職があるので田舎に留まる。ジュリアンに近づきたいピコティはため息をついた。ロンドンでエセルバータは女講談師として舞台を踏む。上演は新聞にも報道され、容貌をフルに生かしているとして評判は上々だった。

ジュリアンはエセルバータを訪問。彼女の上演を褒めていると、画家レィディウエルが来た。彼女は彼の絵のモデルになっていたのだ。

一方、ピコティから姉宛の手紙が来てロンドンへ出たいという。姉は、我慢して教師としての職を大切にするようにと返事をした。だがピコティは姉の忠告を受け容れられず、職を辞して上京してきた。ちょうどジュリアンが姉の許へ来ていた。姉は妹を、丁重な歓迎の言葉に叱責を籠めて迎えた。だがピコティには諷刺は通じない。彼女は姉の上演のときの女中役を演じたいと言う。姉は渋々これを許した。

ジュリアンは数日、訪ねてこなくなった。ピコティが見ていると、最初は平気を装っていた姉が、日増しに悲しげになっていった。

ある晩エセルバータが職業的語りを終えると、レィディウエルが熱を籠めて愛を披瀝しようとした。だが彼女は冷たくあしらった。一方ジュリアンは彼女の上演を聴きに来なかった。女中として付き添っていたピコティとともに帰宅すると、彼は留守中に訪問していたことが判った。彼女は人の噂が怖いから訪問は控えてと彼に手紙を出した。他方レィディウエルは、同じく彼女の話を聴いていたネイに自分の恋心を打ち明けた。密かに彼女を愛していたネイは衝撃を受けた。

ネイはエセルバータと親しく話をする機会を設け、彼女も彼が大きな土地の所有者だと知った。他方ジュリアンは来るなと言われたのに、その夕刻訪問するという手紙を寄越した。彼女はすばやく断りの手紙を出す。だが夕方になると彼女は彼が来ないので不機嫌になった。彼は翌日にやってきた。彼女は頭痛を理由に、ピコティを代役にたてて彼を迎えさせた。夕闇のなかでジュリアンは彼女をエセルバータと間違えて手を取ってキスをした。相手が嗚咽《おえつ》を漏らしたのを聞いて、それがピコティだと彼は気づいた。二人の言葉を立ち聞きしていたエセルバータは、ピコティが彼に恋をしていることを知った。

その夜ピコティは姉に自分の恋を告白した。姉は心の嵐に襲われたが、妹を思う気持も胸に溢れ、こう言った「自分は本当にはジュリアンと結婚したいとは思っていない、今後彼が訪ねてきたら、かならずあなたと二人で会いましょう」――これを姉の本心と思ったピコティは喜んだ。妹が自室に去るとエセルバータは家族にこのことを話したくなり、女中役の姉たちや病床の母親の部屋に行ったが話を切り出すことはできず、逆に母親から、貴婦人と女中を偽るこの生活の実態が世間にばれた場合、きょうだい全てが次の職を得る信用さえ失い、一家の破綻に繫がると指摘され、自分の恋の思いも吹き飛ばされた。

というのもエセルバータ自身がすでにこの危険を予見していたからである。また〈語り〉の演技も、人気に翳りが見えてきた。ロンドンの邸宅の借用期限は二年先に切れる。結婚して一家を救うか？

ジュリアンは地方都市のオルガン助手に決まり、エセルバータとの結婚を望む資格はないと彼女に告げに来た。彼女は彼の率直さに感謝しつつ、会う回数を減らし、深い友情に結ばれた仲でいましょうと答え、ピコティとフェイスが今後頻繁に文通するように取り決めた。

エセルバータは王立美術院の美術展に兄たちを連れて行き、教養を与えようとした。そこには彼女をモデルとしてレィディウエルが描いた絵が展示されており、人気を得ていた。人混みのなかで彼女は、ネイがこのモデルの女性と結婚すると言っているという噂話を耳にした。後日彼女はピコティを伴ってネイの地所を見に出かけた。門構えは立派だったが、土地には骨と皮ばかりの老馬が群れていた。人に聞くと、馬たちは犬の餌にされるという。木には馬の骸骨がいくつも吊されて悪臭を放つ。多数の犬が吠えている。そして地所の半分はマウントクリア子爵（Lord Mountclere）の弟が、犬を飼うのに貸し付けられているという。彼女は決してネイとは結婚すまいと思った。

だがネイは彼女が彼の地所を見に行ったのを察知、気をよくしてやってきて求婚した。彼女は即刻断ったが、ネイはあきらめない。翌日行われた園遊会で、彼はエセルバータが胸につけていた薔薇の落ちた花びらを手に入れ、このことからレィディウエルが、彼を恋敵と知って嫉妬した。また彼女はこの日、父が召使いをしているドンカスル邸への招待を受けた。ドンカスル氏の友人マウントクリア卿（彼女に魅了された老子爵）が、この夜会で彼女に会いたいのだそうだ。

エセルバータは弟妹に教育を受けさせたい強い願いを持っていた。先立つものは経済力。ネイの求婚を再考してみたが、彼女には自分の下層の身分をネイが甘受するとは思えなかった。ドンカスル邸でマウントクリア卿に会うことを父に話すと、父はこの老貴族の従僕が自分の知人だから気をつけよと言う。今ドンカスル邸に職を得ている昔の彼女の女中メンラヴと彼女の弟ジョウイ（Joey）との恋も気がかりだった。だが予定どおり彼女は女中役のピコティを連れて邸へ。メンラヴがピコティにつきまとった。翌朝エセルバータは、マウントクリア卿は面白い人で年齢を忘れさせる、それに求婚してきたと妹に話す。妹は卿との結婚に反対し、レィディウエルを選んで欲しいと言った。

姉妹は大陸ルーアンに住む叔母に書類を取ることを依頼されて、遠い海岸の町ノルシーへ行くことになった。これをネイに話していたとき、マウントクリア卿もこれを聞きつけて、自分はノルシー近辺の考古学会に出席する、あなたも来て下さいと伝えてきた。ノルシー到着後、彼女は安上がりなロバを賃借りして、学会までの遠道をこれに乗って行った。学会の場で彼女は卿から彼の大邸宅エンクワス・コートでの食事に誘われたが、これを断ってピコティの待つ宿へ帰った。妹は、ジュリアンが訪ねてきて学会のほうへ向かったと告げた。そのまま彼は姿を見せず、エセルバータは食欲も失せる思いだった。

ルーアンの叔母を訪ねることになり、エセルバータはピコティを連れて行こうとした。しかし妹はこれに応じない。ジュリアンとフェイスが訪ねてくる約束があるのだという。姉はピコティを理解した。

マウントクリア卿の従僕がメンラヴから情報を得て、エセルバータが下層の出身であることを卿に告げた。メンラヴはジョウイからエセルバータの父が召使い頭にすぎないことも聞き出していた。女好きのマウントクリアには、この事実はむしろ好もしいことであった。卿はヨットを出してルーアンまでエセルバータの後を追うことにした。彼女は旅先で卿をたびたび見かけ、話をする機会も生じた。彼女と女中役の妹は叔母の経営するホテルに宿泊。卿の宿舎は別だった。

母親から旅先へ手紙が来た。メンラヴが全てを知ってしまった、手遅れにならないうちに結婚を考えよ、レィディウエルさんが訪ねてきたので宿泊先を教えた、という内容。ルーアンではマウントクリアの追跡を捲くことにしたが、卿は彼女の行く手を巧みに察して、高い塔の屋上胸壁まで息を切らしてついてきた。霧に覆われた一日だったのに、にわかにあたりは晴れ上がり、展望が開けた。降りるときネイの声が聞こえた。マウントクリアは結婚を申し込み、ネイとの関係に探りを入れたので、エセルバータはこれを否定した。ルーアンで求婚に返答するのは拒否し、ロンドン帰着後返事をすると約束をした。

ホテルへはまずレィディウエルが、しばらくしてネイが相次いで訪れた。二人にもそれぞれ一ヶ月後にロンドンで会う約束をした。ネイとまだ話し合っているうちにマウントクリア卿から手紙が来て、五分後に行くから会ってくれという。ネイを待たせておいて別の上等の部屋のバルコニーで卿と話した。だがネイも、また別室にいたレィディウエルも、開いていた窓から二人の会話を漏れ聞いた。彼女は言っていた「一ヶ月後には、あとの二人には関心が失せてると思いますわ」——これを聞いてこの二人はそれぞれエセルバータに短い置手紙をして宿を後にした。彼女は二人を考慮の対象から外し、田舎の音楽家の妻となるか、六五歳の子爵の令夫人となるか、思案に暮れた。

ロンドンに帰ったエセルバータは両親に向かって、ロンドンの邸宅を借用期限まで母と姉に経営してもらい、自分は教師になる準備をすべく、ピコティとともにノルシーに落ち着き、ピコティにも見習い教師のコースを終了させるという案を持ち出す。詐欺まがいの見せかけで、身分の高い多数の恋人に追い回されるのはもうご免だ、というのである。母は極端から極端へ走る必要はないではないかと、この案に反対。エセルバータは子爵の申し込みを再考し、彼に自分の素性を打ち明けようと思うに至った。とにかくノルシーでピコティと合流したが、ここへマウントクリア卿から手紙が来ていて会いに来るという。貴族の来訪に、優美な住居で迎えなくてはとヴィラに引っ越し、卿を待ったが現れない。ピコティが様子を見に出て、連れ帰ったのはジュリアンだった。彼は来る途中で事故を起こした馬車に出逢い、一人の初老の紳士が怪我をしたのを介抱したという。エセルバータはこれが子爵だったに違いないと思った。子爵からは後で手紙が来て、事故で行けなかったと言い、自分の邸宅エンクワス・コートに彼女を招待したいと書いてきた。彼女は、今度は招待を受けることにした。

エンクワス・コートで彼女は自分の出自をそのまま〈物語〉に仕立てて講談師の役を務めた。卿の求めに応じて二人だけで温室で会った彼女は、卿がすでに全てを知っていたことを知り、求婚を受け容れた。

マウントクリア卿は彼女を試したくなり、ジュリアンが演奏する大聖堂でのコンサートに彼女を招いた。ジュリアンは彼女を見て顔色を変えた。彼女は、自分を疑い嫉妬して試すこの行為に対して、卿が生涯忘れられない恐ろしげな咎めの眼差しを送った。失神しそうになったピコティをジュリアンが介抱する姿を卿に見せつけ、彼女はこの恋愛戦争では自分が勝者だという気持を抱いた。この醜い〈試し〉によって、婚約を破棄する理由ができたとの手紙を卿に送った。結局は卿の詫びを入れ、妹とジュリアンの結婚を実現してくれることを条件に、二日後に結婚することを約束した。卿は金力権力の全てを使ってピコティの結婚を支援すると約束した。妹に出逢うとエセルバータは、子爵との結婚によって、古今の文学全てを納める図書室が自分のものになるのが何より嬉しい、それ以外の幸せを私は求めないと話した。

ジュリアンは彼女の婚礼が差し迫ったことを知り、相手がマウントクリア卿という、以前から悪評を耳にしていた老人であると知って、この結婚を何としても阻止しなければならないと考える。またマウントクリア卿の弟エドガー（Edgar）が大工のソルを訪ね、様々な理由からエセルバータの結婚を阻止すべしと言い、ソルも同意する。エセルバータの父も婚礼のことを知り、これを差し止めようと決意する。

エドガーとソルは、乗った船が荒天のため元の港へ引き返したので大きく時間を失った上、途中で宿泊しなければならず、婚礼当日の早朝、馬車を雇った。ジュリアンと父親も当日の朝、近くの町に到着した（四人が駆けつける場面が、この小説のなかで最もスリリングである）。四人が教会に着いたときには婚礼は終わった後で、ピコティが証人として署名した結婚登記簿を見る羽目になった。マウントクリア令夫人となったエセルバータは、しかしエンクワス・コートで兄のソルに会い、自分たちの階級を裏切った女と言われたので、広大な敷地を散歩して心を静めようとしていたところ、こぢんまりした別棟に夫のこれまでの愛人が〈マウントクリア夫人〉の名で住んでいることを知った。エセルバータは決意をした――この館から逃げ出し、ルーアンの叔母宅に身を寄せて、夫の許へ帰る条件の交渉をする決意を。ピコティにソルを呼びにやらせる。ソルは馬車の用意を頼まれたが、気乗りがせず、列車でこの地を後にした。二人に付き添っていたジュリアンは、ソルに代わってエセルバータの意向実現のために馬車を用意した。しかしマウントクリア卿は妻の策略を見抜き、ジュリアンは間違った門に馬車を待たせる結果となった。エセルバータは夫に捕まったが、夫は交渉するまでもなく愛人を二度と近づけないと確約。

こうして彼女は子爵夫人として館の有能な管理者となり、ピコティは姉から五〇〇ポンドの祝金を貰い、ジュリアンと結婚した。

［作品論］

恋愛小説概念を異化して見せる小説

ヒロインとハーディの類似

この小説のヒロイン・エセルバータが、多くの点でハーディその人に似ていることは、ギッティングズが新ウェセックス版序文（24-5）や、ハーディの伝記（Gittings *Young*：205）のなかで詳説しているし、多くの批評家もまた注目するところである。男を女に取り換えてハーディ自身の経験を文学作品化するという手法は、当然予想されるだけではなく、彼の詩作品をいくつか読めば、これはハーディの得意技だったことが知れる。例えば「彼の心臓」（詩番号391）では、死んだ男の心臓を女が取り出して、そこに稠密な曲線で描かれている彼の精神史を読みとる。女は男の真摯な愛を知り、生前男に優しくしなかったことを後悔する。言わずと知れたことだが、ハーディは前妻エマの没後、彼女の手記を読んだときの悔恨をこのような幻想詩に仕立てたのである。また「見えなかった彼女」（同623）は、肉体を持った男が地上から去ってはじめて、昔見えなかった彼の精神内容が彼女に見えてきたことを歌うのだが、これもまたエマとハーディを逆にした作品である。『エセルバータの手』においても、エセルバータと同様に下層から芸術の能力をもって支配階級の文化に参画したハーディが、エセルバータのきょうだいや父親を自分の身内と同じ境遇の人物として登場させている。すなわち自分の父と同じ建築業関係者（大工のソルと塗装工のダン）、妹と同じ見習い教師（ピコティ）、結婚前の母と同じ名家の使用人（エセルバータの父）を登場させ、エセルバータがこれらの下層の身内に愛情を持ちつつ、それを世間に知られるのを恐れる姿のなかに自分の分身を描いている。また「ハーディもエセルバータも、ともに気質は詩人でありながら、生活のために物語（fiction）に転じなければならない」（Widdowson 1998：49）。さらに小説の末尾でエセルバータは叙事詩を書いていると書かれているが「妹エミリン（Emmeline）に読者になってもらっている」（409）という一句から、ちょうど一八七五年五月に叙事詩劇『諸王の賦』の着想を得たハーディが、妻エマ（Emma）にそれを語り聞かせる様がここに描かれているのではないかという指摘さえある（Widdowson：同）。実際エセルバータが結婚によって叙事詩を書く余裕と自由を得る様は、ハーディが小説家として世に出たおかげで、商業的には売れないはずの叙事詩『諸王の賦』を書くことができた事情と類似している（同：60）。

前四作とは断絶していない

しかしこのハーディの私生活をここに持ち出したのは、伝記的興味からではない。また、最近の文芸理論に依拠した論評——エセルバータが既成社会構造を受け容れてそれを変質させるのは、ハーディが小説家として既成社会に入り込んだのを、鏡のように映しているとして、この小説をメタ小説として見る卓論（Fisher：80）を、単に受け売りするためでもない。階級制度にしろ、人が人を支配するいかなる形態にしろ、慣習ないしは制度というものが人のあるべき姿をゆがめていることについて、ハーディは下層の出である自己の経験から深い関心を抱いていたことを例証したいからである。「『エセルバータの手』は、高度に複雑な種類の自己省察小説である」(Widdowson: 47)と評される理由がここにある。ハーディのこの時期までの四小説を思い出してみれば、意外にも三つまでが両思いの男女が結婚する〈幸せな結末〉を持っている。だがそれぞれのヒロインは、例外なく自分より低い階層の男を選び取っている(『青い瞳』でも、ヒロインが低い階層の男と結ばれていれば幸せだったかもしれないと読者に感じさせる筆致が感じられる)。前にも書いたが、上位の男と縁を結ぶハッピー・エンディングという一九世紀イギリス小説の伝統を異化して、〈身分〉の低い男を選ぶことがハッピーだとしてきたわけである。これら〈身分〉の低い階層の生活を活写することによって、この階層にはこの階層の文化があり、(多少の理想化はあるけれども)勤勉・誠実・純朴がこの文化の中心的美質であることをハーディは描き出してきた。だが今〈理想化〉という言葉を用いたとおり、低位階層の美質の描出には、擬似パストラル的な手法が援用された。パストラルはいわば〈商品テクスト〉として用いられ、〈擬似〉的にそれが用いられた部分の裏側に本音のテクストが隠れていた。『エセルバータの手』では、擬似は擬似でなくなり、パストラルらしさをまったく感じさせない描き方のなかに、実はこれまでの作品の実質、すなわち擬似パストラルのなかに隠れていた本音をそのまま彼は表面化させた。本音を語ろうとしたという意味でこの小説は、それまでの四小説と決して断絶してはいない。だが発表当時の批評動向は、これに気づかなかった。

牧歌から大きく隔たった作風への転換

当時この作品は、ハーディが『狂乱の群れをはなれて』で獲得した当時の評価を裏切るものとされた。彼自身が記しているとおり、表面を見た限りでは、この小説は「彼がそれ以前に書いたいかなる作品ともまったく何の共通性もなかった」(Life: 103)からである。『狂乱の群れ』を書いたあとでハーディが、その先の目標として漏らした「より高い志による、完成された作品の正しい芸術的均衡」(Life: 100; 本書第四章冒頭の引用参照)を、この小説で達成しようとしているとは、本章冒頭にも書いたとおり、当時の批評家は誰一人として考えなかったにちがいない。とりわけ、読書界が期待した〈牧歌的小説〉とは、まったく異なった作品をハーディは、前作と同じ「コーンヒル・マガジン」に寄せたわけである。だからここで私たちはもう一度、パストラルについて考えなくてはならない。第二章で展開したパストラルの本質論はここでも当てはまるから、それも参照していただきたい。本章ではレイモンド・ウィリアムズのパストラル論に依拠しつつ、なにゆえにハーディが前作の擬似パストラリズムからかくも隔たった作風へと転じたのかを示してみたい。ウィリアムズのパストラル論は、発表当時は異論《ディセント》としての地位さえ与えられないような異説であった。だが今日、この論調は近代以降の文学を論じるときに、決して無視することのできないものとなっている。第二章で引用したパタソンのパストラル論は、古典古代以降全ての牧歌の本質を明らかにする点でより新しい。だがウィリアムズの論評は、パストラルを単なる夢想・郷愁文学の次元から脱却させた点で、パタソンの視点を先取りしていた。パタソンのような、通史的論評でないかわりに、『エセルバータの手』に顕著に描かれる近代的な社会階級の組成、そのなかでの階級移動（social mobility）を考えるときには、ウィリアムズの論評は特に貴重である。彼はパストラルを肯定的に論じはしない。彼のこの方面での主著『田園と都市』(Williams 1973)にはパストラル文学の讃美に対する、そしてこの讃美を生み出した文化的土壌に対する、終始一貫した批判が見られる。

パストラル価値構成パターンからの離脱

彼がこの著作の冒頭に列挙する、田園と都市との周辺に文化史上集まった諸観念――「自然的生活様式、すなわち平安《ピース》・無邪気《イノセンス》・単純な美徳等の観念」「後進性・無知・限界等の連想」および「達成された中心地、つまり学問・交通情報《コミュニケーション》の便・啓発等の観念」「騒音・世俗性・野心などの連想」(Williams Paladin 版：9）などは、パストラル文学のなかに展開される諸価値として伝統的に論じられてきたものにほぼ等しい。ウィリアムズはしかし、このように田園と都市の観念を一般化する傾向そのものに批判の目を向ける。これは現実に人類が田園と都市に住居を定める際に示した、驚くべき多様性を無視する単純化だからである。機械文明への嫌悪と田園・自然への讃美からなる価値構成パターンからまず離脱することから、彼は論を起こす。『エセルバータの手』は、前作とは異なって、この価値構成パターンの利用を拒否する作品である。最近の批評家の言葉で言えば「従来型の、ウェセックスのパストラル情景を豊かにする豊穣のメタファーに取って代わって、田園の権力関係、現実の経済的相互関係を現実的に劇化した作品」(Fisher：66)ということになろう――このことを象徴する一場面をここに挙げておこう。エセルバータに恋する成り上がりの地主ネイ（もちろん馬のいななきを連想させる名前）が、田園に所有する領地を、彼女がひそかに見に行く場面である。ネイにロマンティックな連想を与えるかに思われたこの田園は、骨と皮ばかりに痩せた老馬が群れる一種の屠殺場であることが判る。馬は犬の餌にされる。いくつも吊された馬の骸骨が悪臭を放つ。地所の半分はマウントクリア卿（最後にエセルバータが結婚する子爵）の弟に貸し付けられていて、そこで販売用の犬が飼われている。つまり、資産と社会階級構成のための実際的図式、その醜悪な経済的基盤が丸見えになった――ウィリアムズの指摘した、田園を地主階級が利用する多様性の一環がここに露呈しているのである。ネイは大地主ドンカスル（Doncastle）の甥であり、ドンカスルという名は、城（castle）をめぐって先祖が形成した殿（don）たちの不可侵の権力を象徴し、ネイもまた彼らの末裔だという指摘(Fisher：67)が納得される。ハーディは明らかに、例えば『自負と偏見』でエリザベスがダーシィの大邸宅を見に行って、その豪華さに心を打たれる場面のパロディを示している。ギッティングズは『エセルバータの手』全体について「ハーディがパロディを書いているのではないことは確かである。そのような解釈をするには、彼の扱いはあまりに重すぎ、明白すぎる」(Gittings 1975：16)と言っているけれども、ウィドウスンが批判したとおり（Widdowson：67)、これは上記の場面はもとより、作品全体に関しても今日再検討されるべき言葉であろう。

全階級の実態を露出させて見せる作品

『エセルバータの手』は、すでに亡夫の社会的地位を踏襲し、さらにどんな上位の階級にも入り込むことのできる下層階級出身の超絶美女を中心に展開する。言葉を変えれば、彼女の下層の実家から、彼女に恋する子爵の館に至るまで、いかなる階級の実態をも、直接彼女のまわりに描出することのできる巧妙な装置を、このようなヒロインを設けることによってハーディは設置したのである。そしてここで言う〈実態〉とは、各階級の経済事情とそれに絡む彼らの価値観全体を指す。これは従来の多階級を扱う小説手法に多少なりとも入り込まざるを得なかった非現実性を、可能な限り排除しようとする作品なのである。伝統的近代パストラルは、これとは正反対に非現実性そのものを利用して社会階級を扱うジャンルであった。本来は作者が軽蔑している低位階級の人々を、架空の田園に置き、架空の美質を彼らに与えて、作者と読者が所属する宮廷や都会の、かなり観念化された悪を糾弾する——この非現実性がパストラルの価値構成パターンの一環となっている。ウィリアムズはこのパターンが、田園における労働と、この労働の基盤としての田園の財産所有関係を無視することによってのみ可能であったことを指摘する（Williams: 同61）。彼はまた一八世紀の土地所有階級が大陸旅行をしたり、クロード・ローランやニコラ・プーサンの風景画を集めたりすることによって「意識された風景美」の概念をイギリスにも成立させたことを認めはする（同152）。しかしその裏にある経済動向、階級間差別と抑圧の実態のほうに、むしろ眼を向けるのである。上位階級がこうした風景美を「自分の家の窓からの眺望として」（同）手に入れたことにより、村や畑全体を取り払うという犠牲を強要しつつ、農民に「詐取と窃盗」（同151）の罪を犯し、「田園労働者の欠落した田園風景、生産の諸事実抜きの森と水路の風景、ネオ・パストラルの絵画や詩歌と多面的に類似したこれらの風景」（同155、ネオ・パストラルとは一八世紀のイギリス・パストラルを指す）を作り出した様を、ウィリアムズは詳説している。

道路を塞ぐ門の有無

農村の実風景は、この種の風景から欠落し、有産階級は農民を排除して田園の一部を独占している。『エセルバータの手』の風景は、まるでこの、ほぼ一世紀後の論評を意識して書かれたかのようである。それはロマンティックな風景描写ではなく、社会経済的観点を持った地誌的実風景である。例えばジュリアンと妹フェイスが大地主の館での小舞踏会に音楽師として雇われたときの、館の描写はこうだ——何箇所もの門が、道路を塞ぐように横切って設けられている。これらの門からさらに半マイル、私道化された斜面を登って、ようやく彼らの乗った馬車は館に着く（25）。中産階級から零落した兄妹には、このように道路も丘も独占している地主の館を訪れたのははじめての経験だった。逆にジュリアンが、豪壮な大邸宅を想定してエセルバータの家を訪れたときには、彼は自分の元の階級より低い無産者の田舎家を見出す。この際に彼はまず楡《にれ》の木を目印に道を辿れと教えられて、最近のゴシック・リバイバルの流行に倣って建てられた瀟洒な大邸宅を間違えて訪ね、こ

こで教えられて彼女の家を目指すのだが、

間違えたのは、樫の木と楡の木の違いを知らなかったせいにして、ジュリアンはすぐに元の道を辿った。先ほどのパークを再び横切り、私邸用車道のはずれにある門を通り、有料道路に入った。だが他の門は見えてこなかった。どんな姿の田園大邸宅も、視野に入ってこなかった。(67)

これはハーディがしばしば用いる、同種の状況の繰り返し（第三章『青い瞳』の粗筋のなかだけでも、この種の繰り返しの多用が判る）である。明らかに先刻の大地主の館に至った状況と同じ状況を期待しながら、ジュリアンは大邸宅を目指している。だが門は、先ほどの大邸宅（まもなくエセルバータの幼い妹に出会って、これがアロウソーン・ハウスと呼ばれる邸宅と知れる）から続く私邸用車道のはずれにあるだけで、エセルバータの家アロウソーン・ロッジに通じる私設の門はなかった。男女は逆だけれども、ここでもまた『自負と偏見』のダーシィ邸訪問のパロディが意識されている。

〈林間の空地＝平穏〉の方程式の否定

そして訪ね当てた貧しげな家で思いがけなく再会したピコティ（彼女がピコティという名で、エセルバータの妹であることを彼はこのときはじめて知る）に導かれて、森の空き地へ行く。そこではエセルバータが、女講釈師としての実演を、弟妹相手に練習がてら行っていた。緑の木陰、林間の清澄——一見ロマンティックな、牧歌的な田園風景である。だが実態は、下層出身の女が、一家の生計維持のために考え出した女講釈師などという異様な職業を、成功させるため、必死にリハーサルしているのである。〈林間の空地＝田園の平穏〉という二項からなる方程式が壊される——風景にまつわる伝統が脱構築される。緑樹の陰での家族・知己の団欒という、例えばワトーやランクレが描いた静穏の絵姿を、これまたパロディ的に生かしながら異化している。これに続く諸場面(74–9)は、下層のきょうだいたちの生活ぶりを、彼らの心のなかまで立ち入って描くという点でも新しい。小さな妹ジョージナが、お客様が〈お茶〉に加わるのなら、スプーン一杯の茶葉を小さな姉エミリーンは加えるつもりだということを伝えにくる（下層民にとっては一杯の茶葉も無駄にはできない）。茶碗は割れないブリキ製。スプーンが素朴な音をたてて、茶はかき混ぜられる。ケーキは少し焦げているが、誰もが満足している。エセルバータの兄たち、大工のソルとペンキ職人ダンは、帰路を徒歩で辿るジュリアンに同道する。二人は妹エセルバータに戸外で会うときは、身分の低い自分たちが彼女の体面を傷つけないよう知らん顔をすること、ピコティに対しては、知らん顔をすることがこの下の妹を傷つけるとわきまえていることを話すのである。

全階級がこの小説世界の担い手

ここで先に見ていたウィリアムズの論評に戻るなら、彼の『田園と都市』と重複した内容を持つ前著『イギリスの小説：ディケンズからロレンスまで』(Williams 1971) のなかで、彼はこう述べている——田園的コミュニティに場を置いていたイギリスの小説が、一九世紀後半以降、都市のなかに場を見出さなくてはならなくなり、都市を中心に生じた「強力で、全てを変貌させる力を持った都会的・産業的な文化」(同12)は、作者の扱い難いものとなる。作者の属する階級以外の諸階級、とりわけ下層民がこの文化の構成員となるからである。この状況下で、個人の経験を他者や社会と関連づけていくことに、小説は最大の努力を払うことになる(ハーディ自身、『エセルバータの手』一九一二年版序文において、当作では召使階級が彼らの仕える主人たちと同等に大切にされ、諸場面が召使階級の視点から描かれたことを明言している)。ウィリアムズはこの〈階級に関する変化〉に対する作家の対応を検証するために、従前の田園小説における作者と社会の関係をまず見て取ろうとする。例えばジェーン・オースティンでは、作者が全的に知り、全的に読者に伝えうる小説世界は、きわめて選択的にしか成り立っていなかった(Williams 1973. Paladin 版:203)。別の言い方をすれば、この小説世界は、ある階級の人びとからのみ成り立っていた。この作品内部世界の階級性は、一八世紀の自然詩、田園詩、牧歌に眼を向けると一層はっきりする。ところが一九世紀後半以降、「作品内部で、作者が知られたいと欲し、知られるべきだと見なすもの」の範囲が劇的に変化した、というのである――ここでウィリアムズを離れてモームの『要約すると』に眼を向ければ、彼もまた世紀の変わり目に、演劇の登場人物が貴族から富裕層へ、富裕層から庶民へと劇的に変化した様を、いわば目撃談として語っている(Maugham: 5-6)。『エセルバータの手』は、先のハーディ自身の「序文」での言葉どおり、まさしくこの変化を時代に先駆けて捉え、諸階級を平等に小説世界の担い手として描くのである。

アンチ・ヒロイン登場

こうした小説に、ハーディはまた非伝統的なヒロインを登場させた。ジェーン・トマスが指摘しているように、ハーディはすでに一八七四年には「〈小説内の完全無欠な女〉への嫌悪を表明していた。そして彼の諸小説は一貫して、このタイプのヒロインを厳格に脱構築することに関わっていた」(Thomas: 52)。このことは特にエセルバータという女について真実である。もし完全無欠な女が伝統的小説のヒロインという名に相応わしかったのであれば、彼女はいわばアンチ・ヒロインという名に相応わしい。例えば一九章でのエセルバータは、ジュリアンが訪ねてこないので日に日に不安を募らせていたのに、二〇章の終わりで彼が彼女の留守中に、遅ればせながら訪ねてきていたことが判ると、喜ぶどころか「こんなに長い間、図々しくも姿を見せないでおいたなんて！　これを私が罰しないでいられるものですか！」(105)と激怒し「こんな時には、自分の心に移り気を感じるのも悪いだろうけど、態度に誠実さを見せるのはなお一層悪いわよ」(同)と妹ピコティに恋愛教育を施す。フェミニスト批評家が好んで引用する彼女の有名なせりふ「格言を信じちゃダメよ。男が作ったものなんだから」(同)云々は、この直後に彼女の口から発せられるのである(実際、この作品でエセルバータの女らしさの欠如が他の人物によって糾弾されるときには、男の作った格言が用いられる。See Boumelha 1999: 42)。そして、頻繁に彼が訪ねてくるのが人の目に立つから、来ないで下さいと、一気呵成にジュリアンに手紙を書く(もちろん恋の駆け引きとしてそうする)。しかもこの一〇分前には、その夜レィディウエルが愛を告白したのをすげなく蹴散らして帰宅の途についたくせに、ジュリアンに会えない悲しみは、この別の男レィディウエルの愛の〈告白〉によって慰められていたのである――「何の役にも立たない愛の告白であろうと、穴のあいた珍しい陶磁器の紅茶茶碗と同様、コレクションを増やす装飾的価値は、それなりに持っている」(同)というわけである。愛の告白の相似物が使い物にならない割れた陶磁器――伝統的に美しいものとされてきた事物の比喩に使われる類似物が、それ自体の内部に揶揄を含む場合、伝統美もまた異化され、美しさをからかわれる。恋愛はこの小説では、常にその一角を嘲弄される。

二重婚阻止、婚姻締結、ゲーム完了

しかもこれに先立って、彼女がジュリアンの来ないのを気にしているとき、純朴な妹ピコティが「来てほしいのなら、私だったら〈来て!〉って言うわ」と姉をたしなめると

今この段階で、ジュリアンが私に冷ややかにするなんて! 私の段取りではね、ジュリアンに、私が飽き飽きするまで私にへつらわせ求愛させて、こうして彼を引っ張っておいて、それから彼と結婚してへつらいを止めさせるはずだったの。それなのに彼ったら、愛の告白さえちゃんとしもしないうちに、まるで教会で、生涯私を愛し大切にするって誓ってしまったみたいに、私の存在さえ忘れているのだから。これは世の習いを不自然に逆さまにすることよ(102-3)

と口をとんがらせて笑いつつ、小説伝統のなかの世の習いを逆さまにする。これは彼女の本心を完全には映してはいないと作者は注釈をつけてはいるものの(こうして彼女の愛らしさは保っているものの)、この言葉に確実に潜んでいるのは「結婚は恋の墓場」という考え方であり、また恋はゲームであるという感覚である。恋愛と結婚の神聖、結婚による〈麗しのロマンス〉の完結感を、少なくとも口先では否定しているところに、彼女のこのせりふは成り立っている。そしてまた彼女とジュリアンとのそもそもの再会が、暗闇の野面で声だけから昔の恋人と知れたという一見ロマンティックなかたちでなされ、そのジュリアンが純愛の男であることを描きつつ、この両者の恋の発展は読者の期待を裏切る。同じコーンヒル誌に、型どおりヒロインが最終的には純愛の男と結ばれる作品を寄せて喝采を浴びたその直後に、ハーディは型を踏襲しないアンチ・ヒロインを登場させたのである(もしヒロインであるとするなら、彼女は王政復古時喜劇のそれであろう)。本章冒頭の概説部分にも書いたとおり、幸せな結末となるはずの上位者との結婚というこの小説の結末自体が、放蕩貴族のそれまでの臨時妻の追放などを〈ハッピー〉としてからかうなどして、上記の伝統に逆らう。アンチ・ヒロインの登場するところでは、この婚姻契約の締結と実質上の二重婚の阻止は、恋愛小説の終結ではなく、一種のゲームの勝利を意味する。彼女は、この貴族が読みもしなかったと想像される古今全ての文学書が山積みされた蔵書室を独占し(彼女は「こんな蔵書という話し相手があれば、ほかの全ての幸せがなくてもいいわ」

と三九章の終わりで言っている)、土地家屋を上手に管理する有能な令夫人とはなるが、恋愛の勝利者となって読者を喜ばせはしない。

疎外感を避けたいアンチ・ヒロイン

この作品で展開されるエセルバータの行動は、勝敗の帰趨が最重要視されるという意味で一つのゲームではある。しかしこのゲームは「イギリス社会諸制度が抱える性的・階級的権力関係、増大する都市化の影響、諸芸術の状況、社会との駆け引きにおける個人の疎外感(estranged consciousness)など、ほかならぬ〈イギリス社会の現状〉という言葉でまとめることができる一連の問題」を作品内に一括して呈示する役割を果たしているのだとグッドは言う(Goode: 34)。実はエセルバータは、従来型の恋愛小説の結婚成就の心理過程から考えても、紛れもなくアンチ・ヒロインであるが、それと同時に、結婚に際して自己と他者、とりわけ家族との関係を考える女という、恋愛小説のなかでは描かれることが稀な風変わりなヒロインでもあるのだ。階級移動によって支配階級の仲間入りした彼女は、自己の正体を偽ってはじめて、現在の位置に留まることができるのだから、すでに二〇世紀的な〈個人の疎外感〉を常に感じている。この疎外感からは、彼女は家族との精神的連帯を維持することで逃れようとするのである(後述のとおり、確かに彼女の結婚は家族に実利をもたらすけれども、召使の父の収入は一般の庶民の一〇倍であり、一家が極貧に直面しているわけではない。当作はプロレタリア小説にはまったくなりえていない)。彼女の結婚相手選びの条件の一つとして、疎外感の克服もまた大きな問題であり、やがてマウントクリア子爵が、すでに彼女の出自を知り尽くした上で求婚していたと判ると同時に、あれほどあっさり結婚の承諾を口にするのも、この気持と無縁ではない。また、叙事詩を書くこと、図書の利用なども、彼女が〈個人の疎外感〉から免れる要素となっていることにも眼を向ける必要がある。表題の〈手〉には、勉学のときの筆跡、詩を執筆する手の意味も籠められているかもしれない。

愛他主義、そして自己確立

そして恋愛小説の伝統では、また数多くの一九世紀オペラ(例:ロッシーニ『結婚手形』)・バレエ(例:ミンクス『ドン・キホーテ』)では、家族の利益のために画策される結婚に逆らうヒロインこそが読者・聴衆の賛同を得る。言い換えれば、恋愛物語のヒロインは、自己中心主義を貫いて自分の愛する相手を摑まえてはじめて、作品本来の効用が発揮される。これを考えれば、この慣習に反する点でも彼女はアンチ・ヒロインであるし、彼女の兄ソルが「自分の知る妹の結婚相手のなかで、最も貧しい男と妹には結婚してほしい」と考えている点でも作品自体が反伝統的である。そしてエセルバータの周辺には常時、当時のイギリス階級制度と、そこから生じる、七人のきょうだいの行く末の問題が横たわる。家族にとっての、自己の結婚が果たす役割を考え抜く彼女のまわりにこそ、この状況、すなわち〈イギリス社会の現状〉が具体的な姿で浮かび上がってくる。いわば恋敵である妹ピコティには、彼女は常に思いやりのある、教育者的な姉である。またより大きな家族の経済生活との関わりから、彼女はやがて第三六章では、愛他主義の倫理学論文まで読む。だが、そこに至るまでは、彼女も従来型の恋愛小説ヒロインらしい、自然な男性への思慕の片鱗を示す（この傾向も併せ持つからこそ、彼女が伝統的パターンを打ち破るときには、意外性と衝撃力が生じる）。ネイから求婚されたあと（二八章）、彼女はジュリアンへの思慕は抱きつつも、自分の結婚と家族の利益に関して考え込む。引用一行目の〈犠牲〉とは、言うまでもなくジュリアンをあきらめることが主点だが、講談師をはじめとする作家活動、拡大して言えば彼女の主体性を維持する活動の停止も含まれるのである。

わたしの結婚によって家族が得る利益は、わたしが蒙る犠牲に値するだろうか？――この女流詩人・講談師が結婚について思いめぐらしているあいだに、私たちは一つの慰めとなる事実を思い起こさなければならない。すなわち、彼女が考えていることは、単に夫となる男を誘惑して、自分と家族とが生きて行く収入を得ようということではなかったということである。(157)

これに続けてハーディは、エセルバータ自身が現在の講談師としての職を続行させてくれる男性、しかも尊敬できる男性をこそ彼女は求めていたと書いている。なぜなら「商品化できる独創性を、なお彼女はふんだんに持っていたからだ」（同）というわけである。自己疎外を免れる最大の方策として、自己の才能（彼女の場合は文学の才能）が世に認められることを考えている点で、彼女は二一世紀を先取りしている。またエセルバータがネイと結婚しない理由として、彼が目で恋をする男だからというのがある。新婚旅行が終わる頃にはまたその目で別の女を求めるというのである(176)。つまり彼女は、精神内容を大切にする女でもある。

家族たちの将来

これらの問題のうち、彼女の結婚が及ぼす家族への影響をこの段階で彼女はどう考えていたのだろうか？　これについては書き手は明言していない。ここでは、これが実際にどのようなかたちで現れたかを、小説の最終場面を読みつつ見ておきたい。エセルバータの兄たち二人は、もともと建築関係の下働きはしている。二人のうち下層民なりのプライドが強いソルは、妹が子爵と結婚することを快く思わず、またその後も妹の結婚によって利を得ようとはしなかったが、しかし最後には弟ダンとともに大きな建築工事に携わる(320)。ロンドンでは姉のグウェンドリンは貴婦人エセルバータの料理女、次の姉コーネリアはエセルバータの女中として雇われるかたちで生きていたけれども、生涯をどう生きてゆくのか、三六章の段階ではまったく不安定のままであった。エセルバータがマウントクリア子爵と結婚してはじめて、半年後に二人は結婚する(321-2)。テクストは黙っているが、エセルバータの結婚が姉たちにも有利に作用したということが示唆されていると読んで当然だろう。弟妹のうち二人は、永らくエセルバータが願っていたとおりに学校に進学した。一二歳ほど年上の浮気女メンラブに恋していた弟ジョーイ少年は、牧師にしたいと母親が語っている（ただしその根拠は、ジョーイが最近勉強してギリシャ神話に詳しくなったからである）。そしてピコティは多額の祝い金を貰ってジュリアンとの結婚が可能になる。エセルバータは父を子爵家の下僕に雇うつもりだったが、最終場面では父は新築の住居に安楽に暮らしている。母さえ、病が癒えたことになっている。一方、エセルバータによって裨益することのないジュリアン兄妹は、作品の終わりがけまでは貧しい音楽師の仕事でようやく暮らしていたのだが、中産階級らしく年一人一五〇ポンドの遺産が舞い込んでイタリアでしばらく暮らす。だがジュリアンは帰国後ピコティに求婚するとき、この金額をきわめて貧しいと表現する。彼とピコティの結婚を可能にしたのも、エセルバータが自分と子爵との結婚承諾の条件として子爵に求めた五〇〇ポンドの祝い金である。こういう経済的状況は、エセルバータには結婚前から丸見えであったと私たちは理解すべきであろう。これを背景にして、エセルバータは身の振り方を考えるのである。

底辺に沈みたい願望の妥当性

だがこれを考える場面（第三六章）の作者の筆致は、きわめて曖昧《アンビバレント》である。エセルバータは、この章の冒頭では、下層の出自を隠して人びとを騙しながらの生活にうんざりして、学校教師になりたい（教師養成学校に入って教師になることは身分の低下である）と家族に打ち明けている。父母も姉も、元のように詩人や家庭教師、講談師など、より中産階級的な仕事をするように勧める。だがエセルバータはこう言う——

もし学校教師になれば、偉い身分の人たちとの接触から私は完全に解放されますからね、これこそ願ってもないことなの、だって偉い人たちが大嫌いなんだもの。私もほとんどソルみたいに革命的になってきてるの。お父さん、私、もうこんな生活には耐えられない。夜はまるで殺人でもしたみたいな気持で寝てるのよ。夜中にぎくりとして眼を見張ると、人の行列が見えるの。わたしの話を聴きに来てくれた人たち、嘘の見せびらかしで手に入れた大勢の恋人たちなの。（220）

自分ではない自分によって得ているネイやレィディウエルからの関心を、彼女は実体のない空中楼閣と見なすようになった（222）。この夜半、彼女は家族の意見を心中にめぐらせているうちに「考えれば考えるほど、底辺に沈みたいという自分の願望を正当化するのが難しいと思われるようになった。この願望を高貴な直感と見なす気持が、これを気紛れと見る気分へと変化した」（221）。

功利主義による〈幸福〉概念を読むバータ

ここで彼女は思想書を引っ張り出して、身の振り方の指針となるべき功利主義学説並びに愛他主義について読む。「できる限り苦痛から開放され、できる限り享楽の点で豊かな生き方」を唱導する説を読んだあと、彼女は「自分自身の幸せが他者の幸せより優位に置かれるべきか否か」（222-3）を読み取りたいと願う。やがてこの〈幸せ〉を論ずる文章（功利主義を説くJ・S・ミルの文章）は、個人の関心が至上のものではないと説いていた——

行動の正しさの基準を決定する〈幸せ〉とは、その行動を行う人の幸せではなく、関連する全ての人びとの幸せのことである。自己の幸せと他者の幸せの評定に関しては、功利主義はこの行為者に、〈私心なく慈愛に満ちた傍観者〉の判断と同様な厳格な公正さを要求するものである。(同)

この場合、〈他者〉とはどの範囲を指すのかというエセルバータの疑問に、この論文は答を示す。公共的に、全ての他者の幸せを念頭に置いて行動できるのは例外的天才のみで、一般的人間は少数の他者、すなわち自分の愛する家族に配慮すればよいと説かれているのだとエセルバータは読みとる(同)。だがハーディは「健全かつ広義の理論を、気の毒にもしかし無意識に誤用して」(同)彼女がマウントクリアとの結婚へと自己を近づける様を描いている。また自分は、バイロンやシェリーのような〈悪魔派〉的詩人として世に出ながら、擬似功利主義者として終わろうとしていると、ハーディは彼女自身に思わせている(224)。苛酷な環境を前にして、こんな変貌を余儀なくされた詩人なんていただろうか？　詩人としては考えて貰えないほど、現実によって遠くへ押しやられるなんて、詩人の名に値するだろうか？と彼女は自問する。でも、と語り手は言う——エセルバータが辿った道のりには、またその道の傾斜には、必然性と連続性がある——つまり甘美な戯れのロマンティシズムから、詩想の源としての結婚についての思いを経て、家族のための結婚という歪曲されたベンサム流功利主義までの、傾斜勾配は正常だった。だが「この傾斜は、のぼり勾配なのか、下りなのか？」(同)——語り手は曖昧なまま、この章を終えている。

下層の出身隠匿の象徴

語り手は、エセルバータの家族思いを称えないのである。これは恋における自己中心主義を称揚したいからというよりは、彼女の下層の出自が強要する恋における制約を描きたいからだと思われる。なぜならこの場面に少し先立つ考古学会の場面で、彼女の貧者ぶりを印象づける描写が、きわめて印象的になされているからである。すなわちエセルバータは三一章で、僅か三シリングを払ってロバを借りる。言うまでもなく、節約のためである（馬車を雇えば一ポンド、ロバの七倍に近いことがテクスト中に言及されている）。マウントクリア卿の参加する考古学会に彼女も出席するためだが、さすがに学会会場へはロバを乗りつけず、高台にある会場から見えてしまうところにロバを繋いでおく。ロバの原語は‘donkey’だが、assとの連想から、エセルバータの恥部arse（assと綴られることもある）が公衆の前に披瀝されたと、この場面を解釈する向きもある（See Fisher: 73）。フィッシャーは性的含意に注目するのだが、この場合arseが丸見えになった意味は、彼女の下層の出身を晒した意味に解することもできる。会場に集まった連中は、そのロバを怪しみながら見下ろしている。到着したエセルバータは、自分がロバに乗ってきたとはおくびにも出さない。この場面は、エセルバータが自分の下層の出身を隠して社交界の花形となっているのと同じことを、今度はロバで行っているという意味を持つ。ロバは下層の出身隠匿の象徴であり、彼女がこの場面で、階級差を乗り越えられない犠牲者として描かれていることは明らかである。さてこの三六章までに彼女の講談師としての前途に陰りが見え、ネイとレイディウエルが、下層出身の自分に満足してくれないだろうことが彼女には確信されるに至っている。あとは、講談師としての最後の演目として、自己の来歴全てを語ろう、最後には今、子爵邸で架空のことのようにそれを語っていると結んで、フィクションを実話に転換しようという決意をもって彼女は、招かれたマウントクリア子爵邸を訪れる。

貴族と何の本質的相異もない庶民

マウントクリアの私邸エンクワス・コートの描写は、ハーディがこの作品で最も力を注いだ箇所である。貴族階級成立過程の不合理、生々しく醜悪な彼らの生活ぶりが、描写から露出している。もともと上位階級と低位の者とのあいだに、何の本質的相異がないことは、この作品内で幾度も示唆されてきた。またエセルバータは、貴族だろうが富裕階級だろうが、考え方も恋の仕方も、労働階級とさして変わりはないということを認識している女として示されてきた。このことは、ネイに手を握らせたとき、許したつもり以上にネイが情熱籠めて握ってしまい、彼女が憤慨したときの次の描写からも明らかである。

> これは彼女が忘れてしまいそうになっていた一つの真実を思い出させてくれていた。この都会の紳士も、ソルやダン、いや肉体労働者一般と、思考様式だけでなく恋の情熱に関しても、まったくと言っていいほど同じであるという真実である。(157)

このエセルバータがはじめてエンクワス・コートに入ったとき、象のための牢獄を作ってもよいほどの重量を持った石が、幾何学的構成の妙でもって宙に浮くような階段を構成しているのを見て、彼女は「何て素敵！　彼の階段だけが私の手に値する（結婚するだけの値打ちがある）わね！　His staircase alone is worth my hand!」(230)と漏らす。これは〈階段だけをもってしても〉の意味にはならない（この段階ではエセルバータはまだマウントクリア卿との結婚には、重い心で向き合っているにすぎない）。このせりふは、表面上の階段への賞賛が、大邸宅の本質的高貴を何ら称えていないところに大きな意味がある。一九世紀の大邸宅を賞賛するための典型的な階段の描写と、これは著しい対象をなすことが、トロロープのそれを例として指摘されている(Fisher : 17)。

上流の連中の〈外見と内実〉

一方〈作者の声〉もまた、この大邸宅を諷刺してやまない。「威厳と壮麗」に満ちた館が「真の永遠の芸術精神で着想されたものではなかった」(230)として、子爵の父がペンキと漆喰でレンガを覆い隠し、ヴェルサーユ宮殿の階段を模したが、ジョージ三世に見破られて恥をかいた話を持ち出す(同)。この父親は恥じたから本物を志向したのかというと、さらに恥部を隠蔽するように石版を被せて、

> ついには元の表面の一点すら見えなくなった。そしてこの大邸宅は、まったく重量なんかありもしないのに、重量感溢れる石造建築の壮麗さを発揮して輝いた。建築業者とその配下以外に、誰がそのことを覚えていようか？　誰も真実を知らない限り、見せ掛けも本

物同様きれいに見えたのである。（同）

上流の連中の〈外見《アピアランス》と内実《リアリティ》〉が、シェイクスピア劇さながらに、彼らの生活ぶり全ての象徴として階段を用いて対照される。この邸のなかでエセルバータは自己の生い立ちを語り、この夕べの語りにまで話を持ってこようとして、聴衆の困惑を感じ取って気力が萎え、語りを中断する。子爵自身が、残りは明日またというかたちで、彼女に話を続けることを許さず、彼女の出自をすでに知っていることを匂わせつつ、「これ以上語ってはなりませんぞ！　客たちをあまりに偉い連中だと思いすぎていますぞ。あなたと何ら変わらぬ連中ですぞ」（233）と囁く。貴族自身が、愛を語る瞬間に、自分たちの実態を認めたのである。下層出身の女であることをマウントクリアが知っていることに驚きつつ、エセルバータは結婚を承諾する。

喜劇的追跡　このあと、子爵が彼女を疑い嫉妬して試すべくジュリアンの演奏会に招待したとき、彼女は憤激して婚約を破棄するかに見せかけ、卿から、金力権力の全てを使ってピコティの結婚を支援する約束を取りつける。これもエセルバータの巧みな〈手〉である。いよいよ結婚式が迫ると、四人の人物が、彼女の結婚を阻止するために式の行われる現地に向かう。地主階級の一員であるマウントクリアの弟エドガーは、エセルバータに男子誕生の際の、自分の遺産の目減りを防止する目的で、またエドガーに同行を頼まれたソルは、貴族と結婚すること自体に反対する〈革命的〉思いから、父親は六五歳の男との結婚を無思慮とする考えから、またジュリアンは彼女への最後の愛慕とマウントクリアの放蕩の噂への懸念から、全員が様々な困難に出遭いつつ、旅をする。読者をはらはらさせる以上に、これは喜劇的に痛快である。特に、まったく方向性の異なる最終目的のエドガーとソルが、現下の目的に関しては一致協力する様がコミカルなのである。ソルと下層民については、この小説は力を入れて描き出す。ハーディは肉体労働者を表す言葉にわざわざ"hard-handed"（157）を用い、すぐあとには、下層民に関して「パンを求めて、手をもって（with their hands）働く」（同）と表現しているが、この小説の表題を意識してのことであり、この追跡の場面で表題『エセルバータの手』は、〈エセルバータが手をもって働く階級に復帰するか、上位階級的に滑らかな手の女になるか〉の意味さえ帯びてくる。さて彼らの結婚阻止はいずれも失敗し、そのあとはエンクワス・コート内部の造りと、そのなかでの愛人の存在の発覚、エセルバータの脱出計画と失敗と続く。しかし彼女は夫の放蕩を糺して誠実を誓わせるなど、いずれの場面も喜劇的に展開する。

喜劇様態はハーディには不向きか？　さて『エセルバータの手』は、副題に「章建てにした喜劇（A Comedy in Chapters）」を持つ作品である。つまり小説形式のコメディ型戯曲だというのである。「ハーディの悲劇的想像力には、この様態は基本的に敵対するものであった」（Taylor：74）という批評もあるが、ハーディの喜劇的・諷刺的側面は、これまたこの作家の本質である。詩作品には喜劇的諷刺精神が横溢していて、例としてどれを示せばよいか、迷うくらいである。人間は歳をとると本質的性格が露呈すると言われるが、もしそうなら、ハーディの悲劇的想像力が生み出したと言われるいわゆる哲学詩に分類されるはずの、最晩年の作「哲学的ファンタジィ」(詩番号884)を一読してみれば彼の本質は喜劇精神だと言いたくなるだろう。人間が神に向かって、不可知なる神の本質を問う——

栄光あるあなたの企画をなぜ未完成にされたのか、教えてください
つまらない人間にも、威張らずにお示しください。
私の質問は、以上で終了です、旦那様、いやまてマダム!
(あなたの性別を知らない点では、私は原初人アダム(中略)
時にはあなたを、失礼でなければ、中性代名詞でお呼びしたくなる
つまり女神でも男神でもない「それ様」と申し上げたくなる。
(終わり四行:Such I ask you, Sir or Madam,
I know no more than Adam...
It makes me sometimes choose me
Call you "It", if you'll excuse me.... ll. 26-7, 34-5.)

神様のご返事

実際ハーディが『諸王の賦』などで、宇宙の本源を指すに使う代名詞は「それ」なのである。神なり絶対者なり、そんなものの本質が知れてたまるか、という徹底的な不可知論である。そんなもの、居るものか、と言いたげである。そして神の返事がまたコミカルであるし諷刺が効いてもいる——

余が〈性別あるもの〉であるにもせよ、ないにもせよ、
余は余の本質上、何ら気にしないことを承知せよ。(中略)…
ユダヤ人やその他の民がその昔、口にしたように、
余に罵りの一斉射撃をするがよい、気の済むように
余自身の材料のこね方、世の作り方を非難するがよい
挙句は畏怖して震え、余の賛歌を歌うがよい!
また余をこう呼ぶがよい、「人間の夢の投影でしかない」
いずれにせよ、余は何も感じないで居るしかない。
何なら「永続する盲目の力」と余を呼びたまえ、
そして余が依然聴いてはいないと知りたまえ。
(最近、少数者が余をそう呼んだ、
たぶんたいした過ちなく、彼らは論考に取り組んだ)
(Be I, be not I, sexless,
I am in nature vexless...(中略)
終わり六行:Call me "but dream projected",
I shall not be affected;
Call me "blind force persisting",
I shall remain unlisting;
(A few have done it lately,
And, maybe, err not greatly).

この詩は神不在という悲観論の極致と、喜劇・諷刺との合体である。

上流階級の女性への諷刺

そして上流社会諷刺という『エセルバータの手』のテーマを共有している詩群もまた存在する。「社交界の花形」(同732)、「貴婦人ヴィ」(同775)、「商品目録化された海浜行楽地の貴婦人」(同781)などは、上流女性の、皮相的な生活ぶり、自己顕示と不道徳、男を誘惑するための手管を羅列して、その享楽主義を諷刺する。とりわけ「社交界の花形」(732)は、貴婦人というものは、瀕死の病人に付き添ったこともなく、遺体をかき抱いたこともないだけではなく、早朝、駒鳥がパン屑を取りに来る可愛らしさにも、朝焼けの色の美しさにも感動したことのないことを歌って、「生者たちそれぞれの多数の受難のなかで」生じた出来事の、どの一つも「知りも見も聞きも感じも」したことがない様を高度な喜劇タッチで描く。人の一生のなかで、各人各様に数々の受難('calvaries')を経験するのに、貴婦人はそれを感じることさえない生き方に終始するというのである。そして上流の連中の、朝焼けの美しさに無感動というテーマは『エセルバータの手』のなかでたびたび登場する。ここでは印象的場面だけに触れよう。ジュリアンとフェイスが音楽師として徹夜で勤めたパーティが終了すると、上流の客人たちは朝の輝きには無感動に姿を消し、あとにはジュリアン兄妹だけが残される。日の出を見た妹フェイスは「貧弱な照明の下でここに閉じ込められているあいだに、外ではこんな美術展が繰り広げられていたなんて、誰が思ったでしょう」(29)と語る。そのときジュリアンが室内を見ると、蠟燭が死体の指のように見えたのである。詩群とこの小説とが、類縁関係を持っていることは、誰の目にも明らかであろう。

王政復古期や一八世紀喜劇との類似

このように見てくると、ハーディが諷刺喜劇として『エセルバータの手』を書こうとした意図を、文字通りに受け取るべきであろうと思われてくる。この小説は、王政復古期喜劇や一八世紀喜劇に多くの点――上流社会の諷刺、生活上の経済問題の扱い、人物たちの恋の駆引き、人間の欲望の暴露などの点で類似している。一八八〇年という年代は、文学ジャンルの混交(バフティンのいわゆる小説の柔軟性)が目立ち始めた時期として指摘されることがある。ハーディが、同じ頃演劇の要素を小説に持ち込んだこと、ジャンルの変換が、物語の内容とともに形式の必須部分として働いていることも指摘されている(Lothe: 112-3)。そして王政復古劇の流れは登場人物の名前にまで流入している。考古学会のリーダーの名前は〈太古Yore〉氏。淫乱な女中はメンラヴ(Menlove)、伊達男はレィディウエル(Ladywell)などである。ジョージ・コールマンとデイヴィッド・ギャリックの合作になる一八世紀喜劇『秘密結婚』(*The Clandestine Marriage*, 1766)に登場する、観客の同情を集める役回りの男にラヴウエル(Lovewell)という名がつけられている。遺産をめぐる争いの主題もこの小説と一脈相通じる。そのほか、一七、八世紀の喜劇にハーディが通じていることは、表現の細部的類同性からも感取できる。本書著者がこれら喜劇を読んだのが二十数年前なので、今こうした細部の正確な引用ができないのは残念だが、そのときの印象を基に言うことを許していただけるなら、『エセルバータの手』は明らかにそれらを原型にして創造されている。

第六章　『帰郷』（*The Return of the Native*, 1878）

概説

　ハーディの公刊第六作。魔術や幻想性を強調して一六章まで書いた原小説（Ur-novel）を書き直し、一八七八年、イギリスの「ベルグレーヴィア」誌の一月号から一二月号に連載され、同時にアメリカの「ハーパーズ・ニュー・マンスリー・マガジン」にも、同年二月号から連載された。そして同年のうちにイギリスのスミス・エルダー社から、かなりの手直しをして当時の移動図書館（貸本屋）向きの三巻単行本としても発刊された。一八八八年にその第二版。のちに一八九五年の小説全集版でハーディは大幅な改訂を行う（簡略には Garver：42-3 参照）。このとき、ユーステイシァはワイルデーヴと肉体関係のある恋人だったことが示唆された（"yours body and soul"の句を挿入。しかし一九一二年の最後の小改訂で、この箇所は"yours life and soul"となった。Garver：43）。テクストはこうして変動したものの、その間一貫してハーディは、詩人的な美意識と、小説構成上の野心的な試み（古典古代悲劇の三一致の法則を基にした場所の一致、不本意に追加された第六部を除けばちょうど一年と一日に及ぶ時間の一致）を持ち込んだ作品を仕上げた。また前半には多くの古典古代文学への言及、後半にはキリスト教文化と関連した引喩を多用する点でも、作家としてのハーディの意気込みを感じさせる作品である。この作品の時代背景は、一八九五年版前書き(27)でハーディ自身が述べているように、一八四〇―五〇年あたりで、バドマスは当時にぎやかな都会の代名詞であった。ユーステイシァのロマンティックな憧憬の対象となりえたのである。

クリムとユーステイシァの造型

　以下の拙論が示すとおり、クリムの背景として、一九世紀中葉のイギリス詩の動向もまた、大きな流れとなって入りこんでいる。この動向は、人間とその社会が当代においてどのような状況にあるかを扱い、社会がどのような段階を踏んで変化してゆくか、そのなかで個々人の自我がどんな段階を経て変わってゆくかを主人物たちのなかに検証する。クリムは世紀中葉の文化状況のアレゴリー像である。また、ユーステイシァの造型にもハーディは力を入れている。作品の導入部を読んだ「ベルグレーヴィア」誌の編集者に向かっては、彼は、

> 貴殿のご推測のとおり、トマシンは良きヒロインとして登場し、最後には例の紅殻商人と結婚し、幸せに暮らすことになります。ユーステイシァはわがままで誤った生き方をするヒロインで――ヨーブライト夫人の息子ヨーブライトと結婚し、不幸せになり、死んでしまいます。（傍点部は原文斜体、CL I：51）

というふうに、作品が勧善懲悪型の無難なものであることを強調している。こうした偽装を凝らして彼は、雑誌に不向きな女性を真のヒロインとして潜入させた。

［粗筋］　第一部三人の女

一一月の夕方。刻々と黒ずむエグドン荒野は、くっきりと地平線を描き出していた。荒野に白くテントを架ける空はまだ昼なのに、地上はすでに黒い夜。エグドンは夜明けを遅らせ、正午を悲しげにする。やがて天が闇を投げ始めると、荒野も闇を吐いた。獄舎が見せる威厳を持つエグドンは、通常の美景には欠けた荘重感を有していた。海は変化し、野も川も、谷・村・人も姿を変えたが、この荒野は万古不易のままである。人が近年に学び知った美意識にこそ訴える。

頭髪を分けるようにこの荒野を通る一本道を、白髪の退役海軍大佐ヴァイ（Captain Vye）が歩いていた。その前方をゆっくりと進んでいた幌馬車に彼は追いついた。羊の染料紅殻の行商人ディゴリ・ヴェン（Diggory Venn）が、染料で赤く汚れた姿で馬車の横を歩く。幌のなかに女が眠っているので緩歩しているらしい。大佐は好奇心を抱いたが、やがて別れた。ヴェンの目に、雨塚と呼ばれる高台に人びとが集まる様が見えた。今夜は高台で村人が篝火《かがりび》を焚く祭の晩である。

暗黒の季節の到来に刃向かって火を焚き、歌と踊りで楽しむ村人は、技師あがりのデイモン・ワイルデーヴ（Damon Wildeve）とトマシン・ヨーブライト（Thomasin Yeobright）の結婚や、パリで宝石商の重役として成功したクリム・ヨーブライト（Clym, トマシンの従兄）の帰省を噂し、大佐の孫娘ユーステイシァ・ヴァイ（Eustacia）が、この高台へは来ないで、自分だけの篝火を焚いていると語り合った。

ワイルデーヴの経営する料亭に、トマシンの伯母（クリムの母）ヨーブライト夫人（Mrs Yeobright）が姿を見せた。夫人は放蕩なこの男と姪が結ばれるのに反対だったが、結婚した姪を見届けたい。亭前で出逢ったヴェンの幌馬車に、今日ワイルデーヴと挙式したはずのトマシンが乗っていて夫人は驚いた。結婚許可証の不備で、結婚は延期だという。それとは知らぬ村人たちは亭の前に集まって、結婚祝いの歌を歌った。ワイルデーヴは蜂蜜酒を振舞い、一行を退散させた。

伯母はトマシンを連れて帰った。ワイルデーヴはユーステイシァの焚く篝火の見える方向へ出かけて行く。彼女は、トマシンの結婚が不成立と知り、少年ジョニー・ナンサッチ（Johnny Nunsuch）に薪をくべさせ続けて、ワイルデーヴを呼び寄せる篝火を焚いていたのだ。彼女の住処の近くは、ヒース（エリカ属の低木）に覆われた荒地。晩秋には、乾いた鐘形の花の残骸が、風とともに、九〇歳の老人の歌のような音色を発する。彼女は荒野を恐れない。暗闇の中を通って、ジョニーの篝火に達すると、少年には駄賃を渡して帰らせた。彼女の元の恋人ワイルデーヴがまもなく現れた。昨年も同じように篝火を合図に、彼女は彼に会っていたのである。彼がトマシンを選んだことを詰りつつ、しかし結婚不成立を彼の自分への愛の証と感じて、火を焚いたと言う。誇り高い彼女は、火が自分の顔を照らすようにさっとショールを脱ぎ捨て「これ以上の顔、見たことある?」と挑みかかる。彼が、ないと答えると、「トマシンの肩の上にも?」と来る。彼がトマシンは感じがいい娘だと言うと、私が二時間前まで、どんなに憂鬱だったか判る?　と言いつつ、都会地のバドマスでは自分が幸福だったこと、エグドンが憂鬱であることをついでに語った。二キロ以上の道を彼に往復させて満足げだったが、彼にはキスを拒否した。

彼女は、何の準備がなくてもギリシャ神話の女神になれる情熱を備えていた。彼女が女神の役割を掌握しても、世人は世界が変わることなく、絶対者の愛撫と殴打が気まぐれに繰り返されるのを見ただろう。唇は語るより震えるために、震えるよりキスするためにあるように見えた。エグドンは彼女にとって冥土に等しい。両親に死に別れ、祖父に引き取られた。音楽師だった父は彼女に教育を施した。しかし村には教養のない村男しかいない。狂わんばかりに愛されたい――そう思っても愛の対象がいない。ワイルデーヴはいわば仮の恋人だった。

少年ジョニーは荒野に火が燃えるのを見て怖くなり、ユーステイシァの許に戻った。すると彼女が男と話している。諦めて帰る途中、転んでヴェンに助けられ、二人の密会をヴェンに話した。ヴェンはかつて酪農場主だったが、以前にトマシンに求婚して断られ、そのあと世捨て人のように、全身赤くなる今の仕事を始めた。結婚式を挙げないまま、彼の馬車を頼って乗ってきた彼女に、彼は今でも愛情を持っていた。ワイルデーヴがユーステイシァと会っているのを知って、この二人を引き離してトマシンの結婚がうまく行くよう、陰の力になりたいと思った。そこでユーステイシァを訪問し、ワイルデーヴと別れるよう忠告。しかし、彼女は紅殻屋を見下すように拒絶した。ヴェンは次にヨーブライト夫人を訪れ、再度トマシンに求婚した。夫人はこれを利用してワイルデーヴの結婚の意志を固めようと思い、姪には新たな求婚者が現れたと彼に告げた。彼はユーステイシァに会い、この成り行きを話し、一緒にアメリカへ行こうと誘った。彼女は、トマシンに捨てられそうな男に興味はないと思い、彼を拒絶、このあと祖父の大佐から、ヨーブライト夫人の息子クリムの帰省の噂を聞いた。

第二部到着した男

ユーステイシァは農民の会話を立ち聞きし、クリムが知的な男であることを知った。会ってもいない彼に関心を抱いた。彼の母と従妹が彼を出迎えたとき、彼女もあとをつけて彼のエグドン荒野への愛着を漏れ聞いた。その夜彼女は、銀のヘルメットをかぶった騎士と踊る夢を見た。覆面を取った騎士にキスされようとして目覚めた。クリムと会いたいという渇望は募り、丘の上から幾度も眺めたが、会う機会はなかった。

彼はパリへ帰ると思った彼女が焦りを感じていたとき、村の青年チャーリー（Charley）が、クリスマスの仮面劇の稽古場として彼女の家の薪小屋を借りたいと言ってきた。この劇はヨーブライト夫人のパーティで行われるという。彼女はチャーリーに礼金を餌に、トルコの騎士役を自分にやらせてくれと頼んだ。チャーリーは礼金の替わりに一五分間彼女の手を握らせて貰うことを条件に、代役を承知した。

劇上演当日、男装した彼女は見事に役をこなした。クリムは、月光を浴びて庭にいた彼女を追ってきて、女であることを見破り、声を掛けた。彼女のワイルデーヴへの気持は完全に萎えた。翌日彼女は、ヴェンに託して、ワイルデーヴにこれまでのプレゼントを返し、添えた手紙で別れを告げた。ワイルデーヴはトマシンもヴェンと結婚しかねないと思い、急遽ヨーブライト邸を訪ね、数日後トマシンと結婚した。ヴェンの真っ赤な幌馬車は、この日を境に荒野から姿を消した。

第三部魅惑されて

クリムは、その顔が書物の一頁に見えるような思索的な青年。ユーステイシァの荒野への嫌悪を全て愛着に置き換えれば彼の心となる。この愛すべき荒野に住む人びとの教養を高める教師になり、学校を建てるつもりで帰郷した。母は息子がパリに帰らず、こんな夢想的計画に従うことに反対した。この日教会でユーステイシァが、彼女を魔女だと信じるスーザン（Susan）・ナンサッチという女に針で刺され、怪我をしたというニュースが伝わった。息子クリムが彼女に関心を示したので、ヨーブライト夫人は「善良な女なら、エグドンでも魔女扱いはされませんよ」と牽制した。クリムは彼女に同情を示し、母の非論理性を詰った。この〈魔女〉とあの男装の女が同一人物だろうか？　とクリムは訝った。

翌日、井戸に落ちたバケツを引き上げているヴァイ家で、クリムは手伝った。突然上の窓から女の声。ロープをクリムの腰に巻けと言う。声からしてあの男装の騎士に間違いなかった――何と賢い女だろう！　バケツは引き上げられたが、底が抜けていた。あとは明日にしようと男たちは帰った。クリムは外へ出てきた彼女に、いずれ村での教育計画を聴いてもらう約束を取りつけた。彼女はこの時もエグドンへの嫌悪を顕わにし、同胞への愛なんて私には皆無と言ったのだが、彼は自分の計画が美女の協力で栄光あるものにされると夢想した。翌日も彼女に会った。母は評判の悪い女と息子との接近を憂慮した。

クリムは彼女の住処の近くの雨塚で、デートを重ねた。そして雨塚で求婚し、婚約した。母はあの女と結婚することになれば、息子は破滅を招くと感じて、必死にデートを断念させようとしたが、クリムは気持を変えない。ユーステイシァが母親の反対を察知しているので、彼は独立した男性としてなおさら引き下がれなかった。婚約が母に知れると、親子関係はさらに悪化した。八キロ以上離れた、荒野のはての空き家を借りて、彼は一人で移り住んだ。悲嘆に暮れるヨーブライト夫人の前に、トマシンが現れ、夫が生活費もくれないと打ち明けた。クリムとユーステイシァは結婚した。夫人は式に出席しなかった。

ヨーブライト夫人の手許に、百ギニ（一〇五ポンド）の金貨があった。トマシンとクリムに五〇ギニずつ分け与えることにしたが、これをクリスチャン（Christian）という農民に託した。クリスチャンは途中ワイルデーヴに、使い走りの内容を漏らした。ワイルデーヴはこれを聞き、さいころを持って彼に同道。荒野の中で彼はクリスチャンを説きつけ、蛍の光でさいころ賭博。百ギニ全てを勝ち取った。クリスチャンが逃げたあと、物陰から見ていたヴェンが現れ、ワイルデーヴと賭博。今度はヴェンが百ギニ全てを取り戻した。クリムの分が含まれているとは知らないヴェンは、百ギニ全てをトマシンに渡した。

第四部　閉ざされたドア

ヨーブライト夫人は、クリムのほうからはギニを受けとったとの返事がないのを訝り、祖父の許へ帰っていたユーステイシァに尋ねた。彼女は身に覚えのない金について、疑惑を持たれたと感じ、嫁姑の感情的対立は悪化した。彼女は夫のクリムに、この喧嘩を話して彼の心を傷つけた。クリムはまた彼が、パリに連れて行くと約束したはずだと詰り始めた。クリムは目の調子が悪く、勉強さえできなくなった。ユーステイシァはパリ行きが夢と消えたと感じた。このようにして、夫婦関係が日一日と冷え込んで行く。そのなかで、クリムは薪にする針エニシダを刈る職人に転じた。パリの宝石商の栄光は、夫の身から去った。鬱屈するユーステイシァは村祭りに出かけ、偶然、そこでワイルデーヴに出逢った。二人は組になって踊った。帰りも同道。途中で二人は、妻を迎えに来たクリムとヴェンに出くわした。ワイルデーヴは身を隠したつもりだったが、めざといヴェンは全てを見た。ヴェンはトマシンの結婚生活にも危機が訪れていることを察知、ヨーブライト夫人を訪れて警告した。夫人は決心した――クリムを訪ねて仲直りをし、再び芽生えたワイルデーヴとユーステイシァの関係を断とうと…。

　夫人はクリムの家に向かった。八月末日。粘土質の庭にひび割れができ、空気が音もなく脈を打つ酷暑の日。五キロ近く歩いたとき、馬車を頼まなかったことを後悔した。道に迷い、出逢った農夫に尋ねると、針エニシダ刈り職人が遠方に見えるのを指さし、あの人について行けと言う。その職人は日に焼けて、毛虫が葉と見分けがつかないように荒野と同じ色。虫けらと同様に、エグドン荒野に寄生するだけの存在に見えた。だが歩き方が亡夫のそれだ、とヨーブライト未亡人は思った。貧しげな職人が息子クリムであることに気づいたのはその直後だった。何という落ちぶれ方！　やがて彼は家に入った。家のそばの小高いところにある木陰で、夫人は疲れを休めた。そのとき別の男が、家の外周を調べまわったあげく、これも家に入るのが見えた。

　室内ではクリムが労働に疲れて熟睡中。ワイルデーヴが入ってきてユーステイシァと会った。そのとき、誰かがドアをノック。彼女は窓から顔を出し、義母の姿を見ると、手間取りつつワイルデーヴを裏庭から帰した。表のドアにまわったときには、義母は立ち去っていた。

　私と判っていて嫁がドアを閉ざした――こう思った義母は引き返して行ったが、荒野のなかで動けなくなった。少年ジョニーが、遊びつつ彼女についてきていた。彼女はジョニーに向かって「息子に捨てられて絶望した女を見たとお母さんに話してね」と呟いた。

　クリムが目覚め、母の夢を見たと言って外出した。荒野の草むらで誰かが呻いている。駆け寄ると、母が倒れていた。近くの空き家へ背負っていった。母は毒蛇に咬まれたのだった。祖父がユーステイシァを訪ねてきて、ワイルデーヴの手許に死んだ伯父からから一万一千ポンドの遺産が入ったことを彼女に知らせた。夕方、再び姿を見せた彼にお祝いを述べると、彼は、パリへでもどこにでも行こうと言う。二人は、いつもは明かりのついていない野中の空き家に淡い灯が漏れているのを見とがめて立ち寄ってみた。ヨーブライト夫人が亡くなった直後だった。ジョニーが、夫人が口にしていた呟きを皆に伝えた。

第五部発覚

　クリムは、母の葬式を済ませると自責の念から体調を崩して寝込んだ。彼はあの日のワイルデーヴの訪問も、ユーステイシァがドアを開けるのが遅れたことも知らない。トマシンが訪ねてきて、伯母はクリムを許していたと話してくれたが、母の死は自分の所為《せい》だと彼は思い続けた。ワイルデーヴがトマシンを迎えに訪れたとき、ユーステイシァは戸外で彼を捕まえ、あの日彼が室内にいたこと、すぐに義母にドアを開けなかったことはまだ夫に話していないことを打ち明けた。クリムはあの日母が自分を訪問しにきたという噂を耳にしたので、ジョニーにもう一度話を聞いた。ジョニーはヨーブライト夫人がまず木の下にいたこと、紳士が家に入ったこと、夫人がノックしユーステイシァが窓から覗いたこと、ドアが開かないので夫人が立ち去ったことを全て彼に話した。クリムは家に帰って、妻に真相を話すように迫った。彼女は「自尊心のある者なら、そんなことを言われたあとで、誰が相手の心から蜘蛛の巣を取り払ってあげたりするものですか」と反抗し、家に入れた男の名前も明かさない。彼女は実家か、または他の場所へ行くと言って家出した。

　実家へ帰った彼女は、祖父のピストルを用意した。他の場所へ行く手段である。昔、手を握らせてもらった彼女の崇拝者チャーリーが、祖父の留守中世話を焼く。彼はピストルを見つけたので隠した。彼女が問いつめると、僕の大切な方には渡せませんとの返事。心和んだ彼女は、帰宅した祖父に泊めてくれと言う。祖父は何も訊かない。

　夫婦は別居を続け、ヨーブライト夫人の死から三ヶ月が経って、また篝火祭の夜になった。チャーリーがユースティシァを喜ばそうと、雨塚に篝火を焚いた。彼女にはその気がなかったのに、ワイルデーヴは自分への呼び出しだと思った。彼は来たことを知らせる池への石投げをした。彼女が現れ、自分が如何に惨めかを彼に訴えた。彼は力になりたいと言う。彼女はこのエグドン荒野が自分の敵、バドマスかパリへ脱出するのを手伝ってほしいと言う。ワイルデーヴが自分も同行したいと言うので、彼女は決心がつき次第、何日になるかは判らないが夜八時に合図をする、それが見えたら、その夜零時に馬車で迎えに来てくれと頼んだ。この夜クリムはトマシンを訪ねると、彼女は彼に夫婦の仲直りを勧めた。彼は妻宛てに、和解の手紙を認めた。

　翌一一月六日。風雨の強い日。夜八時にユースティシァは火を焚いて合図。手紙を託された男の怠慢で一〇時にクリムの手紙が届く。彼女は寝ていたので、祖父は手紙を暖炉の上に置いた。彼は真夜中に彼女が家を出たのに気づいたが、闇夜と風雨。追跡できなかった。

　ユースティシァは家を出てから所持金のないことに気づく。ワイルデーヴに借りて彼の情婦になるのは、プライドが許さない。惨めさの極致のなかで彼女は思う——彼は私を与えるほどの人物じゃないわ。天がこんな拷問を私に与えるなんて！　天に逆らってもいない私に！

　クリムは、手紙を見た妻が来るものと思って遅くまで待っていた。だがやってきたのは、生まれた娘を抱いたトマシン。夫が大金を持ち出した。不審なので捜してほしいという。大佐も孫娘を捜しに来た。クリムはすぐに家を出た。ワイルデーヴは馬車を用意して待ったが、彼女ではなくクリムがやってきた。そのとき、大きな水音。馬車のランプを用いて二人は、雨で増水した川の激流にもまれるユースティシァの姿を見た。ワイルデーヴが外套も脱がずに飛び込んだ。クリムは考えて下流から徒《かち》渡って深みに泳ぎ入った。後を追っていたヴェンは、水門の板を使って救助に入り、ヴェンと一緒に来ていたトマシンが集めた農民の助力もあって、浮いていたクリム、沈んでいたワイルデーヴが引き上げられた。ユースティシァの捜索は遅れた。ヴェンが水に潜り、濡れた衣服に包まれた彼女を抱いて浮き上がった。意識不明の三人はあの料亭に運ばれ、暖炉のそばに横たえられた。トマシンが気付け薬を用いた。クリムの意識が戻る。だが他の二人は息絶えた。

第六部後日物語　クリムは毎日母の墓を、毎夜妻の墓を詣でた。トマシンも夫を哀惜した。だが一年半後、ヴェンが彼女の心を勝ち得て結婚。クリムは野外の説教師として、至るところで農民に歓迎された。

［作品論］

『帰郷』と二種のロマン派的人物

母子関係に係わる苦衷？

『帰郷』が何を主題としたのかについては、まだ通説がない。伝記と照合してこの作品を説明しようとする試みもなされてきた。主人公クリムの母子関係に係わる苦衷を、当時のハーディ自身のそれだとする指摘がある。出世の道を捨てたクリムをヨーブライト夫人が嘆く姿は、安定した建築の道を捨てて、怪しげな作家の道に踏み込むハーディを嘆く母ジェマイマの姿と、なるほど一面では重なる――「のちにハーディは、気性の激しい、しかし献身的な母性の持ち主ヨーブライト夫人は、実は自分自身の母の洗練された画像であることを認めた」（Garver: **46**）。この指摘はこの作品が書かれていく過程、使われた素材を理解するには役立つけれども、しかしハーディが大上段に筆を振りかぶって書いた作品の全体像を――何が書きたくてこうも力を入れた作品ができたのかを――説明してはくれない。実際作家というものは、自己が身辺に経験したことに意味を与えて、作中に持ち込むのを常套手段とするのであって、素材は、意味を与えられた段階で伝記とは無関係になってしまうのが普通である。むしろ身近な素材が、力を籠めて書かれた他の諸要素と、どのように連動しているかを探るべきであろう。

当時の典型的な小説との差異

力の籠め方の特異性を指摘してくれるものの一つに、一八七九年初頭に「サタデー・レヴュー」紙に載った匿名批評がある。ここでは、この作品の特徴として、農業労働者や貧民より上位の階級に属する人びとが多少登場はするが、「それでもなお彼らは非常に卑しい身分にすぎず、その大部分の行動様式がきわめて奇矯である」点を挙げる。またいかなるイギリス農村でも、財産形態として土地所有が行われているはずなのに「地主の存在はまったく聞こえてこない」ことも指摘されている（Clarke I: **111**）。これは当時の典型的な小説と比べて、驚くべき差異とされ、むしろこの小説を暗に貶めるために書かれたのである。人物たちの住居がそれぞれ孤立していること、主要街道、乗合馬車、近隣の市場町などもまったく言及されず、居酒屋さえぽつねんと建っているとして、この小説が（当時の小説概念からすれば）きわめて異様であることが示唆される（Clarke I: **110**）。ハーディ自身がその変則性に気づいていなかったはずはない。『窮余の策』以来、いや破棄された『貧乏人と貴婦人』以来、『エセルバータの手』までいずれの小説にも、地主や貴族はかならず登場していたからである。読者が、どの社会階層に興味を持つかに関しての一九世紀小説の〈型〉を、彼が熟知していたことに疑いはない。それなのにここでは、上位の登場人物のなかに、社交界に顔を出せる程度の人物さえいない。

外部世界からの実験室的な隔絶

今日ここから見えてくるのは、いかに意図的にハーディが、登場人物に大きな社会的地位を与えなかった（ヨーブライト夫人の夫が副牧師だったというのも、三巻からなる単行本にする段階での挿入）ということと、そうすることによって、いわば中世アレゴリーにおけるように、いかに人物たちにモダニスト的一般化を与えたかということ、またエグドン荒野を、いかに外界と断絶された小説空間として設定しようとしたかということである。一九世紀リアリズム小説の伝統であった読者層（支配階級層）が身辺に経験していることを敷衍して描くことを放擲し、農村の、もともと実在する閉鎖性を実験室的にさらに閉鎖的なものと化し、外部世界はわずかに伝聞としてしか言及せず、しかもそれと一見矛盾するかたちで、この閉鎖空間を当代の〈イギリスの状況〉の象徴として用いるという、並々ならぬハーディの実験意欲が窺われる。〈イギリスの状況〉とは言っても、地主の娘がどんな男性と結婚するかという状況ではなく、今、イギリス人の精神状態がどうあるかという、より重要な問題、ヴィクトリア朝文学では、詩人が受け持って描いてきた問題を、初めて小説の主題に組み込もうとするのである。

初めて「芸術的均衡」を目指した小説

実際『帰郷』は、ハーディの「初の重要な長編小説」(Lawrence: 413) であるという指摘をはじめ、高く評価する論者が多い。重要な長編小説はそれ以前にもあると考える私はこれを、彼が初めて自分の、本章冒頭の「概説」のあとに触れたようなヴィクトリア朝詩人の関心を、妥協なく語ろうとして書いた小説だと言い換えたいと思う。詩心に満ちた『狂乱の群れをはなれて』を書き終えて彼がなお果たしえなかったという「芸術的均衡」(本書95頁)を、彼は一方では階級問題をドラスティックに扱う『エセルバータの手』で追求したと言えようが、この作品ではさらに芸術の根幹と言うべき詩的情念を、当代の精神状況と絡めて人物の造型にまで持ち込み、「芸術的均衡」を実現しようとした。このことは、この作品の冒頭から続く、実景の写生を超えた荘重な自然描写、古典古代や聖書に見られる人間の原形的悲劇に対する数多くの言及、しばしば指摘される悲劇の三一致の法則の遵守、男女の主人公を英雄や女神並みの大型の塑像に仕立てようとする記述など、従来のハーディにはなかった意欲的な技法の、いわば雄大化のなかに見てとることができる。しかし具体的には、どのような「芸術的均衡」を達成しようとしたのか?

二種類の一九世紀中葉的ロマン主義

この小説を書き終えてまもない一八八〇年、ハーディはこう書き記している——

> 人間性自体が存続する限り、人間性のなかにロマン主義が存続するだろう。肝要な問題は（想像を駆使する文学においては)、その時代の精神状態を顕しているタイプのロマン主義を選び出して用いることである。(Life: 147)

このなかには当然、ハーディが経験していた一九世紀後半の精神状態を反映する二つのロマン主義の型が含まれていよう。日常的な生活者が遠方にある幸せを希求する通俗的ロマン主義と、社会改造思想と結びついた理想主義的ロマン主義である。前者は、一九世紀初頭の文芸美学上のロマン主義と無関係ではない。快美感の追求は、世紀を通じて、初めは芸術上の美を求めるものだった。やがてこれは、世紀末的な唯美主義・官能主義・物質万能主義へと発展する。神を失ったあとに現世の幸福を求める精神が、この種のロマン主義によって〈人生の希望〉を維持するのは当然であり、これは歴史上の必然である。後者は、フランス革命前夜に現れて、その後革命の変質とともに弱まっていた社会改良思想が再び芽を吹いたものと言えよう。この際、後者は唯美・官能・物質万能主義の傾向と鋭く対立する場合もある。この傾向を嘆く気持から、人間大衆をよりよい精神状態に導こうとするからだ。私たちには、ラファエロ前派運動の美術のなかにも、また世紀中葉のイギリス一九世紀詩全般のなかにも、唯美主義の前兆と思われる快美主義の誕生と、人間存在の根源を見ていかに生きるかを模索する精神主義とが拮抗している姿が見える。実際、世紀中葉から一八七〇年ころまでのイギリス文芸批評は、〈詩歌〉が人間を見定める思索を凝らすべきか、それとも唯美的傾向を認めるべきかという問題に大きく係わっていた(森松 1999：**24–44**)。『帰郷』のなかでは、これら二つのタイプの、まさしく一九世紀後半の精神状態を顕すものとしてのロマン主義が取り上げられている――主人物ユースティシァ・ヴァイとクリム・ヨーブライトのそれである。この小説では、この二人の考え方や行動が、外部世界との断絶をその特徴とするような特異な空間エグドン荒野において、どのように反応しあうかが描かれる。荒野は、一種の試験管。この時代の二つの夢想的精神状態が、夾雑物の入らない異空間において、その根本的性格を検証される。

ロマン主義の解毒剤たるペシミズム

　今このように書いたけれども(またハーディがロマン派の詩歌を愛していたのは疑いのないことだが)、彼がこの小説のなかでロマン主義を多少なりとも称揚していると言いたいわけでは決してない。逆である。ハーディはこの小説において、まるでアーヴィング・バビット(Babbitt)の『ルソーとロマン主義』(1919)や、T・E・ヒューム(Hulme)の『瞑想録』(1924)などにおけるロマン派批判を四〇年前に予感していたかのように、一九世紀中葉のロマン主義が挫折する姿を描き出したのである。眼を転ずれば、後に詩人として本音のみを歌い出したハーディの初期四詩集(1898–1914)のなかには、ロマン派批判の先取りとしての詩人像がはっきりと見て取れる(森松 2003：**28–47**)。またハーディは、ロマン主義と対をなすいわば反対概念として、自己のペシミズムを次のように語っている。

> ペシミズム(またはペシミズムと呼ばれているもの)は、端的に言えば確実なゲームを闘うことである。敗戦はあり得ない。場合によっては利を得るかもしれない。これは、決して失望しないための、唯一の人生観である。ありうる最悪の状況のなかで、どうしたらよいかを計算したあげくに、もし少しましなことが自己に生じたならば(これはあり得ることだ)、人生を生きるのはいとも簡単だ。(Life：**311**)

神消失の世界を生きるためのペシミズム

上記引用は本書第一〇章で扱う『カースタブリッジの町長』におけるエリザベス・ジェィンの処世態度でもある（次頁に示す同小説からの引用参照）。そしてまたこれは、『帰郷』のヒロイン・ユーステイシァの心的態度の正反対である。ハーディのペシミズムは、オプティミズムの対語と言うよりは、このようにロマン主義や理想主義の対立概念としてこそ相向かっている。またのちに彼の第六詩集序文「我が詩作を擁護する（Apology）」に見るとおり、彼にレッテルとして張られた〈ペシミスト〉という汚名は、そのキリスト教信仰の放棄に関連していた（森松 2003：62–66, 360–62）。ハーディは保守的批評家からの〈ペシミズム〉呼ばわりを逆手にとって、神なき世界を生きる知恵としての自己のペシミズムを積極的に打ち出すのである（神の恩寵、自然の人間への配慮など、〈他力本願〉的希望は無意味だという意味のペシミズムである）。『帰郷』執筆のほんのしばらく前、一八七五年五月にハーディは「コーンヒル」誌編集長で思想史家でもあるレズリー・スティーヴンから突然の手紙を貰い、その要望に応じて夕刻遅く彼を訪問した（Millgate：L&W：108）。スティーヴンがハーディを招いた主目的は、ハーディには最初は遺書のように見えた書類に、スティーヴンが署名するのを目撃する証人になって貰うためだった。実際にはその書類は遺書ではなく、スティーヴンが上級聖職者の地位を放棄する証書だった。ハーディ自身がこう書いている――「そのあとスティーヴン氏と私との会話は、衰退し死滅した諸神学説、種々の事物の起源、物質の構造、時間の非現実性、並びにこれらと同類の話題に傾いた」（Millgate：L&W：109）。すなわちハーディは、スティーヴンの不可知論の最大の理解者として、この夕べ、特別に呼び寄せられたということが判る。『帰郷』以前から、ハーディは思想的に神消失の世界に住み、上記のようなペシミズムを胸に抱いていた。

上掲のペシミズムとは正反対の心的態度

先に述べたとおり『帰郷』のユーステイシァは、上掲ハーディのペシミズム論の正反対を心的態度として有している。そうでありながら、キリスト教的楽天主義を信じているのではない。ヤコブやダビデなどキリスト教的人物を崇拝したためしはなく、反キリスト教的人物や異教のペリシテ人に味方する女（85）である。「誠実それ自体のために誠実を尽くす恋」や「永年にわたって灯火のようにちらちらと続く恋」には、彼女は、当時模範的とされた女とは正反対に、何の魅力も感じない（84）。全編を通じて、スウィンバーンのイゾルデが神を罵るように、彼女はこの世の成り立ちを痛罵する――「私、もう以前から〈自然〉なんて憎んでいます」（182）。そして「おお、私をこんなへたくそな作りの世界に投げ入れるなんて残酷な！」（321）。そしてここには神という言葉こそ現れないけれども、ハーディの数多くの思索詩と相並べて見るならば、成り立ちの悪い世界の創造者への、これは罵倒であることが容易に納得されよう。これとは対照的に、軍楽隊、華やかな軍人の制服、伊達男などが目を楽しませる賑やかな都会バドマスの「ロマンティックな思い出」（83）が、エグドン荒野の暗黒のなかに金文字のように見えている女である。英知としてのペシミズムに対置されるロマン主義こそ、彼女の精神を表す人生態度だった。『帰郷』のなかで語り手は、彼女についてこう述べている――

> したい放題をしてよいという、神のような自尊心を喪失しながら、できることをして満足する質素な熱誠も身につけていない彼女の精神状態は、抽象論でもって論駁しえない偉大な気性を表していた。なぜならそれは、失意を余儀なくされても決して状況に妥協はしない精神を示しているからである。しかし、これは哲学とこそ意気投合するかもしれないとしても、共同社会にとっては危険なものとなりがちである。(85–6)

ロマン主義は、政治思想としては、常に暴動や革命と連想されることを一九世紀のこの時点でハーディは理解していた。この危険性と、ユースティシァの性や恋愛とを、このように結びつけたのである。

良きペシミズムとの対比

これを、先に言及した『カースタブリッジの町長』のエリザベス・ジェインと、またその考え方を示す描写と対比してみよう。

> ……彼女の本性に宿っていた優れた精神活動は、人生に訪れる限られた機会をある程度良いものにする秘訣を、自分の周囲にいた経験範囲の狭い人びとに対して（かつて彼女自身が見つけたとおりに）教え示すことに向けられた。その秘訣とは、彼女の考えでは、小さな幸せを巧みに拡大して感じ取ることだった。はっきりした苦痛にはならないかたちで全ての人に訪れるごく小さな満足を、一種の顕微鏡的な拡大によって大きな幸せとして受け取るのである。この種の満足は、このように感じ取られるならば、ぞんざいにしか楽しまれないより大型の幸福類と同じ元気づけを、充分人にもたらすというわけである。(『カースタブリッジの町長』285–86)

これと比較すれば、ユースティシァのロマン主義がどのようなものかが、いわば定義されるであろう。

ワイルデーヴも彼女の片割れ

そして彼女の恋の片割れと呼ぶべきワイルデーヴもまた、彼女とよく似た男として示されている。

> 困難なものに憧れる、与えられたものには飽き飽きしてしまう――遠方のものを好み、近くのものを嫌う。これが常にワイルデーヴの性質であった。これは感情の人の紛れもない特徴である。（中略）彼は、エグドンのルソーと呼ばれてもおかしくなかった。(206)

まるで二〇世紀初頭にバビットが行ったルソー批判の、前触れのように聞こえる。もちろんルソーも、ロマン派詩人も、これらの作中人物においては考え方が通俗化され、思想と言うよりは、恋や生活における生臭い人生態度として具体化されている。ワイルデーヴが上記のような人生態度なら、ユースティシァのほうも、ワイルデーヴが近くに来ればそれで彼への情熱は冷める――彼がはるばる荒野を越えて会いにきたとき「苦労して私が手に入れた喜びがこれなの?」(80)と不満げに言う。しかしトマシンにワイルデーヴを奪われそうになれば「諦めたりするものですか、決して!」と叫ぶ(105)。またクリムに遠方のパリの話を聞いてうっとりとなっているときに、彼女は「イギリスふうなんて、考えるだけでいやよ」(192)と言っている。エグドン荒野の何らかの要素に、二人は満足することがない。荒野のかなた、遠方にある手の届かないものに彼らは憧れる。

クリムのロマン派的思考

他方またこれとはまったく異なったクリム・ヨーブライトのロマン派的思考が示されている。当時のパリでは、実証主義者コント(1798-1857)の愛他主義が知れ渡っていた(ハーディ自身がこの考え方に大きな影響を受けた)。イギリスでもアーノルド、クラフをはじめ、詩人の関心は、勃興する物質主義と自己中心主義にどのように対応するかに向かい始めていた(アーノルドについては、日本でも『教養と無秩序』におけるこの種の論議がよく知られている。クラフにおけるこの関心は特に長詩『ダイサイカス』において強い。森松 2003 : 100-26)。ラスキン、モリスの社会運動家としての業績も、これら詩人の関心を、より実際的な面において方向づけしようとしたものである。ラファエロ前派運動にも、モリスなどと同様の、労働階級への文化の分与を志した側面がある。そして彼らの運動は、やがて社会主義の母胎となったと言えよう。しかしこれ自身(私たちはこれを、大きな評価を与えるべきものと思ってはいるが)、庶民の知的能力を過大評価し、彼らへの教育が彼らの幸せに直結すると考えた点で、やはりロマン派的思考であったと今日結論せざるを得ない。そしてクリムは、パリから帰ってきた。パリでの自己の職業の、物質主義者への奉仕に絶望したのである。すでに「思想が肉体の病」(141)になった状態で、故郷に辿り着く。この一句は深刻な思想によって、顔(肉体)の表情に、従来の概念による〈美〉が欠如していることを指すとともに、強力な観念にとりつかれて表情が曇っているという意味でもある。クリムは、そのままパリに留まって、ダイヤモンドを扱う商事会社の重役になったならば、そのときこそ自分の人間喪失の時であり、現代のファウストになる(これはクラフのダイサイカスが何より恐れたことである)のだと悟ったらしい。

クリムの「思想という病」の内実

パリという、当時物質文明の最先端と見なされていた大都会で、しかも宝石商として見た人びとの魂の不在と、それゆえの人生の醜さ、自己の人生の無意味さが彼に帰郷を促したのだと語り手は示唆し、彼の「思想という病」の内実についてこう語る――

クリム・ヨーブライトは同胞を愛していた。大部分の人に欠けているものは、〈物質的裕福〉よりもむしろ〈叡智をもたらすたぐいの知識〉であるという確信を抱いていた。階級を犠牲にして個人を高めるよりも、個人を犠牲にして階級を高めたいと願っていた。それだけではなくて、彼は今すぐにでも、犠牲として捧げられるべき先発部隊となる用意があった。(171)

また語り手によれば「クリムは〈悔い改め〉よりも〈高尚化〉を最重要課題として掲げる洗礼者ヨハネであった」(同)とされる。彼は一般庶民、とりわけ、今は教育さえ受けていない貧しい農民が、教養を得て〈高尚化〉されることを願望として抱いていると思っていた、というのである。そして語り手が付け足して言うには

> 精神の上では、彼は田園から見た場合の未来に棲んでいた。すなわち、多くの点で彼は自己の時代を代表する都会の中核的思想家と並んで、時代の先頭に立っていた。このような考えに至ったその大きな要因は、パリにおいて日々勉学に励んだことに求められる。パリで当時人気を博していたいくつかの倫理学大系に、彼は通暁するに至っていた。(同)

歴史の必然としての栄達と贅沢の追求

ハーディはサン・シモンやコントの社会改良思想と愛他主義に、大きな感銘を受け(See Björk 1987)ながら、この作品の語り手としては、すでにこの引用にかすかに感じられるとおり、懐疑を匂わせている。すなわち、時代の先頭に立っているということは、かならずしも正しい認識をしているということにはならないのではないかという懐疑である。ユースティシァやワイルデーヴのなかに、多くの人間の特徴的・代表的欲望を見てとる語り手は、歴史をこう見る――近代においては、都会の物質文明によって人間の欲望が刺激され、田園での生活に満足できなくなる状態が訪れる。その場合、人間は知的生活に憧れるのではなく、物質的満足を追い求め、そのために営利栄達を求めることになるのを、歴史進展の必然であるとして、語り手はこう述べる――

> 牧歌的生活から知的生活に移る場合には、普通少なくとも二つの中間段階が存在する。それ以上の段階が介在することも、しばしばある。これらの段階の一つは、かならずと言っていいほど、世間的出世ということになろう。牧歌的平穏から、急速に知的志望へと移行することは、まず考えられない。両者のあいだには、中間的なすがたとして、社会的栄達の志望が考えられずにはいない。(171)

また語り手は、〈もう一つの段階〉、すなわち贅沢・欲望の満足という段階を超えて初めて、教養という段階への移行が可能であるという意味のことも述べている。

> 美を味わう努力が大切だと説いて、社会で栄華栄達する努力をけなす人は、社会での栄達なんてものは、陳腐な、経験済みのことだとすでに感じているような先進的連中によってしか、理解されない場合が多い。農村社会に向かって贅沢より先に文化の可能性を論じるのは正しい論議ではあるかも知れないが、人類がこれまで永らく親しんできた順序を乱す試みになってしまうのである。(同)

ここで語り手は、順序を踏めば最終的には教養希求段階が来ることを前提として語っているように聞こえる。一般大衆に関してこう想定すること自体、二一世紀に至るまでの人類の経験から見れば、過去の楽天的人間観だと私たちは考えるかも知れないが、しかしそれならなおさら、クリムが一足飛びに教養希求段階を可能と考えているのは、ロマンティックだと言えよう。

クリムやユーステイシァを非難せず

しかしハーディが、クリムやユーステイシァを、悪い意味でロマンティックな、つまり現実に基盤を持たない人物として非難しているのではない点は、特に意識しておかねばならない。イギリスの現状の認識の一環として、これらの人物をそうした精神的傾向の代表として登場させているにすぎない。そして彼らの考え方や行動に、当然の理由があることを認めているのである。クリムについては、一九世紀中葉のイギリス知識階級の典型として扱う意図が明確に読みとれる。彼の「堪え忍ぶべきものとしての人生という見解」(167)は、異端者のそれとしてではなく、〈現代〉を代表する見解として示されている。彼が「放縦と虚飾の特別のシンボル」(168)である宝石商となったことも、運命のいたずらとされている。「母の家に夜学校を開きたい」(170)という彼の計画も、宝石商という自己の職を「最も意味のない、最も軽薄な、最も女々しい」仕事と判断するに至って「自分の一番よく知っている人びとのために、自分の最善を尽くす」ために帰郷した決心も、物質主義が強力に世を簒奪《さんだつ》しそうな時代の傾向に逆らおうとする、世紀中央の精神文化の流れを汲むものとして示されている。語り手はこのような考えを抱く彼について「クリム・ヨーブライトの精神は、均衡のとれた精神だっただろうか?」と問いかけて、そうではなかったと否定している。だが同時に、それは預言者、聖者、王者の精神であることも示唆している。語り手はそれを非難はせず、ただ現実の農村におけるその危険性を事実として、客観的に、呈示する。そのために、彼の反常識性と対置される母親ヨーブライト夫人に、どこの母親でも言うにちがいない言葉「あれだけ一生懸命に苦労して世に出るきっかけを作ってあげて、裕福になるのにただまっすぐに進む以外何もしなくていい身になったくせに、貧乏人のための学校教師になるというのね」(173)を語らせるに留めるのである。

神的放縦を諦めつつ、なお我欲に固執

またユーステイシァについては、様々なオリンポスの女神に譬えていることからも知れるように、造型に最大の努力を傾けて書き上げたヒロインである。ヴィクトリア朝の抑圧的風土のなかで、自己の欲求充足願望を率直・直截的に表現できる女がいるとすればどのような女となるのか、また多くの人間は実際には何を求めているのかという、一種の〈真実〉をハーディは書こうとしている。世紀中葉の世は、都会生活への希求と官能主義に向かう傾向を示していた。ユーステイシァは、この歴史上の傾向を担う一個の女であるとともに、一個のエブリマンでさえある。エグドン荒野という、人の行動を甚だしく制限する環境は、次節に詳しく見るとおり、一九世紀社会の象徴であるとともに、人間世界全体の象徴でもある。世界全体において、人の自由が大きく制限されているというのは、この作品に横

溢する感覚である。この環境のなかでユーステイシァは、先にも引用したとおり、「したい放題をしてよいという、神のような自尊心を喪失しながら、できることをして満足する質素な熱誠も身につけていない精神状態」(85-6)でいる。しかし放縦を可能と考える不合理は捨て去ったものの、なお神のように、自己の欲求が満たされて当然という感覚は維持しているのである。

無規定の、素材としての女への還元

ところでこの作品には、地主階級や貴族は登場しない。中産階級も数少ない。『エセルバータの手』までの五長編であれだけ問題にされた階級間の差別と偏見の問題は、ヨーブライト夫人がユーステイシァの家柄を多少けなす言葉（これとて、後者は下層人間には分類されないから特に階級差別のテーマにはならない）を口にするのを除けば、主題から取り除かれている。ユーステイシァを、階級問題から切り離して、いわば素っ裸の人間あるいは女として登場させるところにハーディの意図があったと思われる。すなわち彼女は、無規定の人間、素材としての女に還元されている――「社会的倫理に関するかぎり、ユーステイシァは未開人の状態に近かった」(105)。無節操な女として非難しているのではない。実験的、モダニスト的な生身の状態への裸身化なのである。無規定人間への還元の例としては、王の衣装を脱ぎ捨てたリア、そのそばの、乞食のトムとしてのエドガー、近年では『異邦人』のムルソーなどを想起すればよい。言い換えれば、彼女は試験管内で実験される検体のように、それもまだその性質が判っていない新発見の〈女〉という検体のように、〈制約の象徴〉エグドン荒野のなかでどのような反応を示すか精査分析され、いかなる考え方が析出してくるか、語り手によって検証される。

女の〈過去〉を受け容れよ

ユーステイシァが「素材としての女に還元されている」と感じられるのは、『青い瞳』であれほどナイトが問題にし、エルフリードがあれほどひた隠しにしようとした過去の恋愛経験は、彼女の場合、男女を問わず人間には当然生じることとして考えられているからである。過去の恋愛経験の問題は、この作品以降の『塔上のふたり』でも、妊娠をひた隠しにして新たな男と結婚するヴィヴィエットの周辺で問題となるほかに、周知のとおり『ダーバーヴィル家のテス』の重要主題となることを考え合わせれば、この『帰郷』の主題の、他作品とは断絶した独自性が見えてこよう。過去に恋愛経験のあることを恥じないユーステイシァは、新たな恋人クリムとの月食を合図の初々しいデートの際に、恋というものは永続きしないものであることを、自分の〈経験〉から割り出して語る――

私たち、こんなふうに愛し続けることはないって、私には判るの。愛の継続を保証するものなんて、何一つないんですから（中略）。私、この点に関しちゃ、あなたより年上よ。だって以前に別の男を愛していたのに、今はあなたを愛しているんですもの。(191)

『青い瞳』のテーマが、ここでは倒立して、恋愛の第一段階から、女の〈過去〉を受け容れよと女の側から迫っているのである。

時代に制約されない〈連続的単婚〉

このようなユーステイシァの女としての一種の純粋さ、脱慣習的現実認識は、フェミニスト批評家が絶賛するところである。ローズマリー・モーガンは、この場面のユーステイシァについて、興味深い見解を披露している――

> 彼女は根本からして〈非専一恋愛（一人の異性だけが対象ではない恋愛＝森松。“non-exclusive love”）〉を受け容れ、〈連続的単婚（“serial monogamy”）〉を受け容れているのだから、クリムが賛同し、彼女にも従わせたい慣習的世界に入る心がけを、彼女はほとんど持ち合わせていないことになる。（R. Morgan 1988 : 61）

〈連続的単婚〉とは、愛の冷めないあいだは一人の相手に貞節を尽くし、冷めれば別の相手を得て、同様に貞節を尽くすたぐいの、一連のシリーズとなる複数の恋愛ないしは結婚を指す。二〇世紀末、または二一世紀の風土において初めて理解される概念である（ついでながら、同じ立場から最近では、配偶者のある人間が配偶者以外の相手と性交渉を持つのを、不倫とは言わず、婚外歓楽“extra-marital fun”と言う）。彼女はワイルデーヴに、彼のトマシンへの愛情を詰る場面においてではあるが、こう言っている――

> あなたにちょくちょく少し捨てて貰いたいって思うわ。相手が誠実そのものの恋愛ほど、情けないものはないものね。（中略）そんな恋愛を考えるだけで、私の気鬱の病が始まっちゃう。従順無気力な愛なんてイヤよ、だったら帰ってちょうだい。（96）

これまた従来の愛の高貴を、根本から認めず、瞬間的な情火の燃え上がりのみを恋愛の意味として認める感じ方、文学史上の常識では、〈世紀末〉的と言われる感じ方である。自分の時代の慣習に制約されなければ、女は本来このような性行動を取りうるという、新しい描き方と言えよう。トマシンの〈従順無気力〉ぶりへのあてこすりでもある。実際トマシンは、ユーステイシァの正反対として意図的に造型されている。ヴィクトリア朝に好まれたタイプの女であるトマシンが、全編を通じてなんと魅力なく描かれていることか！　しかし多くの場合、ユーステイシァが、自己の衝動のままに行動することを希求すること自体を、ロマン派の希求と同じく、実世界が許さない。ワイルデーヴも小型のユーステイシァとして、恋についても近似したロマン主義を持っている。

人・自然・時代の立体座標であるエグドン

こうしてクリムとユーステイシァ、ワイルデーヴのそれぞれのロマン主義の、具体的な姿を示しつつ、同時にそれらを〈時代〉の特徴として位置づけるために、ハーディはエグドン荒野を用いる。ここでエグドンの設定のかたちを見定めたい。エグドン荒野は、人間・自然界・時代の進展という、絡み合わせるのが難しい三つの要素を、何の無理もなく主題として統一する装置として用いられている。すなわちハーディにあっては、常に人間は〈自然〉

の一部と感じられており、彼の描く〈自然〉は、常に特定の時間と空間に係わるものとして表現される（Holloway：252）。この作品についてこれを言い換えれば、この〈自然〉、すなわちエグドン荒野は、一九世紀後半の社会状況・文化状況の全てを集約的に指し示す一種の座標として用いられている。これは具体的には、やがて人物たちが登場して、彼らがこの荒野とどのように係わっているか、どのように荒野に反応するかが示されて初めて理解されよう。エグドンには、人物を外界・都会の発展から閉ざしてしまう作用がある。また中産階級以上の住民数が極端に少なく、中産に位置する家柄に生まれついた女（トマシンとユーステイシァ）には、この荒野から脱出しない限り、恋愛や結婚の機会が甚だしく限定される（学生諸君は、この時代の中流階級の女が、下層階級の男と結婚することが、世の常識としてできなかったことを認識されたい）。一方、すでに都会と物質世界の荒廃を経験した人物（クリム）から見れば、エグドンは自己が帰還すべき穢れなき原点と感じられよう。まず私たちは、作者がこの荒野の描写に紙幅の全てを捧げた第一編第一章を、克明に読んでゆく必要がある。その上でまた、この荒野の描写に行き着くハーディ執筆当時までの自然観・人間観について、あらましをまとめた上で、各人物をエグドンとの関係によって、時代の進展とそれぞれどう係わらせてあるかを見る必要がある。まず、作品はクリム・ヨーブライトの登場に備えて、〈自然〉観と世界観が、新たな人間認識と連動して、単純な〈自然〉謳歌のロマン主義を抜け出てどのように変化したかを、規模の大きな自然描写でもって示してゆく。以下の引用のなかに「華美な眺望は華麗な時代とこそ調和していたのである。だが悲しいかな、時代が華麗ではない場合にはどうか！」という部分がある。〈華麗“fair”〉という表現を受け付けない時代の悪弊がいったい何であるかは、具体的には言及されない。しかしそれは、やがてクリムがどうしても斥けずにはいられなかった物質主義・自己中心主義の跋扈であろう。

近時の人間に訴える新たな美としての荒野

まず冒頭の描写から眺めてゆきたい。地球の自転につれて、エグドンが暗闇のなかへ入ってゆくとき、はじめてエグドンの美しさが展開され始める。ここで「地球の自転」というのは、『狂乱の群れをはなれて』の第二章に見える「東へ向かう世界の回転（roll）」を思い浮かべれば、「エグドンが夜ごとに暗闇へ転がり込む（roll）」（31）からも「世界の回転」が連想されるからである。この荒野にはあでやかな色彩は皆無。一般に美と呼ばれるものは、いっさいここには見えない。それでいてエグドンは美しいとされる。ハーディは、この荒野をクリム、ユーステイシァなど、一九世紀の人物たちが置かれている状況の象徴として設定しつつ、他の作品の象徴的自然描写においてもそうであったように、リアリズムの次元でも荒野の描写となるよう技巧を凝らす。さらにこの荒野に絡めて、美についての新しい価値観が主張される――

たそがれの薄明はエグドン荒野の風景とむすぼれて、峻厳とは感じさせない壮大感、けばけばしさのない壮麗感をうちひろげた。人への戒めに充ちた形象であり、簡素でありながら雄大な姿である。

獄舎の正面を見ると、人はその威厳に打たれるものだ。二倍の大きさの宮殿の正面を見る場合より、その威厳には遙かに重みがあることが多い。それとよく似た風貌が、世に受け容れられているたぐいの美しさで有名な観光地にはまったくない崇高な美を、この荒野に与えていた。華美な眺望は華麗な時代とこそ調和していたのである。だが悲しいかな、時代が華麗ではない場合にはどうか！　近時の人間は、暗すぎる色合いの景色を鬱陶しいと感じる以上に、自己の理性には受け容れがたい、にこやかな笑みに溢れすぎた光景を嘲笑と感じて苦しむことのほうが多かったのである。荒れすさんだエグドンは、美麗、華麗などと称されるたぐいの美に反応する感性よりも、もっと精妙で稀有な本能、もっと近年に人が身につけた情緒能力にこそ訴えるのであった。(32)

一九世紀半ばの知性に訴える美を有する、荒野の描写である。だが同時に荒野は、ロマン派の時代を過去のものとしてしまった世界の現状の象徴にもなっている。ロマン派文学が称揚した華麗な自然界ではなく、峻厳な現実の問題を孕んだ人間環境を象徴する。クリムの世界観・価値観の反映でもある。

〈必然の女神〉が指さす方向

「近年に人が身につけた情緒能力」――これは〈自然〉の美を、人間の幸福と連動し対をなすものと考えていた一九世紀半ばの考え方のあとにやってきた美意識のことである。それまでは、ワーズワスの自然美学が一世を風靡していた。スティーヴン・ジル（Gill）が単行本一冊にわたって詳細にあとづけているとおり、自然詩人ワーズワスは一九世紀半ばにイギリス全土で崇拝の対象になっていた。これを踏み越える新しい自然観は、テニスン、アーノルドなど詩人の業績のなかに次々に現れていた（森松 2003：14-126）。知者の先端を自覚していた当時の詩人たちは、全方位から新たな認識を迫られていたのである。「事物のこの厳しい必然性（stern Necessity）が／我われの存在の全ての側から鳴り響く」――これはアーサー・ヒュウ・クラフが『ダイサイカス』のなかで、旧来の自然観からのやむを得ない離脱を歌ったときの詩句である。ここでの「厳しい必然性」は、物理的必然とも自然科学の法則とも言えるものを指す。クラフに先立って、バイロンやアーノルドもこの意味の〈必然の力〉を歌っていたから、この一句の意味はすでに確立されていた（Phelan：221 n.）。

ひとたび必然の女神が方向を指さすなら
賢い者たちは　ただ従うことのみを考え
女神がしつらえたとおりに人生を受け取り
そして何が起ころうとも、必然の定めを受け容れる。(2.5.91-4)

と歌い継がれるこの『ダイサイカス』のなかでは、〈自然界〉の側からの〈美しさ〉を媒介としての人間への働きかけの代わりに、〈自然界〉は自らのなかに冷酷に貫流している〈必然の定め〉を通じて、人間の願望とは無関係な指令を発してくることが嘆かれる。クリム・ヨーブライトは、この種の新たな自然観をかちえた人物として登場する。

過去の、文学上のロマン主義とは、彼は訣別している。彼のロマン主義は、遅れて世に現れた、愛他主義・社会改良主義というかたちのそれなのである。

アーノルド：神秘と宗教の完全放棄

科学の進歩とともに、〈自然〉の美が神によって人に与えられた恵みであるとか、神との関連はさておき〈自然〉の自律的機能として人の幸福を促す美というものを〈自然〉が具えているとかいう、一八世紀理神論的、あるいはロマン派・ワーズワス的審美観は否定される運命にあった。アーノルドは「自然と調和して」（In Harmony with Nature—To a Preacher）のなかで、自然への信頼の放棄を述べたあと「知るがよい、自然が終わる処から人は始めなければならないことを」と歌う。彼の場合、〈自然の永遠性〉とは、実際には、〈自然〉が人間から断絶して存在することを意味する。知識人クリムは、この時代感覚をアーノルドと共有するからこそエグドンを美と感じるのである。またアーノルドの「諦観」（Resignation）では、神秘や宗教性を完全に放棄した自然観が示される。人生に挫折しかかった姉に呼びかけて、

君とぼくが踏んでいる　この押し黙った芝土も
僕たちのまわりに拡がる　厳粛な丘も
絶え間なく落ち続ける　この奔流も
奇妙なかたちに書きなぐられた岩、寂しげな空も、
もしぼくが彼らの命に成り代わって語ってよいとすれば
　彼らは喜んでいるよりは　むしろ耐えているように見える（**265 ff.**）

自然の景物の美しさから生きる力を得るという、ロマン派的な考え方がここでは大きく変質している。じっと耐えている索漠たる自然物の姿を見て、傷心の姉君よ、君もまた苦しみに耐えよ、というのである。世紀半ばを分水嶺にして、英詩の世界では、このような自然美学の変質が主張されるようになった。これは、世紀中葉の五〇年代頃を描くものとされる『帰郷』とその主人公の審美観に、多くの点で共通する意識である。近年の批評においても、この作品とアーノルドやラスキンを結びつける見解が有力である（Goode：**39**）。

ハーディと新しい審美的価値

すなわち『帰郷』における審美観は、こう見るのである——人類がまだ若かった頃には嫌悪されていた暗く索漠とした風景に人は調和感を抱き、正統的と思われてきた美意識はその独占的支配権を失おうとしている。そして「自然の景物のなかで、荒野、海原や山岳の飾りのない崇高さだけが、ものを考える部類の人びとの気持に完全に訴えてくるような時代が、まだ到来していないとしても、近づいているように思われる」（**32**）と語り手は言葉を継ぐ。ハーディは、この作品が書かれた年の前後に、新しい審美的価値について、深く感じるところがあったらしい。同年の四月に彼は、ボルディーニ（Boldini）の「朝の散策」という絵に感銘を受ける。汚い街路の汚い壁のそばを、若い女が歩いているのを描きながら、なおこの絵は、一つの美を創造しているからである（Life：**120**）。同時にホッベマ（Hobbema）の手法、

枝払いされた型にはまった木々と平板で単調な景色のなかの道路を描く手法にも感心する。これらを例に引きつつハーディは、こう述べている——

> （この手法は）風景のなかに人影が存在したり、風景に何か人の痕跡が見えることによって、この上なく無味乾燥な戸外の事物に感情を吹き込む手法である。これはたとえば——『帰郷』の冒頭に書いたとおり——観光名所ハイデルベルクやバーデン対大砂丘シェーヴェニンゲンについての私の感想と一致する。すなわち連想による美は外形による美に勝り、愛する縁者が使っていた古ぼけたビール・ジョッキは精緻を極めたギリシャの花瓶に勝るのである。逆説的に言うならば、これは醜悪のなかにこそ美を見て取ることである。(Life: 120-1)

擬似ロマンス消失後の人生の〈詩〉

またこれより前の一八七七年には、人生の「偽りのロマンス」が全て取り去られたあとにも、なお美しい絵模様となるに充分な〈詩〉が人生には存在するのだとして、次のようにハーディは述べている。

> だからそれなら、もし〈自然〉の欠陥を直視してそのまま書き取らねばならないのだとしたら、詩歌や小説著作の〈芸術技巧〉(art)はどこから生じることになるのであろうか？　詩歌や小説が芸術技巧を示さなければならないのは確かである（そうでなければそれらは単なる報告書に堕してしまうからである）。この技巧は、これら〈自然〉の欠陥をこそ、これまで感知されていなかった美の基盤として用いることに存すると私には思われる——すなわち欠陥の表面上には「これまでにはまったく存在しなかった光」でありながら、精神の眼によって欠陥内部に潜んでいるのが見て取られる光によって、それら欠陥を輝き出させるのである。(Life: 114)

世界の成り立ち、〈自然〉の状況への賛美の終焉

この引用とよく似たことが、本作品第三部冒頭でクリムの容貌の美しさが描かれる際に述べられている。ギリシャ時代には、幼い人類の眼に映ずる〈自然〉の美しさは、そのまま実体の美と考えられ、これによって〈自然崇拝〉が行われ、〈自然〉の外形の美のみが讃えられた。しかし今日、

> 〈世界の一般的状況〉(general situation)を讃えるあの古風なお祭り騒ぎは、私たちが〈自然〉の諸法則の諸欠陥を明るみに出し、これら諸法則によって人が陥っている苦しみを認識するにつれて、次第に不可能になってくる。(167)

〈世界の一般的状況〉とは、ここでは世界の成り立ち、〈自然〉のありよう全てを指している。古代には、多少にかかわらず自然界に人間的なものを読み込み、自然界の諸力を神として祀った。これに対して、

近代科学は人間の願望と背馳する〈自然〉の諸法則を認識したのである（ダーウィニズムも、一時楽観論を刺激したとはいえ、結局は人間の願望とは無関係な真実を示したことが判明した）。クリムはロマン主義的夢想家ではあるが、彼の背景には、以上のような世紀中葉のイギリス知識階級の一般的精神風土がある。

クリムの矛盾点

こうして彼は上記のような新時代の世界観・自然観を会得した人物として描かれることになる。「耐え忍ぶべきものとしての人生」(同)という考えを持ち、右の引用に見えた自然法則の実態とそれによる人間の苦しみを知り(同)、その認識を顔面に刻み込んだ男として彼は第三部の冒頭に登場している。この新しい世界観に立脚して、未だ無知な農民を教え導かなければならないというのが彼の使命感である。『帰郷』とほぼ同時代に、ラスキンは庶民に芸術の指導を実践している。しかしクリムについての大きな問題は、ラスキンを超小型にし、その方法論と指導内容を欠いた夢想的教育熱が彼のロマン主義を構成していることである。彼の教育熱には自然科学的視野が欠落していることが指摘されている(Mattisson : 247)が、その上、文科系の考え方を説くにしても、上記の世界観・自然観を基礎にして、いかに農民の幸せに直結する教育内容を編み出すのかは、明らかにされない。のちに言及するエグドンへの愛着と、上記の自然観との矛盾についても、彼は何も考えていない。ハーディの描出は、あくまで彼の夢想的な、非現実的な教育熱を読者に納得させることにのみ向けられている。

環境と運命に受動的に順応する農民群

さて先にも触れたとおり、エグドン荒野への反応や順応の仕方によって、登場人物と時代との関係が鮮明に示されることになる。クリム以外の人びとについて見てみよう。第一には、時の経過によって変化することのないように見える人びとがいる。第一部の長大な第三章およびそれ以降に登場するキャントル父子、ティモシィ・フェアウェイ、ハンフリー、チャーリー、サム、オリー・ダウデン、ナンサッチ母子などである。これらの人びととの特徴は、自然の草木のように、与えられた環境や運命に受動的に順応してしまうことである。第三部第一章でこうした農民の一人は、クリムのパリでの生活を豪華なものだろうと言い、俺たちは風や雨のなかで暮らしているのにと羨む。それなのに彼らはエグドンでの生活に反抗しようともしない。彼らは都会の発達しなかった過去に住んでいる。彼らにとってのエグドン荒野は、彼らがこの荒野の一九世紀を象徴する側面に反応しないから、太古からの荒野そのものにほかならない。都会での生活は、彼らの演じるクリスマスの仮面劇「聖ゲオルギュウス」の登場人物と同様に、非現実的なものである。彼らには幽霊や魔女のほうが現実的なのである。スーザン・ナンサッチは、古来受け継がれてきた魔女信仰について疑ってみることがなかった。幽霊を恐れるクリスチャン・キャントルは、妻を娶ることもできない男性だが、自らの惨めな性格を与えられたままに受け取り、格別不幸そうな様子もなく、自分の現在の生活に、運命としては割りふられていない悪霊による不幸が入りこまないことだけを願っている。生まれ出た世界に見出したものをそのまま受け容れ、受動的に、成りゆきのままに生きる。アーノルドの「諦観」に歌われた「絶え間なく落ち続ける滝」や「奇妙なかたちに書きなぐられた岩」がまったく受動的に自己の存在規定を受け容れ、耐えているのと同じである。意識の点で、自然物と大差ない存在である。

キリスト教色希薄なクリスマス仮面劇

彼らがクリスマスの仮面劇（身振り狂言 mummery）を演じるとき、このことは象徴的に現れてくる。一時的リヴァイヴァルものを演じるときには、興奮と熱情が伴うものだが、村人たちがこの伝統を演じるときには、鈍重なおざなりの仕方で「彼らの意志とは無関係に、内的強制力の命じるまま、割り当てられた科白をしゃべり、役割を演じるかに見え」(128)たのである。ここに「内的」とは、行動主体として自己の精神を活性化してではなく、物体が落下するための質量を内に持つのと同じ意味である。そしてクリスマスというのに、この仮面劇の、キリスト教を回教から護るという最低限度の宗教性さえ無視されて、衣装のきらびやかさ合戦だけが目立つ。そもそも村人たちは、教会に通っていないものが多い(44)。ハンフリーはここ三年間、キャントル老人はこの一年間、礼拝に行っていないし、ヨーブライト夫人が姪トマシンの結婚予告への異議申し立てを行ったのをフェアウェイが目撃したのは、まったく偶然にその日彼が教会に参列していたからであった(同)。結婚式と葬儀以外の場合に教会に出かけるのは「エグドンでは例外的」だと別の箇所でもわざわざ言及されている(99)。つまりこの身振り狂言は、キリスト教信仰とは無関係に、古来の伝統の機械的受容として行われている。篝火やその火を消したあとのダンス同様、異教的な古代がなお一九世紀に息づいているという感を与える。

前一九世紀的な人びと

いささかこれに似た存在がトマシンである。その行動の基礎となっているものも（彼女が中産階級の一員であるにかかわらず）、これらの村人の感じ方と変わらない。彼女が自ら言っているように都会生活には不向きであり、田園的で、自己の知性の細分化を経ていない女である(355)。慣習には従順に従う点で、ユーステイシァがどんな女であるかを引き立てて示す役割を与えられている。彼女はエグドン荒野を、ありのままのただの荒れ野として受け取っている——

> 彼女にとっては、ユーステイシァの場合とは違って、エグドンの空中に悪魔たちは存在せず、茂みや枝のなか全てに悪意が隠れていたりしなかった。顔をむち打つ雨滴もサソリの群れではなく、散文的な雨にすぎなかった。エグドン全体も怪物ではさらさらなく、人格を有しない開けた野面《のづら》でしかなかった。(329)

幽霊を見ない点は、知的と言えよう。だがワイルデーヴとの結婚式を挙行することができなくても、帰途の道行きが苦しければ、そのワイルデーヴとの結婚のために愛を退けた相手ディゴリ・ヴェンの馬車に、平気で乗せて貰うことができる。外部から与えられたものに、知的詮索を経ないまま、順応することができる女である。彼女はまた荒野について「生まれたとき近くにあったものですから、好きよ。荒野の険しい表情、すてきだわ」(316)と語ってワイルデーヴを驚かす。この点、庶民と同じである。こうして村人やトマシンは、原始時代からずっと存在してきた庶民や、僅かに知的な階層を代表している。彼らは前一九世紀的であり、クリムの教育には不適である。

荒野の緩慢に歩調を合わせる男

ディゴリ・ヴェンはどうだろうか？　彼は、すでに廃れた生活様式と現今の生活様式とを繋ぐ鎖の一環であると書かれている。この言葉によれば、彼は一般の農民よりも過去を生きる人であるように思われる。しかし彼は中産階級の再下端の一員（小規模農場主）であったのに、トマシンに失恋して、紅殻売りという当時でも過去の遺物と考えられた職に就いた。この行動は、自然物のように外界の事情のままに動いてゆく人びとに較べて、遙かに主体的な行動である。彼は上に見た農民とは違って、いわば一九世紀を生きている。第一部第二章で彼は、自分が馬車に乗せてきたトマシンの寝息を聞いて安心したのち、次には何をしたものかと考えるふうに、瞑想的な眼差しを野面にはせる。この沈着さについては作者の声が響く――

瞑想的に少しずつことを運ぶことこそ、実際、たそがれ時のエグドンの窪地でなされるべき人の義務と思われた。なぜなら、逡巡し揺れ漂って、意を決しかねるような風情が、エグドンの野面自体のなかにもあったからである。(37)

この情景には休息という属性がある。ディゴリはこの属性を受け容れ、エグドン荒野に反逆することなく、これに同化してゆく。これに続く叙述によれば、ディゴリは環境に順応するのであって、決して沈滞するわけではない。エグドン荒野の持つ緩慢さに歩調を合わせ、内部に活力を秘めながら、一見生命を失ったような休息の姿を見せるだけなのである。

「愛他的」なディゴリ

トマシンも環境に順応するが、受動的にそうするにすぎない。これとは対照的に、ディゴリ・ヴェンの環境順応は、自己選択的に外部世界の苛酷な要求をいっとき受け容れて逼塞のかたちをとる。『窮余の策』のシセリア・グレイ、『狂乱の群れをはなれて』のゲイブリエル・オウク、『カースタブリッジの町長』のエリザベス・ジェィンにもこの姿勢が見える。また自分が愛する他者のために、自分は身を引いて忍耐と雌伏の生活を選択する点では、上記のオウクをはじめ、『ラッパ隊長』のジョン・ラブディ、『森林地の人びと』のジャイルズ・ウィンターボーンにも彼と共通した性質が見える。これらの人物は全て、下層階級の（または落ちぶれた、元は中産階級の）人物である。支配階級の自己中心性を、多少なりとも批判する役割を帯びているのである。そうしてエリザベス・ジェィンが、マイクル・ヘンチャードとは正反対の性向と考え方を示すように、ディゴリはユーステイシァとは対照的な処世態度を示す。また「愛他的」という点でも、彼はユーステイシァの対蹠点にいる。フェミニズム批評が鋭く彼を非難したように、道徳を振りかざして、当時の中流階級読者層に媚を売る役目を担わされていることは事実であろう。しかしこうした〈商品としてのテクスト〉の中心的役割を演じると同時に、彼の描写の裏側には、その〈対立テクスト〉さえ見える。これを今少し詳しく見たい。

ディゴリの両面価値的呈示

言い換えればディゴリを愛他的・倫理的と表現すると、今日では当然のこととして批判されよう。彼は一九世紀の古くさい男性中心社会の似非《えせ》倫理でもって、自己実現を図る女としてのユースティシァを常に見張り、その言行を検閲する男または番犬にすぎないとの、きわめて厳しい長文の反論がなされたこともある（R. Morgan 1988 : 66–72）。確かにこの作品では、ディゴリについて両面価値的呈示が行われている。フェミニズムの立場から、ユースティシァにのみ肩入れして読むなら、彼はスパイにすぎない。そしてこの場合彼は、男性中心社会の旧弊な価値基準と、恋愛・結婚についてのヴィクトリア朝的な不寛容の象徴であることは確かだ。ハーディは、彼を当時の読者の共感を得る人物に仕立てるために、当時には認められたこうした性質や考え方を与えていると考えられる。この考えによれば、彼のこうした属性は、この小説の結末における彼とトマシンの結婚と同様、読者への迎合と感じられよう。しかしユースティシァという人物を、女性および一九世紀人の典型と見立てて、女と一般人に関する真実を語るための造型と考えるならば、それと対置され、上記の真実を見届け浮き彫りにする〈装置〉、様々な人物の本質を覗き見るエトランジェ的〈装置〉としてディゴリがこのように作られていると見ることができる。ハーディはこの小説で「道徳主義的な典型的ヴィクトリア朝小説には相容れないものだった悲劇的で神不在の宇宙を、計算ずくで創造しようとして、当時の趣味趣向、男女・階級間の作法、慣習などを嘲る用意があった」（Garver : 36）と見るのが正しいであろう。ディゴリの存在にもかかわらず、ユースティシァは語り手に非難されてはいないからである。つまりディゴリをめぐってもハーディは、〈商品としてのテクスト〉と〈本音のテクスト〉の二重構造を用いていると言えよう。

ヨーブライト夫人

こうして二種類の村人が登場したのち、作品の中心人物で多少なりとも中産階級的な四人が出てくる（ただしすでに言及したトマシンと、ユースティシァの祖父ヴァイ大佐も中産階級に属する）。トマシンの叔母ヨーブライト夫人と息子クリム、やがてその妻となるユースティシァ、その臨時的恋人デイモン・ワイルデーヴである。この四人は、下層に属する村人たちと、エグドン荒野への係わり方が本質的に異なっている。ヨーブライト夫人は農場主（下位中産階級）の未亡人ではあるけれども、もともとは副牧師（一般には貧しい場合が多いが中産階級）の娘。酷暑の日中、荒野を歩いて横切るという点では、彼女に土着性が見られるけれども、彼女とエグドンとの関係は息子をこの荒野から脱出させて、彼のパリでの世俗的成功に余生の望みの全てを賭けている点に見られる。当然エグドンを、世間的成功の望めない辺鄙な場所と見ている。彼女はかつては大きな夢を持っていたが、小さな農場しか持たない（下位中産階級の）男に嫁ぎ、さらに未亡人となって、娘時代の栄光への夢は潰えた。息子のエグドン荒野脱出は、彼女にとっては自己の果たされなかった夢を代理的に達成することだった。その上、姪のトマシンと息子クリムの結婚を願った。だがワイルデーヴの出現によって、これは覆る。最初はこの縁組みに反対だった夫人も、トマシンが〈傷もの〉にならないようにするために、この結婚を逆に推し進める。このとき彼女が示した〈反撥→妥協→順応〉のパターンは、彼女のエグドンへの対応の一環である。クリムが帰省し、パリでの栄華を放棄して土着の教師となる計画を耳にしたとき、彼女は当然その非現実性に衝撃を受ける。息子と違って、彼女はエグドンの農民を過大評価してはいないからである。だが息子との心の繋がりを失いたくない一心から、この計画を認める。すると評判の悪いユーステイシァとの結婚問題が起こり、彼女は猛反対。しかし再び新しい事情に彼女は妥協し、息子に理解を示し、母子の愛情だけは保とうとする。知性もあり、自我に目覚めながら、常に環境との調和を図らざるを得なくなる彼女は、母親としても、荒野に実質上閉じこめられた女としても、一般の母や女を代表する典型例として示される。この女が荒野の日照りと毒蛇によって死ぬ。自分では荒野脱出の夢は叶わず、息子や姪による、夢の代理的実現も得られない。多くの人間は、自己に制約を課する何らかの〈荒野〉によって、自己実現を阻まれる。これはまた、一九世紀の類型的な中流階級の女の運命を代表している。

「エグドンは私の牢獄」

さてユーステイシァはどうか。農民たちの目から見れば、彼女とクリムは似合いの夫婦である。書物の好きなユーステイシァと、書物の好きなクリムなら、仲良くやってゆくだろうと彼らは考える。クリムの読む書物が理想の社会を夢みる哲学書、宗教書、倫理学書であり、ユーステイシァのそれは、感情をかきたてるロマンティックな夢にふけらせる物語であることは彼らには想像できない。夢想家二人ではあるが、二人は根本的に異なっている。これはエグドンに対する二人の反応からも読みとれる。語り手自身が「エグドンはユーステイシァにとっては冥府だった」(82)と言い、本来、恋や情熱についても女神のような権能をほしいままにできるはずの女が、制約を受けているとしている。また彼女自身も昔同様今も荒野が嫌いで「エグドン荒野は私の十字架、私の恥、そしていずれは私の死よ！」(97)と、最大級の嫌悪を口にしている（この予言的な言葉が発せられたとき、ワイルデーヴもエグドンへの嫌悪を語っている）。またディゴリが、彼女を賑やかな都会バドマスに誘い出して、彼女がトマシンの結婚の邪魔にならないよう画策しているときにも「エグドンは私の牢獄」(103)と認めている。クリムに対してさえ「私は荒野に耐えられません。（中略）荒野は私には、苛酷な重労働を課する監督官みたいなもの」(182)と言う。クリムはこのとき「ぼくに言わせれば、荒野ほど元気づけてくれるものはない、強くしてくれるし、慰めてもくれますしね」と反論している。他方彼女はパリへの憧れを仄めかす。会話はこう続く——

「ぼくも都会の賑わいに、あなたと同じ憧れを抱いたことがありましたよ。大都会で五年暮らせば、そんな気持はけろりと治癒してしまいますよ」

「まあ、私にもそんな治癒がもたらされますように！」(183)

農村離脱願望を先取りする女

エグドンを脱出すること、都会へ出ることがユーステイシァの最大の望みである。この点でも彼女は、一九世紀後半以降の男女全ての農村離脱願望を先取りしている。この希求は、最後に彼女がワイルデーヴに連れられてエグドン荒野を去ることを決心するまで、絶え間なく彼女の心を支配する考えである。クリムと結婚するのも、何よりも彼女とともにパリへ行って生活する可能性を夢みたからである。だが彼女は、貴婦人として大都会に住むのでなくては満足できない——

おお、もし私が華やかな都会に貴婦人が住むように住んで、自分の思い通りに進むことができ、好きなことができるのだったら、人生の皺だらけの半分は、誰かにあげちゃったっていいわ！（104）

このときディゴリが、自分の叔父が管理人を務める富裕な一家の老婦人宅に住み込んで、話し相手の資格で働かないかと持ちかけたのに対して、彼女はそれが労働であることを理由に断る。断ったもう一つの理由は、淑女に〈機会〉を与えてあげましょうとディゴリが言ったことに対する、自尊心からの憤りである（104）。これも当時の倫理観とは無関係な生身のままの女、自然状態に還元されている女が、このようなときにどう反応するかをハーディが描いているものと受け取れよう。その後の世界において、大多数の人間が、そして女が、どのような感覚で生きてゆくことになるのかを描き出そうというのである。そして彼女にとってのエグドン荒野は、彼女が欲求する全てを不可能にする世の状況を象徴している。その欲求は、あまりに時代に先んじているので、ロマン派の夢に終わることを運命づけられている。

人生を欲しがっただけなのに！

ハーディによれば、先にも見たとおり、歴史の発展の順序からして、エグドンに定住して何の違和感をも覚えない段階の次に必然として、そこを脱出し、都会に住んで物質生活と自由な恋を享受することを希求する段階が来るという。これはその後の現代生活を見れば、誰もが納得する考え方であろう。ユーステイシァはそのような現代的人間の傾向を、時代を先取りし、拡大して呈示するアレゴリー像と言えよう。そして恋愛についても、先に彼女のロマンティシズムの構成要素として見たとおり、彼女はごく自然に〈非専一恋愛（non-exclusive love）〉と〈連続的単婚（serial monogamy）〉を受け容れている。ここにもまた、『帰郷』時点から見ての未来像が示されている。『日陰者ジュード』のスーの場合と異なって、この恋愛観は知的な分析を経て打ち出されたものではなく、衝動というかたちで見えてくるのではあるが、ユーステイシァもまた（本人の意識なしに）一九世紀の性道徳のあとに来る恋愛・結婚のかたちを予示している（そしてこの点でも、彼女はあまりに時代に先んじている）。そしてハーディは彼女を非難していないし、賞賛もしていない。彼女自身が、眠る夫のそばでワイルデーヴに、夫のなかに夢に通じる道を求めて得られなかったことを嘆きつつ、語っている——

人生と呼ばれているものを欲しがったからって、私、理不尽な欲求を示したことになるかしら？ 音楽とか詩とか、激しい恋、戦争、そのほか世界の大きな動脈のなかに動悸うち、脈うっている全てを経験したいと言ったからって？ それが私の若い夢だったのに。(262)

彼女のこの自己弁明は、中立的に、生身の女の考える一種の〈現況〉として示されていると感じられる。つまり、夫がそばで眠り、恋人がその場に来ている状況設定であるから、作者がこれを称揚しているとは感じられない。だが自己弁明は成り立っているのである。

クリムのエグドン荒野への愛

他方クリムとエグドンとの関係は、ユースティシァの場合とは正反対の愛着として描かれている。彼女が、パリから帰ってきた未知の男クリムの、帰省後最初のエグドンへの感想を立ち聞きする場面を、もう一度想い出したい。彼は周囲の山々に、自分への好意と愛着が現れていると語って彼女を驚かす(123)。彼と荒野との強い繋がりはこう表現される――

この荒野をよく知るものがいるとすれば、それはクリムだった。彼には荒野の情景、実質、香気などがしみこんでいた。彼のことを荒野の産物と呼んでもおかしくなかろう。(中略) 彼の人生への評価も、荒野によって影響されていた。(中略) ユースティシァ・ヴァイがこの荒野に対して抱いている多様多彩な嫌悪感を、そっくり愛着と入れ替えてみればいい、そうすればクリムの心が得られるのである。(172)

近代化された農業の観点からは過去の遺物的存在にすぎないエグドン、農場主が見放してしまったこの荒れ地を、彼だけが意味ある存在として感じている――

しかしヨーブライトはどうかと言えば、道すがら岡の上から見やるとき、この荒れ野を開墾しようとしたいくつかの試みのなかから、一、二年しがみついてみたあげく耕作の手が絶望のうちに元どおり退却し、羊歯やエニシダの房が再び頑強にも自己を主張するようになった情景を眼にして、野蛮なばかりの満足に耽らずにはいられなかった。(172)

観念的〈物質・都会信奉主義の拒否〉

美意識という点でこれは読者にも理解できないわけではない。先に世紀中葉のイギリス詩人が感じていた新たな〈自然〉観から見れば、エグドン荒野には変化になじまない魅力、アーノルドの「諦観」に見る堪え忍ぶ自然物の頑強さが読みとれるのである。しかし彼が、物質主義・都会信奉主義を拒否する象徴としてエグドンを愛しているとすれば、彼の〈人類の進歩〉に関する見方は、観念的と言うほかない。ユースティシァが彼について「夫はね、観念についての熱狂者ね、外に現れる事柄についてはお構いなしなのに」(261)と述べることになるように、彼の荒野への愛も彼の観念の一つであり、普通の女、一般の人間が日常的に求める一家の経済、基本的物質生活についての理解が偏っている。当時〈熱狂者（enthusiast）〉は、宗教上の狂信者を指すことが多かったが、ユースティシァや彼の母などから見れば、クリムは世紀中葉の文化を唱道する一種の狂信者である。

農民の望まない方向を目指す教育

その上クリムは、この荒野に住み、世間的栄達を望む野心さえ持たない農民たちに、段階を飛びこえて文化を与えようとする。しかもその与えようとする文化は、物質主義を排し、都会文明を斥ける種類の文化である。これが農民の望むところではないことを、語り手は充分に理解している。クリムが学校教育を受け、たくさんの書物を読んだために「物事について奇妙奇天烈《きてれつ》な考え」(116)を持っていると噂する農民たちの描写を、クリムの帰省に先立って長々として見せたからには、帰ってきたクリムが母に、次のように自分の考えを表明するときに、読者は彼と農民との隔たりを意識しないわけにはゆかない。ダイヤモンド商を放棄する彼の言葉である——

> 男という名にふさわしい人間が、あんな女々しい仕事をして時間を浪費していいでしょうか？　人類の半分が破滅に向かっているというのに——彼らのために真剣に身を入れて、彼らが生まれついた悲惨な状態にどう立ち向かうかを教える人物がいないためにこそ、彼らは破滅に向かっているんです。(174)

彼は身を挺して、恵まれない階級の人びととの教育を志すと言う。これはサン・シモンやコントのあとを受けて、やがて社会主義に発展する考え方の傍流ではある。だが彼らがどのような〈破滅〉に向かっているのか、クリムの考えは曖昧である。「悲惨な状態に立ち向かう」とはいっても、その努力は精神主義にのみ向けられるであろうことが想像される。他方でクリムが教化しようとする相手は、お祭り騒ぎ、全員で歌う歌、集団でのダンスのようなもののみを好むことが全編の描写から明らかにされている。「ハーディの著作の全てを通じて、農業労働者の生活と行動は肉体の賛美であり、これは、ものを考える世界のイデオロギーの正体を明らかにするとともに、それを転覆させもする」(Wotton: 63)という指摘が正しいのである。

方向性の全く異なった二つのロマン派

当初に述べたとおり、ヒロインとヒーローは二種の、異なったロマン派として行動する。一方は万人が持つ物質的必要と官能の欲求の充足を、当時明言できない人びとに成りかわって、大型の〈悪女〉として明言した。他方は、これら人間の基本的欲望の拡大に伴う世界を拒否すべく、労働者・農民階級にも既成文化を与える教育を唱道しようとする。そして二人はそれぞれ、自己のこうした希求を、都会への脱出、エグドン荒野への定住というかたちで実現しようとした。ここに見るとおり方向性の全く異なった二人が、結ばれようとして、意志の齟齬は一ヶ月で明らかとなった。それぞれの、状況がまだ許さない願望は敗れ去った。先に触れた二〇世紀のバビットが、徹底的に批判したロマン派の現実離れを、二人はそれぞれ全く異なったかたちのロマンティシズムにおいて読者の前に展開したのである。

第七章　『ラッパ隊長』（*The Trumpet-Major*, 1880）

概説

ハーディの公刊第七長編。一八七八年から準備が始められ、月刊誌「グッド・ワーズ（*Good Words*）」に、一八八〇年一月号から一二月号まで挿絵入りで、また同時に合衆国の「月刊デモーレスツ（*Demorest's Monthly Magazine*）」誌に同年一月号から翌年一月号まで挿絵なしで連載された。連載に当たっては、「コーンヒル」誌、「ブラックウェル」誌、「マクミランズ」誌などに打診したあと、ようやく「グッド・ワーズ」誌に引き受けてもらった経緯がある。また単行本としては、一八八〇年一〇月末に三冊本として、スミス・エルダー社から刊行された。ハーディは、幼年時代から興味を持っていたナポレオンの英国侵攻計画とそのときのイギリス人の心理や行動について、大英図書館において綿密な史実の裏付け、ウェイマス周辺における史実調査並びに口承による当時の有様の筆記、また一八七五年という早い時期のロンドン・チェルシー王立廃兵院における老兵からの聞き取りなど、大きな努力を重ねたのちにこの小説を執筆した。雑誌連載に当たってなされた削除や修正は、単行本出版の際に一部復元された。また、一八九五年版の出版に際しては、実名だった場所の名を、他の「ウェセックス小説」におけると同様の架空の名前に変えるなど、大幅な改訂を行った。作品は何ら物議を醸すこともなく、好意的に世に受け容れられた。

宗教色の強い雑誌と作品の性格

雑誌連載に当たって、難儀したあげくに、掲載を引き受けてくれた「グッド・ワーズ」誌とは、どんな性格の刊行物だっただろうか？　これはその名前からして〈良き御言葉〉、つまり「福音」と同じ意味を持つ。掲載に当たっての編集者の閲読は、「当時の雑誌の標準からみてさえ、きわめて厳格」(Page 2000：436)だったとされる。すなわち、家庭的教養娯楽誌とはいえ「ある程度知的ぶった、決定的に宗教色の強い雑誌」(Wright：108)だったからである。歴史上の事実を採り入れるといっても、外敵と戦う自国を描くのであるから、王族や戦勝に功績のあった人物などに対して、一般のイギリス国民が抱いている感情を無視できない。自国の戦史については、それに対する語り手の何気ない言葉でも、各階層から様々の受け取り方が予測される。「グッド・ワーズ」誌に先立ってハーディが打診した三社が、この小説に難色を示したのは、このためだったと思われる。したがって本書で常に問題にしてきた異種テクストの混淆の問題も、この作品では、他の作品におけるようには、ヴィクトリア朝の慣習への妥協と批判という構造は採りにくい。ここではテクストの対立は、慣習と新たな価値観とのそれではなく、ユーモアに充ちた日常的描写と、死や時の経過に対する詩人的意識との対立というかたちで示されている。当時の日常、それを振り返る小説発表の時点、その間に経過して人物たちが死去した時間という三つの時間の感覚も、この小説の特徴をなしている。

［粗筋］　一九世紀初頭、ナポレオンのイギリス侵略が恐れられていた頃。風景画家の父が世を去ってから、アン・ガーランド（Anne Garland）は母マーサ（Martha）とともに、村の粉屋（製粉所）に間借りして暮らしてきた。色の薄いパセリの花の中央に濃い色が潜むように、素朴に見えて、中産階級の品位と矜持を失わない娘だった。ドーヴァ海峡に近いこの村には竜騎兵連隊をはじめ、多くの兵士が野営のために到着する。粉屋ラヴディ（Loveday）は男やもめ。その長男ジョン（John）は、連隊の下士官でラッパ隊長。次男ロバート（Robert）は船員。ともに家を離れていたが、ジョンが今実家の近くの野営地に来た。

竜騎兵団の到着は、マーサ未亡人をそわそわさせ、四〇歳の落ち着きを取り戻すのに時間がかかった。粉屋ラヴディから、ジョンとその仲間の竜騎兵のためのパーティに招待されたとき、マーサは出席のつもりだったが、娘のアンは女が二人だけの会は嫌と言う。パーティの笑い声を漏れ聞いた母親が欠席したことを後悔しているところへ、粉屋ラヴディが再度誘いに来た。ジョンも出迎えに来た。今度は二人とも心が動く。アンは実直そうなジョンの腕を取って出向いた。

粉屋は、村の身分の低い人も招いたことをマーサに詫びた。彼女はまったく気にしてはいない。娘アンには、退役伍長のタリッジが、戦傷で一時は林檎の粕状になった腕を振って、金具の異様な音を聞かせた。美しいアンは当然一座の花として注目を集めた。ジョンは外国産の酒を彼女に捧げるなど、一時も彼女への奉仕をやめない。一同がナポレオンを諷刺した歌を楽しんでいたとき地主の甥で義勇農騎兵団の一員フェスタス・デリマン（Festus Derriman）が入ってきていきなり、「ハズとワイフの意見が一致／娘が貞淑、結婚しない／そんな時ならナポちゃん来るぜ」と歌い手が女性への配慮からわざと省いた一節を歌う。そしてアンが好きだと大声で叫び、アンのような身分の娘なら、地主のパーティにこそ出るべきだと一座を侮辱する。酒の好きな、赤毛の大男だった。ジョンは少年時代から彼を嫌っていた。

老地主ベンジャミン（Benjamin）・デリマンもまた、甥のフェスタスを嫌っていた。彼は生来の地主ではなく、持参金の多かった妻のおかげで邸宅と地所を手に入れた男。新聞購読者だが、目が弱り、アンに声を出して読んでもらうのである。パーティの翌日、アンは母のために新聞の読みがらを貰うため、邸宅を訪れた。ちょうどフェスタスが訪れ、伯父から義勇農騎兵団が最前線に立たされると聞いて顔色を変えた。彼は帰宅するアンを追い、牧場で声をかける。アンは、無神経に空威張りをするこの大男からやっと逃れて帰った。だが母は、一週過ぎると無理やり彼女に新聞を取りにやらせる。行きの道中でもデリマン邸でも、フェスタスにつきまとわれた。帰途は彼を避けて迂回して帰る。途中でジョンもまた彼女の通るのを待っていたが、これも無視。母親は、今も小地主で、やがて伯父の遺産の入るフェスタスと娘が結ばれることを望んでいて、だから邸に行かせたと判った。

フェスタスは伯父をうまく説得して、観光地に泊まりに行かせた。その日アンは友人宅を訪ね、天候が悪くなったので友人宅に一泊しようとしていた。すると迎えの者が来た。それはジョン・ラヴディだったので、アンは安心して一緒に夜道を辿った。彼は、フェスタスがアンに関心があるのを目撃し、先手を打つつもりで迎えに来たのだ。デリマン邸を通ると、老人の留守中にフェスタスが仲間を呼んで杯盤狼藉。そのとき「道に迷った、助けて！」の叫び声が響いた。フェスタス一行が皆飛び出してきて、アンとジョンを見つけた。その間に、叫びを上げた伯父は、邸に入って鍵を閉める。アンは、フェスタスに送られるのを避けようと、一行に帽子を取りに戻らせる。今のうちに帰りましょうとジョンを促すと、それはフェスタスへの信義に反すると答える。結局アンは、律儀な彼をその場に残して一人で帰った。

村の娘たちが次々と兵士に求婚された。アンは寂しくなり、昔髪束をくれた男性のことを思い、それを保存してある引き出しを覗いた。しかしアンが庭へ出ると、ジョンも出てくる。二人の〈友情〉が育ってきたからという理由で、母は、結婚相手としてフェスタスを勧めたのを取り消すという。急に風向きが変わったので「お母さん、風見鶏ね」とアンが詰ると、母は粉屋ラヴデイに求婚されたことを明かした。

二日後、アンは国王の一行がお通りになるのを見に行きませんかとジョンに誘われた。彼女は断り、母に告げた。母はどうしても見たいと言い、深夜、ラヴディ父子と母だけが出かけた。アンが留守番をしているところへ、フェスタスが彼女を誘いに来た。アンは彼を避けるために母たち三人を追いかけた。ジョンはラッパ隊長がいかに重要な地位かを話したのち、彼女に求婚した。お母様の了解は取ってあるという。アンはお受けできないと答える。この間、母と粉屋ラヴディも、求愛の会話をしているらしい。そのうち夜が白んできて、田舎じみた国王の馬車行列が通った。母は国王を見たと大はしゃぎした。

やがて国王が閲兵式を行う日が来て、アン母娘はラヴディ父子とともにまた丘の上から見物した。そのとき町の郵便局にラヴディ宛の手紙が来ていることが判り、ジョンがそれを取りに行くことになった。アンは別行動を選んだ。閲兵式を見ていた彼女の前にジョンが現れ、王妃と王女を見せるからと誘われて、渋々ついて行った。彼は先日の求婚を再度考えてくれと言う。アンは、嫌いではない人であっても、女はその人に愛を感じなければ駄目ですと答えた。手紙を受け取るところまで同道した。それは彼の弟ボブ（ロバートの愛称）からの便りで、外人女性と結婚するという内容。アンの顔色が変わった。手紙は追いかけてきた父の手に渡った。ボブの婚約者はマチルダ（Matilda）で、手紙は彼女への褒め言葉でいっぱい。よく読むと、ボブは単身今夜到着の予定と判り、アン母子も交えて、皆で途中まで出迎えに出発。その前にアンは、あの引き出しのボブの巻き毛を火に燃やした。

出迎えは行き違いになったが、一行はめでたくラヴディ家で合流した。ボブの土産はまずオウムが三羽。珍しい猿二匹。それにマチルダに買った帽子のリボンは不要になったから、アンさんにあげると言って無理に手渡された。屈辱のリボンを、彼女は涙ながらに床に投げた。陽気一点張りの彼には、アンを傷つけたことも悩みの種とはならない。ボブはアンとの幼時の約束をこの時初めて思い出したが、マチルダとは二週間の知り合い。その父母についても良くは知らない。

ラヴディ家では、やってくる花嫁歓迎のための大掃除と珍味の準備がかつてない規模でなされた。ボブは豪華な乗合馬車を使うよう、花嫁マチルダに金を渡してあった。彼はカースタブリッジまで彼女を迎えに行ったが、その馬車では彼女はやってこなかった。相当遅れて貧弱な乗合荷馬車でやってきた。倹約が私の主義よと威張って言ったが、実は衣服に金を使いすぎて倹約せざるをえなかったのだ。

マチルダは牛を見て、わざと気絶しそうにして見せた。だがジョンと出会って挨拶したあと、なぜか今度は本当に気絶した。ジョンは彼女と二人きりになると、自分の連隊の多くの軍人の名を挙げて、彼らとの関係を認めよと答えを迫った。彼女は知らないの一点張り。しかし涙を流し、哀願する様子は、知っていると認めたも同然だった。

翌朝マチルダは朝食に降りてこない。あまりに遅いので、調べてみるといつの間にかいなくなっていた。ラヴディ一家とアンと母が、総出で探し始めた。アンはボブと同行したが、途中ボブが彼女の指にキスをするので飛び退いた。ちょっと可愛いと思ったからだと彼は釈明。そしてマチルダがどこにも見つからないことが判ると、ボブはたぶん俺の家族がつましい生活ぶりなのを見て逃げ出したのだろう、と言う。誰かの行儀が悪かったのではないか、ベッドが硬すぎたのではないかなどあれこれ検討したが、思い当たるふしはなかった。しかしボブが兄に会ったとき、兄が彼女の荷物を運び、金を与えて、彼女を帰らせたことが判った。兄は、彼女が誰彼なく兵士と交わる女だったことを弟に話した。ボブは何ということをしてくれたのか、前歴がどうあろうと自分には彼女はまたとなく大切だったのに、と嘆く。そして彼女の後を追って、見つけたら結婚すると言い放って、旅に出た。

だが彼は、まもなく一人で帰ってきた。一家を馬鹿にして逃げたのではない、別の理由からなので、彼女が見つからない以上、婚約は破棄すると言う。父には本当の理由を話した。父はこれ以上酷い目に遭わなくてよかったと言い、自分とマーサとの結婚をどう思うかと訊いた。ボブは快く父の再婚を祝福した。自分の結婚のために用意した食料が、父の結婚の役に立てば嬉しいと彼は言った。これを無駄にしないという意図（あるいは口実）で父とマーサの結婚式が早められた。

披露宴には多くの村人が呼ばれた（食料が無駄なく平らげられた）。その途中にジョンが、軍の命令でこの地を去ることを知らせに来た。アンは彼がマチルダを去らせたのは、彼自身彼女が好きだったせいではないか、自分に関心を寄せたのは気紛れにすぎなかったかと思った。彼女がよそよそしい態度のままなので、ジョンはアンの部屋の窓あかりだけを見て実家での最後の晩を過ごした。翌日ジョンは出発。馬上のジョンに手が届かないので、アンは握手もしなかった。ジョンが去ったものの、フェスタスは今度はボブとアンの仲を嫉妬し始めた。

ボブは無駄になった結婚許可証を見てため息をつき、二、三日食欲がなかった。彼の治療薬は、アンと話すことだった。彼女に、自分がアンのために作ったと称して、風を受けると自動的に音を奏でるイオラスの竪琴を水車の近くに設置した。ボブの人柄とは無関係に、水音とともに哀切に鳴るこのロマンティックな楽器が彼女の心を捉えた。尋ねてみるとジョンがアンのために作るよう指示したものだった。

母のマーサは、娘が自分と同じように身分以下の結婚をするのは良くないと考え、再びフェスタスと娘との縁組みをもくろみ始めた。雨中、家の窓際に来た彼に母は優しく接したが、アンは部屋を抜け出して彼を避けた。ボブは彼女に、教会へ一緒に行く約束を貰った。

一緒に教会に行ったとき、フランスと戦うに当たって、義勇兵となる者は登録せよという張り紙が掲出された。ボブは、すぐに登録したいと言う。またジョンがラッパ隊長なので、戦死する確率が高いのをボブは心配する。彼は《ジョンとマチルダが旧知の恋人で、だからジョンはボブと彼女の間を引き裂いた》とアンが思っていることを正さねばならないと感じて、継母からアンに真実が伝わるようにした。

アンはこの真相を知ると、すぐにジョンに宛てて自分の誤解を詫びる手紙を出した。この日フェスタスの叔父デリマンが自邸にアンを呼び、アンに預かってほしいと言いつつ、債券と権利書、遺書を入れた箱を地下に埋めた。仏軍の上陸が迫っていると彼は言う。フェスタスはこのとき、野原で女優と称する女を見かけ、彼女の公演を見に行く約束をした。しかし野面にアンを見かけると、気絶したふりをして地に臥し、彼女が心配して近づくのを待って飛びかかった。一時は抱きすくめられたが、身をふりほどき、迎えに来ていたボブの腕のなかに飛び込んだ。だがこの間に彼女は、デリマン老人から受け取った債券収納箱の隠し場所を示すメモを落とした。これを例の女優が拾った。

次の夜、遠くに大砲の音。やがて仏軍が上陸したと言いながら、奥地に逃げる人たちが列をなして通った。アンと母親も、女中とともに馬車で避難の列に加わった。ボブは槍と銃で武装して出かける。アンはボブが戦死するのではないかと、そればかりを心配していた。他方フェスタスはアンの護衛と称して奥地へ逃げる算段。だがこれに失敗して彼が海岸の方へ進んだとき、出逢った将校から、上陸は誤報であると聞かされた。とたんに彼は勇気ある軍人となり、まだ誤報とは知らない同僚の軍人たちと合流したとき、威勢の良いところを演じまくった。彼の虚偽はやがて発覚。だが彼はすでに姿を消していた。

フェスタスはアンの行く手を追った。ちょうどこのころ、アンの馬車が脱輪し、道路に投げ出された彼女は、野中の小屋に辿り着くなり歩けなくなり、母と女中が助けを求めに出かけた。小屋に一人でいる彼女に、フェスタスが来て話をしたいと言う。アンはこれをはぐらかし、彼が乗ってきていた軍馬に乗ると、馬は猛烈に走り出した。振り落とされそうになったとき、彼女の悲鳴を聞いて軍馬を止めてくれたものがいる。見るとジョンだった。彼女はことの成り行きをジョンに話すと、彼にもたれて気を失う。ジョンは腕のなかに恋する相手を抱いて、恍惚となってそっとキスした。だがすぐに回復したアンは、どこかそっけない。やがてジョンはフェスタスを探しに行き、殴りつけて帰ってきたが、家の近くで、無事に帰ってきたボブをアンが夜陰のなかへ走り出て迎え、彼とひしと抱きあう様を目撃した。その夜アンは、やがてジョンが自分を妹として見るだろうと考えていた。

だが数週間後、ボブは兄がアンからのものらしい手紙にキスするのを目撃して、自分はすぐに別の女を捜すからアンは兄さんに譲ると申し出た。ジョンは、自分の恋しているのはバドマスの町の女優であると偽ったので、ボブはこれを信じてアンにも報告すると、アンはジョンの変わり身の早さに半信半疑だった。しかし女優から貰ったとジョンが言うチケットで、三人でバドマスへ観劇に行くことになった。

劇場ではアンとボブには最上等の席が与えられた。ジョンは最下等の席にいる。国王が臨席する特別興行の夕だった。幕が開いてみると、驚いたことにかつてボブが結婚することになっていたマチルダが主役として舞台に現れた。アンは彼女がジョンの恋人であると誤解した。ボブはマチルダの晴れ姿にうっとりと見入り、アンを不快にさせる。帰り道、ボブとアンは、マチルダとフェスタスに姿を見られ、フェスタスは先日自分を殴ったのはボブだと誤解していたこともあって、両人は復讐のために結託し、水兵強制募集隊にボブの名と住所を密告した（マチルダは最後の瞬間には密告に反対したが）。ボブとアンは無事に家に着いたが、強制募兵隊は追ってきた。アンはいち早く裏口の閂《かんぬき》をはずし、ボブの逃亡に備えたが、彼女をボブだと思った募兵隊員に一時手を捕まえられた。ボブは募兵隊の手提げランプを払い落とし、リンゴの木に飛び移り、木々を渡り歩く。木の下の闇で彼の降りてくるのを待つ募兵隊の裏をかいて木々を逆行、建物に戻り、粉袋をつり上げる滑車を利用して屋根近くに昇り、天窓から滑降ロープを用いて戸外へ脱出。募兵隊は家屋内を探し回ったあと、戸外に出てみるとボブのものらしい帽子が落ちている。こちらだと言って追跡すると、逃げる人物を見つけ、ついに捕まえた。だがそれはアンだった（ボブの逃走先と別方向に帽子を落としておいたのもアンの仕業）。

ボブの行方はアンにも判らなかった。だが募兵隊は翌朝再捜索すると言い残していたので、アンは早起きしてボブを探しに外出。すると夜っぴてバドマスから歩いてきたらしいマチルダに出逢った。彼女は募兵隊の件でフェスタスと一時共謀したことを心から後悔していて、アンに協力し、庭のベンチで寝ていたボブを発見。だがどうしたことかボブは目覚めない。できる限り遠くまで運んで、草陰に彼を隠した。募兵隊がやってきて再捜索をしたが、諦めて脇見もせずに立ち去った。マチルダは、自分の協力をボブにだけ告げてくれと言い、眠ったままのボブにキスをして去った。ボブは前夜ロープから墜落。頭を打ち、痛みで眠れず、睡眠剤として畑の罌粟《けし》を用いていたのだった。

強制徴用には全力で抵抗したが、ボブはナポレオンから国を護る義務感は持っていた。アンはこれを見抜き、魅力的に身を飾って彼を軍に行かせまいとした。彼は兄のことを思い出し、以前にマチルダから貰っていた彼女の頭髪の房を兄に進呈するのだとアンに平気で告げて、兄の許へ出かけ、兄の様子から、兄はマチルダには何の興味もなく、本当はアンを愛しているのだと知った。弟は自分がアンを奪ったことを詫び、折から帰省が伝えられていた軍艦ヴィクトリ号の艦長ハーディを訪ね、船員としての知識を披露してこの軍艦に乗り込むことを決めた。実家ではこれを知って悲しみの渦。アンは涙に暮れた。

ボブは翌朝家族にもアンにも知られずに出立し、送ってきた兄ジョンに、自分はアンを諦める、アンが少しでも兄さんに心を動かすようなら結婚してくれと言い残して去った。自分は女をすぐに忘れられる性格だが、兄さんは一人の人を思い詰めるからだという。アンはボブの乗った船を見たくて遠方へ出かけ、遠くに船を見送ったのち涙を流す。すると国王がこれを見つけて問いかけてきた。アンはすばやくボブ・ラブディの名を口にした。王はその名を覚えておこうと約束。

トラファルガー沖の海戦があった。ヴィクトリ号も参戦し、打ち砕かれたと伝えられた。この軍艦だけで死傷者は百五十を数えるという。家族もアンも、ただただボブの安否のみが気がかりだったが、ある日ヴィクトリ号の乗組員の一人が一家を訪れ、ボブがかすり傷一つなく無事であることを伝えた。とりわけアンはこの報に接して喜び、立っていられなくなって椅子にしゃがんだ。だが次の瞬間この訪問者は、ボブがパン屋の娘と婚約したと伝えたのである。アンは、衝撃を悟られないように歌を歌って自室に入り、そのあと気を失った。

ボブがよその女と婚約したという噂を聞き知ったフェスタスは、アンの母親に、アンとの結婚の願いを申し出た。ボブがジョンに、アンを譲ると言っているのを漏れ聞いたことも彼は告げた。母親はジョンが女優に恋をしていると思っていたので、それをフェスタスに話すと、フェスタスもあの女優もいいなと心を動かす。彼は、以前に自分を殴りつけたのがジョンだと知るに至ると、女優マチルダを奪ってジョンに復讐しようと決心した。マチルダとさっそく接触したが、このときは結婚話の進展より先に、マチルダが、かつて拾った地主デリマンの貴重品の在処を書いた紙切れを彼に渡すという成り行きとなった。

ボブの心変わりにアンが衝撃を受けてから五ヶ月がたった。ジョンは再びアンに自分の愛を仄めかした。しかし、二度とその話題は出さないでくれという返事。だが粉屋ラブディから、ジョンのことを考えてやってくれと言われたときには、人の誠意には誠実に応えようとするアンは少し心を動かした。またあるとき、彼女の手に熱湯がかかりそうになったときに、自ら火傷をしながら彼女を護ったジョンの行動に、彼女は大感激した。ジョンは彼女を遠出に誘うのに成功したが、そのときボブからの手紙が来た。ある女と一時親しくなったが、とんでもない悪い女と判ったので、自分が帰宅するまでアンの気持が自分から失われないように力を貸してくれという。翌日アンを連れてジョンは遠出した。だが自分の手を取ろうともしないジョンに彼女は失望。彼は彼女のそれとない好意の示し方にも応じず、ボブの名を口にする。彼女は、彼のこの態度はマチルダのせいかと思って、マチルダとフェスタスの結婚の噂を彼に伝えた。だが彼は顔色一つ変えない。

だがジョンが弟の大尉昇進の手紙をアンに見せて彼こそ彼女に相応しいと告げたとき、アンは説得されるどころか、弟思いの彼の自己犠牲を目にして、かえってジョンに心が動いた。彼はもはやアンへの気持の昂りを抑えられないと感じ、弟への不実を避けるため弟にすぐに実家に戻るように手紙を出した。ボブは素直にこれに従った。

アンは機嫌が悪く、何日たってもボブと二人だけにならないように気を配っていた。ボブは許しを求め、二度と彼女を悲しませるようなことはしないと誓う。しかし彼女は和解しようとしないので、ボブは怒って家から飛び出した。彼女は、ボブが永遠に去ったように感じて激しく泣いた。だがボブは酒場でフェスタスとトランプ遊びをしていただけで、やがて帰ってきた。彼女は安堵して彼と仲直りをした。

フェスタスの叔父は、甥に財産を奪われるのを避けたあげく、道ばたの柵に凭れて死んだ。彼の遺書によってアンに遺産が譲渡された。

ジョンの竜騎兵連隊はスペインに派兵された。ジョンが別れの挨拶に訪れるとアンは、しばらく前に彼に愛情を示そうとしたのは気まぐれにすぎなかったことを匂わせた。彼は、全ては天の摂理だと言って彼女を慰め、兵士は浮気なものだと悲しみを冗談に紛らし、血の戦場で永遠に沈黙を強いられるまでラッパを吹くべく立ち去った。

［作品論］

『ラッパ隊長』と三種の〈時〉の意識

商品としての娯楽性と対立テクスト

本章冒頭に掲げた、この小説発表に当たっての困難が、この作品の性格を、今日の言葉で言えば〈きわめて商品に相応しいテクスト〉にした。かつてアーヴィング・ハウは「ハーディの諸作品中、他のどれにも増して娯楽として意図されたもの」(Howe: 34)と述べた。本書著者も、ほぼこの観点からこの作品について述べたことがある(森松 1975: 155 ff.)ので、娯楽性・喜劇性についてはそちらをご参照いただきたい。今回はそのエッセイの末尾二、三頁(同: 166-68)で触れた娯楽以外の要素、例えば「喪服のハムレット」(同: 167)としてのジョンの死などに、焦点を当てつつ再論を試みたい。前回の執筆（1974）のちょうど直後に、「新ウェセックス版」（1974）が出版され、そこで死のテーマを中心に述べられたバーバラ・ハーディの論評に心を打たれ、その後全詩集を翻訳しつつ、戦争と庶民の苦悩をめぐって詩人ハーディがいかに多くの作品を書いたかにも驚きを感じたからである。また時間的構成の妙（これは前回にも少し触れた）、そして今回気づいた人物たちの「変わり身の早さ (shiftiness)」という、全編を通じて流れているテーマについて論を進めたい。つまり本章でも、娯楽としての商品テクストのなかに、それとなく差しはさまれた対立テクストを問題とする。

読者の平穏を乱す記述は皆無

「それとなく」というのは、この作品には、少なくとも表面的には、良風美俗に反する場面が皆無だからである。ロバートと結婚すべくラブディ家にやってきたマチルダが、かつて兵士たちの誰かれとなく（性的に）交わっていたことについてジョンは彼女を詰問する。彼は「細かな点を思い出してもらおう」と言ったあと、具体的な行為を示唆したはずである。しかし彼女の相手としてジョリー大尉(Jolly＝ハンサムな)、ボーボイ大尉（Beauboy＝伊達男）など、性的に奔放らしい軍人の名こそジョンは口にするものの、テクストには「そして実際ジョンは、相当時間をかけて彼女にあれこれ思い出させた」(130)とあるだけで、彼女の〈過去〉は、行為としては明言されない。また『窮余の策』や『狂乱の群れをはなれて』にあるような、叙景や自然描写を用いた示唆的な性描写さえ見つからない。ジョージ三世の登場も、田舎臭い地味な馬車で乗りつける描写が多少読者の期待を裏切るとしても、中産階級の読者の平穏を乱すような王者の奢りたかぶりをすっぱ抜く姿勢はどこにも見られない。宗教をからかう様も、聖職者を戯画化する場面も見られない。それなのにここに〈対立テクスト〉が存在すると言えるのだろうか？

詩人としての主題を表現か

バーバラ・ハーディが「新ウェセックス版」のイントロダクションで論じた、この作品の〈死〉の問題から見てゆきたい。彼女は「この

『ラッパ隊長』はあのお決まりの最も悲しい物語を語っている――つまり人間に共通して常につきまとう同じ終末、つまり死という終末を持つ物語を語っているのである」(4)と言い、また「これはエレジー的小説であるが、感傷的小説ではない」(3)とも述べる。こうした見方自体が、一見したところ安心して読めるコメディと言うべきこの小説の外装を(商品テクストを)突き破るのである。ハーディが、実在にしろ架空にしろ、こんなに遠い昔に生きた人びとについては、「彼らの、死を免れない本質を感じることなしには書けなかった」(4)とする。本書著者がこの見方に共鳴するには訳がある。先にも触れたとおり、ハーディのおびただしい数の詩作品に、この感覚が横溢しているからである。ハーディは一方では、宗教色が強く当時の慣習的モラルを徹底的に主張する「グッド・ワーズ」誌の編集方針に準拠したテクストを提出した。しかし、まだ世に出てはいなかった詩人としての自己をこの小説のなかで表現したと思われる。論点を明らかにするために、ハーディ後年の詩を一つ、ここで読んでみたい。詩の表題は「羊の市」(詩番号700)である。

短詩「羊の市」

最初の二連では、市に集まった人びとの生き生きとした商行為が描かれる。土砂降りの秋の日。競り売り人が顎髭《あごひげ》から水を絞り出し、買い手の帽子から雨水が滝となって落ちる雨のなかの描写だ――

秋の　市の日がやってくる。
　すると土砂降り、
羊たちは　まわりに編み垣を作られて
　みんなで一万頭、びしょぬれになって
いくつもの群れに分けられ、集められているのに。
ひと群れ　ひと群れ　羊は編み垣から追い出される。
競り売り人は　あごひげをひねり
濡れて　字の滲んでしまった帳面から水をぬぐい、
手の先を熊手のように操り、顔から雨粒を撫でて取る。
　　なおも土砂降り。

雌羊たちの毛は　まるで海綿のようだ、
　終日続いた雨のため。
雌羊たちはぎっしり詰めこまれたので　何とか向きを変え
　横になり、突進しようとして　できないでいる。
雌羊たちの角は　ゆびの爪のようにやわらかい。
羊飼いたちは手すりに凭れ　身から湯気をたてている。
つながれた犬たちは　しっぽを丸めて濡れそぼつ。
買い手たちの帽子のつばには　桶のように水がたまり
彼らが足場を変えると　その水が　小さな滝となる、
　終日続いた雨のため。

だがここまでの情景は、第三連になると遙かかなたへ遠隔化される。第三連には「後日追記」という副題が付いているのである。

「後日追記」

濡れた羊毛をまとって　はあはあと息をしながら
　パンメリイの市に
あの一万頭もの羊が集まってこのかた、
　時は　ながながと尾を引いてしまった。
そして羊の群れはすべて　とうに血を流してみまかり、
水　滴らせていた買い手たちは　成功して時を走り、
市で　おとなしい檻の群れを　それぞれの宿命へと割り振り
かつ「売れるぞ！　売れるぞ！」と繰り返して怒鳴り
声　嗄らしていた競りの男も　今は世を去って姿を消した、
　パンメリイの市から。

この「後日追記」によって、まず羊たちがとうの昔に命を失ったことが示され、次いで帽子のつばから雨水を滝のように落としていた「買い手たち」が“sped”した（「繁栄した」の意のほか、「疾走した」の意もある）こと、つまりすでにはやばやと人生を疾駆して、成功しもしたけれども世を去ったことが暗示される。ついで羊の群れをそれぞれの“lot”すなわち各自の区画（買い手を指す）であると同時に宿命（買い手によって、羊毛のために飼われるか、羊肉にされるかが決まる）へと割り振っていた競り売りの元締めが、あの嗄れ声もろともにパンメリイの市から姿を消したことが歌われる。読者は羊市を昔の情景として懐かしむ平穏な感覚を捨て去って、活気に満ちた人々の営為と成功が、羊もろとも幻のように死のなかへと消えたという印象を得るのである。

描写の場面とその後の〈時〉の経過

ここでは三種の〈時〉が意識されていると言える。活気に満ちていた過去、すっかり変化したあとの現在、そしてその間に場面に描かれていた人びとの、その後の運命と死の時点である。この第三の〈時〉は、一点ではなく、幅のある時間だが、これが読者の想像力を刺激して、この短詩においてならば、元締めの男が財をなし、しかし老いこんで嗄れ声さえ失い、やがて万人の運命〈死〉に見舞われた様が彷彿とする。この手法が、『ラッパ隊長』にも顕著なかたちで用いられている。多くの評者が引用してきた箇所ではあるが、第三章の、騎兵たちが威厳を失わないようにもったいぶって（実際には子供のように喜んで）、桜ん坊を騎兵の鞭の先などで受け取って貫ってゆく場面に続く語り手の言葉を読みたい――

それは陽気で、束縛のない、たわいなく訪れた半時間だった。それは長い年月の距離を隔てて、彼らが外地で傷つき息も絶え絶えに横たわってしまったときでさえ、それを楽しんだ彼らの記憶に、花の香りのように蘇る半時間だった。(41)

読者は〈現在〉にいて、描かれた〈過去〉の情景を読んだばかりである（そしてこの引用部分を読んだ直後に、また〈過去〉の情景の続きを読む）。そこへこの中間の時間が示唆される。兵士たちの多くが、外地で斃れることが暗に語られているだけではなく、この小説の最後の文章「（ラッパ隊長ジョンは）血にまみれた、あるスペインの戦場で永遠に沈黙を強いられるに至るまでラッパを吹き鳴らすべく、立ち去っていった」の意味を増幅させる伏線としても用いられている。

人物たちの生と死の時間

最後を締めくくるこの文章は、ハーディが雑誌連載小説としてこの作品を書いたときには、商品としては用いられなかった文章である（単行本に移行した段階で改訂された）。『新ウェセックス版』の付録に示されているとおり、連載での文章は「（ラッパ隊長ジョンは）血にまみれた、あるスペインの戦場でラッパを吹き鳴らすべく、立ち去っていった」(293)にすぎなかったのである。改訂された言葉のなかに、ハーディの本音を読みとって当然であろう。また上記の長い引用のあとしばらくして、ラヴディ家での、駐屯兵を大勢招いたパーティが描写される。語り手は突然、〈時〉を現在に移して、このパーティが架空のものではなく、実際にラヴディ家の人びとから、直接聞き知ったパーティであったとして、次のように語る——

> 今は亡きラヴディ家の人びとやその他の物故者から、数えられないほど何度もこのパーティの様子を話してもらった筆者は、このオーヴァカム水車小屋の、今は古びた居間に入るたびごとに、その時と現在とを隔てる七、八十年の霧のかなたに、暖かく陽気な情景をまざまざと目にする思いがする。(53)

これに続けて、五分ごとに芯切りされる一ダースもの蠟燭、その光に輝く二〇人もの兵士たちの赤と青の軍服などが描かれる。ここでもまた、過去の暖かな情景と現在の状況のあいだに、描かれた人びとの人生と死という中間の時間が入りこむ。

予測できなかった戦禍

パーティはにぎわったけれども、「出席者の誰ひとりとして」——とここでもまた語り手は、そのときの人びとには未来のことであって予測さえできなかったナポレオン戦争の、その後の激戦地の名前を次々に言及する。これもまた過去の情景と現在との中間にあって、死と連想される時間の導入である。

> 出席者の誰ひとりとして〈旗艦ヴィクトリア号〉に意味を与えることはできないでいる。〈ワーテルロー〉という音節から、自分自身の栄光または死について、わずかの思いを抱いている者もいない。そのとなりに、筆者の目に浮かぶのはパーティに相応しい居ずまいで無邪気に坐っているアンの姿。彼女は、それほど遠くはない未来に〈時〉が準備して待ちかまえるものが何であるかを、少しも意識していない。(同)

「〈時〉が準備して待ちかまえるもの」が何であるかは、ここを読む時点では多様に想像されるだろう。直前にワーテルローでの兵士の死が予測されているので、アンの恋人はその地の戦闘で戦死するのかと読者は思うだろう。またアン自身の死や不幸を予測する読みもあるだろう。また、ナポレオン戦争においてではなくとも、「それほど遠くはない未来に」、つまり人間に与えられた短い生のはてに死に見舞われる美少女の描写と読むこともできよう（実際にはアンが、彼女を誠実に愛したジョンを戦場で失うことを第一に意味していたことがあとになって判るが）。これらの読みの反応が一体となって、このパーティの様子が思わぬ哀調を奏でる。特に戦争が人に及ぼす恐ろしい影響が、このコメディに綯い交ぜにされていることを感じさせる。

同じ三段階の時間構成の短詩

実際、この場面では「参会者の心のなかで他の話題より興味のないものと思われていた話題が一つあったとしたら、それは戦争の技術であった。彼らには、オーヴァカム水車小屋での良き仲間との交流を楽しむことのほうが…無限に大きな関心の的だった」（同）とされている。一八七八年という時点では、とりわけ慣習的価値観だけに縛られて書く「グッド・ワーズ」連載の制約のなかでは、戦争そのものへの批判はしにくかったかも知れない。しかしハーディはその二〇年後、ボーア戦争の勃発に当たっては、第二詩集に一一編の反戦詩を集めて戦争の愚劣を描くのである（詩番号54-64）。この連作詩に見られる過去と現在、そしてその中間に生起した愛する者の死という、上に見てきたのとまったく同じ三段階の時間構成の短詩を一つ読んでみたい。銃後にいるロンドンの妻を描く詩である——

「ロンドンにとり残された妻」（詩番号61）（Iの前半を省略）

I

…配達夫のノックがドアに炸裂する
　速達の電報が彼女の手に届く
　その文面は　まことにみじかいけれども
意味を理解すれば　だれしも呆然となる電文——
ゴ　フクン　ナンポ　ウニテ　サンゲ　サル

II

翌日になる。霧は昨夜よりも　濃くたちこめている
　郵便夫が近づいて　去ってゆく
　手紙が家に持ちこまれる　その文字面は
揺れる炉の火にかざしてみれば　紛れもなく夫の筆跡——
　今は蛆虫がよく知っている夫の手が書いたものと分かる。

インクの色も鮮やかに——しっかりと——元気一杯の筆遣いで
　帰還の希望が一枚びっしり　書き連なっている——
　家族で出かけよう、夏らしい陽気の日に
木立や川のそばの遠足に。そして二人で
　あらためて確かめあおう、新たな愛を。

夫が元気に手紙を書いていた〈過去〉は、最後に現れる。〈現在〉は配達された手紙とそれを読む未亡人のなかにある。その二つの〈時〉の中間に起こった惨劇が、夫の戦死（「散華《さんげ》」＝太平洋戦中に誤用された「戦死」の美称）を伝える電報のなかに示されている。戦争の惨禍を伝えるとき、これら三つの〈時〉が常に意識されるのである。

非難を浴びた反戦詩

ハーディは戦死という中間の時間を意識する反戦詩人だった。彼は上掲を含む反戦詩の発表に当たって、特に次の短詩に関して、平和主義であるとの非難を浴びせられた――

「クリスマスの幽霊物語」（詩番号59）

赤道より南、遠い南アのダーバン港より内陸に入ったところに
ひとり　朽ちてゆく兵士が眠っている――あなたの国の男だ
彼の灰色の遺骸は　身を曲げられ　折り畳まれている
そして夜ごとに　当惑した彼の亡霊が　澄みきったアルゴ星座の
カノプス星にこう呻くのが風に乗って聞こえる「僕は知りたい、
あの〈磔《はりつけ》に処された方〉によって　この世に持ちこまれたはずの
〈地上のすべてを喜ばす　平和の法〉が、いつ、だれによって
無効であると評決され　お蔵入りにされてしまったのかを。

ハーディはこの非難に対抗して、さらに次の四行を書き加えた――

そしてこれらの年月に「主の歳月」の符丁を貼るとは　いったい
どんな了見と真理によるものか、問いただしたい。
救世主の符丁を掲げた二千近い年数が急いで過ぎていったが
〈あの方〉が命を捧げて希求した〈大目的〉は今なお世に現れない

言うまでもなく、キリスト紀元（後）を表すA. D.という略号は、"Anno Domini"すなわち「主キリストの年」の意味である。麗々しく1899 A. D.などと称して長い年月が経過したが、なおも〈大目的〉、すなわち世界の平和は地上に実現していない――この四行を付け加え、批判者たちが隠れ蓑として悪用しているキリスト教の中心的理念そのものを、ハーディ自身が簒奪するようにして彼らを逆批判したわけである。ハーディは〈神の不在〉を不承不承受け容れつつも、従来のキリスト者以上に、磔刑にされたキリストの〈平和の法〉の遵守を主張する（この詩においても平時の英国、戦死、亡霊の声が三種の〈時〉を示すのである）。

後年の世界大戦への反撥

ハーディはまた、第一次世界大戦をも歌った詩人であった。この場合には自国防衛という意識も働き、反戦一点張りではない。しかし戦争とは、個々人にとっては死を意味するのみであるという、『ラッパ隊長』以来の反戦感覚はなお強烈である。とりわけまたいとこF・W・ジョージの戦死に際しては、短詩「進軍の前とあと」（詩番号502）のなかで、「海の向こうの勝負」に関しては、英国でもドイツでもなく「死神が勝利した」と歌い、戦死を遂げたジョージの名誉は「翌朝にさえ褪せることのない輝き」を得ていたと大きな諧謔を籠めて嘆いている。一兵卒の戦功が記憶されているのは、せいぜい翌朝までであって、その生命がいかに儚いかが、この皮肉のなかから伝わってくる（進軍の前、戦死、進軍のあとが三種の〈時〉を示す）。また八詩集のどれにも収録されはしなかったが、一九一四年の詩の一つ「時代に対して打ち鳴

らす警鐘」（同939）においてハーディは、絵も彫刻も、詩も音楽も、演劇も建築もそして宗教さえも、戦時においては全てが価値なきものとされる様を歌い、戦争遂行の当事者が「善なること、芸術的なこと、キリスト教的なこと」として教示する言説を、次のようにまとめ上げている（森松 2003：451）――

　　では教示して遣わそう。それは風習と生活の楽しみに
　　　我ら　別れを告げること――
　　〈正義〉だの〈真実〉だの
　　　古いがらくたと別れること！
　　闘うこと　殴ること、
　　　敵の陣地を破ること――
　　これこそ今日《こんにち》非常時に、我らともどども果たすべき
　　　文化の事業でござるわい。

ここに歌われる平時の「風習と生活の楽しみ」が、いかに『ラッパ隊長』のラヴディ家周辺に綿密に描かれたかを私たちは思い出す。

庶民の戦争体験

　連載用の商品として描かれた、この作品の風習と生活のコミカルな情景は、戦時においてはいつ何時《なんどき》消え去るかもしれない不安のなかに描かれていたことに私たちは気づく。ナポレオン上陸の噂を聞いて、アンを護るためという口実で内陸部に逃げ込もうとするフェスタスの卑劣でさえ、コミカルでありながら、人間と戦争ということを考えると笑えなくなる（旧日本軍の上層部の一部がいかに臆病卑劣で、自己の護身に全力を挙げたかは、フェスタスの比ではない）。それに私たちのうち誰が、フェスタス同様に、自己の命を第一に考えずに行動できようか？　作品の〈対立テクスト〉をゆっくり心して読むうちにこうした考えが生じてくるのは、本書著者だけではないであろう。そしてここで私たちが『ラッパ隊長』に併せて読みたいのが、ハーディが書いたナポレオン戦争関係の中編詩である。これらのなかでも庶民の日常が戦争によって脅かされる様が如実に示されている。『ラッパ隊長』にも登場するタリッジ伍長は「ヴァレンシエンヌの町」（同20）の語り手である（小説とは多少矛盾して、詩のなかの伍長は聴力を完全に失っている）。一七九三年、フランス北部のヴァレンシエンヌ戦役で重傷を負った伍長は、退役後も

　　夏になり　密蜂飛んでも羽音もせん
　　郭公鳥　いつ来て啼くかも　わかりゃぁせん
　　　日も夜も　弾の音しか　聞こえやしぇーん
　　　　あの弾の音　ヴァレンシェーン。

そして「古傷痛んで忘れられん。それでも俺は、あの町で戦ったことは誇りじゃばい」と伍長は庶民の感情を伝えてくる。また「サン・セバスチャン」（同21）では、傍の男が「軍曹さん、美しい奥様と娘さんに恵まれながら、なぜあなたは亡霊から逃れるように町をさまようのですか？」と問いかけると、退役して久しい軍曹は「攻略した町で、

わしは娘さんを犯して捨てた。いま私の娘は、当時のその娘さんそっくりの目をしている。これは私への罰に他ならない」と嘆く。二〇世紀にも、ソビエトのアフガン症候群といわれる戦時の罪悪体験をはじめ、悪を働くはずのなかった庶民が自己の残虐行為に苦しんでいる。戦いの前とあとに、かならず平時の幸せと戦後の悲しみがある。『ラッパ隊長』は、このことをこれらの詩と同様、強く意識した作品である。

戦争を生き抜く民衆

「貧しい農民の告白」(同25)は、農民の日常的利害がフランス軍の戦局不利へと繋がった話を歌う――ナポレオンが敵の二つの部隊の合流を阻むために部下を遣わし、農夫に、自軍の指揮官グルシ侯の行方を案内させたが、戦闘で農場を荒らされるのを嫌った農夫が嘘の方向を教えたので、ナポレオン軍が敗北する。「ライプチッヒ」(同24)はドイツ人の語り手がおふくろに聞いたという、ライプチッヒでのナポレオン敗北の話である。ドイツ三将軍がナポレオンを追い詰め、敗走の道はただ一つリンデナウの橋だけとなる。おふくろさんは庶民らしく、ライプチッヒの人びとが戦争でいかに苦しんだかを語り、またこの橋が爆破され、この町はナポレオン帝国の支配から解放されたのを、後年まで語り継いだという中編詩である。また「ナポレオン襲来警報」(同26)は、上記の諸作品と類似したナポレオン戦争のテーマを扱いつつ、民衆の信仰の素朴さを讃える――ナポレオン襲来の噂のころ、一兵士が身重の妻に身を守るための指示を与えて軍役に戻るとき、敵上陸の噂が届く。『ラッパ隊長』とまったく同じ状況である。妻と逃げようかとも思ったが、偶然助けた鳩に神意を尋ねると、鳩は海側に飛んだので、彼も海岸に向かい、ナポレオン上陸に備えていた軍と合流し、敵の上陸を阻む結果となる。これらの詩群は長編叙事詩劇『諸王の賦』に散見される一般庶民の戦争体験以上に、端的に戦争と人間という問題の本質を描き出す。だがそれ以上に、『ラッパ隊長』が描出する、長い歴史のあいだ営々と続いてきた家族の日常生活と戦争によるその生活の変質と断絶は、これらの詩の内容を、散文の特徴を生かしてより詳細綿密に描き出すのである。

桜ん坊の場面と対応する最終場面

この小説の終結部では、一方で国を護るためにジョン、ボブの兄弟が、それぞれの決意でもって愛国心を発揮するように描かれてはいる。しかしそれ以上に、ボブが戦闘の最前線に立たざるを得ない兄の武運を気遣う場面に始まって、いわゆる〈銃後の家族〉がいかに大きな心配に晒されるかというテーマが底流として流れている。第四一章は、明らかに例の桜ん坊の場面と対応関係にある。前と同じく、ラヴディ家にジョンが連れてきた上品な下士官たちが集う。彼らは一人ひとり、アンの手をとって別れの挨拶をする。我が輩を覚えていてくれと言うブレット軍曹は「でもそれがアンさんを悲しませるようになったら、忘れて下さい」と自分の戦死を予測する言葉を続ける。ウィルズ准尉はアンの長寿を祈る(自分の短命を意識した言葉である)。ラッパ手バックは「また会えますように」(以上全て279)と祈るように言う。どの言葉にも、永久の別れを意識したふしが見える。アンは彼らの行軍が順風満帆であること、征服ののちの早期の帰還を祈る言葉を口にする。これはちょうど、ハーディ第二詩集の「砲兵隊

の出陣」(詩番号57)の第Ⅵ連で、兵士を見送った女たちが

彼らの進軍は苦しいでしょうが　何かの〈手〉が護って下さるわ、
しばらくよ、いえ、長いとしても彼らなら安全にくぐり抜けるわ。

とつぶやく場面と重なり合う。そして詩集の次の詩「ロンドンの陸軍省にて」(同58)で戦死者の名前が掲出されるのによく似たかたちで、『ラッパ隊長』でも上記の別れの場面の次に、例のごとく〈過去〉と〈現在〉の中間の時点で何が起こったのかを語り手が明らかにする言葉が現れる。

この挨拶にもかかわらず、悲しや！　この戦時には、小競り合い、前進と退却、熱病と疲労が、アンの男らしい友たちに苛酷にも身に堪えたのである。アンが祈りの言葉を贈った七人のうち、ラッパ隊長を含めた五人までがその後数年のうちに戦死し、彼らの遺骸が戦役の現地で、朽ちるにまかされたのであった。(279)

このあとアンは、ジョンに対して感謝と愛情は別物だと述べて、ジョンではなくボブを選んだことを仄めかす。ジョンは悲しみに耐え、兵士は女に関して浮気者だから「兵士の心(heart)なんて一週間保たないからね」と冗談に紛らす。だがこの言葉は、〈兵士の心臓なんて一週間保たない〉という、生命のはかなさを意味するように読者には感じられる。これに対してアンは「返事がわりに微笑んだ、しかしそれが永久の別れであるとは知るよしもなかった」(280)。そしてジョンは「血にまみれた、あるスペインの戦場で永遠に沈黙を強いられるに至るまでラッパを吹き鳴らすべく立ち去っていった」(同)という、あの、作品最後の言葉が続く。

ジョンの戦死とダーウィニズム的視点

しかしなぜハーディは、「グッド・ワーズ」誌の編集方針にほぼ全面協力して、知的大衆が安心して読める一種の娯楽を提供しながら、当時ならなおさら読者の共感を集めたにちがいないジョンという人物を戦死させ、浮気で軽薄なボブを大尉に昇進させ、美しいアンをその配偶者として与えたのか？　私たちはここにもハーディの〈対立テクスト〉を読むべきではないだろうか？　ジリアン・ビア女史は、『テス』や『帰郷』におけるハーディのダーウィニズムに関して分析を進めるなかで、こう語っている――ジョージ・エリオットやディケンズの小説が死でもって終わるよりは中間に死を含むのに対して「ハーディのテクストはヒーローもしくはヒロインの死で幕を閉じることによって、人間的スケールに敬意を表す。個人の寿命は・・・(中略)彼のヒューマニズムを表現する形式のひとつなのである」(Beer: 239. 訳文：松井優子＝富山 408)。このビアの言葉は(女史がこの際特に『ラッパ隊長』を論じているわけではないにもかかわらず)、『ラッパ隊長』の終幕をみごとに言い表しているように思われる。ビアの論評になお依拠しつつこの小説について言うなら、ハーディはダーウィニズムに大きく影響されながらも、自然選択の長い歴史のなかではまったく問題にもならない個々人の生涯を意味づけよ

うとする――しかもダーウィニズム的視点を保ちつつ、そうしていると言えるのである。ハーディがこのことを意識的に行っていると思われる描写が、テクストのなかに隠れているのを指摘したい――

風見鶏の方策こそ最善

作品の前半に立ち戻ろう。第二章での描写である。ラヴディ家の庭には、林檎の木の枝に結わえたポールが高々とそびえている。そして「この先端には、腕を伸ばした水夫の姿をした風見鶏が取りつけてあった」（34）。この青い水夫像のペンキは剝げかかっていて、像がもともとは赤色の兵士の姿であったことを示している。語り手自身が述べるとおり、兵士像はジョンを象ったものであったが、今は水夫像となってロバート（ボブ）を象っている。風見鶏らしく、変化しているのである。そして「この回転する人物像は風見鶏として信頼が置けなかった。これは近くの丘のせいである。丘は風のなかに変わりやすい流れを作ってしまうからだった」（同）。ここには、第一長編以来ずっと見てきたハーディお得意の風景に絡ませた象徴主義が読みとれる。ジョンは風見鶏としては成功せず、かわりにボブが風見鶏になっている。それからまた、アンが古新聞を貰いに行く地主デリマンの邸宅が長い歴史のなかで、いかに〈自然〉によって摩滅し、人間によって古びさせられたかを描いたあと、張り出し玄関に直立型に設置された日時計の描写がある。

日時計の指時針は風が吹くとだらりぶらりと左右に揺れた。すると自分の影はあちらこちらに投げかけられる。まるでこう言っているみたいだった――「これこそ理想の日時計ですぞ。どんな方にもどんな時間でも差しあげます。わしは古株の日時計でしてな。変わり身の早さこそ最善の方策ですぞ」。（56）

変わり身の〈不完全な早さ〉とアン

ここに語られる「変わり身の早さ（“Shiftiness”）」は、この描写の前後にこの玄関を通ってゆくアンが、その後ジョンとボブに関して、たびたび読者に印象づける態度である。彼女はボブに対しては、変わり身の早さが充分でないと言えよう。しかし、ジョンに対して、近づいたり遠ざかったり、状況に応じて巧妙に立ちまわっている。最後にジョンから離れるのは、ボブの大尉の制服姿に（自宅でくつろいでいる軍人がわざわざ軍服を着ている滑稽な姿なのに）魅力を感じ、かつジョンには〈野営地と戦争〉（91）が常につきまとい、今はまた遠いスペインの戦場に去ることを無意識に嫌っていたからと言えよう。〈適者生存〉というダーウィニズム的観点から言えば、アンはこのように〈自然選択〉をある程度なしうる女である。しかしボブに対しては、幼時から作品の最後までに、途中だらりぶらりと揺れを見せながらも、結果において忠実、すなわち変わり身を徹底させない。だから、生き残るとはいえども、ボブのような低劣な男に仕留められるのである。アンが変わり身の点で不完全であるのは、彼女自身が母親を〈風見鶏〉として批判することからも窺われる。母親は自分がラヴディ氏に求婚されると、それまで社会的地位と財産の観点から、娘アンとフェスタスとが結ばれることを願っていたにもかかわらず、突然、ラヴディ家の長男ジョンを娘の配偶者として考えるようになる。第一〇章の終わりでアンが言っている――フェスタスについてこれまで言ってきたことを忘れよと母親に言われて「お母さんて、何という風見鶏なんでしょう!」(87)そしてラヴディ一家こそ真の友人だと聞かされて「でも、どうしてお母さん、これまで言ってきたことを突然に変えたりするの?」(88)。母親はこのあと、アンがフェスタスの誘いを断るために、一旦断ってあったジョンや母親との国王行幸見物に加わったとき「お前、結局のところ気持を変えたの?」(91)とやり返す。

〈風見鶏〉母親の臨機応変

母親マーサは、実際〈風見鶏〉なのである。彼女は自分がラヴディ家の人びとより一階級上の人間だと意識していながら「身よりのない人間は、手に入る人との交際は喜んで受け容れなきゃ」(43)と常々考えている。のちになって実際にラヴディ氏に求婚されると、これをまさしく〈喜んで受け容れ〉る。そして自分がこうして失った社会的地位を娘にだけは保たせるために、フェスタスという社会的上位者を娘にあてがう気持を再燃させる。この再燃もまた、彼女流の変わり身の早さを強調して示している。またマチルダが失踪して、ボブとマチルダの結婚祝いのために準備した料理が台無しになるのを恐れて、あっという間に求婚を受け容れ結婚式を挙げ、料理を近隣の人びとに振る舞うのも、中産階級出身の中年女にしては臨機応変ぶりが目立つというものである。これより少し前にこの母親は、ボブが持ち帰った珍妙な土産のかずかずを目にすると、ボブを愛していた自分の娘が、無神経なボブの贈り物に傷ついていることを知りながら、土産に対しては喜びを隠さない。中産階級の矜持も、変わり身の早さによって瞬時に捨て去るのである。けれども彼女は、読者の好意さえ充分に享受するであろう。そして作中の誰にも負けないくらい、幸せになってゆく。

マチルダとフェスタスの適者生存

もちろんマチルダは、典型的な〈風見鶏〉。不特定多数の軍人たちとの、恋愛ないしは性行為を楽しんだのち、慣習に従った結婚を目指す品位ある女に早変わりしたのである。ボブから、上等の乗合馬車に乗る料金をせしめて、衣装に金を使い、下等の荷馬車で来る上に、それを倹約という美徳にすり替えて説明する。姿をくらましたのち、フェスタス・デリマンと結託して、もとの婚約者ボブを水兵強制徴募隊にねらわせる。かと思うと、直ちに悔悛、行方の判らなかったボブを懸命に探し、失神した彼が見つかるとキスをする。ここでも無定見な〈風見鶏〉ぶりを発揮するが、この無定見によってフェスタスを裏切ったことになるのに、それは棚上げにしてフェスタスと結婚し、ある程度の身分と生活力は確保する。一方のフェスタスも、喜劇的に無定見。アンを自分のものにしようと躍起になっている最中に、マチルダを見て心を奪われる始末。彼はその臨機応変な卑劣によって、かりにナポレオンが実際に上陸してきていたとしても、あるいは生き延びていたかも知れないと思わせる。彼もまた、マチルダという、まことに彼に相応しい配偶者を得て〈幸せ〉になる。この二人は、二一世紀日本の荒海のなかに投げ出されても、その適者生存を全うするだろう。

「あの風見鶏、うちのボブ」

そして誰よりもその臨機応変ぶりによって、卑劣という積極的な非難さえ読者に浴びせられることもなく、ダーウィニズム的観点からして、最も生存率の高い環境順応性を発揮するのがボブ（ロバート）である。彼がアンに「愛してるよ」と伝えるときも「愛したりしなかったりだったけど（off and on）」と但し書きがつく(158)。彼の父親ラヴデイ氏自身が、彼の変わり身の早さにあきれはて、業を煮やしている。父親はアンに、ジョンを結婚相手として思ってくれればどんなに嬉しいかということを伝える際に「うちのあの風見鶏のボブ（that weathercock, Master Bob）なんかよりジョンを好きになってくれることができれば」(253)という言い方をしている。風見鶏（weather-cock）と言う単語が、節目節目にこれほど繰り返して用いられる作品も珍しいだろう。この単語は、先に示した変わり身の早さ（shifti-ness）という、より印象的な言葉と連動して、ハーディの意図的な重用ぶりを印象づける。ボブの変わり身の早さについては、例を挙げればきりがない。ほとんどそのアレゴリー像と言っていい人物である。とりわけ、ジョンの介入によってマチルダが失踪したのち、追いかけると宣言して家を走り出ていながら、途中で気が変わって彼女をあっさり諦める。またそれでいながらアン同伴で劇場へ行ったとき、マチルダが女優として舞台に立つのを見るとマチルダのほうにまた惹きつけられたり、アンをジョンに譲ると大言壮語して海戦に参加し、あっという間に別の女と婚約、直ちにそれを解消、アンを譲ったはずの兄ジョンに、アンを自分のために確保してくれと手紙を書いたりする部分に、その無定見ぶりが遺憾なく発揮されている。

風見鶏として失格したジョン

そして登場人物のなかで、誰よりも〈変わり身の早さ〉を持ち合わさないのがジョンである。彼はおそらくは意識的に、彼ら登場人物の反対像として描かれている。様々な状況において、ジョンは行動方針を変えない。一つだけ例を挙げれば、フェスタスにまつわりつかれそうな彼とアンが、フェスタスとその仲間に外出用の帽子を取りに地主の館へ引き返すように求め、彼らが実際に館へ向かったとき、この時とばかりにアンが逃げ去ることを提案したのに、彼は「あの男たちへの信義に反する」という理由で、彼らが帽子をかぶってくるのを待っている（この間に、アンと二人だけで帰り道を同道するチャンスを失ってしまう）。無節操の反対を実行している。とりわけ、アンに対する愛情と、弟への思いやりという二大方針は、決して変えることがない。アンとの結婚の実現に邁進している最中に、弟の手紙を見て彼女を諦める決心をするのは、一見無定見に見えるけれども、実際には上記の二大方針を守りつつ、後者を最優先するからである。いったんは、ラヴデイ家の象徴のように、赤い軍服姿で風見鶏のデザインにまでなったジョンではあるが、前にも書いたとおり、彼は風見鶏としては失格した。

錆びて硬直し果てた風見鶏

そしてこの章の最後に、ハーディが一八六五年という早い時期に、変わらぬ貞節と風見鶏との取り合わせ、すなわちこのジョンをめぐると同じテーマを、詩のなかで（男女は入れ替わるけれども）用いていた例を見たい。「女から彼への愁訴」連作中の「その三」(詩番号16)では、語り手の女がすでに愛する男を失っているのだが、自分を裏切った男になお貞節を尽くしている。この女はこの先、未来の自分を喩えて、

腐食のまだ生じない頃にキスしてくれた風にのみ忠誠を尽くして
軸受けの上で　腐食し錆びて　硬直し果てた風見鶏

であると言っているのである。とりわけ精神的な意味で男らしく篤実なジョン・ラヴデイを、この女に似ていると評するのには抵抗があろう。しかし、やがて『森林地の人びと』のなかで、今日では評判の悪い(しかし明らかにハーディが肩入れして描いている)ジャイルズ・ウィンターボーンが、このジョンと同様に、ダーウィニズムの世界での敗残者として描かれているのを思うとき、人間が発達させた〈感性〉と〈他者への思いやり〉が、生存競争に勝つことが生き残ることと同義であるダーウィニズムの世界では、一顧の価値もないもののように脇へ追いやられ、この世では得難いこうした感情の持ち主が負け組に分類されるという耐え難い不合理を、商品テクストの裏側に隠してハーディが描いていたと考えざるを得ないのである。

もう一つの隠れテクスト

そう言えば、もう一つの非商品テクストをハーディはこの作品に隠しているかもしれない。第二一章でアンは正規軍の行進を見物している。突如彼女は、歴史というものの実態を見る――

アンは今、記録に残る歴史というものの流れのすぐそばにいて、その流れを覗き込んでいるという気持に襲われた。この流れの堤の内側では、この上なく小さなことさえ、大事《おおごと》として扱われるが、堤の外側では、アンをはじめ、大多数の人類が、数にも入らず、注目もされない残余として生き続けてゆくことに、さして不満も唱えていないのだ。(153)

いわば〈作者の声〉をアンに仮託したようなこの引用は、〈歴史〉という概念に新たな検討を迫るものである。ジョン・グッドは、ハーディのこうした歴史観についてこう述べている――

両面価値(訳注：底辺から出世した共感部分と侵略者部分)を持つナポレオンへのハーディ最初の反応が、彼を抑圧すること、すなわち彼を不在者として実際黙殺することであったことは、驚くに値しない(短編小説「一八〇四年の言い伝え」を見れば明らかである)。かくして『ラッパ隊長』は巨大な出来事のスペクタクルの背後に、自己の個人性を埋没された一般人の〈書かれざる歴史〉を記していると言える。(Goode：65)

グッドの引用する作品からの一行「あの軍隊行進のそれぞれの一点が、自分だけの庵《いおり》と言うべき心のなかに暮らす個々の人間だと、誰が思うだろうか？」(154)に、人間一人ひとりの生活を〈歴史〉よりさらに重要なものとして語る副次テクストが隠れていることは確かだろう。

第八章 『微温の人』(*A Laodicean*, 1881)

概説

ハーディの公刊第八小説である。一八八〇年の一〇月中旬、妻エマとケンブリッジ旅行中、ハーディは異様な倦怠感に見舞われた。下旬にロンドンに帰ってから体調は悪化し、医師から体内出血があると告げられた。尿中に血液が混じったとされ、尿道結石の可能性が指摘されている(Wright: **180**)。すでにこの年、アメリカのハーパー兄弟社に雑誌連載小説を書く約束ができていて、初夏からハーディは『微温の人』の執筆にとりかかっていた。病気におちいる前に三ヶ月分ほどの原稿は仕上がっており、印刷にも回されていたので、ハーパー兄弟社のヨーロッパ版新雑誌「ハーパーズ新月刊マガジン」での連載は予定どおり、挿絵入りで一二月号(一一月発売)から始まった。ハーパー社の新雑誌がイギリスで発行されるのはこの号が初めてで、雑誌売れ行きの成否は、連載小説如何に懸かっていたため、執筆を中断することはできなかった。しかしハーディの病気は重く、翌年四月まで床に伏していた。やむなく彼はエマに、この小説の口述筆記を頼んだ。「自分が死亡した場合、まだわずかな備えしか整えてやっていなかった妻のためにも」(Life: **145**)書かねばならなかったという彼自身の言葉が示すとおり、必死の作品制作となった。連載は、しかし滞りなく進み、翌八一年一二月号で完結し、本家アメリカ版「ハーパーズ・マガジン」にも同八一年の一月号から、挿絵の表題を変えて(Page 2000: **228**)八二年一月号まで連載された。単行本としては、アメリカでは八一年一一月にハーパー兄弟社が一冊にまとめて、イギリスでは同一二月初旬にサンプソン・ロウ社が三冊本として発行した。現時点(二〇〇五年秋)で日本語訳のない、唯一のハーディ長編小説である(順調にいけばあと数年で大阪教育図書社の『トーマス・ハーディ全集』の一巻として邦訳が発行される)。

〈イギリスの現況〉小説

邦訳の欠如は、この小説が注目されなかったことを意味しはするものの、読む価値のない作品であることは意味しない。病臥する前に書かれた巻頭の諸章にはとりわけ、また病中執筆の諸章にもかなり顕著に、〈イギリスの現況〉を多面的に描き出そうとする意欲が溢れている。科学技術の発展、それを用いた鉄道・電信の発達、それに係わった資本家が貴族の城塞を住居として買い取った経緯、個人の情報伝達のためにその城まで長々と延びる電線の情景、写真術の発達とその悪用、宗教への新世代の対応、元の城塞に過去の痕跡として残る上流階級の生き様、その城塞の建築上の手直しをめぐっての貴族的・近代的意識の対立など、いずれも〈イギリスの現況〉に係わる興味深い問題が、人物とプロットの双方に絡めて、巧みに示される。ヒロインの結婚相手選びも、これらの状況との関連で展開される。邦訳はないが、セアラ・バード・ライトが各章に分けてストーリーを示し、藤田繁が優れた作品分析を見せている(Wright: **181–89**; 大澤 1975: **173–84**)から、本書のほかにも手軽に作品のあらましを知る手段はある。

［粗筋］（第一部）　有名画伯の息子で一流建築家のジョージ・サマセット（George Somerset）は、思索が表情に表れる未来型の容貌をした美青年。彼が田園地帯でスケッチ旅行をしていたとき、ジョン・パワー（John Power）という故人が建立した非国教会系バプティスト派の教会堂を見つけた。ここへやってきた二十二、三歳の美女は、すでに信仰告白をすませて今日成人洗礼を受けることにした信者らしい。亡父の遺言に従って、洗礼プールで全身浸礼を受けるように促されたが、洗礼用の白衣に着替え水際まで来ていながら、会衆注視のなかでこれを拒否して立ち去った。サマセットはこの女性が外面の生活とは無関係に、内面生活を生きていることを感じ取った。彼は宿へ向かう途中、封建時代の化石のような壮麗な城を目にした。翌朝彼はこの中世風なスタンシィ城を見学。シャーロット・ド・スタンシィ嬢（Charlotte de Stancy）が案内してくれた。だが彼女は、彼が関心を抱いたあの洗礼拒否の女でもなく、また歴代のド・スタンシィ家族の肖像画で飾られたこの城の住人でもなかった。彼女の父は城を売却したのだった。のちに城は例の教会堂の建立者で鉄道敷設王だったジョン・パワーに転売された。ジョンが亡くなってからは、その娘のポーラ（Paula）・パワーが城の主だという。シャーロットは歴代城主の血統だが、実際には素朴な田舎娘、ポーラに純情を捧げる親友として城に寝泊まりしている。

サマセットは翌日も城を訪れたが洗礼拒否の女はなお不在で、代わりにシャーロットの自宅に招かれた。彼の死んだ親友とシャーロットは婚約していたことが判る。彼女の父は準男爵だが、放埒三昧のため経済的に零落し、今は質素な生活。ポーラに連絡したシャーロットは、サマセットの父画伯の絵を二点所有する彼女から、彼を歓待するよう命じる電報を受け取った。ポーラは個人用の電信施設として長大な電線を遠方から城に引き入れている。翌日もサマセットが城にいたとき彼女はシャーロット宛に、帰宅の時間を前もって打電してきた。

だが彼女が帰って来る前に二人の男がやってきた。一人はウィリアム・デア（William Dare）と名乗る写真家。シャーロットに頼まれてサマセットが応対したが、贋物らしいダイヤ入りの金の指輪をした男で城内を見学してまわった。もう一人は建築家ヘイヴィル（Havill）。サマセットはポーラの帰宅を待ちきれずに帰途についたが、川端の四阿で先日のバプティスト派牧師がポーラと思われる女性に、バプティスト教会から脱退しないよう説得している場面に出くわした。牧師は自信たっぷりな論理で彼女を説き伏せそうなので、サマセットは議論に勝つ興味だけからこの牧師と渡りあった。彼はこのとき初めてポーラを近くで見た。神話を題材とした絵のなかのように朝の光に浸る半裸体にでも描けば、美の女神や青春の女神にも見えそうな女である。

サマセットは議論に勝ち、ポーラから賞賛の言葉を得たが、この牧師が誠実そのものの人柄で、貧しい人、孤独な人への接し方が衷心からの優しさに満ちていることを彼女から聞いて、痛く後悔、すぐに牧師を追いかけて詫び、彼と心からうちとけた。翌日彼はポーラから昼食に招待され、同席した建築家ヘイヴィルと城の修復について意見を交わした。ここでも彼は、この城にサクソン時代の遺物のないことを示すなど、建築様式に疎いヘイヴィルにはない識見を披露した。

このあとサマセットは、城内の小塔に入ってみた。階段があるはずのところにそれはなく、底部に落ち、井戸の底に落ちたように脱出できなくなった。そこにはこの罠に落ちて永年未発見だった人の骨かも知れないものが落ちていた（彼はのちに、この城の歴史のなかには実際にそのような人がいたことを知った）。また、最近書かれたらしいDe Stancy とW. Dare を意味ありげに重ねた落書きも見えた。ポーラが助けに来てくれることを夢みた彼だったが、従僕が梯子で脱出させただけ。この日彼はポーラに城の改修に大金一〇万ポンドを使うことを知らされ、設計を依頼されたが、彼は、彼女が起用しようとしていたヘイヴィルにもこの大きな仕事へのチャンスを与えるべきだとして、設計競争を提案した。この公平さが、ポーラをさらに彼に惹きつけた。この改修のことでポーラと連日城内を巡るうちに、彼はポーラを女性として賛美する心が自分に根づいたことに気づいた。古城の建築の凹部の曲線を説明する際には、ポーラの指を手にとって曲線をなぞらせた。彼の手は熱く震えていたが、彼女の指は子供の指のようにひんやりと柔らかだった。本当に彼女が彼の心に気づかなかったとすれば、それは処女の無垢の崇高そのものを示している。気づかぬふりをしていたのだったとしても、それは大きな罪と言えようか？

この間サマセットは、ポーラの父がヨーロッパの鉄道の半分を敷設したと知った。彼はこの父親の設計になるトンネルを見に行き、やってきた列車をトンネル内で避難してやりすごした。トンネルと城――つまり科学と建築芸術とを比較考量しつつトンネル入口に戻ると、そこに来ていたポーラは、彼が事故死したと思って顔青ざめ、震えが止まらない。彼女はこれほどまでに彼のために心配したことを彼に見られて困惑した。だがやがて彼女は落ち着いたとき、反対方向から列車が来た。危うく逃れて、彼女は思わず彼に手を引いてもらった。

サマセットは建築家として城内に一室を与えられ、助手を公募する広告を出した。デアが密かに応募の手紙の大半八通を盗んだことを知らずに、応募が少ないと誤認して彼を採用する愚を犯した。他方、由緒ある城を理解のない現所有者が趣味悪く改修しようとしているという趣旨の非難が新聞に掲載され、ポーラはこれを気に病んだ。サマセットは城内のパーティにひどく遅れて招待されたことに自尊心を損ね、欠席した。しかしポーラが、これは手違いだったと詫びたので、次の園遊会には出席した。助手としてのデアが実質上計測の仕事さえしないので、園遊会を抜け出して彼を解雇した。園遊会ではポーラが彼と踊ってくれて「人生最良の時だ」と彼は言ったが、彼女は雷が鳴ったと口にしただけ。この雷雨で二人は喫茶小屋内に孤立、彼はこの好機に愛を告白した。彼女は「あなたに愛されるのは好き」と言いつつキスを拒絶。理由は「まだ誰にもキスされたことがないから」。

（第二部）　これ以前にデアはヘイヴィルの手帳に例の新聞記事の原稿があるのを見つけ、彼を見つけてお世辞を言い、原稿を手に入れたと告げる。ヘイヴィルは、これはまだ設計競争のことを知らず、自分が追い落とされたと思ったときに書いたものだと弁解。二人はサマセットがポーラに愛を語るのを、喫茶小屋のそばで立ち聞きした。デアはポーラを、今は名を伏せる別の男と結婚させたい、だからサマセットは我々にとって邪魔だから共同戦線を組もう、あなたは忍び込んでサマセットの設計図を見、その長所を取り入れよとヘイヴィルに教唆。デアの手引きでサマセットの仕事場に入ったヘイヴィルは、彼の設計の優秀さに感嘆し、それを写した。二人はその夜同宿し、夜中にヘイヴィルがデアの胸の入れ墨を見た。デアは枕元からピストルを取り、相手のこめかみにあてがって秘密を誓わせた。翌日軍隊の指揮を取りつつやってきた将校を、デアは意味ありげに指さした。

警察が二人の人物の仕事場への不法侵入を調べ始めた。サマセットはデアの写真を封筒に入れて警察に渡すつもりでいた。彼はシャーロットに出会い、彼女からその兄ド・スタンシィ大尉を紹介された。大尉は翌朝警部に会うというので、サマセットは写真を大尉に預けた。大尉は封筒から出した写真を見て驚き、他の写真にすり替えた。

デアは大尉の通るのを待ち伏せて彼に会い、いきなり金を貸して欲しいと言う。二人は父と子（非嫡出子）なのだった。デアはまた父にポーラと結婚せよと勧めた。父はデアの母に済まないことをしたという気持から、誰とも結婚しないと言う。デアはド・スタンシィと彫った胸の入れ墨を父に見せ、ド・スタンシィ城を父に遠望させると、大尉の胸に、祖先の築いた城塞への愛着が蘇った。一方サマセットがロンドンに行っている間に、入札競争は引き分けとなった。デアは女中からポーラが城内の体育館で体操をすることを聞き出し、覗き穴から父にその様子を見せた。大尉は薄着のポーラに強く惹かれた。

（第三部）

大尉はポーラに会う気持になり、それまでの憂鬱を忘れた。妹シャーロットにサマセットのことを尋ねると顔を赤くしたので、妹の彼への愛に気づいた。大尉はサマセットがポーラを愛していると聞き、この二人の関係の進展を阻むように共同作戦を採ろうと妹に提案した。だが妹は、自然な成り行きで兄がポーラと結ばれるのなら嬉しいが、ポーラの恋の邪魔はしたくないと言った。

妹は大尉をポーラに紹介した。にわか勉強してきた城の歴史に関する大尉の知識に、ポーラは感心した。デアの入れ知恵によって大尉は、先祖の肖像画研究の口実で城への訪問を重ねることにした。

ヘイヴィルの債権者はしびれを切らして、彼の不動産を競売にかけると言い始めた。また彼の妻が重病に陥った。デアは修復契約を二つに分け、前半をヘイヴィルにさせてやるようにポーラに進言した。父が可愛がった建築家が苦境に立ったのを憐れんで、ポーラはこの進言に従った。サマセットは一年のあいだ城を離れることになった。

しかしヘイヴィルはその後、設計案を盗んだ罪の意識にさいなまれて、契約の前金の半額を返し、修復業務を辞退してきた。残りの半額は他の仕事によって今後返済するという。これによってサマセットはロンドンから呼び戻されることになった。彼はロンドンの父画伯のもとにいる間に、シェイクスピア『恋の骨折り損』の衣裳デザインを父の知人のために依頼された。優秀なデザインを制作したが、これを着用した劇の上演には、大尉とポーラが出演するように大尉自身によって仕組まれていた。ド・スタンシィ城での上演中に『ロミオとジュリエット』のラブシーンが混入され、大尉がポーラにキスする演出だった。サマセットがポーラに問うと、実際にはキスされてはいないと言ったが、ポーラ所有の高価なネックレスを最初はパーティでシャーロットに着用させ、劇中では大尉がポーラに捧げるという劇の趣向から、ポーラを迎え入れつつド・スタンシィ家（大尉）が城に復帰することを観客に印象づける意図が明らかだった。彼女の側にも新興の実業家一家ではなく、貴族的家系に連なる夢がある。翌日、永年行方不明だった彼女の伯父アブナー・パワー（Abner）がやってきた。彼はド・スタンシィ家贔屓なので、サマセットはポーラへの影響必至と見た。

サマセットが驚愕したことに新聞にポーラと大尉の結婚予定の記事が出た。翌日の新聞はこれを否定したが、ポーラは、従来から同居していた伯母、シャーロット、それに上記のアブナー伯父とともにニースへ旅に出る、修復作業についてのみなら連絡をくれてもよいとサマセットに告げた。他方、大尉は旅の直前まで彼女を独占したらしい。また結婚に関する新聞の誤報の出所は、アブナー伯父と判った。

（第四部）　城に残って修復工事をする彼の許へ、ポーラは二週間たってやっと知らせをくれた。彼の返事を得た彼女は、事務的な手紙だけをくれるように頼んできた。ただし個人的手紙を同封してもよいという。そのうち彼は、大尉が休暇をとって、妹シャーロットに会いにニースへ行ったと聞き、大急ぎで自分もニースに向けて出発。ポーラの一行が出発したあとを辿りに辿って、モンテ・カルロでデアを見つけた。ポーラはジェノアに行ったという。ニースの宿に帰ってみるとポーラは冷たい手紙を寄越していた。この間にデアは、サマセットの名を偽ってポーラ宛てに、モンテ・カルロの賭で無一文になったから、大尉に百ポンド持たせて来させてくれという電報を打った。大尉はやって来た。デアは金をせびったが大尉は応じず、ポーラに宛てて、サマセットが金を貰いに来なかったことを知らせた。

（第五部）　大尉はポーラの許に帰り、サマセットが金を取りに来なかったのは、きっと電報を恥じたのだろうと話した。大尉はポーラに愛を打ち明けた。しかしポーラは応じない。アブナーは大尉に、君の恋が実ればいいがと語るが、大尉は老いて金もないから、自分には見込みがないと答えた。実際には、デアという私生児がいることが彼の心に重くのしかかっている。デアは賭で儲けて優美な姿で父の前に現れ、電報は自分の仕組んだ贋物だったと父に打ち明けたが、父はこの息子が警察沙汰になれば自分が恥をかくので、これをポーラに話すことはしなかった。デアはポーラの前にやってきて、モンテ・カルロでサマセットを見かけたことを話し、一葉の写真を取り落としてみせる。それはサマセットがゆがんだ顔をした写真だった。サマセットを密かに愛するシャーロットがポーラの表情を見ると、写真を見たポーラが彼への気持を動揺させているのが判った。サマセットはやがて旅先で彼女に会うことができたが、彼女は冷たい。ポーラは大尉に「試用期間の恋人としてだけよ」と受け容れの姿勢を見せた。

サマセットはポーラに、イギリスへ帰ると告げた。ポーラは彼との絆が切れそうになるたびに、密かに泣いている。伯母からは大尉があまりに年上にすぎると言われた。だが伯父アブナーは、財産と家柄が結ばれるド・スタンシィ家との結婚こそ望ましいと言う。一方サマセットから、修復工事を他の建築家に依頼し直すようにと言ってきた。代役はヘイヴィルと決まった。このときド・スタンシィ準男爵（大尉の父）が死去したとの電報が入り（大尉は今や準男爵になったわけである）、同情したポーラは大尉の求婚を受け容れた。

故国に帰った大尉は、葬儀の際、自分の不義の子と知られないよう近づくなとデアに命じたが、これをアブナーに立ち聞きされた。アブナーはデアに仕事を与えてペルーに追い払おうとするが、デアもまたアブナーが国際手配されている政治的過激派の一員であることを知っているぞと脅し、互いにピストルで威嚇したのちに別れた。

三ヶ月がたち、サマセットは偶然シャーロットに逢い、ポーラの気持が変わった原因を尋ねた。それはあの電報だと言うので、自分はそんな電報を打っていないと告げた（このとき彼は、その週のうちにポーラの結婚式が挙行されることを知った）。シャーロットは彼の言葉を信じ、例の醜い写真にも疑問を抱き、街の写真屋で、これはデアの作った合成写真と知った。誠実なシャーロットは、放置すれば愛するサマセットと自分が結ばれる可能性が生じるのに、彼とポーラ双方への誠実から、電報と写真についての真実をポーラに告げた。驚愕したポーラはデアを告発しようとしたが、大尉は彼が我が子であることを白状してそれを止めた。その場でポーラは結婚予定を解消した。

今度はポーラがサマセットを追いかける番である。伯母とともに彼が建築のスケッチをしそうな町へ行ってみた。だが遠方に彼の姿を見つけながら、捕まえられない。次の日からも彼がスケッチしそうな教会を訪ねまわった。すると彼の父画伯と出逢い、この画伯と同じ船に乗って彼の行く手を追った。ポーラとの再会の前にサマセットは、父から彼女の結婚が延期になった新聞記事のことを聞いた。そこへポーラ自身が訪ねてきて「あなたを捜していましたの」と言う。理由は「修復工事を続けて頂きたいので」。彼は直ちに引き受けた。だが彼女は誤解の解けたこと、結婚を解消したことについては話さなかった。心配した伯母がサマセットを訪れたが、彼の体調が悪く会えなかった。ポーラは伯母に隠れて彼の宿舎を訪れ、帰途につく前に、誤解のないようにと「もし今でも私と結婚したいのならそう言って！」。そのあとは書くまでもない。伯母の許へ帰ったポーラは一言「私たち結婚するの」。そして「ミス・パワーのままお城に戻りはしないわ」。

二ヶ月後。結婚した二人は城の近くの宿場にいた。準男爵大尉は、息子デアに卑劣な行為は勝利に繋がることはないと言い残し、この地を去ろうとする。デアは、今夜は明るいぞと意味ありげに嘯《うそぶ》く。

その夜、デアは城に忍び込み、サルバトル・ローザの風景画、ロムニーの肖像画など城内の美術品を集め、工事現場から持ってきたかんな屑をそれらに乗せて火を放った。肖像画に描かれた先祖たちは、これは自分たちに相応しい栄光ある最後だと言わんばかりに、火のなかで頷いた。他方、新婚のポーラの許へシャーロットから手紙が届いた。英国国教会系の修道院に入るのだという。ポーラは泣いた。彼女は、美術品類を贈り物としてシャーロットに渡すつもりだったのに。このとき二人は火災に気づき、城に駆けつけた。多くの顔見知りも駆けつけ、悔やみの言葉を浴びせた。城は朝の四時まで燃え続けた。使用人たちも馬たちも難を逃れたと知った若夫婦は、宿舎に帰る途中で、不運な家系の幽霊に邪魔されることなく、城とは独立した「折衷様式の新しい家を建てましょうね」ということになった。ポーラはしかし、ため息をつき「お城は焼けないでほしかったわ。そしてあなたがド・スタンシィ家の一員ならもっと良かったんだけど」と言った。

［作品論］

〈イギリスの状況〉小説——『微温の人』

『ハワーズ・エンド』の先取り

上記〈概説〉に記したように、この小説は、ハーディが病中にエマに口述筆記させて仕上げた長編である。このために、出版当初から二流の作品と見なされていた。ハーディ存命中に優れたハーディの小説技法論を書いたビーチも、この小説については「ほとんど子供っぽいメロドラマ」(Beach: 4)として一蹴した。最近、出版後六〇数年を経て邦訳の出た優れた批評の著者デイヴィッド・セシルも「ハーディの最大の駄作」(Cecil: 142)と書いたし、近年になってからも例えばJ・I・M・スチュワートの極端な酷評(Stewart: 157)をはじめ、貶める論調が多かった。ピーター・ウィドゥスンは、これら以外の酷評の数々を二ページにわたって列挙している(Widdowson: 93)。〈概説〉に書いたが、日本でも、ハーディの全一四長編のうちただ一つ、二〇〇六年時点で翻訳が出されていない（企画がなされたのに、出版事情が悪化して実現しなかったらしい）。このように無視されてきた作品ではあるが、この一五年のあいだに次第に注目されるようになったことも事実である。彼が病臥したときには、すでに一三章までができあがっていたことが強調されるようになり、また一八九六年版でハーディ自身が触れている「あらかじめ構想されていた陽気な結末に向けて」という言葉も注目を集めるようになった（つまり、病気以前に構想が固まっていたから、それを読みとろうというわけである）。本書においても、当初の一三章を特に詳しく読んで、多少なりとも作品の見直しをしてみたい。なぜなら、この作品はその意図とプロットの展開において、E・M・フォースターの『ハワーズ・エンド』（一九一〇年刊）と酷似していて、二〇世紀小説の先取りをしている面が魅力的に思えるからである。

『ハワーズ・エンド』と併せ読む

まもなく触れるとおり、この作品ではヒロインのポーラ・パワーが住居としているスタンシィ城が、『ハワーズ・エンド』のハワーズ・エンド邸と同じく、様々な概念の象徴として機能する。上に記したこの作品の粗筋を念頭に浮かべたまま、以下に記す『ハワーズ・エンド』の梗概を見るなら、二〇世紀前半の英国小説の傑作とされるこのフォースターの作品とこの小説の類似性が見えてくるであろう。『ハワーズ・エンド』では、シュレーゲル家の次女ヘレンが、ビジネスだけの一家と定義づけられるはずのウィルコックス家を訪ねて行き、屋敷の持つ田園的情緒、ウィルコックス夫人ルースの優しさに我を忘れ、ウィルコックス家の次男に恋をしたと錯覚までしてしまう。シュレーゲル家は芸術と思想を最大限に尊重する一家で、ドイツ人だった亡父は、ドイツ人の拝金主義・物質主義を嫌ってイギリスに帰化した男。だからその長女マーガレットも、父の文化尊重の精神を受け継いでいる。ウィルコックス家がマーガレットたちの近くにマンションを買って住むようになっても、彼女は同家と一度は交際を拒否した。実際ウィルコックス家のルース夫人は、文学や芸術のことはまったく知らない。なのにマーガレットは、この異質な女性に惹きつけられる。しかも彼女のハワーズ・エンド邸訪問が実現しないうちに、ルース夫人が、自分の財産だったこの邸を、マーガレットに遺贈するという遺書を残して急逝する。本来はウィルコックス家を自己とは異質なものと見ていたヘレンが邸に魅せられたことが示すように、またのちに疎遠となっていたシュレーゲル姉妹の再融和の場所となるように、この邸はイギリス人の一種の郷里、統一のシンボルとして機能しており、その邸が誰に譲られるかは、当然象徴的に受け取られることになる。一旦は遺族がこの遺書を握りつぶしはするけれども、やがてルース夫人の遺志は実現することになる。

『ハワーズ・エンド』の主題と『微温の人』

他方、下層階級でありながら教養を身につける目覚しい努力をしているレナード・バストが登場する。音楽会でヘレンが間違えて持ち去ったぼろ傘を、遠路取りに来る貧しさ。しかし貧しさのなかでしっかりした生活実感を積み上げる彼にも、シュレーゲル姉妹は惹かれるものを感じる。また姉マーガレットは、夫人を失ったウィルコックス氏に結婚を申し込まれたときには、実務にのみ打ち込むこの現代のビジネスマンにも魅力を感じて、やがて彼の求婚を受け容れる。ヘレンはこの結婚に反対だった。そして彼女は、レナード・バストへのウィルコックス氏の態度を冷たいとして談判に来たりしたのち、バストに大金を残してヨーロッパ大陸の旅に出る。新婚旅行に出たマーガレットが追いかけても、ヘレンの行方は判らないままである。だが姉妹が再会したとき、ヘレンは、レナード・バストの身の上に同情した一夜の契りで彼の子を宿していることが判り、やがて出産する。ウィルコックス氏は、息子がバストに対して過失致死の罪を犯したことで落ち込み、ハワーズ・エンド邸をマーガレットに相続させることを決意。そしてマーガレットは、邸に惹かれるヘレンに邸での同居を許した上、さらに邸を妹ヘレンの子に譲ることにする――「まず繋ぎさえすれば（Only connect）」というエピグラフを持つこのフォースターの小説は、精神文化・芸術尊重主義と実利・ビジネス優先主義との融合、支配階級と労働階級との相互理解、イギリスの伝統や田園の情緒の、都会に中心を持つ現世代による継承などを主題としていることが、これらのプロットの展開を見るだけで明らかであろう。ハーディの『微温の人』は、これときわめてよく似た仕方で、これより三〇年ほど前の一八八〇年頃の、イギリスの各種伝統が、どのように評価され、新世代に受容され、変形されてゆくかを探ろうとする。

自己の病状から時代状況を考えるハーディ

作家ハーディは、『微温の人』執筆当時重病であったが、転んでもただでは起きなかった。テイラーは、必ずしも本小説を高く評価しているわけではないが、ハーディが病床にあっても、自己の逆境を直視して、新たな認識を得たことを指摘している――

人間が行動を抑圧された状況では、ちょうどシェイクスピアのリチャードⅡ世がポンフレット城に幽閉されたときのように、想像力豊かな者は自分の状況を、より一般的な人間の苦境の写しであるとして眺め、自己が逆境にいて自己認識を達成するプロセスを通じて、普遍的諸原理を識別しようと努める場合があり得る。（Taylor: 100）

――すぐれた人間はこのように思考を働かせるというのである。そしてハーディが、一八八〇年一一月下旬に、病床に横たわったまま左記のような省察をしたことを引用してみせる。

有機体である人間社会が、ちょうど有為転変に襲われた樹木または人間のように、どれだけの年月にわたって、またどれほど多くの場合において、立ち続けたか、横たわったかなど、様々な姿勢を採った様を見出すべし。

以下のような時期のあることが判明するであろう――

一、正常で健康な、直立している時期。

二、傾くか、痙攣状態に陥った時期。

三、倒れ伏した時期（知力が、それと量的に釣り合う無知または狭量によって無力化され、停滞を生み出す時期）。

四、うなだれ、意気消沈している時期。

五、逆転の生じる時期。（Life: 146）

ハーディはこの時期に、闘病のほかには『微温の人』を口述筆記で書き進めることしかできなかった。その時期の省察であるから、当然、自己に「逆転」が生じることを信じ、他方で古いものが潰え、新規なものの価値も定めがたかったイギリス社会の現状が、これらのどの時期に当たるのかを考えていたにちがいない。特に〈無知〉や〈狭量〉への言及は興味深い。ハーディは、常にヴィクトリア朝の〈無知〉や〈狭量〉を暴き、それらと闘う人間の姿を描く作家だからである。

〈古風〉と〈現代風〉の過渡期に

この小説には、何回も繰り返して「〈古風 the ancient〉と〈現代風 the modern〉」という言葉が現れる。今しがた書いたことと重なるように、ウィドゥスンも（誰しも同じように感じることではあるが）、

この小説の企図は、きわめて明瞭かつ明確に、「古代的なものと現代的なもの」とのあいだの過渡期にある、ハーディと同時代の社会の〈精神傾向 mentalité〉を検討することである。（Widdowson 1998: 97）

と述べている。だが新旧の呈示の仕方は、簡明というよりは、個々の場面の具体性・特殊性に合わせて複眼的になされている。これを本章では、先に述べたとおり、特にハーディが病臥する以前に書き上げていた最初の一三章に辿ってみたい。小説の最初から順を追えば、例えば主人公サマセットはゴシック建築による教会の写生旅行をしている

が、彼が、鉄道敷設王として経済界の大物にのし上がった現代の英雄ジョン・パワーの建立したバプティスト派の教会堂をはじめて見たとき、古雅な佇まいのゴシック建築のスケッチをしたあとだったからなおさら、この教会堂の「新式の実用主義（new utilitarianism）」(43)に大きな違和感を覚える。この教会堂は、疑いもなく美を欠いている——「この教会堂の新式の実用主義と、彼が日中に経験した古さびたゴッシック美術のあいだにある相違以上の大違いは、まず世に存在し得なかった」(43)。だがこのような古いものを愛すると同時に、サマセットは、教会の写生旅行という、当時紳士階級間に流行した趣味的な建造物愛好家たちと違って「教会の寸法をたいへん正確に計測している」(37)。受け継がれてきた教会建築様式への敬意に併せて、現代的な科学性を有しているのである。また彼の眼には「女にしろ美術にしろ、また生命を持たない自然物にしろ、ありとあらゆる種類の美に敏感な心を顕にする眼光」(同)が見られたと記されていると同時に、芸術のみに生きようとする一時期を過ごしたのち「熱意を籠めて実務的となり、建築の製図版に駆け戻った」(38)とも書かれる。

〈古風〉と〈現代風〉を併せ持つ男

そしていささか観念的な書き方ではあるが、彼の表情に思索的傾向の現れていることをまとめて「手短に言えば、彼は過去よりは未来の人類タイプが持つ美しさ——美しさと呼ぶのが妥当ならばだが——を持っていた」(37)とされる。これはもちろんクリム・ヨーブライトの面貌の再来である。この面貌のなかには、上記の現代風な教会堂に見られる〈実用主義〉からは美しさを感じることのできない男の表情と同時に、スケッチする建物の工学的興味にこだわる現代的表情も融合されている。この教会堂は多角的シンボルとして用いられ、彼が〈現代〉の世の中の主流的傾向である〈物質主義〉に迎合しない男であるとともに、やがてこの宗派の聖職者と議論して打ち負かすような、宗教離れした男としてこの教会堂を見下す現代性も持っていることが強調されている——すなわち彼は「一般の考え方の潮とともに動くのではなく、孤高の思考の流れのなかに漂うことにより大きな喜びを感じる」(38)男として描かれる。現代的とは言っても、現代の俗説に迎合するのではなく〈孤高の思考〉を抱きうる知的現代性を持つ男とされるのである。建築には妥協がつきものと知って、妥協のない分野としての詩歌にあこがれ、ワーズワス的な詩や、叙事詩の断片も書いた(同)——ハーディ自身が右のようだったのだ。自己の経験からハーディは、この小説でも、人物の精神自体に〈古風〉と〈現代風〉が共存する場合をたびたび描き出しつつ、この二者対立を、プロットの進行に伴って、人物だけではなくストーリー自体のなかへも組み込んでゆく。物語の背景となる田園には、夕暮れに荷馬車の音だけが三マイルも向こうから聞こえる〈詩人トマス・グレイの「エレジー」を下敷きにした描写。グレイの歌った田園は、ハワーズ・エンド邸が象徴するイギリスの伝統と似た意味を持つ〉。だがこのイギリスらしい田園の静寂のなかへ、「強力な時計」(40)が時を知らせて、森の向こうから鳴り響く。現代という〈時〉は否応なく、この農村にも入り込んでいる。この〈現代〉の音こそ、ポーラが女王然として住むスタンシィ城の時計の音である。

価値観の多様化のなかで

だがサマセットは「無制限に様々なものに感激するという現代の病」に冒されていて、「万華鏡のように千変万化する多様な美術の様式」のうち、どれを自分の出発点として選ぶか決められないでいるうちに、闇雲にひとつの様式を追求した連中が有名になり、自分は取り残されたと感じている(40)。やがて二〇世紀になって誰の目にも明らかになる価値観の多様化を、はやばやとこの男は感じ取っているのである。だから誰かがこの「一九世紀の夕方」(43)に、成人洗礼という、バプティスト派の信者しか行わない「試練に満ちた儀式」(44)を行うことを知ったとき、古い価値観もまた残っていることに興味をそそられ、その現場を見物する。若いころハーディは、年上の友人が真摯な宗教心から成人洗礼を受けたことに影響され、バプティスト派のキリスト教を充分に理解しようと努めた(Life: 29)。彼は同派のパーキンズ牧師と、その息子で彼の親友となった結核患者から、同派信者の堅忍不抜を知り、「質素な生活と高邁な思考」の必要を教わった(Life: 30)。のちにハーディはキリスト教そのものから離れるが、バプティスト派に触れた経験、精神上の影響を受けつつも成人洗礼を受けるには至らなかった経緯が、女に身を変えたこの小説のヒロインのなかに再現されるのである。洗礼を受けるべく現れたのは「現代的なタイプの処女」(45)で、上品な服装で参列している労働階級の信者、けれどもきわめて素朴な彼らの見守るなかでは、彼女は「ウルトラ・モダン」(同)に見えた、と書かれている。

判断留保の傾向のある微温の女

これがヒロインのポーラ・パワーである。内面生活を持った知的な現代女性。全ての経済力を親から与えられた女である点では、シュレーゲル姉妹と同じである。また親が実利を追求した大事業主だった点では、ウィルコックス家の子供と同じ立場である。この洗礼に当たって、ポーラは一旦、亡父の死に際の願いに従って、一九世紀の前半まではイギリス知性の一端を支えた非国教会系バプティスト派の洗礼を受けることにしたのに、当日は翻って現代の知的な娘に早変わりして土壇場で敢然と洗礼を拒否した。こうしてヒロインについても心の内部における新旧の混交が描かれる。そしてこのとき聖職者が「ヨハネ黙示録」からの引用によって、富に安住して、熱くも冷たくもないどっちつかずの信仰しか持たないことを咎める説教をした(47)ことから、彼女はその後も洗礼を拒否する。だがこのときの説教師は、ポーラが領主として君臨する土地の、借地借家人。『窮余の策』のミス・オールドクリフ、『森林地の人びと』のチャーモンド夫人のように、彼女は彼を住居から追い出す権力も持っていた。しかし彼女はこのような旧式な権力は揮わない。彼女は説教師が自分を咎める説教をする権利を完全に認める新しい女性である(61)。こうして新旧二つの価値観や行動様式のどちらにも、全面的に与することも反対することもできない判断留保的な態度、つまり既成の、外部から与えられたドグマ的価値体系を拒否する今日性が、『微温の人』の主題となる。

スタンシィ城に見える新旧

続いてスタンシィ城が描かれる。サマセットがはじめて城の近くへ来たとき、鹿よけのフェンスは残っているのに鹿はこのあたりには見られそうもなく、野うさぎばかりが目立つ。ハーディのいつもの象徴主義からすれば、中世的時代は過ぎ去ったが、しかしうさぎ程度の田園性の残った時代が示唆される。次に城が見えてきたとき、城の「半ばは廃墟、半ばは住居」(49)となっているのが見える。これも同様の象徴である。城の周りではふくろうの親子が鳴いている（先にも言及したトマス・グレイが「エレジー」のなかで歌った古い教会墓地のイメジを利用している）のと同時に、私設電信機に外部情報を直送する電線もまた、風に歌を歌っている。シェイクスピアの『ヴェニスの商人』の天体の音楽を語る場面を引用して、電線の歌が「星ぼしの歌」(同)のように聞こえると表現される（新旧の皮肉な対比である）。城は「封建時代の化石」(50)であるとともに、最新の科学技術を、電線によって文字通り取り込んだ建物でもある。しかも現代の象徴である電線は、遠い昔に建てられたスタンシィ城の濠の上部を通り、城壁を越え、天守閣とおぼしき塔へと延びて、矢狭間（arrow-slit）から内部へと引き込まれている(同)のである。次の重要な一節がこの新旧の並存を纏めている――

　城塞というものは本来、多様な考え方の交流とは無神経に敵対する精神の年老いた記念物であり、血と種族との過酷な差別の記念碑である。またそれは、〈教会〉の教えに逆らっての自己の隣人への不信と、野蛮な力以外のいかなる力をも断乎として受けつけない態度の記念塔でもある。この城塞が、何よりもまず汎人類的な諸見解の象徴と言ってよい機械装置、全ての人類の知的、精神的血縁関係の象徴である電信装置の帰着点であるという事実を知って、サマセットはある思いがけなさを感じた。この点から見れば、風に鳴る細い電線は、そのまわりの巨大な城壁よりも学徒サマセットには遥かに精妙な意義を持っていた。だが大人にもなりきらないうちから、人びとを消耗させる現代の熱病と焦燥もまた、電線は表していた。そして今日のこの側面は、封建時代の美しい一面とは、良き対照を成してはいなかった。(同)

このあとに「美しい一面」として列挙される「余暇、楽天的寛容、強い友情、鷹狩、猟犬、酒宴、健康な顔色、心配からの開放、世界に二度と現れない建築技術の生き生きした力」(同)については、甘い郷愁、非現実的な空想を読者は感じるであろう。しかし情報の交流と共有がやがて二〇、二一世紀の新たな世界観の基礎を作ることになることの予言、情報過多が新時代の焦燥の源となることへの危惧、人間精神の基礎構造の新旧併置という点で、上の一節はよくその機能を発揮している。またサマセットの、一気にそのどちらにも心惹かれることのない〈微温の人〉らしさも、この一節は適切に描き出している。

没落貴族と資本主義の勝ち組

翌日再び城を訪れたサマセットは、「日焼けしたチューダー朝の兵士」(52)が踏んだにちがいない石段を登り、城壁に付着するコケの茂み――「太古の昔から、夏ごとに茶色に日焼けし、冬ごとに再び緑色をとり戻したコケ」(53)を目にする。あの電線は、今は「地上に出されて不安がっているミミズ」のように、矢狭間にくねっている(同)。そして城の内部を見せてくれたのが、この城を失った貴族の令嬢ミス・ド・スタンシィ。やがてこれはシャーロットという名の、人柄が二人となく優れた女性とされるが、当初はわざわざ不美人として描かれ、貴族的なものの凋落の象徴とされる(56)。城の主は、のちに鉄道敷設で現代の王者となった父を持つ二二、三の女ポーラと判る。ここでは、旧支配階級の没落と、資本主義の勝ち組の上昇とが、人物によって象徴されているわけだ。代々の準男爵ド・スタンシィ一族の肖像画が、手入れもされずに横たわっており、「画布のいくつかは大変汚れがひどく、描かれている人物の顔は、霧の向こうの月のように、おぼろに見えるだけだった」(53-4)。まもなく絵画は洗浄され、フレームは手入れされる(58)というが、それもシャーロットの希望的観測にすぎない。この準男爵の令嬢シャーロットが「率直で隠し立てしない田舎娘」(59)であることとあいまって、ド・スタンシィ家の凋落は、文字通り地に落ちている肖像画によっても示される。これ以降、この城の内部の状況、その改築の方向、その消失の経緯など、全てが象徴的に扱われる。一つの建物に対して様々な意味を与える小説作法は、ハーディに始まったことではない。オースティンもブロンテ姉妹もこれを有効に使っている。だがイギリスの伝統と新しい時代を表す建物の象徴性を強く意識して、スタンシィ城またはハワーズ・エンド邸を用いたという小説構成は、ハーディとフォースターを繋ぐものである。

中世の花瓶に現代の花

他方ポーラの現代性が、日々発展する科学技術と情報の広がりに連動したものであることが強調される。一マイル六ポンドの金をかけて電信用の電線を城まで引き入れ、都会の情報は決して逃さないようにしている(62)。また電信とは別個に、イギリスだけではなくパリ、イタリア、アメリカの定期刊行物を彼女は取り寄せている(63)。また古い時計は時間だけ示して何分かは示さないから、先にサマセットが聞いた大音声の新式時計をつけたが、それは「今日では時間は昔よりずいぶん重要度が増したから、もちろんもっと細かく刻まなくっちゃ」(62)という理由によるのだった。彼女の頭には、新しい町の計画があり、町は鉄道駅(それは父親が買い占めたらしい土地の真中にある)の近くに展開することになっている(同)。最近の月評誌や外国雑誌の転がるなかに、電信受信装置が収まっている。

これら新時代のものたちが、古くて年代を経たもののひしめくなかに、したり顔で収まっている様は、まるで一九世紀からさまよい出た一時間が、蝶のように一三世紀に入り込んで、そこで道に迷ったままになったかのようだった。(63-4)

さらに彼女の寝室が一瞥される。青と白の、絹の天蓋つきベッド、パラソル、絹のネッカチーフなどいずれもなまめかしく新しい。「度肝を抜くように新しい、背の高い鏡」(64)もある。「シンデレラの足にぴったり」(同)と思われる繻子のスリッパ。脱ぎ捨てられたガウン。揃いの青と白でできた椅子に無造作に置かれた聖書やバプティスト・マガジン、そして幼児洗礼論などは、彼女が最近何を考えていたかを示し、州の名家紳士録は、彼女が結婚相手を考えていた証左かもしれない。こうして彼女は小説に登場する前に、これらの調度品から、中世の城に住む現代女性として描かれてしまう。サマセットは一日目の城塞見学を終えたあと、あの〈率直で隠し立てしない田舎娘〉のような貴族の末裔よりも、「中世の花瓶に活けてある現代の花」(同)のほうに思いを寄せつつ、「諸階級・諸信条の、現代における大変動のもとで、日に日に世の中に現れてくる不調和（incongruities）」(同)のことを考えていた。

人類の進歩——貴族と新興階級の融合

〈不調和〉とは判りにくい言葉である。ある階級なり信条なりが言葉で示された場合に、その言葉が従来指し示した概念とは異なった意味を含むようになれば、それは不一致・不調和を感じさせるであろう。サマセットはこのあと村の酒場で、このあたりにバプティスト派の信者の多い理由を聞き知る。それはバプティストたちが本来改革しようとしていた幼児洗礼の無意味さの認識とは、縁もゆかりもないものだった。つまり子沢山の貧乏人が次つぎに子供を亡くしたとき、イギリス国教会なら多額の埋葬費用がかかるが、バプティスト派では僅かの費用ですむからなのである(65)。また、これを語ってくれた飲み屋の親仁も、バプティスト教会堂の近くに住んでいたときは、雨の日に傘が傷まないからバプティスト派だったが、住み替えた今はイギリス国教会に戻ったという（この小説で、下層階級の現況を描出する場面として記憶に残る）。だが一方で、親仁がシャーロットとポーラの仲が良いことを喜んでいるのを聞いたサマセットは、準貴族と新興成金が感じさせる対立は、〈現代〉においては予想に反して融和に向かっているという、喜ばしい〈不一致〉を思い起こして、次のような思いにふける——

この対蹠点に立つというべき異種の二家族に生まれた娘たちが、このように親友となっていることは、飲み屋の親仁だけでなくサマセットをも喜ばせるものだった。昔彼はたびたび、人類の進歩についての魅惑的な夢を思い浮かべたものだったが、この友情は、夢見た進歩を実際に示す嬉しい一例だった。そのころも彼は、大邸宅と収入、麗しの妻女（Deiopeia＝並みの女性）、可愛い子供たちに直結する職業よりも、詩歌、神学、そして人間社会の再編成のほうが重要な事柄だと思われていたものだ。(66)

〈神学〉を言及しているのは、〈商品としてのテクスト〉の穏健さを示すものでしかない。〈人間社会の再編成〉こそが〈本音のテクスト〉の露出部である（これは文字通り体制転覆思想として、一九一〇年代以降恐れられた。オールダス・ハクスリーの初期小説類はたびたびその隠然たる存在を客観的に描き出す［森松 1987］。また階級間の融和も、前記フォースターに見るように主題化された。ハーディはすでにこれらの問題を意識している）。彼は、階級差のある二人の女性の、寛容な精神による友情を寿ぐ気持で酒を飲む——

彼女らの三倍の年齢と名声を得ている男たちが、絶対的に維持することが必要だとたぶん感じているはずの階級障壁を、彼女たちは、純粋で本能的な良識によって、打ち破ってくれたのだ。(66)

『ハワーズ・エンド』に関して略説した階級差解消の主題が、ここにも先取りされているのが見えるであろう。

実業が王者となる時代の到来

この異なった階級同士の融合については、『微温の人』の他の箇所においても、シャーロットの父準男爵、老ウィリアム卿が「私たちとパワー家では、一八〇度違うのですがね——連想される事物も、伝統も、考え方も、宗教の点でも——ポーラは過激なほどに非国教会系の宗教異論者の家族の出身なんだが」(73)、にもかかわらず、友人を見つけることが現代ではきわめて大切だから、ポーラと娘の仲を大切にしたいと言っている（小説の最後では、国教会系の家庭で育ったシャーロットが国教会系の修道女となるのだが、ポーラにそのことを親愛の情を込めて手紙に書き送る）。そしてシャーロット自身も、ポーラと仲良くなったことについて、感じ方も、連想されることも習慣も、大きく異なってはいても「わたしたちが互いに愛着を持つのに、それはまったく何の障害にもなりませんでしたよ。この違いこそが、わたしたちをそれだけ一層結びつけたのだと思うの」(63)と言う。そして彼女は、準貴族としての無意味なプライドをまったく持たない女として、サマセットを自宅に招く。それは年代を経た邸宅ではなく、道端に立つモダンな住宅で、客間には一八世紀末の（シャーロットの祖父母の）肖像画が城から運ばれていて、天井が庶民的な高さでしかないその部屋では、額縁がほとんど床まで達している(71)。「ポーラからのプレゼントだったの。家族の古い肖像画をみんなあげると言ってくれたんですけど、容れるところがないの。貰ったら、家いっぱい、天井まで詰まっちゃうわ」(同)——これを聞いて父準男爵ウィリアム卿は、「先祖の精神を留めてくれるものは何にもないんだし、姿の影法師なんか残したってどうなる」(72)と言い、肖像画に未練を残さない。また卿は、一言口を開けば〈節約〉を強調する。この日、宿に帰ってサマセットが漏れ聞いたところでは、この準男爵家の没落の一因として、歓楽地の開発、銀鉱山の試掘などに出資して失敗したことも挙げられている(74)。殿様商法ながら、ポーラの父パワー氏と同じ現代起業家に変身しようと彼は試みたわけである。この小説では〈家族の勃興と衰退〉という主題が扱われているという指摘もある（Riesen : 110）。特にこの場面は、中世以来続いたイギリスの貴族中心社会がついに潰えたことを巧みに象徴するとともに、貴族と平民の壁の消失、実業のみが栄える時代の到来をも、自然なストーリー・ラインに沿って描き出している。実業重視の点でもまた、『微温の人』は『ハワーズ・エンド』のさきがけを成している。

キリスト教の〈今日的〉状況

次にはサマセットは、バプティスト派の説教師がポーラ・パワーに洗礼を受けるよう説得している場面に出くわす（このときはじめて日常の彼女の姿を彼は見る）。説教師は「あなたのこの退嬰的微温性によってバプティストの大義に及ぼす危害が、いかに取り返しのつかないものであるか」(80)を考えるようにポーラに求める。サマセットは

飛び入りで論争を挑み、勝利する。だがポーラから説教師について、

> あの方は誠実そのものなのです。自分の持ってるほとんど全てを貧しい人びとにあげちゃうの。病人たちのなかに入り込んで世話をやき、必需品を自分の手で運ぶのです。家で休んでいて当然なときに、村の無教養な人びとや少年を教えますし、それで疲労困憊して倒れるほどなの。（中略）自分の信念に従って真理だけしか語らないから、いつでも女性を怒らせてしまいますの。でもわたしを怒らせたことないわ。(85)

という話を聞く。サマセットは彼に会いに行って仲直りをする。このとき説教師は、のちにも触れるとおり、スタンシィ城に漂う、カトリックが跋扈していた時代の悪影響について語るとともに、ロンドンで当時増殖していた「新たな光（New Light）」(87)にポーラが影響されることを危惧する。サマセットはそんなことはないとこれを否定する。これらの場面では、キリスト教の〈今日的〉状況が、この小説の主題の一端として入り込む。

「新たな光」たちの一員ポーラ

この「新たな光」たちとは何者であろうか？　当時のキリスト教について、広範な知識を披露したティモシィ・ハンズの解説に従えば、旧来のキリスト教宗派全てから離脱して、自己流に自己の欲望とキリスト教を両立させようとする新たな信者たちを指すと要約できよう。ハンズは、ハーディの描いた「新たな光」は、このポーラと『カースタブリッジの町長』のエリザベス・ジェインだと言う。バスシバやユーステイシァは幸せを求めるが、彼女らは恋愛の満足に終始する。それに比して、

> 「新たな光」は、ジョージ・エリオットのヒロインに似たところがあって、折衷的な宗教哲学を追い求める。（中略）ハーディの描いた最初の「新たな光」ポーラは、宗教上と物質上の、両方の満足を求めるのである。（Hands 1989 : 57）

ここでこの小説のほぼ最終場面に一時目を移すなら、スタンシィ城の火事の通報が寄せられる直前に、結婚したサマセットとポーラが、シャーロットの手許へ、ド・スタンシィ家の肖像画全てを贈与するポーラの意図について語りあっている。前に触れたシャーロットの手紙、すなわち彼女がポーラに、国教会系の修道女会に入って生涯を終える決心を伝える手紙を送ってきたのはこの場面である。これによって肖像画贈与の計画も潰えたと嘆くポーラに、夫サマセットは、シャーロットを通じてその兄へ贈るかたちでもいいではないかと提案する。

微温性を臨時的に必然とする「新たな光」

そのとき再び「新たな光」を指すと思われる言葉を、ポーラは夫の耳にささやく。

> 「そんな贈り物をしたって、所詮はあんまり正義の実行以上のものにはならないわね。もっとも絵画取得に我が家はお金は出したん

ですけど。でもそれは伝統に反抗的な簒奪者が、大事な友だちに正義の行為をしてみせるだけのこと――と言ったって、わたし正確には簒奪者ではないわ。言い換えましょう。国際性を持った新たな貴族階級の代表者が、排外的な旧貴族階級の代表者に正義の行為をするようなものよ。」

「君は自分をどう定義づけるのかね、ポーラ、だって君は父上の信仰を表明しないんだろう?」

「たぶんわたしはウッドウエル説教師がおっしゃったタイプなんだわ。（中略）聖書の〈黙示録〉に言うところの、冷たくも熱くもないものか何かなのよ。でももちろん、それはより大きなものの亜種なの――わたし何事についても微温の人かも知れない。わたしの本当の姿は、自分で判る限りでは、微温性が偶然の性質ではなくて、もう少しものがはっきり見えてくるまでは微温性を臨時的には必然とするような、そういうグループの一人なのよ」ポーラはこのときまでに夫のそばにまで近づいてきていて、彼の顔を自分のほうへ引き寄せて、ある名前をその耳にささやいた。

「何だって、ウッドウエルさんは君がそれだなんて、君にも言ったのか!」(406)

このときささやかれた「ある名前」が、ウッドウエル説教師が口にした「新たな光」であったと考えてよいであろう。「新たな光」は蔑称として用いられているからこそ、彼女はささやいたのである。しかし彼女自身は状況を見定める新しい光であろうとしている。

積極的リベラリズム

この「何事につけても微温の人」というポーラの言葉は、宗教に発しながら、その他諸事万般についてドグマティックな断定を避け、「ものがはっきり見えてくるまで」は、いかなる〈イズム〉にも一方的に加担しはしないリベラリズムの表明である。この一句は、本作品の主題を大きく示唆する。つまり、イギリスの現況を検討する小説として、日々の大きな変化の行く末を見極めつつ、判断を保留し、その変化の関数として自己の考え方もまた柔軟に修正してゆく態度の表明である。先のバプティスト派洗礼を拒否したことに対するウッドウエル説教師の困惑のなかには、中世的スタンシィ城の悪影響を嘆く言葉があった――説教師はポーラの美徳に満ちた行動を称えつつも、

ときどき思うのですが、あんなスタンシィ城の林立する塔たち、土地たちが彼女の災いになるでしょうね。中世カトリック主義の精神が、いまなお、押し黙ったあの城壁のあちこちに漂っているんですよ。静かな空気のなかの悪臭みたいなものです。真のピューリタンの因習破壊精神を鈍らせてしまうんですよ。(86)

バプティスト信仰を〈真のピューリタンの、因習破壊精神〉と位置づける説教師の見解である。サマセットが「彼女は幼時洗礼主義者ではありませんよ、一見そう見えるかもしれませんがね」(同)と反論している。すでにこの段階で彼は彼女をよく理解している。彼女の中世趣味は、城の持つ歴史に対する敬意によるもので、成人洗礼拒否は、中世

カトリックとは何の関連もないことは、小説のその後の展開によって明らかである。それは、遙かにより現代的な意識、すなわち上に見た意味でのリベラルな微温性によるものである。そして〈相対主義〉という言葉が、この小説の根本的思考態度として語られることがある点にも、一言注釈を述べておきたい。ある意味では、この指摘は適切である。だがこの小説の主張する〈微温性〉は、〈相対主義〉の持つ受動性や右顧左眄を意味しはしない（まして二一世紀の汎世界的文化受容の意味での相対主義ではない）。それは一九世紀末において、積極的に、適切に、世の推移を見極めようという意識の別名である。これについては再び触れることにして、また作品前半に戻りたい。

〈現代〉を構成する様々な見解

第八章は主として、昼食に集まった人びとの会話から成り立っており、のちにオールダス・ハクスリーによって受け継がれたと言ってよいほど、ハクスリー初期四小説と似たかたちで、イギリスの現況の断片が象徴的に、食事時の会話によって示唆される。ハーディの特色は、スタンシィ城の現代的修復をめぐってその発言がなされることである。ポーラが城に彼を迎えて喜ぶ理由は、一つには彼が有名画家の子息だからである(90)。彼女はこの画家の絵画を二点所有していて(同)、現代と芸術とに関心があることが示される。だがこの城の修復を話し合う場面で、建築家へイヴィルがサクソン時代の石を取り外してそれにそっくりな新たな石を入れると言うと、贋物はいやだ、補修の痕が見えてもいいという意味のことを言う(93)。また一七世紀におけるクロムウエル革命の際に議会側が銃撃してできた壁の損傷は、残しておきたいと言う(100)。過去と歴史を保存したいという考えも強い女としても示されるわけである。また彼女の芸術・歴史重視の傾向を支える脇役として、グッドマン夫人という名の「実際的事項についてのお目付け役ないしはアドヴァイザー」(91)も登場している。これは通俗な近代合理精神を象徴する寓意像であろう。そしてその向こうに、宗教上の信念を維持したままの非実務の権化——一七、一八世紀非国教徒の純粋真理探究精神・急進的異論主義の生き残りのような説教師が見える。ヘイヴィルは歴史上の事実、すなわちこの城にはノルマン征服以前の、例えばサクソン文化の痕跡はないという事実を誤認するが、サマセットがこれを訂正する。サマセットは「このすばらしい城の名匠による技法が、ヘイヴィルのような男によって下手にいじくられそうになっているのを知って」(93)胸が痛くなる。〈現代〉の認識におけるサマセットの科学性が強調されながら、彼の過去への認識も同時に示される。この場面では、ポーラにも、これと対になる両面性があることが描かれ、そのリベラリズムが示唆される。

人類精神の大行進を象徴する女か？

スタンシィ城の改修を頼まれたサマセットに、彼女はギリシャ風の中庭を造ることを打診する。「このお城の霊についての、あなたの感情と矛盾はしませんか」と尋ねる彼に彼女は「わたしは中世主義者じゃないの。折衷主義者よ」(111)と答える。また最初この城の中世風が嫌いだったのに、今は「もしわたしがド・スタンシィ家の一員で、お城がご先祖様の長期にわたる住処だったのなら、お城の一つひとつの石を愛で、封建主義こそただ一つの、人生におけるロマンスだと思うでしょうけど」(同)と言っている。彼が「それならあなたは芸術より科学を象徴する人なのですね」(同)と訊くと、彼女はどうして？　と尋ねるので、彼は、

僕の言いたいのは、あなたは〈人類精神の大行進 the march of mind〉を象徴する人ということですよ——蒸気船、鉄道、それに人類を揺り動かしている様々な思想の象徴ってことです。(112)

と言う。だが彼女は、鉄道王の父を崇める気持は日々に薄れてゆくと答える。遠くに列車の轟音が響き、突然、聞こえなくなる。彼女の父が建設したトンネルに入ったのだ。ポーラは、つい先ほどサマセットが彼女の手をとって示した城塞のカーブと対比するように「このトンネルのカーブは、科学の勝利と言われています。イギリスのこの地方に、これに匹敵するものはないわ」(同)と一度は誇らしげだったが、

自分の遠いご先祖様がここに見るような偉大な城塞を建設したことよりも、自分の父があそこにある偉大なトンネルと鉄道を建設したことのほうを誇りにすべきことだと、あなた思いますか？(同)

とサマセットに尋ねる。自己の確信によって答えるか、質問者の家族関係を考慮して答えるか、決めがたいことだったが、彼は、

現代的見地からすれば、鉄道は疑いもなく、城塞なんかより誇りにすべきことですよ。もっともたぶん僕自身は、単なる連想から、城を築いた先祖のほうに最終的には味方しそうですが。(同)

と答えて、ポーラが気を悪くしたのを知り、後悔する——ここからは新旧の事物の併置という主題をときどき離れて、恋愛が表舞台に立つ。だがそこでも、古いロマンスを連想させる貴族の一員か、現代精神を濃厚に持つ建築家かという夫選びのなかに、テーマは受け継がれる。

女のセクシュアリティ主題はごく小規模

次にサマセットが、まるで偶然のようにポーラと出会い、「木々の群葉が底部を走る実在のレールをほとんど隠している」鉄道のトンネルを見る場面が来る(114)。これを、『狂乱の群れをはなれて』でトロイが剣舞を見せる窪地の場面と同様に、フィッシャーは女陰の描写として捉えている(Fisher：105)。また佐々木徹もその英文による論文で、そのあとの列車の巻き起こした風と、ポーラのドレスや頭髪の揺れも含めて、この場面が次の恋愛の展開に対して持つ性的含意に触れている(Sasaki：52-3)。ともに貴重な指摘ではあるが、『狂乱の群れをはなれて』におけるバスシバの、女としての情熱に火がつく状況とは違って、ここでのポーラには無意識の性衝動によって動かされてゆく描写は伴っていないし、その後の実際の彼女の行動も、少し彼への愛情を深めた感はあるものの、衝動による決定的な急展開を見せはしない。確かにポーラは、サマセットの姿が見えないのを列車による事故と思って彼の近くへ来る。また、トンネルとは別方向から来た別の列車にはねられそうになって、手を引いて

いた彼に実質上助けられる。しかし切り通しの上まで登ると、彼女はいつもの文明人に戻っているのである(117)。この小説でのテーマとして隠された部分には、『狂乱の群れをはなれて』ですでに展開された女性のセクシュアリティの問題はごく小規模にしか存在しないと言えるだろう。代わってイギリスの現況を追求するテーマは、やがて最初の一三章（ハーディ病臥以前に執筆の諸章）を過ぎてさえ、受け継がれてゆく。第一三章では、実際には偶然の手落ちから、華やかなポーラのパーティに直前まで招待されなかったことで不快になったサマセットが「近代性だとか、新たな貴族階級だとか、手短に言えばポーラが象徴している全てに対して、激しい反動を感じた」(122)場面が描かれる。そして彼女は、その手落ちの埋め合わせのように、彼を園遊会に誰より先に招く。

貴族の一員でありたかったポーラ

第一四章に入ると、ある新聞の論説に、中世美術の傑作であるスタンシィ城が一種の〈聖像破壊者〉の手に入って、壊されそうになっているという投書が掲載される。ポーラは野蛮人の一人と見られたことを気にして、ド・スタンシィ家の一員であったらよかったのにと言い出し、しかもド・スタンシィ一族と同様にイギリス国教会的でありたい様子(130)。彼女は作者によって、時には「麗しのピューリタン」(139)と呼ばれるほど、国教会離れをした女とされているのに、家系が視野に入ると宗派観が変わるのである。サマセットはド・スタンシィという高貴な一族への彼女の憧れに不純なものを感じて「でもあなたはそれとは違った高貴――才能と企業の点で高貴な人びとがいることを忘れたのではないでしょうね」(130)と問いかける。彼女は忘れていないと言いつつ、ド・スタンシィの一員でありたかったと言い続けるので、サマセットは「何という彼女らしくない矛盾だろう」(131)と嘆く。ここで第一部が終わるが、第二部は、リアリズム小説として読む限りでは、不自然な筋書きと不自然な人物の動きに満ちてくる。例えばその第二章でデアが、ヘイヴィルへの借金取りを、彼が五千ポンドの建築契約を獲得したという嘘でもって追い払う(150)のは、リアルな世界なら借金取りが説得されるはずがないから、メロドラマ的演劇においてはじめて納得が得られるたぐいの展開である（上記佐々木徹は、メロドラマの一九世紀における役割を分析して、これを肯定的に捉え、この小説を擁護している。Sasaki: **50 ff**）。そしてこれ以降のハーディは、明らかにジャンルについての固定観念を放棄して、メロドラマの手法によって、本章「粗筋」に示したような複雑なストーリー・ラインを突っ走る。だがそうしてさえ、いやそうするからこそ、象徴的意味での〈イギリスの現状〉を、リアリズムにおけるよりも明快に浮き出させて示すことができるのである。むしろ私たちは、ウィドウスンが力説する、ハーディの積極的なリアリズム離れ（Widdowson: **113**）を支持しつつ、この小説への罵詈讒謗を封じるほうが得策であろう。

現代における貴族階級の没落

第一部ですでに悪漢として登場したデアは、演劇的単純明快によって、明らかに貴族社会の〈退廃〉の寓意像になりきる（粗筋に見えるとおり、デアはのちに準男爵位を継承するド・スタンシィ大尉の非嫡出子)。彼は、父とポーラを結婚させたい自己の野心から、実力を失いサマセットとの競争に勝てない建築家ヘイヴィルと同盟を組む――これ自体が、サマセットは邪魔だという共通項でくくられた〈退廃〉と〈欺瞞〉との組み合わせであって、これも〈現代〉を跋扈する悪徳結託の寓意である。「年収五千ポンド以上の彼女が、あんな男(サマセット)に身を投げ出すなんて。鞭をくれてやらなきゃ」(145)と言うヘイヴィル自身が、匿名で自己利益のために新聞にポーラやサマセットを誹謗する「紳士にあるまじき」投書をしていた(143)。またこの二人が不法侵入して覗き見た、サマセットの独創性に満ちたスタンシィ城改修設計図は、「ヘイヴィルの頭に、ちょうど暗闇に光が差すように輝いて見えた」(154)。サマセットは古城を現代文明の要請に合うように作り変えるのではなく、古城の廃墟を保存し、そこと繋がった新建築物を建てるように設計していたのである(同)。このあとのデアの胸の入れ墨(ド・スタンシィ一族のものという書き込み)、デアのピストルによる脅し、ド・スタンシィ大尉による不法侵入者デア(我が子)の写真のすり替え、デアの父に対するポーラとの結婚の勧め、しり込みする父にポーラの裸体に近い体操姿を見せるデアの計略など、第二部終結までの全てが、上記のとおりの単一センテンスに要約した単純さで話が進む。いずれを見ても、簡明直截に悪漢の仕業であり、貴族の没落を象徴するのである。このなかで初登場したド・スタンシィ大尉(のちの準男爵)は、こうした没落を表すように、三九歳の独身、結婚しもしない相手に子供を生ませていて、見た目にも「父の老準男爵よりも背丈が低く、疲れた様子」(164)に見え、さっそく、不法侵入者の写真のすり替えという罪を犯す(168)。悪用される写真という挿話も〈現代〉の傾向を示す小道具だ。それと同様にポーラが雨の日に体操をする体育館もまた、彼女の〈現代〉的考え方の象徴として用いられる。これを建てたヘイヴィルが言う――

世襲的新型王女

彼女は社会問題その他に進歩的な考えを持っていましてね、女性の高等教育についての考えはものすごく強いのですよ。彼女が崇拝している、またはしていた、ギリシャ人の体育教育についていろいろ話していましたよ。月刊評論誌に自分の理論を公開するありとあらゆる思想家や科学者に、彼女は心を籠めて耳を傾けていますよ。自分と同じ女性の身体の発達というこの問題には、彼女の心のなかの他の問題とともに、それなりに注目したことがあるのですよ。そこで彼女はこの城にやってきて真っ先に、この体育館を建てさせたのです。体育理論のごく最近の見解を採り入れ、新しい、女性のための大学での体育館に倣ったかたちで。(182)

ポーラは、テニスンの『ザ・プリンセス』のイーダ王女を受け継ぐ女性教育論者としても、このように語られている。だが彼女の亡父が、何ら先祖からの遺産にも威光にも依拠することなく、自らの才覚と力で財をなした近代的な男であるのに対して、彼女は、父親の財力に依存して今日の力を得ている。いわば現代の、世襲的新型王女である。知性に恵まれたポーラは現代の要請を敏感に感じ取るとともに、一種の王女として、自己の家系にも過去の文化との連想が備わることを願いもする。『ハワーズ・エンド』のシュレーゲル姉妹の心情と共通する感覚である。またハーディは、そういう女を登場させることによって、イギリスの現代や未来を作り上げつつある勢力による文化・文明と、旧来のイギリスを推進してきた支配層が象徴する文化という二つの、なお〈現代〉に存在する価値のあいだで、決定的判断を先延ばしにして揺れ動く現代の一タイプを示してもいる。

社会的・職業的自立に到達しないパワー

だが彼女の名前パワーに反して、彼女が感受した価値を意味あるかたちで社会的に還元する力は、これ以降も、第三、四、五部を通じて発揮されない。エマに口述して貰ったという事実が、ハーディの小説制作に制限を加え、作家としての自由を失わせただろうという指摘（Taylor：99）が当たっているのかもしれない。ともあれ彼女がこの長い三部を通じて行ったことと言えば、サマセットをロンドンから呼び戻して城の修復を再依頼したこと、ニースへ旅に出たこと、準男爵になったド・スタンシィ大尉の求婚を受け容れたこと、その結婚予定を解消したこと、サマセットを追いかけ結婚したことだけである。バーバラ・ハーディはこの小説を「フェミニスト小説である」（B. Hardy：13）として見るが、この立場からしても私たちには社会的・職業的意味での女性の自立のテーマは見つからない。バーバラ・ハーディも当然ながら作品内に溢れる折衷主義に言及し、「折衷主義には選択の問題が生じる」（15）と指摘したあと、〈選択〉に当然随伴するはずの〈行動〉は、少なくともポーラの側からは発せられないことを次のように述べる——

> ポーラは教育を受けた女ではあるが、女性たちの教育は、一九世紀前半のフェミニストたちが嘆いたように、皮相的で継ぎはぎ的なものだった。知的専門職とは無縁で、女性たちは求愛と結婚のためにのみ訓育を受けた。こうして女性たちは最悪の場合は家庭の重荷となり、また良くてせいぜい家庭の支柱・刺激剤となるのである。ポーラの教育不足・職業欠落は、男性たちとの彼女の関係、女相続人としての彼女の立場によって浮き彫りにされる。（同）

この評論は「ハーディ小説の女性たちは、当時の時代と場所から来る状況、すなわち夫選びをするしかない限定的状況を反映している」（同）という見方に集約される。力を与えられた場合でさえ、当時の女性は、夫選び以外は何もできない。これも〈イギリスの現況〉を表しているのである。バーバラ・ハーディは、ポーラの先駆女性としてジョージ・エリオットの『ミドルマーチ』のドロシア、『ダニエル・デロンダ』のグエンドレンを挙げ、彼女らもまたそのエネルギーを結婚のために誤用したこと、また『微温の人』とほぼ同時に発表されたヘンリー・ジェイムズの『ある貴婦人の肖像』のイゾベル・アーチャーが、これも誤った結婚にのみその才能を浪費した様をあげ、誤用に終わらなかったポーラの才能にも、これらと同様の時代的限界を見る。

安易なロマン主義に傾くポーラ

作品後半でのポーラについては、彼女を失いかけたサマセットの視点から、次のように設定がなされる。

　他の条件が同じならば、彼女の興味が、ド・スタンシィ家の名前を有している人物のほうへ自然に傾くということは、日ごろ公言している彼女の好みからして明らかであった。彼女が、ちょうど鳥のくちばしから落とされた種子のように、中世文化の割れ目に落とされた現代精神の化身だというサマセットの当初の思い込みは、今はある程度修正されなければならなかった。人間性そのものが存続する限り全ての人間の胸に存続し続けるはずのロマン主義が、彼女の心に顕在化してしまったのだ。そのなかに何らかの長所があるからではなく、長期にわたって存在したがゆえに、古くからのものを珍重する考えが、彼女のなかで育ったのだ。そして彼女の現代精神に翼が生えて、今、それは飛び去ろうとしていた。(272)

これはほとんどハーディの自伝に収録された手記を読むかのようである。確かにポーラにせよ誰にせよ、人の心のなかに、このような意味でのロマン主義に向かう自然的傾向があるのは事実であろう。だがここでも、自らの才能と努力で新たな時代の有為な人間となろうという視点が、ポーラという当時の女性には欠落しているという印象が、ここから生じるのである。彼女の頭のなかにあった新しい街づくりは、計画が示されたまま、実現はその後、語られていない。

新旧社会的ポジションの縁組

　ポーラに欠落していないのは、ド・スタンシィ準男爵になる可能性のある大尉との結婚が、自分にとってどんな利点を持つかについての分析力である。次の引用で最初に語っているのはド・スタンシィである——

　「こう言わせていただくのを許してください、だってあなたの人格にも私の人格にも無関係に言わせて貰うんですから。パワー家とド・スタンシィ家はお互いに補い合うものなのです。それに、抽象的観点から、両家は互いに熱心に、こう呼びかけあっています——〈両家が手を携えるのは、何と適切なことか〉と。」

　自己の常識に対して直接の説得がなされたときには淑女気取りなどしないポーラは、その場で率直にこう答えた——「ええ、家族のポリシーという観点からですと、疑いもなくおっしゃるとおりですわ。でも社会階層上の問題をうまく処理するあまり、幸せを危険に晒すほど計算高い女でありたくないの」(331-2)

彼女は続けて「物事の適切さという観点から、あなたはわたしの社会的地位を強化するためにド・スタンシィの一員になるべきだとおっしゃるの？」(332)と問いかける。大尉は「そして私も、パワー家という科学技術にとって重要なお名前を相続なさった女性との縁組によって、自分の社会的地位を強化すべきだと思うのです」と答える。それぞれの象徴する社会的地位の縁組という点でも、この場面は『ハワーズ・エンド』の先取りである。しかしポーラの行動は、夫選びという枠は決して越えないのである。

一方のサマセットも、第三、四、五部を通じて積極的に意味のあることは、最終局面に至るまで何一つ行わない。しかし最後には、「(サマセットの建築計画における) 古きものと新しきものの併置」(Casagrande：178) という、上記第一部でも詳細に主題化されたモットーを、最終場面でもう一度、火事で消失したあとの家屋再建に関して再主張する。この彼の折衷主義は、建築計画以外の場面でも一貫している。一方で宗教離れをしながらも、他方では、論争で打ち負かした説教師の人間的美質を大いに認める点（これはポーラも同様）に見られた態度は維持されるのである。伝記的に見れば、前にも述べたとおり、若い頃のハーディは、バプティスト派のキリスト教に興味を抱き(Life：29–30)、同派の牧師から、「質素な生活と高邁な思考」の必要を教わった。こうした精神的価値は、宗教のドグマを切り離したあと、ハーディとサマセットは受け継ぐのである。とは言っても、現在と未来に不必要なものは、この作品内で滅びたり、滅びの象徴であったりする。バプティスト派の宗教は、その真摯な真理探究の精神は評価されつつ、ポーラによっても、また彼女の考え方を支持したサマセットによっても否定された。イギリス国教会は、より真実に近づこうとしたバプティストでさえ否定されるコンテキストでは、当然積極的な意味は与えられず、貴族の最終的没落の象徴と言うべき（シャーロットの修道女会入会という）悲劇的な出来事のために用いられている。国教会は、否定される一方で、この作品のなかで誰よりも心情の美しい、無私で献身的、威張らず愛他的なシャーロットの生涯の居場所として選ばれるのである。そして貴族文化と世襲的支配の象徴であった中世の城そのものが、貴族の放蕩のアレゴリー像と言うべきデアによって消失させられる。だがその廃墟は尊重され、その傍らに夫婦の新居は建設される。

ドグマを捨て、精神的価値は保存

想像力ある理性

さて先にも触れたとおり、ハーディはこの小説を閉じるに当たって、ポーラの言葉――「わたしは微温性が偶然の性質ではなくて、もう少しものがはっきり見えてくるまでは微温性を臨時的に必然とするような、そういうグループの一人なのよ」(406)――これによって主題にも完結性を与えようとしている。ポーラについての「新しい光」というあだ名は、宗教の観点から蔑称として用いられたものだったが、実際には彼女は、そしてサマセットもまた、旧来の価値の一部を温存しつつ、新たな思想や科学や経済の成り行きを採り入れて行く「新しい光」なのである。ハーディ自身が終生リベラリズムを自己の行動原理としたように、主人物二人もリベラリズムに辿りつく。なぜ〈辿りつく〉という表現を使うかと言えば、ポーラは、先に見た安易なロマン主義をほぼ捨て去ったし、サマセットも、伝統の良き部分を護り、その上で城の廃墟から醜い残り灰を取り除き、「衰退のなかで美しい」(408)廃墟の良さを隣に見ながら、妻にはマシュー・アーノルドが唱えた「想像力ある理性」(同)という、それ自体が良き折衷主義を示す言葉を思い出させて、二人の結婚の出発の記念とするからである。彼は彼の最後の台詞で、ポーラの人格の特徴をまさしくこの〈想像力ある理性〉として捉え、そのまま進むように忠告するのである(同)。

第九章『塔上のふたり』（*Two on a Tower*, 1882）

概説

ハーディの公刊第九長編小説である。最初には、アメリカの雑誌だけに発表された——一八八二年の五月から一二月にかけて、ボストンの「アトランティック・マンスリー」誌に連載されたのである。挿絵はなかった。この雑誌はイギリスでも売られてはいたが、これは異常な状況である。当時の交通事情から、ハーディは遠方の異国に届けなければならない原稿の締め切りに追われ、また雑誌連載中は、校正さえできず、その段階では小さな書き直しも不可能であった(Page 2000: **442**)。単行本としては同年一〇月にイギリスのサムソン・ロウ社から三冊本が、また一二月にはアメリカ版が出ている。単行本の段階でハーディは書き直しを行い、とりわけ小説の最終場面に出てくる幼い少年が、ヴィヴィエットとスウィジンの結婚が法的に無効であったと判ったあとの、二人の別れ際に懐妊されたことをはっきり示す書き方に改めた(同)。一八八三年には一冊本が出て、このとき、一七世紀のイギリス詩人クラショーからの詩の一節が巻頭銘辞として表題の下に掲げられている。一八九五年版には、「前書き」が附された。上記クラショーのエピグラフはこうである——

「ああ、私の心よ！　彼女の眼と彼女とは
お前に新たな天文学を教えてくれた。
〈愛〉本来の時間が　どのように定められていようと
星々の会合が　どのように招集されていようと
哀れな〈愛〉が　生きながらえるか死ぬかは
ひとえに彼女の眼のなさけにこそ　かかっている」

クラショー「愛のホロスコープ」

クラショーの時代には、天文学の発達が世を驚かした。天体の〈合〉の時間まで、正確に予知できるようになった。〈愛〉の時間さえ、天体の運行に倣って、定めに従うのである。だが私の心が教えられた〈新たな天文学〉によれば、いわば旧型のプトレマイオス天文学に言う主動天のように、全てを始動させるのは彼女の眼なのである。これと同様の、恋愛と天文学の並置をこの小説でハーディは試みた。彼は天文学に心惹かれる男。巨大な天空と矮小な人の恋との対比を示す詩「幻のなかをさまよった」（詩番号**4**）の断片を以下に掲げる——

この巨大なる〈円屋根〉、すなわち天空の
奥の奥なる広間へ来て、地上では並びなく
明るい星も、かき消されて見えない奥まで来たときに、
ぼくには地上のどんな場所も〈我が家〉に見えてきた！
するとぼくの悩み、貴女が遠くにしかいない悲しみが
貴女が近くにいるという喜びの感謝に変わった。

［粗筋］　コンスタンティン準男爵（Sir Blount Constantine）は長期間旅に出たまま帰らない。その令夫人ヴィヴィエット（Viviette）は二八、九の若さで退屈と憂愁をもてあまし、夫の所有地の丘の頂にある塔から四囲を眺めてみようと、初めてある夕方塔に来た。古代に何かの用途で利用されたらしい丘は、山腹を螺旋状に巡る道路を通って容易に登ることができたが、南北戦争のあと一七八二年に、準男爵の曾祖父の戦功を記念して建てられたというこの塔は、すでに忘れられ、ここに登ってくる者はまずいない。だがこの日令夫人が塔の屋上に来てみると先客がいた。女性の形容に用いるべき〈美しい〉という言葉がぴったりの若い男。望遠鏡を覗いている。太陽に異変が生じていると言う。夫人は「地上の私たちに関係があるの？」と尋ねた。このとき初めて所有者の貴婦人がやってきたのだと知り、男は自分の曾祖父がこの塔の初代管理人で、塔への鍵は代々受け継がれてきたが、今日まで誰も鍵を借りには来なかったと話した。この鍵を使って彼は、多くは夜、そして今日は昼間から塔に入り込んだのだ。令夫人は夜、星空について教えてほしいと言って去った。帰途、村人に美青年の素性を訊いた。彼の亡父は牧師だったが、農場主の娘と結婚する愚を冒したという。青年の名はスウィジン・セント・クリーヴ（Swithin St. Cleeve）。令夫人は、美青年は世の甘言や快楽の誘惑の犠牲になりそうなものなのに、醜男が行っても同じ効果が上がりそうな天文学に夢中で、美貌を意識していないことが魅力的だと思った。

村の現牧師は有志を集めて聖歌の練習をさせていたが、令夫人から使いが来て、相談があるというので準男爵邸に向かった。夫人は手に一通の手紙を持っていたが、それを話題にするまえに、自分の結婚の不幸を打ち明けた。大変嫉妬深い夫である。しかし嫉妬心以上に、アフリカの地理学者として名をなしたいという名誉心が強く、アフリカへ出かけてしまった。出発に際して、令夫人に、どんな男にも決して近づくな、夜会にもディナー・パーティにも絶対に出るなと言うので、令夫人は自ら、そんなに私を信用しないのなら、尼僧同様に暮らして見せますと言ってしまった、こうした状況で、この約束を破ってはいけないだろうか——これが牧師への相談だった。牧師は当惑し、強制されたのなら別だが、自ら言い出した約束は守らねばならないと説いた。令夫人は実は今の話は序の口で、もっと言いたいことがあったと手の中の手紙を見せたが、この件はまたあとでと話を引っ込めた。

十日ほどして、コンスタンティン令夫人はスウィジンを塔に訪れた。約束どおり、星空の神秘——木星と土星、シリウス星を望遠鏡で眺め、宇宙空間がいかに広大かを聴き、広大さはついに恐怖の源になるという話を聴いた。令夫人は、私が相談に来たのは、大宇宙から見れば些細な人間的な話だから、もう一度考えてからにしますと帰途についた。送ってきたスウィジンは、あの南天の星の下にご主人がいらっしゃると指さした。夫人は、言わずに帰ろうとしたことが話題になったから言いますが、アフリカでライオン狩をしていることになっている夫がロンドンで見かけられたという匿名の手紙を貰った、夫の顔を知っている人で信頼できる人に、真偽を確かめてきてほしい、あなたが引き受けてはくれないだろうかと一気に話した。スウィジンは、研究中で近く重大な現象が観測されるはずの変光星を、令夫人が深夜と早朝に塔へ来て代わりに観測してくれるならという条件で、これを引き受けた。赤道儀がないので、望遠鏡は塔でしか使えないのだ。

彼はすぐに上京し、彼女の用事をそっちのけに、観察を怠らなかったかと訊く手紙を寄越し、まもなく舞い戻った。調査の結果、夫君の準男爵はアドレスとされたところにはいなかった、人違いだった、その人物は準男爵そっくりだったが、別人だったと令夫人に報告。だが彼は嬉しそうだ。ロンドンで高価なレンズを手に入れたからだった。だがそれが入った鞄を、夫人の目の前で手すり越しに落としてレンズが割れた。祖母に多額の金を借りてまで手にしたレンズ、しかも研究の成否をかけた品だった。嘆き悲しむスウィジンを、夫人が慰めた。彼女はやがて新たなレンズを取り寄せ、服の下に隠して塔へ赴き、昼寝していた彼の近くへそれを置いた。二度目に見に行ったが、なお彼は睡眠中。令夫人は、彼の頭髪を一巻き、鋏で切って持ち去った。

彼はレンズに大喜びして、偶然二人が会ったときには、丁寧に感謝の言葉を述べ、先日嘆き悲しんだのが恥ずかしいと言った。彼女は若いときはそんなものよ、と言った。この言葉が彼を傷つけたと思われたので、また訪ねてくるよう手紙を書き、塔のドアの下から入れておいた。出過ぎたことをしたと後悔して取り返しに行くと、ドアの下にはもう手紙はなかった。そのあと彼は姿を見せない。ようやく村道で出逢ったとき、彼は望遠鏡がうまく作動しなくて落ち込んでいるという。赤道儀という、グランド・ピアノの二倍も高価な機械さえあれば、と彼が言うので、彼女は考えてみたいと言って別れた。令夫人にとって彼は今や自分を絶望から隔てる魅力ある介在物となっていた。

彼女は彼を再び邸に呼び、赤道儀を注文する、それは自分自身のためだ、あなたをここの天文台長にしますから自由に使ってちょうだいと告げた。しかし召使いたちが、夫人の興味は実際には天文学ではなくて美青年だと噂しているのを立ち聞きして、赤道儀もその支払いも彼のみが係わる形態にして、孤独な生活に戻った。悪い噂は消えた。

スウィジンは支払いのための現金を夫人の指定のとおり、雪割草が地上の天の川のように彼を見上げている邸の窓際で受け取った。赤道儀をぜひ見てくれという彼の懇請で、夫人は尼僧のように顔を隠して塔を訪れた。彼の誕生日に、赤道儀一式を彼に贈ると言うと、彼は喜び、妻として天文学が、友人として令夫人がいてくれればあとは何も不要と言う。私が男なら友人になれるけど、と夫人はため息をついた。

彼は赤道儀を使って変光星について大発見をした。論文に書くといったまま、彼女の前から姿を消した。そのうち彼が、六週前にすでに他人が同じ大発見をしていたので、失望のあまり死にそうな病にかかったとの噂。夫人は我を忘れて駆けつけ、瀕死の彼にキスをした。

だが彼は恢復した。彗星の到来が、彼を元気づけた。令夫人は彼を訪ねようと門前まで来て去って行く。このままでは自分は姦淫の罪を犯すと感じた彼女は、この恋情を捨てようと教会で祈り、彼には妻を娶らせ、妻を通じて金品の援助をしようと決意した。すると牧師が現れて、夫君準男爵が一年半前に死亡したことが判ったと告げた。

夫の借金を返すと、令夫人は小さな馬車にしか乗れない貧窮に陥った。ある日彼女は塔から彗星を見るために塔の鍵を借りていった。スウィジンは夫人が望遠鏡を操れないと思ったので、彼も塔へ出かけた。

すでに夫人が来ていた。そこへ、夫人に彗星を見せてもらう約束だった村人たちがやってきた。塔の前での村人の会話を漏れ聞いたスウィジンは、初めて夫人と自分との男女としての関係に気づいた。雨を理由に村人を小屋に閉じこめて、夫人を裏から脱出させた。

彼は突然情熱的な恋人に変身。却って彼女は遠ざかった。彼のほうが彼女の馬車を追いかけ、二人の恋人としての初めての出会いが実現。彼女は一〇歳近い年の差を気にしたが、彼は平気だと言う。だが二人は従僕に目撃されたショックで、もう会わない約束をして別れた。

三ヶ月間二人は会わなかった。スウィジンが夫人を呼び出し、密かに結婚することを提案した。彼がロンドンで結婚許可証を取り、結婚後、彼女が求めたときに公表する――彼女は同意した。彼女に相応しい地位につくまで、彼は結婚を秘密にする決心をした。だが大嵐が来て、彼の家が壊れた。即刻のロンドン行きは不可能、かつ二週間後に、彼女の兄ルイス（Louis Granville）が来るのでその後はまた不可能。そこで彼女がバースへ行って結婚の手続きをすることになった。彼がバースへ向かう前、大叔父からの手紙。彼が二五歳まで結婚しなければ年に六百ポンド贈るという。彼はこれを無視して出発した。

予定どおり二人は結婚式を挙げた。一泊の後の帰途、ある紳士が馬に向かって振った鞭が新妻ヴィヴィエットの顔に当たった。すばやく避難した彼女は、その紳士が自分の兄（元外交官）だと言う。結婚をひた隠しにするために、その夜は塔の下の小屋に泊まった。

二人は元の生活に戻った。彼は邸の窓から侵入して新妻と会った。新妻は彼に堅信礼（信仰を固める秘儀）を受けよと勧める。宗教に関心がなく、人間相互の信頼のほうを重んじる彼だったが、妻のこの要求に応じた。彼女の兄が来たので、冬の雨の中、彼女の亡夫のコートを借りて彼は帰途につく。彼が夫準男爵に似て見えるのでヴィヴィエットは恐怖の叫びをあげ、彼が村を歩くと卿の亡霊に間違われた。

主教が招かれて堅信礼が行われた。彼女は情熱をこめて夫の堅信礼を見守ったが、彼には何ら感激はなかった。説教中に居眠りした少年がいた。元令夫人の侍女役タビサ・ラーク（Tabitha Lark）という若い娘が、この子に注意しようと取り出したハンカチと一緒に小瓶や硬貨をこぼして騒音をたてた。スウィジンは拾い集め、彼女を慰めた。年齢、庶民性などから見て、むしろこれこそ彼にふさわしい娘。

邸での昼食会にスウィジンは招かれなかったが、話題にはされた。主教は彼が自分の友人の息子と知り、天文学を学ぶ前途有為な若者として褒めた。令夫人の兄は、この青年がタビサと恋仲だと言い、夫人は驚愕。主教は兄妹と牧師館での夕食をともにしたい意向だったが、彼女は頭痛を理由に出席せず、夫に会いに行った。タビサのことが気になったからである。夕食を終えた主教たちは、塔へ向かった。

ヴィヴィエットは嫉妬から解放された。だがそこへ主教と牧師。彼女は困って、ベッドと壁の間に隠れた。彼は塔の奥へ主教たちを案内し、彼女は無事に逃れた。だが主教は翌朝、二人で会いたいと言う。

翌朝主教は面会時間に遅れて彼に会った。昨夜彼の部屋で珊瑚のブレイスレットを見つけ、女と戯れる男に堅信礼を施したことを後悔していると言い、この女の装身具を墓石に投げつけたが、主教は女が誰かは知らない。近くにいた兄は、スウィジンが拾い忘れたブレイスレットを手に入れた。これをタビサのものと思った彼は、通りかかったタビサに渡す。彼女は戯れのプレゼントと思って受け取ったが、あとで令夫人がこれをペアで身につけていたのを思い出した。一方兄ルイスは妹と主教の結婚を計画中。主教と結婚すればこの管区の精神の女王になれると、盛んに妹の説得を試みるが、妹は主教を愛していないと言う。スウィジンが窓辺で妹と話すのを見た兄は、そのあと妹がブレイスレットを捜しているのを知って疑惑を感じ、タビサに、同じブレイスレットの片割れを持っているかどうか尋ねる手紙を書いた。

ヴィヴィエットはすぐにスウィジンに会い、ブレイスレットの件を知った。邸に帰るとタビサが来ていた。タビサが返しに来たブレイスレットを、彼女は二つに分けて両手に着用するようにさせた。翌日兄は、タビサが両手にこの装身具をつけているのを見た。邸に帰ると妹も同じものを両手に。この疑問を解くため、兄は罠を用意した。スウィジンを呼び出し、邸に泊まらせたのである。彼の寝室のドアに、蜘蛛の巣をかけておいた。あとで調べると、蜘蛛の巣はなくなっていた。その上、妹の部屋から声がする。行ってみると彼女はお祈りをしていたのだと言う。部屋を捜したが、誰も見つからない。兄は妹を脅し、スウィジンを愛していることを認めさせたが、当のスウィジンは外出から帰ってきた。星の観測を終えて帰ってきたと兄妹に告げた。

主教からヴィヴィエット宛に、求婚の手紙が来た。彼女はお断りすると言う。兄は高い地位につく機会を逃す妹を罵り、邸を去った。

彼女が丁寧な断り状を書いているところへスウィジンがやってきた。主教にだけは真実を明かそうと言う。彼はこの日グリニッジ天文台へ行かねばならないので、急いで去った。彼女が改めて真実を手紙に認めていると、弁護士から使いが来た。夫の準男爵が実際には昨十二月まで生きていた、先に死んだのは彼の相棒だった、彼はアフリカの王女と結婚し、最後は自殺したという。彼女とスウィジンの結婚は、まだ夫が生きていたときのこと。法的に無効と判った。ヴィヴィエットはグリニッジの彼に手紙で知らせた。入れ違いに彼からも手紙。新聞で知ったが、もう一度結婚すれば問題はないという。

スウィジンが帰ってきたので、ヴィヴィエットはすぐに塔を訪れた。彼は屋上の望遠鏡のところ。部屋の中の紙切れを見ると、彼への年六百ポンドの年金の手続き期限が来たことの通知だった。屋上から降りてきた彼は、年金を受け取るつもりはないと言う。彼女は、遺言のかたちで前に送られてきた年金遺贈の手紙も目にした。自分が彼の将来を損なっていると彼女は感じた。これらを読んで私が考えるまでは、このことで返事を書かないようにと彼に約束させて、彼女は帰った。

ヴィヴィエットはこれらの手紙を読んで、彼が二五歳になるまで独身を貫かせ、それまでは二度目の結婚をしないようにしようと決心した。そのころには彼も変わるかもしれない。しかし、そうすることこそ前途有為な彼のためだという気持で、その旨手紙に書いた。

スウィジンは彼女の書簡を受け取り、彼女の目に触れるところにあの手紙を置いたことを後悔した。直ちに邸に彼女を訪ねたが、会えないという返事。翌日も同様だった。三度目に彼女が断った際、訪ねて来ていた兄に目撃された。兄は妹の心が変わったと思い、スウィジンを訪ねて行き、年金を活用してぜひケープ天文台への船旅に出かけよというのが妹の意志だと告げた。彼は、彼女自身の口からそれを聞きたいとの手紙を出す。ようやく彼女は会いに来てくれた。「君を残して行きたくない」という彼の言葉に、彼女は情熱に身を任せた。しかし真夜中。邸まで送っていった彼に対して、彼女の最終的な返事は邸の窓越しになされた――若いあなたは拘束を受けずに、行きなさい！

古い恋をあとにして新たな仕事に向かうときの男の喜びを、スウィジンもまた感じていた。彼は、天文台長に注目されていたのだ。彼は出発した。一方、主教から手紙が来た。未亡人期間がご自分の思っていた期間より短いことが判ったときに、たまたま自分の求婚が行われた、これを拒否なさったのは称賛に値すると書いてきたのだった。いずれ改めて申し込みたいとあったが、彼女はすぐに忘れた。

彼女は散歩の際、幼子の幻影を見た。そして翌朝妊娠の兆候を知った。彼女は驚愕して彼の船の出る港へ駆けつけた。だが船は出てしまっていた。彼の実家に立ち寄ったが、連絡先は判らない。自殺も考えた。彼女は兄に、無効となった結婚の事実と妊娠とを打ち明けた。

兄は翌朝、主教に会いにメルチェスターへ出かけた。妹の返事は持ってこなかったが、妹はあなたを愛している、不幸だった妹を救ってくれと頼んだ。邸に帰るとスウィジンの連絡先は判らなかったと妹に告げた。翌日、時間が経つにつれて妹は呆けた表情。そこへ主教が到着した。彼女は求婚を受け容れた（この時代、妊娠して結婚できない女が、他の男性との結婚によって世間の非難をかわした＝森松）。

ヴィヴィエットは妊娠を知る前に、一年間手紙を出すなとスウィジンに言ってあった。彼は五ヶ月間世界を経巡り、やっとケープタウンで実家からの手紙を手にした。コンスタンティン夫人と主教との結婚を知らせる手紙だった。もう一通、ヴィヴィエットから、結婚に至った事情を知らせる手紙が届いており、やがて彼自身の子が生まれることを彼は知った。さらに二ヶ月が経ち、今度はメルチェスター大聖堂の主教夫人の男子出産を報じる新聞の切り抜きが贈られてきた。

さらに三年ののち。祖母が送ってきた新聞の死亡欄に主教の名があった。ちょうどこの時、スウィジンは天文学者としての三年間の研究を出版するために、本国に帰ることになっていた。故郷に降り立つと牧師に出逢い、主教夫人が結婚後、不幸だったことを耳にした。道すがら、可愛い男の子に出逢った。主教未亡人の子供だと牧師は告げた。だが彼はなぜか、まっすぐヴィヴィエットの許へは行く気になれず、祖母宅に帰った。ちょうど、ロンドンで音楽を学んで成功したタビサが来ていた。彼の研究の整理や清書を、喜んで引き受けると言って顔を赤らめた。祖母は、主教未亡人は今体調も良くないと言う。

翌朝、塔の上にヴィヴィエットが子供連れで来ているのを見つけた。声をかけると、彼女は喜びの声を途中で途切らせた。彼が駆け寄ろうともしない上に、見誤りようのない表情が彼の顔に現れたからだ――彼は彼女の老醜を見たのだ。彼女は別れましょうと言う。彼は言葉を真に受けて階段を降りかけたが、やがて真意を理解し、彼女を抱きしめつつ、結婚するために帰国したと告げた。彼女は悲鳴に似た喜びの声を上げて彼の首に摑まり、倒れ込んで息絶えた。彼は「大事にするよ！」子供に向かってか、彼女にか、取り乱しつつ言った。絶望のあとの絶大な歓喜が彼女の命取り。彼もなす術がなかった。

［作品論］

『塔上のふたり』——だが女は独り

評判の悪いこの作品の結末

この作品の末尾でヴィヴィエットが喜びのあまり死ぬという成り行きは、多くの酷評を招いてきた。ハーディの小説はリアリズムに立脚したものではないことを先駆的に指摘したゲラードでさえ、これを大きな欠点としている。ハーディはこの小説の主人物二人の気質上の違いを、途中まではアイロニカルに、トラジ・コメディの筆致で描いてきたのに、終わり近くなってこの筆致を放棄したというのである。それまでの書きぶりとは無縁の外部から、二人の愛の成就を妨げるいくつもの障害——妹の主教との結婚によって社会的地位上昇を企む兄、スウィジンが二五歳以前に結婚したら貰えなくなる遺産、結婚を迫る主教、夫の死が考えられたより後の時点だったこと、結婚は法的に無効だったこと——を強引に導入して、挙句の果てに憐れみの情でもって結末をまとめることによって、このアイロニーという高度な喜劇を台無しにしたとする(Guerard 1949：55-6)。比較的最近でも、ハーディ小説のなかで無視されてきた作品の擁護を目指して書かれた論評のなかで、R・H・テイラーも、おそらくはこのゲラードを受けてハーディがトラジ・コメディを書こうとしたことを認めるものの、その扱いに困ったハーディが辿りついた「この上辺だけの悲劇的終局」を論難している(Taylor：135-6)。この作品には「詩的魅力がある」(同145)と評価したテイラーでさえもがである。

芸術機能の要請から来る死

けれども私たちは、ハーディ小説の結末における主人物の死は、むしろ絵画様式とも言うべき象徴性を持っている場合が多いことに目を向けなければならない。すなわち西洋絵画において、磔刑図をはじめ、多くの殉教図に見られる様式化を伴う主人物の死の呈示をもって、悪への強力な抗議とするという様式である。悲劇としてジャンル化した演劇でも、オペラやバレエでも、終幕の死は当然のこととして導入され、その死が大きなメッセージを発する。リアルな死ではなく、芸術機能の要請から来る死である。ハーディの場合、『窮余の策』のミス・オールドクリフは、途中いっときは加害者のように見えながら、巻末における死によって、彼女もまたヴィクトリア朝慣習の被害者であったことを読者に発信する。『青い瞳』のエルフリードの死も、ヴィヴィエットのそれに劣らず唐突だが、これも同じ観点から、すなわちヘンリー・ナイトが具象している理不尽なヴィクトリア朝の諸観念に打ち倒された女として理解されよう。『テス』の場合には、なおのこと抗議の意味合いを強く含めて、エンジェル、ライザー・ルーの二人とともに、読者に、彼女に死刑が執行された印となる旗を見させる。『塔上のふたり』の場合、この小説の魅力は上流階級としての特権をひけらかしたり、地位を利用した権力の行使を行ったりすることなく、女としての誠実な情愛と、年長の女としての母性的な配慮を示すヴィヴィエットから発していることは明らかであり、その突然の死は、エルフリードやテスの場合に酷似しているのではないか？　彼女もまた一種の犠牲者として示されていると考えられるのではないか？

ジョン・ベイリーは

『塔上のふたり』は、再読するたびに生気を増す。主教の問題など丸ごとひっくるめて、この小説の最終諸場面には、後年のより有名な小説『森林地の人びと』における型にはまった（結末の）扱いより、異常な状況に調和した、真にハーディらしいペーソスがある。(Bayley 1982 : 69. 括弧内本書著者)

と言う。これは、現世代のかたがたには、印象批評的に響くかもしれないが、真実の籠った論評である。本書著者も第二二章以下の諸場面を不自然として斥けたくない。むしろこの作品のテーマの本質と関連させて、この死を理解したい。ヴィヴィエットの結婚による地位上昇を企む兄、遺産相続に象徴される経済問題、主教の教条主義、単純論理による結婚の法的な無効性――上記テイラーが、ハーディの不自然な困難の導入と難じたこれら機械的な事柄の描出法自体が、彼女の人間的な心の内側の描出法と鋭く対立し、作品のテーマを浮き出させるからである。さらに堅信礼（信仰確認礼）とそれへのスウィジンの疑念、スウィジンの人間中心主義とそのゆくえなど、テーマを複雑化し、新しい小説を誕生させようとする終幕におけるハーディの努力にも目を向けたいと思う。

ハーディ小説に登場する自然科学者

ハーディの小説世界では、自然科学に従事する男性は、芸術的見地からの建築家サマセット（『微温の人』）を除けば、『森林地の人びと』のフィッツピアズと当作『塔上のふたり』のスウィジンだけである。いや、もう一人大物を加えるなら、これも『塔上のふたり』の、功名心からアフリカへ出かけ、ライオン狩をして博物学・地理学まがいのことを志すブラント・コンスタンティーン準男爵、すなわちヴィヴィエットの夫がいる。ハーディはフィッツピアズを、知的だが、他人の感情への尊重度の薄い冷酷人間に造型した。そして、実際には小説に登場しないコンスタンティーン準男爵を、妻の心にはまったく関心がなく、それでいて妻の社交界への出入り、男友達とのつきあいを完全に禁じる横暴なヴィクトリア朝男性として、舞台裏から力を発揮させている。彼は沈黙したままだが、この小説では大きな役割を当初から与えられている。自然科学上の情報のみを真理としてものを考えた作家にしては、わざわざ彼らを自然科学に関心ある人びととして創りあげるのは、一見おかしな成り行きに見える。『森林地の人びと』出版のころになって、なお自然科学に従事する人びとを悪魔との連絡者と見る傾向は、教育を受ける機会のなかった人びとのあいだにだけ残っていたにすぎないからである。『森林地』に登場する女中オリバーお婆は、生前から自分の遺体を一〇ポンドでフィッツピアズに買われていることから、上記の、自然科学と黒魔術との迷信めいた連想がほのめかされている。だが旧世代にこのように感じられたという事実と、ハーディが自然科学従事者を冷たい目で描いた事実とのあいだには、実は確かな共通性がある。その最大の共通因子は、自然科学信奉者はとかく人間の感情生活をさえ自然科学法則によって説明し去り、その感情を抱く人物への人間的な理解を欠いていることが多かったことである（今日その正反対の科学者が多いことは周知のとおり）。だが同じ科学者スウィジンの造型に当たっては、彼を人間の情緒にやや疎い男に仕立てはするものの、一八八〇年代という時代をよく反映するかたちで、当時の、自然科学による社会進出を志す男性の典型像を作り上げる。善意と新思想の持ち主としての彼のなかに、フィッツピアズ医師的な冷めた理科学者としての人格も併せて描き出そうとしている。

恋愛の科学的分析

そのフィッツピアズ医師は、『森林地の人びと』のなかで、ヒロインのグレイスを賛美しつつ、シェリーが女性美を讃えた詩を朗読し、これを聞いたジャイルズが「先生はその女性がよほどお好きなんですね」と言うと、こう答える――

> 違うね、ぼくのはそうじゃないんだ、ウィンターボーン君。ぼくみたいにこの森の孤独のなかで暮らしているとね、孤立した人間は蓄電用ライデン瓶に電気をためこむように感情の液体を充満させるのさ。それを放流する伝導体が近くにいないからね。人間の恋の思いなんて主観的なものさ。あの偉大な思想家のスピノザが言っている――「恋それ自体、人間の本質」とね。恋は、観念の伴う喜悦でしてね、この観念を我われは自分の視線の方向にある、適切な事物になら何にでも投影してしまうのだよ。ちょうどこれは、虹の七色が、樫だろうがトネリコ、楡だろうが、なんでもござれで投影されるのと同じさ。それゆえに、実際に現れたのではなくて、誰でもいい、別の若い女性が現れたのだとしても、ぼくはまったく同じ興味をその女に感じていたろうね、ぼくの見たこの女についてと同じように、その女についてもまさしく同じシェリーの詩句を引用していたろうよ。我われはみんな、そのように惨めな環境の作物なのさ！
> （117）

人間の恋は、本人だけが主観的に大切なことと評価しているにすぎない。実態としてそれは対象を得さえすれば、蓄電器が伝導体をあてがわれるだけで電気を流すように、体内に溜まった欲情を流出するだけだ（だからグレイス・メルベリなんて、その伝導体の一つにすぎない）、というのである――これは真実ではあろうが、人間は誰しも相手にこんなふうに恋されたくないし、自己の恋をこのように解釈されたくはない。人間内部の意識が感じる世界像と、客観的・科学的世界像とのかかわりが、この台詞のなかでは両断されてしまっている。この〈人間の意識〉の希求と外部世界の実態との齟齬は、『テス』において大きく発展させられるテーマ（本書第一二章作品論参照）だが、ハーディは若い頃からこれを意識していた。

科学的認識と人の意識尊重の二面構成

前妻エマと交際中に、彼はエマに宛てて、小説執筆を永久に放棄して建築に専念しようかと手紙で相談している

（Life：86）。だが女の直感で〈とハーディは言うのだが〉エマは作家の道を歩むようにとの返書を書いた（同87）。しかし一八七二年、ハーディは再びロンドンに向かい、

> このときハーディは決心していた、人生を一つの感情としてのみ大切にし、一つの科学的ゲームとしては見たくないという、自分の骨身にしみた傾向を押し殺そうと。そして自分の選択というより、両親の選択であった建築業に全的に専念しようと思ったのである。だがロンドンに向かうに当たって、心の裏側に、時どき趣味として詩を書けるかもしれないという、かすかな夢を抱いていた。（同）

〈人生を一つの感情として見る〉というのは、人間意識の内部こそが、人間の生そのものであり、人間の尊厳の源であるという考え方に根ざす、詩人・文人の基本姿勢である。これはやがて後年、「人の生の大きさは、外部的排水量に比例するのではなく、その主体としての経験量に比例する」（Tess：161）と書くに至る前提であった。〈科学〉はこの際、建築の数学的・物理的構成のみならず、どのように駒を進めて世に出るか、名声と富をどうやって手に入れるか、慣習・旧套との辻褄合わせをどう実現するかといったことまで含んだものとして語られている。ハーディは外部世界の理解の点では、自分の考えはスピノザに近似していて「〈偶然〉も〈目的〉も宇宙を支配してはいない、〈必然性〉こそが支配しているのだ」と述べているし、これは二〇世紀科学、とりわけアインシュタインの考えにも通じる（LW：363-4）。一九世紀当時、〈必然性〉は自然科学法則を指したのであるから、彼の世界理解は客観的・自然科学的な平面でなされていて、それでいて人間理解は別の平面、すなわち人の内部意識から、つまり人の気持・感情からなされるという、二面構成を特徴としていた（本書第一二章作品論の一つに、詳しく述べたとおりである）。この作品での、人物の内部意識の開示は、すなわち読者を惹きつける人間の心の開示は、主として女性ヴィヴィエットにおいてなされてゆく。すなわち、この小説の主役はヴィヴィエットである。

男性の童貞性に惹かれたヴィーナス

まず、最初の数章の彼女がどう描写されているかを見てみたい。第二章では、ヴィヴィエットの生活が、いかに倦怠に満ちたものかが、彼女に書物を読んで聞かす侍女役タビサ・ラークによって語られる（12）。貴婦人は聞いているのかいないのか、満月のような目であちこちを見ていて、「今、何を読んでいたの」と問うというのである。このヴィヴィエットは、第一章の終わりで、天文学に打ち込む美青年を見て心を打たれる——

> さらに魅力的と感じられたのは、この若者が、本来なら女の甘い言葉やお追従、そして快楽、いやとんでもない金銭的幸運によってさえ、破滅の道を歩んでもまったくおかしくない美貌に恵まれていながら、キャリバン（訳注：シェイクスピア『大嵐』の醜男）が達成しても効果は同じはずの目標（訳注：天文学）に向かって、原初のままの無意識のエデンの園にまだ住んでいることだった。（9）

〈商品テクスト〉としては、誘惑が多いはずの美青年の、高邁な目的を持った学問的姿勢に貴婦人が感激したふうに書いてある。だが「エデンの園」は明らかに性的未経験を意味する（実際にはこの部分は「女を意識しない、自己の美貌も意識しない原初のままのエデンの園」の意味）。この一〇歳近く年上の貴婦人が、この「古典古代神話事典」（4）に記載されてよいような美貌を持ったこの男性の童貞性を見抜き、惹かれたことが、開幕直後に示されるわけである。古くから、アドニス（実際この神話上の人物が第一八章［140］に言及されている）に恋するヴィーナスの恋として神話化され、近代戯曲ではボーマルシエ『フィガロ三部作』の第三部の、また二〇世紀オペラでも『薔薇の騎士《ローゼン・カバリエ》』の主題となった、この世に常に生起する女の感情である（神話とは、常に生起する人間性・人間状況の象徴化と定義できよう）。ただ今日の読者が忘れてならないことは、このありふれた状況が、この当時は不自然な出来事として分類されていたことだ。その上、貴族の奥方が平民の青年に惹かれるのである。だからここでの〈対立テクスト〉は、目立たないよう工夫されている。引用冒頭の「さらに」の比較対象としてこの直前に示されたスウィジンの母方の血が底辺の農民階級だという事実のほうを「この午後の出来事のなかで、最大に彼女の好奇心を惹いたこと」（同、傍点本書著者）と述べて、まずは読者の関心を奪っておく。そして何気なく次を読むと、前頁引用冒頭に見るとおり、「さらに」と来て、実はヴィヴィエットが、セクシュアリティの根源を襲うような、ほとんど肉体的な感激を得て帰宅したことが、テクストのほんの一枚裏側に隠されている。そして第二章に至って、先に示したとおり、彼女の心に当然、不自然ではなく、このような感情が生じうる孤独な日常が描かれるのである。

ヴィクトリア朝の道徳基準の不自然

次に第三章では、彼女は牧師にわざわざ来てもらって、相談をぶつける。彼女の夫が妻を放擲してアフリカでの「地理学上の発見だ、なんて名づけて権威づけしたライオン狩」にうつつを抜かし、「その分野で名をなすのに異常なばかり熱心」（18）であることを彼女は牧師に語る。

出立の前にわたしとこの部屋に坐ってお説教を聞かせるものですから、わたし、とんでもない早まった約束をしましたの。それをお話しすれば、わたしのここでの生活の不自然さの全てを解く鍵を差し上げることになりますわ。わしが出かけてしまったら、お前の立場がどうなるか考えろ、夫への義務が何であるか忘れないでほしい、コンスタンティンの名を疑惑に晒すようなかたちで他の男たちに対して振舞うな、お前が招かれる舞踏会、夜会、晩餐会のどれに出るときも軽薄な行動を慎め、なんて命令してゆきましたの。わたしは夫の不信感を蔑みたくなって、自分のほうから、即刻その場で、あなたの留守中、修道院の尼僧みたいに暮します、どんな社交の場にも絶対出ませんって言い出しましたの。（同）

「この約束を、不誠実にならないかたちで反故《ほご》にできないでしょうか」

と尋ねるヴィヴィエットに、牧師は自分でした誓いは守るべきだと答える。この場面では、彼女が一方では、夫の横暴——やがて二重婚を平気でやらかす夫が強要する、男女の性行動におけるダブル・スタンダードと、牧師を通じてなされる社会慣習からの不自然な要求との二つに苦しめられる女性であることを、ハーディは描き出している。すなわち最初の三章で、ヴィヴィエットが男性中心社会と、ヴィクトリア朝の〈不自然〉に関する概念の不自然さとに、苦しめられる女性であることが順を追って示されてゆくと言えよう。極貧の出であるテスとは正反対に、貴族の奥方として登場するヴィヴィエットについてさえ、時代が女性への締めつけを及ぼす強さに変わりがない。

若くして憂鬱に囚われる自然科学者

一方では、アフリカという未知の大陸の神秘が解き明かされ、また宇宙の正体が次つぎと明らかにされる時代である。だが人間の心、とりわけ女性の内面についての、共感から発する真の理解は、進歩から取り残され、無視されたままでいる。この自然科学の発達については、この小説は天文学のそれを全ての自然科学の代表として取り扱う。天文学を描いていると見えて、それは時代が示す科学の分野での大きな進歩変転の象徴なのである。だが、のちに少しく触れるギャスケル夫人の『妻たち、娘たち』（一八六六）のロジャーや伯爵家の長男が、ともに自然科学者でありながら、人類の明るい進歩を象徴する人たちとして描かれるのとは反対に、ハーディの天文学者は、若くして憂鬱に囚われている。対象の自然科学的解明と、人間の心の欲求とが嚙み合わないことには、スウィジンも気づいている——「時間は短く、科学は無限です。天文学を学ぶものにしか、どんなに無限か、充分には判りません——ぼくなんか、たぶん名をなす前にお陀仏ですよ」というスウィジンの言葉を聞いて、ヴィヴィエットは「彼のなかに見られる、科学への熱意と人間的なもの全てへの憂鬱な不信感との奇妙な混交に、非常に驚いた様子だった」(7)と感じるのである。

熱意と憂鬱、願望と抑制

第四章に入ると、彼の心中のこの〈天体への熱意と地上への憂鬱〉は、ヴィヴィエットの心中の〈願望と抑制〉を描くなかに交えて語られる。暗くなってもブラインドを下ろさない私室の窓から、彼女は空を見る。彼女の願望は天体へ向かい、抑制は地上へと降下する。

彼女の眼は、向こう側の黄道を昇ってくる木星の輝かしさに惹きつけられた。まるで注目してほしいと言わんばかりに、彼女に向けて光線を投げ下ろしていたからである。(19)

ハーディがこれまでの小説でも操ってきたシンボリズムが、ここでも用いられている。「木星（Jupiter）」は同時に、天界の支配者ユピテル、つまり男の神でもある。何度も神話のなかの美しい男の神との類似を語られてきたスウィジンという美青年を、今度はここではユピテルになぞらえたと感じられる。ごく普通に、リアリズムふうに読んでも、無意識のうちに彼女が、自己のユピテルに心を向けた様子が思い浮かぶ。ちょうどこの木星の指し示す下方に、大邸宅狩猟園の大木の梢が密生するなかから中天に向けて、スウィジンの用いている塔の先端が突き出ていた。これは『狂乱の群れをはなれて』における自然描写ほど鮮明ではないとしても、性的含意が感じられる。彼女は、いずれ夜間に天体についてスウィジンから説明を受ける約束をすでに取りつけているので、心のなかにはいつ訪ねていこうかという気持がある。

ヴィヴィエットの願望

そして再び彼の〈天体への熱意と地上への憂鬱〉を別の言葉で繰り返しつつ、彼女の心中の描写に力点が移された次の文章が続く。

　この若者のなかに彼女が見出していた若々しい熱意と、老人のような絶望感は、彼の美麗な金髪や初期キリスト教徒のような顔の魅力とは別個に、知覚力の鋭い女性にならば彼を興味ある男性と感じさせたことだろう。だが記憶が事物を高めてみせる力は強いので、この夕、彼女の想像のなかでは彼の美貌は現実のそれよりたぶん豊かなものに感じられていたろう。やがて人生行路で彼が出遭う様々な誘惑が、彼の克己力を打ち負かすかどうかは、考えても結論の出ない点だった。彼が金持ちなら、身も震えるほど行く末気がかりな男と感じられただろう。魅力的な大望を抱き、紳士風な身ごなしをしている彼ではあるが、自分の孤独な塔の外では知られることのないほうが、ひょっとしたら彼にとってよいことではないかと彼女は考えた。(20)

引用の後半は、実際にはヴィヴィエットの願望である。外部の世界に出れば、かならず彼は女にちやほやされて身を持ち崩す。あの塔のなかでだけで過ごしてほしい・・・。こう思うから、次の場面で彼女はテラスへ、芝生へと降りて行く。

静やかな行動の奥の心の揺れ

いったん戸外へ忍び出てしまったからには、彼女は歩みを止めることができない——「考えを表現するために用いた単語が次の考えを展開させるように、ここまで出てきたという事実は彼女にさらにその向こうまで行く気にさせた」(20)。

　偶然彼女の歩きぶりを目にしたものがいたならば、不規則な歩き方だと思っただろう。塔柱へ向けて進む歩行速度が弱まったり強まったりする様子は、望遠鏡を覗いてみようかどうしようかということより、遥かに心を攪乱する思いがその動機であると考えてのみ、説明がついた。このように彼女は歩き続け、庭園を抜け、ついに有料道路を横切り、その中央に樅の木に覆われた丘が、入江のなかのサン・ミシェル山のようにそそり立つ野面に入った。(同)

「塔柱(pillar)」はこの「樅の木に覆われた丘」から突き出ていることがすでに描かれている。だから性的含意が感じられる。同時に〈塔(tower)〉の代りに"pillar"を用いていることから、これは支柱、すなわち彼女の支えとしての含意も持つ。続いての描写「円柱は上空の諸星座を指し示す、陰に包まれた指のように立っていた」(同、傍点本書著者）においても、「諸星座」が彼女の心の拠りどころを指し、それを指さすのが〈円柱（column）〉である。また静寂のなかを彼女が歩んでいるときの描写――

人間的意味では風はなかった。だが樅の木から発せられる鼾《いびき》に似た呼気は、常にそうであるように今もまた、外見上の空気の澱みのなかにも実は動きがあることを示していた。絶対的真空以外の何ものも、木々のざわめきを麻痺させることはできなかった。（同）

――これは優れた自然描写の次元と、静けさそのもののように見える人間の行動の奥にも、心の揺れが常に存在することの象徴の次元とで効果を挙げている。生きているヴィヴィエット、つまり真空では決してないセクシュアリティを持った二九歳女性の、無意識の思いの描写が、第四章を過ぎてからも同じように続くのである。

人間のために創られたものはない

第四章は途中から、星界についてのスウィジンの多弁と、相談があって来たというヴィヴィエットの言訳とがまったく嚙み合わないことの叙述に変わる。彼の弁舌のなかから、二〇世紀的自然観が飛び出してくる。望遠鏡を用いれば、見えてくる星の数が二千万となることを彼女に説明したあと、

だから、星ぼしが何のために創られたにもせよ、私たちを喜ばせるために創られたのではないことだけは確かです。全てのことについて、これは同じですよ。どんなものにしろ、人間のために創られたものはありません。（22）

とスウィジンは断定口調で言う。彼女が母性的に、そんな研究は人間がとるに足りないものだと教えるだけね、と同情すると、彼は天文学が悲劇的学問だと認める（同時に新たなコペルニクスになりたい野望も口にはするが）。宇宙の巨大を聞き知った彼女は、個人的相談に来たのだが、自分の問題がちっぽけに思えてきたと語る（同）。彼は畳みかけるように、現代の恐るべき怪物として、「形さえない巨大という怪物」、すなわち〈広大無辺〉という怪物について説く。〈威厳〉が感じられる大きさ、次いで〈壮大さ〉が、さらに〈崇高さ〉が、感じられ始める巨大さがあると説明したあと、「もっと進めば、〈畏怖〉が感じられ始める巨大さ、さらには〈身の毛のよだつ〉巨大さがあるのです」（24）と彼は言葉を続け、未来について悩みがおありなら天文学を学びなさい、悩みが小さくなりますと言う。

いわば天上界から彼女の心へと、彼の若い心が引きずりおろした〈巨大さ〉の数々とあい向かっていると、二人は無意識のうちに平等となった。その上、コンスタンティン令夫人には、恒久的な名家の貴婦人の地位についてよりも、一女性としてのふとした感情のほうにこだわりたいという、生来の性質があった。（25）

近代の天文学が明らかにした宇宙の姿を小説内に採り入れて消化する

のは難しい。二一世紀においてさえ、大多数の読者は、宇宙の巨大ということに畏怖を感じながら生きてはいない。一九世紀となればなおさらで、主人公にどんなに天文学上の真実を語らせても、小説内ではそれは未消化に終わる運命が待っている。ハーディは、本章冒頭にその一部を引用した詩「幻のなかをさまよった」(詩番号4)や、「月蝕に際して」(同79)、「イェラムの彗星」(同120)では明らかに宇宙の広大と人間界の矮小との対比、同時に矮小な人間的事物の偉大を描くに成功している。当小説における同じ扱いについては、多くの批評家が計画倒れと見ているが、これは発想の欠陥ではなく、読者層の期待、小説の型についての既成概念によってそのような感想が生じるのである。この小説では、後半二人の結婚が無効だと判ったあと、ヴィヴィエットが訪れた塔のなかで、スウィジンが天文観測の世界遠征のことに夢中になり、しばらく結婚問題を忘れていた言訳に「天文学が対象とする分野の巨大さが、全て地上的なものを原子の小ささにまで縮小してしまうんですよ」(166)と言う。また小説のほぼ終わりに近い南半球でのスウィジンを描く際にも、北方出身の彼にはなじみのない星空の空疎感について「これらの空疎な割れ目の探求は、北半球の空が底なしに深いことによって彼のなかに生み出された(中略)昔の恐怖を、再び激しい動悸とともに思い出させた」(203)と書かれる。このテーマが途中で放棄されたという非難は的を射ていない。

自然観・世界観を打ち出す小説

今、主として最初の数章について見たように、この作品は、ハーディが自己の客観世界理解を一方では遠慮なく打ち出し、それと同時に抑圧された女性の心の内面の真実を示そうとしたものである。そしてこの作家の世界理解を一言で語るなら、それは自然科学的世界観であったというのが正しい。彼のいわゆる〈哲学詩〉の全てを通読すれば、このことが納得されるはずである。〈内在意思〉とか〈宇宙意思の覚醒〉とか、これまで彼の思想として文学史的常識となった言い草は、実際には『諸王の賦』を中心に彼が用いた比喩である。ハーディが〈内在意思〉の存在を、比喩以外の仕方で信じていたと考えるのは虚妄である。比喩は自然科学の教える世界像から生まれたにすぎない。本書のなかで何度も言及する詩だが、善意の神も悪意の神も世には存在しないとする詩「偶然なる運命」(詩番号4)に表明された世界観は、今しがた前節で引用した彼の言葉の言い換えである。詩と散文の双方で示された善意・悪意両方の神が存在しないとする世界観こそ、彼の考え方の基本であろう。そして彼の信ずる自然科学は、彼をいわゆる〈悲観主義〉に導いた。宇宙には人の行為を見守る絶対者はいない、〈自然〉には人間への慈愛は存在しない、とするのであるから、当然これはそれまでの、分類上〈楽観主義〉に属するキリスト教あるいはロマン派諸観念の主流に刃向かう。だから彼は、〈悲観主義〉のレッテルを貼られることになる(従ってこのレッテルは、ハーディの脱キリスト教・脱ロマン主義を責める言葉として誕生したと言っても、大きく過つことはない)。ヴィヴィエットがはじめて望遠鏡で太陽を見たとき(ちょうどこのとき、太陽のフレア、すなわち太陽面爆発が起こっていた)の叙述——

彼女には渦巻をなす塊が見えた。渦巻の中心には、灼熱のこの球体がその核心までむき出しにされたように見えた。どのような人間も行ったことがなければ、今後も行くはずもない火炎のメールストローム（大渦巻）を彼女はひと覗きしたのだった。(6)

人間的な意味合いとは無縁でしかない〈火炎のメールストローム〉——これがハーディの世界観から発せられる叙述である。このような叙述と連動する各種の表現や主張が、一九世紀小説の批評のなかでは〈悲観主義〉のレッテルを貼られたのである。二〇世紀小説の新しさを論じようと当初から構えた批評家の眼に触れたなら、これを〈悲観主義〉に分類しはしなかったであろう。

二〇世紀世界観の先取り

ハーディと二〇世紀文学との対比に詳しいローズマリー・サムナーは、彼が小説内で背景的に用いた宇宙観・世界観は、二〇世紀作家のそれの先取りであったとして評価し、実例を示している(Sumner 1982：73 ff.)。彼女は、先に引用した部分に見えた、宇宙の〈巨大〉という怪物は「天空内の空虚、空の荒地ですよ」(23)というスウィジンの言葉を引きつつ、コンラッド『ノストローモ』の第三部一〇章でデクードが「宇宙を一連の理解不能な映像として」見る描写、また彼の目に「宇宙の寂寥は、巨大な空虚に見えた」という叙述は、ハーディの描写と同質だと言い、同じ『ノストローモ』の第三部八章の「観念を粉砕し麻痺させる人間の矮小感」などハーディのこの小説に共通する文を列挙してみせる。次いでフォースター『インドへの道』でマラバル洞窟描出に見られる、太陽が地球と別れなかった頃の面影を太陽は今日なお認めるだろうという叙述とか、洞窟の空虚の描写とかのなかにハーディの世界観との同質性を認める(Sumner 1982：73)。そしてベケットの空虚と無意味感との共通性、T・S・エリオットの「人間はあまり多くの現実には耐えられない」(「バーント・ノートン」)との同感覚を『塔上のふたり』に見て取る(同75)。サムナーの次の言葉には私たちも共感すべきではないだろうか？

ハーディはこの小説を「ほっそりと建てられたロマンス」と呼んでいるけれども、彼はこの小説のなかで、彼の同時代の読者たちにとっては、既成観念破壊的であるか、極悪非道であるかのどちらかに感じられたような、事物の存在についての見方を具現している。(同74)

不条理とエトランジェ感覚

またサムナーはベケットの『幸せな日々』におけるウィニーが、存在の恐怖から逃れるために旧套を墨守しようとする不合理・不条理と、ヴィヴィエットが慣習を守ろうとする行動とに類似を読みとる——「ハーディは同情しながら、ベケットがするとおりに、人物たちが究極的には無意味性が実在するのではないかという認識を払拭するために行う不条理な、時には英雄的な行動を探求している」(同76)。ハーディにはすでに二〇世紀的〈不条理〉(Absurdity)の感覚があるとして、カミュの『シジフォスの神話』から、次の抜粋を示す(同77)——

> どんなに欠陥があろうと、理詰めに説明の可能な世界は、道理にかなった世界である。だが幻想と光輝とを突然に剥奪された宇宙のなかでは、人間はエトランジェとなったと感じる・・・このような人間と人生との分離、俳優と背景との分離こそが、真に〈不条理〉の感覚を構成する。

本書著者は従来から、ハーディの詩作品を論じる際にハーディのこの〈不条理〉感覚に触れてきた（森松 2003：294-7）。上記サムナーの言説に賛意を表さないわけにはいかない。詩を通して表現されたハーディの現代的感覚について本書著者は「人間は不条理のなかに投げ込まれた孤独ないのちである。実存主義者やカミュの文学をペシミズムと言わずに、ハーディをペシミスト扱いにする文学史は書き換えられなければならない」（同294）と書いたのである。すなわち人間は、ほんのつかの間だけ〈時〉の独房に投げ込まれ、生きるために生まれてきて、死ぬように求められる。しかも世界は人間の願望と合致したかたちで創られてはいない。その〈合致〉の実現手段と思われてきた神の介在は幻想であると判明した。「〈生〉は与えるかに手を差し出して、結果、その手を引っ込める」――この「イエラムの森の話すこと」（詩番号244）の一句に要約される世の現状が〈不条理〉なのである。生まれてこないで！と虚しい声を投げかける、あの有名な「まだ生まれていない極貧民の子供に与える」（詩番号91）は、この〈不条理〉感覚の上に歌われた詩である。また第三詩集巻末詩「存在についての若い男の諷刺詩」（同245）の「生きることを学ぶための　納付金として／命を差しだされねばならないとは　なんとたわけた学校！」にも同じ感覚が基底にある。

不完全な〈世界の法則〉

繰り返しのように感じられるかもしれないが、ハーディは『塔上のふたり』の一八九五年版序文のなかで明言しているように、極微の人間の精神生活を巨大きわまる宇宙を背景に繰り広げ「これら対照的な〈大きさの規模〉のうち、小さいほうが人間としての二人には重大であるという感覚を読者にも分かち与えたい」（xxv）ということを主題にしたという。そして彼はこの小説の執筆直前、一八八一年五月に、この小説にとりかかる決意表明のように、次のような長文の世界観を手記に書き付けている。

> 自然科学による人生観と、人の情緒的・精神的生活が、相互破壊的とならないようにするために、これら両者の調和を果たそうと、無限に試みたあげくに、私は次のような結論に達した：
>
> 「一般的諸原理。〈法則〉は人間のなかに、生みの親に向かって絶え間なく非難を浴びせずにはいられない子供を生み出した――つまり、多くのことをやってくれながら全てをやり遂げなかった親の過失を非難せずにはいられない子供を生み出したのである。このような親に対して、こんなに薄志弱行的な不完全さでもって事のやりすぎに陥るよりは、子作りなど始めてくれないほうがよかったのにと子は言い続けざるを得ないのである。すなわち〈情緒面においては〉当初に意図と見えたものとは似ても似つかぬも

のを作り出すよりは、ということである。二度目の意図と遂行によって事態を改めることもせず、〈やりすぎ〉という大失態の諸悪を取り除こうともせずに！　人間の諸情緒は、欠陥世界においては居場所を見出すことができない。こんな世界のなかで諸情緒が発達してきたこと自体、残酷きわまりない不正義である。
　もし〈法則〉自体が意識を持っていたならば、自己（〈法則〉）が生み出した人間という生き物の状況を見て、どんなに〈法則〉は恐れおののき、どんなに〈法則〉は悔恨の念にさいなまれることか！」(Life: 148–49)

詩人として歌った不調和な世界

　これはやや判りにくいと感じられるかもしれない。しかし、造物主や〈自然〉の不完全さや、世界創造に当たっての〈彼ら〉の失態・へまを歌うハーディ詩集の「母なる〈自然〉の嘆き」(詩番号76)、「欠落した感覚」(同80)、「〈宿命〉とその妻〈自然〉」(同82)、「眠りつつ仕事をする者」(同85)、「地球の遺骸のそばで」(同89)、「傷ついた〈母〉」(同736)、「失望落胆」(同811)などに親しみ、人間の高度な〈意識〉こそが苦しみの原因だとする「思索することの焦燥が　もし解き放たれれば」(同721)、「隕石」(同734)、「意識無き者となる願望」(同820)などをお読みいただいた読者なら、上記引用の趣旨は直感的に理解されるであろう。造物主や〈自然〉は、きわめて高級な子供、つまり人間を生み出していながら、当初の意図であったはずの、〈子供〉の諸情緒と調和した世界を作るということは遂行できずに終わっているというのが、上記の詩群の主張である。言い換えれば、これだけ高度な諸情緒を持ち合わせた生物を生み出したからには、その諸情緒が満足され、苦を感じる必要のない、同等に高度な世界が創造されて当然なのに、へまを犯したというのである。この場合にも、これら全ての神格、すなわち〈宿命〉の妻〈自然〉も、うたた寝する〈自然〉の女神も、彼らのへまのあとに残る〈地球の遺骸〉も皆、比喩にすぎない。要は高度な意識と情緒を具えた人間の、その繊細な願望に合致して人間の諸事が進行しないことへの悲憤慷慨が歌われているのである。

欲得や野心に無縁な恋の描出

　さて『塔上のふたり』の半ばから後半を見てゆきたい。ヴィヴィエットの恋の思いは募り、このままでは姦淫の罪を犯すと感じた彼女は、この恋情を捨てようと教会で祈る。彼には妻を娶らせ、妻を通じて金銭的援助をすることで、彼の感謝のみを得て我慢しようとする。しかし牧師の言葉から、夫ブラント卿が一年半前に死亡したことが判明する。このときに至るまで、恋愛に関して幼いスウィジンは、ヴィヴィエットからの度重なる恋慕のほのめかし《エンカレッジメント》にもかかわらず、長い月日、彼女の気持に気づかずに過ごす。このようにして、はじめて彼が恋に目覚めたときの心理は、他の欲得や野心に無縁な恋に相応わしい比喩で示される――

　しかし、開花するまで硬く閉ざしていた春のつぼみと同様に、この遅れはそのあとのスピードによって埋め合わされた。(69)

こうして彼女とスウィジンは秘密裏に結婚することになるが、結婚にちょうど先立って亡くなった大叔父からの手紙が舞い込む。彼が二五歳まで結婚しなければ、年に六百ポンドを贈るという内容だが、彼は少し心惹かれただけで、結婚についての考えは変えることなく、列車に乗り、ヴィヴィエットと落ち合う。彼女については「そのとき我が貴婦人の顔に表れた献身の情以上のものを、〈自然〉は女の顔にかつて描いたことがなかった」(94)と書かれる。彼女をアダムに対するエヴァ、またはオデッシュウスに対するキルケー、つまり無垢の男を誘惑する女と見る批評は誤りであり、彼女は同じ頁に言及されているとおり、結婚経験のない女のように、楚々とした服装で彼を待っていたのである。

キリスト教批判の始まり

二人の結婚式の場面では、代理牧師の粗雑さが描かれている。前にも示されたキリスト教批判——ヴィヴィエットの、尼僧のような生活をする夫への約束を破ってはならないと聖職者が答えた場面で顔を出したキリスト教批判は、ここから後半に至って顕著な姿で現れてくる。時間になっても現れない代理牧師については、教会書記が階級方言で、宗教教義が揺らいでしまった今日では有能な人物は実業のほうに行ってしまうから、つまらない人物で我慢するしかないと語る(95)。代理牧師は、葬式と間違えて墓地のほうへ行っていて、時間を守ることができなかったことが判り、当初から結婚は実現しないのではないかと直感していたヴィヴィエットに不吉な思いを抱かせる。だが式はとにもかくにも終了し、二人は世間に結婚を隠したまま、別居を続ける。結婚後はじめてヴィヴィエットの邸宅で会ったとき、彼女はスウィジンがまだ堅信礼を受けていないことを咎める。「こんな大切なことにあなた無関心だなんて、わたし、気持が悪いの。すがりつく〈教会〉がなくなったら、何があるというの?」すると彼は「お互い同士がありますよ」と答える(106)。これは言うまでもなく、アーノルドの「ドーヴァー海岸」のエコーである。この詩の結末は、新婚旅行中の妻に呼びかけたもので、『塔上のふたり』の状況と一致する——

　あぁ、愛する人よ、ぼくたち互いに誠実でいようね!
　なぜならこの世界には（中略）実際には　喜びも　愛も光も、
　確実なものも　平安も、苦痛への救いも　何もないんだよ。

詩人ハーディの神の消失を先取り

ハーディの側からも詩を一編挙げよう。「人間に対する神のぼやき」(詩番号266)は、人間が苦しみから逃れるために自分でこしらえた〈神〉を、現代では理知が消失させようとしていることを歌う。作中では、消えかかった神自身が、次のような真実・事実を見据えるべきだと述べる。

　頼りにできる者はただ人の心の才覚のみ、そしてそれは
　緊密な絆で結ばれ、最大限の〈愛に満ちた親切〉に飾られた同胞愛、
　この同胞愛のなかだけにしか存在しないという事実

つまり、〈神〉のなかに人間が思い描いた助力と慈愛は「求めることができないという赤裸々な事実」を認識せよというのである。いわば、去りゆく〈神〉が、人間に向けて告別の辞を述べているわけである。詩人ハーディのこのような人間中心主義（森松 2003：92．「神の葬列」詩番号267も参照）は、すでに小説『塔上のふたり』のなかに、アーノルドの詩への上記のような明白なエコーによって表明されていたのである。だがヴィヴィエットのほうは、秘密の結婚をした償いに、キリスト教の他の慣習には完璧に従いたいと感じる（106）。気質上、恋人か信心深い女かの、どちらかでしかありえない女なのである（同）。

彼女が持つこの支配的感情によって困難に巻き込まれること、くるりと方向転換し、宗教装置にすがって逃避を図ること――この装置は、すでに彼女がもう一方の側、すなわち恋に与えたまさにその熱情の強さによってのみ正しく働かされることができたのだが――これは結局のところ、セクシュアリティの諸状況が生み出した熾烈な苦境において、〈慣習の子供〉の良心を気持よく保持させるために〈慣習〉というものが人に行わせる、必死の試みにほかならなかった。（同）

知的読者層にのみ理解可能なように晦渋を極めた〈非商品テクスト〉の闖入である。〈人間の自然〉が生み出す非慣習的行動に対して、その人間が良心の呵責を感じないようにするために、〈慣習〉は宗教という装置を用意しているというのである。逆に言えば、宗教とは〈慣習〉に奉仕する機械的装置にすぎない、というのである。

科学的認識に立って

一方スウィジンは明らかに自然科学に立脚した人間中心主義を象徴する人物である。死亡したとされたヴィヴィエットの夫のコートを着用するときにも、連想による気味の悪さを払拭するため、「物質は物質、精神の連想作用は幻想にすぎない」（109）と自己に言い聞かせる。だが慣習的考え方のなかに生きる大多数の人びとが、この考え方を受け容れないことも事実である。ヴィヴィエットは（そして村人たちも）その姿を夫の亡霊と一時は誤認する。彼女はあとになっても、そのコートをスウィジンが着るのを不吉に感じたと口にする。このときも彼のほうは、コートを不愉快には感じながら「科学的思考の流派のなかで、育てられ、もしくは自らを育て上げた男だったから、この気味悪さに屈しないぞと思った。屈したなら、自分自身の信念と意図とに反することになっていたであろう」（110）と書かれている。また二度とあのコートを見たくないという彼女に「澄みきった哲学のなかには、不吉なものなんてありません」（112）と告げている。だが彼は、彼女を喜ばせるためにのみ堅信礼を受けることに同意した。スウィジンの側では気乗りのしない堅信礼は無事終わったが、説教中にスウィジンがタビサに親切にしたのを見ていた兄が、スウィジンのタビサへの愛情をほのめかしたのを気にしたヴィヴィエットは、晩餐会をすっぽかして彼の塔へ向かう。主教は、会に彼女の顔が見えないので失望を隠せない（124）。主教の心をさえ、風は揺り動かしていたのである。小説自体が科学的認識に立って書かれている。

宗教装置批判の深まり

宗教装置への揶揄は、主教が女性用の腕輪を塔のなかで見つけた場面から連続して現れる。女との不届きな関係のある男が堅信礼を受けた偽善を咎め、肉の悪を示唆した直後に主教は、第二七章の最終行でヴィヴィエットに恋していることを表情に浮かべる(135)。彼女の兄ルイスはこれを利用して妹を主教と結婚させようと企む。この間にスウィジンの思いというかたちを採って、主教を批判する言葉が続く。「ほんの一見しただけで罪深く感じられたものの全てが罪深いと高慢にも仮定し、年若い男に一点たりとも善意の解釈を与えないという狭量」(142)しか持たない「自説固執のボケ老人」(同)と手厳しい。これは、作中人物の心に湧き起こった感想にすぎないという但し書きつきの〈商品テクスト〉であるとともに、知らぬ間に読者に手渡されるメッセージにもなっている。アメリカの批評家キャサグランディは、すでに一九八二年に、この一連の主教を中心にした叙述は全て、「キリスト教は不合理で廃物となった信仰であることを示唆するためにこそ用いられている」(Casagrande: 181)と述べている。今日当然、この見解は受け容れられるべきであろう。

廃物的信仰に対置：ヴィヴィエットの信念

これに対照されるように、ヴィヴィエット自身の考え方が述べられている。結婚は法的に無効と判り、同時にスウィジンは二五歳まで結婚しなければ年六〇〇ポンドという大金を、亡くなった大叔父の遺産として貰えることも判明した状況下でのことである――

私は法律で認められたスウィジン・スント・クリーヴの妻となり、そうすることによって、彼にどんな犠牲を払わせても自分自身の名誉を確保すべきだろうか？　この疑問が、驚愕した自己の理解力に向けて今コンスタンティン令夫人が自らに提起した恐るべき問題だった。主観的に誠実な女としてだけなら、慈善はまず己の身からと言うから、そうすべきことに疑いはなかった。「汝の身を救え」は健全な旧約の教えであり、新約においてもすっかり否定されているわけではない。でもただの自己保身を超越した行動の道筋はないのかしら？　あるならそれを今実行に移すことこそ、すばらしいことではないのかしら？(172)

このヴィヴィエットの自問自答、そしてこれと、この引用以前に書かれてきたキリスト教の教条的道徳との対比、これこそがこの小説に私たちが読み取るべき最大の〈非商品テクスト〉である。確かに母性的発想だが、母性以外に、小説としての重要テーマがここに隠されている。なるほど彼女はのちに自己保身のために主教を騙すことになる。だがそれ自体が、ヴィクトリア朝の女を苦しめた婚外妊娠への〈精神的には死刑にも匹敵する社会的刑罰に対する〉抗議の意味合いを帯びているがゆえに、この成行きがストーリーとして選ばれているのである。テスが死刑に処されるのが、リアルな平面を超えて、社会への抗議となっているのと同様である。

誠実のゆえに自己を追い詰めたヒロイン

前記キャサグランディは、「この小説が向かって進む目標点は、非神学的な救済図である」(Casagrande : 182) と述べる。これは傾聴に値する。しかし彼は、これが主としてスウィジンの〈科学的ヒューマニズム〉によってなされるという筆致で書いている。本書著者は、この点でもむしろ主役はヴィヴィエットであると言いたい。キャサグランディも彼女に共感しないわけではなく、彼女が多くの高貴な犠牲者の一人であることを示すために、ハーディの短詩「記念されない数多の聖金曜日」(詩番号826)を挙げている。これは、キリストの処刑を記念する聖金曜のほかに、誠実と勇気のゆえに為政者に抹殺された幾多の人びとの記念日が毎年暦のなかにありながら、それらが祀られることなく過ぎてゆくことを嘆く歌である。ヴィヴィエットの役割を語るのに適切でもあり、またわが国では知られていない名詩であるから、ここにその一部を掲げる(一四章も参照)。

その美徳のために　哀れな最期をとげた
これら名もなきキリストたちの〈聖金曜日〉は
彼らの救助に駆けつける味方もないまま…忘却に隠されている

忘却に隠すことのないよう、こうした女をハーディはヒロインに仕立てたと思われる。このあと彼女が婚外妊娠を知ってから、スウィジンとは連絡が取れず、主教との結婚によって彼女はかろうじて身を救う。そしてアフリカから帰国したスウィジンは、ヴィヴィエットが再び未亡人となったことを知りながら、また我が子と判る幼児と出逢いながら、ヴィヴィエットの許へ直ちに駆けつけることをしない。ようやく再会したとき、彼女の老醜に気づいてそれを表情に出す。スウィジンその人を咎めるよりも、彼女の置かれた自然的状況の叙述として読むべきであろう。彼女の死は確かに唐突ではあるが、冒頭に述べたとおり、これはハーディが社会的抗議を描くときの様式として受容すべきではないだろうか?

科学に発して〈悲観主義〉的な方向へ

ところで一九世紀は、もともと〈進歩〉を信じる時代であった。もっとも、進歩思想はいったん一八二〇年代には衰えたと言われ、三〇年代にはカーライルとミルがこれを復活させようと論陣をはった。しかし、熱狂的に進歩が叫ばれるようになったのは、一八五〇年頃からだったとされる。(Houghton : 31-3)。この時期以降の自然科学による楽観主義については、上の注記に名前の見えるホウトンが、その名著『ヴィクトリア朝の精神構造：一八三〇―七〇』第二章第二節で、詳細に分析している。ヴィヴィエット自身も「今日では芸術への人気は冷え込み、科学へ媚を売るように、人気が高まっている」(105)という言葉を発している。だがハーディは〈科学へ媚を売る〉どころか、彼は自然科学に発して〈悲観主義〉的な方向へ傾く。これは時流に刃向かうことであった。進歩主義の観点からして、自然科学がいかに人類に明るい未来を約束していたかを考えれば、ハーディはその意味でも異端者であった。スウィジンは悪漢として描かれはしない。しかしその宗教離れ、科学的認識にもかかわらず、その自然科学的な新しさがむしろ彼の人間性を歪めた。彼は彼内部の〈自然〉に従って行動律を定めてしまった。女の心の内側についての理解から、彼はむしろ遠ざかってゆく。そして上に触れた、キャサグランディの言う〈科学的ヒューマニズム〉(Casagrande : 182)を彼は達成し得ないで終わる。

英国の〈現況を表す小説〉の一つか

スウィジンがタビサと結婚することは、読者の大半が予測することである。これを考えるとき、この小説が盛時ヴィクトリア朝の(いわば古きよき時代の)小説といかに意識的に異なった仕方で書かされているかが判るのである。ギャスケル夫人の未完の傑作『妻たち、娘たち』では、自然科学に従事する男(ロジャー)が、次第に人間の心についても深い理解を持つようになる。彼もアフリカで博物学的研究に没頭するが、心は常に本国に置いてゆく。最終的には、このロジャーに失恋しながら、本国で常に彼の亡母、亡兄、そしてあとに残された老父に優しく、心を籠めて接してゆくモーリー・ギブソンが最後にロジャーと結ばれる(と示唆される)。古きよき時代の美しい話として、みごとな映画化がなされ、これに二〇世紀末のイギリス人が魅了され、四社から各七〇〇頁のペーパーバックが出版されるという、穏やかなベスト・セラーとなった作品である(教室で学生に紹介した経験から言えば、優秀な若者たちに非常に好まれる作品。翻訳は二〇〇五年一一月には未刊。きわめて詳細な粗筋を作成したので、請求あれば発送します)。これに対して、ヴィヴィエットの前夫のみならず、スウィジンもまた自然科学に従事し、二人とも個別にアフリカを旅して、本国に残した彼女をないがしろにする。これはちょうど、盛時ルネサンスの均整に満ちた典雅な画風が、混乱と怒濤のマニエリスモへと移行した絵画史の変転に酷似している。あるいはこのような意味でもこの小説は、一八八〇年代イギリスの〈現況を表す小説〉だったと言えるかもしれない。

現代への憂鬱な移行

かつて鮎澤乗光は『森林地の人びと』のフィッツピアズの顕微鏡で覗く世界が、森林地の住人の日常世界とは異なり、この科学者が現実遊離の観念世界を勝手に増殖させる様を指摘し、これを「貪欲なモダニズムの不気味さ」を示すものと解した(鮎澤 : 183)。自然科学の探究が人間の幸せと無関係になる可能性を現に二〇世紀において示したことを考えれば、この指摘は正当と言えるだろう。『森林地』に先立つこの『塔上のふたり』で、スウィジンの自然科学は、この不気味さにまでは至っていない。彼は望遠鏡で覗いた世界によって憂鬱に陥りながら、現実世界への価値観は維持するからである。しかし人の心と絶縁された天空への意識は、スウィジン自身を多少とも人の心に対して鈍感にしてゆくと言わざるをえない。小説最終場面では、我が子とヴィヴィエットの純情か、または芽生え始めたタビサの純情かのどちらかを裏切る必然性を彼は有している。同じ科学者ロジャーの情緒面での成長とスウィジンのこのような退化とを併せ見るとき、あの健康な盛時ルネサンスが憂愁のマニエリスモへと変化したのと同種の時代変化が見えると言う理由がここにある。モーリー・ギブソンの幸せとは正反対の結末がヴィヴィエットに与えられるゆえんである。

第一〇章　『カースタブリッジの町長』

(*The Mayor of Casterbridge*, 1886)

概説

ハーディの公刊第一〇長編小説である。一八八四年から書き始められ、八五年に完成している。発表は、大判紙「グラフィック」画報に八六年一月二日号から同五月一五日号まで毎週、挿絵入りの連載小説として、毎回読者の興味を繋ぐのに無用の努力をしつつなされた(Life: **179**)。アメリカでも同じ時期に週刊「ハーパーズ・ウィークリー」誌に連載された。単行本としては、相当の手直しを経て、同五月スミス・エルダー社から二冊本が、またアメリカでも同月、ヘンリー・ホウルト社から単行本が、発行された。翌八七年には、新たに改訂を施した一冊本がサンプソン・ロウ社から出た。一八九五年の長編小説全集版では広範な改訂が行われ、序文が附された。一九一二年のウェセックス版では、改訂は小規模。この間、当初の構想ではヘンチャードの実の娘だったエリザベス・ジェィンは、「グラフィック」連載の際にニューソンの娘となった。また、原稿でジャージー島のルセッタは、ヘンチャードとは婚外愛の関係だったが、連載版では〈結婚〉のかたちを採った。一八九五年版になってようやく、二人の性関係は非合法なものだったという当初の意図が持ち込まれた。また一八八六年版以降のイギリス版単行本では、ヘンチャードがエリザベスの結婚式の日にカースタブリッジを訪れる章が削除されたが、のちにハーディが上記「序文」でそれとなく触れたように、アメリカの女性からの助言によって一八九五年版以降では復活した。下層階級の会話は、単行本版では連載版におけるより拡張された。

歴史の変動を表す一般性

ハーディは一八八三年にドーチェスターに移住した。やがて八五年に定住するマックス・ゲイト邸宅の（彼の父や弟が工事をした）建設工事を見守る意味もあった。翌八四年に彼は当地で『ドーセット州年代記』を渉猟し、妻を売った男の話をはじめ、この州都の歴史を読んでこの小説の基礎とした。周知のとおり、カースタブリッジは、現実のドーチェスターをモデルにしている。作品内ではこの小都市は、周囲の田園と密接に関係した、古いイギリス田園を代表する町として描かれる。商業で成功した下層民ヘンチャードとファーフリーが市長となり、その間に一時、医者が市長を務めるが、この三人が最も社会的地位の高い人物。つまり、それ以上の階層はこの町にはいない。一方下層階級の人物は、極貧の大衆をも含めて、多数登場する。支配階級にとっての歴史ではなく、田園的社会から近代資本主義社会へと移行する時代の、一般庶民の歴史の典型としてドーチェスターは描かれる。この典型性はさらに、いつの時代でも、どんな地域においても経験されるたぐいの、時の経過による変動を表す一般性にまで高められる。いつどこに住む人物でも、歴史に翻弄されることの縮図なのである。そこへ主人物たちの性格と行動律が絡み、旧約聖書の〈サウルとダヴィデ〉や『リア王』その他のエコーを含む複雑なプロットが進行する。

［**粗筋**］

一九世紀が三分の一も経ていないころ。夏も遅いある日の夕べ。明らかに長い旅の果てらしい若い男女が（女は赤子を抱いて）村の道を歩いていた。靴にも服にも塵が厚く白くつもり、みすぼらしく見えた。村に市の立つ日。男は、市の近くで出逢った農夫に「何か仕事はないか、乾し草束ねなんかの？」と尋ねた。こんなところに仕事があるものかとの答え。貸家も宿もないという。男は酒で憂さ晴らしをしたかったが、女の主張でテント張りのミルク粥店に入った。粥に強いラム酒をこっそり入れて飲ます店であることを見つけて、男は何度も酒入りの粥を注文した。周りの人びとが悪妻で身を滅ぼす話題を持ち出したとき、男は「俺は一八で結婚したのが馬鹿だった」と貧しげな妻と赤子を指さした。「俺は女房を売るぞ！　誰か買わないか？」これを聞いて女のほうは、いつも同じ冗談ね、気をつけてよ、とたしなめたが、酔った男は、本気で売ると喚く。周りは美人の妻に、冗談で値をつけていたが、そのうちこの話題を忘れた。だが一五分もすると、男はまた妻を売りに出す。テント際の水夫が、買うと叫んだ。五ギニ（五ポンド五シリング）が実際に手渡された。あきれた妻は女の赤子を抱いて、水夫とともに去った。

男の名はマイクル・ヘンチャード（Michael Henchard）。妻のスーザン（Susan）と娘エリザベス・ジェィン（Elizabeth-Jane）を失ったことに愕然としたのは翌朝。誰もいない教会を見つけて祭壇の前にひざまずくと、二一年間の禁酒を誓った。妻子は行方不明だった。

二〇年程ののち。スーザンが年頃の娘を連れてあの村を訪れた。ミルク粥店の女を見つけてヘンチャードの行方を尋ねた。あの一年後に彼が訪ねてきて、ヘンチャードはカースタブリッジへ行ったと人に教えてくれと頼んでいったそうだ。二人はこの町へ向かった。

スーザンは水夫ニューソン（Newson）と暮らしたが、競売の買手に合法的な夫となる資格があると信じていた彼女も、のちに常識に目覚めた。ニューソンとは不仲になり、そのあと彼は海で死んだと伝えられた。娘は、知的で向上心が強い。貧困のため、母として何もしてやれないことに悩み、彼女はヘンチャードの合法の妻として彼を探し出すことに決めた。娘には事情は説明せず、親戚を訪ねると言ってある。町に着いたとき、大ホテルでの宴会の様子が通りから見えた。

「エリザベス・ジェィン、ヘンチャードさんのことを訊いてみて」と母に言われた娘は、街路の見物人に今夜何かの催しがあるのかと問いかけた。市長さんが多くの人を招待して宴席を張っている、ほらこちらを向いているのが市長のヘンチャードさんだ、と教えられた。

夫は犯罪者になっているのではないかと危惧してさえいたスーザンは、思いもかけぬ地位の彼を目の当たりにして気後れがした。

ヘンチャードは穀物商だった。今年は芽を出した麦しか収穫されず、取引先から苦情が出ていた。「誰か良い麦に変える法を知らんかね」と彼は参会者に問いかけた。通りかかった北方訛りの男が、紙切れに何かを書いて市長に渡してくれと言い、手頃なホテルを教えてもらってそちらへ去った。エリザベス・ジェィンと母も、そのホテルへ行ってみた。だが持ち金が足りない。娘は臨時の給仕として雇ってほしいと申し入れ、彼女の美貌を見た女将はこれに応じた。

次の間を独立させた彼女の部屋からは、隣部屋の会話が聞こえた。

市長があの北方訛りの男に、店のマネジャーになってくれと頼んでいる。男は、アメリカへ渡る途中だからと断っていた。先に給仕として男の部屋に食事を運んだとき、娘はこの男の容姿に惹かれていた。

　このスコットランド出の男はドナルド・ファーフリー。娘は彼が一階のロビーで、人びとに歌曲を歌うのを聴いた。また彼の会話から、現実を厳しく見る態度が判って、彼女は感激した。母が市長に手紙を書いたので、娘は自宅に届けに行った。そこにこの美青年も来ていた。彼がヘンチャードに説得されて留まる決心をしたのを目撃した。

　ヘンチャードは彼女のもたらした用件を知ると、エリザベス・ジェィンという名前を確かめて喜び、五ギニを与え、母親宛の短信を託した――「今夜八時に町の古代円形競技場跡で会いたい……」。

　短信の中味を知らない娘に、スーザンは市長の家へ行くと言って野外競技場へ出かけた。あらゆる手段を使ってお前を捜したが判らなかったと彼は妻に詫び、娘に母を売り飛ばしたことが知られぬよう、また過去の愚行のため市長職を失わないよう、母娘には別途一軒家に住んでもらい、市長が最近知り合った彼女に求婚することにしたい……。

　ヘンチャードは有能な相棒となったファーフリーに、妻売却の一件を打ち明け、その妻が帰ってきたこと、またかつて自分に親切にしてくれた別の女性と実は婚約中で、これは解消せざるを得ないから、事情を充分に話して金を渡したいと思っていることを話した。彼は手紙を書くのが苦手なので、ファーフリーに文面を頼むために話したのである。若い相棒は快く引き受けた。娘が彼を父だとは知らないことも話した。ファーフリーは、娘に打ち明けるように助言したが彼は応じない。書いてもらった文面を書き写して、小切手同封で郵送した。

　スーザンにはニューソン夫人の名で家を借りさせ、娘とともに上品に生活させた。彼は何度も彼女を訪問し求婚した形式で、結婚した。

　エリザベス・ジェィンはヘンチャードの豪華な邸に住むことになったのは喜んだが、決して華美な衣裳を身につけようとはしない。〈運命〉が前途の多幸を保証すると見せて、幸福を鋤で覆すものだという考え方を、この貧困に慣れた娘は抱いていた。ヘンチャードは娘の髪の色が赤子のときとは違うと口にしたり、ヘンチャード姓を名乗ってほしいと言ったりしたが、いずれもそれきりになった。他方、ファーフリーは経営方針を近代化し、口約束だけで取引するヘンチャードの商法は駆逐された。商売は繁盛した。ある日、エリザベス・ジェィンが丘の上の穀倉に来るようにという義父からしい短信を得てそこへ行くと、ファーフリーがやってきた。彼もまた、同じ文面の短信を貰っている。待ってみたが、発信人は現れない。結局、彼が彼女の背についた籾殻を落とす親切を見せて、二人の心が近づけられた。

　エリザベス・ジェィンはヘンチャードから手袋を貰ったとき、釣り合う帽子や日傘をそろえた。町の人びとは趣味の良さに感嘆した。しかし彼女は有頂天になるどころか、イタリア語も地理も知らない自分を恥じて、衣裳に凝ることはなかった。一方ファーフリーの評判も高まった。ヘンチャードが、寝過ごして仕事に遅れてばかりいる雇い人にズボンをはく時間も与えなかったとき、ファーフリーはズボンをはいてきてよいと言ったのである。初めて二人の男は仲違いをした。和解はしたものの、ヘンチャードは相棒と一心同体ではなくなった。

ある祝日にファーフリーは記念の行事を計画した。入場料を取って人を集める。ヘンチャードは、これに対抗して入場無料で、誰もが紅茶のサービスを受けながら、舞台やゲームを楽しめる催しを計画。ところが当日雨が降った。初めはヘンチャードのほうにやってきた人びとも、ファーフリーのほうに行ってしまった。木の枝を利用して、テント状の雨よけのある彼の催しが盛況を呈した。ファーフリーがやがて社長になるだろうと言う友人に、ヘンチャードは、ファーフリーの雇用期間はもう切れると言う。ファーフリーも辞意を固めた。しかしあとでヘンチャードは、彼に敵意を抱いたことを後悔した。

その日ファーフリーは、エリザベス・ジェィンに店を辞めることを話した。そして彼は、義父の同業者としてカースタブリッジの町に留まるという。彼が私を愛しているのなら、義父とわざわざ対抗するだろうか――彼女はすぐさま夢を追うのは諦め、彼に会わないようにした。心からも追い出そうともしたが、これはできぬ相談だった。このあと義父が彼と会うなと命じ、彼にも彼女と他人になれとの手紙を出した。このようにして、芽生え始めていた二人の愛はつみ取られた。ファーフリーはヘンチャードの客を奪うまいと気配りしながら商いを始めた。にもかかわらず、彼のほうが次第に繁盛していった。

ヘンチャードが以前に小切手を送って別れた若い女性ルセッタ(Lucetta)から手紙が来て、昔の恋文を直接返却してほしいという。彼はそれを持って指定の場所へ行ったが、ルセッタは来なかった。この間にスーザンが重病に陥っていた。彼女は「エリザベス・ジェィンの結婚の日まで開封不可」と表書きした手紙を、文箱に鍵を掛けてしまった。彼女は娘に、かつてお前とファーフリーの両方に同じ文面の手紙を出したのは自分だ、彼と仲良くなってほしかったからだと打ち明けた。まもなく彼女は世を去った。葬儀の三週間後、ヘンチャードは娘に、実はお前の実父は自分だと打ち明けた。娘は良い父だったニューソンを思って泣いた。実父である証拠を娘に示そうと、亡き妻がくれた鍵で彼女の文箱を開けると、例の手紙があった。娘はニューソンとの間にできた子だ、あのときのエリザベス・ジェィンは三ヶ月後に亡くなり、その悲しみを癒すために、今の子に同じ名を付けたと書いてあった。ヘンチャードには、呪わしい告白と感じられた。

彼は血の繋がらぬ娘に対して冷たくなった。娘を下品な女として罵る。また彼は娘と相談しもせずに、ファーフリーに対して今度は、娘への求愛を許すという手紙を出した。彼女は父の冷たさにも忍耐を心がけつつ、母の墓を何度も訪れた。ある日、年上の女が墓の前にいた。翌日もまた出逢う。そして彼女に一緒に住んでくれと言う。女の気品に惹かれた彼女は承諾。カースタブリッジの中心街に住むのだという。父の承諾も得て早々と、彼女は町の見渡せる館に移り住んだ。

前夜ヘンチャードはルセッタから手紙を受け取っていた。奥方が亡くなられたから、以前の婚約を互いに果たすべくこの町に来たという。次に来た手紙には、令嬢に会うという口実で彼女の家を訪問できるようにしたという意図が明かされていた。賢い女だと彼は感心した。

ルセッタはエリザベス・ジェィンが父に嫌われていて、父が娘を訪ねてくるはずがないと聞かされると、当てがはずれてがっかりした。エリザベスに使いを頼み、博物館を訪ねるよう言い聞かせて外出させ、その間にヘンチャードに来るよう、手紙を出した。待っていると、来客があった。しかしそれはエリザベスを訪ねてきたファーフリー。彼は彼女を待つ間、ルセッタと楽しい会話をした。ちょうど窓外で、一人の若者が老父を養うため遠くの町へ就職せざるを得なくなって、やむなく恋人と別れそうになっている話が聞こえた。ファーフリーは飛び出していって、彼だけではなく職にあぶれた老父をも自分の店に雇った。これを見てルセッタは感激。ファーフリーは、誰を訪ねてきたのかすっかり忘れて帰っていった。そこへヘンチャードがやってきた。頭痛を理由に、ルセッタは会うのを断った。父を遠ざける番犬としてエリザベスを利用しよう――新しい考えにルセッタは満足した。

その夜ルセッタは、ある知人が男と深く知り合い、結婚するはずが不測の事情で駄目になり、その後その事情が消失したので結婚するつもりになったその時、別の男に恋をしたという話をエリザベスに語った。賢いエリザベスは、これはルセッタ自身のことだと理解した。

同居中の二人をファーフリーが訪ねてきたとき、エリザベスは彼こそが例の〈別の男〉だと直感した。忍耐に慣れている彼女は、この失恋にも耐えた。ルセッタはヘンチャードの求婚に言を左右にした。

ヘンチャードは恋敵がファーフリーであることを察知。相手を穀物取引で出し抜くために、占いで天気を当てる名人と言われる変わり者を訪ね、悪天候が予期できると占われ小麦を沢山買いこんだ。実際には好天が到来。麦価は暴落し、彼は資産を銀行の抵当に入れた。最近番頭として雇ったジョップという男の所為にして彼を解雇した。

収穫が始まると悪天候に変わった。ヘンチャードが小麦を安値で手放した直後のことだ。安値で買いこんだファーフリーは逆に大儲けをした。彼への敵意を募らせていたヘンチャードは、彼がルセッタに求婚し、彼女がそれを受けそうになるのを目撃した。彼は彼女の跡をつけ、彼女の家に上がり込んで、自分と結婚しなければ自分との過去を暴露すると脅した。ルセッタは怯えて、彼との結婚に同意した。

ヘンチャードの市長の任期は終了。だが新市長（医師）に代わって、治安判事として、風紀を乱した女を裁くことになった。ところが女は、二〇年前に妻を売り飛ばした男が裁くのは不当だと言い出した。裁判の関係者は誰も女の〈たわごと〉を信じなかったが、ヘンチャードは「それは事実だ」と認め、裁判の席を去った。このあとルセッタが、エリザベス・ジェィンとともに、逃げ出した牛に襲われたことがある。勇敢に牛に飛びついてルセッタを救ったのがヘンチャードだった。このとき彼はルセッタに、債権者の一人に彼との結婚をほのめかしてくれと頼んだ。彼女には遺産が転げ込んでいて、信用があったからである。ところがこの債権者は、彼女とファーフリーの、こっそりとした結婚の証人だった。彼女はすでに他の町で彼との結婚を果たしていたのである。彼女は彼の過去の仕打ちを罵り、この結婚を明かした。彼女はエリザベス・ジェィンにも結婚を打ち明けねばならぬ。エリザベスは一貫して、最初に約束した男と結婚すべきだと以前から言っていた。だが事実が知れると、彼女は咎めの口調で「ファーフリーさんと結婚したのね」と言っただけだった。エリザベスは直ちにルセッタの家で住むのをやめた。一方町中に、ヘンチャードが昔妻を売った噂が広がり、信用を失った彼は、経営不振に陥り、やがて破産した。家も工場も手放し、以前に解雇したジョップの家で間借りをした。

債務者としての彼は、誠実で評判はよかったのだが、彼の財産は債権者の所有に帰した。ファーフリーとルセッタが、彼の家屋敷を買い取って入居した。家具も彼に競り落とされた。ヘンチャードは、元の自宅の一室で住まないかという彼の申し出を断った。しかし生きてゆくために、彼の仕事場で働かせてほしいと申し出て、雇われた。

ヘンチャードの禁酒を誓った期限が切れた。酒に溺れつつ彼は、特定の家族を呪う言葉に満ちた旧約聖書「詩編」一〇九番を酒場の人びとに歌わせた。窓の外にファーフリーとルセッタが仲良く歩く姿が見えたからだということは、歌い終わるまで人びとは知らなかった。エリザベスは父の復讐心を知って、彼を見守るようになった。

ヘンチャードはルセッタが彼の仕事場に現れると、「奥様、何時でございましょうか」などと、皮肉たっぷりに話しかけた。彼女はこんな態度を示さないよう手紙で頼んだが、彼は復讐の言葉を呟いた。またエリザベスが彼に、酒を飲まないようにと夕方紅茶を持って仕事場を訪れたとき、穀倉の最上階に彼とファーフリーがいた。下部の荷を引き上げるドアが開け放たれ、ファーフリーはドアの縁に。ヘンチャードが彼を衝くような仕草をした。ファーフリーは気づかなかったが、エリザベスはこれを目撃。ファーフリーに警告しようと思った。

翌朝彼女はこれを実行。彼はヘンチャードとは仲が良いと言い、彼女は拍子抜け（彼は内心では、彼女の言葉に多少の信を置いた）。彼は自ら発起人となって、ヘンチャードが小さな種子店を持つための寄付を募る案を市議会に提案していたが、酒場での彼の復讐の言葉が耳に入った。これによってこの案が取り下げられると、ヘンチャードが聞きつけて、さらにファーフリーへの憎悪を募らせた。また市長の医師が亡くなって、ファーフリーが市長に推挙された。彼はヘンチャードの悪意が気になってきたので、妻のルセッタに向かって「なにゆえにこうも憎まれるのか、まるで恋敵みたいに」と言った。ルセッタは自分の過去の恋が暴露されるのを怖れて、ヘンチャードに会い、過去の恋文を返してくれるように頼んだ。前回は彼女の伯母の葬式と重なって果たせなかったからだ。恋文は今はファーフリー家の鍵付きのデスクのなかにあった。ヘンチャードはこれをルセッタには告げず、自分で鍵を開けさせて貰い、それらの恋文を、自分の妻が書いたものとは考えもつかないファーフリーの前で読み上げた。署名まで読み上げてルセッタに報復するつもりでいたが、それは彼にもできなかった。

だが、階下で長々と声がするので覗きに来たルセッタは、自分の文が読まれているのを漏れ聞いた。夫が何の疑いも持たずに寝室に来た。だが彼女はヘンチャードを競技場に呼び出す手紙を出した。ヘンチャードは競技場に来て、昔スーザンと会ったのもここだったので優しい気持になり、ルセッタに手紙を返すと確約した。帰宅した彼女の許へジョップが職を求めてやって来た。彼女が彼に冷たい対応をすると、彼は彼女の過去を知っていることを匂わせて去った。そうとは知らずヘンチャードはこの彼に手紙を託した。使い走りの途中、彼は悪徳の盛り場で、彼女の手紙を読み上げた（これは後に、当地の〈スキミティ・ライド〉と呼ばれる俗悪な人形劇――不倫の二人の人形を作って街を練り歩き、当人の家の前で囃したてる風習の素材となる）。やがて手紙はルセッタに届けられ、彼女は安堵してそれを燃やした。

王家の一殿下がこの町に立ち寄る――このとき計画された歓迎の式典に、ヘンチャードも加わると言い出した。市議たちは反対した。しかし当日、彼は殿下の馬車の前に一人躍り出て、無意味に旗を振った。市長としてのファーフリーが、直ちにこの狼藉者を排除した。

公衆の面前で侮辱されたヘンチャードは仕事場に戻って、自分の左手を縄で脇腹に縛りつけた。帰ってきたファーフリーを四階に誘い上げると、格闘して相手を地上に墜落させる一種の決闘をしようと言う。自分のほうが強いから、片手を縛ったとも言い、ファーフリーに答える間も与えず襲いかかった。縺れた闘いは、ヘンチャードが相手を突き落とす直前まで来たが、彼は突然力を抜き、悔い改めて退いた。

ファーフリーが家を空けたとき、〈スキミティ・ライド〉が始まった。エリザベスがルセッタの許へ駆けつけて、彼女にこの見世物を見せまいとした。しかしルセッタは、この無言劇に見入り、あの人形は自分に違いないと言って狂おしい笑い声とともに気を失った。

ファーフリーを呼びに人が走った。ヘンチャードは方向が反対だと教えたが誰も信じない。彼は走ってファーフリーの馬車を追い、近道をして追いつき、急を知らせた。だが、彼もまた、信じなかった。妊娠中のルセッタは帰宅した夫に優しく看病されたのに、手当が遅れたせいか、死産して世を去った。ヘンチャードは心配して何度も彼女の病状を娘に尋ねた。エリザベスはこの父の姿に好意を持った。

その翌日、昔スーザンを買い取った船員ニューソンが現れた。死亡説は誤報だったのである。ヘンチャードは妻の死を語り、エリザベス・ジェインもまた死亡したと嘘を吐いた。彼女だけは失いたくなかったのである。ニューソンは力無く去っていった。ヘンチャードは、すぐに後悔して彼を追ったが、捕まらなかった。帰宅すると、娘が優しくしてくれた。外出した彼が川を眺めていたとき、自分が川に溺れているのが見えた（例の不倫人形が捨てられたのだったが…）。娘はこの人形を見、父に同情し、また一緒に住むと言ってくれた。有力者の好意で二人は店を持ち、愛情ある父と子として一年を過ごした。

エリザベスの部屋に多くの書物があるのを彼は見た。ファーフリーが彼女の心を捉えていることを知り、彼はこれに耐える決心をした。また、ニューソンが再び近隣に姿を現したのを彼は知った。彼は、やがて真実が娘に知れることを覚悟した。初めてこの地方に姿を現したときと同じ貧しげな風体となって、カースタブリッジを去った。

二人の結婚式の噂が伝わった。結婚パーティの最後に顔を出し、鶸《ひわ》の鳥籠を贈りたいと彼は思った。パーティにはニューソンも出席し、エリザベスは実の父が誰であるかを知り、ヘンチャードがこの父に、娘は死んだという嘘を吐いたことを聞いていた。彼女はこの嘘だけは許せなかった。パーティの行われた自宅の一室にそっと入ってきたヘンチャードに、彼女は嘘を咎める言葉を浴びせた。彼は一切言い訳をせず、帰っていった。あとになって、物陰に隠された鳥籠と死んだ鶸が見つかり、ヘンチャードが持ってきたものと判った。養父への気持が大きく和み、彼女は夫とともに、養父を捜しに出た。野中の空き小屋でヘンチャードが死んだ直後に、彼女はそこに到着した。どんな花も墓には供えぬようにとの遺書があった。

［作品論］

町長と対照されるエリザベス・ジェイン

物語の最後に自己の行動律を放棄

〈粗筋〉の最後の部分に書ききれなかったことだが、ルセッタの死後一年ほどして、ファーフリーがエリザベス・ジェインの心を捉えていることを知ったヘンチャードは、自分の生き甲斐の最後の宝物を、またファーフリーに奪われる悲しみに襲われる。彼はこの悲しみに耐える決心をするものの、恋人たちがデートをするバドマス街道を、望遠鏡で見張るようになる。この恋を妨げるために、彼女が素性さえ判らない女であることをファーフリーに告げて、慣習的考え方の強い彼に彼女を捨てさせようとまで考えるが、この恐ろしい着想を実行には移さずに思い留まる。そうしているうちに、ある日、彼の望遠鏡は、彼女の実の父ニューソンが、再び街道に現れたことを彼に見せつける。彼は家に帰ってエリザベスに会い、彼女が手紙を貰ったことを知り、彼にはニューソンと判る人物と会いにゆくのを許可する。このとき彼は、最愛のエリザベスとの、父娘としての生活を諦め、カースタブリッジを去ることをすでに決心している。ほとんど初めて、彼は自己の願望に従って動いてみるという彼独自の行動律を、放棄するのである。そのしばらく前に語り手はこう述べている――

> 人間の頭の外側には、一つ別室があって、自分が求めてもいず、認めてもいない有害な考えが侵入してきて、入ってきたところから追い出されるまでの一瞬のあいだ、そこにさまようのを許されることが時として生ずるものである。（264）

これは、人間誰しも経験することとして述べられている。そしてヘンチャードの場合にも、たびたびこのような精神状態は生じてきた。しかも、この危険な考え方を追い出す前に、彼は幾度となく、この考えを実行に移したり、少なくともその半分を実行してみたりした。だが物語の最終場面に来て、彼は危険思考を追い出す人間に変化する。この行動律の放棄は、彼がこの小説のなかで演じてきた役割の終焉を意味する。彼は、リアリズム小説のなかの人物に還元される。

一九世紀の〈異邦人〉ヘンチャード

この小説を読み始めてまもなく、まさかと思われた妻売却が行われてしまう。そして第三章では、あっという間に二〇年ばかりの時が経過し、第一章と同じ道路をスーザンとその娘が歩いている。こうしてこの間に、「もし俺がもう一度自由の身になれたら」（31）と言っていた一人の人間が自由を得るために、人生をやり直すために何を行ったか、我意を通して自由を得ることが人間社会ではどんな意味を構成するかという大きな観念上の問題が、提起されてしまっている。カミュの『異邦人』におけるムルソーが、人間社会と文化による拘束をまったく意識せず、太陽が照りつけ、暑くて気分が重いからピストルを撃つのによく似て、ヘンチャードは妻を売り飛ばしてしまった。あるいはカフカの『変身』によく似て、主人公は、朝起きてみたら、自分が人間社会からはみ出ていることに気づいたのである。状況は、『異邦人』や『変身』におけるほどには、作者側の恣意によって人為的に設定されてはいない。しかしヘンチャードもまた、人間社会と文化のなかのエトランジェとして生きることになる状況のなかへ、自らを投入してしまった。フロイト的に言うなら、文化存立上必然的に生じる〈剝奪〉を嫌って、〈禁止〉を脱出しようとした場合には――すなわち〈自然〉状態に復帰することを意志した人間の我意が通った場合には、人はどうなるかという状況設定である。このような二〇世紀的観念をハーディは、早くも巻頭から小説内に持ち込んだ。この状況の設定が、リアリズム小説を読むつもりでいた読者に、予期せぬ違和感を与えてしまうのである。

ハーディ版〈不信の積極的棚上げ〉

右の概説のページで、この小説には、描かれている特殊カースタブリッジ以外の人間社会にも当てはまる「一般性」や「歴史に翻弄されることの縮図」が示されていることについて述べた。これらを打ち出すためには、この町の歴史がこの時代の典型として感じられるような、きわめてリアリティに密着した書き方をするのが普通であろう。確かにこの小説には、田園都市のリアリティを、まるで地図を示すように活写している面がある。だが当作品は、このリアリズムによって読者に作品内の出来事を追体験させながら、他方では、より象徴的・観念的次元でも読者の心に働きかける。一九六〇年という早い時期の論者フレデリック・R・カールは、本来は読者が日常経験し得ない異空間において人の心を理解させる新しい小説として、この作品を取り上げた。彼は、ハーディが「非リアリズムとリアリズムの、両方に基盤をおいて物語る」ことを指摘し、彼が用いたリアリズムを見定めることは「イギリス小説の発達のなかでの、大きな転換点を明らかにすることになる」と主張した(Karl: 367)。一九世紀の終わりから二〇世紀の初めは、小説の根本原理としてのリアリズムへの疑問が打ち出された時代だが、ハーディは早くも、この小説を書く二年余り前、一八八二年の初めに、ノートにこう記した――

> コールリッジが言っている――聴衆または読者のイリュージョン(illusion)を狙え――完全な妄想(delusion)と、虚偽についての明快な認識の中間に存在する、夢を見る精神状態を狙え、と。(Life: 152)

上記カールも引用する言葉である。これは、ハーディが、信じられない事柄でも喜んで一時信じてしまう、文学や芸術という異空間での体験、すなわち「不信の積極的棚上げ(willing suspension of disbelief)」――コールリッジのこの有名な言葉を敷衍説明したものである。冒頭の妻売却からここに至るまでの情景は、きわめて鮮明に描かれている。また女房を競りにかけるときにも、他の客たちは冗談だと思って楽しんでおり、これまたリアルである。テントの外では、馬の競り売りの声が響き、途中でテントに迷い込んできたツバメが客たちの視線を奪い、いったんは競り売りが中断する。売られる直前に、妻スーザンは「あなた、前にもこんな馬鹿な真似、人前でやったわね。冗談は冗談、でもやりすぎよ！」と叫ぶ。この臨場感溢れる描写のなかで、妻売却が行われる。ハーディの意図としては、上記の、イリュージョンとデリュージョンの中間を狙ったのであろう。

非リアリズムに傾く主人公の造型

ヘンチャードの造型についても、この〈中間狙い〉は実行される。彼は完全な異邦人としては造型されない。情念のままに突っ走って不正義を犯したり、犯しそうになったりすれば、必ずあとで悔いる。しかし決してリアルな人物ともされない。第一、『嵐が丘』のヒースクリフとほぼ同じくらいに、描かれていない期間に（漠然と穀物取引によってという以外には）どのようにして財をなしたかが明らかにされていない。しかもヒースクリフより遙かに長い年月、作者から放置されてしまっている。ヘンチャードの市長就任のいきさつも、同じ程度にわずかしか判らない。小説のプロットの進行上、必要なことだけが示されているにすぎない。リアリズム小説が読者に約束している基本的前提が、放棄されてしまっている。演劇やオペラなら、童話やバレエならなおさら、常套的にこのやり方が用いられる。リア王が、三人全ての娘から愛情の告白をまだ聞いていない段階で、ゴネリルが話し終われば彼女に国土を、リーガンにも同様に国土を与えるが、観客はなぜそうなのかを問いはしない。『魔笛』では夜の女王がいかにしてザラストロの居城に忍び込むのか、またなぜ拉致されている娘パミーナを連れて帰らないのか明らかにされない。『青ひげの城』の末尾では、過去の恋人たちがどのように食事をしていたのか、いや、現れてくるのは本物なのか亡霊なのかさえ明示されない。眠りの森の美女は、百年のあいだ眠ったまま、どのように栄養を摂り、排泄をしていたのか、誰も疑問に思わない。イギリス一九世紀のリアリズム小説への先入観があればこそ、ヘンチャードにまつわる謎が気になる。

人間行動の許容度を超えた姿

ヘンチャードの内面についても同じことが言える。彼は確かに正邪の感覚を有し、愛情も憎悪も人一倍強い。野心も独占欲も復讐心も強烈である。また、破産したときに見るとおり狡猾さは微塵もなく、カースタブリッジからの去り際、この世からの退出際にはこの上なく潔い。これら善悪両面の人間らしさは、商品化されたリアリズム小説のヒーローにも相応しいほどである。精神の深部まで、人間性に溢れている。だが他方では、彼にはアレゴリー像的な一般性が与えられている。リア王が人間性に満ちていると同時にアレゴリカルであるのと、これはよく似ている（リアは権力・老い・零落・悔悟などの寓意像である）。先の（二四九頁の）引用が語っていたとおり、人は全て衝動に駆られて、してはならないことをしたくなるが、それを実行に移すことはまずない。ヘンチャードは、何度も何度もそれを実行に移すのである。文化のなかで禁止されていることが、彼には禁止として働きかけない。これまでの批評で、彼の欠点として指摘されてきたことである。しかし、上記の憎悪、野心、独占欲、復讐心などと異なって、これら人が誰しも持つ悪しき感情や願望を行動へと具体化する点は、欠点というより、ある許容度を超えた異空間的な姿であり、一般の人間のリアリズムによる欠点描写ではない。

実験用の人物ヘンチャード

すなわち、これら人間に鬱屈する感情が、抑制されずに表面化したならばどうなるのか、願望どおりに生きるということが人間にどんな結果をもたらすかを探求する、実験用の人物としてヘンチャードの役割が定められている面がある。ハーディは小説のみの作家であったころから、一九世紀のイギリス詩人群を精読し、その主題を自分でも実感していた実質上の詩人であった。詩人群が洞察した一つの真理として、この世は人間の願望に合致した作りにはなっていないという認識（神の喪失や、〈慈悲深い自然〉への疑念、人間のための世界という考え方の崩壊など）は、やがて詩人としての彼が、執拗に作品に描きこんだ主題である。彼はこの認識の証左のために、ヘンチャードという人物を造型したと考えられる。しかも許容度を超えざるをえない彼の行動が、内面に彼が持つ豊富な（悪しきものも含めた）人間性のゆえであるとして描いてゆく。現実の人間より、内面からのいわば風圧・気圧が強すぎて、人を外界との軋轢から隔てている隔壁が破損してしまう人物を作りあげたのである。人間性という風圧が弱くて、隔壁破損の起こるはずがない近代的人物（ファーフリー）を対照的に配して、ヘンチャードをヒーローに仕立て上げるのである。

芸術ジャンルの垣根を取っ払う

内部風圧が隔壁破損を生ぜしめるような人物は、過去においては詩と演劇の独占物だった。だがこの小説の、特にヘンチャードを取り巻く部分は大いに演劇的である。次に掲げるジョン・グッドからの引用には、誰しも同意するだろう——

> 黒白を決するようなヘンチャードの行為は全て、演劇的であり、ストーリーはこれらの行為のまわりに構成される——（妻の）競売、（禁酒の）誓い、宴会、闘技場でのスーザンとの出会い、ファーフリーへの歓迎、予言者への訪問、王室関係者への挨拶、ルセッタの手紙の朗読、闘技場でのルセッタとの出会い、ファーフリーとの格闘、最後のカスタブリッジ脱出。(Goode：79)

この一覧表には、特定の家族を呪う歌を歌わせる怨念、おそらく自死を思いつつ、川を眺めていたときの自己の死骸との出会い、ニューソンへの嘘の伝達、望遠鏡による愛娘の観察などもつけ加えてよいだろう。芸術ジャンルの垣根を取っ払うという、二〇世紀に入ってから意識的に行われた傾向の、ハーディによる先取りがここにも見られる。さて巻頭の場面に戻れば、ハーディは小説の読者に受け容れられるために、翌朝、酔いの覚めたヘンチャードを倫理観のある男に仕立て、禁酒の誓いを、人気のない教会のなかでさせ、一方そのあと、朝餉のために煙突から煙を上げた民家に頼んで安価な朝飯にありつくなど、道徳もリアリズムも放棄せず、〈商品としてのテクスト〉を他方では仕立て上げている。けれどもこのリアリズムの擬態の裏側に、より象徴的で演劇的な、もう一人のヘンチャードを忍び込ませる。テクストの表面では、彼は自己反省に満ちている。例えば、エリザベス・ジェインに、お前は私の実の娘だと打ち明けた直後に、スーザンの置手紙によって彼女がニューソンの子だと判ったとき、彼はこのことが自分の過去の過ちに対する当然の酬いだと感じ、何者かが自分に悪意を持って罰しようとしていると感じる。これは読者の彼への同情をつなぎ止める。しかし実体としては、彼はその後、エリザベスに対して極端に冷酷になるのである。すなわちまたしても、内部風圧に抑制の壁は破られる。ハーディは一方で読者受けする描写を提供し、他方実際にはヘンチャードに我意を表面化・行動化させる——このパターンが、これ以降連続して用いられる。

哲学的なエリザベス・ジェィンの思索

他方、エリザベス・ジェインについては、知的で愛らしい娘としての描写がリアルになされてゆく。しかしそれ以上に、一般読者が読み飛ばすかもしれない箇所で、若い女性の描き方としては破格な、哲学的と言ってもよいほどの彼女の思索が示されてゆく。母親の死の床につきそった彼女は、最後の酔いどれが通り過ぎ、最初の雀が鳴き始めるあいだの静寂のなかで、

この精妙な魂をした娘は、なぜ自分は生まれてきているのか、なぜ部屋のなかにいて、なぜ蠟燭に目をしばたかせているのかを自問していた。身の回りの事物たちが、ほかのありとあらゆる姿をしていておかしくないのに、どうして選り好んで現在の姿をしているのか。どうしてこれら事物たちは、この世の束縛から彼らを解放してくれる鞭の一振りを待ちかまえているかのように、無力感に満ちてわたしを眺めているのか。この瞬間にも独楽《こま》のようにわたしのなかで回っている、意識と呼ばれるあの混沌は、どこに向かい、何に始まったのか。(117)

と考えている。愛する者の死を目前にした夜とぎの想いとして、適切ではある。しかしストーリーの進行だけから言えば、省いてよい内面描写である。彼女の世界観・人間観が、意図的に示されているという印象を与える一節である。

ヘンチャードとファーフリーが、ルセッタと同居中のエリザベス・ジェィンの前に現れて、彼女にはまったく無関心に、ルセッタ獲得合戦を繰り広げるあいだ、彼女はまたしてもその〈哲学的〉傾向を顕わにする。その直前まで、これら二人の男は、彼女に強い関心を示し、一方は恋を、他方は父性愛を宣言したに等しかったのだ。

二人揃いも揃って態度に示す、彼女への徹底的といってもいいほどの無関心は、彼女に苦痛を与えはしたが、ときには彼女がこれは滑稽だと感じたので、半ば消え去りもした。…ファーフリーに関しては、誠実に考えてみれば、これはまったく自然なことだと彼女は思った。ルセッタのそばでは、わたしは何だというのだろう?——天空に月が昇ってしまったからには、わたしは「夜空の卑しい星辰の一つ」にすぎないではないか。

彼女は快楽放棄（renunciation）という教訓を身につけてしまっていた。太陽が日々、沈んでゆくのと同様に、日々の願いが潰えてゆくのに慣れ親しんでいた。(164)

ヘンチャードが人生の最後に近くなるまで、身につけることができなかった教訓、願望の多くは人生において実現しないものという教訓を彼女はすでに学びとっている。ヘンチャードとの対比において彼女が造型されていると見て、間違いないであろう。

ルセッタとも対照される彼女

他方、エリザベス・ジェィンはまた、ルセッタとも対照されている。ルセッタも今日の目から見れば、過去の婚外愛が世間に、そして夫に知れることを極端に恐れ、それを暴露した〈スキミティ・ライド〉による衝撃のために、死産のあげく絶命するのだから、ヴィクトリア朝の悪しき性道徳の犠牲者である。つまり現実に「少なくとも三つのスキミングトン・ライドの記事が、一八八四年にドーセットの新聞に載っている」(Pinion 1968：42)とされているからである。しかしこれとは別個に、彼女は全て策略と計算から成り立った美女として、エリザベスとは対照的な存在として造型されているのである。彼女がスーザンの墓参りをする理由は、エリザベスと知り合いになり、彼女を用いてヘンチャードからの求婚を実現する計画以外には考えられない。そして実際にも、彼女が冷たくなったヘンチャードから独立して住みたいと思っていることを察知して、彼女を自分の家に同居させる。だがこれもヘンチャードが自分を訪ねてくるのを、自然なことと世人に思わせるためである。これを知ったヘンチャードはにんまりと笑い「何と巧妙(artful)な女だろう」(141)と言っている。この英単語は、〈狡猾な〉という意味を強く含む言葉であることが想起されよう。語り手はこの箇所に「これはルセッタの巧緻で愉快なエリザベス・ジェィン対策（manoeuvre）に関して」(同)の言葉だと注釈を入れる。この英単語もまた〈策士〉を連想させる。このあとルセッタは、エリザベス・ジェィンが初めて家にやってきたとき、トランプ・カードで手品(tricks）を見せましょうと言う(142)。エリザベスは一言のもとに断るが、この英単語もまた策略を意味する。ルセッタはまた、他者に語りかけるときに、画家ティツィアーノが描いた女性のとるポーズを取りながらしゃべる(143)。エリザベスが父に嫌われていることが判ると、計略（scheme）が潰えたことを悲しむ(146)。ヘンチャードが来る間際には、再びポーズの取り方を研究する(147)。こうしてルセッタは、エリザベスのありのまま（artlessness）の正反対を読者の前に披瀝する。ちょうど、シェイクスピア『テンペスト』で、無垢なミランダの前に、数多くの策略家が登場するのを踏襲するような描き方である。丸括弧内の単語は全て原文そのままなのである。

父親を遠ざける番犬としてエリザベスを利用

とりわけ、第二三章ではルセッタの策士としての実体が、語り手の直接の言及なしに明らかになる。彼女は父に嫌われているエリザベスをヘンチャードが訪ねてくるはずがないと知って、戦略の不調に失望する。そこで直接ヘンチャードに、訪ねて来るよう手紙を出す。エリザベスがいては結婚話ができないと思って、彼女が長く外出するよう、用事を頼み、博物館見学を勧めて追い払う。ヘンチャードを待っていると、来客としてファーフリーが現れる。ヘンチャードから、交際の再開を許されたので、彼はエリザベス・ジェィンを訪問したのだ。ところがルセッタは、彼の訪問が誰を求めてなされたものか、はっきりと知りながら、ファーフリーに恋を始める。エリザベスへの心の咎めは、まったく示さないままである。ファーフリーは彼女がヘンチャードを待っていたことこそ知らないが、これもエリザベスを訪ねてきたのをすっかり忘れて帰路につく。ヘンチャードがやってくると、頭痛を理由に、ルセッタは会うのを断る。外出から帰ったエリザベスには、彼女はファーフリーがエリザベスを訪ねてきたことを一言も漏らさない――

潮の目の変化を、可愛らしくも知らないままエリザベスが帰ってくると、ルセッタは彼女に近寄り、この上なく誠実にこう言った。「帰っていらして嬉しいわ。長くわたしと一緒に住んで下さいね」

父を遠ざける番犬としてのエリザベス――何と新しい考えだろう。しかしこれは不愉快な考えではなかった。(153-54)

「この上なく誠実に」と語り手は言う。もちろん、これがルセッタの不誠実な実態だという諷刺にすぎない。こうしてファーフリーを横取りして、彼の訪問については一言も語らず、なおかつエリザベスには親切な女として振る舞う。語り手は、今回は彼女が狡猾だとも策士だとも述べない。しかし、一〇ページ前に、繰り返し述べた彼女の巧妙さの恐ろしい実例を示し、この先展開されるエリザベス・ジェィンの、真の誠実さとこれを対照するのである。

混沌の海のなかの指標たる灯台

エリザベス・ジェィンの長所と質素な考え方については、エレン・リュー・スプレッヒマンがきわめて詳しく述べているので、それと重複してここに書くのはためらわれる。彼女が述べるとおり、「エリザベス・ジェィンは一見したところ、この小説の枢軸とはなっていないように見えながら、発生する全ての出来事の中心的存在であり、彼女のストイックで知的な諸性質は、拡大してやまない混沌の海のなかで、一つ輝く安定した灯台である」(Sprechman：60)と言えるだろう。新しい批評を導入した人たちのあいだにさえ「この小説は特異な性格の男の話ではなく、エリザベス・ジェィンの教育の話である」(Goode：80)という見方がある。私もこれらの批評を離れて自分で読んだ彼女の姿を少し記したい。当初から外見のきらびやかさや軽薄な人生観には、彼女は意識的に背を向けている。彼女が求めるものとしては、自己の知的向上が最優先に置かれる。次には他人への思いやり。当時台所女中として、一時的にでも働いたならば、自ら下層の民であることを公言するようなものだったが、彼女は財政の苦しい母を思って、やってきたばかりのカースタブリッジで、ホテルの手伝いをする(59)。また母の死後、市長の令嬢の立場にありながら、女中を呼ぶための「鐘を鳴らすかわりに、台所へ行った」(126)し、また「小間使いに、どんな場合にも決まって、全てに対して礼を言った」(127)。父の店で働く下層の労働婦ナンス・モクリッジには、午後の間食と少しの林檎酒などをかならずもってゆく(同)。モクリッジは、最初こそ感謝したが、あとでは慣れっこになり、当たり前と思うようになる。人の親切が、劣等な感性の相手にどのように浪費されるかの実例であり、エリザベスは、ルセッタ以外の女とも対比されている（彼女の母親スーザンさえ、娘の生活と将来を思いやってのことではあるが、娘の父親が誰かということに関して、ヘンチャードに大きな不誠実を働いている）。

商業活動と個人の感情の峻別

ファーフリーがヘンチャードの対照物だということは、これまでに何度も多くの評者が指摘してきた。これは右に記した粗筋だけを見ても明らかであろう。感情の層が厚く、迷信と勘のみに頼り、近代的経営法も科学的穀物管理も知らず、労働者の扱いも古い親方タイプの叱咤しか知らないヘンチャードが、科学的で合理主義的で、感情の層が薄いのに使用人の扱いをわきまえている近代人ファーフリーに敗北する様子は、誰しもが読みとるとおりである。ヘンチャードは、商売も市長職も、町全体からの尊敬も、全ていわばファーフリーに、取られるともなく取られてしまった上に、

何て忌々しい奇天烈《きてれつ》なことか！　あいつの元の雇い主の俺が、こんなふうにあいつの下で働いて、あいつが雇い主として立ってやがって、俺の家も、家具も、まあいわば俺の女房までみんなあいつのものとして持ってるなんて。(204)

というヘンチャードの嘆きそのままの状態が訪れる。そしてこのあと、娘もファーフリーのものになる。そのファーフリーは、常に故郷スコットランドを思っていると言い、また故郷の歌を歌うが、故郷に帰りたいかと問われると「いや、帰りたくありません」(150)と答える。彼には、働く場を得たカースタブリッジが何より大切で、感性と実利性は完全に分離されている。ヘンチャードが、王室関係者の前で旗を振ったときには、何の躊躇もなく管理者としての責任を優先する。ヘンチャードの店だけではなく、店と隣接する便利さを理由に、ヘンチャードの元の邸宅と家具もヘンチャードの債権者から買収する。これがヘンチャードにどれだけの屈辱感を与えるかということは、彼の場合、問題にはならない。なぜなら商業活動と個人の感情とは、彼の精神のなかで峻別されているからである。家具を買い付けておいて、買ったのはあなたのためです、必要なものはお持ち下さいとヘンチャードに告げるけれども、いわば殴りつけたあとの親切がどのように屈辱的かということには、彼は考え及ばない。

未来の悲惨を妻の死の悲しみに置き換えただけ

ファーフリーは、最後に失踪したヘンチャードを、新妻エリザベス・ジェィンとともに探しに出るけれども、夜になり、これ以上捜索を続けるには、大金が必要だと口走り、妻に捜索打ち切りを同意させる。このような、一種の浅薄さと合理性が、この世での成功のもとであるということを示す点で、彼もまた、ヘンチャードの象徴としての役割を補佐するように造型されている。ヘンチャードと違って、彼は内部に感情の風圧を強く感じることはない。エリザベス・ジェィンを恋人として訪ねていったその場で、ルセッタと恋仲も同然になっても、ルセッタ同様、悩むことがな

い。何の悪事も犯さなかったように、彼は彼女とそのあと結婚へと突き進む。その上、決定的なのは、ルセッタの死後の彼の考え方であるが、この小説の結末である。

――

彼は、ルセッタの死によって、これから現れてきそうになっていた惨めな夫婦生活を、単純な悲しみに置き換えただけだと考えずにはいられなかった。彼女の過去の生活が明らかになったあとでは（それはどのみち、遅かれ早かれ明らかになっていたであろうから）、彼女との生活がこれ以上の幸せを生み出すことになるとは信じがたかったからだ。(260)

彼は『青い瞳』のナイトや『テス』のエンジェルのようには、妻の処女性にこだわる男ではない。これはルセッタが倒れて死亡するまでの過程で明らかにされている。それならなお、彼の人生感覚の浅さ、現実優先主義が浮き彫りにされるのである。ヘンチャードは隔壁破壊を余儀なくされる感情の風圧を有していた。それとの対照、ヘンチャード型の人間に陥らないための処方箋は、ファーフリー型の人間になることだという皮肉がここから主張されてくるのである。そしてこの皮肉を打ち消し、正面から、ヘンチャード型に陥らないためのもう一つの処方箋として示されるのが、エリザベス・ジェィンである。彼女は事実、第二七章の終わりで、失恋をはじめとする様々な苦しみを胸一杯に受けながら、「胸が張り裂けんばかりになりながら、ありとあらゆる感情の印を抑えこん」(180)でいる。彼女はヘンチャードと同量同圧の、人間的感情の嵐をいつも胸に抱きながら、隔壁を破壊させない人格を有しているのである。これをさらによく理解させてくれるのが、この小説の結末である。

末尾一頁は蛇足？

この小説の真の結末、すなわち最後の一頁は、しばしば読み落とされている。なるほど筋書きから見れば、主人公ヘンチャードの物語は、この一頁を残してすでに終わった――彼はあばらやで息絶え、いっさい自分のことは忘れてくれという内容の彼の遺書がエリザベス・ジェィンの目にとまる。これを読んだ彼女はしばらくのあいだ、彼を誤解したことを深く悲しむ。そして全てが終わるとおり、この悲しみもまた過ぎ去った、とハーディは書く。しかしこのあと最後の一頁が、ヘンチャードのこの義理の娘エリザベス・ジェィンの、最終的心理分析に充てられる。これは蛇足であろうか？　その後彼女がどんな気持で生きたかを描くのである。これは蛇足であろうか？　その後彼女がどんな気持で生きたかを描くのである。ストーリーの成り行きのみからみれば、なくてもよい末尾ではある。その上、確かに難解である。しかし読み解く努力をいとわなければ、これはハーディが特別な意図をもって巻末に置いた一頁であると理解できるだろう。

末尾部分の前半

このうち特に彼女の考え方を説く最後の半ページを二つに分けて掲げてみたい。

…彼女の本性に宿っていた優れた精神活動は、人生に訪れる限られた機会をある程度良いものにする秘訣を、自分の周囲にいた経験範囲の狭い人びとに対して（かつて彼女自身が見つけたように）

教え示すことに向けられた。それは、彼女の考えでは、小さな幸せを巧みに拡大して感じ取ることだった。はっきりした苦痛にはならないかたちで全ての人に訪れるごく小さな満足を、一種の顕微鏡的な拡大によって大きな幸せとして受け取るのである。この種の満足は、このように感じ取られるならば、ぞんざいに楽しまれるより大型の幸福類と同じ元気づけを、充分人にもたらすというわけである。(285-86)

ここには苦労を重ねながら人生に不満を抱かなかったエリザベス・ジェインの、堅忍不抜と言うべき人生態度が現れている。そしてこれが、主人公ヘンチャードの生き方への批評になっていることが読みとれよう。しかしこの〈堅忍不抜〉は、単に忍耐強さを意味しているのではない。

末尾部分の後半

なぜなら、この引用はさらに次のように続くからである。

この他者への教えは、今度は他者から彼女自身にも反射して作用してきた。それは大きな作用だった。そのため彼女は、カースタブリッジの下層階級に尊敬されることと、社交界の最高位の人びとに賛美されることとのあいだに、彼女自身としては何の大きな差異を感じることがなかった。彼女の現在の地位は、世間で言われる言葉を使えば、〈感謝すべき幸せを、うんとこさ楽しめる境遇〉だった。それなのに彼女が、人の目に立つほどに感謝を示さなかったのは、彼女の落ち度とは言えない。彼女のこれまでの経験は、当否は別として、次のような教訓を肌身に染みこませていたのである――お粗末な世界をはかなく短期間に通り抜けるという、この疑わしい名誉(訳注：どのみち短い、(幸せか不幸せか疑わしい)人生を生きるという〈名誉〉を指す。原文は"the doubtful honour of a brief transit through a sorry world")は、この行路がどこか途中で突然、彼女が得たような輝かしい陽光で照らされた場合でさえも、ふんだんな感謝の表現を求めてくるものではないという教訓である。しかし自分にしろ他の誰にしろ、人生途上で与えられたとおりのものに値しているという強い気持を彼女は持ってはいたものの、だからといって、さらに多くに値していたのにそれ以下のものしか得られなかった人びとがいる、という事実を彼女が見すごすことはなかった。成人期に至ってこのようなとぎれ目のない平穏を与えられた人物が、青年期には「幸せとは、総体としては苦痛ばかりのドラマのなかに差しはさまれる稀有な、そして偶然的なエピソードにすぎない」ということを痛感させられたこの私であるからには――と彼女はこう考えて、自分を幸運な人びとのなかに分類するその一方で、不測の悪運のしつこい存続("the persistence of the unforeseen")を驚きの目で見続けるのであった。(286)

結末の新たな読み

これがこの小説の真の結末である。この末尾の後半は、日本では誤って理解されているように本書著者には思われる。何よりも上記の"the unforeseen"を〈不測の事態〉、ないしは人に予知できない悲運・惨禍の意味に取らなくてはならないだろう。この解釈を必然とするのは、上掲引用のこの一句までに述べられるエリザベス・ジェィンの考え方である。これまたかならずしも正確には理解されてきていないように思われるので、著者の責任で解釈しなおしてみたい——どんな人間にしろ、ある種の達成を人生で成し遂げたものは、当然その達成に値する人生を送ったのだ、つまりそれは人間の側の生き方の報酬だという考えに基づいて、彼女自身も過度には自己の幸運を感謝したりはしないのである。しかし当然もっと幸せに恵まれてよい人が不幸に終わった事例には、彼女は深く心を留める。人間の側の生き方が報われない場合がこの世には多すぎることに彼女は心を痛めるのである。彼女にとっては人の住むこの世界は「お粗末な世界（“a sorry world”）」であり、人生とはその世界を「はかなく短期間に通り抜けること（“a brief transit”）」であり、生を得た特権もまた「疑わしい栄誉（“the doubtful honour”）」にすぎないのである。上の“the unforeseen”は人に予測不能なもの・思いもかけない不幸・人間の側の生き方の報酬とは言えない不運を指すと見なくてはならないだろう。〈運命〉を含む神的存在、とりわけ〈宇宙内在意志〉をエリザベス・ジェィンがここで考えているとする見方は、一段階飛躍しすぎている。これはハーディ作品にはできる限り〈宇宙内在意志〉を付着させてきたハーディ悲観論者説、特に日本に根づいている解釈の副産物である。

いかなる神格の存在も否定するハーディ

〈宇宙内在意志〉、ないしはそれに似た世界の主動者への言及は、確かに、この小説の書かれた一〇数年のちの一八九八年以降の詩集や詩劇のなかに見られるけれども、それは思想としてではなく比喩として現れていることに私たちは注意しなければならない。また、それら宇宙の原動力は、首尾一貫した思想体系内の位置づけをまったく有してはいない。短詩における表現を見れば、ハーディの心のなかでは〈宇宙内在意志〉という比喩と同じことを語ろうとして、形式としては〈内在意志〉などという神格は存在しないことをさえ、歌っている。その詩「偶然なる運命」（詩番号4）は、改めて全体を見ておこう。

もし　怨念に満ちた　何か神のようなものが　空の上から
「汝よ、苦しめる汝よ、汝が悲しめば
余は欣喜雀躍、汝の愛の欠損（＝失恋を指す）は
余の憎悪の利益と心得よ」とぼくに語って大笑いするだけなら、

それならぼくは　自分が怒っても無駄と気づいてほぞを固め
定めに堪え、身を食いしばり、そして斃るつもりだ、
ぼくより〈強大なもの〉が　僕の流した涙を意図して用意し、
ぼくに割り当てたことに、半ば安んじて斃るつもりだ。

だが現実はこうではない、なぜ喜びが地に屠られるのか、
なぜに　種をまかれた最善の希望に、花が咲かないのか？
——それは〈愚劣な偶然〉が日光と慈雨を遮るからだ

賽子を振る〈時〉が、自分の楽しみとして呻きを振り出すから
だ・・・
目のかすんだこの二人の〈運命の司〉どもは　ぼくの人生巡歴に
いとも容易く苦しみ同様、大きな幸せを呉れていたかもしれぬのに。
一八六六年作（訳注：一八九八年発表）

詩のなかの「運命の司ども」は、〈宇宙内在意志〉と同じものを表す比喩であると感じられる。しかしそれは「愚劣な偶然」にすぎない。「空の上」の神格ある「怨念に満ちた何か神のようなもの（some vengeful god）」は、はっきりと存在を否定されている。要するに、人間を守護する神も、人を苦しめる神も、ともにこの世にはいない。〈偶然〉と〈時〉によって世界が動いてゆくだけという世界観がここには披瀝される。

人生は喜劇的ではなく、悲劇的

こうした世界は、人間にとって本質的に悲劇的なものであり、この世界の本質を改善するのは人間の努力だけという考え方が、この小説の早い段階から打ち出されていたことに、私たちは注目する必要がある。エリザベス・ジェィンは、貧しい母親と安ホテルに投宿し、少しでも母の力になろうと、すでに都会地では廃れていた流儀を復活させるように、ホテルの仕事を手伝って宿泊代金を安くしようと試み、成功する。この給仕の仕事を通じて、間近にファーフリーを見、彼が歌を歌う場面を目撃する。彼がカースタブリッジには留まらず、「自分で努力してみなくては、人生の報酬一つ、手には入らぬ」(68)という気持から外国行きを決心したと語る。このときエリザベス・ジェィンは心を打たれる——

彼女は、真剣に処するべき物事を真剣な見地から見る彼の態度を、立派だと思った。彼はカースタブリッジの飲んだくれの曖昧な言い回しやふざけた言葉のなかに、楽しみを見出さなかった——これは正しい態度だった。実際、そこには楽しみはなかったからである。彼女はクリストファー・コニーやその仲間の下劣な冗談が嫌いだった。彼もそれを面白いとは、思わないのだった。彼もまさしく彼女が人生やその環境について感じているとおりに、感じているように見えた——つまり人生は喜劇的ではなく、悲劇的なものであるというふうに。ときには陽気になれる場合があるけれども、陽気な諸瞬間は幕間《まくあい》狂言のようなものであって、実際のドラマの一部では決してないという感じ方である。二人の考え方がこんなに似通っているのは異常なばかりだった。(同)

これは先に見た、この小説の結末の一節とまさしく同じ感じ方を述べている。これはエリザベス・ジェィンの視点から述べられている。ファーフリーはこの場面で、これほどはっきりした世界観を表明してはいない。つまりこれはエリザベス・ジェィンのものの見方の表明にほかならない。ほとんど開幕直後の場面から、彼女はこう考えている。

人生の憂いを知り、贅沢に溺れない

彼女は、母親がヘンチャードと結婚して物質的に

恵まれた境遇となるけれども、「浮き浮きした心などというものは、ときどきちらりと飲む向こう見ずな酒みたいなものとして以外は、あまりに不合理・非論理的なものなので、耽溺できるものではなかった」(92-3)という感覚で生活する。そして

彼女は、理由もなく多くの人びとに取り憑く精神の浮き沈みを、何一つ感じなかった。近年の詩人の言葉を言い換えて述べるなら、かりにエリザベス・ジェィンの心に憂鬱が取り憑いた場合にも、彼女がどうしてそれが取り憑いたのかを熟知していないなどということは一度たりともなかった。(93)

近年の詩人（テニスン）は「涙よ、故なき涙よ、どのような意味の涙か、私は知らない」(*The Princess*)と歌ったが、彼女はその正反対で、憂鬱の原因を常に把握しているのである。贅沢できる機会が与えられても、その機会の最後尾から前へしゃしゃり出ることは決してしない。また、豪華な衣装に溺れることは決してしない。「この素朴な娘は、ほとんど天才的な生来の分別によって、贅沢の最後尾にしかいなかった」(同)。そして、幼いころから貧困に慣れた人間独特の「運命という鋤を恐れる野ネズミ」(同)の習性を有しているのが彼女である。

世界の「制限的・慣習的要求」への理解

さてバーバラ・ハーディは『緑の木陰』論の途中でこう述べている——

ジュード、スー、ユースティシァ、テスなどは、その人物の想像の力がどんな人格を生み出すかを例証している。彼／彼女らは皆、生き続けるのが難しい存在。なぜなら彼らはその精神エネルギーの強さのために、自然と社会が人に課する制限的・慣習的要求におとなしく従うことができないからである。想像することはより良い世界を想像することであり、ハーディの世界では、良い世界を想像することは反逆的《サブバーシブ》であることであり、反逆的であることは破滅を招くことを意味する。(B. Hardy 1979: 45)

そしてヘンチャードこそ、まさしく典型的にこの種の反逆的人物であるとともに、エリザベス・ジェィンはその豊かな想像の力によって、逆に上記のような、世界の「制限的・慣習的要求」を理解しつつ生き延びる人物——いわばヘンチャードのアンチテーゼとして登場していたのである。生き延びる術の一つとして『ラッパ隊長』や『森林地の人びと』で、良く言えば臨機応変な対応、悪く言えば風見鶏的な変節を描くハーディは、こうした変わり身の早さのアンチテーゼをもまた、この作品に示したことになる。『ラッパ隊長』のジョン・ラヴデイ、また『森林地の人びと』のジャイルズ・ウィンターボーンとマーティ・サウスもまた、風見鶏のアンチテーゼではある。しかしこれら素朴な人物に比して、エリザベスは意志的に、人生の重圧を耐えるフィロソフィを有している。彼女あってこそ、自由意志の限界がヘンチャードのなかに見えてくるのである。

第一一章　『森林地の人びと』
（*The Woodlanders*, 1887）

概説

ハーディの公刊第一一長編小説である。一八八四年、彼がまだ『カースタブリッジの町長』を執筆していたころ、ロンドンから引き上げてドーチェスターの自邸マクス・ゲイトに住むことになる前に、マクミラン社に対して、同社発行の雑誌に一二回に分けた連載小説を書く約束をしている。執筆はこのマックス・ゲイトで行われた。舞台となる〈森林地〉が近郊に控えていたが、ハーディとしては遅筆で、締め切りに追われながら書いた。「マクミラン・マガジン」への連載は一八八六年五月号から八七年四月号まで続いた。アメリカでも同じ時期に週刊「ハーパーズ・ベイザー」誌に連載された。八七年三月には単行本（三巻本）がマクミラン社から発行された。同年秋には、安価な一冊本も出ている。イギリスでの連載には、シューク・ダムソンとフィッツピアズ医師との肉体関係を示す部分は削除されていたが、単行本としても、この削除や、性的語句の抑制は受け継がれた。しかし一八九六年の小説全集版では、シュークが怪我をしたフィッツピアズの寝室に駆け込む場面で、グレイスが「あなたなら彼の寝室に入る完全な権利がおありよね」(234)と皮肉り、グレイスがチャーモンド夫人に「まあ、彼はあなたを抱いたのね」(He's had you!, 221)と抗議するなどの改訂を行っている。この版には、前書きも附された。グレイスとウィンターボーンの描写についても、版を追うごとに性をめぐる描写が直接性を増している(Lodge 1974 : 336)。

今日では、いわば善玉のジャイルズが人妻グレイスの立場を思いやって、彼女と同じ屋根の下で夜を過ごすことをせず、雨漏りのする小屋で肺炎におちいるさまを滑稽だと感じる読者が多いかもしれない。しかし小説としてこれは、従来の型を倒立させるほどに新しいことをやってのけていることに、私たちは着目すべきである。発表当時「アシニーアム」誌の匿名批評家は「善人が苦しみ、悪人が栄える」ことを非難し(CH : 142)、「スペクテイター」誌の批評家ハットンは「この小説は恥を知らない虚偽・無思慮・不誠実が、その後、真の悔悟を見せず、それでいて最後には完全な成功という栄誉で飾られる姿を描いている。またハーディ氏は、本書のモラルの成り行きを回復させる義憤の精神を持たずに、この姿を描いているように見える」(同)と嘆いた。一九世紀小説は、誠実な人物が最後には愛する相手と結婚するという型を作り上げていたのである。ハーディはこれを突き崩し、前年にノートに書き付けた新たな小説論「抽象概念を目に見える存在にして描くのもいではないか?」(Life : 177)を実践している。ダーウィニズム的な〈抽象概念〉が、プロットの展開という〈目に見える姿〉で呈示されている。世の現実を示すことを作家の仕事と考える限り、繊細な感性の持ち主たちは淘汰され、強力な生きる意志を持った悪玉たちが栄える様子を、ハーディは描かずにはいられなかったのである。

新たな小説論の実践

［粗筋］　小ヒントック村は、林檎園が僅かに散在する森林地にすっぽり収まる寒村。行動より瞑想にこそ相応しい場所である。だがここにも時として、ソフォクレス的に壮大な人生ドラマが展開されることがあった。

近づく夜陰が、村の煙突からの煙を呑みこんで行く冬の夕べ、紳士ぶった一人の理髪師が、灯りの漏れるドアを覗き込んだ。若い娘が角材の長さを切り揃え、先端を尖らせる仕事をしている。表情の多彩な娘。都会の群衆の目は人の容貌を仮面さながらに凝固させるが、それとは対照的。そして栗色の豊かな頭髪がとりわけ美しい娘。廃物となった棺桶台に板を打ちつけたテーブルに、蠟燭が揺らいでいた。

理髪師の用件は、ヘヤピースを作るためにこの娘の髪を買い取ることだった。娘は断ったが、注文主がこの地方の領主未亡人チャーモンド令夫人（Mrs. Charmond）であること、令夫人の意に背くと家から立ち退かされることを説きつけ、さらに二枚の金貨を鏡の枠に据え、明日返事をするようにと言い、帰っていった。病気の父親に尋ねると、父の死後は令夫人に家を明け渡す契約になっていることが判った。

令夫人は自分と同じ色の髪をしたこの娘を教会で目にした。旅先の外国で、前回目をつけた男性を魅惑するためにはこの髪が必要だ。

昼夜兼行で働いても、角材作業では一日に十分の一ポンドほどの稼ぎにしかならない。理髪師が据えた二枚の金貨が、獲物を狙う眼のように輝く。夜更けに彼女は、仕上げた角材の束を、材木屋ジョージ・メルベリ（George Melbury）の納屋に運んだ。メルベリ夫妻が庭に出て語るのを漏れ聞いた――メルベリは結婚前に友人に悪いことをした、それは死んだ先妻を獲得して、友を失恋させたことだ、その償いに娘グレイス（Grace）を友の息子ジャイルズ・ウインタボーン（Giles Winterborne）に娶《めと》らせよう、ジャイルズはグレイスを愛していることだし――栗色の髪の娘マーティ・サウス（Marty South）はこれを聞いて愕然とし、髪を切る決心をした。彼女が愛しているのは、このジャイルズだったからである。目に涙しながら、自ら断髪した。

材木屋は娘グレイスに立派な教育を受けさせるために、華やかな都会の寄宿学校にやってあった。今日はこの娘が帰省するので、メルベリはジャイルズに、近くの町まで娘を迎えに行かせた。彼が馬車を駆っていると、木靴を履いた女が歩いている。マーティだった。木靴は経済的だと言う。しかし木靴で二〇キロの道を歩くのは無理。ジャイルズが彼女を馬車に乗せた。彼女はこっそり、栗色の髪の包みを携えていた。町に入ると、彼女は降りて歩くといってきかない。「別の人の座席だもの」と彼がグレイスを迎えに行くことを察していた。

令嬢を迎えるとは言っても、ジャイルズはまず林檎の木と林檎酒を街頭で売る仕事を果たさねばならぬ。うつむきがちなこの売り手は商売が下手だった。仕事が進まないうちに、グレイスが到着した。彼は三メートルもある見本の林檎の木を、貰ってくれた最初の客に渡すと、彼女を乗せて馬車を急がせた。マーティはこの馬車に乗せてもらうような無神経なことはすまいと馬車より速く前方を歩いたが、途中で別の馬車から、乗るように勧められた。チャーモンド夫人の馬車だった。夫人はマーティの頭を見て、満足したに違いなかった。

ジャイルズはグレイスが、森の住人の最大の関心事、例えば林檎の種類などに、興味を失ったことを知った。彼は少年時代に彼女と交わした戯れの婚約を話題にしようと試みたが「遠い昔ね」と彼女は言う。代わりに彼女は、近隣の都会や、旅で見た大陸の土産話をする。家に着くと彼の存在は、彼女にもその父にも完全に忘れられた。

グレイスは山の斜面に、以前は見たことがなかった灯りが、色を変化させつつ輝くのを見た。女中のオリバーお婆（Grammer Oliver）に尋ねると、最近この村で開業した医師のエドレッド・フィッツピアズ（Edred Fitzpiers）の家だという。医師はお婆の頭が異常に大きいのに目をつけて、お婆が死んだら解剖する約束を取りつけている。

材木と薪の競売が森で行われた。ジャイルズは、父親が離さない娘グレイスに見とれて、要りもしない材木と薪を競りで買い、競り負けた父親の機嫌を損じた。帰りには、父娘はチャーモンド夫人と出逢って長い立ち話。夕方ジャイルズが父親を訪ね、競りでの失礼を詫びたとき、グレイスがチャーモンド邸に招かれたことを知った。彼女はこのとき、鏡の前で領主夫人に招かれた自分の晴れ姿に見入っていた。

チャーモンド邸では、亡くなった彼女の夫が蒐集した〈人取り罠〉が壁に飾ってある。この大地主の地所に無断で入り込む密猟者を捕らえるためのものだ。彼女がグレイスを呼び寄せたのは、彼女を大陸旅行のコンパニオンとして試すためだった。しかし帰りがけに二人は鏡の前に立った。夫人は若いグレイスと並ぶと、老いて見えた。

父親からグレイスを得てよいと何度も聞かされたジャイルズは、彼女の心を掴むため、クリスマス・パーティに招いて求婚することにした。遠慮から、時間をはっきり決めなかったため、グレイス一家は予定より早くやってきた。やっと準備ができて彼女が腰掛けたとき、手伝いの少年が椅子につや出しを塗りすぎて、彼女のドレスは油で汚れた。シチューを皿に移すとき、彼女の顔に汁が跳ねた。にぎやかにするために招いた村人たちが、勝手に新しいトランプを独占して勝負し、得点をチョークでテーブルの上に書く。グレイスたちは垢じみた古いトランプを使う。メルベリ一家は、会が終わると真っ先に帰った。料理を手伝ってくれたクリードル老人（Creedle）が、お嬢さんの皿にナメクジがいたが、大丈夫、間違いなく煮込んであったと語った。

チャーモンド夫人はグレイスを旅に誘ってこない。実際には自分より美しい女を選ぶのを避けたからだったが、メルベリ氏は娘が下品なパーティに出たからだと考えた。彼はグレイスに債券や権利書を見せ、お前には財産を与え、身分のある者と結婚させると言う。彼女自身は、信義の上からジャイルズと結婚しないのは悪いと一度は言った。しかし父に説得されて、ジャイルズとは今後会わないと約束した。

一方ジャイルズの身辺には、危惧される事態が迫っていた。マーティの病父サウス氏が亡くなると、サウス一家だけではなく、ジャイルズも家を失う契約書が存在していた。サウス氏は、自分の庭に生えている大木が自分を殺すと信じていて、ジャイルズにその不安を訴えた。ジャイルズは、木に登って、下枝を降ろし、彼の不安を和らげようとした。このとき、グレイスが木の下へ来て、大いに逡巡したあげく、幼時からの結婚の口約束を取り消したいと彼に告げた。もし彼がすぐに木から降りてかき口説けば、形勢は逆転したかも知れない。しかし彼は、枝の股に腰掛けたまま考え込んでしまい、彼女は去った。

翌朝まだ暗い時刻、狭い道でジャイルズの馬車が別の馬車と出会い、どちらが道を譲るかでもめた。ジャイルズは、きわめて重い材木を積んでいて後退が容易でなかった上、鈴を鳴らして走ってきていた。当然相手が退くべきだった。実はチャーモンド夫人が外国に旅立つ馬車だったが、それと気づく前に相手に道を譲らせる結果となった。

不安になったジャイルズが書類を調べてみると、サウス氏が亡くなる前に僅かな罰金を払えば、居住期間を延長できることが判った。一方サウス氏の許へ、チャーモンドの負担でフィッツピアズが往診に来た。あの木さえなければと怯えるサウス氏の病状を診て、木を切り倒すようジャイルズに命じた。夜の闇に隠れて、木を切り倒す。翌朝また医師が来たとき、カーテンを開いてサウス氏に外を見せると、木が見えないことに驚きおののき、手当の甲斐なく息を引き取った。

ジャイルズはチャーモンドに、手紙で契約更新を懇願した。だが代理人から、家は取り壊すという返事。グレイスとの結婚は、夢と消えた。彼はメルベリ氏に、幼時からの婚約を解消する旨の手紙を出した。しかしグレイスは彼の不幸を知って、これまでになく彼に暖かい気持を抱いた。この日マーティは彼の家の壁に「失ったのね、住む家を／失ったわね、グレイスを」と落書きした。グレイスはこれを発見して「授かったわね、グレイスを」に書き換え、純愛の船を進水させたのに、ジャイルズは誰が書き換えたかを推測できず、船は座礁した。

フィッツピアズは気品に満ちて美しいグレイスを何度か見かけ、心惹かれていた。このとき自分の頭を解剖用に一〇ポンドで売る契約をしたオリバーお婆が病気になり、グレイスにその契約書を医師から取り返してくれるように頼んだ。彼女は出かけて行き、交渉は難なく成功、また返却すべき一〇ポンドも彼は受け取らなかった。彼女はこの医師の知性と、サウス氏の脳を用いた顕微鏡実験に感銘を受けた。

森林地に春が来た。木々の葉脈を駆け上がる樹液の音が聞こえるかのような突然の暖かさ。蕾は一夜で花開いた。材木屋の木々は、樹皮を剝がれた。マーティ・サウスは木の上部の皮剝ぎが得意で、大きな鳥が木に留まった姿で働いた。フィッツピアズはこの日グレイスとの結婚を想定してみて、幸福は人生の志望を制限するなかにあるかな、と考えた。ちょうどグレイスがこの森林でジャイルズの贈り物だった財布を捜していたが、フィッツピアズがそれを見つけた。彼は、その贈り主をあなたが捨てたのなら、替わりに僕はどうです？　と言う。

聖ヨハネ日（六月二四日）の前夜。村の男女が将来の結婚相手を呪術的に見られる夜。月が出た。多くの娘たちが森へ行く。グレイスも継母と一緒に出かけた。ジャイルズも遅れて森へ入った。真夜中を告げる鐘が鳴ると、一斉に娘たちが駆け戻るはずである。オリバーお婆がマーティを使って、ジャイルズにグレイスの通る道の近くに立つようにさせた。継母はフィッツピアズ贔屓だったので、彼をジャイルズと同じところに立たせた。マーティはオリバーの頼みで、グレイスが別の道に逸れないように、道標代わりに立たされた。鐘が鳴ると、グレイスが真っ先に駆け戻ってきた。フィッツピアズは機先を制して前に出て、彼女を腕の中に捕らえ、生涯離さないと告げた。グレイスが一人で去った後も、村娘たちは次々に〈未来の夫〉に捕まった。シューク・ダムソン（Suke Damson）という肉感的な娘は、フィッツピアズ医師を自分の好きなティムと間違えて「捕まえたらキスしていいよ」と声を掛けた。医師は彼女を捕まえ、朝まで彼女を抱いていた。

グレイスの咳《せき》を気にして、メルベリ氏がフィッツピアズの助言を求めに来た。フィッツピアズはこの機会を逃さず、父親にグレイスと結婚したい旨を伝えた。医師はグレイスを訪ね、婚約が成り立った。しかし彼は、教会で結婚式を挙げたくない、都会で開業するときに、妻の家柄を知られたくないからだという。グレイスは心が沈んだ。

明け方彼女がフィッツピアズ家を見やっていると、若い女が玄関から出てきた。シューク・ダムソンと判った。衝撃を受けた彼女は父に、この結婚をやめてジャイルズと結ばれたいと言った。父はすぐにフィッツピアズを連れてきた。名前も知らない村娘が抜歯のため受診しただけと聞かされて彼女は納得。また彼は教会で挙式してもいいと言い出したので、やがて彼女は父の勧めどおり、彼と結婚した。

八週間の新婚旅行の最後に、彼女は故郷に近い町のホテルにいた。旅回りの林檎酒作り職人としてのジャイルズが、偶然ホテルの真下で働いていた。懐かしさに彼女は「ウインタボーンさん」と声を掛けた。古傷に触れないでくれ、というのが彼の最初の反応だったが、すぐに機嫌を直し、旅先の様子を尋ねた。グレイスは外科医のような残酷に徹することができない女。窓を閉めると、悲しみが彼女を襲った。

夫妻はメルベリ家の一隅に住んだ。かつての名家の末裔として村人に尊敬されていたフィッツピアズは、結婚によって材木屋と同列に見なされ始めたことを知り、妻の家族にも他人として接し始めた。

ある夜この医師は、チャーモンド令夫人から往診を頼まれた。行ってみるとかすり傷程度の怪我だったが、この令未亡人は彼が学生時代に一度出逢った女だった。二人とも恋の蕾をそのとき膨らませたのに、彼女の親がいち早くそれを見破り、彼女を遠ざけたのだった。

大邸宅への〈往診〉は繰り返された。フィッツピアズが村を出てバドマスの町に医院を構える計画は、すでに不動産の契約直前まで来ていたが、彼は突然これを断った。そのあと令夫人に〈往診〉を試みると、夫人は以前からの約束で、亡夫の親族の見舞いに数ヶ月この村を離れるという。夫人はこの医師が帰った後、彼の新妻が、ジャイルズを愛していたのに、彼が家を失って彼と別れた話を女中から聞いた。

グレイスは夫が自分を避けていると感じた。遠方の患者への往診と称する遠出が、チャーモンドの方向への乗馬だとやがて彼女は気づいた。自分でも驚くほど、嫉妬が萌《きざ》さなかった。「夫が乗っていった馬は、もとはジャイルズがわたしのために買ってくれたものなのに」と思っているときに、ジャイルズに出逢った。林檎酒しぼりで体中が林檎の匂いで満ちた彼は〈秋の兄弟〉のように思われた。彼は彼女の夫と令夫人が親しげにしているのを遠方の町で見かけたようだった。

彼女はそのあと、シューク・ダムソンが婚約者のティムと一緒に、木から生の胡桃を食べている姿に出くわした。硬い胡桃を食べるから抜歯する羽目になるのよ、と彼女はシュークに声を掛けた。しかし彼女は歯を抜いたことも歯が痛んだこともないと言い、見事な歯並びを彼女に見せた。夫の虚偽を見せつけられた思いだった。夫の深夜を過ぎての帰宅が重なり、メルベリ氏も婿の素行に疑問を抱いた。

チャーモンドが村に帰ってきた。今年は海外に出かけない。医師が学会に出かけた留守に、メルベリ氏は自ら出向いて夫人に会った。夫人は不倫など身に覚えがないの一点張り。そのまま帰らない父を、グレイスは森を通って捜しに出た。するとチャーモンドに出逢った。彼女は夫人がフィッツピアズを真実愛していることを見て取り、むしろ夫人に同情。夫はいずれあなたに飽きるから、お気の毒ですと言った。だが夫人は口先では彼を愛していないと言う。こうして二人は別れたが、ともに道に迷い、迷いながらまた出逢った。今度は夫人が、彼を愛していることを認め、グレイスを抱きしめて泣いた。そしてグレイスの耳に二人の深い関係を囁いた。マーティはこのとき、手紙を書いていた。チャーモンドの頭髪は自分のものだという内容だった。

フィッツピアズは学会から帰った。しかし妻は知人を訪ね、そこで病気になったとかで留守だった。チャーモンドからは手紙が来ていて二度と会わないでほしい、まもなく外国に旅立つからと告げていた。彼はすぐに夫人に会いに出かけた。途中、マーティが手紙を手渡したが、暗くて読めなかった。娘を見舞った父が帰ってきたが、婿が妻の容態も尋ねずにチャーモンド邸へ出かけたので、この婿と対決するつもりで、再び馬を走らせた。邸の近くで婿とその愛人を見かけたが、婿は馬を取り違えて去り、途中で落馬した。父親は気を失いそうな婿にラム酒を飲ませ、正気づかせたが、暗くて誰に助けられたか判らないフィッツピアズは「二ヶ月の差で詰まらぬ女と結婚した、今その妻は病気だと聞いたので、妻が死んでくれれば自由の身だ」とほざくので、メルベリは彼を馬から突き落とした。医師は走って逃げた。

最初の落馬を目撃した少年が、その噂を村中に広めた。グレイスの許へ、最初はシューク・ダムソン、次いでチャーモンドがフィッツピアズを心配してやってきた。夫の寝室に入ろうとする二人にグレイスは、皆様彼の寝室に入る権利をお持ちなのねと言ってからかった。

父親が帰ってきて、彼は怪我してはいないと語った。これを聞いたのか二人は姿を消した。だが、実際には彼は怪我をしていた。半死半生のままチャーモンド邸に辿り着き、夫人に助けられた。もはやこの村には住めない。二人は一緒に外国に逃れることを決断した。

メルベリ氏は、多少法律が判る知人に、娘の離婚を相談した。ジャイルズに、離婚が可能かも知れないと告げると、彼は大喜びをした。だがのちに彼は、下品な商人などとグレイスを同席させて食事をしたとき、彼女が不快そうにするので、彼女との結婚に自信を失った。

そしてこの離婚の手続きは失敗に終わった。グレイスがそれを知る前に、ある関係者がこの失敗をジャイルズに知らせた。それを知らないグレイスは、父が帰るまでに彼との仲が進展しているほうが父は喜ぶだろうという口実でジャイルズを訪れ、以前に拒否したキスを許すことをほのめかした。彼は、彼女が自由の身になることはもはやないと判ってはいたが、一生に一度だけという思いで、長く烈しく彼女を抱擁した。さらに身を寄せ合い、腕を組んで彼女の家まで同道しているときに「腕を離せ！」という父親の言葉が鳴り響いた。父も彼がまだ事情を知らぬと思っていた。彼女は抱擁を後悔しなかった。

このあとジャイルズは熱の出る病気にかかった。一方グレイスには、夫から手紙が来た。また一緒になる気持があれば三日後にバドマス港で落ちあって、大陸で暮らそうという内容。彼女は父に相談。父は外国へ行くのには反対したが、和解してこの村に住めと言う。まもなく夫がこの村に到着するという報に接して、グレイスは家を出て、ジャイルズの住む小屋に向かった。彼が戸口に現れると彼女は、帰ってくる夫を避けたいので、友人のところまで逃げるのを手伝ってほしいと言う。一緒に歩き出すと、まもなく大雨。今夜は友人の家まで行くのは不可能となった。彼は、この小屋はこれからあなたの家だ、と彼女を室内に残し、自分は声を掛ければ聞こえるところに住むところがあると言って、姿を消した。食料も備えてあった。翌朝、彼が来て、友人の許へ行くより、このままこの小屋を使えと言ってくれた。

次の夜、風雨が強まった。彼女は戸外に出て、評判がどうなってもいいから部屋に入ってと叫んだ。大丈夫という声。彼女は諦めた。

翌朝、彼を捜すと咳が聞こえる。薪置き場に使う仮設小屋に彼はいた。意識さえおぼつかない重病の彼だった。グレイスは自分の泊まった小屋に彼を運び、ベッドに寝させた。彼女は決断して、医者である夫を呼びに行った。声色を使って、病人の居場所だけを告げ、姿を見られないように逃げ帰った。夫はすぐに診に来た。大丈夫かと尋ねる彼女に夫はただ「臨終です」と答えただけ。伝染性の病だった。

夫は、チャーモンドが死んだこと、グレイスとやり直したいと思っていることを告白したが、彼女は無関心。熱が出てから彼とキスをしたか、との夫の問いに、彼女はええ幾度もと答えた。夫は妻に薬の小瓶を与え、服むよう勧めたが、妻は死ぬほうがましと言う。夫が出て行った後、マーティが現れた。彼女が渡した手紙がもとでフィッツピアズとチャーモンドは喧嘩になり、去っていった彼を追った夫人が、昔捨てた男に銃で撃たれて死んだことが後で判った。夫がメルベリ家を出て行かねば家に戻らないとグレイスが言う。夫は出て行った。

まもなくグレイスは発熱した。父母が彼女の快癒を切望しているので、夫の薬を彼女は服んだ。服用を続けるうちに彼女は全快した。再び彼女は、亡くなったジャイルズのことを思った。マーティを訪ね、二人で墓参りを始めた。マーティはジャイルズの分身のような存在で、彼と同様、森の神秘を読みとることのできる存在であることをグレイスも認めていた。八ヶ月間週に二度、二人はともに墓参をした。グレイスは、再会した夫にも、自分の心は死んだ彼とともに埋葬したと話した。だが夫は、頻繁に訪ねてきて復縁を求めた。一方ティムはシュークのフィッツピアズ相手の浮気を恐れ、彼を捕らえるつもりで人取り罠を仕掛けた。だが罠に落ちたのは、この日夫と会う予定のグレイスだった。フィッツピアズが駆けつけ、グレイスは救い出された。夫のこの親切にグレイスの気持が和み、二人の和解が訪れた。

マーティは墓参りの約束の夕べ、グレイスの実家の傍で彼女を待った。だが姿が見えない。先に行ったのかもしれないと教会墓地まで来たが、やはり姿は見えない。一人だけでジャイルズの墓まで進むのは、友情に反すると思って、マーティは花一杯のバスケットを抱え、湿気で凍えた足をしたまま、二時間以上も待った。墓地の近くを通ったメルベリ氏の会話を聞いた彼女は、今グレイスが夫の腕のなかにあることを察した。月光を背にしてマーティ一人が彼の墓石のそばに立つ。あの人はあなたを忘れた、あなたは今私だけのものね、絶対忘れないわ、いい人だったし、いいことした人だものと彼女は呟いた。

［作品論］

ダーウィニズム的牧歌『森林地の人びと』

詩人ハーディがロマン派に強く惹かれながら、ロマン主義離れを余儀なくされた経緯については、本書著者は彼の詩を扱った拙著で詳しく触れた（森松 2003：28–82）。小説家ハーディもまた、この点では同様であった。本書では特に第六章で、その一端に触れてある。そして『森林地の人びと』はこの問題を抜きには考えられない作品である。欧米の批評家のなかで（メアリ・ジャコバス＝Jacobusの先駆的論文もあるが）、誰よりもこのことに徹底してこだわったのは、ケヴィン・Z・ムーアである。彼はサウス氏の死は「ウェセックスにおける〈現代〉の始まりを印すもの」（Moore：123）と書いて、ロマン主義の退嬰と一九世紀後半のイギリス詩の様々を『森林地の人びと』の執筆源として捉える。一読しただけでは〈魅力的珍説〉として敬意を覚えるに止まるかもしれないが、ハーディのこの作品と多くのロマン派やポスト・ロマン派の詩との繋がりを、彼の言説に従って原文に当たってみるとその説得力に驚嘆せざるをえない。ただ、あまりにも独自性の強いその論調に引きずられてここに自己の論議を展開するのは、避けるほかはない。剽窃に近づくからである。ここではその議論の一部を発端と結末に使わせていただいて、本書著者なりの見解を書き記したい。さてそのムーアは、ワーズワスが晩年の「二通の手紙」において、〈自然〉を愛する文化を自分が打ちたてたと述べていることを紹介し（同108）、ワーズワスは、実在の（同：296–7）森の住人が一本のオークの木に深い愛着を抱いていたのを称えていたことに言及したあと、この住人が、鉄道敷設のため丈高いそのオークの木を切るように要請されたのをきっぱり断ったことに、ワーズワスが感激して文に記したことを挙げて、その文の引用を掲げている（同108）。このワーズワスの考えを枠組みとして、とムーアは続ける――

> この森の住人の拒絶は、ロマン派の、相互に関連し合う多数の関心事の表象となっている。これらロマン派の関心事は、次のように諸価値を闘わせる。〈進歩〉に対しては伝統を、神聖を汚す蒸気機関車に対しては聖なる炉辺を闘わせ、商業的利益に対しては精神的利益を、根無し草を生み出す野心に対しては文化的ルーツを、勃興する旅行熱に対しては田園の無疵を、郷里喪失と流浪に対しては精神的定着を、断片や部分的ヴィジョンを対象にした神聖を汚す盲目的崇拝に対しては〈完全性 wholeness〉という聖なる崇拝物を、精神を混乱させる烏合の衆と無思慮に対しては瞑想する孤高と〈自然観照 contemplation〉を、歴史と〈変化 difference〉に対しては時間に左右されない神話的同一性を、広い世界に〈迎合してゆく getting-on〉のに必要な上流を象徴する教育代替物の需要に対しては純正な人情味ある教育への願望を闘わせるのである。まとめて言うなら、ワーズワスは、もし森の住人の力の木が切り倒されるなら

ば、喜びの発生源である森林地から喜びが消失してしまう、というのである。（同109）

だがムーアの指摘では、ハーディは、マッシュー・アーノルドの評論「ワーズワス」を一八七九年に読み（この年、この評論を序文としたアーノルド編『ワーズワス詩集』が出た。その後この評論は『文芸批評論』第二巻に収録）、ロマン主義が不可避的なものでないとされている点に惹かれたのだという――「ハーディは写し取った――ロマン主義は時間という大通りに面した〈宿屋〉のようなものであって、ワーズワスがそうあってほしいと思っていたような〈家庭〉でもなく、永住の地でもない、と。」（同111）

文学趣味の変動可能性

だがここにはムーアの解釈が入り込んでおり、より正確には、ハーディが写し取った箇所は、アーノルドがエピクテトスの比喩を紹介しつつ述べている次の文である――引用中の「それら」は、ワーズワス原文の前後関係から、文学の最重要課題「いかに生きるか」と組み合わされるその表現方法（例えばロマン主義も含まれるとも解釈できる）を指すと思われる。

それらは重んじられすぎたり、実際にはそうでないのに最終的なものであるように扱われたりする。それらの人生に対する関係は、宿屋が家庭に対する関係と同じである。「まるでこれは、家路を目指す旅人が道端に素敵な宿屋を見つけて、気にいってしまい、永久に宿屋に宿泊するようなものだ！」（LN I: 119＝1106番目）

ハーディがここから得た実感は、ロマン主義のみならず、文学趣味の変動可能性であったと思われる。〈自然〉の意味の変化を歌った短詩「ある晴れた日に」（詩番号93）が示すとおり、時代の必然によって、文学の表現方法もその思想的扱いも変化するということであったろう。ムーアはこのあと、ワーズワスが喜びの発生源であるとした森林地がその象徴性を失って行く様を主題とした小説として『森林地の人びと』を分析する。だがハーディはこの小説で、ワーズワスに一方的に与して森林地の象徴性の崩壊を嘆くという保守性に徹しているわけではない。彼はロマン主義からの離脱をさえ意図的に図っている。いや、それのみならず、ワーズワスが敵視した〈神聖を汚す盲目的崇拝〉のなかに含まれると思われる自然科学が、真理として指し示す事柄を、従わざるを得ない絶対的必然として受容しているのである。そしてこの科学的真理のなかには、ダーウィニズムも含まれる。

ダーウィニズム的適者存続の描写

この小説とダーウィニズムについては、この小説のなかの「一情景」を歌ったものと銘打った短詩「森の中で」（詩番号40）が、全編にわたって森の木々や植物の生存競争と、またその競争が都会の貧民街のそれと同一だとする歌い方によって、早くから気づかれてきた。しかしダーウィニズムがこの小説の中核を支配しているとは、従来は考えられていなかった。一九八〇年代以降の批評界が、ヴィクトリア朝の正統説を覆す作家としてハーディを捉え、ダーウィニズムもその転覆思考の一環であると見るようになってからでは、ジョン・グッドがこれを指摘した(Goode 1988: **94–5**)。本書でもこの視点を導入し、さらにこの作品にきわめて顕著な〈牧歌〉の伝統の借用ぶりにも光を当てつつ、ハーディにおける上記のロマン派離れと、特に彼のダーウィニズムへの傾斜を読みとりたい。本書前半をお読みくださった読者は、またしても〈牧歌〉を論じるのかとうんざりなさるかもしれない。しかし『森林地の人びと』は、以下あちこちに示すとおり、ハーディが他の作品にも増してパストラルを研究し尽くし、その構成技術を徹底的に多用して作り上げた作品である。ただここでもパストラルは、外装にすぎず、先に第二章その他で述べたとおりの意味で、慣習的パストラルとは正面から背馳するダーウィニズムの適者存続の考えが、内側の本質として入り込んでいる。本書著者はかつて『森林地の人びと』について書いたことがあるが(森松 1972)、そのときに用いた「自然の論理(Nature's logic)」や「現実を司る自然の法則」は、「ダーウィニズム」と表現してもよい部分が多いことに、その後気づくに至った。その拙論を、四字熟語本来の意味で換骨奪胎してここに示したい。すなわち、旧稿に新たな考えを付け加えるのである。

牧歌的に見える自然描写が・・・

ダーウィニズムを特に強調したいと思うに至った理由は、この作品の自然描写の指し示す意味である。森は牧歌的と言えるだろうか？　人間が通ると野鳩は恐れて舞い上がり、上枝にぶつかって羽を痛めそうになる(**78**)。小さな木の根は、兎にかじられて痛めつけられている(**79**)。同じような描写は、作品のあちこちに散りばめられている。グッドも挙げている箇所だが、第四章の冒頭を読んでみたい。

今や大気のなかには、はっきりとした朝の雰囲気が見えた。やがて太陽のない冬の日のぼんやりと白い顔面が、死生児のように現れた。すでに至るところで森の人びとは活動を始めていた。一年のこの時期には、もっと真っ暗で寂しくない時間に起床するからである。二〇の明かりが二〇の寝室で灯され、二〇の鎧戸が開き、二〇対の眼がその日の天気を予知しようと空に向けられたのは、まだ一羽の鳥も頭をもたげない、これより一時間も前のことだった。

別棟の納屋で二十日鼠を摑まえていた梟たち、庭で、冬も緑の〈一薬草〉を食べていた兎たち、兎たちの血をすすっていた白鼬《いたち》どもは、隣人であるはずの人間が動き出したのを察知すると、思慮深く人目を避けて、もはや日暮れまで姿も声も隠してしまった。(**40**)

最後の四行(ここでは〈一薬草〉さえ、食料にされる生物の種)が生存競争を意味しているだけではない。小動物と人間との争いもまた、引用の前半と後半の繋がりのなかに示唆されている。ジャコバス(Jacobus: **117**)が引用しているように、ハーディは一八八三年にゴールトンの「私たちのまわりには、芽を出さなかった種子や胚珠が数え切れないほど見つかる」(LN I: **154. 1311**番)という言葉をノートに書き取った。植物も生存競争の視野に入れたのである。

牧歌的情景の裏側に

もう一つ、第二〇章の冒頭も読んでおきたい。実は、上記の森林地の描写も、次に見るような描写も、〈美しい牧歌的情景〉として読み慣わされてきたのである。今回は春から夏への情景を描いている。

> ヒントック村を覆う一面の木の葉が、襞になって丸まっていた葉の芽を開いた。銀線細工だった森林地は、見た目には以前より無限に大きな姿と重要性を備えた、濃密で不透明な一塊の群葉となった。（中略）メルベリ家の菜園の上まで懸かっている同一の木の大枝たちが、一つの房になって、雨が降ると苗床にしずくを垂れる。苗床の表面は一面に穴が開いて、あばた面になった。とうとうメルベリ氏は、こんなところに野菜畑を作ったってだめだと口に出した。冬じゅう、軋みあっていた二本の木が、軋みあいを止めたかわりに、夜鷹がばたばたと飛ぶ羽音が、その方角から奏でられる気味の悪い音楽をまことに見事に引き継いだ。（139）

枝のしずくと野菜の苗は反目しあう。二本の木が、軋みあいという生存競争をする。それが聞こえなくなったあとは、夜鷹が飛んで、夜に虫たちが食べられることが想像される。美しい自然描写という〈商品テクスト〉のなかに、ダーウィニズムが導入されている。そして作品の全体もまた、牧歌的テクストとダーウィニズム・テクストの混交なのである。こうした自然界の様子は、〈作者の声〉によって、次のようにまとめられている――

> さらに大きな木々の上には、大きな耳たぶのような苔がいくつも、肺臓のように生えていた。この森にも、あらゆる場所におけるように、生を現状のようなものに仕立てている〈実現されなかった意図〉が、都会の貧民街に住む堕落した群衆のなかに見て取れるのと同じほどに、明白に読みとれるのだった。（64）

徒労に終わった女神の努力

〈実現されなかった意図〉とは、〈自然〉が当初世界を優れたものにしようと意図したのに、実現できかった設計のことである（本書第九章作品論の冒頭参照）。先に挙げた短詩「森の中で」（詩番号40）の語り手が、〈自然〉こそは人間の不安を和らげてくれると思ったのに、

> けれども森に入ってみると
> 　大木も小木も
> 人間たちと同じ姿を見せている――
> 　皆が皆、競争者なの！
> 大かえでは樫の木を　肩で押しのけ
> つる植物は　細い小枝をがんじがらめ、
> 蔦の編みなす絞首索が
> 　強い丈高い楡の木の首を絞める

と嘆くのと同じことを、この〈作者の声〉は語っている。そして〈自然〉の女神が、自己の不完全を慨嘆する短詩「母なる〈自然〉の嘆き」（詩番号76）の第一八連に見える「わたし（〈自然〉の女神）の、徒労

に終わった虚しい目標（my waste aimings and futile)」と上記〈実現されなかった意図〉とはほぼ一致する。

生きる術策を持った人物が多かったのに

『森林地の人びと』は小説家ハーディ後期の、一八八七年の作品である。これ以前のハーディの長編には、生きるためのしたたかな戦略を身に具えた主役たちが数多く登場していた。なるほど彼ら彼女たちは、多少なりと周囲へ愛情を示して自己を犠牲にすることも知らないわけではない。けれども、まず女の登場人物をみるなら、妹には思いやり深いエセルバータも、貧困のなかから巧みに子爵夫人にのし上がる。ユーステイシァは確かに環境順応ができない美女だが、自己主張は強烈だった。ファンシィ、エルフリード、バスシバも、自分の望みを実現するために周囲に積極的に働きかけた。ヴィヴィエットも自らの恋の成就のために、駆け落ち同然の秘密結婚を敢行した。ポーラが魅力的なのは、彼女が何を希求し、それをどう実現するかというプロセスのなかで、彼女のエゴが時代背景に相応わしい選択権を発揮するからであった。ルセッタは、言うまでもなく策略の実行に長けていた。エリザベス・ジェーンでさえ、雌伏して機会を待つ生命力を発揮していた。男性を見るなら、ヘンチャードは欲求の風圧に、幾度も善人から悪人を隔てる壁を破りかける人物である。農村社会に身を捧げると自称するクリムも、なかば無意識のうちに、複雑な自我を入り組んだ仕方で実現しようとした。一面では犠牲的精神に溢れるオウクも、着々と小金を貯めて機に乗じることができた。悪漢マンストン、デアや軽薄なボブは言うに及ばず、エドワード、ディック、スティーブンやナイト氏、メイボルド師、エセルバータを追い回した男性の面々など、大小様々な策を弄した。スウィジンは、ヴィヴィエットを踏み台にして、自己の目的どおり天文学者になってしまった。俗世から身を引いているかのようなあのディッゴリ・ヴェンでさえ、機略縦横な身のこなしを具えていた。彼らは皆、生きてゆくための生臭さを持っていた。

自己中心性を欠く人物登場

しかし、変わり種もいた。『ラッパ隊長』のジョン・ラブディである。彼はその弟と同様にアンを愛していながら、弟の恋の妨げをしてはいけないという思いから、彼女に出会って喜びがこみ上げてきても「しかし、良心に呼び止められて、喜びの紅潮はすぐさま、ずたずたにさいなまれ、命を断たれた」(262)と書かれる男である。彼は「弟のじゃまをしているように見えることさえ避けるための、もの悲しい日陰へ意図的に自らを運命づけているヒロイックな男」(同)であった。ジョンは恋人を弟に譲る。そして巻末ではスペインの戦場に赴き、やがて戦死することが暗示される。そして七年ののちに、『森林地の人びと』において、さらに一層、生きてゆく動物としての生臭さを抜き取ったジャイルズという人物となって復活する。つまり、このジャイルズとその相棒マーティには、人間が生きてゆくときの自己中心性が感じられない。この作品からは、かつてはハーディ小説の本質であった、人の自我と環境との、がっぷり四つに組んでの格闘というドラマが消え失せている。この点でこの小説は、『ラッパ隊長』を含めたハーディのこれまでの小説とは異なっている。今しがた『ラッパ隊長』のジョンを、ジャイルズと同種の人物として扱ったが、差異もまた存在する。ジョンの恋が実らないのは、彼自身の積極的な選択によるものなのである。幼い頃から父性愛に似た愛情をもって育ててきた弟への愛を裏切らないことを彼は最優先したのであり、この生き方には、少なくともかつて旧世代の読者は、積極的な価値を認めたものである。作者が「ヒロイックな男」と呼ぶジョンは、英雄の死がもたらす浄化作用を読者に感じさせる、と三〇年ほど前までは思われていた。彼は難局に臨んだ場合には、挑みかかるようにこれを解決する。すなわち活力と策略を持っている。少なくとも、当時の読者への奉仕として、ヒロイックな活躍を示したのち、風見鶏になるのを潔しとせずに、弟への愛情という不動の信念を変えず、自己選択によって弟にアンを譲り、死地に赴く。これに対して、ジャイルズは（そしてマーティも）自己選択的に行動する活力に乏しい。ジョンの、他者本位の献身を受け継ぐ彼ではあるが、この点で二人の人物像は異なる。『森林地の人びと』では、自我の充足の障害となる全てのものが、圧倒的な優位を示しつつ、この小説の男女二人の主役、ジャイルズとマーティの状況を閉塞させる。閉塞を二人は打ち破ろうとしない。生きるために周囲と激突を繰り返すことはしない。他を傷つけて自己を主張することはない。善良で〈純粋〉な二人が環境に押しつぶされる哀切さを、ハーディは作品の中心にすえている。

再度のパストラルの戦略的利用

この種の〈善良で純粋な〉人物が登場するジャンル〈牧歌〉をこそ、ハーディは『森林地の人びと』に用いるのである。こうした人物の悲劇に関しては、『ダーバーヴィル家のテス』と『日陰者ジュード』のなかで、新たな複雑な発展がある。だが『森林地の人びと』では、まずハーディは牧歌の人物像を利用した。実際従来は、この小説を〈牧歌〉として扱うのが常識化していた。第二章で詳しく言及したマイクル・スクアイアズは、あの『パストラル小説』のなかで、上記の主人物たちを「牧歌郷的無垢の人物（Arcadian Innocents）」(Squires : 151) という名で呼んでいる。ごく単純に読んでみても、ジャイルズやマーティは、パストラルの伝統に従って、生粋の〈森林地の人びと〉として都会的なものの対蹠点に位置すると見るのが、なるほど妥当であろう。この二人は極貧民として、宮廷や上流階級の対極にある。現代的な処世術は、彼らにはまったく無縁である。逆に黄金時代やエデンの園の無垢を連想させ、成人社会の、物質と利得を最優先する価値観とは相容れない精神内容を持つ。これらはいずれもパストラルにおける理想の人物の持つべき属性である。ある程度この二人と似ていたオウクやディッゴリの計算高さがいまや消滅し、パストラルという非現実空間の純粋性が、二人の男女を通じて小説のなかに採り入れられた感がある。

作品のパストラル的側面は認めるが

ハーディは『緑樹の陰で』と『狂乱の群れをはなれて』にも見られたとおり、もともと牧歌の〈戦略的使用〉には関心の深い作家であったが、ここでも再びこの伝統的ジャンルを利用しようとしている。しかしこの先、本書著者は作品のパストラル的要素からこの小説の姿に迫ろうと試みはするが、しかし『森林地の人びと』が

〈牧歌〉であるかどうかを判断することを目的としているわけではない。ある側面でこの作品がパストラルであることは、疑いのないことである。これについてはすでに、前記スクアイアズが牧歌とこの小説の類似性を述べ尽くしている(Squires: 151-72)。またドレイク・ジュニアが、この作品とエリザベス朝のパストラルとの比較を試みて、これを伝統的パストラルであると結論している(Drake Jr: 251-2)。他方、これは伝統的パストラルとは言えないという側でも、アーヴィング・ハウが論陣を張った(Howe: 102)。結論だけを言えば本書著者も、作品のパストラル的一面を当然のこととして認めつつ、それは〈商品テクスト〉として、また作品構成の作家的技巧の助けとして用いられていると考えている。にもかかわらず著者がこの作品のパストラル的要素を分析しようとするのは、様々な機能を発揮することができるパストラル一般の特性を利用して書かれたこの作品の本質を、その特性の洗い出しと分析によって明らかにしたいと思うからである。

文明から隔絶された場所の設定

『森林地の人びと』の舞台となるリトル・ヒントックという森林地帯の寒村は、ウェザベリやエグドンがそうであったように、文明の潮流からは隔絶された場所である。外部世界からのニュースも、そこへは息も絶え絶えとなってやっと辿り着き、「湾状の海の、もっとも内陸に食い込んだ入り江の、もっとも奥に食い込んだ洞窟のなかで力を失った波のうねりのように、それはリトル・ヒントック村に入ってきて力尽きた」(102)と書かれるほどに、この村は「世界の門の外に」(5)位置している。パストラルの特性を利用した作品とは言っても、村は労苦のない牧歌郷として登場するのではなく、「真にソフォクレス的と言える壮大さと統一性を持ったドラマ」(5)も演じられる現実性を具備した英国農村として描かれる(この点、第二章で論じたとおり、ここでもまた農村は現実世界として描かれる)。この村に対置されるのが、「世界の門」の内側に入るとされる先進的都会地、すなわちグレイス・メルベリが教育を受けた都会や旅行に行った大陸の各地、フィッツピアズやチャーモンド夫人が繋がりを持つハイデルベルク(238)やバーデン(339)などの大都会である。これらは当時最も現代的な地域であり、下層の民衆には縁もゆかりもないところ(作品内でも、遠隔の、非現実に近い世界)である。ヒントックはこのような遠隔の、しかし現代的な対置物によって性格づけられている。それは物質文明に取り残された、貧困が支配する地である。「ヒントックでは現金は、ロビンソン・クルーソーの島におけるとほぼ同様、役に立たなかった」(178)と書かれている。「緊密に織りなされた相互依存」(5)によってのみ人びととの生活が成り立つ、近代文明以前の農村共同体である。

労苦の人として造形された田園の人物

さてスペンサーやマーヴェルなど、ルネッサンスの詩人のパストラルについて卓見を述べたパトリック・カレン(Patrick Cullen)は、農村を扱うはずのパストラル文学において、その作者が自己の軸足を決定的に都会の側に置く様を指摘している。本書著者もシェイクスピアの『冬物語』についてこのことを詳しく指摘したことがある(森松 1968)。第二章『緑樹の陰で』のところで指摘したとおり、パストラル文学では作者はしっかりと都会や宮廷に足場を得ているのである。ハーディという書き手は、エセルバータという女と同じように、自身が農村の下層階級の出身ながら、都会をも支配階級をも（そしてそのなかでの名声をも）知ってしまった人物だった。エセルバータが子爵夫人となってから叙事詩を執筆し始めたというエピソードは、ハーディ自身の姿を比喩的に語っている。彼はこの作品を書く頃には有名作家となり、都会や支配階級読者層への理解を経た上で、下層の農民ジャイルズとマーティを主人物として扱うことになった。だからこの二人物の考え方や性格の面では、彼ら読者層の好みとしてのパストラル的理想化が行われてもおかしくない。だが伝統的牧歌とは異なって、労働や経済生活の面では、ハーディは二人を苦労のない牧歌郷の人ではなく、労苦の人として造形し、現実性を付与した。一方、ハーディが自分で創造しておきながら憎み嫌ったと伝えられる（Drake Jr: 255）グレイス・メルベリ――農村出身で都会と支配階級の文化を知った女――は、しかし彼にとっては自己の分身のように、最もリアルなものに感じられたにちがいない。またフィッツピアズはこう考える――「幸せの秘訣は野望を制限することにある。これら森に住む人びとの考えは、ヒントックの森林地の終わるところで終わる。だったらこの俺の野望も同じように制限したっていいじゃないか？」（133）――これはフィッツピアズもまた、元来、ヒントックの森林地の外にある都会や上位社会が何を提供するかを知っていながら、臨時的にグレイスに惹かれたことを正当化しているにすぎない。ハーディ小説の大多数のように、当作品でも支配階級の人物の生活の全貌は示されないが、フィッツピアズの上の引用には、ハーディの支配階級理解が現れている。これまでの小説以上に、ハーディはパストラルの利用に際して、自己の軸足の置き方を自在に変化させ、自己の書きたいことを書こうとした。

図式的な作品構成

ストーリーは図式的である。最底辺の女マーティは、少し上の男ジャイルズを愛し、ジャイルズは教育を受けたグレイスを、グレイスは明らかに上の階級であるフィッツピアズ医師を、フィッツピアズは領主階級の未亡人チャーモンドをそれぞれ愛する。しかしチャーモンドに魅力を与えているのは、マーティが切断した髪で作ったヘヤピースである。こうして階級をぐるりと回った人物の輪ができる。そしてチャーモンドは、マーティとジャイルズに地主（家主）としての権力を行使し、マーティへの脅しによって頭髪を得、ジャイルズには家屋を失わせる。彼女はまた、フィッツピアズには性的誘惑を仕掛けて彼の結婚を破壊し、グレイスには夫を失わせる。フィッツピアズは、グレイスには連続的に不義を働き、それ以前にジャイルズからグレイスを奪う。グレイスはジャイルズへの幼時になされた結婚の約束を破り、マーティには墓参りの約束を最終的には破る。ジャイルズはマーティに対して男として無関心。マーティのみが、誰をも不幸にしない（しかしその手紙によってチャーモンドの破局の原因を作る）。こうして再び階級をぐるりと一回りして、上位の者ほど他者に対して大きな苦痛を与えるという人物の輪ができる。チャーモンドの死んだ夫は北方の鉄商人。商業と金儲けへの嫌悪が示される。チャーモンド自身はもと女優。身を飾る、脅し取ったも同然のかつらとともに、派手な虚飾への侮蔑が語り手によって表現される。フィッツピアズ医師は、オリバーの死後、その頭蓋骨を実験用に供する約束で、すでに彼女の生存中にそれを買い取っていたり、真夜中まで灯りをつけたままにしていたり、森林地の他者から見れば非常識。自然科学の非人間性が悪魔的に表現される。このように上位に立つものほど悪に染む輩であるから、パストラルを用いての描出が意識されている。しかし慣習的パストラルとは正反対に、上位へゆくほどその描写には現実味が薄れ、フィッツピアズとチャーモンドの実際の愛欲の場面は描かれず、二人の海外への出奔は伝聞でしか示されない。森と材木の処理や出荷、そのせり売り、林檎酒作りなどが詳細に、リアルに示されるのと、これは対照的である。

牧歌の伝統をグレイス描写に生かす

この図式の中心にいるのが、都会の影響を強く受けた農村人グレイス・メルベリである。支配階級の男と結婚しておかしくない教育を受けて、彼女は森林地ヒントックへ帰還する。人捕り罠がまだ使われ、真夏の森で未来の夫に会えるという呪術的行事が今も行われるこの村を見まわしたとき、彼女は数世紀も昔に引き戻されたように感じる(141)。帰郷の際の彼女の言動について「彼女は、古き良きヒントックの流儀から墜落してしまっていた」(57)と語り手は書いている。だがその都会的な鍍金《メッキ》の下に、なお農村人としての本質が残っている。彼女が、結婚を手がかりに社会的地位の階段を登ろうとする野望を欠いた娘であり、物質的野心にも乏しい女であることは繰り返して言及される(117、156、184ほか)。ジャイルズが泥臭い無教養な男として彼女の眼に映ずるにもかかわらず、「信義を守る」(93)ことが何より大切だと感じている。だが貧しいジャイルズに「何の野心も抱かず、自己の人生を捧げる」決心もつかない。父メルベリは「娘の心のなかに社会的地位への願望の種子を蒔きたい」(94)という強い願いを示し、彼女を一家の「社会階級上昇の希望（social hope）」(93)と感じている。これら〈野心〉、〈野望〉、〈階級上昇の希望〉など全ては、伝統的にパストラルのなかで批判される側の精神内容であり、それに従わずに素朴な〈信義を守る〉心は、『冬物語』のパーディタ、『テンペスト』のミランダなどが示したパストラル的美質である。グレイスは結局この信義を捨ててフィッツピアズと結婚する。ハーディがパストラルを研究して、その伝統をストーリー・ラインに生かしている様子が見えてこよう。

原初的生活への渇望の再帰

グレイスがフィッツピアズに惹きつけられたのは、彼と結婚すれば「洗練された文化的内面生活を送り、また精妙な心理的交流を交わす可能性」が与えられると考えたからであった(156)。だが夫がチャーモンドと恋仲になると、彼女は「原初的生活への情熱的渇望」(192)を感じ、出会ったジャイルズのなかには「紛れもない秋の弟分」(191)を見て取る。彼女の五感も「飾りのない〈自然〉そのもの」(同)に復帰し、「上位階級の学校で身につけた人為性という表皮」(同)を捨てた彼女は、「彼女の内部に潜んでいた若年の頃の本能を持った、天然のままの田舎娘」(同)に還元される。彼女にはジャイルズが「いわゆる教養（culture）というもの」(202)を持っていないことが気にならなくなる。

「特に優秀な学識」(同)が人間的卑劣と同居することがあることを知り、教養という外面の塗装がされていない「粉飾のない人間」(同)のなかにこそ美徳が宿ると感じるに至る。これらの小さな引用は、いずれも伝統的にパストラルのなかで〈自然〉と〈人為〉を特徴づけるために用いられた表現を含んでいる――〈自然〉の側では〈原初的〉、〈秋の弟〉、〈飾りのない(unadorned)自然〉、〈天然のままの(crude)田舎娘〉、そして〈人為〉の側では〈人為性(artificiality)〉、〈教養〉、〈学識(acquirements)〉などが用いられているのである。だがフィッツピアズとの離婚の可能性とジャイルズとの再婚の望みが生じたとき、ジャイルズの薦めた低級な居酒屋で軽食を摂った彼女は、またしても自分の教養人としての趣味がジャイルズの世界に背くことを知り(254)、「こうした潔癖性の思いがけない活力」(257)を思い知らされる。

〈イギリスの現状〉の一環

このようにハーディはパストラルを利用しながら、〈現代〉における都会化された村人が田舎に郷愁をこそ感じるものの、その田園復帰がいかに難しいか、またグレイスのような女が階級移動するのがいかに必然であるかを、〈イギリスの現状〉の一環として呈示している。やがて離婚は幻想だったことが判り、彼女が夫を逃れてジャイルズの小屋に一人泊めて貰ったあいだに、彼が仮設小屋で死んだとき、これを彼の献身的行為と感じたグレイスは八カ月のあいだは「混ぜもののない人格に比べたとき、学識や教養がどんなに軽々しいものか」(295)ということを痛感して、ジャイルズの墓に詣で続ける。ジャイルズの死後、巻末に至るまでのグレイスの描き方はリアリティに満ちていて、小説の持つ真実を自然主義と共有している。彼と同じ病気で死んだほうがよいと感じていた彼女が、やがて実際に感染症を発病したと知ると、家族が心配しているからと自分に言い聞かせて、医師である夫が服むように勧めて置いていった水薬を、ついに服用する(285-91)。次いで、ジャイルズが自分のゆえに死んだと考えるのに耐えられなくなって、彼の小屋を自分が独占していなくても、もともと病気だった彼は死んだだろうと思うように努める(292)。次には自分の行為が彼の死を早めたとさえ信じないように努め始める(293)。彼女はこうして彼の死から遠ざかり、最後には夫を許し、森林地の人であることを止めて夫とともに森を出てゆく。これは小説を読みなれた読者を納得させる〈人間についての真実〉の呈示であるとともに、階級移動(social mobility)が盛んであり、階級の上昇が人びとの切実な願いであり、森よりも都会をあこがれた〈当時のイギリスの現状〉の描出でもある。

作品内の二人の〈非風見鶏〉

こうした〈イギリスの現状〉のなかで農村人がどのように変化してゆくかに関してこそ、ハーディの現実意識は研ぎ澄まされている。いや、変わりゆく農村人を通じて、一般的生の現実、人間性の実態そのものを観察していると言ったほうが、より本質に迫るであろう。人は意識的に自己改革を遂げるのではなく、受動的に、周囲の環境変化に従って、生の現実の法則の命ずるがままに、自分の人間性の指し示すがままに、進んでゆくことをハーディは示し出す。生きてゆくために人間はどんな自然選択をするのか、生き延びる際に放擲されるのは、どんな徳目なのかを彼は示す。グレイスの行動は、ご覧のとおり、あちらへぐらり、こちらへぐらりの連続である。もちろんこれは〈風見鶏〉などという言葉で非難されるだろう。『ラッパ隊長』のなかの典型的〈風見鶏〉であるボブ、フェスタス、マティルダ、そしてやや可愛い〈風見鶏〉である母親などは幸せになった。〈風見鶏〉でないジョンは、運を逃した。ここでもグレイスは、ある種の節操を持ちながらも、最終的には環境に適応してゆく。適者存続というダーウィニズムにおける真理が、ここに強調されるのである。資本主義化における激しい生存競争にもまれてきた二一世紀の若い世代には、グレイスの生き方はおそらく容認されるであろう（こう書く本書著者自身が、五〇年前にこの作品を初読したときとまったく違って、グレイスの行動に対してきわめて寛容な気持を抱くに至っている）。本書著者の学生時代には、グレイスは大多数の学生によって非難された。理想主義がまだ生きていた。そして文学という異空間は、現実には実現が難しいけれども、美しいとされる生き方を読者に呈示するものだ、と思い込まれていた。旧世代の読者の眼からすれば、この小説の二人の〈非風見鶏〉、ジャイルズとマーティは美を具現した人物と感じられたのである（もっとも、一五年ほど前、私大夜間部英文科でこの小説を読んだときにも、純朴善良な若い読者たちが、結末のマーティの姿に大感激した）。そして、この種の美は今日大変判りにくくはなっているけれども、ハーディはこの二人の美しさを読者に納得させようとして全力を挙げている。これを読者に迎合した〈商品的テクスト〉に分類することはできない。むしろ当時においてさえ、一般の支配階級に属する読者層が失いつつあった、こうした庶民の田園的誠実を主張する〈対立テクスト〉として、この種の美を提示していたと見てよいのではないか？

プロレタリア文学の元祖

庶民の誠実のなかには、病臥した父に代わって深夜まで、杭にする木材を尖らせる重労働に励むマーティの生き方も分類されよう。仕事用に彼女が用いている軍手も、前掛けも大きすぎる。仕事台は棺台に板を打ちつけたもの。彼女の右手の描写――

> 生まれつき手仕事をすることになる多くの右手の場合と同じように、生まれの上下・等級は、主として右手の形状に表れるという生理学上の決まり文句を証明するようなものは何一つ、彼女の手のかたちには見えなかった。運命のさいころ以外の何者も、彼女が鉈《なた》を扱うべきことを決定したものはいなかった。トネリコ材の重い柄を握る彼女の指は、良いタイミングで絵画や音楽に向けられていさえすれば、巧みに絵筆を使っていたかもしれず、弦をかき鳴らしていたかもしれなかった。(29)

後半はトマス・グレイの「悲歌」の書き直し。階級の上下は単なる人為的な虚構にすぎない。自然的には、マーティは人間として何ら支配階級と異なるものではないと主張されている。後の、日本などのプロレタリア文学の元祖と言うべき、貧民の労働描写である。ジャイルズとマーティを美として提供するのが、読者への迎合どころか、文人の立派な本音、つまりこの作品の〈対立テクスト〉であることがここにも見て取られるであろう。パストラルにおける庶民の位置に美なるものを置くという点で、ハーディはこの文学ジャンルを利用する。だが慣習的牧歌文学のイデオロギーとは、正反対の立場に立つ。なぜなら牧歌作者は、支配階級にこそ奉仕するからである。

人の識別特徴は個々人の人格のみ

上記引用の含意である「階級の上下は人為的な虚構」という主張から見えてくるように、庶民文化の中心は「森林地ヒントックにおける生え抜きの住民のあいだでは、人の識別特徴は階級のそれではなく、個々人の人格のそれである」(Wotton: 52)と言えるような、一種の万民平等主義である。メルベリが当初、階級的見地からは下位に立つジャイルズにグレイスを娶らせようと考えるところに、これは表れている。グレイスも精神的に〈生え抜きの住民〉へと復帰したときには、人格をこそ人の最大の識別特徴と考える。だが生え抜きではないものが入り込む。チャーモンドは、女領主として、借家・借地権を恣意的に運用して、階級的に下位に立つものに対しては冷酷にこの権力を行使する（この意味で彼女は、『窮余の策』のミス・オールドクリフと同列）。またフィッツピアズがサウス氏の木を切り倒すことをジャイルズに命じるとき、「人の命に比べて、木一本くらい何だ！」(105)と言う。ジャイルズは村の習慣として、まず伐採の印を木につけてから切ることになっていると答えると、医師の返事は「じゃ、直ちに新時代を開こう」(106)。これは一見、近代的・合理的精神による評価すべき発言に見える。だがむしろ、サウス氏の木の伐採を、ワーズワスが嘆いたロマン主義の樹木の崩落、機械文明の世界征服の象徴とする見方(Moore: 108-9)のほうに分がある。「理性の斧の前に、伝統が屈する」(同119)――そうだとすれば、フィッツピアズは、到来が嘆かれるような新時代と理性、悪しき意味での新文明を象徴していることになる。そしてこの新人類こそが、最も階級意識が強く、万民平等主義に遠い人物として登場している。

自然物への理解の有無

『森林地の人びと』においては、パストラル文学の伝統のなかにあった〈自然〉と〈人為〉による万物の対置法を用いて、農村と都会を対置する。そして上記〈生え抜きではないもの〉は、当然、都会と連想される。〈自然〉の側に置かれるジャイルズとマーティは、農村人の美質と、自然物に対する理解とを与えられている。ジャイルズの死後の描写では、この二人が森の神秘の全てを見通すことができるとされる――

> 二人は森の、特別に精妙な神秘を、ありふれた知識のように身につけていた。森の象形文字を通常の書き物のように読みとることができた。グレイスにとっては神秘的で超自然と感じられるこれら濃密な大枝のなかに、見え、かつ聞こえる夜の光景や音、冬、嵐などが、彼ら二人には、単純な出来事にすぎず、その起源も継続も法則も、彼らは前もって知っていた。(292)

グレイスを含めた三人の森との関係が述べられている。これがフィッツピアズとなると、「最近の年月、彼は都会人だったので、寂しい真夜中の森林地を憎悪していた」(116)ということになり、チャーモンドは、画家や詩人になら霊感を吹き込むはずの、緑に囲まれた大邸宅に住みながら、倦怠のみしか感じることができなくて、あくびの出る毎日を過ごしている。このように、森への反応についてのヒエラルキーが構成されている。

〈自然〉と〈人為〉の図式に人物を配置

さてジャイルズ・ウインターボーンは植樹の名人で、「ウインターボーンは優しい魔法使いの指使いを持っていた」(p. 77)というほど自然への理解力を持ち、若木に命を与える。ほとんど常に彼のそばで仕事をするマーティもまた、自然への理解力が深く、正確に天気予報を出すことができる(78)。またこの二人は、暗闇のなかで顔に触れる木の枝の感じや、大枝を渡る風の音などからその木の名を当て(292-3)、幹を一目見れば内部が健全かどうかが判り(293)、梢を見れば根が達している地層の深さを知る(同)。だから四季おりおりの森の変化も、彼らには単なる風景の変化ではなく、「二人はまさしく魔法使いの目でそれらの変化を見た。傍観者の目で見たのではなかった」(同)とされる。具体描写のないこれらの説明は、ゲイブリエル・オウクの場合とはまったく異なっている。遙かに観念的・抽象的である。フィッツピアズについても、このことは言える。フィッツピアズは数カ国語に通じ、詩歌にも哲学にも詳しく、「教育ある男」(229)を自称している。ハーディはここでは、〈自然〉と〈人為〉の図式の上に人物をはめ込んでゆくのである。彼は「鋭い洞察力を持った、近代的で非実際的な精神でもって（中略）抽象的哲学」(123)に熱中する。現実界よりも理念上の世界を、原理の実際的応用よりも、原理そのものの発見を好む(115)。オールダス・ハクスリーが『恋愛対位法』で描いた、実用と人間性から分離されてしまった自然科学に従事する人びとの先駆者である。

医師の栄達への野望

フィッツピアズの都会性・現代性は家政婦オリバーお婆の遺体を、彼女の生前から買収しておくというエピソードに典型的に示されている。売ったのが魂ではなく、肉体ではあっても、彼の医術を黒魔術と連想させるに充分である。事実、農民コートリーは、彼の技を黒魔術と呼んでいる。そして彼の知性も、一七世紀まで黒魔術という言葉が連想させたものと同質の悪しき知識、人間の幸せとは無縁の、それゆえに近代的と呼ばれる、抽象観念からなる〈知性〉にすぎない。彼は「情けを知らぬ諸科学のヤハウエ（エホバ）であって、決して慈悲心を持とうとはせず、犠牲を要求してやまない」(122)とされている。この近代科学の非人間性を予示するような彼の実験は、あたりの色彩の変化が全て地球の公転のもたらす四季の彩りであったヒントック村に、異様にも〈人為〉だけを感じさせる光りを放つ(60-1)。また恋愛に関しても彼は人間の〈自然〉に反する考え方を弄する。ジャイルズがグレイスを愛するのは、女を営利栄達の手段にしようという気持とは無縁だが、フィッツピアズは結婚に関して、まずこのことから考え始める。彼の栄達のための高い志望は、全編にわたって随所に「高い照準（aims）」(124)、「大望（aspirations）」(133)、「実際的照準」(136)、「野望（ambition）」(144)などと表現される。先にも触れたが、彼はこの種の野望を犠牲にしてグレイスと結婚し、牧歌郷に暮らすのが幸せではないかと考えた

（133：144）。だが彼女を得てしまうと直ちに彼の心には「これら旧式の森林地の生活様態に対する嫌悪」（172）が生じる。結婚が社会的階級の上昇を妨げたと後悔しているところへ、若年のころ崇拝していたチャーモンドが未亡人となって登場し、栄達を逃した思いが加速され、情事の燃料を供給する。そしてこれらこの節に引用した語句は全て、伝統的に牧歌のなかの批判される世界（非牧歌世界）の特徴を表す言葉だったのである。

〈人為〉の極点に立つ女領主

チャーモンドのほうは、他の人びとへの権力的支配、連帯からの脱落というかたちで、森の人びとと対置される。自分の鬘《かつら》を作るためにマーティの頭髪を買いあげるに際しても、彼女の家屋の居住権が自分の権力に属することを利用している。これも生きた人間の身体の一部を買収する行為であるから、オリバーお婆の頭蓋骨を買い取ったフィッツピアズの蛮行に整然と対応する。ほとんど無意識のままジャイルズの土地・家屋を取り上げ、罪悪感なくグレイスの夫を誘惑し、屋敷の土手から農民ティム・タングが転落したときに笑い転げる女である。森への対応としては、これを嫌悪しているだけではなく、そこを歩けば道に迷ってしまう。鬘は近代イギリス文学の発生時から〈人為〉のシンボルだったし、森への嫌悪は特にロマン派文学の伝統から見て、人間性への敵対行為である。こうして主人物を〈自然〉と〈人為〉の座標のなかに分類する仕方は、パストラルにおいて事物の本質の円満な認識法として発達したものだった。シェイクスピアの『冬物語』（森松 1968）や『テンペスト』（森松 1980）での人物配置を見ていただければ、これは明瞭である。ただこうした伝統の利用に際してハーディが発揮している独創性は、グレイス・メルベリの造型に見られる。グレイスは、〈自然〉と〈人為〉の両端を揺れ動く人物として作られている。しかも、これこそが、一九世紀のイギリスの現況を代表して象徴する人物だとして示されるのである。

生存のための適者

グレイスの〈人為〉の側への転向は、ハーディ自身の彼女への憎悪にもかかわらず、グレイス個人の道徳的欠陥としては示されていない。転向の基底には、彼女の近代性・脱農村性がある。ハーディはすでに『帰郷』において、農村人の近代化の必然性を描きつくした作家である。教育は、伝統的牧歌において常に〈人為〉を表す表徴であったが、教育によって階級的上昇が可能になるかたちは、『緑樹の陰で』のファンシィによってすでに示されていた。ファンシィはしかし、この階級移動の好条件を利用しなかったのである。エセルバータは結果的に、この好条件を徹底的に利用した。だからグレイスの転向の機は、歴史的に熟していたわけである。またジャイルズの死を悼んで、感染症の予防薬を服用しなかった彼女が、ついにそれに手をつける場面も、〈自然〉の象徴であるジャイルズから〈人為〉の象徴である夫への移行を示しはするが、彼女はごく自然なかたちで、家族の心配を理由または口実に、薬を用いて生きながらえる。残酷な二者択一を迫られたという意識はグレイスにはない。自然科学が人間の生きてゆく手段を提供する歴史の一局面で、大多数の人間がそうするであろうとおりに彼女は振舞うだけである。人生の真実が描かれたと言ってよいであろう。だがこの〈薬〉

は、近代科学〈医学〉の産物であるとともに、フィッツピアズの人物規定からしても〈人為〉の象徴となっている。この〈自然〉から〈人為〉へと動く〈風見鶏〉的行動によって、彼女は生存のための適者であることを証明する。

マーティの〈美〉の源泉

これにハーディは、前述のとおり〈非風見鶏〉的人物を配置する。その一人ジャイルズに触れる前に、まずもう一人の〈非風見鶏〉マーティを、ハーディが〈美〉として示す仕方を検討したい。それはまず彼女が「生涯にわたる忠実（life-loyalty）」の持ち主であることによるけれども、この〈忠実〉と関連した彼女の他の性質によるところがさらに大きい。はなはだ逆説的に聞こえるかもしれないが、彼女が美貌を持ち合わせていないことが、作品当初からの彼女の〈美〉の根源である。ジェーン・エアやアグネス・グレイが不美人であることが、いかに強調されていたかを考えれば、これも小説家の持ち札の一つだということが判る。マーティはまた、ぬかるんではいない場所を歩くにも木製の雨靴を履く。重い木材を慣れない手で削る彼女の描写とともに、貧困さえ彼女の〈美〉の源泉として用いられている。最終幕に至って、ジャイルズの墓前にただ一人立つ彼女が、貧しげな「プリーツのないガウン」（323）を着て、しかし「月光を浴び、ほっそりすらりとした姿」を見せる場面についても同じことが言える。そして

女性としての肉体の輪郭はほとんど眼には見えないほど未熟で、夜霧の立つ時刻のために貧困と労苦の痕跡がかき消された彼女のその姿は、ところどころで崇高の域に達していた。それは、より高貴な、抽象された人間性を得るために、女性としての属性を平気で拒絶してしまった存在であるかのようにさえ見えた。彼女は腰をかがめ、先週グレイスと彼女自身が供えた、今は枯れ果てた花々を片付けて、その代わりに瑞々しい花を供えた。（同）

という描写によって、この女性美の欠如と貧困の現前による〈美〉の描出が極点に達する。この〈美〉の独自性は、社会的にも肉体的にも恵まれないなかで彼女が身につけた慎ましさと誠実が〈美〉の実質を創り、とりわけ、自己主張を押さえ込んで底辺に逼塞する彼女の、忍耐と諦観がそれを倍増させていることにある。

適者存続に不都合な恒常性の〈美〉

この終幕の場面においても、マーティは他を押しのけてジャイルズの墓を独占するのではなく、その日一緒に墓参するはずだったグレイスがいつまで待っても姿を現さないにもかかわらず、「彼女の友愛の感覚」（322）のゆえに、さらに二時間も待つ。ついには足も凍えてしまったときに、グレイスが夫の許へ去ったことが知れる。そのあとで彼女は墓前に花を捧げるのである。また、話を遡れば、例えば彼女がジャイルズの植樹の手伝いをしているときに、体が凍え、風邪が悪化しそうになっても、ジャイルズが、土を掘る労働のために汗を流すほど暑がっているのを見て、自分の基本的な欲求すら主張しないで、寒いとも言わずに苗木を支えている。彼女は一度もジャイルズへの愛を表現しえたこともない上に、真夏の前夜の場面では、グレ

イスをジャイルズに結びつけるための標識の代わりに使われる。だが彼女は反抗しない。「気の毒なマーティ、常に自分の願望を、義務のために犠牲にする女」(142)とされる彼女は、生存競争に加わろうとさえしないように見える。この小説は、このようなマーティを美しいとして描き、それに対置される生存競争の勝者たちが、彼女に比べて人品が劣るものであることを示そうとする。適者存続の原則に反する彼女の〈非風見鶏〉ぶり、その恒常性は、彼女の最後のせりふ、墓のなかのジャイルズに向けた言葉のなかに鮮明に現れる――

この先も、唐松の若木を植えるときはいつも、あなたほど上手に植えることのできる人はいないと思うでしょう。角材に鉈を当てるとき、林檎酒絞り機を回すとき、いつだってわたしは、誰もあなたのようにできる人はいなかったって言うわ。わたしがあなたを忘れるくらいなら、家も天国も忘れたほうがいいわ！(323)

ダーウィニズム的な観点の導入が、現実的・反田園的人物たちの穢れと、小説的・田園的女性の美しさを増幅させることになる。世界の現実的成り立ちそのものに対する抗議であり、ハーディの詩の世界の先取りである。

詩におけるダーウィニズムの世界

詩作品を扱った拙著の記述と重複するが、上記の観点からした詩人ハーディについて手短にまとめておくことをお許しいただきたい。彼は二〇代の半ばから、他の知識人に先駆けたダーウィニズムの信奉者であった。詩人としても彼は、ダーウィニズムの観点から多くの作品を書いている。以下に挙げる短詩はいずれも田園世界を描く一方で、悲しむべき自然界の生存競争の実態を主題としている。「冬の日暮れの鳥たち」(詩番号115)では、田園風景を描きながら、雪が舞う野には、木の実は見つからず、パン屑を呉れる人の影もなく、飢え死にするしかない鳥を描く(この世に生を得ながら幸せを得られない人間の象徴でもある)。「ダンノーヴァ平原の冬」(同117)も同様に、冬の休耕地で三種類の鳥が餌を捜すが見つからない様を描く。「解き放たれて住処に帰った籠の大ツグミ」(同114)の語り手ツグミは、「空を晴れたままにしておくことができない」点で、人間も鳥も同じ苦しみを持つ仲間だと語る。「思い出させてしまうもの」(220)では、語り手がクリスマスの楽しみのなかで窓外を見ると飢えた大ツグミがやっと食べ物の屑にありついている。窓外の美しげな木の実の描写は、一転して生存競争の現場を見せてしまう――部屋のなかのわたしはぬくぬくとクリスマスを楽しんでいたいのに！　そして「駒鳥」(467)は、この鳥の描写を続けたのち、寒気と雪が続けば飢えたあげく凍え死ぬ様を歌うのである。

ジャイルズと『王の牧歌』

このような世界認識のなかで、最も弱いものは、自己の能力・財産・社会的地位に照らした場合に、いかなる自己主張も抑制するタイプの人間である。マーティもその一人だが、より作品の中心にいるもう一人のこの種の人物がジャイルズであることは言うまでもない。今日、フェミニスト的視点から見られた場合に極端に評判が悪いジャイルズも、ムーアのようにこれをテニスンの『王の牧歌』第七アイディル「聖杯」の書き換え版と見なす(Moore: 137)なら、ジャイルズは森の騎士であり、この騎士が妹分マーティとともに貴族フィッツピアズと霧の森林地でグレイスを争うというかたちができあがる。貴族は時としてシューク・ダムソンのような淫婦を抱くが、騎士パーシヴァルとその尼僧の妹は節操を全うするからである。パーシヴァルが聖杯の探求を果たしえない点が、ジャイルズのグレイス獲得失敗と対応する。原稿段階ではジャイルズの名が、「聖杯」の登場人物である年老いた修道僧アンブロジアスと同系統のアンブロウズだったことも、両作品の類縁関係を示すものとして言及される(同138)。また両作品はともに頭髪の切断から話が始まる(テニスンでは先に書いた妹分が頭を剃る。髪の豊富を意味する wealth が両作品に共通する)。「テニスンの尼僧は性的去勢を行って精神的な美と力を獲得する」(同139)という点が、特に拙稿に述べたマーティの美の造型に関連するだろう。「ジャイルズが素朴な過去のロマン主義を表すように、フィッツピアズは、欲望の無原則なレトリックとしての現在および未来のロマン主義を特徴づけている」(同)というムーアの言葉は、一見したところでは牽強付会に見えようが、一九世紀のイギリス詩の流れを考えながら読めば、大きな洞察をそこに含んでいる。なぜなら、フィッツピアズ的な欲望充足主義は、クラフが『ダイサイカス』の主題に絡めて、キリスト教崩壊後の世界を支配する原理となろうと考えたことだからだ(森松2003: 100–26)。またムーアはペイターの『ルネサンス』と『森林地の人びと』との繋がりを論じつつ、フィッツピアズがファウスト的人物だと言っており、ダイサイカス氏の片半分は、少なくとも作品の成立過程から見れば、まさしくファウストであるから、二重にこの説は傾聴に値する(ダイサイカス氏につきまとうザ・スピリット氏の、原稿段階の名はメフィスト)。

〈我欲を抑制する男〉の死

この作品構成方法からすれば、ジャイルズの死に至る場面も高潔な騎士の死と位置づけなければならないかもしれない。しかし実際のジャイルズは、家を失ったとき、メルベリ氏からグレイスを諦めるように言われると、彼女の気持を確かめもせずに諦める旨の手紙を書く(111)。マーティの「失ったのね、住む家を／失ったわね、グレイスを」という落書きを、せっかくグレイスが書き直して「授かったわね、グレイスを」に変更したのに、ジャイルズは誰が書き換えたかを推測できなかった(138–9)。また、あの真夏の夜の行事の際にも、森の奥から慣例に従って逃げてくるグレイスを、捉える状況にいながら捉えない。グレイスの前に真っ先に現れて、彼女の未来の夫となるという暗示を彼女に与える位置にいながら、みすみす先に前に躍り出たフィッツピアズにこの役割を、奪われるという以上に、譲ってしまう。それだけではなく、彼は「自分の位置を変えるのを潔しとせず、くるりと背を向けてしまっていた」(143)。彼の死に通じる場面で、グレイスを小屋のなかにかくまったのち、彼は戸外に出て外から鍵を掛け、その鍵を窓から彼女に渡して彼女の（彼自身からの）安全を保障する。これはヴィクトリア朝の制約から来る〈商品テクスト〉の一例とは思えない。これはハーディは、これらの場面を通じて、我欲を抑制する人格の〈美しさ〉

を描こうとしていると思われる。この場面に先立って、彼は離婚の不可能なことを自分だけが知っている状態で、それを知らないグレイスを抱擁する(260)。これはキスだと書かれてはいるが、今日の目で読めば、単なるキスではなかったと感じられよう。ハーディは、このことを彼女に対する「優しき裏切り（tender wrong）」と感じたジャイルズが、その悔恨から鍵の場面のような行動に出たことに仕立てている。言い換えればハーディにとっては、ジャイルズに戸外の仮設小屋に宿泊させる必然性を作る必要があった。つまり、ストーリーの上で彼の死を招いて、その死を、〈我欲を抑制する男〉であるがゆえの死であらしめる必要があったのである。

ダーウィニズム的世界での美しき敗者

すなわち、ダーウィニズムから見ての弱者が、人間のモラルから見ての高潔な人物であるという意図されたテーマを、ハーディは万難を排して実現したかったのだと思われる。「万難を排して」と言うのは、小説作法上、不自然な成り行きをこのあと、強引に描き出しているからである。なぜなら、ジャイルズとグレイスが同じ屋根の下にいないことを誰かが偶然目撃しない限り、病の悪化の危険を冒して小屋を出ても、あまり意味がないからである。ジャイルズが外で一夜を過ごしたところで、グレイスがジャイルズの小屋から外に出るところを誰かが目撃したなら、同宿した場合とほとんど同じくらいの疑惑が生じる。またジャイルズがどんな場所で雨風の夜を過ごそうとしているのか、グレイスが一度も確かめようとさえしないのも不自然である。その上、やがて彼女にアイヴェルへの道案内をする約束をしていたジャイルズが、姿を見せないのを、彼が約束を忘れたのだと彼女が解するというのも、納得しがたい。昼ごろ彼女が、咳こむ音を聞いたのをリスか鳥の物音と考えたという説明、夕方、彼の手が熱く震えていたのを、急いで歩いてきたからだと考えたという解説、これらも作り事らしさを感じさせる。夜、暴風雨。次の日、晴れ。この間に彼は世を去るわけだが、誰もそれまでグレイスを探しにはやってこない（これにもあとで言い訳がつく）。不自然さに、逐一理由の説明がついているのは、ハーディ自身が不自然を意識していた証拠である。このような、構成の巧みな作家が、無理をしてジャイルズを死なしめるのは、他の目的があるからである。その目的とは、ジャイルズを高潔に振舞おうとした不適応者、ダーウィニズム的世界での敗者として位置づけるためではなかったのか？

世界の現状の不合理

さて本章冒頭には、ムーアの論評を借用して、ハーディがアーノルドの論評から文学趣味の変動可能性を感じ取った経緯を記した。ハーディはパストラルについても、その効用の変動可能性を感じていたのであろう。この『森林地の人びと』という小説が、きわめて相互テクスト性（inter-textuality）に富んだ作品であることは、ムーアの論評を検討すればなおさらのことであるが、これまで拙論が示唆してきたハーディにおける牧歌の変奏の仕方によっても明らかであろう。しかしムーアは、上記のテニスンの『王の牧歌』との相互関係だけではなく、さらに徹底的に当作品とワーズワスをはじめとするロマン派との繋がりを示す。さらに彼は、メアリ・ジャコバス（Jacobus）も指摘したアーノルドとの相互関連性、ペイターの『ルネサンス』のモナ・リザ論（チャーモンドとの類似を指摘）やゲーテとの関連などを述べている。現に話題にしているマーティについても、その父親サウスをワーズワスの森林地を受け継ぐ第二世代だとして、彼女をその子、つまりワーズワスの森の文化の第三世代と見る（Moore：125）。マーティの名はワーズワス『逍遥篇』のマーガレットの指小詞だとして（同）、マーガレットのロバートに対する忠実な愛をマーティは受け継ぐとする（同126）。だがムーアは、マーティがロマン派本流から遠いがゆえに、彼女の忍耐と献身は、マーガレットのそれに比べて「歪められた形態」（同127）しか持ちえないとする。軍隊に入ったロバートがマーガレットに置いてゆく金貨と、マーティが理髪職人に見せ付けられる金貨など、確かにワーズワスの書き換えとしての『森林地の人びと』という観点は、ムーアの論調から納得させられる。だがムーアはグレイスをロマン主義の再興を可能にする資質を持った女性として終始賞賛し、「もし彼女が、森の内部に住み、土着性の強いロマンティックな〈騎士〉ジャイルズと結婚していたなら（中略）二人は力を合わせて、ワーズワスとコールリッジが是認したはずの方向に沿ったロマンティックなペアとなったであろう」（Moore：152）と述べる。ロマン派の再興をこそ、ハッピー・エンディングの前提とする考え方がそこに見える。しかしハーディは、前にも書いたように、ロマン派の衰退、森林地が象徴した文化の凋落を嘆いているだけではないと、本書著者には思われる。ワーズワスの時代にはなかった自然科学の考え方、とりわけダーウィニズムが世に知られるようになり、それとともに階級移動の日常化、物質主義と階級的偏見の強化された結びつきにもヴィクトリア朝後期は直面した。これらの時代性をハーディは作品に採り入れつつ、世界の現状の不合理をこそ、俎上に上げたと思われる。

簒奪に刃向かう心

不合理の最たるものは、他人の労苦による所有物を奪うことのできる感性麻痺や権力構造がこの世にあるということだ。この作品とパストラルについては、本章の原型論考（森松 1981）とは異なった発想から書かれた福岡忠雄の論考がある。そこでは経済学的問題が論じられるなかで「簒奪こそがこの小説の重要なテーマ」（福岡：171）とされており、一読に値する。また世界の不合理への嘆きは、より大型の世界観のなかで、『諸王の賦』の精たち（特に〈歳月〉と〈憐憫〉）によって示されている。大澤衛、中村志郎が、それぞれ長大な『諸王の賦』論で細かく分析するとおり、〈歳月〉は宇宙意志の非人間的本性を解説し、「〈憐憫〉は作者の心を代弁」（中村：135）する。この詩劇よりは小型の、ヴィクトリア朝の諸矛盾のほうにも力点のある『森林地の人びと』でも、ハーディは、世の成り立ちに潜む矛盾を示し、これに対立する心の要素を、特にマーティ中心に提示したと言えよう。

第一二章 『ダーバーヴィル家のテス』 (*Tess of the d'Urbervilles*, 1891)

概説

ハーディの公刊第一二長編小説で、彼の最も有名な小説である。一八八八年から書き始められたらしい。最初は、ティロットスン通信社の求めに応じて『遅すぎた愛の人（*Too Late Beloved*)』と題された途中までの原稿を、八九年九月に社に渡したが、読まずに印刷所へ渡され、ゲラのできた段階で「森の中のセックス、〈不義〉の子、権限なき者による洗礼などは慣習上、小説に描かれるとは考えられない出来事」(Page 2000: **410**)だとして、ハーディは社から書き直しを求められた。しかし彼はこれを拒否、巨額の報酬を辞退して契約を破棄した。一八九一年までにハーディは他の二つの有力雑誌に打診したが、拒否される憂き目にあった。同時進行的に、大判「グラフィック」画報へ何らかの寄稿を約束していた関係で、原稿を見せないまま、同誌連載の契約を取りつけた。実際の連載段階で問題が生じることを予知したハーディは、問題の諸場面を削除して、一八九一年七月から同一二月まで「グラフィック」に毎週連載した(ほかにも下記のような部分的変更を強いられた)。アメリカでも同じ時期に週刊「ハーパーズ・バザー」誌に連載された。同時にテスによる赤子の「洗礼」場面を短編として切り離し「深夜の洗礼―キリスト教の研究」の題で「フォートナイトリー・レビュー」誌（『テス』連載開始前の九一年五月）に発表し、またアレックによる凌辱シーンを「牧歌郷の土曜の夜」という皮肉な題でエディンバラの「ナショナル・オブザーバ」紙特別文芸付録（九一年一一月）に発表した（いずれも『テス』とは無関係の作品に見せかけて。ハーディは九一年版単行本の「説明書き」でこれに触れている）。単行本としては削除したものをほぼ復元し、余儀なく変更した箇所を取り除いて、九一年一二月にオズグッド・マッキルベーン社から三冊本として発刊。ただしチェイスバラでのダンス・シーンは一九一二年版で初めて挿入された。

連載版はナンセンス

連載版ではアレックの凌辱が行われない。テスがアレックとの贋《にせ》の結婚に追い込まれるのである。子供も生まれない。エンジェルが四人の娘を抱いて水たまりを渡しはしない。代わりに「あっ、あそこに手押し車がある」と言って、彼はこれに娘たちを乗せる。テス一家が先祖の墓の近くで野宿しはしない。エンジェルがイズ・ヒューエットを情婦としてブラジルへ誘う場面も、単なる冗談として描かれる。最後までテスとエンジェルのあいだには肉体関係はない…だから「これらの変更はこの小説をほとんどナンセンスにしてしまった」(Furbank: **393**)。そしてアメリカでは、版権の関係で連載版をそのまま単行本として出した（ハーパー兄弟社、一八九二年）。イギリスでの一八九二年版にハーディは序文を書き、理解ある読者と批評家に感謝を述べるとともに、芸術に適した主題についての、〈厳しい〉批評家との考え方の違いを嘆いている。以後にも細かな改訂があり、難産の末にこの傑作が生まれた。

［粗筋］

第一局面　処女　貧しい行商兼運送人ジャック・ダービーフィールド（Jack Durbeyfield）は夕方、村の牧師に〈ジョン卿〉という敬称で呼ばれた。ダービーフィールド家は今こそ落ちぶれてはいるが、昔はこの地方に並びなき貴族だったと牧師は説明した。ジャックは通りかかった男に馬車を呼ばせ、威張って帰宅する。

このマーロット村の娘たちは、このとき五月祭りの〈お練り〉を歩いていた。ジャックの馬車が通ると彼女たちは笑った。だがジャックの娘でテス（Tess）という名の美少女は、これをたしなめる。やがて行列は広場に着き、素朴なダンスが始まる。男たちが仕事を終えてからこれに加わるはずである。だがその前に、牧師一家の若い三人兄弟が通りかかり、下の弟のエンジェル・クレア（Angel Clare）が気まぐれからダンスに加わった。だがテスと踊る偶然は生じなかった。彼が広場を出て振り返ると、美しい娘（テス）が一人見送っていた。

テスが帰宅すると母親が、家系の優秀性をテスに告げ、酒場にいる夫を迎えに行った。そのまま帰ってこないので、弟を迎えにやったが、これも帰ってこない。やむなくテスが、幼い弟妹を家に残して迎えに行く。父は深夜に、隣町まで蜜蜂の巣箱を馬車で運ぶ仕事があるのに、帰ってきたのは十一時。一時半になって、母がテスに、父は仕事に出られないと告げた。テスは弟を連れて、父の代わりに暗闇を衝いて馬車を出した。弟を眠らせてやった。突然、馬車が止まった。彼女は、自分もまた眠っていたことに気づいた。馬が、前方からやってきた郵便馬車の梶棒に腹部を貫かれている。テスは飛び降りて、出血する馬の傷口を手で押さえたが、自分自身が真赤に血で染まっただけだった。馬は耐えに耐えたあと、突如どうと崩れ落ちた。我が家は、馬を失ってどうして生活できようか？　テスは激しく自分を責めた。

一家を救う手だてを考えていたテスに母が、親戚と思われる富裕なダーバーヴィル家を訪ねる案を持ち出す。渋っていたテスも、償いをしたい気持から、この案に従った。北の町で資産を蓄えた商人ストークが、滅びた名門の名を騙《かた》り、当初ストーク・ダーバーヴィル家と名乗った後、今の苗字になった。口ひげを左右に跳ね上げた、若い男が出てきた。彼はテスの豊満な肉づきにみとれた。苺を手ずからテスの口に入れようとする。テスは抵抗したが、最後には応じて食べた。馬を失ったことを話し、仕事を見つけて貰う約束を得た。

彼女はダーバーヴィル老夫人の鶏小屋の世話という職を得た。あの男アレック・ダーバーヴィル（Alec d'Urberville）が迎えに来たが、猛スピードで馬車を走らせる。そしてキスを盗む。テスは帽子が落ちたという口実で馬車を降り、その後二度と馬車には乗らずに歩いた。家族への責務を考えて、不承不承ダーバーヴィル家に留まった。

トラントリッジの農業労働者は、毎土曜の夜に数キロ離れた町まで出かけて遊ぶ。その夜は、砂塵の舞い上がる納屋で開かれたダンスパーティが延々と続いていた。テスはダンスには加わらず、暗い夜道を同僚と同道するために待っていた。十一時過ぎにようやく、同僚の男女は丘を登って帰り始めた。アレックのこれまでの愛人で、スペードの女王と呼ばれている女が、日中に市で買った糖蜜を頭に乗せて運んでいる。月光のなかで、糖蜜が彼女の背中に垂れているのが見えた。一行は大笑いをし、テスもつられて笑った。すると女は、恋敵として憎んでいたテスに拳を固めて襲いかかる。そのとき馬に乗ったアレックが現れた。裸馬に同乗するように勧められて、テスは木戸に登り、馬に飛び乗る。彼は森の奥へ馬を進め、嫌がるテスからキスを奪う。月光の中でテスの美しさに見惚れながら進んできたので、彼自身道が判らなくなる。テスを枯れ葉の上に寝かして、場所を確かめに行った。疲れ切っていたテスは、いつか寝込んだ。アレックが帰ってきて、テスの先祖の武士が田舎娘にしたと同じ仕打ちを彼女に加えた。

第二局面　処女の日は過ぎて　数週間後、テスはダーバーヴィル家を去った。アレックが追ってきて馬車に乗せ、彼女の世話をして美しい衣類を着せると囁いたが、テスは断り、馬車を降りて歩いた。実家では母が、アレックを結婚に誘い込めなかったテスを咎めた。

テスは永らく実家に引き籠っていた。この間に赤子が生まれたのである。収穫の日、初めて農作業に姿を現した。野良仕事の合間に、赤子に畑の中で乳房を含ませる。非嫡出児なので洗礼も受けられないこの子に、テスは異常な愛情をこめてキスを重ねた。だがその夜、生来ひ弱だったこの子の容態が急変。洗礼を受けていない人間は地獄に堕ちる。テスは寝室で弟妹をまわりに跪《ひざまず》かせ、赤子にソロウ（Sorrow）という名を与えつつ、キリスト教の儀式どおりに洗礼をした。弟妹には姉が聖なる存在に見えた。ソロウはまだ曙の光もささぬ早朝、世を去った。その夕方テスは牧師を訪ね、自分の施した洗礼が有効かどうかと訊いた。テスの威厳と優しさが牧師から肯定の返事を引き出した。だがキリスト教徒としての埋葬を懇願すると、それは別問題だと牧師が言う。押し問答のあげく、ソロウは教会墓地の一隅——洗礼を受けなかった子、酔漢、自殺者、犯罪者などの眠る雑草の脇に、手製の十字架墓標とマーマレードの空瓶に差した花を添えて埋葬された。

第三局面　再出発　三年近く経って、草香り、鳥の雛の孵る五月、二〇歳のテスは再び親許を離れ、遠いトールボテイズ酪農場へやってきた。彼女には、改めて人生を生きる希望が溢れていた。酪農場主のクリック（Crick）は、搾乳婦として暖かく彼女を迎えた。牛小屋に一人、搾乳に不慣れな男がいる。教養ある雰囲気が感じられた。テスはこの男性が、かつてマーロット村の娘たちと踊って去った人物であることに気づいた。同僚の話では、彼は牧師の息子なのに酪農に興味を持ち、クリック氏に弟子入りしたという。名がエンジェル・クレアであることはこのとき判った。彼は自己の信念から、牧師に要求される〈三十九の信仰箇条の署名〉ができないので、牧師職ではなく酪農を選んだ男。特にキリストの復活を無条件に信ずるその第四条に疑義を抱いた。世俗の慣習を無視する新しい男でもある。搾乳場の屋根裏に住む彼は、「田吾作」の名で軽蔑されている農業労働者が、実際には個性豊かな人格であることに気づいた。彼は声も姿も美しい搾乳婦テスに目を奪われ、なんと清潔な〈自然の子〉なのかと思った。

六月の夕べ。静けさの中に澄みわたるエンジェルのハープの音色に惹かれて、テスは庭の雑草を踏みしだきつつ、彼のほうへ忍び寄る。悪臭を放つ雑草の花さえ、色鮮やかな花弁を閉じるのを忘れている。テスも我を忘れた。だが彼が声をかけると、彼女は逃げようとする。「何が怖いの？」と呼び止められると、テスは人生が怖いと言う。テスは彼と話して、その高い山のような知性にさらに惹かれた。

テスは幸せだった。根が毒で傷ついた樹木が、豊沃な地に移植されて蘇生したのだ。搾乳場へ早朝まっ先に現れるのは彼女と彼。偶然とは言えまい。美女は夏至の曙には眠っているものだ。ところがこの美女は、朝まだきの霧に半身を隠し、顔だけ霧の上に浮かべて女神さながら。彼が女神の名で呼ぶと「テスと呼んで！」という返事。

ある朝、バターができてこなくて大騒ぎになった。「誰か、恋をしてるんだ」と言うクリック夫人の話では、昔、女を妊娠させて捨てようとした男がここで働いていたときにもバターができなかったという。この話にテスはショックを受けた。その夜同僚の三人の娘が、いずれもエンジェルに恋をしていて、彼が愛しているのはテスだけだとか、身分違いで乳搾りじゃ駄目よとか話しているのを聞いた。

次の日はバターにニンニクの匂いが混じっていて、また大騒ぎ。牛の牧草地全体を、主《あるじ》を先頭に酪農場の全員が総出で調べてまわった。エンジェルと隣り合わす機会が生まれたが、テスは恋する三人を搾乳婦として褒め、彼の関心が自分から離れるように努力しようとした。この日から、彼とはできるだけ近づかないようにしたのである。

大雨のあとの日曜、四人の娘は盛装して教会へ。小道は水浸しで、裾を汚さずには通れなかった。すると前方から長靴を履いた彼がやってきた。抱いて水たまりを渡してあげると言う。マリアン（Marian）とイズ（Izz）はおとなしく抱かれていく。レティ（Retty）は抱かれる前から躯を震わせ、騒ぎながら運ばれた。テスは断った。だが彼は彼女を抱きすくめる。三人を運んだのは最後に「一人のラケルを得んがため」だと彼は言う。「今日こんなことになるとは」と言う彼に「ええ、思いがけない水浸し」ととぼけつつ、テスは密かに心を燃やす。だが同僚の一人から彼の結婚相手の噂を聞いて、夢を捨てた。

しかし恋に火をつける八月。エンジェルは搾乳中に飛びかかってテスを両腕に抱き、愛を語った。二人の宇宙の中心軸が変わった。

第四局面　因果　エンジェルの人生観は、この酪農場で変化を遂げた。最初は傍観者として労働者の間に入ったのに、今はテスのような女が、王にまさる奥深い生を生きているのを知った。実家に赴き、テスとの結婚の意図を両親兄弟に話した。父は異教的な考えには猛然と反対する福音主義の牧師。エンジェルは農場経営者になるという計画にまず両親の賛同を得た。このような者に相応しい結婚というかたちで話を進めようとしたが、両親はマーシー・チャント（Mercy Chant）という、信心深い令嬢を推薦。議論の末、両親はその搾乳婦に会ってもよいというところまで折れる。見送ってきた父から、ダーバーヴィルという放蕩者が、父の宗教的説得を無にして堕落した話を聞いた。

トールボテイズに帰った彼は、テスに求婚した。悲しみに乱れながらテスは拒絶した。テスの過去を知らない彼は、父の話した放蕩者のことを話題にした。テスはますます彼との結婚は無理と感じた。

だがテスは、〈全てを秘密にして恋の喜びを得よ〉という自己の内部の〈自然〉の声に反抗できなくなりそうだった。列車が通る遠くの村までミルクを届けた帰り道、同道した彼に過去を話し始めたときも勇気が出ず、話を自ら逸らした。そして求婚を受け容れたのである。

母に助言を求めた結果、決して過去を話すなという手紙をくれた。エンジェルは婚約を酪農場で明言。誠実なテスはなおのこと過去を正直に話すべきだと感じた。挙式用の買い物の際、トラントリッジの男に出逢い、過去を暴かれそうになった。その夜彼女は過去を告白する便箋四枚の手紙を書き、彼の部屋のドアの下からこれを忍ばせた。

だが翌朝、起きてきた彼はテスにキスをした。許してくれたのだろうか？　部屋には手紙の痕跡がない。日が過ぎても彼は優しい。手紙を読んでいなくても彼なら許してくれる、と突如テスは確信した。

式当日の朝、この手紙が開封されずに敷物の下にあるのをテスは発見。だが式は無事終わった。新婚の宿に選んだ農家に着くと、クレア家から宝石類のお祝いが届いていた。テスは目を輝かせた。だが同僚の三人娘が、酔いつぶれたり、大池に落ちたりしたという話も伝わった。テスには彼女たちの心が判った。なおさら、私は告白せねば…。

するとと彼のほうが、君に告白すべきことがあると言う。ロンドンで数日間の放蕩をしたというのだ。テスは「嬉しいくらいです。私にもあるのです」——こうしてアレックとの一部始終を語り始めた。

第五局面　女は償う　話が終わると夫は場違いにも炉の火をかき立てながら、テスに背を向けてしゃがみこんだ。彼女は、許してください、同じことを私は許したのだからと必死に懇願した。だが彼は、愛していたのは君の姿をした別の女だったと言う。そして戸外へ出て行く。テスは後を追った。彼は「許す、しかし許して済む話ではない」と冷たい。帰って寝てろと言われて、テスは素直に従った。彼が帰ってみると、妻は重荷を降ろして安心したのか、熟睡していた。

三日間、彼らはその宿にいた。テスは夫が憔悴したのを見て、離縁して下さいと申し出た。無知な女だとして咎められただけだった。夫を自由にしようとして前夜自殺未遂をしでかしたことも話したが、再び咎められただけ。テスは夫に食事の用意をし、名目だけの妻となったことにむせび泣いた。並の男がほだされるはずのこの姿も、彼には通用しない。テスは実家に帰ることにした。彼も別居を口にした。

宿での最後の晩、エンジェルは夢遊病の症状を見せ、愛するテスが死んだと呟き、彼女を戸外に運び出し、廃墟になった修道院の石棺に収めてキスをした。厳冬の夜半。凍死しかねない。テスは夫を誘い、連れ帰って寝させた。この無意識の行為を夫には黙っていた。

二人は別れた。去って行く馬車からテスが振り向くことを夫は願ったが、彼女は顔も見せぬ——気を失わんばかりだったからだ。

テスは実家に帰ったが、両親は責めるだけ。夫にもらった金額の半分を渡すと、また家を出た。エンジェルも親許に立寄り、ブラジルに渡ると告げた。彼はイズに出逢い、ブラジルへ一緒に来ないかと誘った。イズは喜び、ずっと彼を愛していたと言う。「テス以上に？」と訊くと、誰もテスほどにあなたを愛することはできないと答える。彼は心を打たれ、イズの同行をやめた。傷つきながらイズは許した。

テスは八ヶ月を臨時雇いの搾乳婦として過ごした。夫がくれた金貨は夫その人のように大事にしていたが、職を失って使い始めた。母親は娘が裕福に暮らしていると思って、金を融通してほしいと言ってきた。銀行から自動的に届いた夫の仕送りの大半を送った。夫は金の入用なときは牧師の父に貰えと言ったが、夫の実家に金銭的に頼ることはテスにはできない。マリアンが高地の農場で働いている知らせをくれたので、テスもその農場へ。途中、彼女の過去を知る男に出逢い、走って逃げた。森で一夜を明かすと、狩猟家たちに撃たれた瀕死の雉《きじ》が多数呻いている。死の苦しみを断つため雉の首を絞めつつ、肉体の苦しみのない自分には、働くための両手があるとテスは奮起した。

マリアンが働くフリントカム・アッシュ農場にテスも雇われた。彼女らは小型の鋤で痩せ果てた冬の土塊《つちくれ》を打ち、蕪《かぶ》を掘り起こす。ここでは北極を経てきた鳥――氷山の崩落を見た悲劇的な目を持ち、やせ衰えた鳥が餌を捜す。二人が部屋に戻っても室内に雪が舞った。イズも呼び寄せ、三人で麦束を扱《こ》く仕事をした。他の二人の会話をテスが聞き咎めると、イズは自分がブラジルへ誘われたことを明かした。

衝撃を受けたテスは、義父の牧師を訪ねることにした。夫への連絡は、義父を通じてすることになっていたからだ。早朝四時起き。三〇キロを歩いた。夫の実家に近づくとテスは頑丈な靴を茂みに隠して、訪問用の靴に履き替えた。だが実家は留守。皆、教会へ行っていた。教会帰りの人たちの中に、搾乳婦と結婚した弟をけなしている者がいた。夫の兄に違いない。訪問する勇気が挫けた。兄たちとマーシー・チャント嬢がテスの靴を見かけ、貧民への贈り物用に持ち帰った。

第六局面　改宗者　帰り道、喚くように説教する男に出逢う。よく見るとアレックだった。テスは走って逃げたが、彼は説教をやめて追いかけてきた。彼は、母の死をきっかけに伝道師になったという。自分を誘惑しないでくれと勝手な理屈を口にする。この時は次の辻説法のために彼は去った。だが彼は農場へ押しかけ、すでに結婚許可証まで用意して、アフリカ伝道の伴侶になってくれとテスに求婚した。

テスは拒否した。彼は諦めず、再びやってきて結婚を迫る。宗教は捨てていた。夫の悪口を言われてテスは彼を殴打。その夜彼女は夫に、「あなたを知って過去は死滅し自分は別の女になったのに、今、あることを強いられている」という手紙を書き、彼の父親経由で郵送。

妹のライザ・ルー（Liza-Lu）が訪ねてきた。母が危篤だという。妹を自分のベッドで眠らせ、テスは夜を衝いて出発。実家に着いて働いた。アレックが追って来て、再度結婚を迫る。テスは拒絶。やがて母は助かったが、父が急死した。父の死とともに、〈終身契約〉だった家屋の居住権を失ったテス一家は、文字通り路頭に迷うことになった。予約したはずの部屋も、長旅のあと、ふさがっていることが判り、一家は雇った荷馬車から降ろされた家具家財とともに、路頭で夜を過ごした。そこはダーバーヴィル家の先祖の、豪壮な墓所の前だった。アレックがまつわりついてきた。テスは夫への手紙を、またマリアンとイズもテスの危機を知らせる手紙を、父牧師の許へ郵送した。

第七局面　成就・完了　この時エンジェルが帰国し実家に到着した。テスの手紙がまだ転送されずにあった。マリアンとイズの手紙もそのとき舞い込んだ。これらを読んだ彼は、やつれ果てていたが、すぐにテスを捜しにまずフリントカム・アッシュへ行き、彼女が実家へ帰ったと聞いてマーロット村へ向かった。一家の消息を聞き知って彼はテスの母を捜し出し、テスがサンドボーンに居るという曖昧な情報だけを得て、その地へ向かった。ようやく探し当てたテスの宿で、宿の女主人にテスを呼び出して貰った。当世風に着飾ったテスが現れた。「戻ってくれないか」との問いに、テスは「手遅れです」の一言。しかしさらに、近寄らないで、でも愛しています、愛していますとテスは繰り返す。別の男が家族の窮地を救ってくれたこと、その男が、夫は決して帰ってこないと言い続けたことをテスは明かした。男は二階にいるという。いつの間にかテスは姿を消した。彼は諦めた。

宿の女主人が立ち聞きすると、テスは〈君の夫は決して帰ってこない〉と言い続けたことでアレックを責めていた。女主人は一階に戻って、やがてテスが外出するのを見た。しばらくして、ふと天井を見やると小さな深紅の点が見えた。染みは大きくなり、白い天井がハートのエースのようになった。アレックがナイフで刺されたのだ。エンジェルはホテルで支度をして駅に向かった。列車は一時間も先だった。次の駅まで歩いていると、誰かが自分を追っている。まさかと彼は思ったが、別の服に着替えてきたテスだった。「あの男を殺してきたの、だから私のあなたへの罪は許してくださるわね？」「君を見捨てはしない。力の限り、君を護る！」こうして逃避行が始まった。森を通り、夕方、空き家になっていた別荘をこじ開けて宿舎にした。

二人は初めて本当の夫婦になった。食料など、三キロ先でエンジェルが調達してきた。逃避行の計画を彼が話すと、テスはこの別荘での楽しさを続くだけ続けたいという。しかし七日目には快晴のため、別荘の管理を受け持つ老婆が早起きをして風を通しに来た。ドアの隙間から男女の寝姿が見えたが、罪のない寝顔から、気品のある人たちの駆落ちと見てすぐには騒ぎ立てず、近所の人との相談に去った。テスが目覚め、状況を判断したエンジェルも立ち去ることを決断した。

二人は北に向かった。南からの船での脱出という想定の裏をかくつもりだった。すると巨大な石の建造物が建ち並ぶ平原に出た。大昔に異教徒の作ったストーンヘンジだとエンジェルが説明した。テスは、自分はよく異教徒と呼ばれた、故郷に帰った気がすると言いつつ、石の上に寝そべる。彼女はもうそこを動こうとはせず、こう言った——

「私に何かが起こったら、妹のライザ・ルーと結婚してくださらないかしら。あの子となら、あなたを分かち合えるの。妹と結ばれてくださったなら、私たち二人は引き裂かれないような気がしますので」

そして、死後の世界でも二人はまた会えるだろうかと問うテスの口を、彼はただキスをして塞いだ。「会えないという意味なのね？　こんなに愛し合う二人でも会えないのかしら？」泣きながら問いかけるテスに彼は答えなかった。歩行に疲れていたテスはやがて眠った。

東のほうで人影が動いた。全方位から人が来る。包囲されているのだ。「眠らせてやってください」彼がそう言うのがやっとだった。警官たちは、彼女の目覚めるのを待ってくれた。目覚めたテスは、逮捕は当然、こんな大きな幸せは長続きするはずがないから、逮捕されるのは嬉しいくらいと言い、裾を払って、自ら前に進み出た。

七月のある朝、一組の男女が手を取りあって、テスの死刑が執行される町を一望できる丘に登っていく。エンジェルと義妹のライザ・ルーだった。ライザ・ルーは、背のすらりとした霊のような姿の、テスの生き写しのような美少女。町の時計が八時を告げると、二人は身を震わせた。二、三分のち、遠くの塔の上に黒い旗が立ちのぼる。テスという犯罪者に〈正義の裁き〉が執行された証拠だった。二人はこの旗に見入っていたが、やがて長いあいだ、ひれ伏して祈っているように見えた。立ち上がると、二人はまた手を結びあって、歩き始めた。

［作品論］

『テス』に見る〈自然〉と〈人間の意識〉

ヒロインの〈意識〉の推移を追う作品

人は〈意識〉や理性・感性などを持つ。無生物と違って、そのために苦しむことがある。「隕石」（詩番号734）、「意識無きものとなる願望」（同820）と題されるハーディの二つの短詩は、遠い天体から隕石に乗って地球に飛来した〈意識〉の胚珠と、この〈意識胚珠〉から発達した人間の意識こそは、苦痛を感じ取る人間的苦しみの原因だと歌う。ハーディが人間の意識を一つの文学の主題と考えていたことが窺える。しかしこのように苦しみの源としても歌われている〈意識〉が、実は人間の実質そのものであると彼が考えていたことが、小説『テス』のなかから知られるのである。つまりハーディは、ヒロイン・テスの〈意識〉の推移を追い、彼女がこうして経験した人間の軌跡のなかに大いなるものを読みとってゆく。作品の半ばに現れる「人の生の大きさは、外部的排水量に比例するのではなく、その主体としての経験量に比例する」（161）という一句は（最後にもう一度述べるように）この小説の真髄を端的に語るものだという主張が、本章の要諦である。言い換えれば、どんな高い地位に昇った人よりも、大きな内的経験をした人物のほうが大きな生を生きたというのである。

北極の鳥たちの描写

自然描写に満ちた『ダーバーヴィル家のテス』のなかでも、夫に去られたあとのテスが働く貧しく寒い農場――冬のフリントカム・アッシュ――に舞い降りた名もない北極の鳥たちの描写は、特に強い印象を読者に与えずにはいない。この描写の部分だけを抜き出して示しても高度な鑑賞に耐えると言っていいほどに、それは印象的である。しかしその直前に描かれる凍りついた世界の情景がその前奏曲となって、読者の感情をまず研ぎ澄ませてくれる。何年ぶりかのその冬の寒さは、チェスのコマの動きのように、ひっそりと、韻律正しく進行している。ある朝、このフリントカム・アッシュの数少ない木々が植物的な緑衣を捨て、白い、動物的な外皮をまとう。蜘蛛の巣――透明な結晶を作る冷気がやってきて、目に立つようにしてくれるまでは誰の目にも止まらなかった蜘蛛の巣が、小屋の壁の上に姿を現す。この凍えついた湿気のあとに、乾燥した日々が続き、北極のかなたから鳥たちが飛来するのである――

悲劇的な目をして、やせ衰え、幽霊じみた鳥――この悲劇的な目は、どんな人間にも耐えられない凍えつく低温のなかで、足を踏み入れることもできない極地の、人の想像を絶する大きさの、恐ろしい天地の異変を幾度も目撃した目であった。オーロラから差し込む光のなかで、氷山の崩落や雪の山の滑降を見てきた目。巨大な嵐と海陸双方の変形が渦巻く姿に、なかば視力を失いかけた目。そ

してこれらの光景が生み出した特異な表情を、なお留めている目であった。(334)

二人の娘の動きを眺める極地からの鳥

人の目には映じたことのない極地の自然を見てきていながら、極地の鳥たちはそれを語りはしない——

これら名もない鳥たちは、テスやマリアンのすぐそばまで近づいてきたが、人間がこの先も見ることのないこれら光景の全てについて、何も語らなかった。旅をした人間の語りたがる野心に満ちた習癖は、彼らには無縁だった。押し黙った無感動のまま、鳥たちは、語る価値もないとした極地の経験を忘れて、この貧相な丘の、眼前の光景のほうに目を向けていた——二人の娘が、この丘を訪れた鳥なら餌として味わうはずの、何かかにかを掘り起こそうと、小型の鋤で土塊を打ち付けている些細な動きを、鳥たちは眺めていたのである。(同)

そしてこのあと、雪の前触れと雪そのものの描写が続く。寒気は「彼女たちの骨の髄までしみ通」り、吹雪の夜の風のために屋根も「ありとある風の運動場」と化し、室内にも積もった雪は戸外を吹く風に煽られたように舞い立ち、白色の大群の乱舞に大気も蒼白となっている——このように、上に引いた北極の鳥の描写は、詳しい具体性を持った写実的描写にその前後を取り巻かれている。

リアルな自然描写の減少

精密な単色素描のようなこれらの描写のなかで、色彩豊かな印象を与えるこの鳥の場面は、他方その写実性の希薄さにおいてもこのあたりでは異彩を放っている。だが本書著者には、この場面にこそ『テス』一編における自然描写の特徴が、最も集約されたかたちで現れているように思われる。しばしば風景画家にたとえられるハーディも、『テス』においては決して絵画的な叙景に徹しているわけではない。この小説での彼の描写には、例えば『狂乱の群れをはなれて』第二章に見られる星空の描写、『帰郷』冒頭のエグドン・ヒースの描写の一部に見られるような直截な絵画性が比較的乏しい。別の言葉で言えば、作者自身がある風景に接して観察し、看取した全てを紙面に直接転写するという成り立ちのものが少ない。リアリズムによる自然描写が減り、代わって構造が複眼的になった叙景が明らかに増えている。

風景を「異化」する技法

のちに次第に詳しく見ることにするが、「彼女には…と思われた」とか「…のように見えた」などの表現が、叙景のなかに数多く用いられている。時折はまた、「彼女にはこう見えたが、実際にはそのときの自然の姿は実はこうであった」という二重の描出が行われる。上に引用した北極の鳥の場面に至るまでに、ある人物のそのときの意識ないしは心理状態を通して見られた世界の相と、語り手によってできるだけ客観的に捉えられた同じ事物の別の相との少なくとも二つが、この作品で展開される世界の姿として読む者に意識されるに至っている。無機的なものとして展開しているはずの自然の風景が、その無機質とはまったく異なった相で表される――これは明らかに、いつも見慣れた風景ではない。ここでもハーディは、同一物を別の、思いがけない角度から眺めて、風景を「異化」している。

想像の産物であることを公言

北極の鳥がやつれはてて餌を求める様は、客観的に示されてはいる。だが鳥が極地で見たとされる畏怖と戦慄に満ちた光景は、実際には誰の目に映じた想像なのか？　もちろん、まず作者の想像として示されているものとして私たちはこれを受け取る。しかしこの一節の終わりまで読み終えたとき、この描写が作中人物とは無関係に、いわば作者の独り善がりな空想として孤立してしまうであろうか？　もしあくまでこれを登場人物の心の動きと無関係なものとして読むとすれば――そんなことが可能ならばのことだが――作者は何を根拠にこれらの鳥が北極の彼方からやって来たとするのか、そのような生態を示す鳥とはいったい何という鳥なのか、北極の彼方とはいったいどこか、北極に「彼方」というものがあるのか、彼方と訳した"behind"が、かりに北極を経由しての意味であるとしたところで、わざわざそんな道筋を辿ってイギリスにやってくる鳥がいようか等々の疑問へ読者は追いやられるであろう。作者は堂々とこの鳥は"nameless"だと言い切っている――また、北極の彼方から来たということ自体、鳥たちの目撃した情景と同様に、想像の産物であることを作者は公言していると言ってよい。

テスの身を表す相似物

この場面が大きな衝撃を私たちに与えるのは、鳥の「表情」と荒涼とした蕪畑の情景とを、私たちがテスの立場に立って見て取るからである。苦難を超えて、今また草一本生えない丘に来て餌を求める鳥の風貌が、テスやマリアンの心のなかを映し出す鏡になるからである。この北極の鳥だけではなく、三〇年前にヴィガーがそれまでの多くの論者の示唆を詳細に統括した（Vigar：173-5）とおり、テスと様々な鳥たちのあいだには、まるでダブルプロットをなす二人のヒロインのように、大きな繋がりがある（例えば原作でこれより約一〇頁前の瀕死の雉を見たテスの心の反応を描く場面がそうである）。『テス』の北極鳥の場面でも、北極での鳥の戦慄的体験とテスの体験、「旅をした人間の語りたがる心」とそれを押さえこむ鳥とテスなど、鳥がテスの身を表す相似物となっていることは明らかである。鳥たちが「テスやマリアンのすぐそばまで近づいてきた」とき、彼女たちが自己の姿をそこに見て取ったと私たちは読んで当然なのである。

客観的な目と意味づけする眼の併存

あたり一面には客観的に描かれた、いわば日常的な〈自然〉の想を示し、小説の中核には人間の意識がその自然風景のなかで何を感じているかを印象的に呈示する――この意味で上記の一節は『テス』における自然描写の典型である。このような自然描写の特質は、より大きな次元でこの作品の性格に大きく係わっている。そしてここでもハーディの「芸術はリアリティの不均整化である」（Life : 229）という作家態度が生かされてくる――日常的な〈リアリティ〉の相、科学の（客観的な）目で見ればそう見えるリアリティを、特定の状況に置かれた個人の（主観的な）眼（そのリアリティに意味づけする眼）で見て表現する。後者は〈自然〉に美醜の評価を与えたり、〈自然〉からモラルを引き出したりなど、様々な情緒的な反応を示す。

この作品の〈自然〉についての論評要約

実際『テス』には、圧倒的な分量の、自然描写やヒロインと自然物との係わりの描写が見られる。当然のことだが、ハーディ批評においても、この作品の〈自然〉についての言及は相当な量にのぼる。一九六二年にはイアン・グレガーが「この物語の全ての局面で、人物の心のなかの状態が風景によって視覚化されている」（Gregor 1962：**137**；LaValley：**38**）と述べた。この見解はその一二年後、同じグレガーの言葉を借りるなら「今日まではありきたりの言いぐさ」（Gregor 1974：**179**）になってしまったとされた。また「テスという女性は、いくつかの異なったレベルで〈自然〉と連想され、かつ同一視されている」というデイヴィッド・ロッジの見解（Lodge 1966：**172**）も、それまでの批評家が断片的に語ってきた説を要約した一句であったため、今日では古典的なものと感じられる。また一方で「ややルソー流の（人間の価値判断のノームとしての）恵み深い〈自然〉」（Gregor 1962：**143**）がこの作品のなかで重要な役割を果たしていることについてもたびたび指摘がなされてきた。この考え方に関しても「規範（norm）としての〈自然〉」という一句は『テス』批評の際の常套句として注釈なしに用いられるに至っている（Laird：**38**；**42 ff**）。

恵み深い〈自然〉と残酷な〈自然〉

それと同時に、このような「恵み深い〈自然〉」の対極をなす「残酷な法則」に満ちた「決定論的〈自然〉」（Gregor 1962：**143**）を描いていると見られる場面もまたこの作品には満ちている。自然法則によって人間の行動が運命的に制約されるという、近代自然科学を学んだものならば偏見としてではなく受け容れられるこの考え方は、ハーディの詩作品の大きな主題として、やがてたびたび登場するものである（森松 2003：**28-82**）。他方「恵み深い〈自然〉」は彼の詩集には揶揄の対象としてしか登場しない。当然、「恵み深い〈自然〉」よりも「残酷な〈自然〉」のほうが作品『テス』の根底を形成していると思われる。

テクスト『テス』の諸矛盾の指摘

しかしこれらの評者たちは、前世紀の早い時期、すなわちまだ文芸批評が印象批評そのものだった時代に、ラットランドが「ハーディは、あるときは〈自然〉に反する法や慣習を作ったことで人間社会をけなすかと思えば、今は普遍的〈自然〉の残酷さをやり玉に挙げる」（Rutland：**230**）と述べたのを受け継いできている。つまり、上記の「恵み深い（あるいは規範としての）〈自然〉」とこの「決定論的〈自然〉」の共存は、この作品に「重層性ではなく矛盾」（同上）を与えているとか、同じくこの共存を見る見解から「テスの清純ないしは無垢を立証しようとして、ハーディは互いに両立することのない倫理上の基準を用いている」（Paris：**209**）とか「道徳律を欠いた（amoral な）自然は倫理上の基準を示しえないことにハーディは気づいていない」（同**210**）とか論じられる。最近の脱構築論でも、『テス』をポストモダン・テクストと見る立場から、作品内で異種テクストの衝突こそが作品の本質と見て、諸矛盾は当然そこにあるべくしてあるとされ、矛盾の解消となる解釈は示されない（Widdowson 1999: 131–3）。

作品解釈と〈作者の声〉との調和

そしてこれらの〈自然〉をめぐる作品解釈は、『テス』において多用されている〈作者の声〉と調和させられる必要があった。例えば、頭上の「暗黒の空洞」のなかで人間の生とはまったく無関係に冷たく脈打つ星々(49)の下で、胴枯れ病にむしばまれた林檎さながらの星・地球(50)に、お前は生まれたいかどうかと尋ねられたこともないまま、運命的に貧苦の生へと連れてこられたダービーフィールド家の子供たちの描写(43)や、この星の上では九歳の子供さえ、苦難を経験して五〇歳の老人の皺を顔に刻む描写(52)など、当初から〈作者の声〉が響き、テスを「同情心を持たない〈第一原因〉」(161)によってこの世に送り出された存在として描きつつ、〈声〉は最後の「〈神々の司〉はテスに対する戯れをし終えた」(373)まで続く。そしてこの間に、これらの声と首尾一貫するかたちで、〈自然〉についての〈作者の声〉も聞こえるのである。すなわち「〈自然〉の神聖な設計」はワーズワスの夢想だとされ(43)、私たち人間は「残酷な〈自然〉の法」(154)にさいなまれる。正義が不正義を抑え込むような「私たちの秩序の感覚」に合致する世の成り立ちを、千年の哲学も見出しえなかったとされる(89)。「守護天使」も「摂理」も不在(同)で、〈自然の法〉のみが支配する――こうして〈第一原因〉や〈摂理の不在〉と同列に、〈自然〉の問題は「ハーディの悲観主義」を主張する傍証の一つとして作品全体の解釈に用いられてきたのである。そして最初に戻れば、〈自然〉についてのハーディの叙述の「矛盾」は解消されないままに終わっている――しかもハーディがほんとうに「慈愛深い〈自然〉」を描いているかどうかも再検討されないまま。

〈自然〉の恩恵と規範性の誤った同一視

またこれらの論議のなかでは、「恵み深い〈自然〉」と「規範としての〈自然〉」とが誤って同一視されている。これは実際には、ロマン派が「規範としての〈自然〉」を用いたときに、〈自然〉の人間への恩恵が語られることが多かったことからの連想にすぎない。また「〈残酷な〉決定論的〈自然〉」は、現代自然科学の〈自然〉観においては、規範として用いられる〈自然〉の観念の一部となることが無視されている。自然科学から見るならば、人間の生を脅かす自然界の力もまた、人間界との関連で、正邪の法的規制を設ける際に考慮の対照となるのである。その上、「恵み深い〈自然〉」という考えを、果たしてハーディが『テス』のなかで用いているのかどうかさえ疑わしい（少なくとも、この箇所がその例だと思われるものを、本書著者は見出していない）。「恵み深い〈自然〉」を語るのならば、ハーディを「悲観論」から解放し受容してもよいとする、一昔前の保守的批評がここに感じられてならない。せっかく「恵み深い〈自然〉」を語りながら、ハーディがその〈哲学〉の声を発して、これを台無しにするのが許せないという批評態度が、そこに感じ取られるように思われる。

もう一つの〈作者の声〉

一般的に、ハーディの〈哲学〉として非難の対象になるのは、主として上に具体例を見た〈作者の声〉および同種の〈悲観論〉的傾向である。しかし私たちはここで、他方にもう一つの〈作者の声〉があることに目を向けなければならない。〈自然の法〉と〈社会の法〉との不一致を指摘する声である。〈社会の法〉によって裁かれるテスを、〈自然の法〉によって弁護するのである。いったいこれは、上記の主流的〈〈悲観論〉的〉〈作者の声〉と矛盾するのだろうか? この関連で誰もが直ちに思い浮かべる場面は、アレックを捨ててトラントリッジから帰ったテスが、婚外の子を体内に宿し、処女を失った女として悩みつつ、日暮れてから野山をさまよう場面であろう。彼女には夜中の自然界が、自己の物語の一部のように思われてくる。そして夜風や疾風の、冬の枯れ枝をわたる音が、彼女への痛烈な非難の声に聞こえる。雨の日は、風景のなかに想像される何かの倫理的存在が、彼女の弱さに涙しているように思われてくる。だが、と〈作者の声〉が聞こえる――

彼女に敵意を抱いている幻と声とに充ち満ちた、慣習の多数の断片に基づいたこの自然界、彼女自身が性格づけしたこの取り巻きは、テスの空想が作り出した悲しくも間違った産物だった・・・(中略)彼女は自分のことを、〈罪なきもの〉の領域に闖入した〈罪多き人間〉だと見なしていた。しかし、その間ずっと彼女は、何の相違もないところに差異をこしらえていたのだ。自分を敵対物と考えていたが、実は完全に調和していたのだ。(101)

ソロウの死と埋葬の場面

また「社会の法を尊重しない恥知らずの〈自然〉が送りこんだ不純な贈り物」(110)と表現されるテスの赤子ソロウの死と埋葬の場面全体が、このテーマで貫かれている。この引用部分は、赤子ソロウを貶める表現なのに、生まれた子に何の罪もないことを読者に思い出させて、瞬時に〈社会の法〉への弾劾に転化する。この赤子に対する、真実の愛の籠もったテス自身による洗礼も、一度は牧師の自然な人間性に訴えてその効用を認められたかに見えたが、この牧師が〈社会の法〉の側に立たざるをえなくなったとき、その妥当性を否定される(111)。また、地獄に堕ちると信じられている飲んだくれや自殺者の眠る一角にソロウが葬られることになる経緯のなかに、〈社会の法〉より優位に立つべき〈自然の法〉という考え方が示唆される――なぜなら読者は、テス手作りの十字架とマーマレードの空き瓶を利用して彼女が手向けた花、この自然な愛情行為のなかに、〈社会の法〉が命じる慣習的葬儀に勝る哀悼の念を直ちに感じ取るからである(111)。

回復は処女性にだけは拒まれている?

そして我が子の死を乗り越えて生きようとするテスは、〈失われたものはいつまでも失われたままだということは、処女性についても言えるのだろうか?〉という疑問にとらわれる。「生物界に行き渡っている回復力が、処女性にだけは拒まれているなんてことはきっとあり得ない」(113)とこのとき彼女は考えて新生を試みるのである。これも〈社会の法〉と〈自然の法〉との矛盾対立の例である。そしてとりわけ、テスがエンジェルの求婚を受け容れる場面――社会的に非難されるはずの自分の過去ゆえに、承諾してはならないと心に決めながら、ついに彼女が結婚に同意したあとの数行――

> すべて生あるものにみなぎっている〈喜びへの渇望〉、人類を、まるで海の潮が力のない海草をなびかせるように、自分の思いどおりに支配してしまうこの巨大な力は、社会的規範についての夜なべのいい加減な研究なんかによって抑え込まれるものではない。(192)

――この数行においても、生きとし生けるものを動かす〈自然〉の力が、社会の掟を意識して自我を滅却しようとする人間の意志に勝ることを述べて、テスの結婚承諾を是認している。

神とロマン派離れをしたあとの〈自然〉

そして同じ〈作者の声〉でありながら、この系列のものについては非難が少ないのはなぜであろうか？　これもまた前出の〈哲学〉と同じように大きな意味を抱えた声であるから、それはこの系列のものが、ストーリーの進行や叙景のなかに溶けこんでいるからであるとともに、前世紀半ばまでは、〈自然〉を規範として用いるのは、以下に見る西欧の伝統として、慣習的に受容可能だったからだと思わざるをえない。ところが実際には、この系列の〈作者の声〉の根底にもまた、前記の〈哲学〉と通底する、自然科学に基礎づけられたハーディ独特の考え方が横たわっている。ハーディの場合に、〈規範としての自然〉を小説内で用いても、それは中世や近世における神学大系の一部としての（ティリヤードが『エリザベス朝の世界像』で示したような、規範的）自然観ではないし、自然観照を通じて神の宇宙設計に触れるという一八世紀理神論的自然の規範でもない。ルソーの「〈自然〉に帰れ」という意味での規範でもない。ワーズワス的な〈自然〉でさえ、ハーディのものではない。詩人ハーディの〈自然〉については、別の拙著（森松 2003）に詳しく書いたのでここでの再説は避けるが、一言で言えばそれは、人が神離れ、ロマン派離れをしたあとの〈自然〉である。しかしこの〈自然〉のなかにも、人間の願望とは無関係に働く一種の秩序・自然法則があり、この自然法則には人間内部に働くものもある（イズ・レッティ・マリアンの恋と性が一例である）。この基礎に立って描かれるこの系列の〈作者の声〉は、彼の〈哲学〉とはまったく矛盾しないのである。

内部〈意識〉から見た自然界の相

このような自然観からすれば、当然ながら、自然物そのものが美しいとする態度は消出しよう。ここから、人物たちの内部〈意識〉から見られた自然界の相が、この小説の自然描写の主流となる。だから〈美しい〉とされるはずのフルーム川の流域を、悲しみの発生源としてしか見られないテスについて「テスにとっては、ものを感じたことのある全ての人びとにとってと同様、美は事物のなかにあるのではなく、その事物が象徴しているもののなかにあるのであった」(283)とハーディは書く。また自己の〈過失〉を風雨に叱責されていると感じる彼女について「世界は心理現象にすぎない。自然界のうつろいが彼女の心に映じた姿こそ、その実在の姿なのであった（what they seemed they were. "they" = natural processes)」(101)とも書いている（一見、唯心論的に見えるこれらの言葉が、実際には自然科学的認識を強いられた現代的文人の言葉であることは、以下のいくつかの自然描写を検討するうちに明らかとなるだろう）。これが示すとおり、『テス』における自然描写や叙景のおそらくは半数以上が、登場人物の心に投射された主観的な映像であるという注釈ないしは暗示を伴ってなされている。そしてこの主観的映像とあい並んで、より客観的な、科学的な眼で見据えられた、同じ事物の実態像も示されていることが多い。

酒の力と主観的な〈自然〉の相

チェイズバラで酒を喰らって夜道を帰ってくるトラントリッジの農民男女の姿は「酒の魔力に支配されない中庸の目から見たならば、どんなにか、ずんぐりとして現世の垢にまみれたものに見えたとしても」農民たち自身の目からすれば、それは、我が身を支えてくれる空気の上を飛翔する姿であり「自分たちと周囲の自然界とが一つの有機体を形成して、その各部の全てが、調和のとれた喜びに満ちた相互浸透をしあっている」と感じられ、彼(女)らは「頭上の月や星々と同じほどに崇高で、その月や星々も彼(女)らと同じほどに情熱的」であるように感じられていたのである(81)。この場面はしばらく前の、弟と馬車で夜道を行く場面で星々が「これら姉弟の二つの生命の切れ端からは、静穏なまま無関係に隔てられて冷たく脈打っていた」という、姉弟の〈意識〉とは切り離された一種の客観描写と意識的に対照させられている。

幻想にすぎない〈自然〉との調和感

テスがアレックの馬に乗せられ、チェイスの森へ去ったあと、この男女が月光のなかを歩むと、背後から差す月光と露の作用で、おのおのの頭の影法師をオパール色の光輪が飾る。

　歩む男女はそれぞれ自分自身の光輪しか見えなかったが、どんなに酔いにぐらついたとしても、後光は決して影法師の頭を見捨てなかった。そこにくっついて、いつまでも頭部を美化した。やがてぐらぐらする動きさえ、この発光の絵姿に本来備わったもののように見えてきた。彼らの酒臭い吐息も、この夜の霧の構成要素に思われた。この風景と月光の精気、そして〈自然〉の精気は、酒の精気としっくり調和して混じり合っているように見えた。(84)

これらの場面で人びとが抱く〈自然〉と我が身との相互作用や調和感が、幻想にすぎないことが描き出される（この場面はもちろん、楽観的な自己像を示しつつ、貧困という実態との対比も行っている）。次のテス凌辱に行き着く場面で「霧は月光を中空に支えているように見えた」という美感に満ちた一行が出ても、その〈自然美〉は美として機能せず、〈見えた〉という見かけと、テスの運命には何の係わりもない〈自然〉を他方に呈示するのみである。

自分だけの希望となる光輪と太陽

これよりも前に、光輪を用いた主観と客観の対比は、テスの母親が酒場で苦労を忘れる情景でも用いられていた——この酒場へ来ると母親には「一種の光輪、西空の輝きが人生の上に現れてくるのだった」(42)。これは自然描写とは異なる叙景だが、母親の主観においての幸せな時間と、客観描写としてのむさ苦しい酒場、テス一家の貧困と無知が二つの視点から描かれている。このように何かしらの楽観的〈希望〉を抱こうとする傾向は、人の体内に組み込まれた〈自然の法〉として扱われる。実際〈希望〉はこの作品のキー・ワードの一つである。上記二つの酒酔いによる幻想以外にも、人を快活に保ち生かしむる唯一の原動力として〈希望〉は扱われるが、作品の底流としての厳しく人生の現実を描く傾向（しばらく前までは、これは〈自然主義〉の名で呼ばれた）とは、やはり主観と客観の関係にある。まだテスがヒロインとして登場していないうちから、村を練り歩く娘たちについてハーディは、こう描く——

> 彼女たちの誰もが、おのおの外面から太陽に暖められていたように、誰もが自己の魂を暖めるための、自分だけの小さな太陽を心に抱いていた。何かの夢、何かの愛情、何かの趣味、少なくとも何かの遠いかなたの希望——希望というものがそうであるように、場合によってはやせ衰えて消え果てそうなのに、なおも生き続ける希望である。だから彼女らはみな明るい顔をしていて、はしゃいでいるものも多かった。(35)

意識的に多用される感情移入

〈希望〉という内部の太陽は、実質的な支えの伴わない主観として示されている。なぜなら、この描写の直前に年配の女たちが「〈時〉と苦労にむち打たれて」やつれ、年月に喜びを感じなくなりかけている様子が描かれているからである。〈希望〉と言えば、あの悲劇的な森の夜から三年近くたって、テスは「最も卑しいものから最も高級なものまで、全ての生物にあまねく見られるあの傾向、どこかに甘い快美（sweet pleasure）を見出そうとする抗しがたくも普遍的な、自動的傾向」(118)に支配されて（つまり、〈自然〉の力に動かされて）、「生あるところ希望あり」(119)の言いぐさにたがわず、未来を信じる気持になって、生家を去りトルボッテイズに向かう。そのとき「彼女の希望は高まりに高まり」、「全ての風のなかに楽しい声を聞いた。全ての鳥の鳴き声に喜びが潜むように思われた」(118)とされる。この最後の一文は、この作品でハーディが意識的に多用する感情移入による文である。つまりこれはあくまでヒロインの〈希望〉が見て取った、主観による〈自然〉の相であるという響きを持つ。

自然界の中立的存在と人の主観的〈自然〉像

エンジェルがテスに恋するに至ったときの叙景についても、同じことが言える。このとき、それまではみすぼらしい宿舎にすぎなかった搾乳場が一変して喜ばしい建物となり「古びて苔むした煉瓦の破風は、〈ここに留まれ！〉と語った。窓はほほえみ、ドアは説得するように誘い、蔓草は顔を赤らめて同志であると表明した」(160)と見えたのである。事物・自然界は中立的に存在し、人間の意識がそのなかから様々な意味と姿を読みとってゆくのだ。これをより徹底して描くのは、先にもその一角を引用した、婚外の子を宿したテスが、散歩中に野山の自然界から叱責の声を聞き、小鳥や野兎、雉を見るシーンである。この描写を締めくくってハーディは「彼女は自分が（鳥や兎の）〈汚れのない自然物〉のなかに闖入した〈罪深いもの〉と思っていた・・・（中略）世に受け容れられた社会の法を破るようにさせられたものの、自分が異分子として入り込んだと思った自然環境の法は何一つ犯してはいなかった」(101)と書く。汚れを持つ身という彼女の主観的自己規定は、ここでも客観的に見られた自然界に何の根拠もないものとされ、彼女はこれら弱小動物と同一視される。

テスを蝿に見立てる描写

この、弱小動物としてのテスのイメジは、上掲の引用のあとに続く第一四章の、刈りとられる麦畑のなかで次第に追いつめられる兎、蛇、鼠(103)などによって補強される。またこれは広大な緑の広がりを描く一節のなかのテスを蝿に見立てる比喩(119)と重なり合い、さらにスカートのなかに入って逃げ場を失った蝿や蝶(151)、ハンターに追いつめられ血まみれとなって死ぬ雉(267-8)、麦の積山のなかを次つぎに逃げまどう鼠(317)などの描写の重なりのなかで増強される（テスをなぞらえたのと同じ動物の繰り返しは意識的と思われる）。そして過去から逃れようとして一歩一歩と歩くたびにそれが徒労に終わるテスのさまよいについてハーディは（次の仕事場へ向かう途中、自分の過去を知る男から逃げる直前の場面で）「深く考えもせずに先へとさまよう彼女の本能には、どこか野生の動物の性癖が見えた」(265)とコメントする。そして例えば上記一〇一頁の小動物たちについて「逃げ込む場所がどんなにかりそめなものかも知らないまま、またその日のうちにも彼らを待ちうける恐ろしい運命も知らないまま」(101)というような、テスの将来を予示する言葉が示される。実際テスはどんなにこの地表を歩きまわり、逃げまわることか！　こうして辿り着くフリントカム・アッシュで、荒れ地にしがみつく蝿としてのテスのイメジ(273)が、圧倒的な描写力を持つことになる。

ロッジの語る慈悲深い〈自然〉

このようにテスを自然界に棲む一個の弱小動物と見る上記一〇一頁の場面について、先に規範としての〈自然〉についてのハーディの矛盾を衝く批評として挙げたものと相通じる論評が、デイヴィッド・ロッジから出されたことがある。一つにはそれは「ハーディはテスと〈自然〉との類縁性を強調することによって、彼女をピュアな女として弁護しようと企てるが、このために彼は、自己の心の一面ではセンチメンタルな虚偽だとして斥けている一つの見解、つまり慈悲深い衝動の宝庫としての〈自然〉というロマン派の見解へと引き寄せられることになる」(Lodge 1966 : 176)というものであり、今一つは、世界は心理現象、主観的現象にすぎないとするなら、ハーディのこの場面で語る見解もまた主観的なものでしかないというものである(同177-8)。人物の視点からではない自然描写を客観描写のように示して、ハーディが自己の主観を述べているという意味であろう。

ロマン派の見解に依拠しているか？

第一点についての疑問は、ハーディは上記の扱いによって果たして「ロマン派の見解へと引き寄せられる」と言えるのかという点にある。ロマン派で言う「〈自然〉との一体感」は、テスを小動物と見なすという意味の「〈自然〉との類縁性」とは異なる。ロマン派的一体感は、むしろこの場面のテスが主観的感情移入をしている姿のなかにこそ見られる。この主観的感情移入を客観の立場から修正するのが、この場面の主旨である。彼女はそこでは自然物の一部としてこそ描かれはするが、彼女のほうが主体として〈自然〉に没入するのではない。すなわちロマン派詩人のように、仮に感情移入であれ、〈自然〉との一体感を表現して美感をかちとるのでは決してない。また彼女は、ワーズワスの、例えば蛭取りの老人がそうであるように、〈自然〉と一体化した素朴・純情な景物として読者の美感を促すのでもない。自然界と「一体となって（in accord）」(101) いたというハーディの一句は、人間社会特有の掟を除き去った自然界に彼女を置いてみたときには、彼女は掟を破ってはいないということでしかない（婚外での交わりの弁護には、当時はこの種の間接表現が必要であった）。

内的生活としての感情移入の尊重

第二点について言えば、ロッジはこう指摘する根拠をこう語る――この場面後半の〈作者の声〉によって、前半の、テスが自然界に浸る部分が無効にされるのが不満だと述べるのである。しかし、テスの感情移入は、時代遅れの感傷的虚偽だとして批判され、無効化されるのだろうか？　ハーディはこのテスの姿を、ロマン派的な素朴・純情の描出として試みているのではない。そう読むなら、まったくの読み違いである。詩人ハーディは一貫して、こうした描出に対しては、過去のものとして訣別しているのであり、またこれが文人ハーディの本音である。彼は、テスの感情移入を、人の心の内的生活として尊重し、威厳を与えていると読むべきである。感情移入そのものは、称揚されてはいない。しかしテスの心の動きのなかには、社会慣習の影響だけではなく、共感ないしは同情すべき彼女の人柄が描き出されている。外部から見れば自然物の一部、内部から見れば、その個体にとって他にはかけがえのない真摯な〈意識〉、それこそが人間であるとするハーディの認識が、この一節のなかにも看取されるのである。

酪農場の庭におけるテス

先に見たとおり、事物が人の心に映じた姿こそ、その事物の実在の姿だとハーディは言う。しかしそれは唯心論の立場から言うのではなく、「その人の〈意識〉にとっては」の意味でしかない。それは個人の内面の〈意識〉にこそ、人の尊厳の基礎を見ようとする文学者（この種の表現を使うのが、ポスト・モダン全盛の世では、いかに勇気がいることか）の言辞である。その意味で、この場面の語り手のコメントがいかに主観的なものであれ、これはテスの感情移入と同様に尊重されなければならない。同じことが、トールボッテイズ酪農場の庭におけるテスの散歩の場面についても言える。長くなるが、あえて引用する。多くの議論の対象になり、また作品全体のメッセージに大きく係わっているものであるから…。

テスが横切ろうとした庭のはずれは、数年のあいだ耕作しないままになっている荒れ地だった。今はじっとりとしていて、水分を含んだ草が生い茂っていた。少しでもさわれば、霧のような花粉が舞い上がった。丈高い、花をつけた雑草が、むっと鼻を衝く悪臭を放つ——雑草は、栽培された花に劣らずまばゆいばかりの、赤、黄、紫などの色合いの彩色画をなしていた。猫のように忍び足で、彼女はこの繁りに繁った草のなかを通った。スカートに泡吹き虫の泡をつけ、足下のカタツムリを踏み、アザミの乳液やナメクジのぬめりで手を汚し、林檎の木の幹にあるときは雪のように白かったのに、肌につくとあかね色の汚れになる、ねばねばした葉枯れ病の病原菌を、むき出しの腕の上にこすり落として付着させつつ進んだ。このようにしてクレアのほんの近くまで忍び寄ったが、彼には気づかれないままだった。

テスは、時間も空間も判らなくなっていた。テスのあの感情の昂ぶり、星一つをじっと見ることで意のままに生み出せると彼女が話していたあの昂ぶりが、今は彼女の意志とは無関係に生じていた。中古品のハープが奏でる、か細い音色の波また波に乗るように、彼女は浮き沈みした。和音はそよ風のように彼女のなかを貫き、眼には涙をもたらした。漂う花粉は、彼の音色一つひとつが視覚化されたもののように思われ、庭のじっとりとした湿りは、庭の感性が泣いている姿と感じられた。日暮れが近かったが、悪臭を放つ雑草の花々は熱心に咲くあまり、閉じることを忘れたかのように輝き、この色彩の波が、音色の波と相い協働していた。

ところで先ほど著者が疑問を表明した考え方の主ロッジは、『テス』における〈自然〉についての、きわめて含蓄の深い論考を著している。そのなかで彼は、この庭園の一節の批評史を展開している（Lodge 1966: 179-87）。それを要約して示そう——この描写が『テス』全編のなかで中心的重要性を持つことをジョン・ホロウェイが指摘したあと、ロバート・リデルはこれをシンボルとして読みながらも、ハーディの〈自然〉についての一見詳細な観察が、時として滑稽に陥る例としてこの場面を挙げ、上掲引用に描かれる〈自然〉の相を、〈自然〉がテスに仕掛ける罠と解する。ロッジは正当にもこの見方に異議を差し挟むとともに、ドロシー・ヴァン・ゲントが同様にこの場面のテスを〈自然〉の犠牲者と見る見解を引用し、次いでここに挙げたロッジ以外の三人の批評家が、ともにこの場面のなかに、現実に気づかないテスに対するアイロニーを読みとっていると解する。その上でロッジは彼自身の読みを披露する——上掲の第一節の読み方を選択する際に、観察者が作者なのかテスなのかを決定するのがきわめて重要になるが、ハーディは言語の糸口を混乱したかたちで提供しているために、読む側の反応は分裂し、テスがこの場面でクレアの音楽に騙されたと解すべきか、彼女の恍惚をそれ自体として評価すべきなのか、決定しがたくなってしまう——ロッジはこう解釈する。

上掲庭園の一節の批評史要約

現実とテスの理解の食い違いはテスの落ち度か？

このロッジの読みに対してグレガーは、ここにあるのは混乱ではなく計算されたアンビバレンスだと言う。庭の不快さを語る上掲第一節からテスの恍惚を描く第二節への移行は、〈現実としての世界〉と、〈その世界についての彼女の理解〉の食い違い（dislocation）、テスの心のなかに生じたこの宿命的な食い違いを、劇的に表していると述べている（Gregor: 186–7. のちに述べるとおり、ここに意識的なアンビバレンスを認めることに私［本書著者］は賛成だが、この場面でテスが正確な現実認識ができないという点を強調して読む方向には反対である）。これらの批評に対して私自身の読みを提唱することは、この作品全体の読みについて語ることになろう。

庭園場面についての本書著者の見解

まず、この場面をテスの誤った認識に対する批判と見る読み方を私は採らない。この読みを採れば、作品のほぼ全編にわたって散りばめられている感情移入の場面、主にテスの心の動きの全てを、批判の対象としてゆくことになる。つまりそれは、様々なテスの行動のなかに現実認識の甘さを読みとって、その意味でのモラル追求の書としてこの小説を読むことに連なってしまう。その正反対に、この作品の最大の力が、テスの心の動きから発する（つまり読者はテスに惹きつけられる）ことを忘れてはならない。一つの「単なる感情の器」（36）であったテスが、様々の苦難を通じて、自らの感性に満ちた人格をどのように発揮するかというところから、作品の魅力は発する。テスの人格の〈夢を見る傾向（dreaminess）〉とそこから生ずる「誤った認識」のゆえに彼女が破滅するという解釈は、読者の実感から遠いこと甚だしいのではないか？

対立的認識の併存と融和

次に、ロッジの読みの細部はきわめて精緻なものではあるが、上掲の二つの節と、それに先立つ二つの節からなる場面全体から、一つの描き方（つまり、①テスが騙されたのか、②テスの恍惚は尊いかのうちのどちらか）のみを見て取ろうとするところに先入主がありはしないか？　むしろグレガーのように、二つの対立物（現実と、それにそぐわないテスの認識）の併存をこそ見るべきであろう。またロッジの細部の精緻さにもかかわらず、上掲第一節における花粉の舞い立ち、花の色や匂いの認識もまた、第一節の他の部分が全てそうであるように、全知の語り手による客観的認識として理解すべきではなかろうか？　そして第二節にもまた、テスの内部意識が描かれるとともに、ちょうど詩の場合と同じ仕方で、文章そのもののなかにもう一つの認識が併存している――テスの主観的認識が行われる場面を客観の眼で描き、恋に恍惚となる若い女性の姿、いや雌の動物の姿さえ浮かび上がらせる。第一節の「猫のように」にも、自然科学の目で見ればこのとおりとの含意があったとおり、第二節の「中古品のハープ」「庭の湿り」「悪臭を放つ雑草の花々」などは、明らかに不快なイメジで、テスが主体として経験している、たぐいまれな快美感と矛盾する。客観的に見ればこれら三つの括弧内の言葉が示すとおり、大した音楽は聞こえておらず、庭は不快にじめじめし、花は臭いのである。だからこの場面の美しげな自然界についての描写には（この小説に繰り返し用いられる言葉だが）「ように思われた」と記されるのである。テス一人が、美しい庭で妙なる調べを聞く。このように意味の層が重なり合っているのに、読者は美しくもない雑草の庭で、一人の若い女の恋心を我がこととして体験もする――つまり庭を美しいものとしても体験する。なぜならテスの心を追体験することこそ、この小説を〈読む〉ことだからである。

誤った認識が共感すべき心の風景

ハーディは自然界の有様を客観的世界として呈示し、テスを鳥や猫に譬えて自然界の一部として意識するが、同時に一方では世界をテスの心理現象として示しもする。感情移入は現実に関する誤った認識であることを示しつつ、別の次元では、感情移入を人物の正当な、共感すべき心の風景としても示してやまない。エンジェルについてもこれは同じである――

風景全てがまだ曖昧な色彩のままの朝まだきには、彼の視線の焦点であるテスの顔が、一種の燐光を帯びているように見えた――顔だけが霧の層の上部に浮かんで燐光を発するのである。まるで体外に現れた魂にすぎないかのように、テスは霊的に見えた。実際にはその顔は、北東から射す、あけぼのの涼しげな光を（そうは見えないかたちで）受けていたのである。彼自身の顔も、彼が考えもつかなかったことだが、彼女には同じように見えていた。

先にも述べたとおり、彼女が彼にこの上なく強い印象を与えたのはこのときだった。彼女はもはやあの搾乳婦ではなくなり、女性の精髄そのものが幻影となって現れた姿――女という性全体が凝縮されて一つの典型的形象となった姿だった。(141)

エンジェル・クレアは、テスの顔に北東から射す涼しげな曙光の作用には気づかずにいる。つまり現実の誤認によって、この世にはあり得ないような恋人の美しさを経験している。しかし読者も霧の上に浮かんで薄白く輝くテスの顔を美しいと感じないわけにはゆかない。この美しさは、このあとに続く長大な明け方の牧草地についての描写によってさらに深められる。牛が啼き、朝霧のなかに牛の鼻からもう一つの霧が放たれるとか、白い海のような霧のなかで木々が岩のように浮かんで見えるとか、単純だが堅実な描写が続くのである。

意味の重層化のプロセス

こうした感情移入の場面でハーディは、外部世界の実態と、人間の意識内部で看取されている世界の姿とを、ともに均質な観察眼で捉えている。しかも今度は、人間の意識もまた、自然力に動かされた一つの現象として認識される。意味の重層化はこうしてなされてゆく。このことをより明確に理解するには、人間の意識から見た場合、〈希望〉という語で表現される衝動が、上記のようなハーディの目によって、「自己歓喜への本能」(141)、「甘い快美を見出そうとする抗しがたくも普遍的な、自動的傾向」(118)、「喜びへの渇望」(192)などの、自然科学的な目で人間を見たときの言葉に置き換えられていることに注目してみればよい。「自己歓喜」が用いられる直前には、木の枝に樹液が昇る希望の比喩と「希望」の語そのものがあり、「甘い快美」の前後にはテスの新たな「希望」についての詳しい言及があり、「喜びへの渇望」は、テスがエンジェルとの結婚に希望を託す場面に見えている。人間が未来に望みを持つ様を客観的に見れば、それはいずれも本能としての抗しがたい自己歓喜への渇望なのである。

自然物として・意識としての人の存在

このように自然物として人間を捉えながらも、ハーディのこの作品での最大の関心は、そしてこの作品で圧倒的な量と質を備えているのは、ヒロインの心の動きである。ハーディには自然物として人物を一般化する眼と、かけがえのない一つの意識として人物を特殊化する文学者の眼が共存する。「彼女は、他の誰にとってでもなく、ただ自分にとってのみ、一つの経験であり、情熱であり、様々な感覚からなる一構造であった」(106)とテスについて書いたハーディは、今度はエンジェル・クレアの認識というかたちで

　クレアという男は、その異端者的な考え、様々な欠点と弱点にもかかわらず、良心を備え持っていた。テスはもてあそんで捨て去ってよいつまらない存在では決してない、自分のかけがえのない生を生きる女——その生に耐え、生を楽しむ彼女自身にとっては、最大の権力者の生が彼にとってそうあるのと同じだけ巨大な大きさを具えた生を生きる女だった。彼女にとっては、自己の諸感覚にこそ世界全体がかかっていた。彼女には、自己の存在を通じてのみ、他の人びと全てが存在していた。彼女からすれば、宇宙そのものさえ、彼女が生まれたその特定の年の特定の日にのみ、存在し始めたのだった。(161)

——ここでも個人の内部意識こそが、その人の存在そのものであるという（哲学上の空論としての唯心論とは峻別すべき）認識、つまり個人の尊厳を語るときの基礎となる考え方が展開されている。

この作品の内なる主題

そして上掲引用に続く以下の一節は、この小説の内なる主題そのものを示している——

　クレアが闖入者として入りこんだこのテスの意識は、同情心を持たない〈第一原因〉がテスに与えた唯一の機会——彼女の全財産、彼女の全的無二の生を賭けるチャンスであった。それならどうして彼は、自分より重要度の低いものとして彼女を見ることができようか？　愛撫し、そのうち飽きがくるたぐいの、可愛い愛玩物と見られようか？　彼女のなかに自分が目覚めさせたと判っている愛情に対して、そのゆえに苦悩し、破滅させることのないように、どうして最大の誠実さで向きあわないでいられようか——彼女は、慎み深いその底で、あれほど熱情的で感受性が強い女だというのに？(161)

人の〈意識〉の最大限の尊重

クレアは、一九世紀末にあっては新しい考えであったこの認識を実行動の上で生かすことはできなかった。だがこの小説一編は、こ

の精神で貫かれている。つまりテス内部の〈意識〉は、いかに現実を誤認しようとも、真摯な生き方に裏打ちされている限り、最大限に尊重されている。テスの一個の人間として保つ矜持、家族に対する責任感、馬の死に対する自責の念、喜びにしろ悔悟にしろ豊かな感情、大きな規模の誠実、幅の広い想像力などについての具体例は挙げるまでもなかろう。このテスの精神の大きさこそ、私たちがこの小説に読みとるべき特徴である。彼女が、自然の衝動とされる未来への希望ないしは「喜びへの渇望」と、その衝動を自己に禁じるかたちで現れる、愛する相手への誠実さ――この二つのあいだで彼女が苦しむ搾乳場での場面では、その感情の豊かさという点で、驚くべく大きな経験量が描き出される。「人の生の大きさは、外部的排水量に比例するのではなく、その主体としての経験量に比例する」(161)――再度引用のこの〈作者の声〉が割り込むことを非難する読者はいないだろう。自然科学的な〈排水量〉という言葉、人を船に譬えた人格の重量を示すこの言葉は、この小説での認識の原点と帰結点である。人の意識が外界をどのように認識しようと、誠実な人の〈意識〉は、それ自体が実は生そのものであるから、最大限に評価するというのである。テスのような女の〈意識〉が感じ、見たことこそが、この小説の実質である。

性的支配と女の軽視

この〈主体としての経験量〉は、社会的地位の如何によって左右されないことも、この作品の重要なテーマ。特権階級の男性による下層の女たちへの性的な蹂躙は、下層の女の〈内的経験〉の無視・軽蔑による蛮行である。アレックがテスを凌辱する際に先祖の武士が田舎娘にした仕打ちを彼女に加えたと書かれるのは、一九世紀に成り上がった地主にも、上記のような性的操作が継承されてゆく様を記そうとするからである。本章が重要視した〈人間の意識〉は、このように性的所有の問題と連なる。ここで学生諸君が容易に参照できる二つの著作について、後ろの参考文献表とは別に、ここで紹介しておきたい。一つはロレンス・ストーンの著作(Lawrence Stone: Stone, *The Family, Sex, and Marriage in England, 1500-1800*. Pelican Books, 1979.)。彼が詳説するように(北本正章訳『家族・性・結婚の社会史』、勁草書房一九九一年、四三九頁以下)、厳格な道徳を求めたピューリタン時代が終わると、貴族階級のなかでの婚外密通が盛んになり、やがて貴族の肩書きは持たない地主層にも広まった。ヴィクトリア朝にも、表層から隠れたところで、上位者による下層の娘たちへの性的支配は衰えなかった。もう一冊はスティーヴン・マーカスの著(Steven Marcus. *The Other Victorians: A Study of Sexuality and Pornography in Mid-Nineteenth-Century England*. W. W. Norton, 1964; 1985.)。これは永らく反主流的批評とされていたが、最近では邦訳も現れた(金塚貞文訳『もうひとつのヴィクトリア時代―性と享楽の裏面史』中央公論社一九九〇年)。ここには、金銭が支配する男女関係が赤裸々に描かれている(詳細はご自分でお読みください)。一七九二年に女権拡張論者メアリ・ウルストンクラフトが『女性の諸権利の擁護』を出版し、法の前での女性と男性との平等が初めて明言されたけれども、実態としての女性の内面生活への無視・軽視は衰えなかった。ハーディはこれに一撃を加えたのである。

［作品論］

『テス』における反牧歌

ハーディとパストラル

これまでにも見たとおり、ハーディはギリシャ・ローマの牧歌作者テオクリトスやウエルギリウスの牧歌を愛読した。また英文学のパストラルについても熟知していた。出世作『狂乱の群れをはなれて』を書くにあたって、編集者から牧歌的な場面をちりばめるように求められて彼は快諾した。牧歌とは何かを、このときにもハーディらしく徹底的に調べ上げた痕跡がある。農村を描くに当たってこれらの伝統的牧歌の影響を受けなかったわけはない。しかし彼は同時に、幼時から現実の農民の生活を肌で感じ取ってもいた。拙著『十九世紀英詩人とトマス・ハーディ』に詳しく述べたとおり，彼は詩のなかでは決して伝統的牧歌的情景を利用しはしなかったし、むしろ牧歌の伝統には意識的に反感をあらわにした。牧歌は農民を現実離れした風景の一部として扱い、人間である農民の現実的苦楽を描くことがないからである。

パストラルの裏側の本音

ところでこのハーディの感覚に反して、今日の日本でも「牧歌的」という言葉は素朴な田園の安楽平穏な生活を連想させる。しかしイギリス文学で言う牧歌は、長い伝統を持っていて、この文学ジャンルをきわめて複雑なものにしている。エリザベス時代には、牧歌は、駆け出しの詩人の習作としてギリシャ・ローマ文学を倣うために書かれた。後年のイギリス文学におけるように、この時代の詩人も、架空の理想世界に宮廷の暗闘や文明の汚れのない世界を歌うこともあったのは事実である。しかし政治的・階級的理由のため普通の文学形式では言い出せないことを、遠方の田園世界の出来事として（架空の「お話」として）読者が受け流してくれるようなかたちで語るためにも用いられた（牧歌は、いわば商品としてのテクストとして読者のなかに入り込み、作者の本音はその奥に隠されているのだ）。『お気に召すまま』では人びとが宮廷に復帰するまでに政争と陰謀の醜さがやんわりと批判に晒されると同時に、文明を遠く離れた生活の苦しさが示唆される。

〈牧歌的〉の真の意味

『リア王』の〈哀れなトム〉の場面（これが宮廷の対極を描いていることは明らか。その点で牧歌的）では、一見戯言のように聞こえる彼のせりふが人の世界の醜さを描くというかたちで同じく政争と陰謀を批判する。リアの狂気や道化の馬鹿話も、まともな話ではないという仮面の下から現実を批判する。これも牧歌の一変種である。『冬物語』『テンペスト』での権力批判は、牧歌の形式や牧歌につきものだった〈自然〉と〈人為〉の対立を巧みに用いることによって、穏やかに暗示されている。しかし今日、「パストラル」という言葉を聞いて、誰が斜めからの政治批判や上位階級批判を連想するであろうか？　また当時のパストラルは、フランク・カーモード（Kermode）がその優れたパストラル論の全編を通じて「自然対人為」をパストラルの本質的な主題と見たとおり、〈自然〉の純潔や野卑と〈人為〉の汚濁や洗練などの諸属性を作品中に複雑に織り込んで、精妙な文明論の展開にも用いられた（『冬物語』や『テンペスト』はその好例である。この点に関しては、拙論『『冬の夜話』試論（下）』、「『テムペスト』における〈自然〉と〈人為〉」、をご参照あれ。森松 1968; 1980）。この点でもまた、ハーディの時代のどんな読者が、パストラルのこの意味を考えたであろうか？

パストラルの主流的定義

この言葉の、ハーディの頃から今日に至ってもなお感じ取られている主流的ニュアンスが成立したのは、一七世紀以降である。先に第二章で述べたことを再説すれば、コングルトンによると、一八世紀のイギリスでパストラルが再び隆盛となったのは、フランス・パストラルの発達を新古典主義のイギリス詩壇が受け容れたからである（Congleton, **76 ff.**）。当時の先進国フランスでは、一七世紀半ばにすでにラパン（Rapin）が全面的に理想化されたパストラル概念を完成し、「黄金時代的理想主義」をパストラルのなかで表現した。人間界がまだ汚濁にまみれなかった黄金時代とパストラルの理想郷である羊飼いの世界を同一視したのである。世紀の終わりがけの一六八八年にはフォントネルがこれを受けて、パストラル世界には現実の汚れを感じさせないことが肝要であり、パストラル世界の静謐のみを描き、現実の下劣を導入しないことを説いた（そしてこの英訳は一六九五年になされた）イギリスでのポウプの『牧歌』はこの影響下に書かれた。その序文の一部を、ここでもう一度見ておきたい――「パストラルとは・・黄金時代のイメージである。・・私たちはパストラルを心地よいものにするため、何らかのイリュージョンを用いなければならない。そしてこれは羊飼いの生活の最も良い部分のみを明らかにして、その悲惨さを隠すことにある」。つまりパストラルは、農村リアリズムとは決して相容れないものとして規定された。農民の労苦、自然の暴威、田園の野卑などは、パストラル世界からは排除されなくてはならないものとされて、これが近代イギリス文学のなかで伝統化されたのである。

支配階級のイデオロギー

確かにいち早くルネッサンスの頃から、パストラル世界は黄金時代やエデンの園の堕落以前の自然と連想され、宮廷や都会の対蹠物、幼年の無垢無邪気の対立物として提示される、非現実的理想の世界であった。しかしその後の上記のポウプ的なパストラルの発展は、アナベル・パタスンがワーズワスについて論じているような意味で（Patterson: **269-84**）、羊飼いや貧しい農民を風景として鑑賞する傾向を徹底させるようになり、文学作品においてパストラル的な要素を導入すること自体が支配階級のイデオロギー上の満足感を充足させることになった。作家としてのほとんど出発点にいたハーディに対して、『緑樹の陰で』の場合も『狂乱の群れをはなれて』の場合も、編集者から牧歌的な小説を彼が依頼されたのは、当時の読者層が何を求めているかを熟知した、雑誌編集という立場からの判断によるものであった。ハーディは、こうした要望にある程度応じることによってしか、小説家として世に出ることはできなかった。彼のパストラルの扱いについては、本書のあちこちにも詳しいが、『テス』に関しても、以下のように牧歌的と見える部分が決して伝統的な意味では〈牧歌的〉ではないことを、まず見て取りたい。

『テス』の場合

『テス』のなかのそうした一場面とは・・・

> 彼らがその植物（ニンニク）をみつけようと身をかがめ、這うように野面を進んでいると、陰になった彼らの顔は、金鳳花の照りかえしの柔らかな黄色い微光でいろどられ、月に照らされた妖精のように見えた。太陽は、真昼どきの全ての力をこめて、彼らの背に光をそそいでいたのだったが。(148)

支配階級のエンジェルも経営者のクリック氏も、テスやそのほかの雇い人も、みなが打ちそろって酪農製品の大敵であるニンニクの除去作業を行っている。この場面はこうして、全ての人物を一律に妖精のように見せることによって、この酪農場の、人のあいだに差別を置かない雰囲気をかもしだしている。確かに一見、伝統的にも〈牧歌的〉だと言えよう。この農場の和やかさは、これに二章先立つ部分にも描写されていた——

> 日ごとあけぼのの光は、新芽を引きだし、伸ばして長い茎となし、樹液を音もない流れとして持ち上げ、花弁を開き、そしてよい香りを、眼には見えない噴流や吐息として吸い出した。
>
> 酪農場主クリックの家の者たち、つまり作業員や乳しぼりのむすめたちは、安らかに静かに、いや陽気にさえ暮らしていた。彼らの地位は、社会階層全てのなかで、おそらく最も幸せな地位であっただろう。貧しさとの境目よりは上でありながら、世間の儀礼が自然な感情をがんじがらめにして、表面だけの流行を追わなければならない心の圧力に負けて〈足ることを知る〉気持を得ることができない一線よりは下だったからである。(139)

これは、先の引用の場合よりも〈牧歌〉の概念を狭く絞ってさえ、なお〈牧歌的〉に聞こえる場面である。牧歌は定義の上で、理想の田園世界を穢れた上流社会と対置する文学である。この場面には確かにこの対置が見られる。その上、美しい自然の景物がここには描かれているからである。

酪農場全てが牧歌的に見えるが・・・

例は決してこれだけに止まらない。トールボテイズのこの酪農場にまつわる描写の全てが、牧歌的なニュアンスを帯びているように感じられる。『牧歌的小説』の著者マイクル・スクワイアズが『ダーバーヴィル家のテス』のなかの「短い、牧歌的間合劇」(Squires: 19)と呼んだのもこうした場面であろうし、「伝統的で田園的なアルカディア的な物の見方」が作品全体を通じて侵食されていると見るメリン・ウイリアムズ(M. Williams 1972: 91)も、一般の読者向けの著書のなかでは(1976: 104-5)、トールボテイズの場面全体を、主人物が自然環境に溶け込んで理想的な生活をする牧歌的場面と見ている（ウイリアムズとしてはこの場面の牧歌性がやがて侵食されるのだと言いたいのであろう）。この場面がこのように見えることは否定できないし、また読者がこのような印象に導かれて、牧歌的場面が通常かもしだす反応を示しても、かならずしも的外れとは言えないであろう。

牧歌のパロディか

だが『テス』にあっては、このトールボテイズだけではなく、同じようにアルカディアと連想されるブラックムーアの谷の美しさも、その谷の村マーロットの田園行事も、農民の代表格であるテスその人も、牧歌性を直ちに打ち消される厳しい現実的状況のなかに描かれる。ハーディは確かに牧歌的なものを意図的に作品のなかに持ち込む。しかしそれらを別の効果を上げるために使う——アイロニーまじりに牧歌の甘さを損ねたり、牧歌的と呼びならわされるものの本質に潜む階級意識を劇的に暴露したりする。『テス』には、これまで多くの批評家によって指摘されたように旧約聖書、原始的異教、ギリシャ神話、サチュロス劇、『失楽園』、バラッド、ダーウィニズム、人類学等々の影響が認められる。これらの要素のいわば雑然たる衝突のなかから芸術的〈真実〉を誕生させようというのが作者ハーディの意図であろう。しかしこの〈牧歌〉という要素も、これらに加えてさらに重要な役割を果たしていると著者には感じられる。いや、この作品はむしろ牧歌のパロディと言ってよい。

牧歌のイデオロギーを中和する別の視点

上に引用した二例も、その前後の文章をよく見ると、先に見たような甘美な牧歌性が皮肉な別個の視点によって中和されていることが判る——。冒頭の引用の直前にあって、引用に直接続く文章を読むことにしよう。

それぞれに個性と性格の上で大変に異なっているにもかかわらず、彼らは、いまは腰をかがめて奇妙にも一様な隊列——自動的な、音も立てない隊列を作っていた。この近くの小道をたまたま通りかかった外部のものの目が、彼らを〈田吾作〉(Hodge) の一集団と見てもしかたがなかったろう。(148)

農民のなかに人格を見ず、田吾作 Hodge として十把ひとからげに見下すというのは、農民など下層階級に属していない人、いわば支配階級の人が通りすがりにこの農作業を見た場合に、むかしは普通に行われていたことである。牧歌という概念をここで用いるなら、同じ人びとを支配階級の人が遠方から見れば、彼らは苦しみを知ることもない牧歌境の人物たちと見えるわけであり、この部分に続く本章での『テス』からの最初の引用は、この視点から見てのみ牧歌的ということになる。そして四五頁に詳説した短詩「バレエ」(詩番号438)が、群れとして舞台に立つコール・ド・バレエの踊り手たちは全員が同一に見えながら、個々人としての彼女たちは様々に異なった性格と苦悩を持つことを歌っていた。上記の引用も、人間の個についての理解あってはじめて農民群像の理解もありうることを描いているのだ。

農村リアリズムの登場

さらにこれに先立っている叙述は、単調で退屈な、実際的な農作業の描写である。

地面にしっかり目をすえながら、彼らはゆっくりと這うように畑の一区画を横切っていった。（中略）それはこの上なく退屈な仕事だった。その区画全体のなかに、ニンニクはせいぜい五、六本しか見つからないからだ。でもこの植物の刺激臭は大きいので、牝牛が一口でもそれを食べればその日の酪農品の全てにその味がついてしまうに充分だった。(148)

これは典型的に、農村リアリズムに立脚した〈反牧歌〉の手法と言える。〈反牧歌〉は英語では anti-pastoral または counter-pastoral である。前者はバレル＋ブル（Barrell & Bull）共編『ペンギン版 イギリス・パストラル詩歌』の用語であり、後者はレイモンド・ウィリアムの用語である。またこれは一八世紀詩人クラブとまっさきに連想される言葉である。クラブをはじめとする農村リアリズムを打ち出した一八世紀末以降の詩歌は、上記『ペンギン版 イギリス・パストラル詩歌』によって〈反牧歌〉として分類され、これは欧米ではスタンダードな文芸用語となっている。しかもクラブがハーディに大きな影響を与えたことは、早い時期からラトランドによって指摘されている（Rutland: 12-3）。ハーディが農村リアリズムを用いていることには議論の余地がないであろう。

〈農村の実態への無知〉批判後の〈牧歌〉

この場面、つまり第二二章はまずこうしたリアリズムから始まり、ついで二つ前の引用のような〈農村の実態への無知〉の批判が続いて、そのあとで三一三頁引用の、農民を美化した〈牧歌的場面〉が出てくるわけである――そしてこのような美化された農民像を心に宿している人びとは誰かと言えば、次の瞬間に目を上げることになるエンジェル・クレアもその一人であると読んで当然であろう。エンジェルは、作品の他の部分で描かれるとおり、農民を〈田吾作〉と感じる旧弊を脱した進歩派でありながら、同時に彼らを牧歌境の住人と見なす習癖は誰より固く保っている男である。この、当時のイギリスの社会や文化の担い手であった階級の人びとが農民や田園をどう見ていたかということが、この作品の主題と大きく関わってくる。こうしてハーディの〈反牧歌〉が、単純な農村リアリズムを超えた表現力を持つことを、本章で分析してみたいのである。

エンジェルの牧歌的理想化

ここで第二の引用（139：「日ごとあけぼのの光…」）について考えたい。上の場面に先立つこの第二〇章を通じて、ヒロインのテスは、引用の三行目以下（「酪農場主クリックの…」）に見えるような理想に近い農村環境に穏やかに適応し、周囲の自然界にも溶け込んでいる。自然の風物に彩られて、彼女が美しく見える様子が描かれる。つまり理想的農村像は損なわれないまま残ってはいる。しかし次ページ（140）の朝まだきの霧のなかでエンジェルがテスを見かける場面では、彼の牧歌的理想化（現実の農村を正視せずに理想化する心的態度）が意識的に強調される。「真夏のあけぼのには美しい女は眠っているのが普通である」（140）という一文は（これに先立つ文が彼の感想であるから）、エンジェルの判断として読まれてよいだろう。支配階級の女性は、真夏のあけぼのに戸外を歩いていはしない。ところが現にかたわらの美しいテスの頭部が朝霧のなかに漂っているのだから、彼女は彼には霊魂が空中を浮遊しているように感じられる。霧の上に頭部だけが漂い、その背後に燐光がさしているように彼には見えるのである（この燐光や後光は、現実を見ることができず幻想のなかに自分にとって望ましいものを見てしまう人間の習性を描く手段として、この作品のなかに繰り返し用いられる）。そして「テスが彼に最も深い印象を与えたのはこのときであった」(140)とされる。エンジェルは彼女に〈月の女神〉とか〈大地の女神〉などと呼びかける。テスはこれをいやがって、「私をテスと呼んで」と抗議する（実際、のちになってエンジェルは、自分が愛していたのはテスの姿をした別の女だったと告白するに至る＝271-2）。

描写の複数構造

したがってこの二二章では、現実的な次元での理想的な農村生活と、エンジェルの牧歌的理想化の目を通して眺められた虚構的な理想郷との両者が、同一の描写のなかに表されていると言える。同一人物が別のある人物の主観と、作者のより客観的な目の両方から同時に認識されているというパターンは、直前の作品論でも指摘したとおり、この作品全体に用いられている注目すべき技法の一つである。そして上記第二の引用（「日ごとあけぼのの光は…」）はまた、別の面からもその牧歌性を中和される。すなわち引用の前段は、作者の側に、農村を美化して描こうという意識よりも、自然界を科学的に把握しようという意図のほうが強いと感じられるからである。すなわちこの引用に先立って、命短い花や鳥たちが「新たなる今年一年分」生い出でてきて、彼らがまだ無機的な微粒子でしかなかったころに生を得ていた花や鳥たちに取って代わったという叙述がある。したがって日ごとの太陽が育てる木々の描写も、このように自然科学的な真実を述べている印象と、伝統的な美意識をひっさげた自然描写としての印象とを相半ばして与える。そしてこの科学的な意識は、一方ではきわめて主情的に描かれるこの章でのテスとエンジェルとの恋を、自然界の法則に従った生物としてのヒトの行動として描くことにもなる。「一つの谷の二つの流れのような必然性をもって、抗しがたい法に支配されつつ」(137)二人は合流する。牧歌的感覚を少なくともいっとき吹き飛ばすような近代科学の目、自然法則の支配が、ここには感じられる。

小説読者とのコミュニケーションのために

ハーディが牧歌の伝統を利用する際に、一八世紀以来の牧歌作者の精神構造をそのまま受け継ぐことができなかったのは、生い立ちからしても当然であった。ハーディは上位階級の農村観で自分の生まれ育ったハイヤー・ボッカンプトン村周辺を見てはいなかった。彼が幼年時代から親しんでいたのは、主として下層農民の文化だった。これは、彼の時代まではほとんど内面からは描かれることがなかった貧農の生活感情と、大地と人間との現実の触れ合いを中味とする文化だった。『テス』のなかにも描かれているような、貧しい農業労働者のじかに大地の匂いのする生活ぶりを彼は幼時から目の当たりにしていた。にもかかわらず彼がパストラル的手法を小説に採用したのは、この道筋によってはじめて彼が、上位文化のなかにいてパストラルに慣れ親しんでいた当時の小説読者とのコミュニケーションを可能にできると感じたからである（学生諸君のために書くなら、当時は農民や下層の人びとは小説の読者となる読書力を持ってはいなかった）。

パストラル手法の様々な改変

初期小説のなかでひとたびこの道筋を手に入れてからは、ハーディはそのパストラル的手法に様々な改変を加えていった。この改変には意識してなされたものもあったが、自動的必然的になされたものもあった。『テス』はその改変が最も顕わになった小説である。しかしここに至るまでに彼は、初期作品で伝統的な牧歌に類似した、平和で苦労のない農民を描いたり、また例えば『森林地の人びと』に見られるとおり（本書第一一章参照）、上位階級の文化をも自分の精神の一部に採り入れて、両面価値的なパストラルを書いたりもした。つまり小説が読まれるときに当時の作者が前提としている「知られているはずの世界」（R. Williams 1970, **14**: 1973 にも同じ考えが用いられている）のなかに、下層農民の世界は含まれていないわけであるから、このような支配階級的な読者層に、無用な摩擦を与えることなく小説を提供するために、伝統としてのパストラルを用いたのは小説家として世に出て行くための手段でもあったわけである。

パストラル要素を利用したハーディ

本書のあちこちでも述べたとおり、マイクル・スクワイアズ（Squires）は彼のいわゆる「パストラル小説」としてハーディのものとしては『緑樹の陰で』『狂乱の群れをはなれて』および上記の『森林地の人びと』を挙げたのだった。これらの作品のなかに、都会と農村、人為と自然、富者と貧者などのパストラル的対峙や隠遁、エレジーなどのパストラル的状況などが見られることはスクワイアズの指摘のとおりである。しかし同様に『エセルバータの手』や『塔上のふたり』にもこの種の対置は顕著に見られる。またスクワイアズの言う「伝統的、農村的標準」を具現したパストラル的人物は『帰郷』と『ラッパ隊長』でも重要な役割を演じていた。つまり『テス』以前の作品のなかでパストラル的発想はきわめて大きな力を発揮しているのであり、それがハーディ的な変容をこうむってはいても、パストラルの要素は完全には裏返しにされることもなく、倒立されることもなく利用されていたのである。

裏返し、倒立されたパストラルへの発展

ハーディ作品系列のこのような姿のなかに置いて見れば、『テス』は確かに「短い、牧歌的幕間劇しか示さない小説」であるように見える。この作品におけるパストラル手法の劇的転換を意識せず、正統的な牧歌や、変容をこうむりつつもなお正統の派生物と見てよいパストラルの要素を期待する限り、上記の言葉は妥当である。だが実際には、ハーディはこの作品の全編を通じてパストラルを意識している。それまでの作品の場合とは異なるのは、すでに前頁までにその一端を見たように、ここではパストラルは裏返しにされ倒立され、さらにはパロディ化されていることである。作品全体が一個の「反牧歌」であると言えよう。

一八世紀詩人による「反牧歌」の伝統

この「反牧歌」という言葉は、先にも名を出

したあの詩人クラブを思い出させる。彼は「詩人たちは幸せな田夫を歌う／田夫の労苦を知らぬがゆえに」（*The Village*, Bk I, 21–2）と歌った。またこの言葉は、農村に関してクラブと同じ傾向を示したスティーヴン・ダック（Stephen Duck, 1705–56）や、『廃れた村』を書いたゴールドスミスをも想起させる。これらの一八世紀詩人たちは富者貧者の対立や、貧しい農民の生活の現実を意識したことによって、「反牧歌」と呼ぶに相応わしい作品を残した。一九世紀にもクレアとエベニーザ・エリオットがこれを受け継いだ。この種の農村リアリズムが『テス』全編のなかにいかに豊富であるかについては、ほとんど限りなくその例を挙げることができる。テス一家の窮乏の有様や、フリントカム・アッシュで農作業をする女たちの困苦を思い浮かべるだけでも、このことは容易に納得されるであろう。ただし『テス』という作品は、このような農村リアリズムという次元をさらに超えて幾層にもわたって精緻な姿で反牧歌的なのであり、この点に力点を置いて私は述べたいと思うが、作品の基盤にはこのような詩文学の伝統があることをここで指摘しておきたいのである。

客観・主観両面からの認識という技法

さて前の作品論で述べたとおり、『テス』のなかでは自然界が、一方では客観的・科学的に、主として作者自身の目によって認識されるとともに、他方では同じ自然界が、作者のこの認識とは独立して、ヒロインや他の人物たちの目を通していわば主観的に眺められる。前掲作品論での本書著者の結論を思い出していただこう。つまり作中でのハーディの言葉――「人の生の大きさは、外部的排水量に比例するのではなく、その人の主体としての経験量にこそ比例する」(161)という言葉が、『テス』全編の主題とも言うべき言葉に沿ったものであった（つまり物理的・生物的存在として客観的・科学的に認識されるテスの「外部的排水量」が、自然界のなかでの弱い小さな動物としてのテスを読者に印象づける一方で、彼女の意識の豊かさと内的経験量の膨大さが彼女の尊厳感を生み出す、という論旨であった）。このような、ヒロインをも含めた、世界のいっさいのものについての、客観・主観両面からの認識という仕組みは、主題そのものに絡まる、この作品の技巧のなかでも特に重要なもののひとつである。そして先に本章冒頭でも示唆したように、自然界の描写についての反牧歌性を感じさせる根元もまた、上記のような複眼にある。

牧歌の呈示とその効力を打ち消す構造

もし自然描写が、単に客観的になされているだけなら、つまり牧歌的と見なされるようなノスタルジアや田園の美化を脱しているだけなら、あるいは自然が人間に対して持っているとされる慈愛を否定しているというだけなら、それをもって「反牧歌」と称するのは恣意的にすぎよう。しかし一見きわめて牧歌的と見える叙景をわざわざ掲げた上で、その前後にその描写の牧歌的効力を打ち消す言辞や否定的アイロニーを配する場合は、これを反牧歌的と名づけてよいだろう。本章の初めに見たのはその数例である。『テス』にはこのほかにもこの種の自然描写が数多く見られる。これは『テス』以前の作品には、明確な反牧歌的な意図をもってはまったく見られない描写の傾向である（ただし同種の複眼による叙景が、反牧歌的な意図とは別個に、感情移入と客観認識、恐怖・羞恥の投影と客観認識等々の二重認識を与えるものは従前から見られた）。

マーロット村の設定の独自性

このことを如実に例証してくれるのが、ハーディ小説の従前の場所の設定と、『テス』におけるマーロット村の設定の違いである。マーロット村とそれが位置するブラックムーアの谷は、汽車を使えばロンドンから四時間以内の距離なのに「大部分はまだ旅行者も風景画家も踏み込んだことのない、四囲を丘陵に囲まれた隔絶された地域」（33）である。『狂乱の群れをはなれて』のウェザベリ村と『森林地の人びと』のリトル・ヒントック村と酷似した設定なのである。なぜならウェザベリ村は「万古不易（immutable）」であり、そこでは「忙しい外部世界の人にとっての古代が単に一昔前と思われ」（『狂乱の…』139）るほどに孤立していたし、リトル・ヒントック村も、外部世界からのニュースが息も絶え絶えとなって届く「世界の門戸の外側」（『森林地』27）に存在するとして描かれていたからである。しかしこの二つの村が一種の牧歌境と呼ぶに相応わしい外界からの隔絶と、旧来の価値観を決して捨てようとしないパストラル的な理想を具現した人物を有していたのに対して、またその自然界と人物との交流が田園の与える安らぎと慰めを示していたのに対して、マーロット村の本質はこれらとはむしろ正反対である。

パストラル的な道草だけ

マーロット村は美しい谷、素朴な人びとの祝祭行事にもかかわらず、またテス自身の「汚れなき少女時代」（Brown：93）との連想にもかかわらず、このような牧歌的理想郷の外観が、全くその内実を伴わない。外部世界からの「経済面における、また精神面における、田園生活の侵略者」（Brown：92）による牧歌境の崩壊という従来型の小説の読みも、この作品では説得力を失う。なぜなら、ブラックムーアの谷とマーロット村の自然や行事についての擬似牧歌的な美しさに満ちた叙述のあと、〈外部世界からの侵入者〉はこの村を破壊しようとする活動を示しはしない。トロイ軍曹の軽薄もフィッツピアズ医師の不誠実もここには侵入してきてはいない。侵入者エンジェル・クレアが行っていることと言えば、このような能動的な破壊では決してなく、実際には一種のパストラル的な道草なのである。パストラル的な道草――パストラルはその本質上、より高度な、より洗練され複雑化した文化に属する居住者が、自己の文化のアンチテーゼを美化し理想化して一時的に観照することによって自己の文化を活性化するための、一種の道草という性格を持っている。エンジェルの目は、マーロット村の自然や風習をパストラル的な理想美として眺める。彼は道草をし、「鄙にはまれな」美少女に一瞬だけ目を留め、教会の鐘の音に促されて『不可知論の論駁』の読破のために、牧師である兄たちの許へ帰ってゆく。このとき彼は彼本来の文化のなかへ帰ったのであった。

洗練された教養の魅力

心が大きく揺れたのはテスのほうであった。この小説では、この外来者だけがヒロインの恋の対象として登場する。マーロットの美風を具備した田園的な恋人は配されていない（この美風そのものが、これまでのハーディ小説におけるのとは違って、描かれてもいないし、存在していると示唆されてもいない）。ファンシィにディックが（『緑樹の陰で』）、エルフリードにスティーヴンが（『青い瞳』）、バスシバにゲイブリエルが（『狂乱の群れをはなれて』）、エセルバータにジュリアンが、そのジュリアンにピコティが（『エセルバータの手』）、トマシンにディッゴリが（『帰郷』）、アンにはジョンが（『ラッパ隊長』）、グレイスにはジャイルズが、そのジャイルズにマーティが（『森林地の人びと』）という具合に、ハーディの多くの小説に見られる、より素朴でより田園の美風を体現したもうひとりの恋人は、テスには与えられていない（このうちジュリアンは、零落してはいても支配階級の文化のなかにいるけれども、エセルバータの結婚相手の選択という観点では「より素朴でより田園の美風を体現した」人物であることは明らかである）。テスの周辺にいたのは名前も記されていない村の若い衆だけであり、彼らは「あの見も知らぬ若い男性（エンジェル）のようにはすてきな口の利きようができなかった」(39)がゆえに、テスはため息をつくのである。貧民の子テスも、洗練された教養の魅力を感じる時代になっていた――テスがエンジェルに心を惹かれる理由のひとつは、明らかに彼の話しぶりだった。テスが村の学校で教養人の標準語を学んだことは、二度にわたって言及されている。

社会階層間移動の時代の子

レイモンド・ウィリアムズは、名指しではないけれどもダグラス・ブラウン（Brown）流の都会的外来者による英国農村の万古不易の生活形態への衝撃という図式によるハーディ小説解釈をやんわりと批判した上で、次のように言う――

（ハーディの小説に見られる）より共通の図式は、「外部」からの圧力によってのみならず内部からの圧力によっても同じほど決定される、農村生活の本質の変化と、農村生活からはある程度離脱していながらも何らかの家族的繋がりによって農村生活から逃れるべくもなく不可離の関係にあるひとりまたは数人の人物との関係という図式である。（Williams 1973：243. 丸括弧内本書著者）

テスの内部には、より精神の昂揚を生み出してくれるような生活への希求がある。これはのちにエンジェルが奏でるハープの音楽への彼女の反応や、作曲家を賛美する彼女の言葉からも窺うことができるし、彼女が自らに課するモラル、彼女の夢想癖などからも推し量ることができる。彼女はレイモンド・ウィリアムズのいわゆる「モウビリティ」の時代、すなわち社会階層間の移動が可能となった時代の子なのである。この意味で彼女は『森林地の人びと』のグレイスであるとともに、『日陰者ジュード』のジュードでもある。自己の精神の充足を求め、自己のアイデンティティを探求しているという点で、彼女はジュードにより近い人物と言えるだろう。グレイスは社会階層間の移動という観点からのみ、社会的上位者と下位者というふたりの恋人のなかからの選択を迫られたが、テスにはこの選択の必要はない。

自己実現に向かうテス

作者は、テスの自己実現の必然的な方途として、社会の上下意識からではなく、自己の精神生活の拡大のために社会的上位者にあこがれることを知的な女性の当然の欲求として描いている（同じように社会的上位者であるアレックの貧しい精神を通じては、テスは自己実現に向かうことはできない。アレックの存在は、テスが社会的上昇を求める真意を示すために重要である）。すなわち作者ハーディがヒロインに対してとっているスタンスは、それまでの田園的主人物に対するような、理想的造形に対するそれではない。読者の懐旧的な希求を満足させるような、多少なりとも虚構的にならざるを得ない非現実的な人物に対する姿勢ではない。この意味でテス像はそれまでの田園的人物よりもリアルな産物である。美化された存在ではなくて、作者が身近な距離に引き寄せて描くことができる対象である（彼女はしばしば実在の人物のように言及されるし、あくびの様子、彼女にとって恐ろしい告白をし終えて眠りこける様子など、リアルな様子も描かれることになる）。

『緑樹の陰で』と『テス』の相違

さて『ダーバーヴィル家のテス』において、巻頭の数章の擬似牧歌的なマーロット村の描写が、牧歌とは異なったものとして読まれる方向へと次第に読者を誘うのは、漸次明確になってゆくヒロインのこうした扱いにもよるが、それと同時に巻頭に牧歌的人物であるかのように登場したテスの父ジョンの扱いにもよるところがある。ジョンの歩きぶりは「特に考え事をしているわけではないのに、まるで何かの意見を追認しているかのように彼は時折こくりと頷くのであった」と描かれる。これは『緑樹の陰で』の書き出しを思い出させるが、質的に同じだと言えようか？　『緑樹の陰で』ではこうである――マイクル・メイルが「道路の表面に関連した学問を追い求めているかのように」(33)下を向いて歩き、トマス・リーフは「まるで空のままの衣服の袖のように、両腕を風のままに無気力に漂わせながら」(34)歩く（他の人物についても同種の描写がある）。これらの描写は、この種の人物たちとは日頃慣れ親しんでいない上位階級の読者に、彼らを紹介するために行われる。だがそれと同時に、彼らを読者の日常から遠隔化し、読者の皆様とは彼らは異質な人たちであるという意識による喜劇性が、そこに漂う。

『緑樹の陰で』における牧歌化

別の言葉で言えば、これは一種の牧歌化である。「一種の」と言うのは、ここでは人物が風景化されるからである――最近のアナベル・パタソンのパストラル論は、有閑階級の詩人たちが農村という実存在を、そこで行われる労働とは無関係に風景化して唯美的にのみ眺めた様を近代におけるパストラルであるとしている。農民や羊飼いの苦難は「人を高貴にさせる。すなわち、これを見る者を高貴にさせるのである。なぜなら詩は羊飼いを文字通り対象物化（客観化）する、つまり外部から見るしかない美的対象物と化することによって、羊飼いが本当は何を感じているのかを最終的には曖昧にするからである」(Patterson 282)。ハーディがここに支配階級のイデオロギーを意図的に持ち込んだわけではないけれども、『緑樹の陰で』出版当時のハーディは、読者層の大半を構成する社会的上位者の無意識的なイデオロギーに沿った書き方をしてはじめて、小説家としての地位を確保できたと言えよう（本書第二章参照）。

底辺の労働者についてのリアルな描写

『テス』のジョンの行動もまた、第一章を読み終わる頃までは、こうした喜劇的描写であろうかと思わせるものである。第二章以下の物語がなければ、ジョンの奇癖、軽信、空威張りなどは、『緑樹の陰で』や『狂乱の群れをはなれて』、『ラッパ隊長』、『森林地の人びと』に顕著な擬似牧歌的描写、つまり農業労働者の奇癖や非常識が愛すべきものとして、つまり上位者の下位者に対する「暖かい」保護者の感覚による、英語で言えば condescending な描写と同じものに見えよう。しかし牧歌的と見えたジョンの行動が、第二章で美しく知的なわがヒロイン・テスの憤りと悲しみを誘い、第三章以下では底辺の労働者についてのリアルな描写にほかならないことが明らかになる。人物の反牧歌的な扱いは、美しい自然界のなかに悲劇の萌芽が隠されているという感覚を読者の心に呼び起こし、自然描写に対する読者の反応を根本的に変えてゆく。

低層農民の実際の姿

一方、こうした貧しい人びとの家庭生活は『テス』第一部第三章に写実的に描かれる。しかしそれは単純な写実主義・日本的な意味での自然主義ではない。一方にはテスの視点と作者の視点があり、これは「一本の蠟燭だけに照らされた情景の黄色い憂鬱」(40)として室内の光景を見る。だが他方にはこうした極度にむさくるしい貧しさを憂鬱とは見ず、事態を楽観的に受け容れて俗謡を歌い、不確かな情報を当てにして希望的観測に喜び、酒を飲んで人生の周辺に「一種の後光」(42)を見るダービーフィールド夫人の視点がある。パストラルのなかで、憂いもなく疑念もない幸せな生活として称揚されてきた農民の実際の姿がここに描き出される。つまりここでも描写は複眼によってなされる。パストラルではむさくるしさは初めから遠隔化によって隠され、また農民の幸せの虚妄性は決して描かれることのないことを考えれば、この貧困の描写は反牧歌の名に値しよう。

貧困―牧歌のパロディ化

パストラル詩が褒め称える貧しい人びとの素朴簡素な幸せが、現実にはいかなるのかということをハーディは熟知していた。後年（一九〇一年）の短詩「婚礼より帰宅して」(詩番号210、The Homecoming)は貧しい新婚夫婦の初夜がどんなにわびしいものかを描き尽くす。婚礼を終えて夫の家へはじめてやってきた花嫁が、夫の生活ぶりのあまりにも貧しげな様子に衝撃を受ける。夫はこれをなだめて牧歌風なせりふを吐く――

それなら俺は君のために歌をうたおう。愛らしい花と蜜蜂の歌、
森のなかを散歩する幸せな恋人の歌を。

しかし現実には、丘の上の一軒家には激しく風が吹き付け、彼らを祝う人影もない。夫はまた新妻を励ます――「さあ楽しく夕餉の席に着こう（We'll to supper merrily）」――この‘merrily’という用語もまた牧歌の名残を感じさせる。牧歌のなかの人里離れたところに住む人物たちの架空の幸福と、現実に人里離れた丘の上の一軒家に住むこの夫婦の貧困との対象こそがこの詩の主題である。牧歌がパロディ化さ

れていることが明らかであろう。

ハーディの擬似パストラルの実質

『テス』の上記の場面もこれと共通性を持っている。しかし『テス』を真に反牧歌的作品に仕立て上げるのは、テスがダーバーヴィル邸を訪問し、階級間の対比が鮮明になってからのことである。一八世紀末までの伝統的パストラルでは、階級意識は少なくとも全面には顕れなかった。そこでは羊飼いは、上位階級の文化における、ある種の欠落を補う価値のシンボルとして登場したにすぎなかった。だがハーディのように下層の人びとの心の内面を知り、実存在としての庶民文化を知ることから人生を生き始めた作家にとっては、後年、上位階級的な主流文化をも自分のなかに受け容れたのちにも、依然として下層民は現実的な存在――しかも精神内容まで熟知された現実存在であり続けた。このために彼がパストラルの伝統を利用する際には、従来のパストラルのコンヴェンションが相当に変化をこうむってしまう。この変化で最も本質的なものは、ハーディの反牧歌的な手法では牧歌的世界とこれに対置される世界が、下層農村人と上位階級の人びとという、近代的な階級間の対立というかたちをとること、そしてもう一つ、この下層農村人はきわめて現実的な存在となることである。

階級の対立という主題

言うまでもなく社会階級が存在するという不合理は、ハーディの作家としての出発当初から最も強く意識されてきた問題であった。出版されることなく破棄された処女作『貧しい男と貴婦人』の中心主題もこの問題であったと考えられている。公刊第一作『窮余の策』（一八七一）のような推理小説仕立ての作品にさえ、この問題は明確な底流として作品の性格を決定づけている（これは本書の第一章で詳しく見たところである）。その上この作品には、上位階級の女性の目から見ると、彼女の借地人の息子などという軽蔑すべき存在が教育を受けて「自分が個人として尊厳を持っていることを知るに至り・・・階級間の上下関係について、知性教養の発達した男が考え得る限りの非正統的な見解を抱くに至っている」（『窮余の策』227）ことがどうしても理解できないという描写が配されているのである。そして前に述べたマイクル・スクワィアズの言う三編の牧歌的小説『緑樹の陰で』『狂乱の群れをはなれて』『森林地の人びと』では、エリザベス時代以来のパストラルの手法であった人為（Art）と自然（Nature）の対置という構図のなかに、上位階級と下層階級の対立をも組み込んだのだった。

伝統的パストラルの枠組みを超えて

またスクワィアズの取り上げていない『エセルバータの手』（一八七五）では、上位階級と下層のふたつの文化の対立は最も顕著なかたちをとる。その第一章の牛乳屋と馬丁のコミックな有閑階級批判、第四章のウィンドウェイ邸舞踏会の退廃的倦怠の描写、第一三章のエセルバータの貧しい生家における彼女の弟妹の描写（67-79. キリスト教的パストラルの手法を用いている。弟たちは庶民風の出で立ちをした予言者に譬えられている。このことが上位階層を不敬な世俗世界の位置にあるものとして見せる）等々を通じて、上位階級への批判は次第に諷刺の度を強める。ここでもハーディは、上位階級の文化の内部から、その文化を是認することを前提としてその文化を一時的に批判するという、伝統的パストラルの枠組みを超えていたのであった。

二種類の上位文化の具現者

しかしこのエセルバータの場合にも、またのちの『森林地の人びと』のグレイスの場合にも、彼女たちにとっての上層階級の魅力は主として社会的・経済的なものであった。グレイスの場合は説明するまでもないが、エセルバータの場合、彼女の求愛者のうち、結局は彼女が夫として選ばないことになる、彼女が最も愛していた男は、零落した、もとはミドルに属していた音楽師である。彼に欠けているのは社会的地位と経済力だけであり、支配階級の精神文化は濃厚に有しているインテリである。彼女が彼を選ばないのは、彼を愛している妹ピコッティへの思いやりだけではなく、一家の経済力の担い手としての彼女の責任感からでもある。彼女は夫となる男の知性や文化よりも、経済力を優先したことは否みがたい。これに対してテスは、なるほど貧しい生家の父母によって経済的な理由から上位階級に近づかされるけれども、社会的地位の上昇や経済的安定はテスの心が真に求めるものではなかった。『テス』第四章までに私たちはすでに二種類の上位文化の具現者に出逢っている。上位文化はふたつに分裂したかたちで示される。ひとつはエンジェルの象徴する精神文化であり、今ひとつはダーバーヴィル邸が象徴する社会的経済的文化である。

精神面の豊かさの希求

前にも述べたとおり、テスが五月祭の踊りでエンジェルと踊れなかったことをなぜ悲しんだかと言えば、他の男たちは「すてきな口の利きようができなかった」からであった。彼女はすでに〈国民教育〉を受け、〈標準的知識〉を学びとった新時代の女であり、彼女の母親が持っているような「迷信、土俗的知識、方言、口承民謡」を中味とした下層農民の〈文化〉のなかには留まっていることができない。先の『窮余の策』からの引用にも見えた〈個人の尊厳〉を求める心が、この極貧の娘のなかにも見られるのである。彼女の母の処世術のすべては、この個人の心の内部の問題を捨象したところで行われている。テスの心が求めるものは、エンジェルが象徴する人間の精神面の豊かさにほかならない。この心の希求がなければ、彼女は当初からアレックを利用しつつ、一家の経済力の担い手となって家族に奉仕しただろう。テスという娘の本質は、この精神性・内面性にあり、その内部的〈排水量〉（この言葉の意味については、詳しくは前作品論参照）の大きさがこの小説自体の排水量となっている。だが彼女のこの希求は、彼女の属する階級の男が満たしうるものではなかった。

精神的充実を求める女性像

同じ階級のあいだには、このような極貧の娘の、自己の階級が踏襲した文化の与えうる以上の、精神の拡大と充実を求める気持を理解できる男性はいなかったのである。かりにいま、『森林地の人びと』のジャイルズのような、最も良い意味での貧農階級の文化——勤勉と忠実さ——を具備した男をテスにあてがってみても、彼女が真に幸福になれたかどうかは疑わしい。これはジュードにマーティ・サウスを配してみた場合と同じなのである。それまで上位階級が創りあげ専有してきた文化——別の言葉で言えば人間の精神の自由な拡大の可能性

——こそ、この男女ふたりの、ハーディ後期二大小説の主人物たちの求めるものであった。ただ単に収入を得て、近代的な利便性を享受しながら生活していくという段階を超えて、精神的充実を求めて生きるという女性像がテスなのである。並みの女性とは感覚が異なる。ベックという女が「恋と戦争では全てが正当」という理由で、過去を告白せずに結婚し、のちにこれを咎めた夫を棒で殴って勝利した話をしたとき、一座の哄笑のなかでテスはこう考える——女自身にとっての最悪の受難が、他人には笑いの種になるとは！　殉教者を嘲笑うみたいに！(183)——こう考える精神は平凡ではない。これは知者の心である。テスだって棒で殴ることができるのに！

貧農の娘を見くだすアレック

だが、彼女の周囲に用意されていたのは、まず最初は、上位階級の慣習的なものの見方で貧農の娘を見る目であった。アレックの目である。アレックの一家は上位階級とは言ってもいわゆる成り上がり者である。しかし彼らが本来は賤しい者であったのに、いまは権勢を得ているのは納得しがたいという立場から描かれているわけではない。この小説は終始、社会階層の上下というものが存在する根元的理由があるのかどうかを問題にしている。ダービーフィールド家が落ちぶれたように、現在の贋ダーバーヴィル家は上昇した。財産を得、田園に地所を買い、豪壮な邸を建て、旧貴族の名を騙り、実労働と縁を切り、下男下女を雇い、長男が下女を性的に支配するなどして地主階級の仲間入りをしている。だからこそ彼らは贋物なのだが、しかし貴族や貴紳階級にのし上がった者のなかで、これと同じ意味でもとは贋物でなかった者がいようか？『エセルバータの手』のなかでも描かれていたとおり、社会階層の上下ということ自体が根拠のない贋造物なのである。しかし階層に関する慣習はすでにできあがっている。アレックはその慣習に従って下位に立つ女を見る。

アレックと急ごしらえの皮相的文化

ハーディは本質的に差異のない人間が、階級を形成する恣意性をこの小説のなかで繰り返し描く。アレック一家の場合も、レイモンド・ウィリアムズが『都市と田園』の前半で描き続けたような有産階級の土地取得と大邸宅の建設が、一九世紀の半ばに生じた一例にすぎない。彼らには経済的権勢と下層階級を「田吾作」と見るたぐいの因習的な上位階級意識のみが備わっていて、精神的文化と呼べるものが皆無である。しかしこうした人びとのこのような貧弱な精神にもまたひとつの目が備わっている。この目がテスを見るとき、彼女の心のなかは見えない。彼女は、庶民が何ら個人として尊厳を与えられていなかった時代の俗謡に歌われている、貴族に操を奪われても泣き寝入りをするしかない貧農の娘としてこの目には映じてしまう。実際アレックは一五、六世紀頃の文化（それもその外皮だけ）を着込んだ男である。彼はテスの美しさを〈世に比類なきもの〉と言うために、エリザベス朝の常套的対句「自然（Nature）のなかにも人工（Art）のなかにも」比類がないと言い(75)、彼女を“Coz”または“Cousin”と呼び(54, 75)、彼女を忍耐像ならぬ“Impatience”像だとからかい(75)、テスには意味の判らない“Take, O take those lips away”の一行を口笛で吹く(76)。のちに彼女を女神たちの名で呼んでテスに抗議されるエンジェルの牧歌的観念性と同じように、アレックが上位階級としての体面から急ごしらえで身につけたにちがいないこの皮相的なエリザベス朝文化もまた、彼がテスを、個としての精神を持った女性としては見ていないことを物語っている。

農村の美化と農民の「田吾作」視

ところでアレックの最初のキスは「征服のキス」(71)と表現される。これは性的意味合い以上に、上位が下位を征服する社会的意味を含んでいる。このときのアレックの「田舎小屋住まいの娘にしちゃ、おそろしく潔癖だね、君は」(同)という言葉は、彼がテスをどのような目で見ていたかを余すところなく示している。このアレック対テスの関係は、もちろんパストラル的状況ではない。しかしパストラルにおける農村の美化と平行して、この文学ジャンルの母胎だったイデオロギーは、他方では農民を「田吾作」として見ていたのである。アレックはこの見方を最後まで変えない。テスは彼にとっては金銭でほしいままにできる欲望の対象である。これと平行して、エンジェルにとっては彼女はパストラル的に美化された、一種の架空の存在である。同じイデオロギーから生み出されたこの二重のものの見方のなかでテスの人格はもてあそばれる。

パストラルそのものを諷刺

エンジェルの描写に至る前に、しかしハーディはもう一つの反牧歌的描写を行う。それはトラントリッジの粗暴な農民たちの描出である。反牧歌という言葉で農村リアリズムを指す場合、一般には農民の生活の窮状、自然との闘いのむごたらしさの抽出を指す。前にも触れたとおり、この小説にはこの要素も多い。しかしトラントリッジの農民がダンスに興じる場面は、この窮状を背景にしながらも、教養を与えられもせず、生活の幅を作り出す多様な文化も持たない人びとの楽しみ方を描く、また別種の反牧歌である。有産階級を読者とする一般の小説なら、農民の低水準の娯楽は、農民より高い水準の判断基準でもって、喜劇的に、軽蔑混じりの珍しさの感覚で書かれるだろう。しかしハーディのこの描写は、テスの父母の酒場での場面と同じく、酒や踊りによってしか現実の苦労から逃れることのできない人びととの、悲劇的な描写にもなっている。同時にハーディは、この場面を逆に農民の踊りを非現実的に理想化してパストラルの観点から示す姿勢を見せつつ、上記の二つの悲しい観点から、パストラルそのものを諷刺する。

これら三種の視点を具体的に示そう。

ニムフを抱くサチュロス

まず客観的に、貴族や有閑階級の舞踏会と対比される農民のダンス会の汚らしさが描かれる。ダンスの行われている納屋から、蠟燭の薄暗い光に照らされて漂い出る霧状の浮遊物は「泥炭と乾し草の屑」と「踊り手たちの汗と熱気」が入り交じった汚物と言うべきものとして描かれる(79)。しかし同時にそれは、踊る人びとの主観によって「黄色い光輝」や「植物性と人間臭を持った花粉」として、その場の熱狂した喜びの徴《しるし》と感じられていることが示される(同。そしてこれは読者には喜劇的・諷刺的に受け取られる可能性も持たせてあるとともに、悲しみを伝達しもする)。次いで人びとの姿は「ニムフを抱くサチュロス、多数のシリンクスを舞い踊らせる多数の牧羊神、プリアプスを逃れようとして常に失敗しているロティス」と表現される(同)。牧歌やサチュロス劇の視点――すなわち現実の農民を見ずに、彼らを半神として表現した過去の文学慣習が意図的に持ち込まれるわけである。その効果は、田園や農民についての現実との痛烈な対比である。そしてこれは、アレックが（本人は意識していないが）やがてまもなく一種のサチュロス、パン、プリアプスなど女性の攻撃的誘惑者として、テスを捕捉することを予示している。そしてこのあと、月光のなかでテスの美貌に見惚れたのち、アレックは'Chase'と呼ばれる森、すなわち貴族が動物を繁殖させては慰みに捉える猟場の名のある森で彼女を征服する。この場面が、上位階級が貧農の娘を実際にはどう見ていたかを如実に示している様を、ハーディ自身が強調している――

鎖かたびらに身を包んだテス・ダーバーヴィルの先祖のなかには、浮かれ騒ぎつつ戦場から帰ってくる途中、その時代の貧農の娘たち相手に、さらに一層無慈悲な仕方で、これと同じ暴行を　働いたものがいたことには疑いがない。(89)

複眼で見られているテス像

この作品の反牧歌的性格は、エンジェルの登場（一度メイ・ポールの場面に出ているから、正確には再登場）によって極点に達する。その前後に、しかし一方においてはテスその人がきわめて客観的、写実的に描かれていることに注目する必要がある。彼女についてのこのリアリティと、他方における、アレック、エンジェルの目を通して主観的に眺められるテス像とのあいだには、微妙な重複や相違がある。テスはアレックにとっては金銭でほしいままにできる欲望の対象である。これと平行して、エンジェルにとっては彼女はパストラル的に美化された、一種の架空の存在である。同じイデオロギーから生み出されたこの二重のものの見方のなかで、テスの人格はもてあそばれる。ここから反牧歌性が生じるわけである。つまりテスを描く作家の目がここでも複眼になる。ハーディは、過去を持つ女としてのテスが社会的にはどんな位置にあるかを的確に意識して描く。他方で彼は、テスを自然界のなかの一生物として意識してもいる。つまり既成の慣習的価値判断の枠組みに投入して、テスの平面的座標を定める世間的智者としての物書きの役目を果たしつつ、その枠組みを再構築して、人間的掟のない自然界へテスを還元し、彼女の立体的座標を示すという科学を知る智者としても、ハーディはこの小説を書いている。そしてこの〈自然界〉には、人間の生物学的行動様式の一部を構成する社会的慣習もまた含まれる――つまり人間社会全体が自然界の一部として捉えられるのである。結果として示されるのは、〈堕落した(極貧の)娘〉というような既成概念に制約を受けない、その概念をも内に含んだ、より大型のテス像である。このような目から見れば、新生活を求めてブラックムアをあとにするテスを動かすものは、

もっともいやしい生物から高貴な生物まで、全ての生物に共通して見られる傾向――どこかに快美な喜びを見出そうとする、あの抗しがたい、普遍的な、自動的な傾向(118)

だとされるのである。このような二重の意味で客観的な視点と、エンジェルが主観的にテスを見る視点とが並べ置かれる。

汚れのない〈自然〉の娘

エンジェルは最初からテスのことを「何という清らかな、汚れのない〈自然〉の娘（What a fresh and virginal daughter of Nature）」(132)であるかと思い、その後テスのあの告白に至るまで「新たに生い出でた自然の子（a new-sprung child of nature）」(228)と思い続けていた。この間に彼は心のなかで「社会的な身分、財産、世間知などの具わった妻を得ようという野心を捨てれば、桃色の両の頬だけではなく、田園の汚れのなさ（rustic innocence）も確保できると思った」(233)と考えていた。物語の展開という意味でもまったく不自然なところのないこれらのせりふはまた、エンジェルがパストラル的と呼ぶに相応しい思考の型を持っていることも示している。

時代を先取る進歩的な人物

彼の場合は、「思考の型」という大まかな表現が相応しいだろう。なぜなら彼は他面においては時代を先取りしようとする進歩的な人物だからである。彼はこの時代の社会階級制度が若い世代にも強要していた考え方から意識的に脱出しようとしていた男だった。パストラル作者とは違っていた。つまり幻想のなかでだけ、この種のパストラル的な〈純潔〉を賞賛しておいて、実際には身分も財産も世間知もある女を選ぶという従来の支配階級の考え方を過去のものとして、彼は彼なりに、自己の階級の慣習的な考え方から脱出しようとしていた。テスが自己の階級にまつわりついていた考え方からはなれて、自己の心の求める生を生きようとしていたのと同じように、エンジェルもまた一九世紀の新しい知識人の典型として現れてきている。

新思想の持ち主

宗教的には彼は権威的な信仰箇条に従順に服することを拒否する異論者の系譜に属する。社会的、経済的にも物質的成功を軽んじ、家柄を頼みとしない。新思想の持ち主と言えよう。この思想と近代的都市生活への嫌悪が重なって彼は農業経営への道を切り拓こうとする。「船大工の仕事場を訪れたピョートル大帝のように」、つまり農業労働者にまじった唯一の上位階級の男としてトールボッティズ農場に住み込んだ彼は、ここで労働者たちにはじめて接して、次のように実感する——

> エンジェルが自分でも驚いたことには、この人びとと起居をともにすることがほんとうに楽しかったのである。彼の想像のなかにあった慣習的な農民像——〈田吾作〉の名で呼ばれる憐れむべき木《で》偶《く》の坊の姿に象徴されている農民像——は、数日ここに寝泊まりしたのちには、かき消されてしまった。近くで接してみると、〈田吾作〉はどこにも見あたらなかった。(130)

これは一九世紀の進歩的知識人がなした新しい発見である。先の『窮余の策』からの引用のなかの、ミス・オールドクリフが抱いていた〈慣習的農民像〉がここに打ち砕かれる。その上で作者は、個々人のなかの個性的精神の存在を指摘したパスカルの言葉を引きつつ（同）エンジェルの心のなかで「類型的な、没個性的な〈田吾作〉は存在することを止め」、「分解して、多様な個性を持った数多くの同胞となった」様を語っている(同)。

エンジェルと観念上の進歩性

このような彼の内的発展は、パストラル的な農民像を彼が捨て去ったことを意味する。実際エンジェルは、イズ、マリアン、レッティなどの搾乳婦たちを容易に手慰みにできる（彼はこれらの女たちに慕われている）のに、他の上位階級のようには手軽に弄ぶことをしない。しかし、例えば『序曲』第八巻におけるワーズワスが、書物のなかのコリンやフィリスに対する関心を超えた、現実の羊飼いに対する関心という点で確かに一八世紀パストラルを脱した進歩性を見せながら、同時に上位階級の作家として下層の人びとを描いていることが『序曲』のあちこちから読みとれるように、エンジェルの観念上の進歩性は、人間にはよく生じることだが、身に染みついた旧来のものの見方と同居している。この矛盾から、社会通念が大きく変わる時期に特有の悲劇が起こるのである。

否定されることになる美意識

なぜならこのあと実際にエンジェルが心に懐くテス像は、彼自身は意識しないうちに、パストラル的思考によって描き出された虚像になっているからである。トールボッティズの場面の全ては、一つのレベルでは自然界とその一部としての人間を、科学的客観性をもって観察することで成り立っている。だが同時に、第二のレベルでは、過去を背負い、新たな生を求め、高度な知性と文化を持った精神に恋を感じるテスの目を通じて、主情的にあるいは自省的に描かれる。第三のレベルでは、エンジェルの目から見た、〈牧歌的〉な農村像とテス像とが投射される。これらの総合を求められる読者は、単一の美意識の上に立つことはできず、自らの内なる慣習的〈パストラル〉美意識も時として、我知らず動員することにもなろう。だがこれは、実労働を描く第五部の幕開きとともに否定されることになる美意識である。それが一度動員されていたがために、否定された影響は大きい。こうして本作品は、反牧歌というべき性格を与えられることになる。

テスは「現実化された詩歌」か

第三部のトールボッティズ農場における、エンジェルの眼による〈牧歌的〉情景の例は、本章前半に挙げたもので充分であろう。なぜなら、いくつかのきわめて精緻な描写は、エンジェルの〈牧歌型思考〉の型を示す概念的用語（例えば「〈自然〉の娘」）と結びついて、長いこの第三部全体にその効果が及んでいるからである。そしてこのエンジェルの〈牧歌型思考〉は、次の第四部にも受け継がれて示されている。エンジェルはテスのことを「詩人が紙面に書きつけているだけのことを、彼女は実際に生きているのです」(169)と父母に語り、「彼女は現実化された詩歌」(同)だと表現している。息子エンジェルのこの感覚は、父親の目からすれば「最近ヴァーの谷でエンジェルが経験してきた、自然的生活についての、そしてみずみずしく野に繁茂するような女（lush womanhood）についての、審美的、感覚的、異教的快楽」(164)と見えるのである。エンジェル自身も中産階級としての〈牧歌型思考〉をしているけれども、この父親の考え方は彼には「中産階級独特の、潜在的偏見」(170)と感じられている。父親の考え方のなかには、よく観察してみれば、平常は田園を賛美しながら、実生活においては田園の「自然的生活」は拒否すべき「異教的快楽」という〈牧歌型思考〉が見られる。エンジェルは父親より一歩前進してはいるが、中産階級的思考の内部にいる。実際この小説がいっときトールボティズ農場を離れる第二五、六章においては、善意に充ちていながら実際の農民から遊離してしまった上位階層の文化の内実と、それを超えて時代に即応しようとする一知識人エンジェルとの対比が示されている――エンジェルは父親にも通ずる〈牧歌型思考〉と田園の賛美を突破口として、テスという〈生きた田園詩〉を認めさせようとしている。伝統からの離脱は、かならずその伝統のなかの一要素を利用して行われる。エンジェルもそれを試みたのである。単純なイデオロギー批判ではない。過渡期における、善意の人間が陥る自己矛盾――我われ全ての人間が抱える、一般的な、全時代共通の問題が扱われているという印象が強い。

状況の立体化

第四部を通じて、〈牧歌型思考〉のテーマは第三部におけるのと同じ手法で描かれている。一方においてはテスは依然としてエンジェルの眼に〈自然の児〉に見える。第二七章末尾には、「野生の動物の持つ大胆な優美さ」を見せつつ野を歩む娘たちの一人としてのテスが描かれ、「果てしない空間に慣れ親しんだ女性の、こだわりのない(reckless)奔放な身ごなし」(177)をエンジェルが(直後の“seemed. . . to him”参照)賛美の眼をもって見ている。このあとに続く文はこうである――「再びテスのこうした姿を眼にした今は、〈人為〉の巷からではなく、拘束を知らない〈自然〉のなかから、自分が伴侶を選ぶことこそ自然なことだと、エンジェルには思われた」(178)。この文章には、伝統的なパストラル文学のなかで多用された〈自然〉と〈人為〉(Nature and Art)という対語が、意識的に使われている。だが他方においては、昼寝から起きたテスのあくびや、彼女の口腔内部の、蛇の口を思わせる赤い肉部の描写に見えるような、牧歌的理想化を中和してしまう写実(173)や、自己の呼吸も、血潮の脈動も、耳に聞こえる動悸も、全てが彼女の内なる〈自然〉と声を一にして彼女をエンジェルとの結婚の黙諾へと向かわせる描写(181)、また潮になびく海草のように彼女が「歓喜への渇望」(192)の力になびいてゆく叙述など、自然科学的な目で見た描き方が状況を立体化してゆく。

旧観念脱皮の試みと失敗

この小説の反牧歌性は、これで明らかになったと思われる。このような側面から見れば、テスが、当初は一人の男性としてよりも一個の知性としてエンジェルに惹きつけられた点に新しい時代が見えるのと同様、エンジェルもまた、一九世紀のロシア文学の多くの主人公たちが顕著にもその典型であるような、旧観念からの脱皮を口に唱え、心に思いながら、なお最後の行動において旧来の自己の文化から逃れられなかった男であったと見えるであろう。

第一三章 『恋の霊』
（*The Well-Beloved*, 雑誌連載 1892；単行本 1897）

概説

ハーディの公表一三番目の長編小説だが、改題され単行本として公刊された点では、彼の最後の長編小説である。『ダーバーヴィル家のテス』のゲラが出た段階で契約破棄となったティロットソン通信社から、新たな連載小説を依頼されたハーディは、読書界に何一つ問題を起こさない小説を書くとあらかじめ述べた上で、同社を経て、一八九二年一〇月から一二月まで、大判の週刊画報「イラストレイテド・ロンドン・ニューズ」にこの小説を連載した。題名は『恋の霊の探求』であった。アメリカでも同じ時期に週刊「ハーパーズ・バザー」誌に連載された。この小説に限って、単行本の発行は連載の終結前後には行われず、一八九七年になってイギリスとアメリカで同時に行われた。この際、題名は『恋の霊―ある気質の研究』と改題された。この間ハーディは、単行本発刊の際の大幅な作品手直しの権利を得ており、実際に大規模な改作を施した。連載版のなかにあったマーシャとの結婚、アヴィス三世との結婚は削除され、〈恋の霊〉の実体を友だちに語る場面が挿入された。冒頭の一章が削除され、巻末に、現在私たちが読む優れた結末が付け加えられた。発表当時、物議を醸さなかったかわりに、この作品は永らく批評界の注目の外に置かれてきた。

アンチ・リアリズム

しかしヒリス・ミラーがハーディの詩作品とこの小説の密接な繋がりを指摘（Miller 1970：169-75）して以来、従来のハーディ批評とは別個の関心がこれに寄せられるようになった。ミラーは、ハーディにあっては恋愛が詩と小説全てに同じパターンをかいくぐることを指摘し、この小説にあっては、これに関する発想が詩におけると同様、「アンチ・リアリズム」的で（同169）抽象的であるとともに、より一層「率直な想像力」にゆだねられているとした（同170）。その後ハーディの個人的性癖との関連で、彼の芸術の本質の理解の鍵としてこの小説は重視されてきた。とりわけ、「芸術について語る小説」という観点から見直された。この小説とシェイクスピアの『テンペスト』との類似も興味深いところである。『テンペスト』それ自体が「芸術について語る戯曲」の側面を持っているからだ。作家が創作活動の最後に（ハーディの場合は小説家としての最後に）、自分を衝き動かしてきた創作原理を作品のなかに展開してみようとしたとき、私たちは納得するのである。ジョスリン・ピアストンの恋愛は、三人のアヴィスに対してはきわめて精神的なものであり、ハーディが男女の性に関して真実を解き明かそうと、ほとんど全ての他の長編で必死に既成概念に立ち向かったのとは、まったく異なった恋愛の意味がそこから見えてくる。この作品でのピアストンは、『諸王の賦』における様々な霊的登場人物と同様、アレゴリーとして理解されるべきであろう。『恋の霊』では、異性への〈恋〉は〈芸術〉の発生母胎として、これもまた、生々しいリアルな恋愛世界ではない異空間に示されている。

［粗筋］第一部「二〇歳の若者」

二〇歳の彫刻家ジョスリン・ピアストン（Jocelyn Pierston）は、故郷のスリンガーズ島を訪れた。石灰岩を切り出す島である。アヴィス・カロ（Avice Caro）という一七、八の娘が、少女の頃の習慣どおりに彼にキスをした。娘は母親に咎められ、はしたないことをしたと後悔したが、彼のほうは喜びを感じた。彼は〈恋の霊〉の存在を信じる男。自分の〈恋の霊〉が次々に移り住む女を、自分は愛するのだと思っていた。この霊が今アヴィスの身に宿ったのかどうか不確かだったが、自分へのキスを彼女が恥じているらしいので、彼女を探し、見つけて、今度は自分のほうから彼女にキスをした。夫になりたいとも伝え、婚約もした。彼が島を発つのを彼女が悲しむので、彼は出発を夜汽車に変更して、彼女を夜の廃墟に誘った。さてこの島には婚前の具体的行動によって、婚約をいわば追認する習わしがあった。夜の遠出の直前になって彼女は、彼の誘いをこの慣行を実践するものと解し、村人にそれを思わせる場には行かないとの手紙を寄越した。

人前で詩の朗読までしていた知的な彼女が、彼の意図をこのような旧套の遵守と解したことに失望した彼は、夜道を一人辿った。突然、見知らぬ女に金を貸してくれと声をかけられた。五ポンドを貸すと、彼女は親と喧嘩して家出をし、ロンドンの伯母の許へ行くと話す。しかし暴風雨となったので、浜辺に裏返しにして放置されていたボートの下に入って、互いにぴたりと身を寄せつつ時間を過ごした。夜汽車の時間が過ぎたころ、女とともに本土へ向かった。今夜の宿としてホテルに入ったのは真夜中過ぎ。二人ともびしょ濡れ。女には二階の部屋をあてがうと、女中が二階から、乾かすように頼まれたと言いつつ、濡れた女の下着を抱えてきた。女中があまりに眠そうなので、ピアストンは替わって自分が衣類を乾かすことにした。下着を広げるうちに、先にボートの下で女の弱腰を抱いていたときに兆した感覚——すなわち〈恋の霊〉がアヴィスからこの女へと住処を変えた感じがした。

列車では二人きりで客室（仕切のある一種の密室）を独占した。二人は抱擁し、彼は結婚を申し込む。親からの独立を目指していたこの女マーシャ（Marcia Bencomb）はこれを受け容れた。ロンドンに着くとピアストンは友人に自分の〈恋の霊〉のことを打ち明け、少年時代からこの〈恋の霊〉の化身が多くの女となって自分の前に現れ、一時期が過ぎるとまた宿主となる女を変えたことを話した。アヴィスとマーシャについても打ち明けると、友人は「君は結婚すべきではない」と助言した。結婚を延期しているうちに、マーシャは手紙で両親を結婚式に招いた。両方の実家は商売敵同士なので彼は心配した。

彼女の父親の手紙が来る前に、実家に来ていた彼女宛の手紙が回送されてきた。そのなかに彼女が結婚の約束をした男性からのものがあった。彼女との結婚実現のためにジャージ島からイングランドへ向かうというのである。続けて父親から手紙が来た。商売敵として見下していた家の息子との結婚に絶対に反対という内容だった。しかもマーシャ自身が父に背いて家出したことを後悔し始めた。ピアストンは、〈恋の霊〉が彼女の姿から立ち去ったのを感じ、二人は別れた。

アヴィスが自分の従兄と結婚した噂が届いた。またマーシャ一家は世界旅行に出かけたという。彼のほうは王立美術院の会員になるという名誉を得た。そして彫刻のために美女を捜して町を彷徨った。〈恋の霊〉は時に数ヶ月、演劇の舞台上に住んでいるようだったが、次には社交界の女、女店員、女流作家、音楽家、ダンサーなどに成りかわるのだった。これら夢のような姿を彼は彫刻に刻んだ。

第二部「四〇歳の若者」

ピアストンの父が他界して彼には遺産が転げ込んだ。彼はその前から社交界に出入りする富裕な名士となっていたが、四〇歳にして独身のまま。あるとき、最近夫に死なれたニコラ・パイン-ネイヴォン夫人（Nichola Pine-Avon）を見かけ、〈恋の霊〉がこの女に乗り込むのを感じたが、夫人に誘われて訪問してみると冷遇されただけ。夫人は彼とマーシャの噂を聞き、二人が夫婦だと誤解したのである。彼は二度と訪問しないと断言して辞去したが、次のパーティでは誤解が解けて彼女はきわめて優しかった。だがこのとき、ピアストンはアヴィスが一年前に島に帰って最近死亡したことを知った。するとパイン-ネイヴォン未亡人は〈恋の霊〉が抜け出た殻と化した。この世から飛び去ったアヴィスの許に〈恋の霊〉ありと感じられた。この女性の墓参りにこそ行くべきだ。彼は王立美術院の行事を欠席し、翌日島へ向けて出発した。

島の崖から、遠方の海と船を背景にして柩が墓地に運ばれていく様が見えた。彼はこれがアヴィスの埋葬の儀式であることを直感した。葬列からは遠かったが、彼は葬儀に参列できた気持だった。人の去る夕方を待ち、齢浅い月の光で新墓を見つけ、近くに腰を下ろした。

悲しみが睡眠を誘ったらしく、夢うつつのなかで彼は見た――アヴィス自身が近くに身をかがめたあと、二〇年前と変わらぬ若やいだ姿で立ち去ってゆくのを。夜汽車の時間まで村を巡り歩くと、一軒の家の中にアヴィスの姿をした娘が見えた。通りかかった村人から、彼女がアヴィスの娘であることを教えられた。同じ姓の従兄と結婚したアヴィスは、夫に死なれ、貧しさゆえに命を縮めたという。後悔に満たされた彼がドアをノックすると娘が現れ、今しがた花を捧げに墓地へ行って来たと言う。母と同じ甘い声。自分の名をアン・アヴィス・カロ（Ann Avice Caro）だと告げた。母と違って教養のない洗濯女だったが、その夜彼は、名声を捨ててこのアヴィス二世と結婚しようかと考えた。ロンドンに帰ってしばらくして、彼は偶然にもアンに出逢った。彼女が去ってから、移動性の〈恋の霊〉が自分にまじないを仕掛けてくるのを彼は感じた。陸に上がった時にアンが住む島に行って、幽霊屋敷のような古城を数ヶ月借りて生活することに決めた。ここからは彼女の家がすぐ近くに見下ろせるのである。彼女が今は、あの変幻自在の〈恋の霊〉の化身であることに彼は疑いを容れなかった。

彼の召使いが知らぬ間に洗濯をアンに発注していた。洗濯の出来具合にけちをつける口実で、アンと直接会う機会を得た。毎日リネンを取り替えに来るように命じると、彼女は素直に応じたが、彼の感情はまったく彼女の心に通じなかった。ピアストンは、自分は二〇年の歳を重ねながら、心はまったく昔と変わりなく震えているのを感じた。

彼はアンの洗濯物干しを手伝ったり、墓参に同行したりした。母親のことを話題にしたとき、彼女は母が若いころ恋人に裏切られ、一生悲しみ続けた話をした。彼は惨めに心を打たれ、一緒に墓場に入ることができなくなった。パイン-ネイヴォン夫人から抜け出した〈恋の霊〉が、生前には自分が愛を全うしなかった死者に宿り、今はまたその死者の生きた二世に移り住んで復讐を企てていると彼は感じた。

またある日、アヴィス二世を追いかけるたびに見失う。ついに彼女のほうが立ち止まった。ピアストンに愛を語られそうだから逃げていたのだと彼女は明かした。最初の一週間だけ彼が好きだったけど、歳をとりすぎていると思ったと言う。彼女も、人を好きになったと思うと、すぐにその気持が相手から抜け出て、他の男に移り、一五人もの男を愛してはすぐにその恋が消えたのだという。同郷の女が、自分と同様に理想を追っては取り逃がす様子に、ピアストンは驚いた。

兵士が彼女を追っているように彼には思われていた。ある日、リネン類の入った重そうな籠を持ったまま、急坂を登るアンを追って行くと、彼女に恋人がいることが判った。兵士ではなく石切職人の腕に凭れた彼女を見たのである。かつての失礼を詫びるためには、自分のほうからこうして訪ねるほかはないと思ったという。夫人は、全ての点で彼に相応しい結婚相手だった。しかし〈恋の霊〉の仕業には勝てなかった。夫人よりも、そのとき通りかかったアンに彼は目を奪われるのだった。

そのあとピアストンは、アンが、なぜか人目を避け、外出できなくなっていることに気づいた。誰にも居場所を知られたくないのならロンドンへ来て手伝いをしてくれと言うと、彼女は同意した。

ロンドンのマンションで二人は共同生活者になった。わざと下僕を置かなかった。だが彼は彼女にみだりに近づけず、意思伝達は紙片に書き付けておく有様。彼女との間に心の通い合いがあるのなら、彼女は直ちにこれを異常と感じるだろうにと思うと、彼は寂しかった。聞いてみるとどうやら石切職人は彼女の恋人ではない様子。兵士を愛しているのかと問うと、その通りだが口をきいたこともないと答える。ピアストンは、まったく彼を男性とも思わない彼女との仲に苛立ち、彼女に求婚した。「何というナンセンス！」が彼女の答。抱きしめた彼を振りほどきざま、彼女は彫刻の頭部を転がしてしまう。彼は、君のお母さんがそうしたように僕を愛するように努めてくれと言ってしまった。ピアストンが母を捨てていった男と知ると、彼女はさらに冷たくなった。しかし彼の問いに答えて、アイザック・ピアストンという男と結婚した後、喧嘩をして夫が家出をした、夫を愛していない、夫と会うくらいならここにこのままいたいと言う。だが彼は、有無を言わせず彼女を島に連れ帰った。車中アヴィス二世は彼が好きになったことを口にし、夫と会いたくないと言ったがそのまま送り届けた。

やがてアンに赤子が誕生した。その父親アイザックもちょうどそのときに妻の許に帰ってきた。産褥の床でアンはジョスリン・ピアストンに、夫との再出発を仲介してくれたことに感謝の言葉を述べ、彼の勧めに素直に応じて、生まれた娘をアヴィスと名づけると約束した。

第三部「六〇歳の若者」

二〇年後。ローマにいたピアストンにアンから手紙が来た。夫が事故死し、自分も病気だという。一週間後、島に帰ってみると、彼女の許へ駆けつけて経済的に支えてやる必要がないことが判った。数日後、島に来ながらなぜ訪ねてくれないのかともう一通手紙が来た。訪問してみると、アンは昔の美しさを失っていたが、彼にはきわめて好意的だった。そのとき彼女の娘——あの時生まれた赤子——が窓の外を通った。アンは、娘に最高度の教育を与えた、今は家庭教師として住み込んでいるから別居しているが、娘には是非会ってくれと言う。三世（Avice）は一世、二世にそっくりで、より気品に溢れている。アンとの結婚という考えは彼の心から消えた。

辞去して廃墟の近くを通ったとき、彼は女が助けを求める声を聞いた。近寄ってみると、岩場に足を取られて動けない娘がいる。アヴィス三世だった。岩に挟まった彼女の靴のボタンをナイフで次々と切って、やっと彼女の足を抜いたが、靴は岩の狭間に残った。夕闇のなかでは三〇歳にしか見えないピアストンの肩を借りて彼女は帰った。

回収した靴を返しに、アンの許を訪れた。そして単刀直入にアヴィス三世への結婚をこの母親に申し込んだ。母親は反対するどころか、娘をピアストンと結婚させるためにこそ彼を呼び寄せたことを匂わせた。二世の彼に対する好意と評価は強かったのである。あとは娘自身の心をかちとるだけだ。老いが見透かされないように、母を交えて夕方よく散歩した。何回目かの散歩のとき、母は彼の求婚を娘に話した。彼の関心は母へのものと思っていた娘は、求婚を迷惑がった。

アンが持病の狭心症でまた倒れたとき、彼は病床に呼ばれた。彼は三世との結婚はほとんど諦めていたのだが、病気の母が遺言のように彼との結婚を勧めたので、明かりのなかで彼の老いた姿を見た直後だったのに、娘は結婚を承諾した。翌朝彼は義務感に駆られ、アヴィスに向かって、自分が彼女の母の求婚者であり、祖母の求婚者でもあったことを打ち明けた。見かけ以上に彼が老いていることを知って彼女は唖然とした。しかし母に促されて、再び娘は婚約を確認した。結婚のために彼は優雅なマンションを買い、母娘を招いた。ある日娘は男友達から手紙を受け取って泣いた。急いで結婚の日取りを決めた。

結婚式の前夜、彼はアヴィスの家を訪ねた。彼女は包みを届けるべき人がいると彼に告げ、彼に許しを得て、彼が辞去したあと、夜道を出かけた。母アンは、娘が恋をしていたらしい男性のことを心配して病床にいた。夜中に家の中に物音がしていた。朝になってアヴィスがいなくなったことに誰もが気づいた。男女の筆跡で、書き置きがあった。アヴィスは、恋する男に貰った恋文や贈り物を返すために、夜道を辿ったが、出逢ったその恋人が病気だったので家に連れてきて看病するうち、この人とこそ結婚すべきだと考え、これから結婚するために家を出ると記されていた。やってきたジョスリン・ピアストンは彼女を責めなかった。自分が彼女の祖母にした仕打ちと同じだったからだ。母親はこれを漏れ聞いて、心臓の病でその朝亡くなった。

訪問者があった。マーシャだった。今は、アヴィスの駆け落ち相手の継母。病後の息子が姿を消したので心当たりを探していた。二人は恋人たちが無事にロンドン行きの列車に乗ったことを確認した。

アヴィス二世の葬儀にはジョスリンだけが参列していた。三世夫婦も駆けつけたが、彼は二人に姿を見せないように気を利かせた。ロンドンに帰って彼は酷い熱病にかかった。危篤を脱するとマーシャが看病していた。彼は熱病によって〈恋の霊〉の呪いから解放されたと感じた。リューマチで車椅子に乗ったマーシャと結婚した。アヴィス三世が夫と別れるとて訪ねてきたが、説き伏せて夫の許へ帰らせた。

［作品論］

非リアリズムの異空間──小説『恋の霊』

新旧二つの批評の流れ

この小説については、かつてはハーディの自伝的作品だという見方が大勢を占め、しかも彼自身が女から女へと気持を移して理想の美を求めた遍歴を材料にして、これに薄い覆いをかけた記録にすぎないという見解が多かった。ギッティングズの解説文を読んでおこう──一八九〇年に、かつての彼の恋人トライフィーナ・スパークスが亡くなったことが、この作品に影響を与えたとして、

若い頃ハーディは（中略）三人の従姉妹、スパークス家のレベッカ、マーサ、そしてトライフィーナ自身に惹きつけられた。大家族だったスパークス家では、一番若いトライフィーナは実際に長姉レベッカより二一歳年下だったので、これら三姉妹はほとんど三世代のように感じられた。このことと、三姉妹の顕著な身体上の類似が、ハーディに幻想的なプロットを構成させた。（中略）ほかにも実在の女性たちが、全編を通じて示唆されている。（Gittings *Older*: 70-1）

そして女優など、具体的な名前を次々に挙げるのである。しかし、上記「概説」のなかで、ヒリス・ミラーの革新的評価について触れたように、この三五年のうちに本作品解釈は大きな変化を遂げた。本書では、これら新旧二つの批評の流れを双方とも検討して、新たな解釈を模索したいと思う。一八九二年の雑誌連載版と一八九七年の単行本版の、まったく異なるエンディングをどのように読みとるかによって、本作品への理解は大きく異なってくる。これは当然のことではある。ところが今日までの批評では、この大きな異なりという事実にのみ関心が集中し、どう異なり、改訂がどう意図されたかについては、充分に検討されていないと思われるのである。のちに本書著者なりの検討を示したいのだが、その前に少し詳しく、本書著者の二つの態度を明白にしておきたい。一つは『日陰者ジュード』のほうをハーディの最終長編と見たいという点、もう一つは『恋の霊』を戯作であるとする考え方を採らず（〈恋の霊〉を追うピアストンを揶揄の対象とは見ず）、改訂版の最終部分での実利主義者に変貌した彼こそ戯画化されていると見る立場で、『恋の霊』を受け取りたいという点である。

最終長編小説と見るべきか？

先に言及したミラーの先駆的評価（一九七〇年）の五年後、一九七五年にミラーは新ウェセクス版の当作品を編集し、上に述べた一八九二年の雑誌連載版と一八九七年の単行本版の二つを同一書内に掲げて見せ、短いがきわめて刺激的な「序文」を付した。これについてはまもなく詳しく見ようと思うが、この「序文」のなかでミラーは、この小説には二つの終わり方があり、そのどちらかを採る場合で二種類、

その両方を受け容れる場合を加えて計三種類の読み方があることを主張した(**xix**)。そしてのちのパトリシア・インガムの示唆(Ingham 1989: **96**)も加わって、今日では、大幅に書き直され『日陰者ジュード』の影響さえそこに見えるとミラー(**xiii**)が主張する『恋の霊』単行本版を、ハーディの最終長編小説と見る動きがある。本書ではこれを採ることは敢えてせず、『日陰者ジュード』を彼の最終長編小説として配置した。これは、ハーディにおける小説放棄(および詩人への転出)が、『ジュード』への世論の酷評への反発によるものと見るほうが、より理にかなっていると思われるからである(森松 2003: **3-4**)。また改訂版への『ジュード』の影響は後述のとおり、負の影響でしかない。先に出た連載版こそ『ジュード』に大きく似ているのであって、のちの改作版は『ジュード』の要素の大半を削除されているから、これを〈影響〉と呼ぶことはできない。その上、一八九七年における『恋の霊』の大幅改訂をもって、『恋の霊』のほうを最後の小説とする考え方を採るとするなら、『日陰者ジュード』が一九〇三年に再版されて改訂が行われた事実、さらには、『ジュード』の本文の一部とも見なすことが可能なほど重要な「後書き(Postscript)」が、一九一二年のウェセックス版の前書きのあとに付け加えられた事実をどう処理するかの問題に突き当たる。これらの理由から、本書では『恋の霊』を第一三番目の長編小説とし、『ジュード』とは別個のテーマを追う作品と見る。

問題を起こさない小説の趣意書

次にここでマイクル・ライアンの影響力の大きい解釈——『恋の霊』は小説を検閲する俗論への抗議としての、検閲の対象となる場面をそぎ落とした小説、俗論に盲従すればこんな作品になりますという、いわば戯作であるという解釈(Ryan: **172 ff.**)を一瞥したい。ハーディは一八九〇年の初めに「イギリス小説における誠実」と題する一文を「ニュー・レヴュー」誌に寄稿した。このなかで彼は、当時の小説の寄稿先であった雑誌および移動図書館(貸本業)は、文化向上志向は持たず、水平思考しか持たないこと、つまり家庭内で読まれる際の無難さのみを志向するものであることを指摘し、それゆえ「誠実で、幅広い理解の上に立った、支配的情念の連鎖表現は、想像的作品の根拠として紙面の上に再現されてはならない」(Millgate 2001: **98**)状況が生じていることを慨嘆している。〈支配的情念〉とは、言うまでもなく人間の恋愛と性欲を指す。この読書界の偽善性への慨嘆の雰囲気が『恋の霊』の特徴となっていると見るのが上記ライアンの当作に対する批評の根拠となっている。本章冒頭の〈概説〉にも書いたとおり、ティロットソン通信社と契約していた『ダーバーヴィル家のテス』は、ゲラが出た段階でその〈支配的情念の連鎖表現〉の露骨さに驚愕した同社が契約を破棄してしまった。それでいながら同社は、新たな連載小説をハーディに依頼してきたのである。そのときハーディは、『テス』の場合とは打って変わった、読書界に何一つ問題を起こさない小説の趣意書を、次のように書き送った——

この小説は年代も主題も完全に現代的で、比較的短いとはいえ、貴族、貴族夫人、地位と教養のある他の人びとから村人まで社会の両極端を包含します。（中略）ストーリーは、高度に情緒的な状況も扱いますが、普通の意味では悲劇ではありません。（中略）物語のなかには、最も口うるさい趣味の読者をも憤激させるものは、単語一つ、情景一つございません。それは若い方がたが読まれても、熟年の方がたが読まれても、適切なものとなります。（Stuart：158）

イギリス人の上品振りを揶揄？

ライアンはこれを「ハーディが、論争点の多い彼の小説論（訳注：上記の「イギリス小説における誠実」）のなかで述べた〈最も口やかましい方がたの御趣味〉をさらに一層、意地悪くからかった文章である」（Ryan：174）と断じ、その小説論でハーディが非難した対象、人生の真実を反映し明らかにする小説を認めない雑誌類、移動図書館類を冷笑し、性についての上品振りをわざと発揮してみせて、それを揶揄した文章として捉えている。そしてこの趣意書に沿って書かれた小説『恋の霊』もまた、それ自体イギリス人の上品振りへの当てこすりだというわけである。ライアンは同時に、この簡素な書きぶりの小説は、当時の世紀末的な「唯美主義への嘲笑」（同173）であると述べる。また一八九七年に付された『恋の霊』への序文に、この作品は「プラトン派の哲学には、言わずと知れたおなじみの精妙な夢」（xxii）を扱うと書かれていることに着目し、実際にはペイターの恣意的解釈によると言うべきプラトニズム（一八九四年にペイターは『プラトンとプラトニズム』を上梓）を嘲弄するものだとしている（Ryan：173）。ライアンが分析するとおり、この作品は明白にプラトン的と識別できる言葉遣いに満ちており、先に引用した「〈恋の霊〉は、数多くの肉体を持って現れていた。ルーシー、ジェイン、フローラ、エヴァンジェリンなどなどの名を持った個々の女たちは、彼女の過渡的な状態にすぎなかった」（8）――この部分一つを取っても、この引用のすぐあとの「本質的には、〈恋の霊〉はたぶん触知できる物質でできてはいないのだろう」（同）という言葉とともに、次のように見ることができるという――

プラトンのイデアと同様に、〈恋の霊〉は数多くの姿で現れるけれども一者のままでいる。そして〈恋の霊〉のイデア性は、物質としてのその化身を超越した存在である。名前たちの恣意性――フローラ、エヴァンジェリンなどなど――は、〈恋の霊〉の物質的形態の可変性を示唆し、このことが〈恋の霊〉の理想的超越性を強化しているように見える。（Ryan：176）

この納得のゆく指摘も、本小説がペイターをはじめとする世紀末唯美主義を揶揄し、否定する意図によって書かれているというもう一方のライアンの結論には結びつかないように感じられる。その結論の傍証として挙げられるペイターの『快楽主義者マリウス』の主人公とピアストンの類似性（同186）、同じくガブリエル・ロセッティの絵画の傾向と彼との類似性の指摘（同187）は、類似性指摘自体が心を打つにもかかわらず、ペイターやロセッティがそれによってからかわれ、批判されているとするのは無理だからである。つまり、ピアストンの美意識がこの小説内で否定されていると見る（ライアンは主としてピアストンが歳をとらないと信じていることを滑稽としている。同186）のが無理だからである――結末の、美意識を失った彼の姿が勝利者なのであろうか？　ロセッティがどんな女をモデルにしても同じタイプの美女を描き出したという事実（同）が、同じ〈恋の霊〉をどの女にも見るピアストンによってどうして諷刺されるだろうか？　そして、実利的方面にのみ心が傾き、由緒ある建物や古来の泉を破壊してゆく最終場面のピアストン（しかもハーディは、このような最終場面を、アンチ・クライマックスを意識しながらわざわざ付け加えているのである）を肯定的に捉えない限り、唯美主義批判の作品としてこの小説を理解することはできないのではないか？

ミラーの説：芸術の創造性探求の作品

さて次にヒリス・ミラーの新ウェセックス版への「序文」であるが、彼はこの小説と詩人シェリーとの関連の指摘から始めて、この小説を、エロスの魅惑と文学の創造性との関係をテーマとした最も重要な一九世紀小説の一つとして位置づける。そして一応、伝統的作法も作品成立のために採り入れられていることを認めつつ、この小説の〈驚くべき新しさ〉を主張してゆくのである――

『恋の霊』は表面的には、それまでのハーディ小説たちと同様に、社会的・心理的迫真性を携えた一九世紀リアリズムの慣習に従っている。（中略）しかし『恋の霊』の基本的プロットは、普通の意味でのリアリズム的であるとは、ほとんど言えない。ハーディは、もともとは一八九七年一月の日付のある「序文」（訳注：こんにち、一九一二年の日付にされている）のなかでこのことに触れている。「目標とした興味の中心は、理想的ないしは主観的性格のもの、しかも率直に想像力に支配される性格のものであるから、できごとの継起における迫真性のほうは上記の目標に従属するものとなった」（xxii）と書いたのである。この、両立できない二つの特徴、表現形態におけるリアリズムと行動におけるファンタジーの衝突は、読者の一部にこの小説を放棄させたかもしれない。だが実際にはこの作品はきわめて興味深いのである。（xii-iii）

そしてネルヴァルの『シルヴィー』、『オーレリア』、サッカレーの『ヘンリ・エズモンド』、プルーストの『失われた時を求めて』などとともに、「恋愛、反復、芸術の創造性」（xiii）を探求した作品として『恋の霊』を位置づける。

作品の先進性の主張

さらにハーディの作品全体に対して持つ意味あいとして、ミラーはこの小説の重要性を次のように説く――

『恋の霊』はこれ以前の小説への一解釈としても、またさらにはそのパロディとしても機能する。これらの小説の全てが共有するパターンの、図式的、〈非リアリズム〉的改作版を示すことによって、この作品はそれら小説の隠れた意味合いを明らかにする。この術策は、より大きな心理的・社会的迫真性、すなわち現状としての人生の明らかな不合理や、少なくともヴィクトリア朝の偉大なリアリストたちによって表現されてきた生の不合理の導入によって隠されてきていた。(xiv)

またこの小説が、たいがいのヴィクトリア朝小説が自明のこととして扱った前提に多面的に挑戦すると述べ、二〇世紀作家が公然と意識している小説の虚構性を、すでに時代を先取りして内包していると説く。雑誌連載版の書き換えに当たって、連載版ではピアストンが自殺のために漕ぎ出した船のシーンを、今度はアヴィス三世が若い恋人と駆け落ちする場面に、ほぼそのまま用いるなど、虚構性を意識し、〈現実世界〉の雛形から切り離された考案物としてこの作品が成り立っていることを強調する(xvi–vii)。また、二つの版本のエンディングの複数性が、ファウルズの『フランス副船長の女』やボルヘスの『分岐した小道の庭』などの先取りだと指摘する。固定的な始まりと、因果関係による話の継起、決定されていたエンディングという、伝統的小説作法の背後には、形而上的根拠ないしはロゴスがあるが、『恋の霊』はその逆だというのである。

作品の具体的分析に向けて

このようにしてミラーは作品の先進性を強力に主張した。ただミラーは、作品の詳細具体的な分析によって、どの点が新しい小説としてどんな効果を読者に及ぼすかを示していない。ハーディの他の小説の「隠れた意味合い」をどのように「明らかに」したのかも、その「隠れた意味合い」とは何であったのかも示されてはいない。「〈非リアリズム〉的改作版」が照射するという他の作品の内部、「より大きな心理的・社会的迫真性」がなされたときのリアリズムが、「生の不合理の導入によって隠してしまった」芸術そのものの虚構性とはいったい何を指すのかも、この評論の読み手の恣意にゆだねられたまま、具体性を欠く。ミラーは、その後の三〇年間に展開された文芸批評理論の動向を完全に予見していたという偉大性を示しながらも、預言者的・教祖的威光によって、自己の言説が後続の使徒たちに様々に解釈されるがままに放置している感がある。拙論は、ミラーの「人為的考案物としての小説」という観念がハーディの意識のなかに存在したことを認めつつ、まず具体的に二つのヴァージョンを読んでみたい。またミラーの「エロスの魅惑と芸術の創造性との関係」という主張を、結果として最終的には受け継ぐかたちになるが、ハーディがどのように芸術と現実界との関係を示そうとしたかを作品自体に密着して探り、ハーディの美意識の一面を明らかにしたい。判りやすくするためにその結論を要約して先に述べておくならば、雑誌連載版には『日陰者ジュード』の萌芽というべき部分が何箇所も見られること、そのため雑誌連載版には、〈恋の霊〉の主題と結婚の自由の主題が併置されて焦点がぼけた状態にあったこと、改訂版では『ジュード』の萌芽がほぼ全面的に摘み取られたこと、またドン・ファン的印象を与えかねない部分も同時に削除されたこと、これらの結果、主題の焦点が〈恋の霊〉のほうに集中し、〈恋の霊〉はいわば純化・空霊化を施されたことを指摘したいのである。これは上掲の「エロスの魅惑と芸術の創造性」とより強く関連するのは言うまでもない。

削除された冒頭の一章

雑誌連載版『恋の霊の探求』の大幅な書き直しによって、これと改訂版は、ミラーの指摘として上に紹介したエンディングだけではなく、始まり方もまた大きく異なるものとなった。改訂版で削除された雑誌連載版冒頭の「第一章」では、まだ名をなすに至っていない若い彫刻家が、田舎へ旅立つに当たって、荷物に入りきらない女からの古い恋文を燃やそうとする。だが第一の組の恋文は、かつて短い時期、自分の理想像を宿した女からのものだったので、結局は燃やせなかった。次いで第二の組の恋文を火にくべると、頭髪が燃える音がする。自分の髪を恋文に添えて送ってきていたのだ。この女はかつて大きく彫刻家の心を捉えたわけではなかったのだが、頭髪を燃やすのは彼女を燃やすように感じて心が痛み、これも燃やしきれなかった。残りの多くの恋文も「かつては生を得ていた愛情」(162)を示していたので、これらも燃やせなかった。束にして外套に突っ込んで、彼(まだ名前も示されていない)は持ち歩くことにした――このあと現行の第一章が続いていたのである。

多数の女の記憶を愛蔵するハーディの傾向

もしこのとおりの書き出しであったならば、私たちはのちに(一九一一年)ベラ・バラージュが書く『青髭公の城』(オペラとしてはバルトークの作品)を思い出すであろう。世紀末的退廃の雰囲気を受け継ぐように、青髭公は城の奥に、過去の女たちを、生者としてか死者としてか判然としないかたちで、宝物のように秘蔵しているのである。また、これもミラーが名を挙げたファウルズであるが、その小説『コレクター』も思い出される。昆虫の標本のように、大切な女を収集のために殺害する。ハーディのこの小説も、書き始めがこうなら、彫刻家はちょうど青髭公やコレクターその人のように、いわば思い出のなかに、死こそ連想させないけれども、薄気味悪い反社会性をもって、美女たちのコレクションを楽しんできている男という印象を、冒頭から醸し出すことになる。現にハーディには、確かに多数の女の手紙・写真類を収集し、密かに少なくとも記憶のかたちで愛蔵する傾向が、実生活のなかにもあった。その一端を示すように、彼には「引き裂かれた手紙」(詩番号256)という詩があり、語り手は手紙を引き裂いたあと、復元しようとして、書いた女の名前と宛名が失われたことに後年まで思い悩む。また「写真」(同405)という短詩もあり、女の写真を焼却したあと、「私はまるで彼女を処刑したような気持になった」と嘆くのである。詩の語り手を安易にハーディと同一視はしたくはないが、彼の場合には二者の距離がきわめて近いことは、誰しもが認めるであろう。

実在の女性たちが創作の源泉?

さて、削除されただけで、書き直されもしなかったこの冒頭の一章を、意味あるもののごとくに扱うには異論があるかもしれない。しかし削除されたという事実は注目すべきである。自己の体験を大きく変形して詩に仕立てるハーディの常套的作法を念頭に置けば、この創作原理を、外部から透視不可能なかたちで示せば示すほど、芸術性は高められたと言える。削除によって、ハーディの分身が現実界からこの虚構性の強い小説に登場する姿は消えるのである。また、削除された文章は、生々しくリアルである。冒頭から削除しなければ、アヴィス一世を、印象強く理想の恋人とする作品構成は脅かされるのである。原点となる女の作品内でのステイタスを高めるためには、冒頭からは不要なものを削る必要がある。削除の実行は、重要な女を引き立てるための、書き始めでの小物たちの整理であった可能性も考えられる。「冒頭から」という言葉を繰り返すのは、〈重要ではない女〉について、小説全体から抹殺する意図はハーディにはないからである。改訂版第二章には、なお削除を受けずにこう書かれている――

自分の〈恋の霊〉に対しては、彼はそれまで常に忠実であった。しかし彼女〈恋の霊〉は、数多くの肉体を持って現れていた。ルーシー、ジェイン、フローラ、エヴァンジェリンなどなどの名を持った個々の女たちは、彼女の過渡的な状態にすぎなかった。(8)

これら全ての女のなかに、かつては〈恋の霊〉が宿ったという中心的出来事は、保存されたままなのである。ピアストンが芸術家であるがゆえに〈恋の霊〉が遍歴を重ねる点は、削除の対象外である。

長い行列のなかの一個の女か?

恋文を燃やす話は、雑誌連載版ではその後もくすぶる。恋文の束を押し込んでおいた外套を、彫刻家(この段階ではピアストンの名を得ている)はアヴィス一世の家に置き忘れる。それが届けられたとき、すでに可愛らしいアヴィスに逢っていたピアストンは、過去の他の女からの恋文を燃やそうと改めて決心し、一気に焼却するために庭で熊手を使って火を搔きたてつつ、これらを灰にしてゆく。そこへアヴィスがやってきて、先にピアストンが、し損なって彼女の心を傷つけたキスを、改めて彼女の頬に与える。しかしアヴィスは、彼が燃やしているのが手紙であり、様々な女の筆跡をそこに見て、泣き出してしまう――「判ったわ、判ったわ。わたし、その他大勢の一人にすぎないのね、長い長い行列のなかの一人なのね!」(164)――これは改訂版では何事もないかのように「うちの母は、わたしが大勢のなかの一人にすぎないって言っていましたわ」(7)となっている。連載版から削除された部分がなお生きていた場合を考えると、読者の側にもアヴィスの感想と同じく、アヴィスへのピアストンの気持は、「長い行列のなかの一駒だ」という感想が生まれ、男性による女性の恣意的所有の主題が強化される。逆に先に引用した、改訂版のほうからの「〈恋の霊〉の過渡的な状態」という文章は、多くの女の名前が列挙されるにもかかわらず、主人公の生々しく無節操なドン・ファンぶりではなく、彼の芸術家的特殊性を印象づける。

肉欲的な女性遍歴という次元脱出の努力

この作品での男性主人公は、性行為についてはきわめて抑制的である。夜の遠出の直前になって、すでに彼が婚約を交わしたアヴィスが、これを村の古い習慣に則った婚前交渉に誘われたと解して遠出を断ってきたときにも、彼は、自分が旧套を墨守する人間と思われたことに腹を立てはするが、彼には彼女と遊んで捨てる意図で遠出を企てたわけではなかった。この場面が、肉体関係を得る機会を彼女が許さなかったことを怒ったことの〈商品テクスト〉

に、当たり障りのない言葉遣いに変えたものであったとしても、彼はすでにアヴィスとは婚約していたのだから、肉体を弄んで捨てるという意図はなかった。そのあとマーシャ・ベンカムへと〈恋の霊〉が乗り移ったという成り行きは、確かに彼女の体温の暖かさと下着類の生々しさによる。だが改訂版の彼は、マーシャに関しても、弄ぶ機会を得ながら、ただ婚約をし、その解消をするだけである。雑誌連載版では彼がマーシャと結婚したのちにマーシャのほうから別れてゆくが（『日陰者ジュード』のアラベラ同様、本頁下段の引用に見えるような、生々しいリアリティのある別れ方である）、改訂版では結婚にさえ至らない。だから改訂版は、リアルな平面での女への裏切り、肉欲的な女性遍歴という次元を脱け出そうとしている印象を与える。

芸術や学問をないがしろにする二人の女

今アラベラの名を挙げたが、雑誌連載版のマーシャ・ベンカムは、多くの点でその三年後に書かれた『日陰者ジュード』のこの肉感的女性に似ている。酷似というよりは、アラベラの卑俗性をまだ獲得していないかたちで似ている。彼女はピアストンとの結婚を悔い、「わたしはここじゃロンドンに釘づけじゃないの！　ローマ、アテネにまた行くって言っときながら、行かないじゃない。親と旅に出たいわ」(168)と言って、実際に、単身遠くに旅に出かける（アラベラもまた、ジュードを捨ててオーストラリアに行ってしまう）。この別れ際の夫婦喧嘩においても、

> 彼女の怒りはだんだんひどくなり、手摑みにできる最初の物品を握り締めた。それはたまたま、夫の創作した小彫刻の一つだった。彼女はその彫刻を彼の頭めがけて投げたのである。彼には命中しなかったが、壁に当たって、壊れ落ちて粉々になった。愛情籠めて創った小彫刻を、取り返しのつかないかたちで壊されたのを見て、ピアストンもかっとなり、駆け戻って彼女の両肩を捉え、彼女をゆすった。(同)

言うまでもなく、アラベラがジュードの大切な書物を投げつけ、豚の獣脂で汚す場面とよく似ている。そして芸術や学問に対して、何の興味も敬意も抱かない精神の描写という点でも、この二つの場面は類似している。そう言えば、〈恋の霊〉をアヴィスからマーシャに乗り移らせた作動因は、船の陰で暴風雨を避けていたときのマーシャの躯のぬくもりと、彼が乾かすことになった彼女の下着から立ち昇った湯気の二つだった。これまたジュードとピクニックに出たアラベラが、彼にぴたりと身を寄せて歩く情景や、また両胸の間のくぼみから卵を出し入れしてみせる場面と対になる。

スーにも似るマーシャ

上記二つの場面は、新旧両バージョンに共通だが、それに続く部分で、改訂版からはマーシャの結婚への不満、夫の最も大切な彫刻への侮蔑、夫を捨てて家出同然のことをする暴挙、その後の音信不通など、『ジュード』で改めて描かれることになった場面が、削り取られたわけである。リアリズムの観点から見れば、雑誌連載版のほうに生々しい活気がある。改訂版ではマーシャの父親のピアストン一家への侮蔑に発する婚約者

同士（マーシャと彼）の諍いこそ描かれるが、マーシャは『ロミオとジュリエット』を比喩として持ち出しながら彼をなじるなど、相当の知性の持ち主として描かれる。もっとも雑誌連載版でのマーシャも、アラベラよりは遙かに知性のあることを手紙に書き付けている。彼女は、夫と実質上別れたあと、「二度とイギリスには帰らない」と言っているが、こうして送りつけて来た次の手紙で、イギリスに夫がありながらオーストラリアで結婚してしまうアラベラに似た考え方を示すのである。この主張は、同時に今度は、（『ジュード』のなかの）スーの考え方にも酷似する――

わたしとしては、それぞれ自分自身の家庭を作るときに、もしそうしたいのなら、どうしてわたしたち自身に見合った結婚の法律をわたしたち自身で作ってはいけないのか、まったく判りません。これは進歩的な考えかもしれませんが、わたしは進歩的な考えを恥ずかしいとは思いません。もしわたしが、厳格に南半球に居続け、あなたも、きっとそうなさるでしょうが、北半球に居続けるのであれば、わたしたちが今後いかなる新たな男女関係を取り結んだって、それはわたしたち以外の誰にも影響を与えませんよね。わたしはいずれ、そんな関係を自由に結んでいいと思うでしょうから、あなたにも同じ自由を与えます。(169)

アラベラはこのような論理は開陳しない。しかし実質としては、まるでこのマーシャの議論に教えられたような行動をとっている。

雑誌連載版結末を詳読してみる

劇的に入れ替えられた最終部分（邦訳がなく、知られていないから、敢えて詳しく見る）では、この『日陰者ジュード』との類似性はさらに目立つ。〈恋の霊〉の主題は一時どこかへ雲隠れしてしまい、恋愛と結婚の自由・当事者中心主義ばかりが主題として表面化する。結婚を軸とした女性の男性による精神的虐待の問題が、これに絡む。母親（アヴィス二世）の説得によって、アヴィス三世はピアストンとの結婚に踏み切ろうとする。

この結婚を進めてきたことについては、母は何の良心の呵責も感じていなかった。自分の娘に対してできる最良のことだと、心の底から確信していた。今この時点でアヴィスを羨ましいと思っていない娘は、島じゅうに一人もいなかった。ピアストンはまだ六〇歳に達していなかったし――確かに六〇からあまり遠いとは言えないが――今なお美男子で、経歴もこの島でよく知られている。同じように、あの人が父親から相続した財産の正確な数字まで知られている。それに大威張りであの人が自分のものにしている社会的地位――あの財産全部使っても、芸術分野でのあの人の名声がなくては手に入らないような社会的地位だって、みんな知っている。(170-1)

枝葉を切り落として彫刻的となる改訂版の筆致とは対照的に、リアリズム小説における複数の視点を提供すべく、母性愛に発する結婚観が語られる。つまり、一方的に母の考え方が非難されるのではない。うちの娘は〈惚れっぽい（weak）〉から、ときどき島の男たちに思いを寄せていた、だから結婚式が土壇場でひっくり返って、参列者がおったまげて帰ってくるなんてことにならねばいいが——病床にあって式に出られない母は心配する(171)。だが〈無事に〉二人は結婚する。

雑誌連載版では、結婚のあとが〈無事〉ではなくなるのである。改訂版

雑誌版に見る結婚の本質論

では娘の婚約承諾の翌朝、ピアストンは自分が彼女の母の求婚者であり、祖母の求婚者でもあったことを打ち明ける。彼女は衝撃を受け、かつ彼が三世代にわたって恋するほど老いていることにも愕然とする。だが母に促されて、再びアヴィス三世は婚約を追認する。このあと婚約中にロンドンのマンションで、彼女は恋人からの手紙に接して泣くのである。雑誌連載版ではどうだったかを辿れば、ロンドンのマンションの場面は、結婚後のこととなっていた。改訂版同様、恋人の手紙を読んで彼女は泣く。妻が二階の寝室に退いたのち、ピアストンはアトリエで思いにふける——結婚の本質論が中心だったのである。

> 女性と結婚するということは、決してその女性と固く結ばれるということではないという思いがした。自分の妻の肉体の骨組みは、二階に在る。どこに彼女の精神的部分が在るのか、彼には見当もつかなかった。(172)

改訂版でもアヴィス三世が衝撃を受けたあと、母親が今になって私たちを捨てないでとピアストンに懇願するのに対して、彼は絶対に捨てたりしない、「でもアヴィスに私を見捨てさせなくてはね！」(123)と叫んではいる。だが一〇行後には二人は和解する。これに比して、雑誌連載版では問題が深刻化する。三世代への求婚告白を彼女が聞いたあと、その彼女の驚きを見て彼は「二人はこれまで長いあいだ、境界線の淵際に立って震えていたのだが、ついに彼女はこの一線を横切ってしまったのだ」(172)と感じる。

結婚した男が妻に対して持つ強制力

連載版では一種の転地療法を試みるように、彼は彼女を故郷の島へ連れ帰る。自分はバドマスに宿泊し、妻だけを病母の許へ先に帰らせる。独りでいると彼女の美しさが理想化されて恋しくなるが、それと同時に、結婚という制度によって、

> 民法が彼に与えてくれた権利が何であったにせよ、〈自然〉の法則、そして合理性（reason）の法則によるならば、明白な彼女の意思に反して、自分がアヴィスのパートナーとして起居をともにする権利は何ら有してはいないという確信が、勢いを得てきた。(173)

翌日彼は、妻に会うのを待ち望みつつ、なのに怖れながら島に向かう。道すがら妻の姿を遠方に見かけるが、すぐには近寄ることができずに「彼は気力も意思も失ったように、恥じている人のようにぼうと立っていた」(同)——そして通りかかった見知らぬ男に彼女の姿を指さしながら「年がら年中、無理やりに女のそばに割りこんで、女の食事の席に居座り、そばに腰掛けて、あっちへこっちへ引きまわしていいも

のだろうかね――女が嫌がっているって判っていながら?」（174）と尋ねる。「そりゃいけませんよ」と男が答えるとピアストンは「私もそう思った。でも男はそうしてるんだよ。だってその女と結婚したからさ」（同）――すると男は、それなら話が違うと言う。やがてピアストンがアヴィスに会ってみると、母親の病状が悪化していたことが判る。

それなのにお母さんは、病気がとても悪いってことを私たちから隠し続けていたのね。これもみんな、私たちの幸せを妨げないようにと思ったからですって。〈幸せ〉だなんて!（同）

「最後の言葉は母の病気との関連で解釈できなくはなかったが、夫との関連を指したのかもしれなかった」（同）――ピアストンはこれを耳にして、今はこの言葉がどちらの意味にせよ、どんなことにも耐える気持になっていた、と書かれている。彼はこの夜もアヴィスを母の看病に残して、近くの宿に泊まる。夫の権利を自ら疑い始めたのである。

フィロットソンの寛容の先駆的描出

母親は優しい夫が娘と共にいることを感謝しつつ、世を去る。葬儀のあと、ピアストンは妻を母の家に残してロンドンへ仕事に戻る。一カ月ぶりで妻の許へ帰ると、ドアのところに妻が待っていた。食事の用意がしてあって、彼はそれを食べていると、妻は姿を消す。探してみると、さっきと同じくドアのところに立っている。「病気の人に会いに行かなくてはならないの。行くべきだと思うの!　行くのを認めては下さらないでしょうね」（175）と言う彼女に、彼は「行きたいのなら、もちろん反対なんかしないよ。ここに坐って、君が帰ってくるのを待っているよ、君が一人で行きたいのならね」（同）と寛容に応じる。これはスーに対するフィロットソンの寛容の先取りである。アラベラ、スーに続いて、フィロットソンもまた、その萌芽のかたちでこの作品に現れていたのである。アヴィスは許可を得ると飛ぶように駆け出していった。

彼はそのまま独りで居続けた。そして彼女の物腰が、何を行うにつけても、それがただ単に許可されるか否かの問題となってしまい、自己の判断の問題ではなくなってしまった人の態度に、どんなに完全に陥ってしまったかを思いめぐらせていた。（同）

フェミニズム批評の観点から言えば、この雑誌連載版のほうが、遙かに優れた女性問題の扱いを見せている。この作品に関する限り、雑誌連載のテクストを単行本にする際にハーディが常時行ってきた、〈商品としてのテクスト〉を当時の読書界に抵抗を呼ぶ〈本音のテクスト〉へと進化させるというプロセスとは、ほとんど逆の操作によって、雑誌版にあったこうした反常識的言辞を削り取って行くのである。

妻の恋の味方となる夫

雑誌版では、アヴィス三世はウエィマスでフランス語を習いに行ったとき、教師だったフランス人の恋人アンリと知り合い、彼のほうから先に愛されたのだとされている（改訂版より単純である）。彼女があたふたと駆けて行ったのは、長い沈黙のあとに訪ねてきたアンリが、今は吐血するほどの胃潰瘍に苦しんでいたからだった（彼女は彼に見捨てられたと思っていた）。暗くなったので彼女を迎えに行ったピアストンは、二人が話している場面に遭遇し、妻の本心を立ち聞きする。

彼女の苦悩の声音はたいへんピアストンの心に響いたので、彼女への同情から、彼は嫉妬を押さえ込んだ。これまでに何が起こったのであれ、それは彼女の意志と期待に反することだったのだ。(176)

ピアストンのフィロットソン的な考え方は、この場面以降の連載版で、さらに大きく展開される（二人は名前まで似ている）。ハーディの語りも、ピアストンを〈五九歳〉と呼び、アヴィスを〈可愛い二〇歳〉と呼ぶようになる(177)。〈可愛い二〇歳〉は、母が、アンリを無一文と考え、また外国人との結婚を嫌がったために、彼のほうから、豊かになるまで君を拘束せず、そうなってはじめて手紙をよこすといって別れていった。「でも豊かになれなかったの、誠実な男だから、約束どおり手紙をよこさなかったのよ」(177)という彼女の言葉を聞き、また彼女が夫である自分に何度もサーと敬称を用いるのを耳にするうち、ピアストンは妻が率直に語り、行動も誠実なことに心を打たれて彼女に味方したくなる。

妻の悲惨な状況を修復せんとする夫

妻の恋物語を聞き終わったこの〈五九歳〉は、「可愛いやつ、僕は君を非難したりしないよ」(178)と語り始め、

こんな苦しいめに逢ったのだから、彼と駆落ちしたって正義は君のものだよ。…残酷な大失態を押し通して、僕がそうするつもりなしに引き起こしてしまったこんな悲惨な状況を、みんな修復できたらと思うね。(179)

と語り、「今、その人を看病してあげなさいよ。君が僕と結婚していたって、何の変りもないんだから」(同)と妻を励まし、結婚という制度によって自然的状況への人間的対応の是非に影響が及ばないという新しい考え方を提起する。彼の思いは煮詰まって、

自分の生きている時代は、野蛮の時代であること――これは確かだった。なぜなら、この良くない状況を正したいという彼の誠実な願いがどのようなものであれ、彼にはそれができなかったからである。その上、正式な法律に則った式典が彼に権力を与え、これによってこの瞬間にも、またいかなる時にも、自分の存在をこの苦しむ女に押し付けることができるからである。(同)

彼は右のように考える。これは『日陰者ジュード』の主題そのものではないか？　さらに「どうしてこの二人の小人に対して、慈悲深い巨人を演じてはいけないのだろうか？」(同)とピアストンはフィロットソンと同じ疑問に突き当たり、「それは、そのような慈善行為を行えば、法律と教会儀式とを破壊するからである」と結論づける。フィロットソンがこの行為によって、職を失ったことが想起されよう。

国会制定法より真実なる法律

このあとピアストンは、アンリの回復に力を貸す。だが当時のこととて離婚はできない。見ているとアヴィスは、愛する男への看病に対して夫があとで恐ろしい報復を謀るのではないかと、恐れている様子である。

> だがピアストンが考え抜いた計画は、不幸な花嫁の頭上に恐ろしい復讐を下そうというスルタンの決意とはまったく異なっていた。
> 最近彼が見出した自然的あるいは道徳的意識に対する救済策をあれこれ捜し求めたすえに——正式な法律文書を作成し、納付金を収め、印紙を貼り、儀式を挙行して認可されたものとはいえ、現在のこの彼自身とアヴィスとを支配しているこの上なく不適切な状況によって、この道徳意識は圧迫され始めていたのだが——彼は一つの結論に到達していた。病人を飽きるほど看病させたって、彼女を彼から引き離すことはできないだろう。それは明らかだった。(181)

上記の〈不適切な状況〉とは、正式に結婚していることを指すのである。そして〈救済策〉とは、行方不明で死亡扱いとなっていた最初の妻マーシャが生きているのを探し出して、アヴィスとの結婚を無効とすることだった。この計画を聞いて喜んだアヴィスが「もし見つからなかった時には?」と尋ねたのに対して「その場合にも、どのみち僕は帰ってこないから」(182)と彼は答える。彼はアンリに向かっても、

> でもアヴィスは君を愛していることが判ったんだ。そして私にはね、健全で自然な本能こそが、真実の法律であって、国会制定法が真実の法律ではないと思われるのだよ。だから私は、離れて行くのさ。(同)

と語る。これも『ジュード』を貫く考え方である。

『ジュード』の主題を削除

また画家である友人ソマーズに対しても彼は手紙を書く。フィロットソンが友人ギリンガムに相談するのと、状況のみならず内容までほとんど同じである。

> ある種の夫たちなら、このような若い男を、お前の知ったことかと追い払い、その若い女を、分別を取り戻すまで鍵を掛けて閉じ込めておいただろう。だがこれは僕のできることではなかった。(185)

これはハーディが詩人としても追い求めたテーマの一つである。中編詩「暁の会話」(詩番号305)では、妻に妊娠までさせた恋人がいたことを知った夫が復讐を誓って、妻を自由の身にするどころか、夫の奴隷として結婚状態を続けることを強いる。「夫の見解」(詩番号208)の夫は、逆に妻の前の恋人による妊娠を許す話である。また「町の住人たち」(詩番号23)の夫は、妻の恋人との駆け落ちを知り、現場を押さえながら、許すだけではなく金品を与えようとする。だがこれも『ジュード』においてこそ、主題の核心として徹底的に掘り下げようとしたことで

ある。連載版では、結婚した相手アヴィスを自由の身としたいという自己の企てについて、ピアストンはソマーズに、

どうか僕を、詭弁や奇策を弄するだとか、わが国の法律に対して不服従な姿勢を取るだとか言って責めないでくれ。特殊な事例において、無実な者に対しての肉体的な残忍を結果する法律は、誰にも危害を与えないかたちでなされることができる場合には、その事例においては忌避されるべきであると思う。(同)

と書き送る。前述のミラーも確かに『日陰者ジュード』と本小説の関連を一言触れてはいるが、それは『ジュード』の主題を改訂版が受け継いだかのように聞こえる書き方(「最終版は『ジュード』の執筆を反映している」[xiii])である。逆に『ジュード』の主題を削除することが、改訂版の大きな目的だったことを私たちはここに認識するほかはない。あまりにもよく似た結婚問題の扱いが、二つの作品にあい次いで現れて、かえって両方の勢いをそぐこと、また『恋の霊の探求』の主題が二重になって互いに無縁のまま併置されていたこと、これらを是正するのが改訂の主目的であったと想像されるのである。

小説の虚構性描出は両版併置によるのか?

雑誌連載版ではこのあと、マーシャ生存の確認ができないピアストンが、自らの溺死によってアヴィスの再婚を可能にしようとして、改訂版のアンリたちと同じ仕方で、オールもない船を沖へ出す。溺死する予定だったのに、岩に頭をぶつけたピアストンは、救出されて、やがてマーシャの看病を受ける。最後の場面では、マーシャの老醜を見て、ヒステリカルな笑いの発作に襲われたピアストンが、「これはあまりにも滑稽だ、ロマンティックになるはずだった僕の経歴が、こんな終わり方をするなんて!」(191)と自嘲的に笑ってこの小説を終わらせている。ここまで私たちは、雑誌連載版を、特にその終結部に焦点を合わせて見てきた。そこで私たちが自問すべきことは、果してハーディはミラーの説のように、この雑誌版と現行版の二つを併存させて、小説の虚構性を表面化させたのだろうか、ということである。ミラーの説の優秀性は、ハーディの側の虚構性意識をこの小説の心髄として指摘したことにある。しかしこの虚構性は、二種の大きく異なったヴァージョンの提示によって効果を得ているのではない。むしろハーディは、雑誌版のミニ・ジュード的な主題を削って、雑誌版そのものを没にしたという印象が強い。このことは、本書において検討した、削除箇所の性格上、明らかであろう。削除によって、虚構と実態、空想による芸術作品とその母胎である現実という主題は、夾雑物なく強調されるに至ったのである。

改訂版のエンディング

今度は、ごく簡単に、改訂版のエンディングを眺めてみたい。ピアストンがアヴィス三世に向かって、自分が三世の母の求婚者であり、祖母の求婚者でもあったことを打ち明けるのは、婚約成立の時点においてである。彼女は啞然とするが、なお婚約を継続する。そのあとピアストンはロンドンに優雅なマンションを買って、婚約者母娘を招く。このとき永年別れ別れとなっていた恋人アンリからの手紙が届いて、アヴィスは

涙に暮れる。アヴィス帰島後、結婚式の朝、ピアストンは花嫁を連れ出すために、アヴィスの家を訪れる。書置きを残したアンリとアヴィスが、すでに駆落ちしたことが判明し、母のアヴィス二世はそのショックで死亡する。ピアストンはすぐに二人を許すことを口にする（これは『ジュード』的な主題であるが、アヴィスの目の前で彼女に自由を与えるのではないし、事が生じてからの追認だから、積極的な恋愛の自由の主張ではない）。二世の葬儀のあと、ピアストンはロンドンに帰り、葬儀の際、寒風に曝されたのがもとで意識混濁の大病を患う。結局は、島で再会し、このとき看病してくれたマーシャと彼は結婚する。だがその前に、病の治りがけに、彼は自分が大きく変わったことに気づく——

> 悪性の熱病、あるいは彼が経験したこと、またはその両者が、彼から何かを奪い去り、替わって何か別のものを彼に注入していた。
>
> このあと数日のあいだに、頭がもっとしっかりしてくると、これがどんな具合であるかがはっきり判るようになった。芸術的感覚が彼から失せていたのである。彼はもはや、過去から思い出された美の諸映像に対して、はっきりした感覚を付与し得なくなっていた。彼の受容力は、ただ実用的な事柄にだけしか発揮されることができなくなった。アヴィスの善良な諸性質の記憶のみが心に染みるのであって、彼女の美貌は何の感興も与えなくなっていた。(145)

女性の美しさと芸術的感覚との関連が強烈に呈示された一節である。

美を感じとる能力の喪失

また彼は「女性美についての概念全てを失った」(同)とも語り、「自分は一つの能力を失ったけれども、この損失については天に感謝したい！」と言いつつ、マーシャが今なお三五歳の美女に見えることにいらだつ(146)。マーシャは、いい歳をして女を判ってはいないのね、これは皆、人工的な美の飾りよ、本物を見せましょうね、と化粧の全てを落とす。するとそこには「かつてはマーシャの華麗な花であった美しさの、か細い名残」(147)が現れる。「僕はもう恋はできない。でもマーシャ、君は立派だと心から思うよ！」(同)とピアストンは言い、次いで自分の制作した彫刻を見る——

> ある彫刻は完成して熟したものだった。主な彫刻はまだ完全美に育ててくれる精神を待ち受けている美の苗木であったり、接ぎ穂であったり、若枝であったりした。
>
> 「嫌だね、彫刻類、いいとは思わないよ。」彼は顔をそむけた。「僕には、あれはみんな、醜いものに見えるんだ！　どの彫刻一つにも、僕はちらりとした血縁も興味も、まったく感じないんだ」(同)

彼はナショナル・ギャラリーへも出向いて、絵画への趣味がどうなったのかを試す。するとペルジーノ、ティツィアーノ、セバスチアーノなどの「〈時〉に挑戦するほどの大作」にも感動を見て取ることができなくなっている(148)。だが彼は、「残念だとは思わない。あの熱病が虐げたのさ、いくつか小さな喜びの源だったとしても、結局は僕の最大の悲しみの源だった一つの能力を虐げてしまったんだよ」(同)と語り「有りがたや、ついに僕は老いたぞ。呪いは解かれたぞ」と言い放って、二度と自分のアトリエも彫刻も見ようとしない。島の自然的泉が汚染されている可能性があるとてそれを閉鎖したり、自らの資金で水道を町に供給したりし始める(151)。青苔が生え、縦仕切の美しいエリザベス朝の古建築たちを、じめじめしているからとて買収して取り壊し、換気装置の付いた新しい住居どもを建設する(同)。そしてこのような美を看取する能力の喪失と通俗な実務性の誕生は、雑誌版ではまったく主題とされていなかったのである。

美の原点を求める芸術家

そして改訂版の前半においても、画家の友人ソマーズに、ピアストンが自分が発見した〈恋の霊〉の諸性質について語る場面が新たに挿入されている。

この一人の男の〈恋の霊〉は、たくさんの化身となって現れたんだ。多すぎて、細かくは語れないよ。それぞれの姿、ないしは躯を得たそのかたちは、〈恋の霊〉が入り込んだ一時的な住居にすぎなかったんだよ。入り込んで、しばらく住んで、それから出てゆくのさ。(23)

また彼は、二年のうちに九回も〈恋の霊〉が現れたこと、こうした〈恋の霊〉の出入りに慣れて、宿主として〈恋の霊〉が入り込んだ人間の女に話しかけたりキスしたり、ありとあらゆることをしたことをこの友人に語る。ソマーズが男性は皆、浮気なものだ、だが君のは特別だ、結婚なんかしちゃいけないと言うと、

確かに僕の場合、浮気って言葉じゃないんじゃないかな？　浮気はね、対象が同じなのにその対象に飽きることを言うんだよ。でも僕はいつだって、この、しっかり捕らえることがどうしてもできない逃げ上手な〈恋の霊〉には、忠実だったんだ。(26)

と弁解する。この場面ではソマーズが通俗な常識性を発揮して、ピアストンの一方的見解に対立する複数の視点を構成しているが、読者への最終的効果としてハーディは、芸術家が次々と美の原点を求め続けているのだという印象を与えようとしている。試みられた主題としてこれは一応理解できるのである。

彫刻的な異空間

さて『恋の霊』改訂版の文の運びは、これまでのハーディ小説の筆致——微に入り細をうがった叙述や価値感覚から決して遠ざかることのなかった筆致とはあまりに異なるので、その意図を推量するのは難しい。マイクル・アーウィンはこの小説の読みが六種類以上にも及ぶとしながらも(Irwin：50-1)、何よりもその美意識に目を向ける。彼はこの作品が描き出す映像の背景には、農業収穫物も羊も牝牛も見えないことに注目する。木の葉を渡る風の声、鳥や昆虫の鳴き声もここからは消されている(同42)。省略と詳述の繰り返しからなるこの小説の文体にも注目する(同44)。本書著者はこれに示唆されて、この作品が展開する映像が意図的に彫刻

的なものにされていることを指摘したい。背景の様々な細部はできるだけ削り取る。彫刻は背景まで描くことができない芸術である。だが背景を無視しているわけでは決してない。第一に彫刻は、描き出す部分については徹底して詳述を試みる。また彫刻はむしろ省略された背景を様々に想像させる。この彫刻の特徴を小説のなかに持ち込む。すると小説の伝統にはなかった異空間がそこに誕生する。アーウィンが「この小説に限っては、型を脱出してリアリズムの慣例から距離を置いたものにしますという信号をハーディは発している」(同41)と述べたときにも、おそらく上に述べたような作品の特徴が感じられていたのであろう。ピアストンはマーシャ・ベンカムと同じ宿に宿泊したとき、彼女を二階に上げて、彼は彼女の濡れた下着類を階下で乾かす。このときにも、

> ピアストンは若い頃から知り合っていたこのアヴィスという女友達に対して、その幸せこそ念じてはいたが、彼女のなかに、真の〈恋の霊〉を見たのかどうか、確信が持てなかった。しかし彼女を愛していた、いないにかかわらず、彼の〈愛の女〉という名を持ったこの妖精、流出物、理想化された霊気が、遠方に居る何らかの人物からひそやかに羽ばたき出て、頭上の部屋に居るすぐ近くの人物に移り住むのを感じた。(19)

——このように幻想小説ふうに書かれる。アヴィスに対する良心の呵責は、いわば棚上げされて語られない。

単なるリアリズム拒否なのか？

これに代わって、この引用の直前に、〈作者の声〉が彼女への心配を示すのである。このときの主人物の心のなかは示さないという、従来のハーディにはありえない成り行きである。一九世紀小説の最大の関心事であったはずの、恋愛における誠実という概念が、いとも簡単に乗り越えられてしまうわけである。また、翌日マーシャが、ピアストンの求婚を受け容れる際に「あなた、美術院会員になれますの？」と尋ねる。肯定的な答を得て、彼女は求婚を受け容れ、列車のコンパートメント内で抱擁を許す。だがここでもマーシャの野心と物欲についての批判もなく、それを客観化する視点の複雑化や叙景による示唆もなされない。またのちにピアストンが王立美術院会員になったときの叙述は「努力もなしに彼は世に栄えた。彼はA・R・Aだった」(33)という簡潔極まりない書き方。このような、リアリズムの常道から距離を置いて、余計な枝葉は切り落とし(『嵐が丘』がそうだということが想起されよう)、ピアストンが美の使徒であることのみを強調しようとしたのが、改訂版だと感じられる。アーウィンは、そのような「擬アレゴリカルな作品は、そこで達成される表現法の簡明直截さにほぼ比例して成否が決まる」(Irwin: 51)と指摘しているが、改訂ではハーディはこの簡明さを狙ったと思われる。またアーウィンは、様々な解釈から特にピアストンを美の使徒と見る解釈に力点を置き、イエイツ、ヤナーチェク、ピカソ、グレイヴズなどが晩年の、それぞれ彼らのアヴィス三世的な女から、新たな創作の意欲と霊感を得たことを記し、特にロバート・グレイヴズの「白の女神」を例に挙げ

る。詩人や芸術家は、〈白の女神〉またはムーサイ女神、全ての生の母胎を作品のなかに呼び出さなくては真の作品をかけない様を、彼は詳説する（同52-3）。そして詩人・芸術家にとっては、生身の女とこの女神とは、常に峻別されていなければならないと指摘する（同53）。友人ソマーズが、あこがれの美女と結婚してしまうと、美女は年取って美女ではなくなり、芸術家である彼を世俗の側に引き戻す役割しか演じない。マーシャもまた最終場面で同じ役割を演じるのである。アーウィンの解釈では、島は彫刻の材料として芸術のシンボルであり、ピアストンは島と強く繋がる女にこそ惹きつけられると見る。私たちもこの見方に教えられて、恋愛の心理・病理学以上に、芸術の本質論、発生論がそこにあると考えるべきではないだろうか？

複数のエンディングは実在するのか？

ところでミラーは、小説の虚構性を主張したほとんどポスト・モダン的な作品として本作品を激賞したが、その根拠が、エンディングの不安定・複数性にあるとしているのを、私たちは受け容れるべきであろうか？　端書きにも書いたことだが、二〇世紀の典型的小説の、作者が小説の虚構性を意識するあまり、最後には小説の価値観構成能力を放棄する姿を、私たちは文芸の進歩と見るのか、退化と見るのか？　第一、ハーディには複数のエンディング併記という意識があっただろうか？　小型の『ジュード』が混入して、『恋の霊』本来のテーマが侵食されるのを恐れて、改訂を施し、連載版はいわば破棄したも同然なのではないだろうか？　ただ上に述べてきたとおり、芸術家の制作活動の源を解き明かそうという衝動が、この作品を衝き動かしているのは事実である。この面から見れば、小説が人為的・恣意的に創られるものだという意識が強く働いている作品として見てゆくことには、本書著者も異論はない。しかし、芸術作品の虚構性・人為性を作品内で意義あるものにするには、エンディングの両者併記という意識的〈無責任〉では到底なしえないと思われる。ここで想起されるのが、シェイクスピアの『テンペスト』である。この戯曲のなかでは、確かに演劇の虚構性・人為性が強く主張される。女神たちのバレエが麗しく展開されるが、それも皆、プロスペロウのアート、つまり人為と虚構の産物なのだと、この戯曲自身が宣言する。だが虚構は虚構のままには終わらないのである。

物語の外部へ飛び出す魔法使い

シェイクスピアは、『テンペスト』の幕を閉じるに当たって、プロスペロウを物語の外部へ飛び出させてしまう。プロスペロウは魔法の力を失った魔法使いとして、また同時に、役柄のなくなった俳優としてエピローグを述べ始める。

いまや私の魔力は全て失われ
私の持てる力は自分の力だけ
まことに弱い力だけになりました・・・（エピローグ、1-3）

一方では、プロスペロウの物語が彼の魔法の力（art）によってこそ進行してきたことを語るとともに、それはまた演劇という人為（art）ないしは芸術（art）の所産であったことも述べている。魔法も物語も所詮は〈お芝居〉でしたというのである。観客の皆さま、皆さまは物語の達成した和解と秩序を愛でてくださいますか？　すばらしいと思ってくださったでしょうか？　でもこの和解と秩序も、複数の意味での〈アート〉が導き出したものだったのですぞ！——こう言わんばかりの台詞を語って、魔法の力を失い、物語からも切り離されたプロスペロウの抜け殻は、いったんはこの演劇そのものの値打ちを低下させて見せる。だが同時に、彼は〈演劇や芸術＝Art〉が、〈現実世界Nature〉に働きかける意味合いを語っている。そしてこの戯曲の構成そのものが、きわめて多層的な意味での〈自然〉と〈人為〉の対置や、両者から生み出される一種のジンテーゼによって組み立てられていたことを、言外に表現している。〈自然〉(Nature)の側に無垢なミランダと野蛮なキャリバンを、〈人為〉(Art)の側に優雅な宮廷人や魔法(Art)の達人を配する。この両端を操って、例えば陰謀や反乱と同時に、教養や道徳が〈人為〉の一端として示される。現実的状況は、よくも悪しくも〈自然〉として呈示される。人間文化の全てがこの二つの言葉の連想によって語られたのち、上記のプロスペロウの、最後の台詞となる。この戯曲は〈人為〉の所産でしたが、〈自然〉をよく映していたので、あなた方の心のなかに仕組まれた〈自然〉が反応してくれたのですぞ！　こう言わんばかりの台詞だったことが、じわりと理解されてくる。虚構の世界を呈示しながら、実は現実世界に意味をもたらすもの、それが演劇であり、芸術であると実際にはプロスペロウは語っているのである。このような一種の弁証法があってはじめて、虚構性を意識した芸術は人間界に有用となる。

エロスを原動力とした芸術美

ではハーディのこの作品はどうか？　女性の美しさが彫刻制作の原動力だったということを、改作版は呈示しようとしていた。老齢がこれを打ち破ることになる。マーシャが化粧を落として、本来の老婆に還元される場面が、シェイクスピアのプロスペロウに似て、人為の芸をもって創りなされた美が、現実平面に還元されたということを具象化したものだと言えよう。エロスあってはじめて成り立つ芸術ないしは人為の美という、この作品を貫く主張がここに要約されたのである。この点では、私たちはミラーのいち早い洞察を追認することになるのである。しかしこの作品のこの主題は、詩人ハーディによって、さらに奥深く発展させられてゆく。実はこのエロスは、生身の女からのみ発するものではない。ハーディの発想自体のなかに、自然物や人間状況をさえ、女性的魅力という観点から捉えるというプロセスがある。もしそうなら、三人のアヴィスがピアストンに与えた女性的始動力は、この詩の場合と同様、きわめて空霊な、生臭さの伴わない芸術上の美意識に絡むものだったと言える。月が痩せ細って消える。するとやがて再び、妙齢の女性のように白く輝き始める。そこから受ける感動と、美女からの影響とが、ハーディの場合、きわめて同質的なのである。それを具体的に見ることにしたい。

月を自分の恋人として描く

ハーディは自然物を源泉として作品創作に当たるときにさえ、その自然物を女性に見立てる。「月の出とその後」(詩番号517)は月を自己の恋人として描き、〈あなた〉と月に呼びかけて、その第三連以下は——

そっと人の目に立たないように
女らしく振舞うあなたの姿をどんなに僕は熟知していることか！
あたかも　気乗り薄という風情で
あなたは　雲間から裸の姿を現してくる、
ほんのお恵みのように　雲のころもを脇に脱いでみせる

——なんという永い年月、
あなたはぼくに　歩調を合わせてくれたことか、
高空の荒野の〈皓々たる女〉よ、
生垣の向こうで、また今ほどは
葉の落ちた　木の大枝のかなたで！

日の浅いつきあいではない、
全生涯の　僕の〈愛の貴婦人〉、
すすんで自分のほうから　僕の視界に現れてくれる美女よ、
僕が〈死〉の隠れ家に近づいても、
〈生〉の柱の　頂点に昇りつめても！

男性としての力を失ったときにさえ、見捨てず歩調を合わせてくれる女性として月姫は描かれている。雲間を出でた月を、姫の裸体と見ることから、この自然物の美が形成される。自然物の女性性が、ハーディの創作を促している。

曙光を美姫に見立てて描く

このような老年の美意識がより鮮烈なのが「暁姫に与える歌」（同872）である。上に「暁姫」と訳した〈オーローレ（Aurore）〉という女神は、少なくともこのままの綴りでは存在しない。だが〈オーローレ〉は「女の寄せる信頼」（同645）においてすでに小文字の〈aurore〉として用いられており、その際は〈曙光〉の意味である。これと同様、ここでも美しい朝焼けを女神に見立てて、この爽やかな美神と恋愛関係にあった男として語り手が登場する。

私とあなたが　ふたたび恋をし始めることはないだろう、
それはただ、苦痛に満ちたものになるしかないから。
今　私たちが制御できるようになった〈火〉は
ただ虚しく私たちを焦がした（seared）わけではない、
あなたの新しい足どりは、私は遠くにいて
噂に聞くだけで　おおいに満足、
そしてそんな噂を聞くなかにさえ、喜びを感じるだろう、
あなたの現れた情景に　身を置けなくても。
（中略）私はもうほとんどあなたを求めたり
見たり、抱きしめたりするのに耐えられない！
（中略）〈魅惑のオーローレ〉よ、私におかまいなく進み給え、
キスはもう　面倒な仕事だから！

本書著者は以前にこう解釈した――自分の死後も〈暁姫〉は、毎朝毎朝年月の果てまでやってくることが示唆されている。曙光を初めとする自然の美しさ一般への火と燃えた熱愛は、ただ意味もなく私とあなたを'seared'した（焦がした、枯らせた、老い込ませた）わけではない（無益だったどころか、そのおかげで私も〈自然〉の美を知る一生を送れたし、あなたも私にその美しさを充分に認識されたので、詩文のなかにあなたはしかと記された）、以前にしたことはもう繰り返すことはできないが、この恋愛（美しい〈暁姫〉に愛された田園出身の詩人が〈暁姫〉を愛したこと）は実りの多いものだった、ありがとう、だがお別れだ、というのである。（森松 2003：414）

わが妹のような月

このように自然物を女性と見る性癖、その女性的なものから霊感を得る芸術家的傾向は、『恋の霊』の主題の短詩版と言うことができる。『恋の霊』からの次の引用でも、月は女性として表され、彫刻家のピアストンの移り気を体現する存在となっている（新ウェッセクス版のイントロダクションでヒリス・ミラー［Miller：xi］が冒頭に引用している箇所である。最近ではジェーン・トマス［Thomas：141］も同じ箇所を引用）。この月は「移動性を持った〈恋の霊〉」を具象する。それとともにピアストンは、先月病み衰えて消えたはずなのに、か細く美しい弓（実際には三日月の前日あたりの月）として現れたこの月を、常に美意識を新たにする自己の分身として見ている――

彼はこの歳になってもなお、巨大な空想にふける性癖のままだった。新月が見え始めていた。言い慣わされてきた月の〈移り気〉な性格によって、移動性を持った〈恋の霊〉という彼自身の考え方を実行面でも裏切らない存在を表す新月の姿を見ると、彼はあたかも女性に姿を変えた自分の生霊が、突如地平線の上から彼を眺めたかのような感覚に、我知らず襲われた。彼はよく、人ごみの中ではひそかに、独り居のときには身体ごと、この妹のような神が毎月はじめて姿を見せるときに三度ひざを曲げてお辞儀をし、輝く彼女の姿に向けて投げキスをした。（109）

ミラーがこれに続いて引用しているシェリーの詩も訳出しておこう。この未完の詩は、間違いなくハーディに影響を与えたであろう。

I. 月よ、お前は天に在る侘しさに青ざめているのか？
天空に昇り、地上を眺め
連れあいもなく彷徨し、
異なった生まれの星々のあいだに混じって
自らの恒常性を捧げるに足る事物を見つけることのない
喜び失せた一つの眼のように、常に変化しながら。

II. お前に見入る精神の 選ばれた妹よ、
やがてこの精神は、お前に憐憫の情を催してくる・・・

〈精神〉とは、語り手自身を指す。この詩は未完成のまま残されたものだが、〈異なった生まれのもの〉同士の密接な血縁を歌い上げている。俗界と対峙する月とこの〈精神〉。シェリーと『恋の霊』との密接な関係を最初に指摘したのはもちろんミラーだが、のちにトマスが判りやすい解説を掲げているので、それを訳出しておく。

> 最愛の異性のなかに自己の姿を投影して自己愛にふけること、また異性のなかに感知した自己の分身に自己を結びつけて完全性を探求すること、これは純粋にシェリー的である。(Thomas: 141)

本書著者がさらに解説するなら、〈異なった生まれのもの〉同士の近親感が、異性と感じられる自然物と自己を結びつけるのである。ミラーはこれらハーディとシェリーの引用を踏まえて、捕まえたと思った瞬間に変化し逃げてゆく〈恋の霊〉を追いかけるピアストンが、姿を変えて現れた新月を自分の生霊・分身と感じる必然性を説いている(xi)。このような芸術家の美意識に対照されるのが、実利主義者となった改訂版終末のピアストン像であるが、そのさきがけとして作品の真っただ中に、すでに芸術家魂を失った画家の姿が示されている。

通俗になお陥っていない詩的情念

上記の粗筋では、「友人」としてしか書いていないこの画家の名はソマーズという。ピアストンがアヴィス一世の死によって、二世のほうに〈恋の霊〉が移ったと感じて、それまでの〈恋の霊〉の宿主ニコラ・パイン-ネイヴォン未亡人に興味を失ったあと、彼と同世代の男ソマーズはこの貴婦人と結婚したが、作品後半の第三部四章では、ソマーズが家族を連れてピアストンを訪問する。かつては芸術性を追求したこともあるこの画家は、美術院会員の栄誉を得て、今は通俗な趣味に投じた平凡な風景画で大儲けをしている。そして夫人ニコラも、かつての「知的で解放された女」の面目をすっかり失って、

> 今は、彼女の母や祖母と同じ、ちっぽけで臆病な〈精神発達地点〉に逆戻りしてしまっていた。長蛇の列なす自分の娘たちの無邪気な眼に届けられる現代的な文学や芸術に対して、鋭い、厳しい視線を投じて、大事な娘たちの眼から、人生のどくろや骸骨を一つ残らず隠そうともくろんでいた。(118)

夫のソマーズも、ライオンに餌を運ぶジャッカルのように、「家族と家庭、アトリエと社会的地位のために」(同)せっせと金銭を運んでいる。この非芸術的一家が、ピアストンの下宿を拠点に海水浴に興じている間中、ピアストンはアヴィス三世の住む半島を眺めながら過ごす。だが「その半島の灰色をした詩的な輪郭は、船たちが碇泊する海面の向こう」に見えていたのである——つまり通俗そのもののソマーズ一家とは対照的に、ピアストンの詩的情念が、なお遠い彼方にまで及んでいることが読者に印象づけられる。すなわち、四〇歳年下の女に対する男の恋は、芸術の観点からは否定されていないばかりか、この世間的に見ればたわけた恋情が、多くの彼の彫刻の源泉であり、ハーディの場合にはその小説と詩を生むプラトン的イデアだったと示唆されているのである。

第一四章　『日陰者ジュード』
(*Jude the Obscure*, 1895)

概説

ハーディの公表一四番目の長編小説で、単行本刊行の順序から言えば一三番目となる。しかし、この作品に対する暴言というべき酷評に嫌気がさしたハーディが、これ以降小説の筆を断ち、詩作に向かったことを考えれば、当然これは彼の最後の小説ということになる。構想は一八八七年ころにさかのぼる。一八九〇年に、彼が若いときに恋愛関係にあったとされる従妹のトライフィーナ・スパークスが病没し、二年後、彼は彼女と連想される地を再訪している。その一八九二年に作品の粗筋が完成した。出版社のハーパー兄弟社には、連載小説を約束し、また決して問題を生じるような内容のものは書かないと確約していたにもかかわらず、執筆途中でハーディはこの約束は守れそうもないと同社に伝えた。同社はこれに応じず、ハーディは『ダーバーヴィル家のテス』の場合に続いて、徹底的な作品の変更を余儀なくされ、ずたずたになった小説を「ハーパーズ新月刊マガジン」に、一八九四年一二月から九五年一一月まで挿絵入りで連載した。これはロンドンでもニューヨークでも同時に発行された。最初『愚か者たち(The Simpletons)』であった題名は、連載二回目からは『反乱する心たち(Hearts Insurgent)』に改められた。前者は、チャールズ・リードが用いた小説題名(A Simpleton)と似ていたのが変更理由だった(Page 2000：**210**)。単行本は一八九五年のハーディ長編全集の一巻として、前書きをつけて発行され、題名は今日使われている『日陰者ジュード』となった。同年、アメリカ版単行本も発刊されている。単行本としては、連載用にカットされた部分はほぼ復元された。マクミラン社が一九〇三年に再版したが、このときにも改訂が行われ、一九一二年のウェセックス版には、重要な「後書き」が前書きのあとに付け加えられた。『日陰者ジュード』が、イギリスでもアメリカでも非難の渦に巻き込まれたこと、ある司教が「たぶん、私を焼き殺すことができないのに絶望して」この小説を焼き捨てたことなどを記したのは、この「後書き」のなかにおいてであった。

ヴィクトリア朝の矛盾を弾劾

この小説は当初、教育の機会均等の問題を含む階級差別をテーマとする予定だったらしい。しかし執筆途中から、恋愛や結婚についての慣習の不合理という問題が絡んできた。ハーディが小説家として二五年にわたって弾劾してきたヴィクトリア朝社会の矛盾が、一気に集約的に批判される小説である。またこの小説のヒロイン・スーの造型には、感性豊かで、新しい考え方の女性であったらしい前記トライフィーナを素材の一部として用いたかもしれない(ハーディ自身が、「ある女性の死」として一八九五年版の前書きで彼女のことを仄めかしている)。また下層の身から知的なものに憧れたハーディ自身の分身も、ここに登場している。しかし、ハーディの場合、素材はあくまで素材であって、それを用いて彼は自由に小説を造型してゆく。

［粗筋］第一部　メアリグリーン

寒村メアリグリーンの小学校教師フィロットソン（Richard Phillotson）は、大学に入り牧師になるため、大学町クライストミンスター（オクスフォードの作中名）へ出ることになった。学問の好きな少年ジュード・フォーリー（Jude Fawley）は、この別れを悲しんだが、先生から激励され、学問への志望を募らせた。ジュードは孤児で大伯母に養われている。僅かの賃金で畑の鳥追いをしているが、飢えた鳥たちに同情して穀物を食べさせるので解雇された。伯母の話では、ジュードはその従妹スー（Sue Bridehead）と同様書物の虫。

やがてジュードはクライストミンスターの方向を知り、霧の夕刻、この町をひと目見たいと祈ったところ、ちょうど霧が晴れて宝石トパーズのような光が見え、やがてその光が町の建物の風見や尖塔の先端としてかすかに見えた。また別の夕暮れには、この大学町の鐘の音が「ここでは幸せだよ」と語りかけるように聞こえてきた。あの町で学問ができるように、贋の薬屋と、宣伝と引き替えに参考書を貰う約束をしたが、薬屋は約束を忘れた。ジュードが預かっていたピアノをフィロットソンに届けるとき、ギリシャ語とラテン語の文法書を入手したいと手紙を書いた。書物が送られてきたが、古典語の習得は、指導者なしには至難であることが判って、ジュードは失望し泣いた。

それから三年。ジュードは伯母を手伝い馬車でパンを売り歩いた。馬車の上でも独学でギリシャ語とラテン語を学び続ける。馬を御しつつ本を読むのは危険だと警察に訴えられもした。その後生活費を得るのも学問の町に行くのに必要と感じ、彼は石工の見習いになった。

仕事の帰り道、これまでの勉強の成果やこの先の計画を考え、壮大な気持になっていたときだった。柔らかい物が耳に投げつけられた。川向こうで若い女たちが豚の臓物を洗っている。その一人アラベラ・ドン（Arabella Donn）が豚のペニスを投げてジュードを振り向かせようとしたのだ。彼女は豊かな胸、厚い唇をした完全な雌の動物。ジュードは川を渡り「今はわたしを追ってる男はいないけど、二週間たてば判らないよ」と挑発した彼女と、翌日デートの約束をした。

翌朝彼は勉強のことを思い出し、デートをやめようとした。だが待っているだろうと考えると可哀相になった。今日以降は二度と彼女には会うまい――こう考えながら彼はデートに出た。早めに帰って勉強する予定は、丘の上から火事を見つけてアラベラが走り出したので、実現しなかった。火事の現場は丘から見た感じより遠かった。帰りにはビールを飲んだ。彼女は飲み慣れている。丘を降りるとき、彼女は腕全体を男に預け、彼は女の躯の暖かみを疼くほどに実感した。

彼女は友達から、結婚したいのならこうしなよと耳打ちされた。ジュードがなかなか求愛しないので、ある日家族を教会へやっておいて、彼女は自分の両胸の間のくぼみに鶏の卵を入れ「触らないでね、卵を孵しているのだから」と言う。卵を胸から出した瞬間なら触ってもいいと誘いかけ、彼女は嬌笑しつつ彼を二階の寝室に連れ込んだ。

三ヶ月がたち、ジュードは間違ったことをして悪かったが、別れたいと告げた。アラベラは涙を流し、妊娠していると打ち明けた。青ざめた彼は、誠実に結婚することにした。結婚生活の初日、妻は長い付け毛をはずして鏡に掛ける。えくぼも、口腔内を吸って作る贋物。経歴もバーのホステス。妊娠さえ思い違いだったと言う（のちにこれは、友人が耳打ちした戦術――彼を獲得するための嘘と知れた）。

二人は生活費を稼ぐため、豚を飼った。屠殺の日、雪のため屠殺職人が来ないので、アラベラの指示でジュードが豚を殺した。豚が示す断末魔は彼を苦しめる。彼女は何を悩むこともなく実務に従った。

妻が書物を蔑み、故意に獣脂で汚した。髪をつかんで抗議すると、彼女は街路でさらに髪をかき乱し、日曜に教会へ行きたいのに、夫に働かされ、髪を引っ張られたと通行人に訴えた。ジュードは伯母の許に帰り、結婚の失敗を打ち明けた。お前のお母さんも夫に捨てられて、凍った池で自殺しようとしたのだよと教えられた。彼も同じ自殺を試みた。氷が厚すぎて失敗。酒場で酒に身を任せる。酔って帰宅すると、妻は「もう帰りません」と書き置きして失せていた。彼女の実家全員がオーストラリアへ移住するのだ。アラベラは家財を競売にかけて売り飛ばす。彼からの贈り物だった彼の写真も、額の値で売られた。彼は独り身となって、クライストミンスターに住む決心をした。

第二部　クライストミンスター

三年後、ジュードはクライストミンスターへ出た。初めての夜、過去の哲学者と空想上の会話を交わしているのを警官に怪しまれた。石工としての職は得た。従妹スーの写真に惹かれ、伯母にねだって貰ってきていた。自分の分身のようなこの従妹がこの町にいると聞いていたが、キリスト教関係のグッズを売る店で働く彼女を見つけた。いとこ同士として、ぜひ知り合いになりたい。こう思う彼は教会でも彼女を見かけるが、自分は既婚者だという意識が彼を押しとどめた。彼はギリシャ語の聖書に取り組む。だがこの頃スーは、散歩の際にヴィーナスとアポロの大きな塑像を露天商から買い、この男女の裸体像を大きな木の葉で隠して部屋に持ち込んだ。日頃から十字架を装身具として用いている店の女主人は、下宿させているスーの大きな彫像のようなものを見咎めた。ペテロとマグダラのマリアだと称して追求を逃れたが、彼女は何度もこの異教の神々の像を見て楽しんだ。

ジュードにとってスーは理想の女性となった。だが既婚者が彼女を愛するのは、正統的な考えの彼には、不当と思われた。彼が不在のとき、スーは石工の事務所に彼を訪ねてきた。宿へ帰ってみると彼女は短い置手紙を残していた――いとこ同士なのになぜ知らせてこなかったのですか、わたしはもうすぐこの地を去るから、このままでは知り合うチャンスも失われますのに…。ジュードはスーがこの町を去ると知って冷や汗をかいた。その夕方、彼女と街路で会いたいとの返事を少年にゆだねた。戸外で会うのが田舎の習わしだった。

会ってみると、二人ともフィロットソンの知己である。二人で訪ねていった。彼は今でも小学校の先生だった。ジュードのことは忘れていたが三人はうちとけた。ジュードは、下宿先で彫像の正体がばれて町を去るスーを、助教師として雇うようにこの先生に頼んだ。

彼女は助教師としてフィロットソンの学校に雇われた。三人がエルサレムの模型の展覧会に行ったとき、彼女はキリスト教的なものへの軽蔑を示した。フィロットソンはこれに驚愕したのだが、やがてジュードが訪ねていったときには、二人が相合い傘で抱き合って歩いているのが目撃された。ジュードは二人を近づけたことを後悔した。

伯母が病気になり、ジュードは見舞いに行った。伯母は従妹に恋をしないよう忠告。彼はクライストミンスターの多くの学寮へ入学の希望を書き送ったが、返事は一通だけ。それも今の仕事を続けよという もの。彼は長年の勉強が空しかったのを知り、酒場で大酒を呑んだ。翌日には無法者の集まる酒場で、ギリシャ・ラテン語で演説した。神を罵らんばかりの言葉を吐いた。酔いが覚めてくると、彼は恥ずかしくなり、スーの宿へ直行。「スー、殺したって構わない！ ただ、世間の奴らのように、ぼくを嫌わないでくれ！」こう言う彼にスーは「もちろん嫌わないわよ」と手を伸べて階下に寝させ、明日は朝ご飯を作ってあげますね、と二階へ上がった。翌朝、最も醜い姿をスーに見せてしまったと後悔した彼はメアリグリーンの伯母の許へ。途中クライストミンスターの宿へ寄ると、解雇通知が来ていた。伯母の許で少し眠ったが、ジュードは出世にも恋にも希望を失い、地獄にいると感じた。ちょうど牧師補が訪ねてきて、絶望を聞いてもらった。酒をやめて牧師の助手になるよう勧められ、希望を持った。

第三部　メルチェスター

彼はスーから手紙を貰った。メルチェスターの教員養成学校に入ったという。この宗教色豊かな町で職を得て神学の勉強をしようと決心した彼は、さらに彼女から「寂しいからすぐ来て」との手紙を貰い、急いで出かけた。職のほうは、大聖堂の修復工事に携わることになった。だがスーがフィロットソンと婚約したことが判った。婚約はしていても彼女は、古城の絵画を鑑賞する遠出にジュードとつきあった。帰りに列車に間に合わなくなり、ある羊飼いの好意で、別々の部屋で泊めてもらった。翌日学校の寄宿舎まで彼女に同行、彼女の写真を貰った。

教員養成学校当局は、スーが従兄と外泊したという弁解を受け容れず、彼女は一週間独房に監禁された。彼女は窓から下の川に飛び降り、流れを徒渡《かち》ってジュードの宿に辿り着いた。彼は自分の服を着せて、スーの衣類を乾かした。彼女はロンドンで、自分を愛していた男性と一五ヶ月も友人として一緒に暮らし、彼とは性的交渉がなかったこと、彼が苦悩して死んだこと、彼から宗教離れを教えられたことなどをジュードに話し、ジュードの宗教心を批判し揶揄した。

スーは学校に戻ろうとして拒否された。学校側は、別れの忠告として、今すぐにもジュードと結婚するように求めたのだそうだ。彼女は「あなたが私を愛していると思わなかったからこそ、何度も会ったのに。愛情に気づいたのはほんの最近のことよ」と不機嫌に語った。ジュードはアラベラのことは言い出せなかった。世間が認めている彼女の婚約を強調して、彼は自分の結婚の話題を逸らした。彼は惨めな気持で帰途についたが、翌日スーは、不機嫌を詫びる手紙を寄越した。「いつまでも自分の味方であってほしい、メルチェスターに荷物を取りに行くから散歩しましょう」との内容。彼は心和んだ。

フィロットソンはシャストンの大きな男子学校の教師として赴任した。彼の手許にも、ジュードにスーが贈ったのと同じ彼女の写真があった。彼は婚約者に会いたくなってメルチェスターへ出かけた。スーが退学になったことを初めて知り、ジュードに会って、釈明を求める。ジュードは彼女が決して汚れていないことを話し、自分は彼女と結婚できない男であると告げた。その日彼はスーに、自分は結婚していることを打ち明けた。彼女は憤然と彼を咎め、泣いた。「あなたを愛するつもりだったから泣くんじゃないわよ、あなたの私への信頼の欠如が原因よ」と口では言ったが……。そしてまもなく「フィロットソンとこの月のうちに結婚する、あなたには、父親代わりに花嫁の引き渡し役をお願いする」と書いてきた。ジュードは忍耐してこれを引き受け、結婚式用のヴェールを贈り、結婚式に参列した。

スーへの思慕は消えなかった。伯母が危篤に近づいたとき、駅で合流して伯母を見舞うことにしないかと手紙を出した。彼女は同意した。その間に有利な就職話があったので、クライストミンスターへ再び出かけて、昔ラテン語の演説をした酒場へ行くと、なんとそこにアラベラが働いていた。彼はスーとの待ち合わせの約束を破って、このアラベラと夜を過ごした。だがアラベラはオーストラリアで再婚した法律上の妻と明かす。彼はなぜ昨夜それを言ってくれなかったのかと憤った。アラベラと別れて、駅へ向かうと、ほかならぬスーの姿が目の前に現れた。昨夜、彼と会えずに伯母の許を訪れ、付き添い、今朝、彼を心配してここへ来たという。咎めの口調に優しさが混じっていた。伯母を訪れると伯母は、スーの結婚は不幸の源だ言う。するとスー自身が、フィロットソンを生理的に嫌っていることを口にしたのである。

第四部　シャストン

スーから招待状が来て、彼はスー夫婦の住むシャストンを訪れた。学校で、二人で弾いたピアノ曲の美しさに、二人とも感動して手を握りあった。似たもの同士であることを改めて感じあった。彼女はいずれ彼の働く現場を見に行くと言うので、彼は喜びながら「男をもてあそぶ女だね」と制止すると、彼女は「なら、もう帰りなさい」と言う。帰途につくと頭上の窓が開いて、自分は名目だけのフィロットソン夫人でしかないと彼女が語る。来週家に会いに来てと言うので、彼は喜んで会うことにした。だが翌朝、馴れ馴れしくしすぎだから来ないでとの手紙が来た。

これで親しげな間柄は終わったかに見えた。だが伯母危篤の報が入る。彼は駆けつけたが死に目に会えなかった。スーには簡単に事実を知らせた。スーは逡巡の末やってきた。葬儀のあと、彼女は一般論の形で「結婚が宗教によるものなら、自分の結婚の不幸を第三者に言うのは許されないけど、結婚が世俗的便宜によるものなら、不平も許されると思う」と言う。だが私は不幸ではないと言い張る。彼も彼女への恋愛感情は残っていないと応じた。聞き返す彼女に、彼はアラベラと逢ったことを打ち明けた。スーは彼と一緒には泊まらず、伯母の世話をしてくれていたエドリン夫人（Mrs. Edlin）の家に泊まった。夜中に罠にかかった兎が悲鳴をあげた。ジュードは兎を放置できない。罠まで行って兎の苦しみに終止符を打った。スーが窓から覗いていた。彼女も同じように兎に同情していたのだった。眠れず、彼に苦悩を打ち明けたのを後悔していたという。彼は自分の宗教を捨ててもスーを幸せにしたいと言った。彼女は「後の世の人びとは、今の野蛮な時代の慣習や迷信をどう思うかしら」と悲しむ。窓の上から、ジュードの髪に顔を埋めて泣き、頭に小さなキスをしてスーは身を引いた。

翌朝駅まで彼女を送っていく途中、別れのキスを求めるジュードに、彼女は「あなたは聖職者の卵でしょう、だったら恋人としてではないと誓えるの？」と尋ねた。彼は誓えないと言う。二人はそのまま背を向けて別れたが、二、三〇メートル離れたところで、二人は同時に振り返った。抑制に終止符が打たれ、互いに駆け寄り、出会い、抱擁し、密着して長いキスをした。これは彼の生涯の大きな転機となった。

ジュードは、人妻に恋する以上、聖職者を目指すのは矛盾だと考え、神学・倫理学の書物を積み上げて燃やし、偽善の苦しみから解放された。スーはキスしたことを自分が心弱かったと意識の表面では認識し、自分の威厳を印象づけるために彼には永く手紙は出すまいと思った（そうして彼が苦しんでくれればどんなに嬉しいだろうとも思った）。他方、フィロットソンへの生理的嫌悪から、リネン用の押入で寝ようとし、見つかると別居を申し出た。別々の教室で授業しつつ、生徒を使って二人は手紙をやりとりし、夫は最後に、スーを苦しめたくないとの理由で家庭内別居に同意した。スーは感謝の短信を届けた。だがある夜、彼は深夜の勉強に気をとられ、習慣からかつての夫婦の寝室に入った。スーは突如叫び、窓から戸外へ飛び降りたのである。悪夢のせいだとスーは言い繕ったが、再び自分だけの部屋に固く扉を閉ざした。翌日、フィロットソンは友人ギリンガム（George Gillingham）を訪ね、「妻に譲歩するのは間違いだろうが、彼女の願いを拒み非難するのも間違いだと感じる」と語った。友人は世間体を理由として、この考えを狂気の沙汰と断じ、殴って彼女を取り戻せと言った。だが友人と別れた彼は、妻が出て行くことに無条件で賛成した。スーは夫を傷つけまいと気を遣い、彼の出版計画に関して清書の手伝いをいつでもすると申し出た。当面の金銭を持って行くように勧める彼に、彼女はこれを断り、下着類少しだけを持って行くと答えた。彼は何でも持って行くように勧め、別れの馬車に彼女の手を取って乗せた。心配して訪ねてきたギリンガムに、彼は「彼女のためなら死んでもいいくらいの気持だったのだがね。それでもなお、法の名を使って彼女を残酷に引き留めることはしたくなかった」と語った。

彼女と合流したジュードは、顔を知られていないオールドブリッカムで暮そうとスーを列車に乗せた。その夜はホテルに一室取ってあると聞いたスーは、同室を拒んだ。夫を愛してはいないが、気持が整理できないと言う。ジュードは、アラベラが正式の離婚を求めてきたので、やがて自分は自由の身となることを話したあと、彼女の夫からの手紙を見せた——一つだけ条件がある、彼女には優しくしてやってほしい……。彼女は涙ぐんだが、夫を愛していないと言い切った。

ジュードが予約した宿で二室に変更して泊まるのは不自然なので、何気なく別のホテル入ると、そこはアラベラと泊まった宿。従業員の言葉から、スーはこのことを知らされた。二人は別室で寝た。

フィロットソンは醜聞に晒された。正式の辞職要求書が送付された。神の眼からも人間性からも正しいことをしたと信じる彼は辞職を拒否。公開の席で彼は堂々と自説を主張したが、支持した浮浪者たちが当局側と乱闘。彼は教職を辞し、病気になった。スーが見舞いに来た。夫は正義感から、法的にも彼女を自由の身にすべきだと決断した。

第五部　オールドブリッカム

翌年二月。ジュードは墓石彫刻の職に就き、オールドブリッカムの貸し家の、しかし別々の階に二人は住む。昼間しか会わない仲。しかしスー、ジュードともにこれまでの相手との離婚が正式に成立した。

自由の身となったのにスーは結婚を望まない。だがアラベラがジュードの留守中にやってきたのをきっかけに、スーはジュードとの結婚を決意した。だが結婚は拘束を意味するという考えが彼女を躊躇させた。他方、アラベラがカートレットという男と正式に結婚。彼女は手紙の中でジュードに、あなたとの間に子供が生まれていて、まもなくオーストラリアからやってくるから引き取ってくれと告げる。スーは、誰にも必要とされないこの少年にまず同情する。ジュードもこの子を育ててやりたいと言う。少年は、駅から見知らぬ土地を歩いてやってきた。老齢が若年に仮装しているような風体の子。「お母さんと呼んでいい？」と泣きながら愛情を求める少年に、スーはすばやく反応した。自分の心の弦がつま弾かれたときと同じくらいにすばやく、他人の心から僅かの風が送られてきても激しく鳴り始めるイオラスの竪琴――スーはこんな女。少年の頬に自分の頬を寄せて涙を隠しながら抱擁した。この子は、死んでも葬式代が掛からないようにと洗礼も受けていないので、名前もない。自分たちの結婚を合法なものにすればこの子の幸せに繋がると思い、スーは正式に結婚することにした。教会ではなく、戸籍登記所での結婚を選んだ。だが現場で、身重の女が愛のない男と結婚する姿を見てスーはたじろぐ。教会でも他人の結婚式を見てスーは「取り消せない誓いをたてるのは無意味。五〇年、百年後はみな私たちのように行動するわ」と言い、挙式はしなかった。

農芸博覧会の日。臨時列車で遠方からも観光客が訪れる。スーはジュードと〈時の爺〉と呼ばれていたあの少年と一緒にここを訪れた。アラベラも、飲んだくれの夫とともにやってきて、ジュード一家が幸せそうなのを見て嫉妬し、再びジュードに関心を持った。だが一家は、結婚していない仲であることを見抜かれて、世間からつまはじきされ始めた。田舎の教会でモーセの十戒を彫る仕事は、スーも手伝って幸せに行われていた。だが世間の告げ口によって彼はこの仕事も失い、あとは臨時の仕事を求めて歩くしかなかった。貧しさに勝てず、家具を売った。スーは〈時の爺〉に「自然の法則は殺し合い」と教えた。

スーには二人の子が生まれ、三人目もおなかにいた。病がちとなったジュードは、スーにパンを売らせて生活した。未亡人となったアラベラがこれを見た。彼女は肉体的孤独から宗教に凝っていたが、ジュードへの欲望から、宗教は忘れた。ジュードはアラベラの近くにいることをいやがって、クライストミンスターに移住を決意した。

第六部　再びクライストミンスター

クライストミンスターに来て再びジュードの胸には、大学の内部に入りたいという思いが湧きあがった。彼を覚えていた群衆に向かって、学問を目指すものとしての自分の敗北は貧困のせいであり、志望を実現するには二、三代かかると演説した。宿捜しを始めたが、子供が多すぎ、スーが妊娠中なので二軒で断られた。やっと家族が入った宿も、スーが結婚していないことを漏らして、その夜だけで追い出される。ジュードは一人、別の宿に泊まった。〈時の爺〉は「ぼく、生まれてはいけなかったんだね」と言う。もう一人生まれると知ると、この子はその不合理を責めて泣いた。

翌朝スーは、子供たちを寝たままにしてジュードの宿へ出向いた。二人は貧しい食事をして子供たちの許へ帰った。スーが悲鳴を上げた。

ジュードが駆けつけると、二人の幼児が二本の鉤から吊され、二、三メートルそばで〈時の爺〉もまた釘にぶら下がっていた。医者を呼んだが、手遅れだった。少年の書き置きがあった「多すぎるのでこうしました」。医者は、生きたくない願望が世に広まる兆候だと言った。

スーは悲嘆のどん底。〈人生の真実〉を〈あの子〉に無思慮に語ってしまったことへの後悔が尽きない。自然の与えた本能を楽しむことが〈自然〉の法則だとかつて語ったことを悔やんだ。遺体が埋葬されたあと、スーはもう一度柩を掘り起こして子供たちの顔を見たいと言って墓掘とジュードをてこずらせた。その夜彼女は次の子を死産した。

スーは天上の〈力〉に従うしかないという考えにとらわれたり、自分が傲慢だったと考えたりした。不合理な慣習に立ち向かう女ではなくなった。教会へも出向く。逆にジュードは教会へはめったに行かなくなった。スーが自己放棄こそ大切だと言い始めて彼はとまどった。

アラベラが弔問に来た。スーは彼女に、自分はジュードの妻ではないと言って姿を消す。アラベラが帰り、行方の判らないスーを捜すと、真夜中の教会で跪いていて、子供の死は天罰だ、フィロットソンこそが神に誓って結ばれた相手だったのに、と嘆く。ジュードもこのような男女関係の実験を受け容れるほど世は啓蒙されていないことを認めた。別居して夜を過ごすスーを離すまいとしたが、彼女は聞き入れない。別れ際には、スーが誘うようにして情熱籠めたキスをした。

フィロットソンはアラベラから、二人が別居していることを聞き、スーに、戻ってはどうかとの手紙を出した。本然的な倫理観からの行動は理解が得られないこと、時代の非本質的な慣習的道徳に従うのが得策であることを彼は学んでいたのである。スーがジュードを訪ねた。元の夫と再婚すると言う。彼は必死で引き留めたが、スーは昔の考え方を変えてしまっていた。子供たちの墓の近くで二人は別れた。この時にもスーは、彼を最も立派な男と讃え、献身的愛に感謝した。

再婚を控えて、スーはこれまでの寝間着を、姦淫を思わせると言いつつ引き裂いて焼却。挙式後夫は、再婚はお互いの社会的利益のためだ、従前どおり寝室を共にはしないと示唆した。スーは安心した。

アラベラがジュードの前に現れて、旅費を借り、スーの村まで出向いてスーの結婚式の情報を摑んだ。これをジュードに伝えると、彼は落胆のあまり酒場に救いを求めた。アラベラはすかさず彼のそばに坐って強い酒を勧め、酔いつぶれるまで飲ませた。こうして彼女は彼を自分の父の家に連れ込んだ。父にも協力を求めた彼女は、彼を連日酔いつぶし、同棲した〈実績〉を理由に、彼に再婚を同意させた。

再婚は、ジュードが病身のため、喧嘩の連続。ジュードはスーの村へ赴き、教会で彼女に会った。スーは彼とアラベラの結婚を正しいこととして褒めた。一方、彼女は形式だけの結婚をしたのだと言う。彼は新たな駆け落ちを提案したが一蹴された。しかしなおスーが彼を愛していることだけは確信した（実際彼女は、彼を追わないよう必死に顔を隠し耳を押さえていた）。病身の彼は二度とスーを訪問できないと思った。アラベラの許へ帰ると、もう一度スーに会うこと、そして死ぬこと、この願いが今日の冷雨のなかの訪問で果たされたのだと言った。実際肺炎となった彼は、アラベラが次の夫として色目を使った相手とともに、レガッタに夢中になっている間に息を引き取った。

［作品論］

聖金曜日に値する男女への鎮魂歌
――『日陰者ジュード』

本書第六章では、『帰郷』のクリムを理想主義的ロマン派として扱った。ジュードも同じように見ることができるだろうか？　あるいはまた、彼の三つの憧れの対象、クライストミンスター、アラベラ、スーの三者を、彼が捕捉しようとする三つの影法師と見、『恋の霊』のピアストンが求める理想美と同一視することができるだろうか？　ジュードの願望を満たすかたちで捉えることのできないこれら諸対象を、シェリーの「愛について」に登場する〈自己の頭脳のみが生み出した、実体のない子供たち〉として理解する――すなわち、小説家ハーディの最終場面に、このようなシェリーの影響を読みとって行く（Moore: **228**）とすると、本書著者がクリムやピアストンをそう見たように、ジュードもまた敗北するロマン派ということになる。しかしジュードのほうには、クリムの場合と異なって、クライストミンスターへの憧れは当時の知的な貧困者の如実な代表者的願望であるし、アラベラに捉えられるのは、決してロマン主義のなせる業ではなく、むしろ万人がはまり込む陥穽である。ましてスーのような（一方では破滅的性格を有しながら）徹底して優れた感性と優しさを持った女に惹かれるのは

当時の知的庶民代表の苦闘

当然なこと。ロマン主義の弊害とは無縁であろう。また「ジュードの精神は、単なる物質的な利得よりも精妙な問題に関心を持って」（**62**）クライストミンスターにやって来たと書かれている。これを、夢想家としての現実離れであるとして非難するのは易しい。だが、テスがそうであったとおり、彼もまた社会の底辺から出ながら、精神の充実を求める男だったのだ。クリムの空想的な教育計画のように、現実離れしてはいない。当時多数存在した知的庶民の、切実な願望を典型的に表していると言えよう。この彼が、スーという女に会い、その脱時代的観念に触れて、自己の慣習的思考から離れてゆく。いわばスーは、一面では時代の先進性のアレゴリーであって、その先進的時代精神を身のそばに置いて生きた一人の男の、これは苦闘記である。

本書著者の作品受容の変化

ところで本書著者は今からちょうど四〇年前に、『日陰者ジュード』をの多様性の欠如を特に嘆いたのである。多少言葉を変えて纏めれば、貶める小論を書いた。それを一言で言うなら、この作品における視点多様な認識による合意可能な価値観形成ができていないということであった――「作者が相対的な立場を認めつつ、多角的な視点を設けて諸価値の認識を行い、人間と人生についての多様な観察を経たのちに到達すべき作者と読者との合一が欠落している」（森松 1966: **71**）という文がその小論の末尾であった。ただし、一方的な世界観の押し付けがなされる箇所を具体的に示しながらの論考ではあった。しかもこのような受け取り方は本書著者に限ったことではなく、優れた英文学者として世に認められている方がたのなかにも、『ジュード』の観念の

無理強いへの反発を起点として、ハーディ小説全てに対する疑問を、公的に、つまり著書や講演のなかで述べられた方が、少なくとも二人おられる。しかし上記拙論を書いてから三二年ののちに、ある大学の「英文学演習」の名のもとに、一年がかりでこの作品を学生とともに抄読したとき、抜きん出て最優秀の学生が最終試験の答案に「このような小説を選んでくださったことを感謝します」と添え書きした。担当者自身がこの作品をきわめて積極的に評価する授業だったから、このような感想が生まれたと感じられた。その三二年の間に、本書著者に何が起こったのであろうか？

英詩の伝統のなかでは正常

実はその二〇年ほど前から始めた、ハーディの反慣習的詩作品全ての精読が、この小説の持つ真摯な反世俗姿勢へ本書著者を改めて惹きつけたのだった。同時に、今から九年前および二年半前に世に出た拙著類（森松 1997；2003）に纏めたような、一九世紀イギリス詩人たちの、人間と世界や宇宙の本質の関連についての誠実な問いかけにそのころ接し始めたことも、この小説への見方を大きく変えた。ハーディを含めた彼ら詩人たちは、『日陰者ジュード』における作者と同じほど、世界観の表出に関して主観的、いや、主体的である。彼らはミルトンが実践し、ワーズワスが受け継ぎ、シェリーが『詩の擁護』で唱えた、詩のなかでの世界観・人間観の表明という、英詩の最大の伝統と言うべき姿勢を受け継いでいる。そして『日陰者ジュード』は、この英詩の伝統のなかに置いて見てはじめて、これは何ら異様に観念を押し付ける作品ではないと感じられてくる。比較的最近（一九九〇年）、後期四小説を扱って一冊の書物としたケヴィン・Z・ムーアの言葉をここで借りたい。「ハーディの後期ウェセックスは、明らかにされていないテキスト上の借用に満ちていて、暗黙潜在的にテキストの相互依存性の上に成り立っている」、そして「先輩たちの多数の言説を批評的注解として作中に組み入れた」というのである（Moore：6-7）。「先輩たち」とは英詩人のこと。詩の原理の小説への導入である。

リアリズムが制作原理ではない詩の世界

そうしてこのことこそ、一部の小説読者（それももっとも優れた小説読者）によってハーディ小説が嫌われる理由となっている事柄である。すなわち、小説を期待して彼の作品を読んでみると、そこには一九世紀詩人の手法が用いられているからである。そしてこのムーアの論評は『日陰者ジュード』を批評するに当たって、決して無視できないもののように思われる。言い換えれば、ハーディが長詩としてこの作品を発表していたとすれば、イギリス詩のジャンルでは、これはこれほどアブノーマルなものとは感じられなかったであろう。ブラウニングの「チャイルド・ロウランド、暗黒の塔に来たり」の主人公の絶望や、アーノルドのエンペドクレスの自死、白い手イスールトの寂寥、スウィンバーンやアーノルドの金髪イスールトの憤死は異常とは感じられない。そこではリアリズムが制作原理となっていないからである。生首の描かれるモローやビアズリーのサロメ画像がまったくアブノーマルと感じられないのと、上記の詩の場面は同一である。すなわち、これら詩や絵画の表現は、リアリズムを超越した空間での、大きな象徴として機能しているからである。しかもイギリス一九世紀小説は、リアリズムを用いつつ、時間の経過と主人公の経験の積み重ねが、良きエンディングを保障するかたちで発展してきていた。だが詩の世界ではそうではなかった。物の本質を読みとるなら、特に新たな自然科学やダーウィニズムを導入して真実に迫るなら、小説読者の好まないエンディングへと向かうことも、充分な可能性として存在したのである。

価値観の総見直し

上に例として挙げた詩や絵画は、既成概念を打ち壊し、これまでの全ての事象を思いもかけない角度から見ることによって〈異化〉する精神に満ちた作品群なのである。そう言えば『ジュード』はまた、モローの、まだ生首は描いていない数多くのサロメ習作と同じ精神を持つ。当時慣習的には異常と感じられたはずのサロメを、当初から美の典型として、多くは反伝統的に顔面空白のまま、しかし美麗に描いたからである。ジュードもスーも、当初から運命的役割を担った男女として造型される。つまりこの三人物は、フィロットソンの加勢を得て、疑いもなく当初から、慣習的なものの見方の魅力ある転覆者として意図されている。そしてこの小説はまた、イギリス一九世紀詩人の努力にも通じる、価値観の総見直しを根底に持つ。だからここで、上記拙著類と一部重複するが、一九世紀イギリス詩壇を一瞥することから始めたい。

人の世の非公式な法の制定者

詩は世界観と精神的価値を主題とするものだという一九世紀イギリスの考え方は、ミルトンの影響のもとに、実作としてワーズワスの『序曲』、そして文学論的主張としてはシェリーの『詩の擁護』に顕著に現れた。『詩の擁護』は一八一九年に書かれたが、ヴィクトリア朝の初頭一八四〇年にようやく世に出た。つまりこの詩論が大きな影響力を持つに至ったのは、ヴィクトリア朝においてだった。この意味で、これはロマン派の文書でありながら、実質的にはヴィクトリア朝の文学論として機能したのである。詩人は、人の心がそれまで捉えきれなかった霊感の解説者であり、未来が現在の上に投げかけている巨大な影を映し出す鏡であり、非公式ながら人の世の法の制定者である、つまり詩は常に世界と人間界のありようについて、共同社会の公的最高機関になりかわって、善悪・正邪・美醜の判断を下すのだ、しかも常に未来を見据えてそれを行う——これがシェリーの詩論の結論である(『日陰者ジュード』でハーディはまさにこれを行おうとしている)。そしてヴィクトリア朝の始まる直前に、テニスンも詩一般についてこの考え方を打ち出した。彼の「詩人」(1830)という短詩は、シェリーの考えと類似した詩の効用、すなわち真理を増殖させ、自由と英知を生み出す詩の効用を歌っている。

テニスンと時代の精神的衰退の主題

テニスンはまた「感性過多なる二流の精神の仮想告白」(1830)のなかで、宗教への懐疑と世界観の修正を主題とした。「二流の精神」とは、反慣習的人物を「二流」だとして、読者のなかに入り込むレトリックにすぎない。真実と考えられていることを疑ってみるのは「人間の特権」、僕は無知だからこそ、神の存在を信じる前提として、その証と兆し(sign)が必要だと訴えるのである。『ジュード』においては、神をはじめ全ての既成観念に対して懐疑を抱くこの姿勢が、男女主人物の特性として示されるのである。またテニスンは、ヴィクトリア朝モラルの推進者となってからも、詩歌において世界観・人間観を強力に表明するというこの考え方だけは堅持した。『イン・メモリアム』(1833-50) をちらりと想起するだけでも、このことは明らかであろう。後年に完成した『王の牧歌』(1833-72) は、スウィンバーンの酷評以来、一九世紀を否定することを責務とした二〇世紀によって貶められてきたが、一九世紀イギリス叙事詩のこの特徴を最も良く示す作品である。巻頭詩では、〈野獣〉という言葉が何度も繰り返され、この野蛮と非文明の戦争状態がアーサー王によって平定される。次いで第一巻においてこのアーサーの宮廷が理想的なかたちで成立し、有為な若い騎士が、拉致された女性救出にあたって自己陶冶、やる気、勇気、邪悪との対決姿勢など精神的価値を具現する様が描き出される。以下の章でも王妃の不貞と、それと相呼応した恋愛における肉欲主義とがアーサーの世界を次第に浸食していく様が描かれる。最後には、かつて全き混乱と獣的暴力の状態から高められたこの王国が獣の次元に舞い戻る姿が描かれる。この状態への王国の舞い戻りが、ヴィクトリア朝の精神的衰退・性的道徳の崩壊への警告として意味を与えられるのである。『ジュード』の反慣習的な姿勢とは一八〇度異なっているが、イギリス社会全体について、また人間の在り様全般について判断を下そうとする点で、二作品は共通する。『ジュード』はこの意味で詩作品を手本にしている。

アーノルドと神なき散文世界

　このアーサー王が、既成道徳の維持という保守的想念を具現する一方、アーノルドのエンペドクレスやクラフのダイサイカスはキリスト教的世界観を疑う転覆的なヒーローである。転覆的でありながら彼らは、世界観を問題にしているがゆえに叙事詩のヒーローになりえた。体制への恭順を強く要求するはずのヴィクトリア朝文化のなかでも、そうだったのである。また、体制的姿勢から反体制的姿勢への転換も、多くの詩人に見られる。アーノルドを見れば、「グランド・シャルトルーズ修道院から」(1855) の末尾近くで、キリスト教そのものは失いながら、なおキリスト教文化の諸価値を失わない語り手は、当代の俗界の人びとを、のぼりを立て槍をかざして意気揚々と進軍する軍隊にたとえて「これらの兵士は世俗へと赴く／生へ、都会へ、戦争へ！」と描き、価値観を異にする為政者とも、経済万能主義者とも鋭く対立する姿勢を示すに至る。そして「エトナ山頂のエンペドクレス」(1852) は、人間にとっては自分が救われるという甘い幻想が必要であることから、原始宗教やキリスト教までが発生したとして、宗教の本質を幻想として扱う言説となっている。神をなくした荒野に無意味に留まる人間が、自己の精神をなお他者の奴隷とされていない証拠としてエンペドクレスは自死を選びとる。この長詩は一九世紀の懐疑に悩む当時の知識人をかたどるメタファーであった。『ジュード』における、子ら三人の死以降の唐突で悲劇的な幕切れも、ヴィクトリア朝詩歌のなかでなら当然用いられてよいメタファーと感じられたであろう。また、本来は「エンペドクレス」と抱き合わせてあった「トリストラムとイシュールト」(1852) においても、金髪のイシュールトはロマン派の時代を代表し、白い手のイシュールトは現実に生きる当世代を代表する。イシュールトは瀕死のトリストラムを介抱しつつ死んでゆくが、第二部で描かれる白い手のイシュールトには、伝説に反して子供があり、幻想が去った日常のなかで忍耐力を支えとして生きてゆく。この〈白い手〉もまた、一つのメタファー、すなわちヴィクトリア朝の、ロマン派離れ・神離れを余儀なくされた人間にとっての、生き方のメタファーである。コンパニオン・ピースであった「エンペドクレス」の神離れは、本来はこの長詩にも影響を及ぼすはずだったからである。『ジュード』においても、この〈ロマン派離れ・神離れ〉の世界が作品全体の大きな、逃れがたい背景としてある。

クラフと人間の価値観再構築

さらに目覚しい、〈ロマン派離れ・神離れをした人間社会〉の研究は、クラフの『ダイサイカス』。これは、神の去ったあとの世界の混乱を予測して憂慮を示す作品であり、『ジュード』により近い主題を扱う。二つの心（psycho）を持った人間ダイサイカスは、旧来のキリスト教倫理と新たな神なき世界の混沌のあいだに心を二分された男。誘惑者がやってくるが、神がいない以上、魂を売るの買うのは問題外のこととなる。この作品に現れるせりふを列挙することによって、作品の言わんとすることが明らかになる——「刹那（the minute）を楽しんでいるのさ、そして刹那のなかの現にある幸せ（the substantial blessings）を」。瞬間・刹那を楽しむ——これは一九世紀が先へ進むにつれて、やがては芸術界のモットーとなる言葉であり感覚である。「食え、飲め、遊べ、そしてこれらを至福と考えよ！／この現世以外には　天国は無い。／地獄もまた無い——この大地以外には」。そしてこの〈遊べ〉という言葉の中心が、次第に性愛による快楽を意味することが明らかになる。この詩によって、一九世紀後半のみならず、二〇世紀以降の長い年月を支配することになる問題、つまり性や恋愛・結婚の倫理・慣習だけではなく、家族や家庭とそれらを根幹とし単位とした人間社会の構成と、価値の組立て全てに係わる大きな論点が、初めて神不在の問題と連動するかたちで、英文学に登場したと言える。ヴィクトリア朝にあっては思索詩が当たり前だったことがさらに納得されよう。このようにヴィクトリア朝の大きな特徴である世界観の大幅な改変を詩人がどう受け止めるかを表明することが詩人の責務だった。ハーディがジャンルを無視して、これらヴィクトリア朝詩の伝統に従って『ジュード』を書いたと見れば、人間社会の根本問題や、世界の成り立ちの真実を、一見過激なかたちで呈示したとしても、違和感は発生しなくなるのである。

文学の真の機能

このような、一九世紀イギリス詩の伝統に呼応して、ハーディは一九二二年、第六詩集の序文に相当する「弁明」（『全詩集Ⅱ』における拙訳では「我が試作を擁護する」）のなかで

まじめな、真に文学的な問いは、次の一事に尽きる——夢の素材の作り手は、彼から期待されている常套的な麗句についての配慮をかなぐり捨てて、詩歌の真の機能、（周知のマシュー・アーノルドの言葉で言えば）〈諸観念の人生への適用〉に身を捧げるべきか否か？　ということである。（See 森松 1995 II：121）

と述べている。言うまでもなく「夢の素材の作り手」とは文学作品の創作者を指す。また、ここでは「詩歌の真の機能」と言っているが、これは「文学の真の機能」と言い換えてもよいであろう。なぜならハーディが、上記マシュー・アーノルドの文芸批評論のなかの「ワーズワス」論（このなかに〈諸観念の人生への適用〉が述べられている）をはじめて読んだのは一八七九年のことであり、八〇年代以降の彼の小説には、この言葉の影響が明らかであると思われるからである（ハーディは本章次節に示す引用の一部を抜書きまでしている。See LN I: 122＝1102番の書き込み）。アーノルドの「ワーズワス」については『森林地の人びと』の〈作品論〉のなかでも触れたが、ここではもう少し詳しく見ておきたい。アーノルドはこのなかでワーズワス評価の変遷を述べ、その途中でヴォルテールがコメントしたイギリス詩歌の特異性に触れるのである。それは「イギリス国民ほど精力的に、かつ深みをもって、詩歌のなかで道徳観念を扱った国民はいない」という論評である。アーノルドは、これは賛辞であると受け止め、「〈いかに生きるか〉という問題提起自体が一つの道徳観念である」（Arnold: 206）と言い、この観念が歌われている詩歌の例を挙げる。ハーディはこれを読んで感激し、小説というジャンルでこれを実行しようとした。

諸観念の人生への適用

アーノルドはまずミルトンの『失楽園』からの「生を愛しもせず、憎みもしないで、自分の生きている生を／良きかたちで生きよ。それが長いか短いかは、天にまかせよ」(II: 553-4)を挙げ、ついでキーツの「ギリシャの古壺に寄せて」のなかの、キスをする寸前に描かれながら果たさないでいる恋人の姿、またシェイクスピアの『テンペスト』のなかの「我らの生は、夢の素材と同じもの」(IV i: 156-7)を挙げる。アーノルドの語る道徳観念の示す範囲が広いことが、つまり抹香くさい〈道徳〉の範囲を大きく超えた、人間の生き方の意味であることが、納得されよう。そしてこのあとで、アーノルドは

もし最も偉大な詩人たちを識別する特徴が、力強く深遠なかたちでの諸観念の人生への適用であるのなら（これは良い批評家なら間違いなく否定しはしないと思われることだが）、諸観念という言葉の前に道徳的という言葉を付してもほとんど意味の相違は生じまい。なぜなら人生そのものが、きわめて圧倒的に道徳に係るからである。(Arnold: 207. 傍点本書著者)

と書いている。ハーディもアーノルドの思いを共有していたからこそ、晩年にも自己の文学上の主張のなかにこの一句を用いたことは、疑い得ない。そしてハーディが純正な文学者であると言えるのは、彼もあくまで人生の真実を追おうとするからである。そして『ジュード』では、ハーディは意識的に諸観念を人生に適用する。確かに『ジュード』には観念的な面が目立つ。リアリズム小説を読むつもりでこの作品に接する際には、この点が読書の感興を殺いでしまうであろう。だがあえて彼は、〈諸観念〉を重視してこれを書く。先に本書のなかでも引

用した観念による小説というものがあってもいいのではないかという考えを、この小説では妥協なく実現させようとする。

破壊活動分子とされることを承知で

詩集の序文でしかない「弁明」のなかでさえ、この種の諸観念の適用が、旧套を墨守する批評家の好餌にされることを慨嘆しているハーディは、小説制作という、慣習的な偏見と正面衝突せざるを得ない環境のなかで、文学本来の機能を発揮させる小説を書く場合に危険が伴うことをよく知っていた。これは、本書「序章」にも引用した第二詩集の「ローザンヌ——ギボンの旧庭にて、午後一一—一二時」（詩番号72）でハーディが主題としたことである。もう一度短く引用すれば、『ローマ帝国盛衰史』を書き終えたばかりのギボンの霊が現れて、〈私〉に問いかける——

いまは〈真理〉の処遇はどうなっている？——虐待かね？——
文筆は　ほんのずる賢く〈真理〉をあと押ししているだけかね？
遠回しな言葉でしか〈真理の女神〉を援護できないでいるのかね？
駄文家どもが今も〈喜劇〉を〈尊崇の対象〉だとほざいているのか？

そして『ジュード』への世評に関しても、彼はこう書いている——

悲劇というものは、宇宙に本来備わった事物の状況か、または人間の諸制度に体現された状況かの、どちらかに対抗することによって創造されると言ってよかろう。もし前者が暴露され慨嘆されるなら、その作家は不信心者と見なされる。後者がそうされれば、作家は危険な破壊活動分子と見なされる。（LW：290）

ヴィクトリア朝においては、こうした考え方の作家が真の悲劇を書こうとすると、雑誌編集者、移動図書館（貸本屋）が立ちはだかって、真実に覆いをかけることを要求してくる。ハーディが、その小説論の一つ「イギリス小説における率直さ」(1890) のなかで嘆いていたことである。本章では『ジュード』そのものに対する論評を記すに当たっては、次のスウィンバーンの語り手と同様に、ハーディが既成道徳の枠に捉われず、己れの判断力に従って進む様をを心に銘記したい。

人間の魂こそ人間の〈神〉

『ジュード』の第二部「クライストミンスターにて」は、エピグラフとしてスウィンバーンの詩集『夜明け前の歌草』への序詩「プレリュード」からの一節を掲げている。原詩では「自分の魂以外には、彼の指針の星はない」（第一〇連）として、人間精神のみを指針として進むしかない若者（実際には詩集全体の歌い手）が登場している。スウィンバーンはこの一行に先立って第九連では、「人間の魂こそが、人間の恒常なる〈神〉」と書く。これはエミリ・ブロンテの晩年の詩「我が魂は怯懦ではない」と同様、神を失った人間が、自己の判断をこそ絶対者と見なす考え方を歌ったものである。第九連全体を読むならば、

人間の魂こそが、人間の恒常なる〈神〉、
どのような風が　彼の意志に吹きつけて

　昼と夜の海原を　横切らせ
　左へ右へ　港へ　また難破へと吹き寄せ
　善や悪の　岸辺や砂洲へと向かわせようと
　　メインマストに高々と　魂は炎を掲げ
　波浪の破片に満ちた　惑乱の大気を貫いて
　　不屈の灯りを維持し続ける。
　そこからこそ　人間だけが　船を操る力を得る、
　怖れることなく扱える操舵術を　手に入れる。

指針または北極星として、自己の精神のみしか持たない現代の人間を、みごとに歌った詩として、これは読むことができる。第一〇連は

　自己自身の掲げる頭上の灯り以外には
　人生の港に隠れる暗礁を避けるようにと
　　人間を導くものも　導いたものも　皆無である。
　　導かれてこそ　岸辺近くに砂洲が隠れる〈若年〉を渡り、
　遠くから呼びかける　日没の　赤く巨大な
　　虚空へと向けて船を進める〈老年〉を経て
　死者たちの　平らかな水路へと向かうのだ。
　　自分の魂以外には、彼の指針の星はない、
　沖合いの　潮の変わり目に舵も失せたときに
　彼自身の魂が導かなければ　彼は沈没するのみ。

尼僧の頭巾に薔薇の花束を落とした詩人

スウィンバーンはハーディが崇拝した詩人であり、『ジュード』の本文でも「音楽的詩人」(64)として言及される。スウィンバーンの死（一九〇九年）の翌年には、短詩「眠れる歌い手」(詩番号265)を、ハーディはこの詩人に捧げている。彼は、この神離れをした詩人の『キャリドンのアタランタ』（一八六五年刊。神をののしる表現に満ちた長詩）を早々と称賛し、六六年に同じく『詩と民謡第一集』（キリスト教離れの傾向がさらに顕著な詩集）に大感激した(Gittings *Young*：122)。この詩集をハーディは「古典的な偽装を施した新しい言葉」として読んで、当時の批評界とは完全に異なる自己を発見したのである。詩集収録の反慣習的詩編を非難したロバート・ブカナンなどの保守的批評家の言説について、彼は上記「眠れる歌い手」で、「この浜辺の波しぶきの如く今は力尽きた」とからかい、これとは対照的にスウィンバーンが、どんな功績をイギリス詩にもたらしたかを、こう歌う――

　――ヴィクトリア朝の形式張った中葉の上に
　彼が　リズムと押韻に満ちたページを（中略）
　まるで太陽からのように　気随気ままに落としたときには
　それはあたかも　独りよがりの尼僧の頭巾のあたりに
　　赤い薔薇の花束が落ちたようだった。

彼がこのように評価したスウィンバーンの、上記「プレリュード」は、

詩集『夜明け前の歌草』（一八七一）の巻頭詩で、当然詩集全体の基調を歌い上げている。また詩集の表題は、時代に先駆けた感覚を誇る意味合いを感じさせる。この序詩の第一〇連から採った上掲のエピグラフは、『ジュード』の第二部だけではなく、作品全体の内容を示唆するように思われる。なぜなら、作品の後半においてもジュード自身が自己の生き方について「僕は混沌とした諸原則の真っただなかにいる——暗闇で手探りをしている——本能によって行動しているよ、先例に従って行動してはいない」（278）と語り、またそれ以前にも旧約士師記からの引用によって「自分の目から見て正しいことのみを行ってきた」（261）と語っているからである。

人物が主体性を発揮する小説

『ジュード』という小説は、一見したところ、ヴィクトリア朝の諸制度・諸慣習によって主人物たちが翻弄される話のように感じられる。だがよく見れば、これほど主人物たちが主体性を発揮している話は珍しいのである。一九世紀末までは、人物たちが慣習との折合いをつけながら、願望を実現させたり、それを打ち砕かれたりする小説のほうが、圧倒的に多い。慣習の壁に体当たりする主体性は、むしろ二〇世紀のものである。ところで主体としての人間形成は、外部の宗教、政治、道徳律のいわば強制によってなされる部分と、内部から、自らの性格、自然的好悪・愛憎などによって選別しつつ行ってゆく部分とからなる。これはラングランドがバフチンの考え方を要約して「一主体の歴史的文化的形成のなかで、相互作用を及ぼしあう権威によって説得する言説と内部から説得する言説」（Langland : 33）と書いているものを、さらに敷衍説明させて貰ったものである。ジュードの場合もスーの場合も、後者による人間形成力が、体制順応型の人間より遙かに強いことは明らかであろう。すなわちこの二人は、上記引用の言葉で言えば「本能によって行動し、先例に従って行動してはいない」人物（278）であり、エピグラフに見るとおり「自分の魂以外には、彼らの指針の星はない」のである。しかもスウィンバーン序詩の第九連冒頭が示すとおり、キリスト教の神の代替物として自己の精神を導きの指針とする人物なのである。この点で、この二人は大きな共通性を持っている。だが小説的造型の点では、言い換えれば小説の構成の巧みとしては、二人はまったく異なった役割を帯びている。

異邦人としてのスー

初めのうちジュードのほうは、体制の枠のなかで動こうとしている。学歴を得て、英国国教会の聖職者になろうとする男である。これは夢想的であるとしても、彼はヴィクトリア朝の体制に対して何の疑念も抱かず、ギリシャ語・ラテン語の習得を試み、パンを売り、石工の修行を積み、クライストミンスターへの進出を目指す。これは、体制の一角に自己の居場所を獲得しようと考えているからである。大多数の、いやほとんど全ての人間が、そのときの社会制度や慣習のなかで動こうとするのだから、この彼の考え方は自然なものである。だから、彼はいわば人間の典型である。彼はリアリズム的に造型されていると言っていいであろう。彼が体制とぶつかり合うのは、スーと出会い、クライストミンスター大学への入学の道が実質上閉ざされてからである。ところがスーは当初から慣習に従わない。最初の恋人であった大学生と同棲しながら、肉体関係を拒否したところにも、彼女の脱慣習的性癖が如実に現れている。同じ屋根の下に住む男女に関して、当然とされていることを当然とは見なさないからである。キリスト教グッズを売る店の売り子として当然と見なされていた宗教心を当然とは考えず、わざわざ反キリスト教グッズ（ローマ神話の、アポロとヴィーナスの裸体像）を買い込む。スーの造型は、明らかに万人の代表としてではなく、異邦人として成されているのである。

反慣習を語る装置としてのスー

社会の仕組みがまったく理解できないエトランジェとか、城壁の内部に入れない人間とか、人間社会からはみ出たゴキブリとなった男とか、異様なかたちで体制からはじき出される主人公を設定したのは二〇世紀文学である。だが『ジュード』においては、これらのドラスティックな状況設定こそなされないものの、つまりリアリズム手法は完全には放棄されはしないものの、スーというヒロインが、本質において当初からこれらの異邦人と同じ小説上の機能を備えている。モダニズム以前のことだから、モデルとして用いるべき異邦人は見つからず、スーの造型には苦渋の跡が見える。ハーディ自身がこのような新しい女について、心惹かれながら「今日に至るまで、〈このタイプの女性を描く困難〉のゆえに描出を延期してきた」(CL II: 99)と述べた。また「スーの描写の不完全さ」(同 98-9)を、自ら告白してもいる。そこでハーディは、女に関して〈謎〉とされる要素を最大限に活用した――「奥深くて理解できない他者、矛盾に満ちていて、非論理的で最終的に不可知である他者としての女性描写は、女性をはっきりと〈男性的〉知性と対立するものとして位置づける」(Wotton：122)ことになった部分も確かに見られる。矛盾と謎から成り立った人物として最初から造型されているから、終局のスーをどのように解釈するのか、私たちはとまどいを感じて当然なのかもしれない。しかし何よりも彼女が、ヴィクトリア朝後期の典型的な知的貧者としてのジュードに働きかけて、ジュード自身をも慣習と体制を見直す人物へと変貌させる異邦人の役割を与えられていることを、まず認識しておきたい。その際に、スーの並外れた感性と、この感性に根ざす一種の優しさが大きく寄与する。

原初へと還元する文学手法

さて価値観激動の時代に当たって、全ての既成観念をいったん無規定の状態にまで還元するという方法が、時として文学作品のなかに採り入れられる。シェイクスピアの『リア王』は、その最も優れた例である。王と父親とに当然付随すると考えられていた絶対権力が、リアの身から次第に剝ぎ取られてゆき、最後には裸身の乞食を見て感動し、付加物のない本来の人間から再出発をしたいとばかりに、王としての衣服を脱ごうとする（この過程を経て、リアには真実が見えてくる）。一方では、これは精神に異常をきたしたリアの愚かしい行為であるという〈隠れ蓑〉的な但し書きをつけながら、シェイクスピアはこの〈狂ったリア〉や〈裸のトム〉、そして道化の非慣習的台詞のなかにこそ、自己の主題をたくし込む。今日で言えば〈商品テクスト〉のなかから、本音のテクストを語るのである。『ジュード』でハーディが試みるのも、根本においてこれと似た、既成観念破壊である。それは一方では社会に通用している観念に対して為されるとともに、他方では文学上の慣習に対しても為されてゆく。第一部から第二部にかけては、教育の機会均等の問題が表面に浮かび上がっているが、それを利用しつつ、一つの小説の型を打ち破るハーディの試みも見えてくる。

教養小説の型を脱構築する

ヨーロッパ小説の伝統の一つに、教養小説（Bildungsroman）がある。ジョー・フィッシャーはこの伝統を逆さにした小説として『ジュード』を見る（Fisher: **174**. 彼が挙げる一九世紀教養小説の典型はディケンズの『ニコラス・ニックルビー』）。教養小説とは能力主義社会（meritocracy）が前提された小説である。なぜなら、自己の能力と勤勉を最大限に発揮する場合に、主人公にとっての良き結果が得られ、社会的昇進が得られるのでなければ、この種の小説は成り立たないからである。ところが『日陰者ジュード』の主題の一端は、このような因果関係が、下層の出身者には成り立たないことを扱うことである。それまでの中産階級以上の登場人物については成り立った形式が、ここでは否定される（この作品の第二部六章で明らかにされるように、労働階級が一五年がかりで貯めた金を家庭教師などに使えば、入学の道は開かれているのだが）。この同じ逆さまを『ジュード』に見て取るペニー・ブーメラの言葉を、今度は借りてみよう――ジュードが、クライストミンスターのビブリオル学寮長から、入学拒否の手紙を貰った場面についてである――

この場面でジュードと読者が遭遇するのは、ジュードが与えられる資格があるかもしれない事柄を、社会が彼に与えることをにべもなく拒否しているという状況である。個人の良き内面生活と社会的栄達の筋書が、互いに鏡のように映しあうという仕組み――これが、この小説では壊れている。そして古典的イギリス教養小説をちょうど逆さにしたもので溢れているこの小説だが、こうした逆さ状況の一つによって、ジュードの誠意そのものが却って彼の不成功を保証するのである。（Boumelha 1993: **244**）

これは大学への進学に関して述べられたものである。しかしこの小説では、二人の主人物の誠実、読者の共感を得る人間的奮闘の全てが、進学問題だけではなく、恋愛、結婚、職業、家庭生活など、全ての面において逆作用をして、二人を次第に窮地に追い込む。その様子を見れば、ここでもまた「個人の良き内面生活と社会的栄達の筋書が互いに鏡のように映しあうという仕組みが、この小説では壊れている」という表現が当てはまることが判る。

一瞬だけの真の啓蒙の光

教養小説は、努力＝成功を基本としていた。教養小説では、人間として当然な失敗や多少の誘惑への傾きを克服する場面が生じ、〈その克服〉＝〈目標への接近〉を意味した。この等式を意識的に脱構築し、その間隙から見えてきたさかしまの状況を露呈させ、人間には、とりわけ支配層以外の人びとには、この文化様式が成り立っていないことを印象づけようとするのが、この小説の要諦の一端である。この問題についてもスーの登場がこのことの暴露に拍車をかける。だがまだ体制のなかにいるジュードに対しては、支配層に属するクライストミンスター出身者は、亡霊となって様々な発言をして、ジュードにも幻の栄光を映し出す(63-6)。R・ブラウニングは「最後の楽天主義者」として「何と世界は私たちおのおののために作られていることか」(65)と語り、キーブルとケン司教は死を賛美して語る(66)。矛盾した発言なのに、ジュードは彼らクライストミンスター出身者の威光に夢見心地となる。一夜明けた同じ町で、ジュードは一瞬だけ、のちのスーの見解の前触れとなる〈ものの見方〉を体験する――

一瞬のあいだジュードに、真の啓蒙の光が見えた。それは、諸学寮のなかでも最も高貴な学寮内部で、学問的研究の名を付して権威づけされている努力に劣らず有為な努力の中心が、この石材の加工場にこそ存在しているという真実であった。(68)

語り手は石工たちの努力を、上記有名人の発言に劣らず高貴なものとして呈示している。戦いのための城、虚妄のための教会より威光ありとされる『狂乱の群れをはなれて』の農事場の描写（本書112-3）と、まったく同質の文章である。だがこの場面では、「古い考えのジュード」がこの真実を捉えきれなかったことが語られる(68)。そしてこの場面は、その後もこの種の〈努力〉が世間的〈成功〉に、何ら直結しないことを示す前触れのように作用するのである。

まず宗教上の脱慣習

スーが登場してからは、事物の概念を原初へと解体して問い直す手法が本格的に用いられるようになる。彼女が買い求め、その故に職を失うアポロとヴィーナスの彫像は、このように邪気のない異教の事物に対しても不寛容である当時のキリスト教の、基本的実態を明らかにする。スーが見習い教師になったあと、生徒たちを引率してエルサレムの模型を見に行ったときにも、模型によって史実をいい加減にしか再現せずに、生徒に宗教を強いるキリスト教教育の実態をスーは嫌悪まじりに示す(87-9)。次にスーが登場するまでに、ジュードは五人の学寮長に入学希望の手紙を出し、四人には無視され、一人にはすげなく断られ、腹いせに酒場の酔漢の前でラテン語の演説をし、酔ってスーを訪ねる。スーの反慣習的言辞が受け容れられる素地が、ジュードのなかにできたのである。神を冒瀆した自分を蔑まないでくれと、この美しい従妹に頼むと、思いもかけぬ優しさでスーは彼を蔑んだりしないと言った(101)。スーの脱慣習的態度は、ここでも表れる。ジュードがメルチェスターに移ってから、大聖堂で坐っていましょうとスーを誘うと、彼女は一旦はイエスと言いながら「鉄道駅で坐ってるほうがいいと思うけど。今はそのほうが町の生活の中心よ。大聖堂の時代は終わったわ」(112)と言う。当初において、これら既成概念を突き崩すスーの言葉が、全てキリスト教離れを示していることに私たちは注意すべきである。先のスウィンバーンからのエピグラフに関して述べたとおり、神消失後の世界で、万人の代表ジュードがどのように行動を選択してゆくかが、次第に主題として浮かび上がってくる。

文明の〈否定〉としてのスー

教師養成学校によるスーの譴責も、ストーリーとして印象的である上に、体面と慣習のみからなる教育機関を問い直す意味を持っている。さらにそれ以上に、窓から川に飛び降り、深みを徒渡ってジュードの宿に逃れたスーの、身の上話と考え方の披露が意味を持つ。彼女が「自分は文明の〈否定〉なの」(122)と言っているところに、特に注目すべきである。数々の古典的文学作品を読んだ経験を語ったあと、彼女は「わたしは男性を男性であるが故には恐れていないし、男の書いた書物も怖れていないわ」(同)と言う。当時の〈文明〉は、男性が男性のためにこしらえ、女性を恐れさせる装置であったから、この意味で、男性を怖れることのないのは〈文明の否定〉の一部である。彼女はスウィンバーンの「プロセルピナへの賛歌」から次の一句を引用して、自分の宗教への態度を表現する——

おお、聖人たちの　血の気の失せた栄光よ、
絞首刑を受けた神々の　死せる手足よ。(125)

聖人たちと神々は、すでに自己のなかには生きていないというのである。スウィンバーンはキリスト教の神を表す際に、しばしば複数を使って〈商品テクスト〉を構成する。だからこれは、スーのキリスト教文明の〈否定〉である。

幽霊幻視者でいっぱいの大学

　クライストミンスター大学についてもスーは、知的な面は尊敬すると言いつつ、かつて男友達から直接聞いた話を基に、

あの大学の知性は一つの方向に押し進み、宗教はもう一つの方向に押し進んでいるの。だからこの二つが、角を突き合わす二匹の雄羊のように、じっと立ち止まったままなのよ。(中略)あそこは呪物崇拝者と幽霊幻視者でいっぱいなのよ。(同)

——このように語る。ここでも宗教が槍玉に挙げられ、知の進歩を阻むものとして語られる。過去の、意味を失ったものを崇拝し、実体のないものと判明したものを、見えると称する似而非《えせ》学問の府としてクライストミンスターを見る。彼女の見るところでは「自然な人間愛に満ちた歌」である「ソロモンの雅歌」を、神と教会との関係を歌ったものとして、牽強付会な解釈を施した二四人の高位聖職者が非難される(126)。ジュードがつぶやくとおり、彼女は「ヴォルテール崇拝者」(同)なのである。この呼称は当時、危険人物に与えられていた。この段階では、ジュードは宗教離れをまだしていないのである。そしてスーによるこれらの批判は全て、スー自身の精神を判断の拠りどころとして為されるもので、これがジュードを変えてゆく。しかもその判断は、神離れをした近代知性によるものという前提において為される。

性的に消極的な女の造型

　宗教についても、この先にも慣習打破の言説が出る。だが第三部メルチェスターでの二人の主役の行動から、既成概念を原初に還元する動きが強まってゆく。恋愛、結婚、セクシュアリティの問題、さらに階級問題がこれらにからまって、女や女の社会的役割についての既成概念も破壊される。「概してハーディの女性表現は、従来学者たちが女性特有

の姿として捉えていた単純な固定概念を超えている」(Langland：32)という感想は、特にスー・ブライドヘッドに当てはまることは、上記の諸引用からも明らかであろう。多情な女が、好き勝手な行動をするという〈単純な固定概念〉さえスーには通用しない。ハーディは、性的に消極的な女としてスーを描いている。ただし、これはハーディの側の、周到な計算によるものかもしれない。ヴィクトリア朝では、女性に見られる強い官能性は、臓器の不正常や精神の不安定と連想され、そのような女性は知的・道徳的能力に劣るとされた(R. Morgan 1988：123)。それゆえ怜悧なハーディは、スーを性的情熱の強い女には描かなかった可能性がある。バスシバやユースティシァ、テスなど情熱的な女性が、新しい認識に立ってセクシュアリティの問題を提起しても、世論を動かす力は持ち得ないという判断である。

　これらセクシーなヒロインたちは、彼女らが呈示したり象徴したりしている倫理・道徳的問題を額面どおりに受け取り難くしてしまう程度にまで、当時の読者を動揺させてしまったことは明らかである――これらヒロインたちが、〈現体制〉にとって脅威であることを現実に忘れることのできる読者は、ほとんどいなかったにもかかわらず。(同124)

モーガンは主として、スーに性的情熱が乏しいことを語るためにこの箇所を書いてはいる。しかし〈商品テクスト〉という観点を導入するなら、結婚制度やセクシュアリティの問題、宗教離れや世界観に関するスーの観点を、多少なりとも読者に受け容れられるようにするためには、スーは官能的であっては困るわけだ。様々の反慣習的論点を導入するために、ハーディは小説作法の観点から、スーに性的冷淡を与えたのかもしれない。つまり重要なのは反慣習的論点のほうであって、スーの欲求の満足度などという問題は、この小説では不問に付される。検証すべきは、恋、結婚、男女の関係を、これまでになかった観点から検証することなのである。

性関係抜きの強い愛情の可能性

　ジュードがスーに、自分の結婚のことを話したあたりから、スーは反慣習的観点をジュードの前に開陳する役割に加えて、生身の女として様々な反応を見せる。もともとリアリズムの側にも片足を置くかたちで描かれてきたヒロインであったが、ハーディはリアルな女としての彼女の感情の動きを描きつつ、慣習を無視したその考え方も随所に露出させる。彼が既婚者であることを知って衝撃を受け、嫉妬のなかから、宗教心の強い彼が、宗教に従って結婚していながら、妻と別居している滑稽さを皮肉り、自分が配偶者と別居しているのならば話が違う、だって「わたしは少なくとも結婚を聖なる儀式とは考えていませんからね」(139)と言う。冷静になったあとでは、彼女は、周りの人間がこの先二人の友情関係を認めないだろうと言い、

　彼らの思想は動物的欲望に基づいた関係だけしか認識できないの。欲望が、少なくとも副次的役割しか果たしていないような、強い愛着の幅広い分野があることは、そんな人たちには判らない――

無視されるだけね。(140)

そしてこのような男女間の強い愛情の果たす役割を、天上的・霊的な愛として分類する(同)。これまた彼女自身と慣習世界との対立を示唆しつつ、男女間の愛についての既成概念を、突き崩して問い直す言葉である。性的関係なしに、愛する男と心と心で強く結ばれていたい、それが不可能なはずはないという、これは根源的問いかけである。

非慣習的な男女の状況の呈示

他方でハーディは、このあたり以降、男女の心理の上から、ジュードとスーのような状況に見舞われた男女のあり方を、根源から見直そうとする。これまではスーという人物を用いて、その発言内容で根源的問いかけを連発したのだった。だが今度は、慣習的にはめったにしか起こらない男女の状況を連続的に呈示して、男女の心理を描き出す。スーがここでフィロットソンとの結婚の約束を実行に移したのは、ジュードが妻帯者であったことを知った直後だから、彼を諦めたからだという説明はつく。だがこれは嫉妬によるジュードへの復讐であると一般には解釈されている。さらに結婚式の際に、父親代わりの花嫁の引き渡し役を、自分が愛するジュードに依頼するというスーの極端な非常識が描かれる。さらに彼も、これを引き受けるという異常な反応を見せる。しかも実質上結婚式の予行演習のような教会の下見の際に、いつのまにか花婿の役割をジュードにやらせて彼の腕を離さない。彼が長期にわたって既婚者であることを打ち明けなかった原因を、自分への愛情不足だったとして、スーは彼の前で先に泣いた。だから彼への懲罰として、彼女はこの一連の苦行を彼に強いているという印象を、ハーディは打ち出している。またその底流として、やがて彼女がのちに口にする願望、「飽くことを知らない、女の、愛されたいという願望」(171)が潜んでいることも彼は示唆する。他方で彼女は、二時間後に結婚式を挙げるフィロットソンに対して「今、二人で面白いことしてたの。教会へ行って、いわばリハーサルしてたの」(145)と語り、ジュードと二人で祭壇まで行進したことを打ち明ける。この言葉がフィロットソンに対して与えた衝撃は、テクストが語っている。しかしこれは同時に、ジュードの心を残酷に苦しめるはずである。スーが彼の苦しげな表情を盗み見て喜んだのではないかと思われるが、これは読者の想像に委ねられている。

〈非常識な〉行動の意図的な呈示

この場面をリアリズム的描写として受け取るとすれば、スーは妖婦にすぎないということになろう。だが作品自体が、男女の問題全体を再検証する意図に満ちている。だからここでもスーは、慣習的な女の振舞い方を打ち砕き、〈非常識な〉行動に打って出る女としての役割を果たすのである。結婚後も二人はたびたび会う。結婚直後からスーはフィロットソンを生理的に嫌っていることを、ジュードの前で口にする。スーが招くかたちで会ったシャストンの学校では、ピアノを弾く途中で、同じ感覚を共有する者同士として手を握りあう。同時に彼女はこう語る――

文明が私たちをはめ込んだ社会の鋳型は、私たちの現実の姿とは何の関係もないのよ。慣習的に星座とされているかたちが、実際の星の配置と何の関係もないのと同じよ。わたしはフィロットソン夫人と呼ばれて、その名前の相棒と一緒に静かな結婚生活をしてますけど、でも本当の意味では、フィロットソン夫人なんかじゃなくて、常軌を逸した情熱を持ち、説明できない嫌悪感を抱いて漂っている女にすぎないわ。(172)

結婚の本質の根源的見直し

また大伯母の葬儀のあと、彼女はフィロットソンが友人として見る限り、善良かつ親切で、好きだと思うけれども、男性としての彼を愛することができないことをジュードに打ち明ける。

夫とうまくいかないって言ったって、あなたに言わせれば、わたしが悪いだけということになるわ。お話できない理由からなんだけど、わたしの側の嫌悪感なの。世間一般には、嫌悪感だなんて言っても、通らないことですけどね！…これほどわたしを苦しめるのは、彼が望むときにはいつでも応じるように義務づけられていることなの。道徳的にはあんないい人なのに！　本質から言って自由意志に基づくはずのことに、特定の仕方で感情を高ぶらせなさいという、恐ろしい契約なんだわ。(178)

こうして結婚の本質を根源から見直す作業を、スーは端緒につける。そしてまた、こうも語るのである――

文明のなかで普通に起こる男女の愛の悲劇っていうのは、自然的に起こる愛の悲劇じゃ全然ないのよね。自然な状態なら、別れれば済む二人のために、人為でもってわざわざ製造される悲劇なんだわ！　（中略）わたしの身に起こったことは、たくさんの女性に起こっているにちがいないわ。ただ、ほかの女性は服従するのに、わたしは反抗するだけよ…。わたしたちが不幸にもいま生きているこの時代の、野蛮な慣習や迷信を、後年の人びとが振り返って見たとき、どう思うかしら？（180-1）

これは離婚についての考え方を見直す作業を促すのである。もちろんスーの考えは時代の制約を受けている。後年の離婚社会の弊害、子供に対する親の責任の放棄などは、まだ問題にされていない。しかしこれは、一八九五年時点での進歩思想だったことは言うまでもない。

愛における当事者の自由の問題

永久の別れと思われて、それぞれ反対の方向に三〇歩歩いたときに、二人は同時に振り返り、駆け寄って抱擁する。これがジュードの生涯の大きな転機となり、このときから彼は聖職につく意図を放棄する。スーによって次第に促されてきたこのジュードのキリスト教離れは、この時代の知識人にはいずれ生じる一般性のある問題として示されている。同時にスーの行動は、夫フィロットソンにも、新しい考え方の導入を迫る結果となる。本書前章の『恋の霊』について示したように、フィロットソンをめぐるのと同じ、離婚や恋愛における当事者の自由の問題が、一旦『恋の霊』連載版で詳細に追われていたにもかかわらず、改作に当たっては全て削除された。これは『恋の霊』の第一の重要テーマを、独立させて意味を拡大させるためだったと考えられる。しかしもともとは、これが『恋の霊』のもう一つの重要問題だったことを想起するならば、ハーディにとって、これは一八八七年の『森林地の人びと』以来の重要テーマだったことが判る。フィロットソンは、スーを苦しめたくないとの理由で家庭内別居に同意する。

妻の婚外愛の支援に踏み切る夫

そのあとで彼が間違えて従来の夫婦の寝室に入ったとき、スーは窓から戸外へ飛び降りて夫を避けるほどの嫌悪を示した。このときフィロットソンはまず「よかった！　君、死ななかったのだね」(190)と言う。次いで、当時の〈常識〉の化身のような友人ギリンガムと討論を重ねたのち、フィロットソンは、妻を夫の意志に縛りつけよという常識を認識しつつも、

でもそんなやり方は、その本質からして正しく、適切で、恥ずかしくないことなのだろうか？　それとも軽蔑に値する、狭量で利己的なことなのだろうか？　ぼくに判断できるとは言わないよ。ただぼくは自分の本能に従って行動するつもりだ。正義の原則なんか、どっちに決まるか風次第だ。見えないまま泥沼にはまり込んだ人物が助けを求めている場合には、ぼくにできることであるなら、救いの手を差し伸べるのだよ。(194)

彼は、妻に譲歩するのを間違いとする世間の意見を知りつつ、彼女の願いを拒むのも間違いだとして、彼女の出奔を許す。彼はレイオンとシズナ（シェリー）やポールとヴィルジニー（ド・サンピエール）など、小説中の純愛をジュードとスーのなかに見て、考えれば考えるほど、二人の支援をしたいという気にもなる(195)。しかも、フィロットソンもまた、「自分の本能に従って」行動するのである。先に引用したスウィンバーンの「プレリュード」からのエピグラフは、この小説全体を通じて流れる考え方だという本書著者の主張が、改めて納得されるであろう。

友情を発揮する夫婦別れの二人

一方のスーもまた、自己の感覚に従って、捨て去る夫に友情の限りを示そうと努める。それは時として滑稽で、とりわけ自分の駆け落ちによって夫が社会的制裁を受け、落ち込んで病に伏したときに見舞いに駆けつけるのは、出版当時、この小説全体がそう思われたように「笑劇のきわみ」であるかもしれない。しかしこれは、時代とともに少し変化してきた反応でもあることを、私たちは知っているのである。そしてハーディは、詩の分野でも妻の婚外愛を容認する夫を描き出す。一つ例を挙げれば、「町の住人たち」(詩番号23)では、友人から妻の不倫と駆け落ちの計画を知らされた語り手が、最初は決闘を決意する。凶器を持って、愛人とともに現れる妻を待ち伏せる。だが妻が、家を出るに当たって、宝石など金目のもの全てを後に残しているのを知って気持が変わる。語り手は、法律によって保障されている暴君となる代わりに、愛し合う二人の味方になり、金を与え、去るにまかせ

てしまう。フィロットソンは去ってゆくスーに、当面の金銭を持って行くように勧める。彼女はこれを断るが、彼は何でも持って行くようになおも勧め、別れの馬車には、彼女の手を取って乗せる。フィロットソンに愛情がないわけではない。「粗筋」にも書いたとおり、彼は「彼女のためなら死んでもいいくらいの気持だったのだがね。それでもなお、法律の名を使って、彼女を引き留めるなどという残酷なことはしたくなかった」(198)と語るのである。こうした成り行きのなかでもまた、当事者たちは外部の取り決めではなく、自己内部の感覚、自分の判断力によって行動している。新たなモラルを模索するとき、常に頼りになるのはこうした人間的感覚である。なおこうした問題に関するハーディの他の詩については、前章も参照されたい。

結婚制度が保障する利益を求めるアラベラ

ここでスーを一時離れて、アラベラについて見ておきたい。アラベラの人生態度は、スーのそれとは対照的である。スーは現行の結婚制度によって男を拘束し、それによって男からの真の愛情を失うことを怖れる。アラベラは結婚が成立しないことによって、結婚制度が保障してくれる経済的・社会的利益を失うことを怖れる。ジュードとの結婚に際しては、肉体的誘惑手段はもとより、偽のえくぼ、付け毛、虚偽の妊娠などによって結婚を手に入れる。ジュードは経済的に無能な夫と判ると、オーストラリアに去って、ジュードとの婚姻関係を悩むことなく再婚する。カートレットを結婚に追い込むときには、元の夫ジュードを訪れて彼を脅し、これによって結婚の約束を履行させる。このとき、彼女はスーに向かって言う。

「あなたのことだけど、もしわたしがあなただったら、ジュードをうまく言いくるめてすぐに牧師さんの前にわたしを連れて行かせるね、そうしてけりをつけちゃうね。あなたの味方として言ってるのよ」

「ジュードはいつだってそうしたいと待ってますわよ」スーは冷たいプライドを顕わにして言った。

「じゃぁそうさせなさいよ、絶対に。男との生活なんて結婚後は事務的になっていくのよ。お金のこともうまく行くようになるしね。それに、判るでしょ、喧嘩が起こって男があなたを追い出しても、自分を護る法律が手に入ってるんだから。結婚してなきゃ、そうはいかない。刃物で半分あなたを刺すとか、火かき棒でどたまを割るとかすれば別だがね」(228)

アラベラにとって結婚は生きてゆくための手段である。豚の屠殺が終わったときにほっとしたジュードが神の名を口にしたとき「豚殺しなんて汚い仕事に、どんな神様がかかわっているって言うの？　金のない人間も生きてかなきゃなんないんだからね」(51)と夫への軽蔑を籠めて言い放ったときと同じ感覚が、結婚問題についてもアラベラから発せられるのである。

アラベラの実利主義を読み取る

これについてイーグルトンは「スーに比べてアラベラは、抜け目がなく実際的ではあるけれども、基本的には自分が軽蔑している慣習類」が有している「策略」を見抜いて「自分自身の有利になるように、現実を踏まえて慣習類を利用している」(Eagleton: **xix**) と述べている。これは、アラベラの実利主義を浮き彫りにするという意味で、正確な読みとりである。アラベラという女は、肉体の意味を認識しているとか、庶民の生活実感を有しているとか、最近の批評では重んじられることが多いが、彼女との対照によってスーの実像が立体化されることは確かだとしても、スーのアンチテーゼとして一方的に丸ごと肯定されていると見るのはおかしい。精神的価値に希求するところを持つ人間と、それを無視して経済的・生物的意味において〈生きる〉ことを優先させる人間との違いが、スーとアラベラの根本的相違であることを忘れるわけにはいかない。スーの幸福感には、アラベラの実利主義はまったく役に立たないのである。スーとジュードは、この意味では確かに、ケヴィン・Z・ムーアが力説するように (Moore: **223 ff.**)、ロマン派的探求の果てに敗れ去る非現実的理想主義者としての一面を持つ。全面的に彼らの特徴が〈非現実性〉だけであるならば、アラベラの勝利の前に敗れ去る不適応者として、巻末のスーとジュードは読まれることになる。だがそれが二人の全てであるなら、この小説の与えるもう一つの強烈な感覚、すなわちジュードとスーに対する私たち読者の親愛感を、説明できなくなる。

法律的義務によらず善意による行動

アラベラとの対比が特に目立ってくるのは、ジュードとスーが同棲を始めたのちに、アラベラがジュードを訪ねてきてからである。彼女が当初、話したいことがあると言っていたことは、のちにジュードとのあいだに生まれた子供「時の翁」を、引き取ってくれということであったと判る。スーは、アラベラが結婚の持つ法的拘束力について語ったことに反発して、こう言う——

> わたしたちの一族の男も女も、自分の善意によって成り行きが決まってくるどんなものに対してもとても心が広いけれど、強制されたとなるといつでも反抗するんだわ。法律的義務のなかから非人間的なかたちで生じてくる態度は、怖くないかしら? 何の利得も期待しないのが本質であるはずの恋愛に、こんな考えが入り込むのはぶち壊しじゃないかしら? (230)

そして実際、「時の翁」がやってくることになったとき、スーは大多数の女性の反応と正反対の態度をとる。彼女は、自己の善意のみを導きとして、同情を籠めて言う——「可哀想にこの子は、誰にも愛されていないのね!」。

アラベラの子への実母とスー

この愛情に満ちたスーの言葉に励まされるようにジュードも、スーに劣らず、非慣習的な考えを述べる——

> 親が誰かなんてくだらない問題は、結局、何だっていうんだい? 血縁によって自分の子かどうかなんてことは、考えてみりゃ、どうでもいいことじゃないか? 我らの時代の小さい子はみんな、その時代の大人たちの子供なんだ、みんなみんなね。誰もが大事にすべ

きなんだよ。自分の子供だけが極端に可愛くて、よその子供を嫌うあの気持は、階級意識や、愛国心、〈自己の魂を救え〉主義とか、そのほかの徳目なんかと同じで、根底には卑しむべき排他主義があるんだよ。(232)

これを聞くとスーは喜び、飛び上がって賛意を示し、ジュードに熱のこもったキスをする。いよいよ「時の翁」少年がやってきたとき、少年は「お母さんと呼んでいい?」と言って泣きそうになる。スーはすばやく反応し、同じように泣きそうになる。

なぜなら、スーという女は、自分の心の弦がつま弾かれたときと同じくらいにすばやく、他人の心から僅かの風が送られてきても激しく鳴り始めるイオラスの竪琴だったからである。(236)

「お母さんと呼んでいいわよ、そうしたかったら」(同)と彼女は、涙を隠すために、少年の頰に自分の頰を寄せて言うのである。さらに「時の翁」の存在はスーの家庭に「高貴で無私な、優しい雰囲気を持ち込んだ」(244)と書かれる。この子を厄介者としてのみ扱う実母アラベラとの対照はあまりにも明らかで、アラベラ礼賛の論調を抑え込むであろう。庶民なら、また肉体派なら何でもいいということにはならない(確かに二一世紀の先取りという意味を持つアラベラではあるが)。さらにスーは「この子の、小さな飢えた心のなかには、空いっぱいの星ぼし全てのなかよりも、わたしたち考えなきゃいけないことがたくさんあるのよ」(同)と言い、この子のために結婚という法の手続きを踏む決心をする。

結婚制度に関して

だが次に定型観念が打破されるのは、結婚による束縛が、生き度に関してである。結婚制度に関してである。結婚による束縛が、生き生きした人間性を消し去ることを恐れて、二人は正規の結婚に踏み切れない。自分たちは五〇年、百年時代に先んじているだけで、みな同じように結婚への逡巡を感じ始めているのだとスーは言う(242)。彼女が純粋な〈愛〉と考えるものが失われるのが怖さに、スーは、結婚だけではなく、ジュードとの肉体的関係も一時は拒む。またその二年半後、二子を産んでからのスーは、子供をこの世に生むという行為も、恐ろしく悲劇的なことなので、自分にそんな権利があるのかと自問するに至っている(264)。結婚問題に限らず、スーの、世俗から見れば奇異な行動の全ては、このような一種の〈優しさ〉から発するのである。自分の飼っていた鳩が競りにかけられて売られたあと、その鳩が入った鳥かごから鳩を逃がしてやる(260)。買い手に怒鳴られ、スーは悪いことをしたと後悔するが、これもこの種の〈優しさ〉が原因である。そして「時の翁」少年に聞こえるところで「おぉ、どうして〈自然〉の法則は、お互いの殺し合いばかりなんだろう」(261)と、子供の前で言ってはならない〈真実〉を口にしてしまう。これも彼女の〈優しさ〉による発言であり、結婚問題への考え方と、全て連動している。妊娠を「時の翁」に打ち明けたときも「ごめんなさいね」と涙を浮かべて言う(284)。これが「ぼくらがいなくなったら、ぜんぜん困ったことなんかなくなるのに」(同)という感想を「時の翁」に抱かせることになる。スーの〈優しさ〉は、ノイローゼ的という非難に確かに値する。だがそれは優しさであることには変わりなく、相当数の読者の共感を得る。それは全てを原点へ還元して考え直す優しさだからだ。

階級と教育の問題

この小説ではこの間に、階級についての定型観念も打破される。またこれは、教育の機会均等とも重なる問題である。ジュードという男性は、ヴィクトリア朝の階級制度、および階級差のなかで庶民が果たすものとされた役割や行動パターンを覆すべく闘う。クライストミンスターに帰った彼が、聴衆に向かって語る言葉を聞こう――庶民が、現在置かれている立場のままに過ごすことにするか、自己の適性に応じた道を考慮しつつ生きようとするか、この選択は難しいとした上で、

後者の選択をして、敗北するに甘んじたのは、私の貧困のためであって、私の意志ではありませんでした。私一世代で行おうと試みたことを、実現するには、二、ないしは三世代、必要なのです。(278)

そして当初、固定された考えを持っていたのが、一つずつなくなっていって、先へ行くほど確信がなくなり、いまは「諸原則の混沌のなかに生きている」と言う。ここには、一九世紀世界の固定観念の崩落と、これに取って代わりえない代表的思想の欠落――いわば二〇世紀の病が、予言されているように聞こえる（二〇世紀では、一時は、社会主義、共産主義が、その位置を与えられたかに見えて、それは二一世紀までにあとかたもなく潰えた）。一九世紀を支配したクライストミンスター大学の権威は、このとき無用な輩としてジュード一家を見下ろしていたが(279)、その不毛性をジュードは「二度とぼくは、この地獄のような呪わしい場所を求めたりはしない」(280)という言葉で表している。

作品の結末について

さてこの小説は、あの大きな悲劇と、そのあとのスーの大きな変貌へと至る。この拙論においても、その結論が読者諸兄を納得させるとは思わない。だが、本章の当初に書いたとおり、ヴィクトリア朝長編詩の成り行きを考えれば、何かの象徴だった人物が、奇異な最後を見せるのはむしろ常套的な描き方なのである。ジュードは、この時代の庶民を代表する一種の〈エヴリマン〉であるから、志望が実現しないまま、悲劇の死を迎えても、主人公としての務めを立派に果たしたと言えるのである。スーに関しては、彼女の繊細な他者への思いやりが、とっぴな最終場面の行動へと繋がっていると感じられる。他者、とりわけ、自分の子供に対する思いからなのである。上記粗筋では「スーはもう一度柩を掘り起こして子供たちの顔を見たいと言って墓掘とジュードをてこずらせた」と簡略に書いたが、この場面で彼女は、出棺の前に子供の死顔をもう一度見たいと言っているうちに悲しみのあまり失神し、昏睡中に棺が墓地に運ばれてしまったのである。もう一度見たいと言っていた自分の強い気持を無視した成り行きに、スーは、墓地から帰るジュードとは行き違いになるかたちで墓地を訪れて墓掘と交渉していたのだった。常識を突き破るこのスーの感性の激しさは、実はスーの〈優しさ〉と深くかかわってい

る。〈優しさ〉ゆえに、子供の埋葬前の姿にさえ接することができなかった自分を苦しめるために、彼女はフィロットソンとの再婚を決意する、と本書著者には思われるのである。

彼女が自分を悪の実行者だとして慣習のなかへと帰っていこうとするとき、この小説のキー・ワードである「自然的本能」という言葉を用いた、スーという女性の、ジュードによる定義が、大きな意味を持とう――

スーの自然的本能は完璧に健全

スー、ぼくの大事な、苦しめるスー。君のなかには何一つ邪悪なところはないんだよ。君の自然的本能は完璧に健全なのだよ。ぼくが望むほどには、情熱的ではないけどね、でも善意に満ち、愛すべく、純粋なんだ。何度も言ったように、冷酷な性的不毛性なんか皆無なのに、この世に存在するなかで誰より霊的で、誰よりも清潔なんだからね。(293)

今また「自然的本能」という言葉が出るところから、これはスーの判断を読者とともに、人間的な血の通ったものと見る語り手の工夫であろう。だがスー自身は、わが身を罪人として責め、「わたしの恐れを知らぬ言葉と考えが、根こそぎわたしの生涯から引き抜かれてほしいわ」(同)と言い、自己の全身を針で刺してほしいがゆえに、フィロットソンと（それも以前より世俗化した彼と）、かたちだけの結婚をするために去ってゆく。これも彼女流の〈優しさ〉からくる行為である。すなわち、亡くなった子供たちへの鎮魂の気持から、自分はこの世で最も自分の性に合わない事柄を選択して、自らを苦しめたいのである。

スーのジュードに向けた別れの言葉も、この作品をよく要約している――

利己的ではなかった二人

ジュード！　あなたが本当に失敗したのだとしても、その世俗的失敗は、あなたの咎にはならず、名誉になるのよ。人類のなかの最善で最大の者は、自分には何の世間的成功も成し遂げなかった人びとだってこと、忘れないでね。成功を遂げた人びとは、多少なりと利己的な人たちよ。献身した人びとは、失敗するの・・・「慈善は、自らへの慈善を求めず」よ。(308)

ジュード自身が直ちに答える言葉が示唆するとおり、この評価はスー自身にもぴたりと当てはまる。「宗教と呼ばれているほかの全てが過去のものになったときにも、この言葉の表れる聖書の章はしっかり残るだろう」(308)――ハーディには、「記念されない数多の聖金曜日」(詩番号826)という、誠実のゆえに犠牲になった人びとを悼む詩がある。キリストとは異なって世に記憶されない清廉の人たちが、時代の悪弊のために苦しんで世を去ったわけだが、その人びとが祀られることなく過ぎてゆくことを嘆く歌である。ジュードもスーも、このような今二つの聖金曜日を設けてもよい人物たちだったと、ハーディは言いたかったにちがいない。

後書き

本書は約四ヶ月前に発行した『トマス・ハーディ 全小説を読む［簡約教科書版］』の本文をそのまま残し、そこへ九編の作品論と「序章」を加えたものである。当初、二分冊とし、『ハーディ前期の小説』、『ハーディ後期の小説』とする計画だったが、中央大学出版部の栗山課長から、同出版部がすでに発行した拙訳著『トマス・ハーディ全詩集』I・IIと拙著『十九世紀英詩人とトマス・ハーディ』に相並ぶような本格版にしてはどうかとの有り難い助言を戴き、平山編集長もこれに賛同して下さった。こうして著者は、本書とは別個に、教科書版として全長編小説の粗筋と六編の作品論だけを載せた上記簡約版をまず世に出し、この教科書を、著者定年前の最後の講義用に用いる幸せを得た。本書は八月十九日締切りだったが、そのころからゼミ合宿その他、行事・学事が重なり、脱稿は十月末日。一九八五年までにすでに八小説について一〇編のハーディ小説論を書いていたので、仕事の進捗は早いと思ったのが間違いだった。それら旧稿は、抜本的に書き直すか、新たな作品論に置き換えるかしたからである。『ダーバーヴィル家のテス』の二つ目の作品論（〈反牧歌論〉）だけは、発表当時褒めて戴いたことがあったので、九割かた旧稿のままで収録（しかしこれも書き直すべきであった）。この間の著者の延引作戦を快く（とは言えどんなにご迷惑であったことか！）認めて下さった平山編集長と、作業スケジュールをその都度変更して下さった印刷所の大森社長に改めてここに深甚の感謝の意を表したい。

本書には、「端書き」に述べた事柄のほかに、詩人ハーディの特徴がその小説にどのように反映しているかという問題意識も籠められている。また権威ある欧米の論評には、敬意を払いつつも、常識化しつつある解釈に関して反対論を展開しようとした。ロッジ、ミラー、モーガン、テイラー、ウィドウスンなどへの尊敬の念は強く、またその著作から得た学恩を忘れはしないが、他方、欧米の批評の模倣をしないことを何よりも心がけた結果としてこうなった。上記の方々や、他の批評家の論評から得た良き影響は、本書の至る所に見えるはずだ。また、日本の論者の著書については、主として今回の執筆に当たって直接本文中に言及した書物のみを参考書目表に挙げた。当初出版計画で申し出た書目表スペースを、大幅に超過しているからである。鮎澤乗光、小田 稔、土屋倭子、中村志郎、那須雅吾、深沢 俊、福岡忠雄、藤井 繁、藤田 繁諸氏の著書をもっと言及したかった。また日本英文学会シンポジュウム仲間には、談笑の合間にさえ多くを教えられた――土岐恒二氏にはモダニズムを、井出弘之氏には多くの一九世紀小説を、玉井 暲氏には新たな批評の動向について（導入を含めて）極めて多くを教わった。これらの方々に感謝の意を表したい。

六ページ程度に粗筋を纏めるのは、甚だ書きにくかったが、精読がなされる結果となり、作品の味わいを噛みしめることができた。

なお本書は、中央大学特定課題研究費によって購入した書籍類のお蔭を蒙っている。心から感謝を捧げる次第である。

二〇〇五年一一月　　森松健介

著者紹介

一九三五年、東京に出生、石川県で育つ。
一九六二年、東京大学大学院修士課程修了。
現在、中央大学法学部教授（英文科兼担）。

著書（単著）『十九世紀英詩人とトマス・ハーディ』（中央大学出版部）、（共著）『イギリスの諷刺小説』（東海大学出版会）、『英国十八世紀の詩人と文化』（自然詩論、中央大学出版部）、『トマス・ハーディと世紀末』（英宝社）、『新和英中辞典』（四、五版、研究社）他。

訳書『トマス・ハーディ全詩集Ⅰ・Ⅱ』（中央大学出版部、第33回日本翻訳文化賞受賞）、「アン・ブロンテ（全）詩集」（みすず書房　ブロンテ全集第10巻所収）、『十八世紀の自然思想』（ウィリー著、共訳、みすず書房）、『人間とは何か』（ブロノフスキー著、共訳、みすず書房）他。

二〇〇六年三月一〇日　初版第一刷発行

テクストたちの交響詩
——トマス・ハーディ14の長篇小説

著者　森《もり》松《まつ》健《けん》介《すけ》
発行者　中津靖夫
発行所　中央大学出版部
東京都八王子市東中野七四二番地一
電話　〇四二（六七四）二三五一
FAX　〇四二（六七四）二三五四
印刷　株式会社　大森印刷
製本　大日本法令印刷製本

ISBN4-8057-5161-4

索　　引

（本文中，出典を示す括弧内に言及されたものは省略。
人名を含む出版社名も省略，また，原語作品名も適宜省略）

ア 行

アインシュタイン，アルベルト
Albert Einstein 228
アーウィン，マイクル
Michael Irwin 351-2
アディソン，ジョウゼフ
Joseph Addison, 6
アーノルド，マッシュー
Matthew Arnold 158, 164, 165, 168, 218, 237, 270, 286, 367, 369, 370-1
「〈自然〉と調和して」(In Harmony with Nature) 165
「諦観」(Resignation) 165, 168, 173
「ドーヴァー海岸」 237
「グランド・シャルトルーズ修道院からの詩行」(Lines from Grande Chartreuse) 369
「エトナ山頂のエンペドクレス」(Empedocles on Etna) 367, 368, 369, 370
「トリストラムとイシュールト」(Tristrum and Iseult) 369
「ワーズワス」 270, 371
(編)「ワーズワス詩集」(*Poems of Wordsworth*) 270
『教養と無秩序』 158
「文芸批評論」 270
アーバークロンビー，ラッセラス
Lascelles Abercrombie 103
鮎澤乗光 241
イェイツ，W. B.
William Butler Yeats 350
イーグルトン，テリー
Terry Eagleton 383
インガム，パトリシア
Patricia Ingham i, 17, 337
ヴァグナー，リヒアルト
Wilhelm Richard Wagner 80
「タンホイザー」(*Tannhauser*) 80
ヴィガー，ペネロピー
Penelope Vigar 297
ウィドゥスン，ピーター
Peter Widdowson i, ii, 17, 19, 101, 134, 201, 203, 214
『ポスト・モダンのD. H. ロレンス』 17
ウィリアムズ，メリン
Merryn Williams 313
ウィリアムズ，レイモンド
Raymond Williams 104, 133, 134, 135, 136, 320, 325
『イギリスの小説：ディケンズからロレンスまで』 136
『田園と都市』 136, 325
ウエルギリウス
Virgil 18, 53, 54, 60, 105, 108, 311
『アイネーイス』(*The Aeneid*) 29, 32
「第九エクローグ」(*Eclogue 9*) 60
『農事詩』(*Georgics*) 105, 108
ウォットン，ジョージ
George Wotton i
ヴォルテール
Voltaire 371, 378
ウルストンクラフト，メアリ
Mary Wollstonecraft 310
『女性の諸権利の擁護』(*A Vindication of the Rights of Women*) 310
エッテイ，ウィリアム
William Etty 31
エバトソン，ロジャー
Roger Ebbatson i
エピクテトス
Epictetus 270
エリオット，エベニーザ
Ebenezer Elliott 318
エリオット，ジョージ
George Eliot 13, 14, 53, 64, 67, 125, 190, 216
『サイラス・マーナー』 67
『ダニエル・デロンダ』 216
『ミドルマーチ』 216
エリオット，T. S.
T. S. Eliot 20, 234
「プルーフロックの恋歌」(The Love Song of J. Alfred Prufrock) 20

「バーント・ノートン」(Burnt Norton)
234
大澤 衛　287
オースティン，ジェーン
Jane Austen　9, 13, 63, 78, 134, 137, 207
『エマ』　10, 63
『自負と偏見』　10, 134, 136
『分別と感性』　9, 29-30

カ　行

ガーソン，マージョリー
Marjorie Garson　16, 17
カトゥルス
Catullus　91
カフカ，フランツ
Franz Kafka　250
『変身』(*Die Verwandlung*)　250
カーモド，フランク
Frank Kermode　311
カーライル，トマス
Thomas Carlyle　240
カール，フレデリック・R.
Frederic R. Karl　250
カレン，パトリック
Patrick Cullen　275
キーツ，ジョン
John Keats　106
「ナイティンゲールの賦」　106
カミュ，アルベール
Albert Camus　161, 234, 235, 249
『異邦人』(*L'Etranger*)　161, 249
『シジフォスの神話』(*Le Mythe de Sisyphe*)　234-5
キーツ，ジョン
John Keats　371
ギッティングズ，ロバート
Robert Gittings　31, 132, 134, 336
ギッフォード，エマ・ラヴィニア
Emma Lavinia Gifford→ハーディ，エマ
ギブソン，ジェイムズ
James Gibson　53
キーブル，ジョン
John Keble　377
ギボン，エドワード
Edward Gibbon　20, 372
キャサグランディ，ピーター
Peter Casagrande　239, 240, 241
ギャスケル，エリザベス
Mrs Elizabeth Cleghorn Gaskell　9, 21, 230, 241
『妻たち，娘たち』(*Wives and Daughters*)　9, 21, 230, 241
ギャリック，デイヴィッド
David Garrick　146
『秘密結婚』(*The Clandestine Marriage*)　146
キリスト
Christ　187
グッド，ジョン
John Goode　i, 17, 101, 104, 113, 137, 139, 194, 252, 271
クラショー，リチャード
Richard Crashaw　219
「愛のホロスコープ」(Love's Horoscope)　219
クラフ，アーサー・ヒュー
Arthur Hugh Clough　158, 164, 285, 369, 370
『ダイサイカス』(*Dipsychus*)　158, 164, 369, 370
クラブ，ジョージ
George Crabbe　315, 318
『村』(*The Village*)　318
グリグソン，ジェフリー
Geoffrey Edward Harvey Grigson　63-4
クリックメイ，ジョージ・R.
George Rackstrow Crickmay　3
クリーランド，ジョン
John Cleland　123
『ファニィ・ヒル』(*Fanny Hill*)　123
クレア，ジョン
John Clare　318
グレイ，トマス
Thomas Gray　31, 95, 204, 206, 279
「詩歌の進歩」(*The Progress of Poesy*)

31
「墓畔の哀歌」(Elegy Written in a Country Church-Yard)　95, 201, 204, 206, 279
グレイヴズ，ロバート
Robert Graves　352
『白の女神』(*The White Goddess*)　352
グレガー，イーアン，
Ian Gregor　298, 307
ゲラード，アルバート・J.
Albert J. Guerard　225
ケン司教
Thomas Ken　376
ゲント，ドロシー・ヴァン
Drothy van Ghent　306
コペルニクス，ニコラウス
Nicolaus Copernicus　232
コリンズ，ウィルキー
Wilkie Collins　22
『白衣の女』(*The Woman in White*)　22
ゴールドスミス，オリヴァー
Oliver Goldsmith　9, 318
『ウエークフィールドの牧師』(*The Vicar of Wakefield*)　9
『廃れた村』(*The Deserted Village*)　318
ゴールトン，フランシス
Fransis Galton　271
コールマン，ジョージ
George Colman　146
『秘密結婚』(*The Clandestine Marriage*)
コールリッジ，サミュエル・テイラー
Samuel Taylor Coleridge　250, 287
コングルトン，J. E.
J. E. Congleton　54, 312
コンラッド，ジョウゼフ
Joseph Conrad　234
『ノストローモ』Nostromo　234
コント，オーギュスト
Auguste Comte　159, 174

サ　行

佐々木 徹　213, 214
サッカレー，ウィリアム・メイクピース
William Makepiece Thackeray　339
『ヘンリ・エズモンド』　339
サムナー，ローズマリー
Rosemary Sumner　234-5
サン・シモン，クロード・アンリ・ド・ルヴロワ
Claude-Henri de Rouvroy, Comte de Saint-Simon　159, 174
シェイクスピア，ウィリアム
William Shakespeare　19, 53, 64, 67, 101, 144, 201, 275, 353, 354
『ヴェニスの商人』　206
『お気に召すまま』　61, 62, 311
『恋の骨折り損』　198
『テンペスト』　19, 62, 72, 105, 228, 254, 277, 282, 311, 312, 331, 353-4, 371
『冬物語』　19, 62, 65, 275, 277, 282, 312
『マクベス』　118
『真夏の夜の夢』　66
『リア王』　21, 161, 242, 251, 311, 375
『ロミオとジュリエット』　198, 344
ジェイムズ，ヘンリー
Henry James　216
『ある貴婦人の肖像』(*The Portrait of a Lady*)　216
シェリー，パーシー・ビッシュ
Percy Bysshe Shelley　2, 142, 227, 356-7, 366, 367, 368, 382
『詩の擁護』　2, 367, 368
シャイアズ，リンダ・M.
Linda M. Shires　102
ジャコバス，メアリ
Mary Jacobus　269, 271, 286
シュトラウス，リヒャルト
Richard Strauss　229
『薔薇の騎士』(*Der Rosenkavalier*)　229
ジョージ，F. W.
F. W. George　187

ジョージ三世
George Ⅲ　143, 182
ジョンソン博士
Samuel Johnson　101
ジル，スティーヴン
Stephen Gill　164
スウィンバーン，アルジャーノン・C.
Algernon Charles Swinburne　2, 80, 156, 367, 372, 374, 377, 378, 382
『キャリドンのアタランタ』(*Atalanta in Calydon*)　2, 373
『詩と民謡』(*Poems and Ballads*)　373
『夜明け前の歌草』(*Songs Before Sunrise*)　374
「プロセルピナへの賛歌」(Hymn to Proserpine)　372, 378
「ライオネスのトリストラム」(Tristram of Lyonesse)　80
「ラウス・ヴェネリス」(Laus Veneris)　80
「プレリュード」(Prelude)　372, 373
スエットマン，エリザベス
Elizabeth Swetman　6, 7, 93
スクワイァズ，マイクル
Michael Squires　53–4, 55, 56, 61, 274, 275, 313, 317
『パストラル小説』　274, 313, 317
スタリブラス，ピーター
Peter Stallybrass　17
スタンダール
Stendhal (Henri Beyle)　79
『赤と黒』(*Le Rouge et Noir*)　79
スチュアート，J. I. M.
J. I. M. Stewart　201
スティーヴン，レズリー
Sir Leslie Stephen　3, 48, 59, 95, 125, 156
スティール，リチャード
Sir Richard Steele　6
ストーン，ロレンス
Lawrence Stone　310
『家族・性・結婚の社会史』　310
スピノザ，バルーク
Baruch Spinoza　227, 228
スパークス，トライフィーナ
Tryphena Sparks　336, 358
スパークス，マーサ
Martha Mary Sparks　336
スパークス，レベッカ
Rebecca Maria Sparks　336
スプレッヒマン，エレン・リュー
Ellen Lew Sprechman　255
スペンサー，エドマンド
Edmund Spenser　62, 67, 275
『妖精の女王』　62
セシル，デイヴィッド
David Cecil　201
セバスチアーノ
Sebastiano del Piombo　350
ソフォクレス
Sophocles　263, 275

タ　行

ダーウィン，チャールズ・R.
Charles Robert Darwin　2, 57, 190ff, 270ff, 284
ダック，スティーヴン
Stephen Duck　318
ターナー，ポール
Paul Turner　36
田辺宗一　83
ディケンズ，チャールズ・J・H.
Charles J. H. Dickens　13, 29, 67, 190, 376
『ニコラス・ニックルビー』　376
「クリスマス・キャロル」　29
ティツィアーノ
Tiziano Vecelli　254, 350
テイラー，R・H.
Richard H. Taylor　225, 226
ティリヤード，E・M・W.
E. M. W. Tillyard　301
『エリザベス朝の世界像』(*The Elizabethan World Picture*)　301
テオクリトス

Theocritus 54, 311
テニスン，アルフレッド
Alfred Tennyson 71, 164, 215, 261, 285, 368, 369
『イン・メモリアム』（*In Memoriam A. H. H.*） 369
『王の牧歌』（*The Idylls of the King*） 285, 286, 369
『ザ・プリンセス』（*The Princess*） 215, 261
「詩人」（The Poet） 368
「感性過多なる二流の精神の仮想告白」（Supposed Confessions of a Second-rate Sensitive Mind） 368
ド・サンピエール
Henri Bernardin de Saint-Pierre 382
「ポールとヴィルジニー」（Paul et Virginie） 382
トマス，ジェーン
Jane Thomas i, 78, 137, 356
ドレイク　ジュニア
Robert Y. Drake Jr. 275
トロロープ，アンソニー
Anthony Trollope 143

ナ　行

中村志郎 287
ナポレオン
本名 Napoleon Bonaparte 175, 176, 180, 185, 188
ネムズヴェアリ，リチャード
Richard Nemesvari 36
ネルヴァル，ジェラール・ド
Gerard de Nerval 339
『シルヴィー』（*Sylvie*） 339
『オーレリア』（*Aurelia*） 339

ハ　行

バイロン，ジョージ・ゴードン
George Gordon Byron 142, 164
ハウ，アーヴィング
Irving Howe 182, 275
ハーヴィ，ジェフリィ
Geoffrey Harvey 53
パウンド，エズラ
Ezra Weston Loomis Pound 5
パーキンズ牧師
Rev. Thomas Perkins 205
ハクスリー，オールダス
Aldous Huxley 208, 212, 281
『恋愛対位法』（*Point Counter Point*） 281
パタソン，アナベル
Annabel Patterson 55, 60, 104, 133, 134, 312, 321
パタソン，ヘレン
Helen Paterson Allingham 95
パットモア，コヴェントリ
Coventry K. D. Patmore 71
ハットン，R. H.
R. H. Hutton 262
ハーディ，エマ
Emma Lavinia Gifford Hardy 3, 4, 7, 10, 95, 132, 195, 216, 227-8
ハーディ，ジェマイマ（母）
Jemima Hardy 2, 4, 6, 7, 93, 153
ハーディ，トマス（父）
Thomas Hardy 6, 48
ハーディ，トマス
Thomas Hardy（作品のみ）
［**長編小説**＝執筆または発表順］
『貧乏人と貴婦人』（*The Poor Man and the Lady*） 22, 48, 57, 58, 153, 323
『窮余の策』（*Desperate Remedies*） 3, 9, 12, 16, 22-47, 78, 85, 116, 153, 169, 182, 205, 225, 280, 323, 328
『緑樹の陰で』（*Under the Greenwood Tree*） 3, 9, 10, 12, 13, 48-70, 78, 104, 274, 275, 282, 317, 321, 322, 323
『青い瞳』（*A Pair of Blue Eyes*） 3, 7, 8, 9, 11, 12, 13, 16, 37, 46, 71-94, 101, 133, 161, 225, 257
『狂乱の群れをはなれて』（*Far from the Madding Crowd*） 3, 7, 8, 9, 11, 13, 18, 47, 48, 53, 55, 56, 59, 85, 95-124, 133, 154, 169, 182, 214, 274, 296, 311, 317, 319, 322,

323, 377
『エセルバータの手』(*The Hand of Ethelberta*)　3, 8, 9, 11, 12, 13, 16, 104, 125–46, 153, 154, 161, 317, 323, 325
『帰郷』(*The Return of the Native*)　3, 11, 12, 13, 56, 147–74, 190, 282, 296, 317, 366
『ラッパ隊長』(*The Trumpet Major*)　3, 8, 9, 11, 13, 169, 175–94, 261, 273, 279, 317, 322
『微温の人』(*A Laodicean*)　3, 5, 8, 9, 11, 16, 195–218, 226
『塔上のふたり』(*Two on a Tower*)　3, 8, 11, 16, 34, 35, 37, 161, 219–41, 317
『カースタブリッジの町長』(*The Mayor of Casterbridge*)　3, 12, 13, 32, 35, 38, 56, 156, 157, 169, 242–61, 262
『森林地の人びと』(*The Woodlanders*)　3, 9, 12, 13, 53, 56, 169, 194, 205, 226, 227, 241, 261, 262–87, 317, 319, 322, 323, 324, 382
『ダーバーヴィル家のテス』(*Tess of the d'Urbervilles*)　ii, 3, 9, 12, 13, 34, 35–6, 38, 46, 67, 71, 85, 91, 161, 190, 225, 227, 257, 274, 288–330, 331, 337, 358
『恋の霊』(*The Well-Beloved*)　3, 12, 13, 16, 331–357, 366, 381–2
『日陰者ジュード』(*Jude the Obscure*)　3, 4, 5, 12, 13, 46, 56, 172, 274, 336, 340, 341, 344, 346–50, 353, 358–87
[**短編集**＝発行順]
『ウェセックス物語』(*Wessex Tales*)　4
『貴婦人たちの物語』(*A Group of Noble Dames*)　4
『人生の小さな皮肉』(*Life's Little Ironies*)　4
『変わり果てた男と他の物語』(*A Changed Man and Other Tales*)　4
『チャンドル婆さんとほかの物語』(*Old Mrs Chundle and Other Tales*)　4
[**詩集**＝発行順]
『ウェセックス詩集』　4, 56
『過去と現在の詩』　4, 189
『時の笑い草』　4
『人間状況の風刺』　4
『映像の見えるとき』　4
『近作・旧作抒情詩』　4, 21, 156
『人間の見世物』　4
『冬の言葉』　4
[**個々の詩**＝冠詞抜き原題アルファベット順]
「隕石」(The Aerolite)　236, 295
「ナポレオン襲来警報」(The Alarm)　189
「メッセニアびとアリストデムス」(Aristodemus the Messenian)　92
「性急な結婚式にて」(At a Hasty Wedding)　80
「月食に際して」(At a Lunar Eclipse)　20, 233
「藺草の池にて」(At Rushy-Pond)　109
「月の出とその後」(At Sunrise and Onwards)　354–5
「ロンドンの陸軍省にて」(At the War Office, London)　190
「起き抜けに」(At Waking)　81
「バレエ」(The Ballet)　45, 314
「進軍の前とあと」(Before Marching and After)　187
「最後の街灯を過ぎたところで」(Beyond the Last Lamp)　34
「冬の日暮れの鳥たち」(Birds at Winter Nightfall)　284
「町の住人たち」(The Burghers)　93, 172, 348, 382
「地球の遺骸のそばで」(By the Earth's Corpse)　236
「解き放たれて住処に帰った籠の大ツグミ」(The Caged Thrush Freed and Home Again)　284
「イェラムの彗星」(Comet at Yell'ham)　233
「暁の会話」(A Conversation at Dawn)

35, 348
「ダンスのあとの夜明け」(The Dawn after the Dance)　81
「失望落胆」(Dicouragement)　236
「〈宿命〉とその妻〈自然〉」(Doom and She)　236
「エピソードの終わり」(The End of Episode)　81
「思索することの焦燥が　もし解き放たれれば」(Freed the Fret of Thinking)　236
「傷ついた〈母〉」(Genitrix Laesa)　236
「神の葬列」(God's Funeral)　238
「砲兵隊の出陣」(The Going of the Battery)　189-90
「偶然なる運命」(Hap)　3, 56, 233, 259
「彼は恋断ちをする」(He Abjures Love)　81
「彼の心臓」(His Heart)　132
「婚礼より帰宅して」(The Homecoming)　322
「大急ぎのデート」(A Hurried Meeting)　35, 91
「夫の見解」(The Husband's View)　93, 348
「森の中で」(In a Wood)　57, 270, 272
「私は〈愛〉にこう言った」(I Said to Love)　80
「シャーボーンの修道院にて」(In Sherborne Abbey)　93
「幻のなかをさまよった」(In Vision I Roamed)　219, 233
「時代に対して打ちならす鐘」(A Jingle on the Times)　188
「ジュリー・ジェーン」(Julie-Jane)　93
「欠落した感覚」(The Lacking Sense)　236
「貴婦人ヴィ」Lady Vi　146
「ローザンヌ——ギボンの旧庭にて」(Lausanne : In Gibbon's Old Garden)　20, 372
「社交界の花形」(A Leader of Fashion)　146
「ライプチッヒ」(Leipzig)　189
「乳しぼりの娘」(The Milkmaid)　20
「会う前の一分」(The Minute before Meeting)　116
「母なる〈自然〉の嘆き」(The Mother Mourns)　236, 272
「〈自然〉の質問」(Nature's Questionings)　57
「中立的色調」(Neutral Tones)　56, 109
「ある晴れた日に」(On a Fine Morning)　20, 270
「発車のプラットフォームにて」(On the Departure Platform)　116
「柩を眺め降ろしながら」(Over the Coffin)　93
「貧しい農民の告白」(The Peasant's Confession)　189
「哲学的ファンタジィ」(A Philosophical Fantasy)　145
「写真」(The Photograph)　341
「地図の上の場所」(The Place on the Map)　34
「人間に対する神のぼやき」(A Plaint to Man)　237
「思い出させてしまうもの」(The Reminder)　284
「レッティの諸相」(Retty's Phases)　93
「駒鳥」The Robin　284
「サン・セバスチャン」(San Sebastian)　188
「女から彼への愁訴：その二」(She to Him Ⅱ)　46
「女から彼への愁訴：その三」(She to Him Ⅲ)　194
「見えなかった彼女」(She Who Saw Not)　132
「兆しを求める者」(A Sign Seeker)

57
「羊の市」(A Sheep Fair)　183
「眠りつつ仕事をする者」(The Sleep-Worker)
「暁姫に与える歌」(Song to Aurore)　355
「日曜の朝の悲劇」(A Sunday Morning Tragedy)　34, 92
「恋の後がま」(The Supplanter)　35, 92
「母を失った娘に」(To a Motherless Child)　57
「まだ生まれていない極貧民の子供に与える」(To an Unborn Pauper Child)　235
「私の外部の〈自然〉に」(To Outer Nature)　57
「誠実に寄す」(To Sincerity)　20
「眠れる歌い手」(A Singer Asleep)　373
「引き裂かれた手紙」(The Torn Letter)　341
「記念されない数多の聖金曜日」(Unkept Good Fridays)　240, 387
「ヴァレンシエンヌの町」(Valenciennes)　188
「商品目録化された海浜行楽地の貴婦人」(A Watering-Place Lady Inventoried)　146
「恋の精髄」(The Well-Beloved)　80
「人妻ともう一人」(A Wife and Another)　93
「ダンノーヴァ平原の冬」Winter in Durnover Field　284
「意識無き者となる願望」(A Wish for Unconsciousness)　236, 295
「イェラムの森の話すこと」(Yell'ham-Wood's Story)　235
「存在についての若い男の諷刺詩」(A Young Man's Epigram on Existence)　235
［**詩劇＝発行順**］
『諸王の賦』全三部(*The Dynasts*)　4, 132, 145, 189, 233, 287, 331
『コーンウォール王妃の高名な悲劇』(*The Famous Tragedy of the Queen of Cornwall*)　4
［**批評文**］
「イギリス小説における誠実」(*Candour in English Fiction*)　337, 338, 372
(第六詩集の)「弁明」(Apology)　370
ハーディ，バーバラ
Barbara Hardy　182–3, 216, 261
ハーディ，フロレンス
Florence Emily Dugdale Hardy　5
ハーディ，メアリ（祖母）
Mary Hardy　93
ハーディ，メアリ（妹）
Mary Hardy　57
バニヤン，ジョン
John Bunyan　97, 108, 110
『天路歴程』　97, 110
バビット，アーヴィング
Irving Babbitt　155, 157, 174
『ルソーとロマン主義』(Rouseau and Romanticism)　155
バフティン，M. M.
M. M. Bakhtin　104, 105, 146, 374
『対話的想像力』(*Dialogic Imagination*)　104
バラージュ，ベラ
Bela Balazs　340
『青髭公の城』　341
バレル，ジョン
John Barrell　315
(共編)『ペンギン版イギリス・パストラル詩歌』*The Penguin Book of English Pastoral Verse*　315
ハンズ，ティモシィ
Timothy Hands　210
ハンド，ジョージ
George Hand　6, 93
ビア，ジリアン
Gillian Beer　28, 190

ビアズリー，オーブリー
Aubrey Beardsley 367
ピカソ，パブロ
Pablo Picasso 350
ビーティ，C・J・P.
C. J. P. Beatty 31
ヒックス，ジョン
John Hicks 2
ヒューム，T・E.
Thomas E. Hulme 155
『瞑想録』（*Speculations*） 155
ファウルズ，ジョン・ロバート
John Robert Fowles 340
『フランス副船長の女』（*The French Lieutenant's Woman*） 340
『コレクター』（*The Collector*） 341
フィッシャー，ジョー
Joe Fisher i, 16, 17, 29, 43, 101, 123, 142, 213, 376
『隠されていたハーディ』（*The Hidden Hardy*） 16
フィールディング，ヘンリ
Henry Fielding 9
『トム・ジョーンズ』 9
フォースター，E. M.
Edward Morgan Forster 201, 207, 208
『ハワーズ・エンド』 201, 209, 216, 217
『インドへの道』 234
フォントネル，ベルナール・ド・ボヴィエ・ド
Bernard de Bovier de Fontenelle 54, 312
ブカナン，ロバート
Robert Buchanan 373
プーサン，ニコラ
Nicolas Poussin 135
プーシキン，アレクサンドル・S.
Aleksandr Sergeevich Pushkin 79
『スペードの女王』 79
藤田 繁 195
ブーメラ，ペニー
Penny Boumelha i, 376
フライ，ノースロップ
Northrop Herman Frye 21
ブラウニング，ロバート
Robert Browning 367, 377
「チャイルド・ロウランド，暗黒の塔に来たり」（Childe Roland to the Dark Tower Came） 367
ブラウン，ダグラス
Douglas Brown 8, 56, 113, 320
ブラウン，J. P.
J. P. Brown 8
『十九世紀イギリスの小説と社会事情』 8
プラトン
Plato 357
ブラドン，メアリ・E.
Mary Elizabeth Braddon 22
『オードリー令夫人の秘密』（*Lady Audley's Secret*） 22
ブラディ，クリスティン
Kristin Brady i
フリードマン，アラン
Alan Friedman 103
ブリン，J. B.
J. B. Bullen 47
ブル，ジョン
John Bull 315
（共編）『ペンギン版イギリス・パストラル詩歌』*The Penguin Book of English Pastoral Verse* 315
プルースト，マルセル
Marcel Proust 339
『失われた時を求めて』（*A la recherche du temps perdu*） 339
フロイト，ジークムント
Sigmund Freud 250
ブロムフィールド，アーサー・W.
Sir Arthur William Blomfield 2
ブロンテ姉妹
（Brontë sisters） 9, 10, 207
ブロンテ，アン
Anne Brontë 10, 30

『アグネス・グレイ』　10, 11, 30, 283
ブロンテ，エミリ
Emily Jane Brontë　9, 372
『嵐が丘』　9, 103, 251
「我が魂は怯懦ではない」（No Coward Soul Is Mine）　372
ブロンテ，シャーロット
Charlotte Brontë　9, 30
『ジェーン・エア』　9, 10, 30, 87, 88, 283
ペイター，ウォールター
Walter Horatio Pater　285, 338
『ルネサンス』（*Studies in the History of the Renaissance*）　285, 287
『プラトンとプラトニズム』（*Plato and Platonism*）　338
『快楽主義者マリウス』（*Marius the Epicurean*）　338
ベイリー，ジョン
John Bayley　101, 112, 226
ベケット，サミュエル
Samuel Beckett　234
『幸せな日々』（*Happy Days*）　234
ベルリーニ，ジョヴァンニ
Giovanni Bellini　350
ベンサム，ジェレミー
Jeremy Bentham　142
ホウトン，ウォルター・E.
Ealter E. Houghton　240
『ヴィクトリア朝の精神構造』（*The Victorian Frame of Mind*）　240
ポウプ，アレグザンダー
Alexdander Pope　54, 65, 104, 312
『牧歌』　54, 55（「パストラル詩論」（“A Discourse on Pastoral Poetry”）54–5, 104）
ホッベマ，メインデルト
Meyndert Hobbema　165
ボーマルシェ，P・C・ド
Pierre-Augustin Caron de Beaumarchais　229
『フィガロ三部作』　229
ボルディーニ，ジョヴァンニ
Giovanni Boldini　165
ボルヘス，ジョージ・ルイス
Jorge Luis Borges　340
『分岐した小道の庭』（*The Garden of Forking Paths*）　340
ホロウェイ，ジョン
John Holloway　306
ホワイト，アロン
Allon White　17

マ　行

マーヴェル，アンドリュー
Andrew Marvell　275
マーカス，スティーヴン
Steven Marcus　310
（邦訳名）『もうひとつのヴィクトリア時代』（*The Other Victorians*）　310
マクマーティ，ジョー
Jo McMurty　8
『ヴィクトリア時代の生活と小説』（*Victorian Life and Victorian Fiction*）　8
マクミラン，アレグザンダー
Alexander Macmillan　22
松村昌家　8
マーティン，ジューリア・オーガスタ
Julia Augusta Piney Martin　7
ミラー，ヒリス
Hillis J. Miller　i, 331, 336, 337, 339–40, 341, 349, 353, 354, 356–7
ミル，ジョン・スチュアート
John Stuart Mill　240
ミルトン，ジョン
John Milton　21, 97, 108, 110, 368, 371
『失楽園』　97, 110, 371
ミンクス，レオ
Leo Minks　139
『ドン・キホーテ』　139
ムーア，ケヴィン・Z.
Kevin Z. Moore　269–70, 285, 286, 367, 384
メレディス，ジョージ
George Meredith　22, 28

モウル，ホラス
Horace Mosley Moule 2
モーガン，ローズマリー
Rosemarie Morgan i, 16, 36, 78, 84-5, 94, 95, 101-2, 162, 379
モーム，サマセット
Somerset Maugham 137
『要約すると』（*The Summing Up*） 137
モーリィ，ジョン
John Morley 48, 58
モリス，ウィリアム
William Morris 158
モレル，ロイ
Roy Morrell 17, 112
モロー，ギュスタヴ
Gustave Moreau 367, 368

ヤ・ラ・ワ行

ヤナーチェク，レオシ
Leos Janacek 350
ライアン，マイクル
Michael Ryan 337, 338, 339
ライト，セアラ・バード
Sarah Bird Wright 53, 195
ラスキン，ジョン
John Ruskin 113, 158, 165, 167
ラトランド，ウィリアム
William R. Rutland 298, 315
ラパン，ルネ
René Rapin 54, 312
ラングランド，エリザベス
Elizabeth Langland 374
ランクレ，ニコラ
Nicolas Lancret 136
リチャードⅡ世
Richard Ⅱ 203
リチャードソン，サミュエル
Samuel Richardson 9
『パミラ』 9
リデル，ロバート
Robert Liddell 306
リード，チャールズ
Charles Reade 358
ルソー，ジャン＝ジャック
Jean-Jacques Rousseau 68, 155, 157, 298
ローザ，サルバトル
Salvator Rosa 200
ロセッテイ，ダンテ・ガブリエル
Dante Gabriel Rossetti 338, 339
ロッシーニ，ジョアキーノ
Gioacchino Rossini 139
『結婚手形』（Marriage Contract） 139
ロッジ，デイヴィッド
David Lodge 298, 304, 305-07
ロムニー，ジョージ
George Romney 200
ローラン，クロード
Claude Lorrain 135
ロレンス，D・H.
D. H. Lawrence 13, 14, 53
ワーズワス，ウィリアム
William Wordsworth 67, 164, 165, 204, 269, 270, 280, 287, 299, 301, 305, 329, 368, 371
『序曲』（*The Prelude*） 329, 368
『逍遙編』（*The Excursion*） 287
「二通の手紙」（Two Letters） 269
ワーズワス，ドロシー
Dorothy Wordsworth 67, 312
ワトー，ジャン・アントワンヌ
Jean Antoine Watteau 32, 136

参考文献表（Select Bibliography）

Abercrombie, Lascelles. *Thomas Hardy : A Critical Study.* Secker, 1912 ; repr. Russell & Russell, 1964.

Alexander, Anne. *Thomas Hardy : "The Dream-Country" of His Fiction.* Vision and Barnes & Noble, 1987.

Alexander, Edward. *Matthew Arnold, John Ruskin, and the Modern Temper.* Ohio U. P., 1973.

Allott, Kennneth, ed. *The Complete Poems of Matthew Arnold.* Longman, 1965.

安藤勝夫・東郷秀光・船山良一編『なぜ「日陰者ジュード」を読むか』，英宝社，1997.

Arnold, Matthew. (ed. Doi, Kochi) *Essays in Criticism*. Kenkyusha, 1947.

鮎澤乗光『トマス・ハーディの小説の世界』，開文社出版，1984.

Babbitt, Irving. *Rouseau and Romanticism.* The Riverside Press, Cambridge, 1919.

Bakhtin, M. M.『小説の言葉』伊東一郎訳，新時代社，1979.

——『小説の時空間』北岡誠司訳，新時代社，1987.

——*Dialogic Imagination : Four Essays*. Trans.Emerson and Holquist, ed. Holquist. Univ. of Texas Pr., 1981.

Barrell & Bull (eds.). *The Penguin Book of English Pastoral Verse.* Allen Lane, 1974.

Bayley, John. "Introduction" to The New Wessex Edition of *Far from the Madding Crowd.* Macmillan, 1974.

———*An Essay on Hardy*. Cambridge U. P., 1978.

——— "The Love Story in *Two on a Tower.*" In Page, Norman., ed. *Thomas Hardy Annual No.1.* Macmillan, 1982.

Beach, Joseph Warren. *The Technique of Thomas Hardy.* 1922. Reprint : Russel, 1962.

Beatty, C. J. P. "Introduction" to The New Wessex Edition of *Desperate Remedies.* Macmillan, 1975.

Beer, Gillian. *Darwin's Plots : Evolutionary Narrative in Darwin, George Eliot and Nineteenth-Century Fiction.* Ark Paperbacks, 1985 (RKP, 1983).

Björk, Lennart A. *The Literary Notes of Thomas Hardy.* 2 vols (Texts & Notes). Göteborg : Acta Universitatis Gothoburgensis, 1974.

——— *Psychological Vision and Social Criticism in the Novels of Thomas Hardy.* Stockholm, Almqvist & Wiksell International, 1987.

Blake, Kathleen. *Love and the Woman Question in Victorian Literature : The Art of Self-Postponement.* Harvester Pr., 1983.

Boumelha, Penny. *Thomas Hardy and Women : Sexual Ideology and Narrative Form.* Harvester Pr., 1982.

——— '"A Complicated Position for a Woman" : *The Hand of Ethelberta*', in Higonnet, ed. *The Sense of Sex.* Illinois U. P., 1993.

——— "The patriarchy of class : *Under the Greenwood Tree, Far from the Madding Crowd, The Woodlanders." The Cambridge Companion to Thomas Hardy.* Cambridge U. P., 1999.

Brady, Kristin. *The Short Stories of Thomas Hardy.* New York : St. Martin's Press, 1981.

——— "Thomas Hardy and matters of gender." *The Cambridge Companion to Thomas Hardy.* Cambridge U. P., 1999.

Brooks, Jean. *Thomas Hardy : The Poetic Structure.* London : Elek Books, 1971.

Brown, Douglas. *Thomas Hardy.* Longmans, 1954 (Revised, 1961).

Brown, J. P. *Reader's Guide to the 19th-Century Novel*, Macmillan, 1986.

Buckley, Jerome Hamilton. *The Triumph of Time.* Belknap Pr. of Harvard Univ. Pr., 1966.

——— *The Victorian Temper : A study in literary culture*. Cambridge U. P., 1981.

Bullen, J. B. *The Expressive Eye : Fiction and Perfection in the Work of Thomas Hardy.*

Oxford U. P., 1986.
——— ed. *The Sun Is God : Painting, Literature, and Mythology in the Nineteenth Century.* Oxford U. P., 1989.
Butler, Lance St. John, ed. *Thomas Hardy after Fifty Years.* Macmillan, 1977.
——— ed. *Alternative Hardy.* Macmillan, 1989.
Calder, Jenni. *Women and Marriage in Victorian Fiction.* Thames and Hudson, 1976.
Carpenter, Richard. *Thomas Hardy.* Macmillan, 1976.
Casagrande, Peter. *Unity in Hardy's Novels : Repetitive Symmetries.* Macmillan, 1982.
Cecil, David. *Hardy the Novelist : An Essay in Criticism.* London, 1943. 邦訳あり.
(CH) → Cox, R. G. *Thomas Hardy : The Critical Heritage.* RKP, 1970.
Chew, Samuel. *Thomas Hardy : Poet and Novelist.* Longmans, 1921.
Child, Harold. *Thomas Hardy* : Nisbet, 1925.
(CL) → Purdy, R. L. & Millgate, M. (eds.) *The Collected Letters of Thomas Hardy.* 7 vols. Oxford, 1978-88.
Clarke, Graham. *Thomas Hardy : Critical Assessments.* 4 vols. Helm Information, 1993.
Collins, Deborah L. *Thomas Hardy and His God.* Macmillan, 1990.
Congleton, J. E. *Theories of Pastoral Poetry in England 1684-1798.* Gainesville, 1952.
Cox, Don Richard, ed. *Sexuality and Victorian Literature.* Univ. of Tennessee Pr., 1984.
Cox, R. G., ed. *Thomas Hardy : The Critical Heritage.* RKP, 1970.
Cullen, Patric. *Spenser, Marvel and Renaissance Pastoral.* Harvard, 1970.
Daiches, David. *Some Late Victorian Attitudes.* André Deutsch, 1969.
Deacon, Lois and Coleman, Terry. *Providence and Mr Hardy.* Hutchinson, 1966.
Drabble, Margaret, ed. *The Genius of Thomas Hardy.* Weidenfeld & Nicolson, 1976.
Drake Jr., Robert Y. "The Woodlanders as Traditional Pastoral." *Modern Fiction Studies,* 5 (1959).
Draper, Ronald P., ed. *Thomas Hardy : the Tragic Novels.* Macmillan, 1975.
——— ed. *Thomas Hardy : The Three Pastoral Novels.* Macmillan, 1987.
Duck, Stephen. *Poems on Several Subjects.* London, J. Roberts, 1730.
Duffin, Henry. *Thomas Hardy : A Study of the Wessex Novels.* Longmans, 1921.
Eagleton, Terry. "Introduction" to The New Wessex Edition of *Jude the Obscure.* Macmillan, 1974.
Ebbatson, Roger. *Hardy : The Margin of the Unexpressed.* Sheffield Academic Press, 1993.
Enstice, Andrew. *Thomas Hardy : Landscapes of the Mind.* Macmillan, 1979.
Federico, Annette. *Masculine Identity in Hardy and Gissing.* Associated Univ. Presses, 1991.
Fisher, Joe. *The Hidden Hardy.* Macmillan, 1992.
Firor, Ruth A. *Folkways in Thomas Hardy.* Pennsylvania U. P., 1931.
Fontenelle, M. de. *Oevres Completes.* Paris, Fayard, 1989.〔Bernard le Bovier de Fontenelle. *Discours sur la nature de l'églogue.* 1688, translated into English in 1695. (Quoted in Congleton.)〕
Friedman, Alan. *The Turn of the Novel.* New York : Oxford U. P., 1966.
深澤　俊『慰めの文学：イギリス小説の愉しみ』中央大学出版部, 2002.
——『ハーディ』れんが書房, 1971.
Furbank, P. K. "Introduction" and "Notes on the Text" in The New Wessex Ed. of *Tess of the d'Urbervilles.* Macmillan, 1974.
Garson, Marjorie. *Hardy's Fables of Integrity : Woman, Body, Text.* Oxford, 1991.
Garver, Joseph. *Penguin Critical Studies : Thomas Hardy : The Return of the Native.* Penguin Books, 1988.
Gaskell, Elizabeth Cleghorn. *Wives and Daughters.* World's Classics Series. Oxford, 1987.
Gatrell, Simon. *Hardy the Creator : A Textual Biography.* Oxford U. P., 1988.
——— "Wessex." *The Cambridge Companion to Thomas Hardy.* Cambridge U. P., 1999.
Gibson, James, ed. *The Complete Poems of Thomas Hardy.* Macmillan, 1976.

——— ed. *Variorum Edition of The Complete Poems of Thomas Hardy*. Macmillan, 1979.
——— "Introduction" to *Thomas Hardy : Under the Greenwood Tree / Our Exploits at West Poley and Humorous Stories*. London, Dent (Everyman), 1996.
Gibson, J. & Johnson, T. *Thomas Hardy : Poems. A Casebook*. Macmillan, 1979.
Gill, Stephen. *Wordsworth and the Victorians*. Clarendon Press, Oxford, 1998.
Gittings, Robert. *Young Thomas Hardy*. Penguin, 1978.
———*The Older Hardy*. Heinemann, 1978.
——— "Introduction" to the New Wessex Edition of *The Hand of Ethelberta*. Macmillan, 1975.
Goode, John. *Thomas Hardy, The Offensive Truth*. Oxford : Blackwell, 1988.
Gosse, Edmund. "Thomas Hardy's Lyrical Poems." Edinburgh Review. April 1918. in *Thomas Hardy : The Critical Heritage*. Ed. Cox, R. G. RKP, 1970.
Gray, Thomas. *The Poems of Thomas Gray, William Collins, Oliver Goldsmith* (ed. Lonsdale). Longmans, 1969.
Greenberger, Evelyn Barish. *Arthur Hugh Clough*. Harvard U. P., 1970.
Gregor, Ian. *The Great Web : The Form of Hardy's Major Fiction*. Faber, 1974.
——— "*The Novel as Moral Protest : Tess of the d'Urbervilles*". In Gregor and Nicholas (eds.). *The Moral and the Story*. Faber, 1962.
Griffiths, Eric. *The Printed Voice of Victorian Poetry*. Oxford U. P., 1989.
Grigson, Geoffrey. "Introduction" to The New Wessex Edition of *Under the Greenwood Tree*. Macmillan, 1974.
Grimsditch, Herbert B. *Character and Environment in the Novels of Thomas Hardy :* Russel, 1962.
Grundy, Joan. *Hardy and the Sister Arts*. Macmillan, 1979.
Guerard, Albert J. *Thomas Hardy*. Harvard U. P., 1949 ; A New Directions Paperbook, 1964.
———ed. *Hardy : A Collection of Critical Essays*. Twentieth Century Views. Prentice Hall, 1963.
Hall, Lesley A. *Sex, Gender and Social Change in Britain Since 1880*. Macmillan, 2000.
Hands, Timothy. *Thomas Hardy: Distracted Preacher? : Hardy's Religious Biography and Its Influence on His Novels*. Macmillan, 1989.
——— *A Hardy Chronology*. Macmillan, 1992.
Hardy, Barbara. "Under the Greenwood Tree : A Novel about the Imagination". In Anne Smith (ed.). *The Novels of Thomas Hardy*. Vision Press, 1979.
——— *Forms of Feeling in Victorian Fiction*. Methuen, 1985.
——— "Introduction" to the Wessex Edition of *A Laodicean*. Macmillan, 1975.
Hardy, Evelyn. *Thomas Hardy : A Critical Biography*. Hogarth Press, 1954.
Hardy, Florence Emily. *The Life of Thomas Hardy : 1840-1928*. Macmillan, 1962.
Harrison, A. H. & Taylor, B., eds. *Gender and Discourse in Victorian Literature and Art*. Northern Illinois U. P., 1992.
Harvey, Geoffrey. *The Complete Critical Guide to Thomas Hardy*. London, Routledge, 2003.
Hasan, Noorul. *Thomas Hardy : The Sociological Imagination*. Macmillan, 1982.
Hawkins, Desmond. *Hardy : Novelist and Poet*. David & Charles, 1976.
Higonnet, M. R., ed. *The Sense of Sex : Feminist Perspectives on Hardy*. Univ. of Illinois Press, 1993.
Holloway, John. *The Victorian Sage*. Macmillan, 1953.
Hornback, Bert G. *The Metaphor of Chance : Vision & Technique in the Works of Thomas Hardy*. Ohio U. P., 1971.
Houghton, Walter E. *The Victorian Frame of Mind*. Yale U. P., 1957.
Howe, Irving. *Thomas Hardy*. Weidenfeld and Nicolson, 1966.
福岡忠雄『虚構の田園—ハーディの小説』，京都あぽろん社，1995.
Hulme, T. E. *Speculations : Essays on Humanism and the Philosophy of Art*. Routledge, 1960.

Hunter, Shelagh. *Victorian Idyllic Fiction.* Macmillan, 1984.
Hyman, Virginia R. *Ethical Perspective in the Novels of Thomas Hardy.* Kennikat, 1975.
Ingham, Patricia. *Thomas Hardy.* Authors in Context Series. Oxford World's Classics. Oxford, 2003.
——— *Thomas Hardy.* 1989.
Irwin, Michael. "'Gifted, even in November : the Meaning of *The Well-Beloved.*" In Mallett, Phillip. ed. *The Achievement of Thomas Hardy*'. Macmillan, 2002.
Jacobus, Mary. "Tree and Machine : *The Woodlanders.*" In *Critical Approaches to the Fiction of Thomas Hardy.* London, 1979.
Jçdrzejewski, Jan. *Thomas Hardy and the Church.* Macmillan, 1996.
Johnson, Lionel. *The Art of Thomas Hardy.* Haskell House, 1966 ; First Printed in 1923.
Karl, Frederick R. "*The Mayor of Casterbridge :* A New Fiction Defined" in J. K. Robinson, ed. *The Mayor of Casterbridge.* A Norton Critical Edition. Norton & Co. 1977.
Kettle, Arnold. *Hardy the Novelist.* University College, Swansea, 1966.
Kermode, Frank. *English Pastoral Poetry, from the Beginning to Marvel,* 1952.
Kincaid, James R. "Coherency in A Pair of Blue Eyes", in Kramer, Dale. ed. *Critical Approaches to the Fiction of Thomas Hardy.* London, 1979.
Kramer, Dale. *Thomas Hardy : The Forms of Tragedy.* Detroit, Wayne State U. P., 1975.
——— ed. *Critical Approaches to the Fiction of Thomas Hardy.* London, 1979.
——— ed. *The Cambridge Companion to Thomas Hardy.* Cambridge U. P., 1999.
——— "Hardy and readers : *Jude the Obscure.*" *The Cambridge Companion to Thomas Hardy.* Cambridge U. P., 1999.
Laird, J. T. *The Shaping of Tess of the d'Urbervilles.* Oxford, 1975.
Langbaum, Robert. *Thomas Hardy in Our Time.* Macmillan, 1995.
Langland, Elizabeth. "Becoming a Man in *Jude the Obscure.*" in Higonnet, M.R., ed. *The Sense of Sex : Feminist Perspectives on Hardy.* Univ. of Illinois Press, 1993.
LaValley, A. J. (ed.) *Twentieth Century Interpretations of Tess of the d'Urbervilles.* Macmillan, 1972.
Lawrence, D. H. 'Study of Thomas Hardy.' In *Phoenix. The Posthumous Papers of D. H. Lawrence.* Heinemann, 1961. First Printed in 1936.
Leavis, F. R. *The Great Tradition.* Chatto & Windus, 1948.
Levey, Michael. *From Giotto to Cézanne.* Thames and Hudson, 1962.
Levine, George. *Darwin and the Novelists : Patterns of Science in Victorian Fiction.* Chicago U. P., 1991.
Life → Hardy, Florence Emily.
LN →Björk.
Lodge, David. *Language of Fiction.* Columbia U. P., 1966.
——— "Introduction" and "Hardy's Revisions" to The New Wessex Edition. of *The Woodlanders.* Macmillan, 1974.
Lorsch, Susan E. *Where Nature Ends : Literary Responses to the Designification of Landscape.* Fairleigh Dickinson Univ, Pr. ; Associated Univ. Pr., 1983.
Lothe, Jacob. "Variants on genre : *The Return of the Native, The Mayor of Casterbridge, The Hand of Ethelberta.*" *The Cambridge Companion to Thomas Hardy.* Cambridge U. P., 1999.
Loughrey, Bryan. *The Pastoral Mode.* Macmillan, 1984.
Lowry, H. F., Norrinton, A. I. P. and Mulhauser, F. L., eds. *The Poems of Arthur Hugh Clough.* Oxford U. P., 1969.
Lucas, F. L. "Truth and Compassion." (Ten Victorian Poets, 1940, pp. 187-99). Gibson, J. & Johnson, T, 130 ff.
Mallett, Phillip. ed. *The Achievement of Thomas Hardy.* Macmillan, 2000.
——— *Thomas Hardy : Texts and Contexts.* Palgrave, 2002.

増山　学（翻訳）『窮余の策』．東京　学書房，1984.
Mattisson, Jane. *Knowledge and Survival in the Novels of Thomas Hardy.* Helgonabacken, Lund U. P, 2002.
松村昌家（訳）『十九世紀イギリスの小説と社会事情』英宝社，1987.
Maugham, W. Somerset. *The Summing Up*. Mentor Books, 1946. First published, 1938.
Maynard, John. *Victorian Discourses on Sexuality and Religion.* Cambridge U. P., 1993.
McCue, Jim. 'Introduction' to *Arthur Hugh Clough : Selected Poems.* Penguin, 1991.
McLeod, Hugh. *Class and Religion in the Late Victorian City.* London : Croom Helm, 1974.
McMurtry, Jo. *Victorian Life and Victorian Fiction : A Companion for the American Reader.* Archon, 1979.
Meisel, Perry. *Thomas Hardy : The Return of the Repressed.* New Heaven : YUP, 1972.
Mickelson, Anne Z. *Thomas Hardy's Women amd Men : The Defeat of Nature.* Scarecrow Pr., 1976.
Miller, J. Hillis. *Thomas Hardy : Distance and Desire.* Belknap Pr. of Harvard U. P., 1970.
——— *The Disappearance of God.* Belknap Press of Harvard U. P., 1963 ; Illinois Press, 2000.
——— "Introduction" to the Wessex Edition of *The Well-Beloved.* Macmillan, 1975.
Millgate, Michael. *Thomas Hardy' : His Carrer as a Novelist.* Macmillan, 1971, 94.
——— (L&W) ed. *The Life and Work of Thomas Hardy : By Thomas Hardy.* Macmillan, 1984.
——— (B) *The Biography of Thomas Hardy.* Oxford U. P., 1982.
——— "Thomas Hardy : the biographical sources." *The Cambridge Companion to Thomas Hardy.* Cambridge U. P., 1999.
——— ed. *Thomas Hardy's Public Voice.* Oxford U. P., 2001.
Moore, Kevin Z. *The Descent of the Imagination : Postromntic Culture in the Later Novels of Thomas Hardy.* New York Univ. Pr., 1990.
Morgan, Rosemarie. *Women and Sexuality in the Novels of Thomas Hardy.* Routledge, 1988.
——— *Cancelled Words : Rediscovering Thomas Hardy.* Routledge, 1992.
Morgan, Willliam W. "Gender and Silence in Thomas Hardy's Texts." *Gender and Discourse in Victorian Literature and Art,* ed. A. H. Harrison and B. Taylor. Northern Illinois U. P., 1992.
森松健介「『冬の夜話』試論（下）―〈自然〉と〈人工〉をめぐって」*CRITICA* 第14号．クリティカ同人会，1968.
———「ラッパ隊長」大澤衛他編『20世紀文学の先駆者トマス・ハーディ』，1975.
———「『テス』における〈自然〉と人間の意識」『英語英米文学』第18集，中央大学英文学会，1978.
———「『テス』における反牧歌」『英語英米文学』第20集，中央大学英文学会，1980.
———『テムペストにおける〈自然〉と〈人為〉』*CRITICA* 第20号．1980.
———「Hardy の初期小説とパストラルの変容」．『英国小説研究』13，篠崎，1981.
———『トマス・ハーディ全詩集Ⅰ．前期 4 集』．中央大学出版部，1995.
———『トマス・ハーディ全詩集Ⅱ．後期 4 集』．中央大学出版部，1995.
———『トマス・ハーディと世紀末』英宝社，1999.
———『十九世紀英詩人とトマス・ハーディ』．中央大学出版部，2003.
———「『ジュード』に於る技巧の失敗」・「外大論叢」第16巻 6 号，神戸市外国語大学研究所，1966.
———「『テムペスト』における〈自然〉と〈人為〉」*CRITICA* 第20号．クリティカ同人会，1980.
———「反古と化したる書籍類―A・ハクスリーの初期小説と風刺」，内田穀編『イギリスの風刺小説』，東海大学出版会，1987.
———「牧歌から自然詩へ―世紀前半の詩法の変遷」，『英国十八世紀の詩人と文化』，中央大学出版部，1988.

——— 「アーノルドとハーディ」,『イギリス文学展望—ルネサンスから現代まで』, 山口書店, 1992.
——— 「初期ヴィクトリア朝詩人の世界観と詩法管見」,『ヴィジョンと現実』, 1997, 中央大学出版部.
——— 「クラフとハーディ—主題の継承と発展」,『喪失と覚醒』, 2001, 中央大学出版部.
Morrell, Roy. *Thomas Hardy : The Will and the Way.* Oxford, 1965.
中村志郎『ハーディの詩と詩劇の世界』英潮社, 1991.
——— 『ハーディの小説—その解析と鑑賞—』, 英潮社, 1990.
那須雅吾(監修)『「ジュード」についての11章』, 英宝社, 2003.
Neill, Edward. *Trial by Ordeal : Thomas Hardy and the Critic.* Camden House, 1999.
Nemesvari, Richard. "'Is it a Man or a Woman?' : Constructing Masculinity in Desperate Remedies". In Morgan, Rosemarie and Nemesvari, Richard. (Eds.). *Human Shows, Essays in Honour of Michael Millgate.* The Hardy Association Press, 2000.
Orel, Harold. *The Final Years of Thomas Hardy, 1912–1928.* Macmillan, 1976.
——— *The Unknown Thomas Hardy : Lesser Known Aspects of Hardy's Life and Career.* Brighton : Harvester Press, 1987.
大澤　衛『トマス・ハーディの研究』研究社, 増補版, 1949.
——— ed.『20世紀文学の先駆者トマス・ハーディ』. 1975, 篠崎書林.
Page, Norman. 'Introduction' to *The Well-Beloved* (Everyman Paperbacks), 1977.
——— *Thomas Hardy.* RKP, 1977.
——— ed. *Thomas Hardy : The Writer and His Background.* Bell & Hyman, 1980.
——— ed. *Thomas Hardy Annual No. 1.* Macmillan, 1982.
——— ed. *Thomas Hardy Annual No. 2.* Macmillan, 1984.
——— ed. *Thomas Hardy Annual No. 3.* Macmillan, 1985.
——— ed. *Thomas Hardy Annual No. 4.* Macmillan, 1986.
——— ed. *Thomas Hardy Annual No. 5.* Macmillan, 1987.
——— "Art and aesthetics." *The Cambridge Companion to Thomas Hardy.* Cambridge U. P., 1999.
——— ed. *Oxford Reader's Companion to Thomas Hardy.* Oxford, 2000.
Paris, Bernard J. "Experiences of Thomas Hardy", in R.A. Levine (ed.) *The Victorian Experience, Ohio U. P.*
Pater, Walter. *Plato and Platonism.* 1893.
Patterson, Annabel. *Pastoral and Ideology : Virgil to Valéry.* California U. P., 1987.
Pettit, Charles P. C. *Celebrating Thomas Hardy : Insights and Appreciations.* Macmillan, 1996.
Phelan, J. P. *Selected Poems of Arthur Hugh Clough.* Longman Annotated Text : Longman, 1996.
Pinion, F. B. *A Hardy Companion.* Macmillan, 1968.
——— *Thomas Hardy : Art and Thought.* Macmillan, 1977.
——— *A Thomas Hardy Dictionary.* Macmillan, 1989.
——— *Hardy the Writer : Surveys and Assessments.* Macmillan, 1990.
——— *Thomas Hardy : His Life and Friends.* Macmillan, 1992.
Pope, Alexander. "A Discourse on Pastoral Poetry", included in *The Works of Mr Alexander Pope* 1717.
Pound, Ezra. *Guide to Kulchur.* New York. ("Happy Days", pp. 284–7) ; Clarke : vol. 3, pp. 218–20.
Pritchard, William H. "Hardy's Winter Words." In Orel (ed.). *Critical Essays on Thomas Hardy's Poetry. G. K. Hall & Co.,* 1995.
Purdy, Richard Little. *Thomas Hardy : A Bibliographical Study.* Oxford, 1954.
——— (Co-ed. with M. Millgate) *The Collected Letters of Thomas Hardy.* 7 vols. Oxford,

1978–88.
Rapin, René. *The Whole Critical Works of Monsieur Rapin.* 2vols. London, 1706.
Richards, I. A. *Science and Poetry.* Routledge, 1935.
Riesen, Beat. *Thomas Hardy's Minor Novels.* Peter Lang, 1990.
Robinson, J. K. (ed.) *The Mayor of Casterbridge.* A Norton Critical Edition. Norton & Co. 1977.
Rutland, William R. *Thomas Hardy : A Study of His Writings and Their Background.* Oxford, 1938.
Ryan, Michael. "One Names of Many Shapes : *The Well-Beloved*". In Kramer 1979.
佐野　晃『ハーディ　開いた精神の軌跡』東京　冬樹社，1981.
Sasaki, Toru（佐々木徹）"*A Laodicean* as a Novel of Ingenuity. In Mallett, Phillip (ed.) *Thomas Hardy : Texts and Contexts.* Palgrave, 2002.
Seymour-Smith, Martin. *Hardy.* London : Bloomsbury, 1994.
Schweik, Robert. "The influence of religion, science, and philosophy on Hardy's writings." *The Cambridge Companion to Thomas Hardy.* Cambridge U. P., 1999.
Shideler, Ross. *Questioning the Father : From Darwin to Zola, Ibsen, Strindberg, and Hardy.* Stanford U. P., 1999.
Shires, Linda M. "The radical aesthetic of *Tess of the d'Urbervilles.*" *The Cambridge Companion to Thomas Hardy.* Cambridge U. P., 1999.
——— "Narative, Gender, and Power in *Far from the Madding Crowd.*" In Higonnet, M. R., ed. *The Sense of Sex : Feminist Perspectives on Hardy.* Univ. of Illinois Press, Macmillan, 1993.
Singh, S. Bmit. *Hardy, Yeats & Eliot : Towards a Meaning of History.* New Delhi : Bahri Publications, 1990.
Sprechman, Ellen Lew. *Seeing Women as Men: Role Reversal in the Novels of Thomas Hardy.* Univ. Pr. of America, 1995.
Springer, Marlene. *Hardy's Use of Allusion.* Macmillan, 1983.
Squires, Michael. *The Pastoral Novel : Studies in George Eliot, Thomas Hardy, and D. H. Lawrence.* Virginia U. P., 1974.
Stallybrass, Peter & White, Allon. *The Politics and Poetics of Transgression.* London, 1986.
Stewart, J. I. M. *Thomas Hardy : A Critical Biography.* Longmans, 1971.
Sumner, Rosemary. *Thomas Hardy : Psychological Novelist.* St. Martin's Press, 1981.
——— "The Experimental and the Absurd in *Two on a Tower.*" In Page, Norman., ed. *Thomas Hardy Annual No.1.* Macmillan, 1982.
田辺　宗一 See 大澤1975.
Tayler, E. M. *Nature and Art in Renaissance Literature*. Columbia U. P., 1964.
Taylor, Richard H. *The Neglected Hardy.* Macmillan, 1982.
Thomas, Jane. *Thomas Hardy, Femininity and Dissent.* Macmillan, 1999.
Tillyard, E. M. W. *The Elizabethan World Picture.* Random, 1959.
富山太佳夫（解題）ジリアン・ビア著，渡部ちあき＋松井優子訳『文学における進化論：ダーウィンの衝撃』．工作舎，1998.
Thompson, F. M. L. *The Rise of Respectable Society : A Social History of Victorian Britain 1830–1900.* Harvard U. P., 1988.
土屋倭子『「女」という制度』南雲堂，2000.
Turner, Paul. *The Life of Thomas Hardy.* Blackwell, 1998.
Vigar, Penelope. *The Novels of Thomas Hardy : Illusion and Reality.* Athlone Press, 1974.
White, Allon.→Stallybrass.
White, Reginald J. *Thomas Hardy and History.* Macmillan, 1974.
Widdowson, Peter. *On Thomas Hardy : Late Essays and Earlier.* Macmillan, 1998.
——— "Hardy and critical theory." *The Cambridge Companion to Thomas Hardy.* Cambridge U. P., 1999.

Williams, Merryn. *Thomas Hardy and Rural England.* Macmillan, 1972.
——— *A Preface to Hardy*. Longman, 1976.
Williams, Raymond. *The English Novel from Dickens to Lawrence.* Chatto & Windus, 1970.
——— *The Country and City*. Chatto & Windus, 1973.
Wotton, George. *Thomas Hardy : Towards a Materialist Criticism.* Gill & Macmillan, 1985.
Wright, Sarah Bird. *Thomas Hardy——A to Z——The Essential Reference to His Life and Work.* Facts ob File, Ink, 2002.
Zachrisson, R. E. *Thomas Hardy's Twilight-View of Life : A Study of an Artistic Temperament.* New York : Haskell House, 1966.
第 1 章関連　増山　学（訳）『窮余の策』学書房，1984.
第 2 章関連　阿部知二（訳）『緑の木蔭—和蘭派田園画』岩波書店，1951.
　藤井　繁（訳）『緑樹の陰で—もしくはメルストックの聖歌隊　オランダ派の田園画』千城，1980.
第 3 章関連　瀧山季乃，橘　智子（共訳）『青い眼』千城，1985.
第 4 章関連　高畠文夫（訳）『遙か群衆を離れて』角川文庫，1969.
　瀧山季乃，橘　智子（共訳）『狂おしき群をはなれて』千城，1987.
第 5 章関連　橘　智子（訳）『エセルバータの手』千城，1991.
第 6 章関連　大澤　衛（訳）『帰郷』河出書房世界文学全集，1958，新潮文庫，1994.
　小林清一，浅野万里子（共訳）『帰郷』千城，1991.
第 7 章関連　藤井　繁，川島光子（共訳）『らっぱ隊長』千城，1979.
第 8 章関連　藤井　繁（訳）『塔上の二人』千城，1987.
第 9 章関連の『微温の人』には，邦訳はありません（2006年 1 月現在）.
第10章関連　上田和夫（訳）『カースターブリッジの市長』潮文庫，1955；潮文学ライブラリー，2002.
　藤井　繁（訳）『キャスターブリッジの市長』千城，1985.
第11章関連　瀧山季乃（訳）『森に住む人たち』千城，1981.
　藤井　繁（監訳）『森林地の人々』千城，2003.
第12章関連　石川欣一（訳）『テス』河出書房世界文学全集，1958.
　大澤　衛（訳）『ダーバァヴィル家のテス』筑摩世界文学大系40，1961.
　井上宗次，石田英二（共訳）『テス』岩波文庫，1991.
　井出弘之（訳）『テス』上・下，ちくま文庫，2004.
第13章関連　瀧山季乃，橘　智子（共訳）『恋魂』千城，1988.
第14章関連　大澤　衛（訳）『日陰者ジュード』岩波文庫，1955.
　小林清一（訳）『日陰者ジュード』千城，1988.
　川本静子（訳）『日陰者ジュード』国書刊行会，1988.
短編全集　内田能嗣ほか（監訳）『トマス・ハーディ短編全集』全 5 巻，大阪教育図書，2001.
全 詩 集　森松健介（訳）『トマス・ハーディ全詩集』全 2 巻，中央大学出版部，1995.
（訳）『トマス・ハーディ全集』全20冊，大阪教育図書，2006以降予定.